法庭上的
莎士比亚

[英]昆廷·斯金纳_著
Quentin Skinner

罗宇维_译

译林出版社

图书在版编目（CIP）数据

法庭上的莎士比亚／（英）昆廷·斯金纳（Quentin Skinner）著；罗宇维译. —南京：译林出版社，2023.8
书名原文: Forensic Shakespeare
ISBN 978-7-5447-9599-9

I.①法… II.①昆… ②罗… III.①莎士比亚 (Shakespeare, William 1564-1616) — 戏剧文学 – 文学语言 – 文学研究 IV.①I561.073

中国国家版本馆 CIP 数据核字（2023）第 038863 号

Forensic Shakespeare by Quentin Skinner
Copyright © Quentin Skinner 2014
Forensic Shakespeare was originally published in English in 2014. This translation is published by arrangement with Oxford University Press through Andrew Nurnberg Associated International Limited. Yilin Press, Ltd is solely responsible for this translation from the original work and Oxford University Press shall have no liability for any errors, omissions or inaccuracies or ambiguities in such translation or for any losses caused by reliance thereon.
Simplified Chinese edition copyright © 2023 by Yilin Press, Ltd
All rights reserved.

著作权合同登记号　图字：10—2019—262 号

法庭上的莎士比亚　［英国］昆廷·斯金纳／著　罗宇维／译

责任编辑　张　露
装帧设计　韦　枫
校　　对　孙玉兰
责任印制　董　虎

原文出版　Oxford University Press，2014
出版发行　译林出版社
地　　址　南京市湖南路 1 号 A 楼
邮　　箱　yilin@yilin.com
网　　址　www.yilin.com
市场热线　025-86633278
排　　版　南京展望文化发展有限公司
印　　刷　苏州工业园区美柯乐制版印务有限责任公司
开　　本　880 毫米 × 1240 毫米　1/32
印　　张　16.125
插　　页　4
版　　次　2023 年 8 月第 1 版
印　　次　2023 年 8 月第 1 次印刷
书　　号　ISBN 978-7-5447-9599-9
定　　价　98.00 元

版权所有·侵权必究

译林版图书若有印装错误可向出版社调换。质量热线：025-83658316

致　谢

2011年,我在牛津大学春季学期的克拉伦登讲座中首次提出了本书的论点。对于被邀请为该系列讲座的主讲人,我深感荣幸。因此,我必须首先感谢那些让我在牛津大学的访问经历如此愉快和富有意义的人。我在牛津大学的官方接待人是理查德·麦凯布(Richard Macabe)和西默斯·佩里(Seamus Perry),他们的接待十分热情周到。同样如此的还有大卫·诺布鲁克(David Norbrook),他组织了一次与讲座有关的研讨会,对讲座本身颇有助益。英语系的凯蒂·鲁斯(Katy Routh)以堪称典范的细心和效率处理了所有实际安排的工作。我还想对所有的朋友和同仁表示感谢,他们不仅来听我讲课,而且还多次向我提供了额外的参考资料、改进建议、亟需的鼓励,还有蛋糕和啤酒。我十分感激劳拉·阿什(Laura Ashe)、科林·伯罗(Colin Burrow)、特伦斯·卡夫(Terence Cave)、约翰·埃利奥特(John Elliott)、乔治·加内特(George Garnett)、克莱尔·兰迪斯(Claire Landis)、罗德里·刘易斯(Rhodri Lewis)、劳里·马圭尔(Laurie Maguire)、诺埃尔·马尔科姆(Noel Malcolm)、萨拉·莫蒂默(Sarah

Mortimer)、基思·托马斯(Keith Thomas)、巴特·范埃斯(Bart van Es)、杰里米·瓦尔德隆(Jeremy Waldron)、大卫·沃默斯利(David Womersley)和布莱恩·杨(Brian Young)等人。此外,我还要特别感谢安德鲁·麦克尼利(Andrew McNeillie),是他提议邀请我去做讲座,并且对我的工作一直保有极大的信心。

2012 年,我在剑桥大学三一学院春季学期的克拉克讲座上再次提出了我之前论点的修订版。受邀成为克拉克讲座的主讲人,也同样是我十分荣幸的事。为此,我非常感谢博伊德·希尔顿(Boyd Hilton)和理查德·塞尔吉特森(Richard Serjeantson)的提名。在三一学院接待我的人是卡罗琳·汉弗莱(Caroline Humphrey)和马丁·里斯(Martin Rees),他们的款待同样热情周到。学院里另一位很受欢迎的教授阿德里安·普尔(Adrian Poole)在系列活动结束时,主持了另一场有益的研讨会。我还要特别感谢理查德·塞尔吉特森,是他组织了这些讲座,并在我的最后一次演讲后主持了一场精彩的晚宴。在我每周访问剑桥期间,从与慷慨出席我的讲座的朋友和同事的许多谈话中,我同样受益匪浅,这些人包括加文·亚历山大(Gavin Alexander)、迈克尔·艾伦(Michael Allen)、安娜贝尔·布雷特(Annabel Brett)、约翰·邓恩(John Dunn)、理查德·费舍尔(Richard Fisher)、雷蒙德·戈伊斯(Raymond Geuss)、希瑟·格伦(Heather Glen)、弗雷德·英格利斯(Fred Inglis)、约翰·克里根(John Kerrigan)、苏巴·穆赫吉(Subha Mukherhi)、杰里米·迈诺特(Jeremy Mynott)、大卫·雷诺兹(David Reynolds)、约翰·罗伯特森(John Robertson)、约翰·汤普森(John Thompson)和菲尔·威辛顿(Phil Withington)。后来,阿基尔·比尔格拉米(Akeel Bilgrami)、史蒂芬·格林布拉特(Stephen Greenblatt)、彼得·麦克(Peter Mack)、卡瑞·帕诺内(Kari Palonen)、克里斯托

致 谢

弗·普雷登加斯特（Christopher Prendergast）、大卫·西德雷（David Sedley）、凯西·史兰克（Cathy Shrank）、B. J. 索科尔（B. J. Sokol）、詹姆斯·塔利（James Tully）以及马丁·威金斯（Martin Wiggins）都对我的研究给予了支持和建议，在此我要向他们致以谢意。我尤其要感谢布莱恩·维克斯（Brian Vickers），他在确定年代和书目方面为我提供了不可或缺的帮助。借此机会我还想说，我非常感谢克里斯托弗·里克斯（Christopher Ricks），他永远是我学习的榜样。

写作这本书的动机源于我在2006年参加的两次会议。第一次会议是由西尔维娅·亚当森（Sylvia Adamson）、加文·亚历山大和卡特琳·埃滕胡伯（Katrin Ettenhuber）在剑桥组织的，他们当时正在编辑《文艺复兴时期的修辞》(Renaissance Figures of Speech)。[1] 会议要求撰稿人概述他们针对本书的写作计划，我也在会上接受了关于我自己在书中相关章节的宝贵建议。[2] 埃里克·格里菲斯（Eric Griffiths）坚持认为，我的例子应该取自莎士比亚，这个建议使我下定决心走上了自己的道路。另一次会议是由大卫·阿米蒂奇（David Armitage）、科奈·康德伦（Conal Condren）和安德鲁·菲兹毛瑞斯（Andrew Fitzmaurice）在澳大利亚国立大学的人文研究中心组织的，会议主题是莎士比亚与政治思想。伊恩·唐纳森（Ian Donaldson）主持了这次会议，我很感谢他以及会议论文集的编辑们，不仅在那次会议上，而且多年以来，他们都一直为我提供着咨询和支持。[3]

2008年，我从剑桥大学来到伦敦玛丽女王大学后，正式开始了本书的写作。事实证明，伦敦玛丽女王大学是非常理想的科研机构。我

---

[1] 见 Adamson, Alexander and Ettenhuber (eds) 2007。
[2] Skinner 2007.
[3] 见 Amitage, Condren and Fitzmaurice (eds) 2009, cf. Skinner 2009。

非常感谢当时的副校长菲利普·奥格登(Philip Ogden)邀请我加入学院,最近,人文和社会科学院院长莫拉格·希亚克(Morag Shiach)给予了我许多帮助,我也十分感激。当下或许是人文学科的黑暗时期,但在伦敦玛丽女王大学,我受到了最为光明的欢迎。我还得到了杰出同事的祝福,我要感谢理查德·伯克(Richard Bourke)、沃伦·布彻(Warren Boutcher)和大卫·科尔克拉夫(David Colclough),他们多次围绕我的研究进行了探讨。

我在2013年夏天完成了我原计划的定稿,并在小范围内进行了传阅。提到定稿的这些最初的读者,我内心充满感激。他们是科林·伯罗、大卫·科尔克洛、洛娜·赫特森(Lorna Hutson)、苏珊·詹姆斯(Susan James)、约翰·克里根、杰里米·迈诺特、埃里克·尼尔森(Eric Nelson)、马库·佩尔通内(Markku Peltonen)、尼尔·鲁登斯坦(Neil Rudenstine)以及约翰·汤普森。他们为我提供了许多新的想法,慷慨地鼓励我,但他们也明确指出,我的手稿依旧需要进行大量修改。科林·伯罗告诉我,我的立论基调和方向在很多地方都需要重新调整。洛娜·赫特森指出了《露克丽丝遭强暴记》的重要性,使我从根本上改善了本书的平衡性。约翰·克里根与我就我的讲座进行了富有启发性的交谈,他说服我在很多事情上保持沉默,从而避免陷入荒谬之中。

2013—2014年,在伦敦玛丽女王大学的学术休假期间,我担任了普林斯顿大学人类价值研究中心的客座教授,这给了我对书稿进行必要修改的机会。我非常感谢查尔斯·贝茨(Charles Beitz)和他的委员会对我的邀请,与该中心成员和其他相关人员的多次交谈使我受益匪浅,对此我深表感谢。其中,我特别想提到的是大卫·西普利(David Ciepley)、梅丽莎·莱恩(Melissa Lane)、托里·麦克吉尔(Tori

McGeer)、菲利普·佩蒂特(Philip Pettit)和艾伦·瑞恩(Alan Ryan)。英语系的奈杰尔·史密斯(Nigel Smith)与我的谈话不仅让我受到很大的启发,他还介绍我认识了两位杰出的博士生,安德鲁·米勒(Andrew Miller)和丹尼尔·布兰克(Daniel Blank)。他们一丝不苟地阅读了我的定稿,核对了定稿中我对莎士比亚的所有引文和参考文献,并纠正了许多令人尴尬的错误。中心为这份美妙的帮助支付了酬劳,为此,我要非常感谢中心副主任莫琳·基伦(Maureen Killeen)的支援。

近来,由于在线对照表和数据库的出现,近代早期文本研究者的工作生活产生了许多变化,其中,早期英语书籍在线(*Early English Books Online*)这个数据库就给了我们极大的、与日俱增的帮助。不过,大型图书馆的珍本图书室仍然有其不可替代之处,大英图书馆、剑桥大学图书馆、剑桥大学英语系图书馆和普林斯顿的费尔斯通图书馆的工作人员的专业知识再次让我有了巨大的收获,我对此感到十分快乐。

我把我最衷心的感谢留在最后。苏珊·詹姆斯阅读了本书的每一稿,在每个阶段都与我讨论,从根本上改进了本书的面貌和论证,并对我的工作表现出无尽的耐心和热情。没有她和我们的孩子,奥利维亚和马库斯的支持,我是不可能完成本书的写作的。

在付梓之际,我非常高兴能够再加两句感谢的话。一是感谢普林斯顿大学出版社的罗布·坦皮奥(Rob Tempio)和娜塔莉·巴安(Natalie Baan)在校对阶段提供的重要帮助。牛津大学出版社的伊丽莎白·斯通(Elizabeth Stone)以惊人的精确性和彻底性编辑了我的排版稿,并冷静地解决了诸多紧急关头的问题。瑞秋·普拉特(Rachel Platt)和艾玛·斯洛特(Emma Slaughter)不遗余力地协助和调度了整个出版过程。作为我的编辑,杰奎琳·贝克(Jacqueline Baker)在任何时候都支持着我。我不仅要感谢她的专业精神和许多善意,而且要特别感谢她在我几次失败的取书名之后,最终为我提供了本书的书名。

目　录

凡　例 …………………………………………… 001

引　言 …………………………………………… 001
一　古典修辞术在莎士比亚时期的英国 ………… 013
　　罗马修辞传统 ………………………………… 013
　　都铎时期英国的修辞术教育 ………………… 030
　　都铎时期的修辞学家 ………………………… 041
二　莎士比亚的法庭剧 …………………………… 058
　　走向法庭剧 …………………………………… 058
　　詹姆斯一世统治初期的戏剧 ………………… 073
三　直接型开场白 ………………………………… 079
　　引　言 ………………………………………… 079
　　两种开场方式 ………………………………… 080
　　引入正当动因 ………………………………… 088
四　迂回诡秘型引言 ……………………………… 129

	对迂回诡秘的需求	129
	面对充满敌意的法官	131
	引入罪恶动因	155
五	失败的引言	180
	挑战规则	180
	规则运用不当	188
	修辞的边界	196
六	法庭上的案情陈述	206
	构建法庭上的案情陈述	206
	对指控的陈述	216
	对辩护的陈述	227
	失败的陈述	240
七	提证：法律和司法争议	249
	两种提证方式	249
	司法争议	261
	释法争议	283
八	提证：格物争议	291
	失败的提证	293
	模棱两可的提证	303
	成功的提证	318
	编造的提证	323
九	反驳与非人工证据	349
	采用文档证据进行反驳	351
	无懈可击的证人进行反驳	357
	双重反驳：文档和证人	365

十　总结陈词与诉诸常言 ………………………………… 379
　　常言理论 …………………………………………… 379
　　莎士比亚式的常言 ………………………………… 392
　　从常言手册到陈词滥调 …………………………… 404
附录:《终成眷属》的创作时间 ………………………… 409
参考文献 ………………………………………………… 417
索　引 …………………………………………………… 440
代译后记 ………………………………………………… 470

凡 例

缩写。脚注中将使用以下缩写：

BL：大英图书馆

CUL：剑桥大学图书馆

SD：演出说明

TLN：全集行数

参考文献。文中列出的参考文献仅包括我所引用的一手资料以及讨论所参考的各种二手文献。它们并不能被视为关于本书主题的批判文献的系统性指南。如果读者需要这种指南，可以参阅福格尔莎士比亚图书馆的网络资源"世界莎士比亚参考文献"(*World Shakespeare Bibliography*)。参考文献中一手资料里的匿名作品是根据标题进行排序的。作为匿名作品出版但作者已知的那些作品，我将作者姓名以方括号的形式列出。

古典姓名与标题。书中提及古代作家时均使用其最为常见的单名。我翻译了所有的古希腊语名，但其他名称都遵照其原本格式进行引用。

日期。书中使用公元纪年法。引用英国近代早期的文献时，每年自 3 月 25 日始。

性别。我尽量使用不分性别的语言。不过，修辞学家认为，演说者的形象永远都是，并且必须是男性。当他们说"他"时，通常并**不**意味着"他或者她"，在这种情况下，我只能遵照他们的用法，而非改变其原意。

引用。在引用一手和二手文献时，我使用的是作者-日期格式。在使用现代版本的文献时，我在方括号中补充了原本的出版日期。二手资料参考文献中的期刊均以阿拉伯数字的形式列出。书中每一章节的脚注也使用这种格式，仅有的例外是，当引用"洛布古典丛书"时，我遵照了其原有的混合格式。在引用《圣经》时，我仅列出了书、章、行的顺序。

对莎士比亚的引用。* 在引用莎士比亚剧本时，我列出的是 1986 年《莎士比亚全集》的全集行数和页码，当使用 1996 年版本时，文中会特别指明。在这种情况下，文中将补充新剑桥版本中相对应的幕-场-行信息。参考文献中在一手资料的类别下列出了以上所有版本信息。

---

* 本书莎士比亚作品译文均引自［英国］莎士比亚：《莎士比亚全集（增订本）》，朱生豪等译，译林出版社 2016 年版。——编注

引用莎士比亚诗作时,文中给出的全集行数和页码也是出自1986年版本的《莎士比亚全集》,并补充了相应的新剑桥版本(布莱克莫尔·埃文斯,2006或罗伊,2006)页码。

转录。本书的基本原则是保留原本的拼写(包括姓名,但不包括标题)以及答谢、斜体和标点。即使是在引用1986年版本时,我也从未调整过其中的标点。不过我对文中的缩写进行了补充,去掉了连字,通常也会修正那些显而易见的印刷错误,并且根据现代的拼写方法将 u 改成 v,将 i 改成 j。在引用拉丁语文献时,v 和 u 都被使用,j 被改为 i,补充了缩写,省略了变音符。为了与文中的表述相匹配,在引用时我也会改变首字母的大小写。莎士比亚的作品通常都经过了现代化处理,不过,由于我试图将莎士比亚的作品置于其写作时期的知识语境之中,本研究若是遵照这种方式,无异于自毁。这也使得我对斯坦利·韦尔斯和格雷·泰勒的原拼写版本(1986年版)以及查尔顿·欣曼编辑的第一版对开本版本(1996年版)更是深怀感激之情,全书的引用几乎都参考了这两个版本。

翻译。在引用古典文献和非英语的近代早期文献时,若非单独标注,所有的翻译都由我自己完成。文中大量使用了"洛布古典丛书"的版本,其中有对照的英语翻译,不过我依旧更偏向于使用自己的翻译。这样做的一个原因是,许多"洛布古典丛书"的翻译相当自由,常常忽略掉我想要强调的那些技巧性的修辞词汇。另一个原因是,即使"洛布古典丛书"版本的翻译十分准确,我依旧需要自己进行翻译,以便使其与我的行文匹配。不过,需要强调的是,我极大地受惠于"洛布古典丛书"版本，通常也是根据它们来进行论证，甚至会照用其惯用措辞。我也同样受惠于《牛津拉丁语词典》，每当对术语进行定义时，都会参照其中的翻译。

引 言

本书是我为了理解修辞技艺(ars rhetorica)在文艺复兴文化史中的地位而进行持续研究所出版的第三部作品。本系列研究的起点始于考察罗马修辞观念在文艺复兴时期意大利城市共和国中的再次出现,以及它们对公共生活理论和行为的影响。① 尔后,我将研究焦点转移到17世纪的历史进程中,此时修辞术教育开始受到质疑和抨击。② 本项研究则回到了修辞术教育在文法学校中独占鳌头的伊丽莎白和詹姆斯一世时期的英国,试图考察这种教育体制与同一时期无与伦比的戏剧成就之间所存在的复杂关联。

我的核心论点是,在莎士比亚的戏剧中,存在着从古典和文艺复兴法庭修辞文献中大量汲取资源的各种创作方式。莎士比亚对这种资源的首次运用是在他创作于1594年至1600年前后的五部作品中,也就是叙事长诗《露克丽丝遭强暴记》(*Lucrece*)、《罗密欧与朱丽叶》

---

① Skinner 1978; Skinner 1995.
② Skinner 1996; Skinner 2002b; Skinner 2002c.

(*Romeo and Juliet*)、《威尼斯商人》(*The Merchant of Venice*)、《裘利斯·凯撒》(*Julius Caesar*)以及《哈姆莱特》(*Hamlet*)。后来他又在接下来的三部戏剧中使用了这些材料,这三部戏剧可能创作于1603年夏和1605年初,它们是《奥瑟罗》(*Othello*)、《量罪记》(*Measure for Measure*)以及《终成眷属》(*All's Well That Ends Well*)。① 除了以上时期之外,莎士比亚从未表现出对法庭雄辩术技巧的丝毫兴趣。然而在我所列出的这几部作品中,尤其是《哈姆莱特》和他早期创作的詹姆斯一世戏剧,大量涉及诉讼类雄辩术,以至于可以将这些作品视作他的司法戏剧。我将这些作品集合起来进行分析,旨在证明,其中许多关键演说以及戏剧场景序列,都是按照修辞术中关于如何在指控和辩护中组织起有说服力的动因的知识来设计的。本书的总体目标是,通过探索建构这些段落的知识资源,对莎士比亚创作过程的动态机理进行一些解释。换句话说,我试图找出莎士比亚用来实现他戏剧构想的部分资源。

以这种方式审视这些作品,能够得出的结论是什么呢?在此,我需要对说明(explaining)文本和解释(interpreting)文本进行一些区分。② 我的首要关切并非进行解释,本书中该术语所指的是通过分析和解构文本对其价值进行评判的整个过程。同许多关注历史视角的研究者一样,我更关注的是进行说明,也就是试图探寻所考察的作品为何具有其独特特征。从法庭修辞术理论出发,首先有可能进行说明的是,为何莎士比亚的某些戏剧场景有着特殊的面貌,为何大量的单独演说遵循着一种反复出现的模式和安排。或许还可以辨别出所谓

---

① 除了《终成眷属》之外,其他作品的创作日期都没有争议。关于《终成眷属》创作于1604年末或1605年初的相关证据,参见本书附录。
② 对这种文本分析路径更加完整的阐述和辩护见 Skinner 2002a。

莎士比亚的修辞缄默(rhetorical silences)。大体上,莎士比亚严格遵守了法庭修辞术的诸项原则,以至于可以很准确地预判出他的法庭剧将会如何展开,不过,他时常通过有意遗漏掉修辞术中通常应当言说的内容,打破读者的预期。对修辞惯例的理解使我们能够发现这些缄默之处。① 或许更重要的是,我们也希望对莎士比亚语汇中的某些独特风格进行解释。我尤其感兴趣的是他在衡量行为和性格时,对"邪恶"(foul)和"诚实"(honest)这两个术语的使用。这些术语是法庭修辞术的核心词汇,而在本书所讨论的作品中,它们频繁出现,②因此我将试图回答,这种连续性在何种程度上反映了莎士比亚对特定修辞文献的掌握。若用更加直接的否定方式来说,本书认为,由于对莎士比亚的法庭修辞术的运用缺乏足够细致的了解,所有这些意义维度在过去都常常被误解或被忽略了。

通过对莎士比亚古典修辞术掌握程度的揭示,本书还希望完成另一个相关目标,也就是加深对莎士比亚古代文献阅读状况的了解。③ 当然,指出莎士比亚在本书所列举的戏剧中引用了哪些特定的古典权威与论述主旨无甚关联。对莎士比亚产生影响的整个思想传统包含着大量的方言作品和经典文献。不过,本书将指出,他时常直接摘引西塞罗的《论开题》(De invention)以及作者匿名的《献给赫仑尼厄斯的修辞学》(Rhetorica ad Herennium,后文简称《罗马修辞手册》),而

---

① 我所关注的并非 McGuire 1985 中所讨论的"公开的"沉默,而是角色并未如预期那样发言的时刻。
② 根据索引,在我所列举的九部作品中,"邪恶"出现了59次,"诚实"和"正直"(honesty)则出现了136次。
③ Burrow 2013 对这个主题进行了深入和完整的分析。伯罗未讨论古典修辞学,因此我的分析或可被视为对其研究的补充,对莎士比亚诗歌和喜剧中罗马道德哲学的运用,他进行了细致的分析。

且他显然研究过一些当时的新西塞罗式作品,明确提到过托马斯·威尔逊的《修辞技艺》(Arte of Rhetorique),还很有可能自己花钱买过这本书。① 近来有许多莎士比亚的藏书和阅读清单问世,②但所有这些作品都未指出,莎士比亚可能拥有一些修辞术作品。③ 不过我认为,毋庸置疑,在创作本书中所讨论的这些作品时,他必定时常想起某些古典和伊丽莎白时期的修辞术文献,或许在他写作时,这些书就摆在案前。④ 总之,本书的主要目标是表明,就知识源流而言,这些莎士比亚戏剧的创作设计是属于古典的和人文主义的。

虽然本书旨在拓展我们对莎士比亚修辞术的了解,但与此同时,我必须首先向诸多重要的莎士比亚古典修辞术技巧研究致敬。倘若我在书中也对这些研究进行了批判,这仅仅是因为在我看来它们的视角过于狭隘。⑤ 西塞罗式的"修辞技艺"观念包含五个要素:开题(inventio)、布局(dispositio)、表达风格(elocutio)、发表(pronuntiatio)和记忆(memoria)。⑥ 然而,研究莎士比亚修辞术的作品通常只关注"表达风格"这种要素对修辞的"修饰",特别是台词中的比喻(figure)与转义

---

① Forker 2004, p.112 指出,一本 1580 年版的作品将会花掉他一个先令。
② 近来的讨论参见 Ackroyd 2005, pp. 403—406;Nicholl 2007, pp. 80—86;Bate 2008, pp. 141—161, Potter 2012, pp. 26—29。以上研究都未提及任何修辞学作品。Miola 2000, p.16 列出了一张莎士比亚戏剧的"主要参考文本"清单,不过其中并未提到任何古典或文艺复兴修辞学作品。Martindale and Martindale 1990 讨论了莎士比亚"运用古典学"的内容,并未提及《罗马修辞手册》和昆体良;Gillespie 2001 这本莎士比亚作品的词典也并未有所提及。
③ 这并不意味着尚未出现莎士比亚对古典修辞学的掌握的分析。见 Kennedy 1942;Baldwin 1944;Jones 1977;Platt 1999;Plett 2004;Burrow 2004 and 2013。
④ Struever 1988 对莎士比亚的修辞学理论掌握情况提出了质疑,不过正如我将表明的,这种看法缺乏说服力。
⑤ 类似的批评见 Enders 1992, pp. 5—6。
⑥ 见 Cicero 1949a, I. VII. 9, pp. 18—20。参见 Rhetorica ad Herennium 1954, I. II. 3, p. 6;Quintilian 2001, 3.3.1, vol. 2, p. 22。

引 言

(tropes)。① 我对这种关注本身没有异议,不过,许多研究者由此将"表达风格"等同于整个雄辩术,在讨论"莎士比亚的修辞"时,仅仅将其用来指代遣词造句和其他词语效果。② 这个序列与古典修辞学家自己的理解简直是天差地别。③ 在后者看来,修辞技艺本质上永远都是一种论辩理论,尤其是法庭论辩,并且他们很喜欢强调其实际用处。④ 他们最看重的是开题和布局,基本倾向于将布局视作成功的论辩得以"开题"的辅助要素。⑤ 莎士比亚也是这样理解的。他从未讨论过"表达风格"或"修饰辞藻",在言及修辞术时,他所想的似乎永远都是开题这个观念。当莎士比亚在《亨利五世》(*The Life of Henry the Fift*)的开场中引入缪斯时,表达的愿景便是模制(scaling)"开题那无上光耀的天堂"。⑥

4

---

① Crider 2009 将关注点放在亚里士多德身上,是个例外。关于 16 世纪晚期英语方言修辞学中对"修饰"的讨论,见 Sherry 1550, Sig. C, 4^r; Wilson 1553, Sig. Z, 2^r; [Puttenham] 1589, p. 114; Peacham 1593, p. 1。

② 例如,Levenson 2004 谈到了《罗密欧与朱丽叶》,宣称(p. 134)要分析"戏剧的修辞学运用",却仅仅围绕辞格展开。McNeely 2004, p. 132 表示要揭示莎士比亚"对人工修辞学的掌握",但整个分析都只提及了其雄辩术效果。Clark 2007, p. 117 号称将采用"正式的修辞学路径"分析《量罪记》和《终成眷属》,实际上则是对某些修辞方式进行研究。Nicholson 2010, p. 61 指出《奥瑟罗》"是一出修辞剧",不过只分析了比喻和常言。Wills 2011 分析了《裘利斯·凯撒》中的"修辞术",但几乎仅仅聚焦在比喻和转义上。Lyne 2011, p. 172 认为修辞术是"思考过程的再现",不过讨论局限在莎士比亚对转义手法的使用上。将莎士比亚戏剧中的"修辞术"等同于对比喻和转义的运用还可参见 Evans 1966; Brook 1976, pp. 166—176; Horvei 1984; Wells and Taylor 1987, p. 97; Thorne 2000, p. xii; McDonald 2001, pp. 23, 43—44; Menon, 2004; Roe 2006, p. 4; Keller 2009。Joseph 1947 的讨论更加全面,还包括对可以发现(invenire)主张的"地方"的分析(pp. 308—353)。不过在转而讨论莎士比亚的文本后,她关注的同样仅仅是比喻和转义(pp. 90—173)。

③ 正如 Kennedy 1978, pp. 1—19; Donker 1992, pp. 46—49 所指出的。

④ 见 Meerhoff 1994, pp. 46—48; Wels 2008。

⑤ 正如 Joseph 1947, pp. 23—31; Hutson 2007, pp. 1—3, 78—80, 251—253 所指出的。布局的其他处理方式,见 *Rhetorica ad Herennium* 1954, III. IX. 16—17, pp. 184—186。Cicero 1949a 中未对布局进行单独分析。

⑥ *The Life of Henry the Fift*, TLN 1—2, p. 639(Prologue, lines 1—2)。Gurr 2005, pp. 7—8 认为合唱团的台词或许是后来加上的。

005

当他在十四行诗中反复抱怨自己才疏学浅时,也将其归咎于自己的"开题粗鄙不堪"。① 某次他评价自己的诗作时,强调的依旧是开题,并且认为自己的《爱神与金童》(Venus and Adonis)乃是"精雕之力作"。②

我并不认为自己对"开题"和"布局"的强调代表了莎士比亚修辞技艺研究的一种新方案。许多研究已经对这些要素在文艺复兴修辞术中所扮演的首要角色进行了重点讨论,我也从中受益匪浅。布莱恩·维克斯对西塞罗将修辞视作五重技艺之理念的经典分析激发了我对修辞术开题理论的兴趣。③ 我开始本研究的另一份指南是威尔布·豪后尔(Wilbur Howell)对逻辑与修辞之间关系所做的开创性分析。④此外,彼得·麦克对16世纪修辞和辩证法开题的变动关系所做的分析也给了我很大的启发。⑤ 就本书而言,我还想对几本关于莎士比亚作品中修辞开题之地位的研究致以谢意。海因里希·普勒特和乔尔·奥尔特曼呼吁读者关注《奥瑟罗》中的修辞安排,尽管我的研究路径与他们恰好相反,但是他们的许多论证对我都颇有助益。⑥ 洛娜·赫特森揭示了16世纪晚期法庭修辞术在许多戏剧作品的创作中所产生的影响,她开拓性的研究给了我巨大的启发。洛娜指出,这些剧作家越发赞同的观点是,在处理司法事务的"猜测型"议题,也就是

---

① Shakespeare 1986, Sonnet 103, line 7, p. 866;参见 Sonnet 38, lines 1—2; Sonnet 59, lines 1—4, p. 858; Sonnet 76, line 6, p. 861(pp. 45, 56, 64, 78)。十四行诗中的这一主题,见 Orgel 2006, pp. 20—22。

② Shakespeare 1986, *Venus and Adonis*,献词诗篇, p. 254(p. 86)。

③ 见 Vickers 1988, pp. 52—82,我在第一章中做了摘引,在此表示感激。

④ 见 Howell 1956, esp. pp. 69—102 论文艺复兴时期的修辞学开题理论及其先行探索。

⑤ 见 Mack 1993,参见 Mack 2011, esp. pp. 56—75。对这种转变的14世纪背景,尤其是在洛伦佐·瓦拉作品中的分析,见 Jardine 1977。

⑥ 见 Plett 2004, esp. pp. 464—470; Altman 2010, esp. pp. 33—85。

引　言

其中某些谜团等待解开的议题时,最佳办法是对那些能够使某些怀疑得以确证或推翻的论证进行"开题"。① 本书将试图表明,莎士比亚的许多情节设计都与这种对在司法诉讼中组织起修辞提证的理解相符。②

沿着这些研究线索,我试图更加细致地勾勒出莎士比亚对法庭修辞术观念的运用图景,尤其是他写作生涯中对法庭雄辩术的戏剧潜力深深着迷的那两个阶段。因此,我必须对古典修辞技艺中的这五项要素做一些说明。尽管后文强调了拉米斯主义者关于控制声音和身体运动的讨论与莎士比亚的相关性,但是在此,我只简单地谈论了发表和记忆。我想仔细阐释的是表达风格这个要素,尤其是莎士比亚所使用的各种比喻和转义,它们被认为能够激起怜悯(miseratio)和愤怒(ira)。不过,目前的主要目标是修正莎士比亚修辞术研究中的通常排序,因此,讨论的重点还是放在开题和布局在法庭论辩建构中的位置上。

此外,有必要指出,就书中所讨论但并不限于此的作品清单而言,其中一些作品在过去常常以另一种方式被联系起来。它们常常被划分到"问题剧"(problem plays)的类别中,而最近莎士比亚研究的一个明显趋势就是,将这种看法重新当作有用的关键范畴。③ 这个术语最初由 F. S. 博厄斯提出,被他用来串联起四部戏剧:《哈姆莱特》、《特

---

① 见 Hutson 2007, esp. pp. 67, 141, 164—165 论探案情节以及对猜想的尝试性确认。
② 与 Hutson 2007 的观点不同,我的意图不在于证明这些戏剧创作发展的革新性。Enders 1992, esp. pp. 56—68 中对中世纪司法演说中模仿说的讨论认为,这些处理方式或许有先例可循。不过,赫特森强调对格物争议的处理在 16 世纪的戏剧中成为新的焦点,这是正确的。
③ 见 Wheeler 1981; Thomas 1987; Hillman 1993; Maquerlot 1995; McCandless 1997; Marsh 2003; Harmon 2004; Clark 2007; Margolies 2012。

洛伊罗斯与克瑞西达》(Troilus and Cressida)、《量罪记》和《终成眷属》。① 晚近的研究者增补和修正了博厄斯的清单,不过依然反复引用他对这种所谓问题剧的辨别的表述。他分析了"被提出的议题妨碍了令人完全满意的结果出现"的机理,认为因此不存在"问题的解决"。② 近来的研究者也认为,这些作品所提出的是"一系列似乎无法解决的争论和棘手的话题","只能仔细思考这些被提出的问题",而且这些议题"以无法被解决的方式"受到检视。③ 对于这些相似之处,研究者们已经提出了各种解释,而本书的一个目标恰是探索目前尚未得到重视的一种解释。回顾一下博厄斯所分析的四部剧作就会发现,其中三部再加上《奥瑟罗》,同时也是莎士比亚最具法庭剧特征的作品。在这几部戏剧中,指控都是被直接提出的,与其相反主张并列,并且以一种双方皆可(utramque partem)的方式被论辩,在这个过程中,所争论的问题应当如何被裁定,通常没有终极决断。④ 换句话说,这就是那种可以理所当然地说不存在明确的"解决方案"的戏剧。我将指出,如果将关注点放在这四部剧的法庭诉讼特征上,或许能够更进一步地解释,它们是如何具有诸多批评者所观察到的那些基调和论证上的共同特质的。

围绕着莎士比亚与法律的论题,近来出现了许多重要的研究。⑤ 不过,某些研究明显对莎士比亚的司法才能言过其实了。在本来可以

---

① Boas 1896, pp. 344—345. Traversi 1969, vol. 2, p. 25 重复了这个清单。
② Boas 1896, p. 345, Wheeler 1981, p. 3 中引用了这种看法并表示赞同。
③ Thomas 1987, p. 14; Clark 2007, p. 117; Margolies 2012, p. 2.
④ 也见 Rhodes 2004, pp. 89—98, 105—109, 他在文中分析了莎士比亚将司法争议用作诸多情节基础的做法,尤其提到了《量罪记》。
⑤ 例如,见 Ward 1999; Wilson 2000; Shapiro 2001; Mukherji 2006; Cormack 2007; Hutson 2007; Jordan and Cunningham 2007; Raffield and Watt 2008; Zurcher 2010; Syme 2012; Cormack, Nussbaum, and Strier 2013。

引 言

指出莎士比亚援引了修辞学知识时,研究者却认为他是在利用法律文献资源。这种混淆导致了错误的诠释,一个明显的例子就是《威尼斯商人》。许多研究者乐此不疲地将第四幕的审判场景解读为平等的呼求与严苛的法律条文之间的对峙。① 但我认为,莎士比亚的论述与司法平等原则并无关联;这一幕完全是围绕着关于司法型争议(constitutio iuridicalis)中的绝对型议题的修辞规则来安排的。此外,近来对莎士比亚戏剧以及更宽泛意义上莎士比亚时期英国文化中陈述和其他类型证词取得权威的方式的讨论,也存在着一个问题。要解释这些发展,必须对法律实践,尤其是16世纪刑事起诉程序的变化进行考察。② 这些变化十分重要,而且很多时候都受到了司法修辞术文献的影响,恰如芭芭拉·夏皮罗和洛娜·赫特森的完备研究所揭示的,法学作家们正是从这些文献中引申出了绝大部分的组织范畴。③ 本书认为,要想解释莎士比亚法庭戏剧场景独特的语汇和安排,应该首要关注的正是这些修辞术资源。

在此,我或许还应该简要解释一下本书对莎士比亚研究中文本与表演之间相对意义持续不断的争论所产生的影响。过去的主流观点将莎士比亚视为一位雇佣剧作家,与他人协同创作,保证作品可以上演。④ 不过最近,质疑舞台高于剧本的观点占据了上风,这翻转了人们

---

① 清单见 Bilello 2007, pp. 109—110,以及 Platt 2009, pp. 112—115。
② 例如,见 Syme 2012, pp. 18—20。Hutson 2007, pp. 3—5 以类似的术语表达了自己的主张,不过随后又详细分析了诸多该类文本的修辞学背景。见 Hutson 2007, esp. pp. 78—80, 92, 213—214, 251—253,我从这一系列分析中受益匪浅。
③ 见 Shapiro 2001; Hutson 2007, esp. pp. 251—252。
④ Bulman 1996 对这种观点进行了有力的证明。Peters 2000 对戏剧效果做了研究。Wiemann and Bruster 2008 做了历史编纂分析和部分的再次确认。

对莎士比亚的理解，他首先被视为一位追求文学生涯的作家。① 本书显然与后一种视角持相同立场。我将剧本主要视为文学作品，所关注的是它们与其他文学题材之间的解释性关系。不过，这并不意味着我赞成在文学戏剧大师莎士比亚和剧院工作人员莎士比亚之间进行任何明显区分。相反，随着讨论的展开，本书将表明莎士比亚对法庭修辞术的使用暗含着一系列对表演的理解。甚至可以认为，一旦理解了那些被转化成戏剧情节的修辞冲突的本质，许多著名段落的表演也需要被重新思考。

人们常常赞美莎士比亚"直接呈现生活"、"忠于生活"。② 但是值得注意的是，如果根据本书的视角来理解他的戏剧，便无法认可这种评价。③ 阐明本书所讨论的这些戏剧的创作方法源自一套修辞术规则，意味着将注意力放在莎士比亚修辞的技艺(artificial)特征上。甚至可以认为，莎士比亚既然根据开题和布局的原则创作了这么多段落，他自己必定也注意到了技艺这个特征。举个很明显的例子，在《罗密欧与朱丽叶》的最后一幕中，巡丁甲这个角色对一起昭然若揭的犯罪进行了调查。当他对那些看似指向劳伦斯神父有罪的线索进行调查时，精确(并且逐字逐句)地引用了一本讨论应当如何进行此类调查的拉丁文修辞手册，该手册尚未被翻译成英语。这个场景不具有任何模仿的真实性，莎士比亚也并未试图掩盖其虚构性。读者被它吸引，并非因为莎士比亚成功地再现了真实的生活，毋宁说，因为他建构了

---

① Cheney 2008, p. XI. 也见 Burrow 1998; Erne 2003; Cheney 2004。van Es 2013 融合了这两种看法。
② 例如 Traversi 1969, vol. 2, p. 83; Felperin 1977, pp. 60, 85—86; Nuttall 1983, p. viii。
③ 我对莎士比亚现实主义本质的理解受益于 Kiernan 1996, pp. 1—3, 91—126; Fowler 2003, pp. 100—120; Hutson 2006, pp. 81—85; Margolies 2012。

引　言

一种令人满意的修辞和戏剧效果。这个判断适用于本书中所讨论的所有戏剧场景和演说。

　　仍有疑虑的读者必定想知道,我何以能够确信所列出的经典文献在莎士比亚的文学发展中扮演着如此重要的角色。当然,其中许多戒律难道顶多不过是常识吗?难道莎士比亚自己未曾想到这一点?我当然认为,莎士比亚的戏剧直觉无时无刻不在发挥作用。只不过,这些直觉常常循着修辞术手册的方向指引他。虽然这种看法并非毫无争议,我依然坚信,在本书的总体脉络之下,它是很有说服力的。本书将多次指出莎士比亚逐字逐句遵循复杂的修辞论述的段落,有时候还能证明,这些段落是其在写作过程中对某些经典文献的摘引。① 不过,对此保持怀疑的读者们或许还将提出进一步的反对意见。即使莎士比亚参考了这些书籍资料,难道他的某些修辞知识就不能来自其他次要的作品,而一定来自这些经典手册吗?他不仅有可能,而且毫无疑问这样做了。本书在讨论相关的每一幕剧时,都试图梳理出莎士比亚所援引的不同的陈述与理论资源。我的看法仅仅是,我所列出的这些修辞文献也是资源之一。莎士比亚当然大量地运用了各种文献,但这种看法在本书的整个论述中居于次要位置,本书的主要目标是要阐明莎士比亚与整个古典思想和人文主义思想传统之间的关联。

---

① 例如,《罗马修辞手册》的作者在谈到演说者需要确保对方不得不接受我方的陈述时,用的是动词辩驳(refellere)。见 *Rhetorica ad Herennium* 1954, I. IX. 16, p. 28。《量罪记》第五幕中,伊莎贝拉谈到自己在第二幕中的陈述时,抱怨安哲鲁拒绝接受这种陈述,说自己被"扰乱了"(refeld),之后莎士比亚再未用过这个词。见 *Measure for Measure*, TLN 2259, p. 918(5.1.94)。莎士比亚也直接从昆体良的作品中翻译词汇进行使用。例如,昆体良在讨论邪恶案件时,认为它的特征是其面貌(frons)是不正直的。见 Quintilian 2001, 4.1.42, vol. 2, p. 200。frons 这个词在伊丽莎白时期的拉丁语英语词典中被翻译为"前额、前端"。见 Cooper 1565, Sig. 3G, 1ʳ,参见 Thomas 1592, Sig. X, 2ʳ。在《哈姆莱特》中,克劳狄斯提到了"我们自己的罪恶",奥瑟罗的说法则是"我的最大罪状"。见 *Hamlet*, TLN 2179, p. 759(3.3.63);*Othello*, TLN 366, p. 933(1.3.80)。

法庭上的莎士比亚

最后还需要补充说明一下莎士比亚的教育经历，唯其如此，方能预先处理一个重要问题，也就是，我归功于莎士比亚的古典学问何以能够被一位文法学校的男孩所掌握。本书认为，在我讨论的任何一部戏剧中所展现出来的学识，没有任何一处是莎士比亚在16世纪70年代埃文河畔的斯特拉福德国王新文法学校教育中所不能轻易获得的。① 简言之，不用对此大惊小怪。约翰·奥布里(John Aubrey)在其《浮生掠影》(*Brief Lives*)中说，莎士比亚不仅"熟练阅读拉丁文"，②而且成年后也在不断学习语言，显然(他通常都是)是正确的。③

毫无疑问，就研究主题而言，本书的讨论不过是蜻蜓点水。古典修辞学家在诉讼类雄辩术(genus iudiciale)、议事类雄辩术(genus deliberativum)以及展示类雄辩术(genus demostrativum)之间做了明确区分。④ 我的讨论仅限于司法类雄辩术，并不涉及莎士比亚对其他两种修辞雄辩术的探索。⑤ 正如本书标题所示，唯一的话题就是司法类雄辩术。在讨论司法类雄辩术时，本书所指的仅仅是莎士比亚的运用，而非当时其他那些对古典修辞术同样了然于胸的剧作家。以下章节仅是对尚待进一步探索的广大领域中一小部分内容加以勾勒的尝试。

---

① 国王新文法学校可能使用的课程大纲，见 Whitaker 1953, pp. 14—44。
② Aubery 1898, vol. 2, p. 227.
③ Aubery 1898, vol. 2, p. 227 认为，莎士比亚"在青年时代做过教师"，教授拉丁文。他曾经和演员威廉·比斯顿(William Beeston)说自己"熟知全部的古英语诗人"(vol. 1, p. 96)。
④ 例如，Cicero 1949a, I. V. 7, p. 16; *Rhetorica ad Herennium* 1954, I. II. 2, p. 4; Quintilian 2001, 3.4.14—15, vol. 2, pp. 34—36。
⑤ 在莎士比亚创作的演说词中，数量最多的就是这种展示类雄辩术。Kennedy 1942, pp. 68—69 列举了四十五篇。

一

古典修辞术在莎士比亚时期的英国

罗马修辞传统

现存最早的古罗马修辞理论作品是西塞罗年轻时写作的《论开题》,成书于公元前90年前后,①以及作者匿名的《罗马修辞手册》,成书时间可能比前者晚约十年。② 两本书的作者应该彼此并不相识,③在许多主要观点上两者也持对立意见。④ 不过,这两部作品十分相似,甚至可以推测,作者们必定受过同一位老师的指导,⑤两本书的技术术

---

① Kennedy 1972, p.107; Corbeill 2002, pp.28, 32—33.
② Caplan 1954, p.xxvi; Corbeill 2002, p.32. Heath 2009, p.65n 认为时间应该更晚。Kennedy 1972, pp.111—112 再次提出了过去的看法,认为作者可能是 Cornificius,但是 Caplan 1954, pp.ix—xiv 提出了反对意见,颇有说服力。
③ 最明确的证据见 *Rhetorica ad Herennium* 1954, I. IX. 16, p.28,作者表示自己的看法是独创的,然而这种看法已经被西塞罗提到过,见 Cicero 1949a, I. XV. 20, p.40; I. XVII. 23, p.46。
④ 两者对争议类型、案件数量等关键问题都持不同看法,这也排除了其中一份文本的基础完全是另一份的可能性。
⑤ Corbeill 2002, p.34.

013

语也十分类似,或可断定,这位指导教师是用拉丁语而非希腊语进行教学的。① 或许西塞罗曾经构想的是创作一部体系化的作品,不过,正如其标题所表明的,他实际上将自己的讨论限定在修辞开题理论中。相反,《罗马修辞手册》的作者完整地考察了修辞技艺,字里行间直白地透露出自信之情。对希腊修辞学家,西塞罗依旧赞誉有加,②《罗马修辞手册》则对其嗤之以鼻,认为他们十分幼稚,③不屑于谈论这些早期修辞术作品,并明确表示要创造出与罗马司法和政治生活更加紧密结合的修辞体系。④

虽有以上差异,但在修辞技艺的范围与特征这个问题上,年轻的西塞罗和《罗马修辞手册》的作者观点基本一致。西塞罗认为,这种技艺包含五个要素,分别是开题、布局、表达风格、记忆以及发表。⑤ 在他进行写作时,这已经是被普遍接受的看法了,他也承认"许多人都这样认为"。⑥《罗马修辞手册》的作者也是如此,⑦只不过,他认为这项清单所指的并非修辞技艺的诸部分(partes),而是指优秀的演说者应当培养的那种技艺(res),即技巧或技能。⑧ 尔后的罗马修辞学家几乎照搬了这种分类。中年时期的西塞罗在他关于公共演讲技艺的最深思熟虑的作品《论演说家》(*De oratore*)中重申了这种看

---

① 见 Caplan 1954, pp. xxvii—xxviii。也见 Corbeill 2002, p. 32,其中列出了两部作品中完全相同的四十处完整句子。
② Cicero 1949a, II. II. 4—5, pp. 168—170.
③ *Rhetorica ad Herennium* 1954, IV. III. 4, p. 234.
④ Corbeill 2002, pp. 34—35.
⑤ Cicero 1949a, I. VII. 9, pp. 18—20.
⑥ Cicero 1949a, I. VII. 9, p. 18: 'plerique dixerunt'.
⑦ *Rhetorica ad Herennium* 1954, I. II. 3, p. 6.
⑧ *Rhetorica ad Herennium* 1954, I. II. 2, p. 4.

一　古典修辞术在莎士比亚时期的英国

法，①昆体良随后在《雄辩术原理》(*Institutio oratoria*)中也采用这种分类，而这部作品是整个罗马修辞思想传统的集大成者。② 昆体良不仅同意"雄辩术理论包含着五项相互区别的内容"，③还专门强调，这些内容不应当只被看作演说家的技巧，还应当被理解为这门技艺本身的诸部分。④

这种五分法被普遍接受，但没有人认为其中各部分都具有相等的重要性。虽然很少有人怀疑记忆（好记性）的价值，并且所有人都同意，发表（发声与仪态）能够具有出色的说服效果，但对这两个部分的处理方式通常都非常简单。⑤ 即使《论演说家》这本西塞罗最为全面的研究作品，也只是将对记忆的讨论归入第二卷末尾一个简短的章节中，⑥对发声与仪态的分析则仅仅出现在最后几页对全书进行归纳的那几段话里。⑦ 相较而言，昆体良对发表的讨论要多一些，但对所谓记忆"艺术"的处理同样简略（同时还带有明显的怀疑色彩），他把这两部分内容集中在他的倒数第二本书的结尾。⑧

罗马修辞学家无一例外都十分关注的部分是开题、布局和表达风

---

① Cicero 1942a, I. XXXI. 142, vol. 1, p. 98. 后来他又指出，这种分类法也可以用在演说家的技巧上。见 Cicero 1942b, II. 5, p. 312. 不过，他在最后一部修辞学作品中又回到了过去的看法，讨论修辞术的各个部分。见 Cicero 1962b, XIV. 43, p. 338。

② Kennedy 1972, pp. 487—496 论作为教师的昆体良。

③ Quintilian 2001, 3.3.1, vol. 2, p. 22: 'orandi ratio ... quinque partibus constat'.

④ Quintilian 2001, 3.3.11—14, vol. 2, pp. 26—28.

⑤ 不过，我将指出，它们在中世纪和文艺复兴时期的修辞术中变得很重要。论发表见 Enders 1992, esp. pp. 19—68 和 Enterline 2012；论记忆见 Yates 1966. 论莎士比亚作品中的发表见 Bevington 1984；Neill 2000, pp. 174—185；Weimann and Bruster 2008, pp. 3—4；论莎士比亚作品中的记忆见 Tribble 2005；Wilder 2010, pp. 1—3, 24—32；Lewis 2012b；Lees-Jeffries 2013。

⑥ Cicero 1942a, II. LXXXV. 350—II. LXXXVIII. 361, vol. 1, pp. 462—472.

⑦ Cicero 1942a, III. LVI. 213—III. LXI. 227, vol. 2, pp. 168—182.

⑧ Quintilian 2001, II. 2—3, vol. 5, pp. 58—156.

格。这也导致了现代的修辞术历史研究者们将研究焦点放在表达风格上的明显倾向,对古典作家来说,这个部分意味着对修辞风格的研究,其中还包括通过比喻与转义来修饰演说。① 罗马修辞学家显然认为这十分重要。《罗马修辞手册》留给比喻和转义的篇幅远多于其他修辞技巧,而西塞罗《论演说家》的主要内容就是他为自己的宏大体裁辩护,反驳那些喜欢更加朴素明晰陈述的人的看法。② 在许多主要阐述比喻与转义的作品中,这种对表达风格的兴趣得到了终极表达,包括鲁提利乌斯·鲁普斯(Rutilius Lupus)的《论象征》(*De figuris*)和科尔尼菲奇乌斯(Cornifcius)的同主题但已失传的作品,③朗吉努斯在讨论崇高的作品时也对特定比喻修辞在表现崇高时的力量进行了详细分析。④

然而,对表达风格的过度强调,可能会造成对罗马修辞术的观念及其对文艺复兴文化影响的错误判断。修辞学家自己的理解是,开题是最重要的,它是试图找出(invenire)应当说些什么的整个过程。⑤ 西塞罗强调,"在修辞术的全部内容中,开题居于首位",⑥对此,《罗马修辞手册》的作者十分赞同。"在演说家的五项任务中,"他写道,"开题最重要,也最困难,"⑦而且,"在寻找论述主张的过程中,演说者的技

---

① 近来讨论莎士比亚对修辞技艺之运用的作品也同样如此。相关清单见页 5,脚注②。
② 见 Cicero 1962b,尤其是 XXVIII. 97—101, pp. 374—378 对宏大风格的辩护。
③ Quintilian 2001, 9.3.91, vol.4, p.156 提到了这部作品。
④ Longinus 1995, secs. 16—29, pp. 225—257. 论朗吉努斯见 Kennedy 1972, pp. 369—377。
⑤ 文艺复兴时期的开题观念见 Langer 1999. 相关研究见 Watson 2001。
⑥ Cicero 1949a, I. VII. 9, p. 20: 'inventio... princeps est omnium partium [rhetoricae]'. 也见 Cicero 1942b, II. 5, p. 312: 'invenire primum est oratoris'。
⑦ *Rhetorica ad Herennium* 1954, II. I. 1, p. 58: 'De oratoris officiis quinque inventio et prima et difficillima est'。

巧必然会被提升到最高水平。"①当昆体良指出,有效的"表达风格"取决于"开题"时,强调的也是这点。如果不首先思考主题,而是直接组织语言,那"无非是在强词夺理",而非真正地进行论辩。②

当罗马作家们提到开题时,他们所想到的是需要发现并运用对所讨论问题最为适用的论证理路。西塞罗在《论演说家》中借克拉苏斯之口表示,众人皆知"演说家的基本任务在于以最能说服人的方式言说"。③ 这样一来,开题的技巧必然是,找出何种论证最有可能打动并说服特定的听众。西塞罗明确指出,他在《论开题》的开篇对开题进行正式界定时,完全赞同这种看法。他说,"开题就是这样一个过程,找出那些特定的主张,无论真实与否,或至少具有些许真实性,它们能使你的理由合情合理"。④ 后来,他在《论演说术的分类》(De partitione oratoria)中重申了这个主张,将所谓论证界定为"某种被发现的(inventum)说得通的东西,其目的在于带来确信"。⑤ 后来,昆体良也强调这一点,认为如果某人的论证被证明是不连贯的或荒谬的,那么甚至不会说他找到了一种论证。⑥

《罗马修辞手册》的作者对开题的定义与西塞罗相同,⑦二者都相信听上去合情合理所具有的无与伦比的重要性,不过前者更坦率地追

---

① *Rhetorica ad Herennium* 1954, I. X. 16, p. 28: 'de rerum inventione ... in quo singular consumitur oratoris artificium'. 也见 Quintilian 2001, 3.1.2, vol. 2, p. 8。
② Quintilian 2001, Book. 8, 引言 22, vol. 3, p. 318: 'inventis vim adferimus'。
③ Cicero 1942a, 1. 31. 138, vol. 1, p. 96: 'Primum orationis officium esse, dicere ad persuadendum accommodate'.
④ Cicero 1949a, I. VII. 9, p. 18: 'Inventio est excogitatio rerum verarum aut veri similium quae causam probabilem reddant'.
⑤ Cicero 1942b, II. 5, p. 314: 'C. F. Quid est argumentum? C. P. Probabile inventum ad faciendam fidem'.
⑥ Quintilian 2001, 3.3.5, vol. 2, p. 24.
⑦ *Rhetorica ad Herennium* 1954, I. II. 3, p. 6.

求其中之义。他在关于如何"以使其逼真的方式"来建构叙述的建议中反复提到这一点。① 遵循修辞学规则的一个重要原因是,"即使你所提出的主张确实为真,但未经修饰的事实常常难以赢得可信度"。② 如果缺乏修辞技巧,你所说的在听众耳中将会显得十分荒谬,以至于无法说服听众。了解如何听上去合情合理十分重要的另一个原因是,所说的可能并非为真,而是虚构和编造,甚至是弥天大谎。西塞罗倾向于回避这种可能性,坚持认为最重要的是得体(decorum),好的修辞家永远不会忽视道德要求。③《罗马修辞手册》的作者则以其特有的开放心态承认这种欺骗的地位,淡然总结道,"如果所说是编造的,那么遵循修辞规则就更加重要"。④

昆体良的讨论更加坦率实际。他认为,在分析如何建构叙述时,合情合理这一要求至关重要,"许多真的事情都让人难以置信,正如许多假的事情常常看似是真相"。⑤ 他的结论是,"因此,我们应该不遗余力地使法官相信我们所说的真事和所编造的假事",⑥他甚至补充了一个章节,讨论可以使其听起来为真的那些他所谓"虚假证词"。⑦ 这是否意味着,如果我们相信这种策略能够有所助益,就应当做好准备撒谎骗人?在最后一部作品中,昆体良回答了这个问题,追问是否

---

① *Rhetorica ad Herennium* 1954, I. IX. 16, p. 28 解释了如何确保陈述听起来可信。
② *Rhetorica ad Herennium* 1954, I. IX. 16, p. 28:'Si vera res erit ... saepe veritas ... fidem non potest facere'.
③ 西塞罗修辞学思想中这方面的内容见 Kapust 2011。
④ *Rhetorica ad Herennium* 1954, I. IX. 16, p. 28:'sin [res] erunt ficta, eo magis erunt conservanda'.
⑤ Quintilian 2001, 4. 2. 34—35, vol. 2, p. 236:'Sunt enim plurima vera quidem, sed parum credibilia, sicut falsa quoque frequenter veri similia'.
⑥ Quintilian 2001, 4. 2. 34—35, vol. 2, p. 236:'Quare non minus laborandum est ut iudex quae vere dicimus quam quae fingimus credit'.
⑦ 见 Quintilian 2011, 4. 2. 88, vol. 2, p. 262 论"虚假证词"。

可能同时做一个好的演说家和一个坏人。尽管极其拒斥,但昆体良也坦言,有时候,如果认为善果需要作恶才能获得,那这就是必要的:"可以举出诸项理由证明,好人在为自己的动因进行辩护时,为何也常想引导法官忽略事实。"①即使对正直的人来说,如果有这个必要,"也会以谎言来进行捍卫,丝毫不亚于为坏事辩护的人"。②

一些研究者从这种心态中看到一种将或然性与真相的概念混为一谈的意愿。③ 不过上述所有修辞学家都并未否认真相的独立性。他们仅仅是认为,修辞学家的技能之一,就是创造一种逼真的氛围。鬼魂告知哈姆莱特他将如何死去的描述最终被证实,不过当哈姆莱特第一次听到这些话时,简直难以相信。修辞学一项核心的良性效用就是,通过展示如何使这种看似不可能的真相听起来像真的,从而维护它们。然而,修辞学家承认,这种技巧也可能服务于不那么善良的目的。足够优秀的修辞家能够将完全虚假的言论表述得像真相一样。当奥瑟罗被伊阿古欺骗,认为苔丝狄蒙娜并未对他保持忠贞之后所发现的正是如此。两种情况都绝未将可能性与真相等同。毋宁说,借修辞技艺之手,真相能够被捍卫,但也可以被颠覆。

修辞学家认为,开题理论不仅要求我们去"发现"或者选取合适的理据,还要在整个演说中以最为适宜的顺序来加以运用。正如西塞罗所说,接下来所需的技能就是确保"正确地组织所发现的材

---

① Quintilian 2001, 12.1.36, vol. 5, p. 214:'potest adferre ratio,ut vir bonus in defensione causae velit auferre aliquando iudici veritatem'.

② Quintilian 2001, 12.1.40, vol. 5, pp. 216—218:'non tamen falsi defendet quam qui … malam causam tutetur'.

③ 例如,见 Altman 2010, pp. 21—22 论随着古典修辞学的复兴,可能性如何"与真实等而化之"。这是阿特曼这本书的主题之一。

料"。① 修辞学家实际上将布局的内容压缩成开题的一个方面。② 后来西塞罗在《论演说家》中修正了这种看法，不过除此之外，他的看法都与《罗马修辞手册》一致，"就一场演说的不同部分而言，它们都必须根据开题理论的要求来进行匹配"。③ 换句话说，西塞罗也认为，为主张进行开题的任务之一就是以最能说服人的方式去"处理"它，因此，他在《论开题》中对修辞技艺五项要素的分析根本不包括对布局的单独讨论。

强调找出演说中不同部分最适宜的论据，自然而然就要求修辞学家进一步思考，究竟多少个演说部分可以构成一篇完整的修辞展示。亚里士多德指出，一篇演说的内容不能超过四个部分，还不无轻蔑地表示，任何超出这个数字的尝试都将徒劳无功且荒谬可笑。④《罗马修辞手册》的作者并未被亚里士多德的权威所震慑，直言其非常不同的看法。⑤ "一篇演说包含六个部分，"他强调，"它们与开题的整个过程密切相连。"⑥每部分的名称与实质如下：

> 引言(exordium)是演说的开始，听众的心灵由此做好聆听论证的准备。叙述(narratio)是对发生或可能发生的事情所做的事实性描述。安排(divisio)则是向听众指出哪些事情已经被

---

① Cicero 1949a, I. VII. 9, p. 18：'rerum inventarum in ordinem distributio'.
② 正如 Mack 2011, p. 17 中指出的。
③ *Rhetorica ad Herennium* 1954, I. III. 4, p. 10：'de orationis partibus loqueremur ... eas ad inventionis rationem adcommodaremus'.
④ Aristotle 1926, III. 13. 4—5, p. 426.
⑤ 他在写作中或许并不知晓亚里士多德的观点。见 Kennedy 1972, pp. 114—115, 以及参见 Vickers 1988, pp. 73—74。
⑥ *Rhetorica ad Herennium* 1954, I. III. 4, p. 8：'Inventio in sex partes orationis consumitur'.

承认,哪些尚有争议,以及解释我们将要陈述的论点。提证(confirmatio)则是对我们的论证进行全面和严肃陈述的阶段。反驳(confutatio)是拆解对手论证的部分。总结陈词(conclusio)则是为演说做合理的总结。①

西塞罗在《论开题》中更喜欢说分割(partitio)而非安排、②驳斥(reprehensio)而非反驳,③除此之外,他与这种反亚里士多德的立场完全一致。

针对这种数量繁多的内容划分,许多修辞学家持续提倡亚里士多德分类法的简化版本。到西塞罗创作《论演说术的分类》这本为他儿子而写的基础课本时,他已经接受了这种看法,认为一篇演说必不可少的部分就是叙述和提证,或许还可以加上开场白(principium)和总结(peroratio),也就是具有说服力的开头与结尾。④ 昆体良基本同意这种看法,尽管他认为亚里士多德的错误在于将提证与反驳合在一起,因此才得出演说应当被分为五个部分的结论。⑤ 就各部分的名称而言,修辞学家一直各持己见,昆体良将开篇部分称作引言(prohoemium),大多数修辞学家将其他部分称为陈述、提证(昆体良

---

① *Rhetorica ad Herennium* 1954, I. III. 4, pp. 8—10: 'Exordium est principium orationis, per quod animus auditoris constituitur ad audiendum. Narratio est rerum gestarum aut proinde ut gestarum expositio. Divisio est per quam aperimus quid conveniat, quid in controversia sit, et per quam exponimus quibus de rebus simus acturi. Confirmatio est nostrorum argumentorum expositio cum adseveratione. Confutatio est contrariorum locorum dissolutio. Conclusio est artificiosus terminus orationis'.
② Cicero 1949a, I. XXII. 31, p. 62.
③ Cicero 1949a, I. XLII. 78, p. 122.
④ Cicero 1942b, I. 4, p. 312.
⑤ Quintilian 2001, 3.9.6, vol. 2, p. 152.

更喜欢说展示)、反驳、结论或总结。①

以上每部分都有自己的目的,对开题的熟练掌握意味着能够了解哪些论据与演说中的哪个部分最匹配。引言必须以确立我们的人格(ethos)为目标,使法官对我们留意(attentus)并愿意回应(docilis),最重要的是对我们的主张持有善意(benevolus)。② 随后,陈述部分应当向法官提供有力的事实,说服他接受我们对事件的叙述。③ 除了辅助论证中最为"人工的"或修辞性的内容,提证和反驳应当利用"非人工"的证据,例如书面记录和证人证言。④ 最后,总结不仅要对论证加以归纳,还要利用"夸张法",尤其是常言(loci communes)来博得法官的同情。有时,修辞学家认为,如果有制造出强有力的情感效应的可能性,可以在演说的任何阶段运用适当的引起共鸣的常言,⑤不过他们总是补充说明,总结才是这些常言发挥作用的首要和关键场所。⑥

这些作家认为,所谓完美演说者具有两种相互联系的能力:知晓如何开题或发现合适的论证,并且知道如何以最大限度的情感力量来放大和修饰这些论证。⑦ 正如西塞罗在《论开题》的开篇总结的那

---

① Quintilian 2001, 3. 9. 1, vol. 2, p. 148; 4. 1. 1, vol. 2, p. 180. 参见 *Rhetorica ad Herennium* 1954, I. III. 4, p. 8; Cicero 1949a, I. XIV. 19, p. 40。

② Cicero 1949a, I. XV. 20, p. 40; *Rhetorica ad Herennium* 1954, I. IV. 6, p. 12; Cicero 1942a, II. XIX. 80, vol. 1, pp. 256—258; Quintilian 2001, 4. 1. 5, vol. 2, p. 182。

③ Cicero 1949a, I. XXI. 30, p. 62; *Rhetorica ad Herennium* 1954, I. VIII. 12, p. 22; Quintilian 2001, 4. 2. 21, vol. 2, p. 228。

④ Aristotle 1926, I. 2. 2, p. 14; I. 15. 1, p. 150 以及 I. 15. 17, p. 158; Cicero 1942a, II. XXVII. 116, vol. 1, pp. 280—282; Quintilian 2001, 5. 1. 1—2, vol. 2, p. 324。

⑤ Cicero 1949a, II. XV. 48—49, pp. 208—210. 关于在陈述中运用常言,见 Quintilian 2001, 4. 2. 116—118, vol. 2, p. 276;关于在提证时的运用,见 Cicero 1949a, I. LIII. 100, pp. 150—152。

⑥ *Rhetorica ad Herennium* 1954, III. VII. 15, p. 182;参见 Cicero 1949a, I. LIII. 100, I. LV. 106, pp. 150, 156; Quintilian 2001, 6. 1. 51, vol. 3, p. 42。

⑦ Cicero 1942b, I. XXVI. 118, p. 82; Quintilian 2001, Prohoemium 9, vol. 1, p. 56。

一 古典修辞术在莎士比亚时期的英国

样——这句话被证明引起异乎寻常的共鸣——完美演说者是这样一位男性（演说者是一位男性，这被认为是理所当然的），他在最高程度上结合理性（ratio）和雄辩（oratio）的力量。① 理性被认为是一种不变的品质，但是昆体良补充说，雄辩则可以在三种不同的修辞类型（genera dicendi）之一中被展现，它们分别是质朴简单、委婉引入与宏伟浮夸。质朴简单型最适合用来传达信息，应当主要被用在叙述和提证中。如果要激发听众的情绪，则必须知道如何使用浮华的辞藻，用比喻、夸张和其他雄辩术效应来强化论证。②

西塞罗指出，最早的修辞学教师宣称自己掌握了理性和雄辩两项能力，对自己的学科的重要性通常非常自负。他们喜欢假定，一位接受过完整训练的演说者能够就论辩中出现的任何话题展开有效论述。③ 但是，在《论演说家》的开头，当克拉苏斯试图重提这种看法时，斯卡沃拉（Scaevola）则抨击他夸大其词。④ 斯卡沃拉反驳，有些理性类型与修辞技巧毫无关联。例如，"我们可以把数学家完全放在一边，他们的技艺与强有力的演说能力毫不相关"。⑤ 修辞的力量只对某些论证类型很重要，在这些论证中，我们不能指望提供证明，只能满足于运用足够的证据来支持某个或多或少可能的案件。昆体良认为，这意味着修辞技巧只在这样一种论争中是必要的，也就是有可能在论题的

---

① Cicero 1949a, I. II. 2, p. 6; 相关讨论见 Wisse 2002 和 Kerrigan 2012（论《科利奥兰纳斯》）, pp. 340—341。
② Quintilian 2001, 12. 10. 58—62, vol. 5, pp. 312—314. 关于文艺复兴时期的宏大风格见 Shuger 1988, pp. 55—117。
③ Cicero 1949a, I. V. 7, p. 14. 西塞罗作品中这种观点不断变化的地位，见 Vickers 1988, pp. 29—32。
④ Pincombe 2001, pp. 22—29。
⑤ Cicero 1942a, I. X. 44, vol. 1, p. 32: 'Missos facio mathematicos ... quorum artibus vestra ista dicendi vis ne minima quidem societate contingitur'.

023

19　双方皆可为某些可辩护内容进行论争的那种。① 正如《论演说家》中老练实际的安托尼乌斯(Antonius)所言,完美的演说者的演说如此富有说服力和"赢得人心",以至于它有"通过某些机制实现说服听众改变立场的效果",使他们最终不能不站在演说者这边。②

　　亚里士多德对论辩的分类后来成了标准,修辞技巧被认为对这些论辩来说必不可少。他对修辞言说的三分类法被后来所有重要的罗马修辞学家全盘接受。③ 第一种是夸耀或展示演说,即所谓颂扬体(genus demostrativum),这种演说针对某些特定人物的品质进行表述。既可以表达赞誉(laudatio),也可以进行诋毁(vituperatio)。第二种是协商演说,也就是所谓议事体(genus deliberativum),这种演说通常出现在建议咨询和公共集会中。其目的在于劝说或避免某人以某些特定的方式行动,因此,正反两面的论证也同样都可能出现。最后一类是司法演说,即所谓诉讼体,最常出现在法庭上。④ 有时,司法演说者或许会以反诉或反驳的形式提出讼告,不过通常来说,诉讼中的对立双方将会提出相反的陈述,因此同样地,正反两种论证都出现。⑤ 西塞罗在《论演说家》中借斯卡沃拉之口对以上划分进行了总结,开题和布局这两项修辞基本技能在其中都占据着重要的位置。"如果你想要自

---

　　① 例如,见 Quintilian 2001, 3.5.5, vol.2, p.40。不过昆体良多次指出,修辞学的主题包括一切演说者被要求进行言说的争议。见 Quintilian 2001, 2.21.4, vol.1, p.408; 3.3.14, vol.2, p.28。这种看法在文艺复兴时期有时被重申。例如,见 Elyot 1531, Sig.F, 7ᵛ。
　　② Cicero 1942a, II.XVII.72, vol.1, p.252:'machinatione aliqua … est torquendus'。
　　③ 相关细节见 Cicero 1949a, I.V.7, p.16,以及 *Rhetorica ad Herennium* 1954, I.II.2, p.4。
　　④ 亚里士多德的司法演说术理论,见 Hesk 2009, pp.150—156。
　　⑤ Corbeill 2002, pp.35—36 指出,尽管罗马时期的法庭中已经确立了申诉传统,但修辞学家依然采用更加古老的希腊观点,视其为为某人自己辩护。下文将指出,这种简化理解十分适合莎士比亚的目标。

己的案子在法庭上显得更合情合理,想要自己在集会上的演说拥有最大的说服力",你便不能不使用它们。[1]

修辞学家普遍认为,在这三种修辞演说中,司法演说最为重要。[2] 亚里士多德并不认可这种看法,而是觉得协商演说更高尚,司法演说不仅与利益联系更加密切,而且还更经常地掺入了诡计和欺诈。[3] 相比之下,罗马修辞学家则愿意认可司法演说的特殊价值,因此修辞学理论也应当将焦点放在司法演说上。西塞罗和《罗马修辞手册》的作者都极其关注司法演说,昆体良则有过之而无不及,他表示,演说者要向自己提出的最基本问题是,是否在法庭中展开论辩。[4] 通常而言,对这种先后排序的解释是,罗马修辞学家常常受雇训练准备从事诉讼职业的年轻人,不过,也有研究者时常提到一种更加高尚的辩护,即社会通常都受到破坏性分裂的威胁,而雄辩演说的协调力量则能够迅速抚平这些伤口。[5]

无论理由为何,当修辞学家思考演说者的独特功能或义务(officium)时,毫无疑问都十分关注司法演说。[6] 他们首先指出,探讨某些具有公共意义的事务(res)或议题是一位演说者最能实现自己价值的途径。[7] res 这个词有时候被用来指代修辞技艺的全部内容,[8] 但

---

[1] Cicero 1942a, I. IX. 44, vol. 1, p. 32: 'ut in iudiciis ea causa, quamcumque tu dicis, melior et probabilior esse videatur; ut in concionibus et sententiis dicendis ad persuadendum'.

[2] Vickers 1988, pp. 53—62 指出,这种立场已然同罗马的公共生活现实相冲突,他还追溯了古典时代晚期展示型修辞术的发展与法庭修辞术的衰落。

[3] Aristotle 1926, I. I. 10, pp. 6—8.

[4] Quintilian 2001, 3.4.7, vol. 2, p. 32.

[5] Connolly 2007, pp. 27, 65—76.

[6] 演说家的职责见 Rhetorica ad Herennium 1954, I. II. 2, p. 4。Cicero 1949a, I. VIII. 10 尤其强调司法演说。

[7] Rhetorica ad Herennium 1954, I. II. 2, p. 4;参见 Quintilian 2001, 3.6.21, vol. 2, p. 58.

[8] 例如,见 Cicero 1949a, I. V. 7, p. 16; Quintilian 2001, 3.1.1, vol. 2, p. 8.

通常被用来描述那些司法案件中需要得到调查的"问题",正如方言修辞学家喜欢说的那样①。② 西塞罗在《论开题》开篇指出,在这些动因中,永远都有一些单独的问题要考察。③ 昆体良的表述一如既往地更加夸张,"在任何情况下,只要存在着原告和被告两方",就将永远存在着围绕"或是一个单一问题,或是一系列问题"的争端。④

司法动因所要处理的问题的特征是,其核心是对立双方之间的争议(controversiae)。《罗马修辞手册》解释说,"当某些问题以争议的方式被提出,或是存在着指控,或是存在着诉讼或辩护时","这种争论就是司法性的"。⑤ 昆体良认为,只要出现原告和被告,那么两者之间就必须显然存在着某种争议。⑥ 他总结道,演说者的目标永远都应当是辨明"争端何为",弄清楚"对方和自己想要如何加以利用"。⑦

修辞学家认为,所谓存在着有争议的问题,就是在强调存在着某些双方需要解决的等待裁决的问题。这又被称为案件的争议。⑧ 西塞罗晚年对议题这种说法并不满意,曾借克拉苏斯之口指出,这无非是

---

① 在莎士比亚时代的拉丁文英文词典中,将 res 翻译成"问题"已经成为标准做法。例如,见 Cooper 1565, Sig. 5P, 6ʳ:"Res……一个物体……问题。"
② 例如,见 Cicero 1949a, I. VIII. 10, p. 20; *Rhetorica ad Herennium* 1954, I. II. 2, p. 4。
③ Cicero 1949a, I. VIII. 10, p. 20.
④ Quintilian 2001, 3.10.1, vol.2, p. 154:'Ceterum causa omnis in qua pars altera agendis est, altera recusantis, aut unius rei controversia constat aut plurium'.
⑤ *Rhetorica ad Herennium* 1954, I. II. 2, p. 4:'Iudiciale est quod positum est in controversia, et quod habet accusationem aut petitionem cum defensione';也请参见 I. XVI. 26, p. 50。
⑥ Quintilian 2001, 3.10.1, vol.2, p. 154.
⑦ Quintilian 2001, 3.11.23, vol.2, p. 166:'quid sit quod in controversiam veniat, quid in eo ... velit efficere pars diversa, quid nostra'.
⑧ *Rhetorica ad Herennium* 1954, I. XI. 18, p. 32; Cicero 1949a, I. VIII. 10, p. 20. Quintilian 2001, 3.6.2, vol.2, p. 48 的说法则是案件状态,不过也承认这两个术语意思相同。希腊化时期的修辞学家泰诺斯的赫玛戈拉斯(Hermagoras of Temnos)似乎发展了这种理论。见 Corbeill 2002, p. 29; Connolly 2007, pp. 69—70, 72—73。

一 古典修辞术在莎士比亚时期的英国

常识问题。① 即使如此,在《论开题》中,他很乐意地提出了后来成了标准的争议的定义:"我们给那些引发诉讼的问题取的名字。"② 昆体良隐晦地采用了西塞罗的说法并稍加调整,认为这个词应当被用来指代双方之间"由于基本冲突而产生的那种问题"。③ 他总结说,此类司法论辩中的通常问题因此是"议题发生分歧的那个点,是争端中最重要的那个点"。④

接下来要厘清的就是,有多少种议题需要被区分出来。有特色的是,昆体良全面梳理了各种修辞学思想流派提出的不同回答,指出一些思想家认为可能只存在两种类型,其他一些人则认为有七八种。⑤ 昆体良自己认为其实只有两种基本类型,⑥ 不过也承认,最普遍接受的观点共有三种,并且区分它们的恰当方法是思考需要被裁决的问题究竟是法律性的、推测性的还是司法性的。⑦ 他将这种主张与西塞罗在《论演说家》中的分析联系起来,不过实际上西塞罗在这部作品中仅仅粗略地谈到了这种三重分类。⑧ 为了获得最清晰的阐述,我们需要回到《罗马修辞手册》的作者那里,他坚定地认为有且只有三种类型,这些类型可以被称为释法型争议或释法型(法律性的)、格物争议(推测

---

① Cicero 1949a, II. XXX. 132, vol. 1, p. 292.
② Cicero 1949a, I. VIII. 10, p. 20: 'quaestionem ex qua causa nascitur constitutionem appellamus'.
③ Quintilian 2001, 3.6.5, vol. 2, p. 50: 'quod ex prima conflictione nascitur … genus quaestionis'.
④ Quintilian 2001, 3. 6. 21, vol. 2, p. 58. 状态或者通常问题是'quod esset in ea potentissimum et in quo maxime res verteretur'。
⑤ Quintilian 2001, 3.6.29, vol. 2, p. 62 and 3.6.55, vol. 2, p. 76.
⑥ Quintilian 2001, 3. 6. 86, vol. 2, p. 92.
⑦ Quintilian 2001, 3. 6. 45, vol. 2, p. 70.
⑧ Cicero 1962b, 45, p. 338.

性的),以及司法争议(司法性的)。① 确定所要处理议题属于何种类型的正确方法十分简单,"把指控者的控诉与辩护者的基本抗辩放在一起"。② 当议题是法律性的时候,"争议将来自一段文本或某些源自文本的东西"。③ 若议题是推测性的,那么"争议将是关于某些现实问题",更确切地说,是关于笼罩着需要被解决的现实问题的一些谜团。④ 当议题是司法性的时候,事实不会受到质疑,争议将完全围绕着"某事是否符合正义"而产生。⑤

在以上类型中,司法争议被认为是最复杂的,因为它可以由两种截然不同的方式产生。当事情以合乎正义的方式被施行时,议题便是绝对的,原告将能够表明,处在争议中的行为和行为本身是绝对正确的。⑥ 若事情以不符合正义的方式被实施,那么议题便是假设性的,因为原告将无法为他的动因辩护,除非他能够设法以让步(concessio)的形式加入一些东西(假设),以此正名或脱罪。⑦ 让步的一个可行方案是进行开脱,表明行为实际上并非有预谋而为之(cum consulto),因此应当被原谅。如果无法提出这种辩护来缓解困境,那么剩下的唯一办

---

① 见 *Rhetorica ad Herennium* 1954, I. XI. 18, pp. 32—34 将"法律"争议称为 legitima。Cicero 1949a, I. XI. 14, p. 30 使用的则是 negotialis, Quintilian 2001, 3. 6. 45, vol. 2, p. 70 则称为 legalis。方言修辞学家逐渐采用的是昆体良的用法,这也是我所参照的用法。

② *Rhetorica ad Herennium* 1954, I. XI. 18, p. 32: 'prima deprecation defensoris cum accusatoris insimulatione coniuncta'.

③ *Rhetorica ad Herennium* 1954, I. XI. 18, p. 34: 'in scripto aut e scripto aliquid controversiae nascitur'.

④ *Rhetorica ad Herennium* 1954, I. XI. 18, p. 34: 'coniecturalis est cum de facto controversia est'.

⑤ *Rhetorica ad Herennium* 1954, I. XIV. 24, p. 42: 'iure an iniuria factum sit'.

⑥ *Rhetorica ad Herennium* 1954, I. XIV. 24, p. 44. 参见 Cicero 1949a, I. XI. 14—15, p. 30; Quintilian 2001, 7. 4. 4, vol. 3, p. 238。

⑦ *Rhetorica ad Herennium* 1954, I. XIV. 24, p. 44. 参见 Cicero 1949a, I. XI. 15, p. 30; Quintilian 2001, 7. 4. 7, vol. 3, p. 240。

一 古典修辞术在莎士比亚时期的英国

法就是提出乞求免于责罚(deprecatio)的让步,即直接承认有罪,同时请求赦免。①

以西塞罗的《论题》和《论演说术的分类》为基础,昆体良进一步区分了可能出现的两种不同类型的问题。② 有些问题是没有终极答案的(infinita),其特点是十分普遍常见,例如人是否应当结婚。另一些问题则是有明确答案的(finita),与某些特定的人与地点相关,例如加图是否应该结婚。③ 在《论开题》中,西塞罗似乎更偏向于认为,第一种问题在哲学中更为典型,即人们所说的提出论题(thesis)。在第二种问题中,人们仅仅需要提出一个假设(hypothesis),这在演说中更为典型。④ 不过,后来他更强调修辞学的哲学意义,认为修辞学可以囊括以上两种问题。昆体良采用的就是后一种立场,认为在每个"特定的"问题中,都隐藏着一个更加普遍的问题,这个普遍问题同时也先于特定的假设。⑤ 昆体良在对这种论辩的范围进行一番思索之后,最终得出结论,"因此'问题'这个词可以从广义上被理解为指的是任何能够合理地在案件诉讼双方的其中一方,甚至在各种不同方面进行争辩的东西"。⑥

回到西塞罗的《论开题》中便会发现,西塞罗认为,在有明确答案的问题得到解决的地方,我们必定是在处理一起诉讼(causa),其中某

---

① *Rhetorica ad Herennium* 1954, I. XIV. 24, p. 44. 参见 Cicero 1949a, I. XI. 15, p. 30; Quintilian 2001, 7.4.17, vol. 3, pp. 244—246。

② Cicero 1949b, XXI. 80, p. 444; Cicero 1942b, XVIII. 61, p. 356。

③ Quintilian 2001, 3.5.7, vol. 2, p. 40。

④ Cicero 1949a, I. IX. 12, pp. 24—26;参见 Heath 2009, p. 66。

⑤ Quintilian 2001, 3.5.9—10, vol. 2, p. 42。

⑥ Quintilian 2001, 3.11.1—2, vol. 2, p. 156: 'Quaestio latius intelligitur omnis de qua in utramque partem vel in plures dici credibiliter potest'. 对双方任何一边的主张(argumenta in utramque partem)的讨论见 Peltonen 2013, esp. pp. 68—70。

些假设被提交给法官。他总结说:"问题才是诉讼的来源。"①不过,本文已经指出,诉讼体的特征就在于,永远都存在某些处于对立双方争议之中的议题。因此,也不难理解为什么诉讼这个词也被用来指代演说者所支持的那一方。这无疑意味着,西塞罗和《罗马修辞手册》的作者在指出修辞开题的全部目标就是"找出使你的理由更站得住脚的东西"时,他们的想法是一致的。② 沿着西塞罗在《论演说术的分类》中的思路,昆体良甚至断言,围绕一个有明确答案的问题展开演说,也就是在进行"诉讼"演说。③ 他引用并赞同阿波罗多乌斯(Apollodorus)的格言,"所谓诉讼就是其结果是争议的东西"。④ 因此,这些思想家对司法修辞术的概括性理解是,演说者的首要目标应当是找出在争议问题中和争议双方之间如何最好地为诉讼辩护的办法。⑤ 或可以认为,整个讨论都是围绕着议题、问题和诉讼等概念构建起来的。

都铎时期英国的修辞术教育

在16世纪最初的几十年间,上述的修辞理论在很大程度上再次占据了教育实践的核心位置,恰如罗马时期一样。⑥ 身处我们如今这样更具有历史感的时代,不免要惊讶于文艺复兴时期英国人文主义者准备将古典时期的修辞学和其他文本视为当代文献。这也意味

---

① Cicero 1949a, I. VIII. 10, p. 20: 'Eam igitur quaestionem ex qua causa nascitur'.
② Cicero 1949a, I. VII. 9, p. 18; 参见 *Rhetorica ad Herennium* 1954, I. II. 3, p. 6: 'Inventio est excogitatio rerum ... quae causam probalilem reddant'。
③ Cicero 1942b, XVIII. 61, p. 356; 参见 Quinntilian 2001, 3.5.7, vol. 2, p. 40。
④ Quintilian 2001, 3.5.17, vol. 2, p. 46: 'causa est negotium cuius finis est controversia'.
⑤ 这一时期法律案件(causae)的含义,见 Cormack 2007, pp. 19—21。
⑥ 文艺复兴时期修辞术的演变见 Mack 2011; 文艺复兴时期西塞罗和昆体良思想的接受状况,见 Ward 1999。

着——与本书的论点相关的重要一点——将西塞罗、昆体良与都铎时期英国的方言修辞学家联系在一起，并把他们视为对单一论点的贡献，这才是符合历史的。这种处理方式能够明晰地展现出人文主义者在面对古典权威时所承袭的极其强烈的文化连续性意识。①

　　人文主义者重新采用的那种教学大纲在古典时代被称为人文研究（studia humanitatis）。昆体良在《雄辩术原理》的第十卷中对所涉及的教学方案做了一个著名的总结，被广泛接受。在掌握修辞技艺的同时，②胸怀大志的演说者还应沉浸在对诗歌、历史以及道德哲学的研究和欣赏中。③ 昆体良最推崇的诗人是荷马和维吉尔；④最欣赏的历史学家则是修昔底德和希罗多德，以及罗马人中的萨卢斯特和李维；⑤至于道德哲学，他认为"西塞罗甚至能与柏拉图本人比肩"。⑥ 文艺复兴时期英国教育理论家所复兴的正是这种独特的"人文"研究的罗马愿景。⑦ 托马斯·艾略特（1490—1546）出版于1531年的《统治者之书》（The boke named the Governour）当属最明确阐述这种方案的作品。儿童时期的学生在完成文法学习以后，要学习古典诗歌，特别是荷马史诗。⑧ 到14岁，未来的"统治者"可以开始学习辩证法和修辞学，昆体良的《雄辩术原理》是掌握这后一项技艺的推荐教材。⑨ 在这之后，

---

① 这种观点及其阐释见 Skinner 1996, p. 40。
② Quintilian 2001, 10. 1. 20—26, vol. 4, pp. 262—264.
③ Quintilian 2001, 10. 1. 27—36, vol. 4, pp. 166—170.
④ Quintilian 2001, 10. 1. 46 and 85, vol. 4, pp. 274, 296.
⑤ Quintilian 2001, 10. 1. 73 and 101, vol. 4, pp. 290, 306.
⑥ Quintilian 2001, 10. 1. 123, vol. 4, p. 318: 'M. Tullius ... in hoc opere Platonis aemulus extitit'.
⑦ 对这一过程的更完整介绍，见 Skinner 1996, pp. 19—40，后文中也有引用；也见 Simon 1966, pp. 59—123, 299—332。
⑧ Elyot 1531, Sig. D, 7^v—8^r; Sig. D, 8^v to Sig. E, 1^r.
⑨ Elyot 1531, Sig. E, 4^r.

学生需要学习宇宙学以及（更细致的）历史，研读的作品从李维开始，进阶到凯撒、萨卢斯特以及塔西陀。① 到 17 岁时，他"需要阅读一些哲学书籍，特别是能够为他提供关于德行知识的那些"。② 这时候，他应该集中学习亚里士多德的《伦理学》、西塞罗的《论义务》，"最重要的"是柏拉图的作品。③

不过艾略特也承认，这条通往智慧的道路布满荆棘。绝大多数希腊和罗马先贤"认为，在七岁之前，儿童不应该读书识字"。但是，他们理所当然地认为，"所有的知识和科学使用的都是自己的母语"，学童们不用花"大量时间去学习掌握希腊文和拉丁文"。相比之下，当今时代的不幸是，我们别无选择，不得不尽早开始学习古典语言。若不掌握这些基本技能，便绝无可能进入人文学习的殿堂，获取智慧与力量。④

因此，都铎时期文法学校的课程基本上都是语言教学。要一窥当时的教学内容，可以参考毕业于剑桥大学三一学院，后来担任过普利茅斯文法学校校长的威廉·肯普出版于 1588 年的《学龄儿童的教育》（The Education of Children in Learning）。⑤ 肯普建议，学校学习的头五年应当专攻拉丁文，随后学生进入接下来三年的高年级学习。⑥ 在这段时间里，应当学习逻辑学和修辞学，同时也要不断地训练如何以恰当的修辞体裁使用拉丁文写作"议题"。最后一年除了要学习一些

---

① Elyot 1531, Sig. E, 4^r—8^v.
② Elyot 1531, Sig. F, 1^r.
③ Elyot 1531, Sig. F, 1^r.
④ Elyot 1531, Sig. C, 2^r.
⑤ 肯普的介绍见 Baldwin 1944, vol. 1, pp. 437—449; Howell 1956, pp. 258—261。
⑥ Kempe 1588, Sig. F, 3^v 至 Sig. G, 1^r。

数学知识以外,其余课程都是拉丁文。①

肯普所构想的这种两级式拉丁学习方式通常也被等同于人文学习中的两项语言学要素,也就是文法技艺(ars grammatica)和修辞技艺。② 胡安·路易斯·比韦斯(1493—1540)于1523年首次来到英国,在牛津大学教授人文学,在成书于1531年的《教学准则》(De tradendis disciplinis)中就已经强调了这种观点。③ 比韦斯指出,开始学习拉丁文也就是开始学习文法,因此要识记名词变格、动词变形,等等。④ 开始学习修辞学也就是开始学习如何辨别比喻与转义,这样我们就完成了学习比韦斯所谓更重要的修辞训练的准备工作。⑤ 这种训练包括主题和演说词的写作,以及就给定动因与一方或另一方发表"相反的"言论。⑥ 等到学生进入为自己的观点进行写作的阶段时,他必定已经能够将最初对文法的理解与后来的修辞学研究以及"遣词造句"结合起来。⑦

对修辞学的诸项原则的传授一般是通过对一本或其他几本经典手册的学习来实现的。昆体良常被视为进阶教材,但到目前为止,最受欢迎的是《罗马修辞手册》和西塞罗的导论式作品,特别是《论开题》和《论演说术的分类》。比韦斯在《教学准则》中的课程大纲就将

---

① Kempe 1588, Sig. G, 2ᵛ 至 Sig. H, 1ʳ. 也见 Charlton 1965, pp. 105—106, 109—112。关于课程中文法的首要地位,见 Percival 1983 和 Crane 1993, pp. 79—86;修辞学的地位见 Curtis 2002。人文主义课程的教学也见 Bushnell 1996。
② 对这些阶段的完整分析见 Green 2009, pp. 129—190。
③ Simon 1966, pp. 106—114.
④ Vives 1913 [1531], pp. 96—97.
⑤ Vives 1913 [1531], p. 98.
⑥ Vives 1913 [1531], p. 184.
⑦ Kempe 1588, Sig. G, 3ʳ.

《罗马修辞手册》列为最有用的参考之一,①约翰内斯·斯特姆在自己的《文学游戏》(*De literarum ludis*)中也十分赞同这种排序。斯特姆认为,儿童的教育应该从五六岁开始,此后要持续九年时间。② 修辞学的学习应当放在第五年,从表达风格学起,第六年则学习开题,在这两个阶段,最适合使用的教科书据说是《罗马修辞手册》。③

从现存的都铎时期文法学校的规章来看,当时这种主张已经被广泛采用。伯里·圣埃德蒙地区的爱德华六世文法学校在 1550 年起草的"法则"规定,在最高阶段,"学员们应该阅读昆体良的《雄辩术原理》,或者读《罗马修辞手册》中阐述的修辞准则"。④ 诺威治文法学校 1556 年的校规同样也明确规定,昆体良和《罗马修辞手册》应当"在最高年级"被学习。⑤ 莱彻斯特自由文法学校 1574 年的校规要求,在学完拉丁文语法后,学员应当在最高年级至少一周两次学习"塔利和《罗马修辞手册》的一些内容"。⑥ 里文顿中学 1576 年的校规也做出了类似的规定,在完成必要的文法训练以后,学生应当"进入对**修辞**原理的研习,阅读塔利的**作品**(《罗马修辞手册》),以便能理解**演说**的各种类型和各部分",这样才能"合理地反驳提出的任何**问题**"。⑦

由于早些时候人文教学在意大利的风靡,⑧这些经典手册已经在

---

① Vives 1913 [1531], p. 183.
② Sturm 1538, fo. 14ʳ.
③ Strum 1538, fos. 19ᵛ, 20ʳ, 23ᵛ.
④ BL Lansdowne MS 119, fo. 14ʳ, item 25: 'Institutiones Oratoria Quintilliani, aut praeceptiones Rhetoricae eas quae sunt apud Herennium a ludimagistro audiunto'.
⑤ Saunders 1932, pp. 136, 147.
⑥ Cross 1953, p. 16.
⑦ Whitaker 1837, pp. 213—214. 也见 Kay 1966, pp. 53, 187,校规日期见 p. xvi。请注意,同诺威治和莱彻斯特的校规一样,这份校规也同样错误地认为《罗马修辞手册》是"塔利",也就是西塞罗的作品。
⑧ Grendler 1989, pp. 117—121, 133—141 将这一成功追溯到 14 世纪。

一 古典修辞术在莎士比亚时期的英国

市面上流行了一段时间,并且确实也属于印刷出版物最早时代的畅销书之一。1470 年,昆体良的《雄辩术原理》第一次在罗马出版,到 1500 年之前,至少再版了六次,主要都是在威尼斯出版。① 到 16 世纪中叶,巴黎出现了多达二十个版本,②而在里昂,塞巴斯蒂安·格里菲斯(Sébastian Gryphius)从 1531 年开始将《雄辩术原理》与昆体良的《论演说》(Declamations)一起出版,在接下来的二十多年中,这个版本再版了六次以上。③ 基础知识手册更加流行,特别是《罗马修辞手册》和西塞罗的《论开题》。④ 1470 年,尼古拉斯·詹森在威尼斯首次出版了《论开题》,到世纪末,这本书在意大利至少出版了十二次。⑤ 然而,《罗马修辞手册》流传最为广泛。⑥ 1470 年詹森第一次将其出版以后,在接下来的二十年中至少有十个意大利版本问世。⑦ 詹森发明了一种后来常见的出版安排,即将《罗马修辞手册》与《论开题》放在一起,作为一本书进行出版。⑧ 巴蒂斯塔·托尔蒂 1481 年的版本就沿袭了这种办法,这个版本在随后十年中又重印了数次。⑨ 和詹森一样,托尔蒂认为这两本书都是西塞罗的作品,在扉页将《论开题》说成是西塞罗的"老"修辞学,将《罗马修辞手册》则说成是他对这个议题"新的"和更系统的思考。⑩ 除了这些联合印刷版本以外,这两本书也在印刷书籍

---

① Green and Murphy, 2006, pp. 352—353. 其影响见 Grendler 1989, pp. 120—121.
② Green and Murphy, 2006, pp. 352—353, 354—356.
③ Green and Murphy, 2006, p. 355.
④ 这些作品的印刷史见 Mack 2011, pp. 14—18.
⑤ Green and Murphy 2006, pp. 107, 109, 114.
⑥ Grendler 1989, pp. 208, 213—214.
⑦ Green and Murphy 2006, pp. 114, 115.
⑧ Green and Murphy 2006, p. 114.
⑨ Green and Murphy 2006, p. 114.
⑩ Cicero 1481. 我将两个文本各自的扉页放在一起讨论(BL 馆藏)。

问世初期成为许多集注和评论的讨论对象。[1]

当拉斐尔·瑞吉乌斯(1440—1520)在1490年出版了自己的《昆体良两百问》(Ducenta problemata)之后,这种处理方式立刻受到了质疑。[2] 这本书的总结章节的标题是"《罗马修辞手册》是否被错误地认为出自西塞罗之手",瑞吉乌斯坚定地认为这确实是搞错了。[3] 这个结论很快就被绝大多数有影响力的教育研究者所接受,比韦斯在他的《教学准则》中也指出,难以想象西塞罗如何会被认为是这本书的作者。[4] 不过,对意大利的书商来说,将《罗马修辞手册》与西塞罗这个奇妙的名字拆分开显然是如此不受欢迎,以致瑞吉乌斯起初被广泛忽视。直到1546年保罗·马努齐奥(1512—1574)出版了他编辑的西塞罗修辞学作品集,马努齐奥认为《罗马修辞手册》是"一位不知名作者的作品"。此后,人们似乎才摒弃了这种处理方式。[5] 即使如此,法国和德国的书商依然反对这种看法。到16世纪50年代,科隆的吉姆里奇公司依然将《罗马修辞手册》当作西塞罗的作品来出版,[6]而里昂的安东尼·格里菲斯仅在自己1570年的版本中放弃这种看法,他最终不再为这部作品指认作者。[7]

这个时候,在英国也出现了一波出版这种丛书的热潮。这种编排

---

[1] 见 Ward 1983, pp. 142—145。最早的作品是出版于1474年关于《论开题》的一本注释书。

[2] Green and Murphy 2006, p. 372. 我参考的是大英图书馆的藏本,日期是1492年9月。

[3] Regius 1492, Sig. F, 8^r: 'Utrum ars rhetorica ad Herennium Ciceroni falso inscribatur'. 瑞吉乌斯的发现提出了一系列尚未解决的问题。如果西塞罗不是《罗马修辞手册》的作者,那么谁是?是什么因素使得这本影响如此广泛的作品的作者不为人知?瑞吉乌斯并不关注这些争议,而是局限于驳斥西塞罗是作者的看法,用超过三页的篇幅进行了精确的分析。

[4] Vives 1913 [1531], p. 183.

[5] 见 Cicero 1546,参见 Green and Murphy 2006, p. 112。

[6] 见 Cicero 1550,书中称《论开题》与《罗马修辞手册》是"同一位作者"(eiusdem)。

[7] Cicero 1570;参见 Green and Murphy 2006, p. 116。

一　古典修辞术在莎士比亚时期的英国

在1569年首次问世,亨利·拜尼曼显然获得了出版学校使用经典书籍的许可,他自己出版了一部分,同时也授权其他书商进行出版。① 伦敦第一位使用这一授权的书商是约翰·金斯顿,在此之前,他已经出版过许多修辞学作品,其中包括在1569年出版的伊拉斯谟的《论词语的丰富》(De copia)的一个版本。② 1573年,金斯顿发行了西塞罗的《布鲁图斯》和《论演说家》,次年又出版了《罗马修辞手册》和西塞罗的《论开题》,使用的是1535年吉姆里奇最初的版本。③ 金斯顿的这个版本并不尽如人意。他坚持认为《罗马修辞手册》的作者就是西塞罗,放到16世纪70年代,这种看法只会显得他极其无知,而且他的版本加入了一些堆砌的评注,极大地影响了阅读的流畅性。人们依然需要一个更加与时俱进和用户友好型的版本,而满足了这一需求的正是金斯顿的对手、伦敦书商托马斯·沃特利尔。沃特利尔在1570年使用了安东尼·格里菲斯的版本,摒弃了西塞罗是《罗马修辞手册》作者的看法,但是依旧将这本书与毫无疑问的真作《论开题》放在一起进行出版。在1579年最终出版的书籍中,包含了两部作品完整的和令人印象深刻的准确版本,这部书被取名为《〈罗马修辞手册〉与西塞罗的〈论开题〉,四世纪修辞书两卷》(Rhetoricorum ad C. Herennium Libri Quattuor. M. T. Ciceronis De Inventione Libri Duo)。④

托马斯·沃特利尔生于法国特鲁瓦,16世纪50年代末来到伦敦,

---

① Baldwin 1944, vol.1, pp.494—502; Mack 2002, p.16 and n.
② Green and Murphy 2006, p.187. Green and Murphy 2006, pp.362, 462还记载,金斯顿在1560年取得了托马斯·威尔逊的《修辞技艺》的出版权,并于1563年出版了雷纳德的《修辞基础》(Foundacion of Rhetorike)。
③ 吉姆里奇版本的卷首页见Cicero 1539,金斯顿的版本几乎完全一致,见Cicero 1574。
④ Cicero 1579a。这个版本的卷首页与1570年格里菲斯版本的区别仅仅是,后者将前者页面中的quattuor改为quatuor。

1562年获得英国"外籍居民"的身份。① 1567年,他与另一位法国移民让·德瑟让(Jean Deserrans)联手,开启了书商生涯,②很快又与托马斯·马什展开合作,后者在1572年取得了出版学校使用拉丁文书籍的许可。③ 到16世纪70年代中期,沃特利尔的印刷所已经聘用了六位助手,④1579年,他招收了一位名叫理查德·菲尔德的学徒,雇员数量进一步增加。⑤ 菲尔德从埃文河畔的斯特拉福德来到伦敦,他的父母与威廉·莎士比亚家很熟悉。1592年菲尔德的父亲去世时,莎士比亚的父亲是负责清点其财产的斯特拉福德市民团成员。⑥ 菲尔德比莎士比亚起码大两岁,但是两人在斯特拉福德的国王新文法学校上学时一定有过交集,后文将指出,他们无疑也保持着联系。

在菲尔德成为学徒前不久,沃特利尔开始出版一系列令人印象深刻的经典文本,包括修辞学、诗歌、历史以及道德哲学,也就是人文研究的全部内容。1579年,他印制了数本古典修辞学作品,其中包括西塞罗的演说词以及《论开题》。⑦ 他还出版了托马斯·诺思翻译的普鲁塔克的《希腊罗马名人传》(The Lives of the Noble Grecians and Romanes),这个版本被认为是最经典的译本之一。⑧ 同年,他发行了一整套西塞罗的道德哲学论著,⑨不久以后,他又将项目拓展到古典诗

---

① McKerrow 1968, p. 272.
② LeFanu 1959—1964, p. 15.
③ LeFanu 1959—1964, p. 18.
④ Arber 1875—1894, vol. 2, p. 746;参见 Nicholl 2007, p. 176。
⑤ Kirwood 1931, p. 1 指出,菲尔德在1561年11月16日受洗。Arber 1875—1894, vol. 2, p. 30 记载,他从1579年9月开始跟随乔治·毕晓普做学徒,共计七年,头六年都听凭托马斯·沃特利尔差遣。
⑥ 见 Kirwood 1931, p. 1; McKerrow 1968, p. 102。
⑦ Cicero 1579b.
⑧ Plutarch 1579.
⑨ 见 Cicero 1579c,参见 Cicero 1584,一本部分摘自西塞罗的格言集。

歌,在 1582 年印制了奥维德的《变形记》(*Metamorphoses*),次年又出版了奥维德的另外两卷诗歌集。①

  1587 年沃特利尔去世,他的遗孀杰奎琳扛起了经营印刷所的担子,②杰奎琳面临着斯塔辛那公司(Stationers' Company)的激烈反对。③ 当年她便发行了作品出售给亡夫以前的学徒理查德·菲尔德④,菲尔德同时也成为出版社的自由雇员。⑤ 1589 年 1 月,杰奎琳·沃特利尔和理查德·菲尔德结婚,此后,菲尔德似乎获得了经营的控制权,直到 1624 年他去世之前,出版社都运营得十分成功。⑥ 他出版了各种人文研究书籍,也因为其拉丁文本的准确度而备受赞誉。⑦ 不过,他似乎更青睐当代而非古代的人文作品。菲尔德出版了一系列文法畅销书,包括约翰·布林斯利的拉丁文教学指南,⑧还有许多讨论修辞学的方言作品,包括 1589 年出版的乔治·帕特纳姆的《英语诗歌技艺》(*Arte of English Poesie*)以及 1602 年出版的托马斯·坎皮恩的《观察》(*Observations*)。⑨ 他还出版了一些重要的历史作品,包括芬顿的圭恰迪尼译本,⑩并多次发行诺思翻译的普鲁塔克的《希腊罗马名人

---

① Ovid 1582; Ovid 1583a; Ovid 1583b.
② Kirwood 1931, p. 5; LaFanu 1959—1964, pp. 21, 23.
③ Greg and Boswell 1930, p. 26 记载,1588 年 3 月,斯塔介贝娜公司的管辖法院禁止她"出版一切书籍"。也见 McKerrow 1968, pp. 271—272。
④ 见 1588 年的信件,"由 J. 沃特利尔为理查德·菲尔德所印制"。
⑤ Arber 1875—1894, vol. 2, p. 332 记载,他在 1587 年 2 月入的职。
⑥ LeFanu 1959—1964, p. 14; Nicholl 2007, p. 175. Duncan-Jones 2001, pp. 5, 114 指出,菲尔德娶的可能是沃特利尔的女儿;不过 McKerrow 1968, p. 273 指出,沃特利尔有四个儿子,但没有女儿。
⑦ Kirwood 1931, p. 23. McKerrow 1968, p. 103 评价他顶多算是个"不错的"出版商,不过,哈林顿对《疯狂的奥兰多》(*Orlando Furioso*)十分重视,他专门选择菲尔德作为出版商,这一点也值得注意。
⑧ Brinsley 1622.
⑨ Puttenham 1589; Campion 1602.
⑩ Guicciardini 1599.

传》,新版分别于 1595 年和 1603 年问世。此外,还出版了许多道德哲学著作,包括在 1594 年出版的利普修斯的《政治六书》(Sixe books),以及 1612 年出版的卡斯蒂廖内《论廷臣》(Cortegiano)的拉丁文译本。①

不过,菲尔德成就最为彰显的领域是当代诗歌。1591 年,他印刷出版了约翰·哈林顿所翻译的《疯狂的奥兰多》(Orlando Furioso)。② 1594 年,菲尔德印刷了许多乔治·查普曼的诗歌,并于 1611 年和 1614 年出版了他所翻译的荷马史诗。③ 1596 年,他制作了埃德蒙·斯宾塞《仙后》(Faerie Queene)的首个完整版本,④他还是最早在 1598 年印刷锡德尼的《阿卡迪亚》(Arcadia)的书商之一。⑤ 菲尔德作为出版商和印刷商发行了莎士比亚第一部公开发表的作品,即 1593 年问世的《爱神与金童》。⑥ 一年后,他为出版商约翰·哈里森(John Harrison)印制了莎士比亚的《露克丽丝遭强暴记》。⑦ 尽管 1596 年以后,菲尔德就不再发行莎士比亚的诗作了,⑧但正是由于他出版了《爱神与金童》,莎士比亚才能够向自己的赞助人南安普顿伯爵献礼,在献词中将这本书说成是"我的首要杰作"。⑨

---

① Lipsius 1594;Castiglione 1612.
② Harington 1591.
③ Chapman 1594;Chapman 1611;Chapman 1614.
④ Spenser 1596. 其中并未列出出版商,不过菲尔德从沃特利尔处继承的纹章(希望之锚)在其中明显可见,Chapman 1594 中同样如此。这两本书的出版商都是威廉·彭森比。
⑤ Sidney 1598.
⑥ Shakespeare 1593.
⑦ Shakespeare 1594.
⑧ 菲尔德只出版了 1594 年版的《露克丽丝遭强暴记》,1596 年以后也再未出版过《爱神与金童》。见 Erne 2013, pp. 146—148。
⑨ Shakespeare 1986, *Venus and Adonis*, p. 254.

一　古典修辞术在莎士比亚时期的英国

都铎时期的修辞学家

　　当各种经典手册尤其是《罗马修辞手册》继续主导16世纪英国文法学校修辞学教学时,讨论这一主题的许多当代拉丁文作品也开始被大量出版。其中最有影响力的作品之一就是1512年出版的伊拉斯谟的《论词语的丰富》,在首版问世后的半个世纪中,① 这本书平均每年就会有三个新的版本出版,包括1528年在伦敦出版的第一版,以及1569年约翰·金斯顿的修订版。② 流行程度稍逊一筹的是1545年完成的奥默·塔隆的《修辞学》(*Rhetorica*),到该世纪末,这本书被再版了七十五次,③ 其中包括1592年的剑桥版。④ 菲利普·梅兰希通的两本修辞学作品也广受欢迎,分别是1519年的《修辞三论》(*De rhetorica libri tres*)⑤ 和1531年的《修辞要义》(*Rhetorices Elementa*)。⑥ 虽然这两本书都未在英国出版,但是依然很容易就能在市面上买到,到16世纪末,共计发行了超过一百个版本。⑦ 此时,一种新的拉丁文作品也加入这些出版物之中,其中最受欢迎的有1562年问世的赛普里亚诺·

---

① Mack 2011, pp. 31, 87.
② Green and Murphy 2006, pp. 185—187. 我引用的是伊拉斯谟1569年的版本(BL馆藏)。
③ Mack 2011, p. 31.
④ 这个版本已经遗失,不过1631年又出现了另一个剑桥版本。见Green and Murphy 2006, p. 425. 我引用的就是这个版本(CUL馆藏)。
⑤ 在巴塞尔和威登堡出版。见Meerhoff 1994, p. 46,参见Green and Murphy 2006, p. 296. 我引用的是巴塞尔版(BL馆藏)。
⑥ 在威登堡出版的首版,见Meerhoff 1994, p. 49. 我引用的是1539年的里昂版本(BL馆藏)。
⑦ Green and Murphy 2006, pp. 296—298. Mack 2011, p. 31, 117指出,梅兰希通修辞学的诸多版本在1510年至1600年之间被出版。

苏亚雷斯所作的《论修辞技艺》(*De arte rhetoricae*)，以及路德维柯·卡波内(Ludovico Carbone)的许多修辞学作品。①

就我目前的论点来说，更重要的事实是，许多方言开始进入拉丁文手册，甚至与之匹敌。② 最早的这种作品是莱纳德·考克斯(1495—1550)写作的《修辞技艺》，初版于1532年在伦敦问世。③ 考克斯年轻时游历各地，曾经在图宾根学习，后来又在波兰和匈牙利做过老师。④ 1530年，他回到英国，成为里丁文法学校的校长，这份工作一直延续到他逝世前不久。⑤ 考克斯是最早提出一旦学生掌握了拉丁文的基本知识，修辞学就应当成为主要学习科目的英国作家。⑥ 考克斯翻译了梅兰希通的《修辞要义》中的许多内容，循着梅兰希通的主张，他补充道，在修辞学的要素中，"最困难的就是择取你必须讲述的内容"，他最后解释说，这就是为什么开题这项内容成为他唯一关心的话题的原因。⑦

在此之后问世的开题指南是理查德·雷纳德(1530—1606)所著的《修辞术基础》(*The Foundacion of Rhetorike*)，⑧ 雷纳德于1553年从剑桥毕业，他一生的大部分时间都在艾塞克斯担任神职。⑨《修辞术基础》的第一版于1563年问世，大体上是对安索尼乌斯的《修辞术详解》(*Progymnasmata*)的翻译，这是一本公元4世纪讨论修辞术写作训

---

① 对这些文本的讨论与翻译，见 Moss and Wallace 2003。
② 对这种作品的讨论见 Skinner 1996, pp. 51—65; Mann 2012, pp. 1—3, 8—19。
③ 对考克斯的讨论见 Howell 1956, pp. 90—95; Ryle 2003。
④ Dowling 1986, pp. 128, 152。
⑤ Cox 1532, Sig. A, 2^r. 但是参见 Dowling 1986, p. 128。
⑥ Cox 1532, Sig. A, 3^v。
⑦ Cox 1532, Sig. A, 4^v 和 Sig. F, 6^r. 论考克斯和梅兰希通，见 Eden 1997, pp. 79—89。
⑧ 对雷纳德的研究见 Howell 1956, pp. 140—143; Williams 2001; Peltonen 2013, pp. 52—55。
⑨ Williams 2001, pp. 223, 230。

一　古典修辞术在莎士比亚时期的英国

练的希腊手册,鲁道夫·阿格里科拉曾经将其翻译成拉丁文并用于学校教育。① 尽管是译作,雷纳德这本书的价值不仅在于对安索尼乌斯的讨论加以调整,使其能够被运用于英国的生活,而且还在于提供了各种简要演说的模板,这些模板放在一起,展现出在"议题处于争议中"的演说的各个主要部分中,应该如何开题、组织合适的论证。② 雷纳德详细阐释了如何组织对事实的描述,③如何确认案件的陈述,④如何发起对对手的"拆解",⑤以及如何给演说做恰当合理的收尾。⑥ 他自己也说,他的目标是指引人们的自然智慧去产生"精明的开题"和"良好的安排",以此使人们能够"在辩护时无往不利,避免一切问题和审判"。⑦

此时,关于修辞学和逻辑学学科界限的争论开始出现,其结果之一是人们质疑修辞学作为一种五重技艺的经典,其中开题为主要要素。这种质疑的出现部分源自洛伦佐·瓦拉首先提出的、随后在16世纪初被鲁道夫·阿格里科拉所完善的辩证法观念。两人都认为,开题和布局应当被理解为辩证法(ars dialectica)的内容,因此,修辞术必然只包括雄辩、记忆以及发表。⑧ 托马斯·艾略特在《统治者之书》中采用的就是这种新的划分,他称赞阿格里科拉是一位"作品为开题铺

---

① Mack 2002, pp. 27—28. 关于16世纪英国学校中的修辞学教育,也见 Weaver 2012, pp. 14—43。
② Rainolde 1563, fo. i^v.
③ Rainolde 1563, fos. xii^r 至 xvi^r。
④ Rainolde 1563, fos. xxx^v 至 xxxiiii^r。
⑤ Rainolde 1563, fos. xxiv^v 至 xxx^v。
⑥ Rainolde 1563, fos. xxxiii^{r-v}。
⑦ Rainolde 1563, fos. 1^{r-v}。
⑧ Vasoli 1968, pp. 28—77; Mack 1993, pp. 120—121, 168—169.

平道路，展示议题所需证据应当来自何方"的逻辑学家。① 艾略特认为，对开题的研究构成辩证法的一个部分，建议校长们在单独学习修辞技艺之前专门划出半年时间来进行学习。②

彼得吕斯·拉米斯(1515—1572)及其同僚调整了人文教育教学，为这一主张注入了更强的动力。③ 拉米斯提出重组方案的理由是，在他看来，传统的教学大纲，尤其是三艺(trivium,文法、修辞、逻辑)的学习，如今充满多余又重复的内容。他的主要目标是简化逻辑学或曰辩证法，修辞术在新教学计划中的位置则是由他的同僚奥默·塔隆(1510—1562)所阐明的。拉米斯在1543年出版的《辩证法分解》(*Dialecticae Partitiones*)中明确提出了自己的构想，④塔隆的观点则出现在他首次出版于1545年的《修辞学》(*Rhetorica*)中。⑤ 随后，拉米斯在1555年出版了一本方言版的逻辑学汇编，名为《辩证法》(*Dialectique*)，完整勾勒了这种新教学方案的蓝图。

按照《辩证法》的主张，"逻辑学包括两个部分，**开题**与**判断**(judgement)"。⑥ **开题**就是要找出"理由、证据和主张"，而**判断**("也被称为布局")"表明组织主张的各种方式方法"。⑦ 记忆术是**布局**和**判断**的一个方面，因为回忆的容易程度取决于有效的逻辑安排。如果**开题**和**布局**都是逻辑学"本质的"内容，那么两者便不可能是修辞学的

---

① Elyot 1531, Sig. E, 3^v—4^r.
② Elyot 1531, Sig. E, 4^r.
③ 拉米斯及其追随者见 Mack 2011, pp. 136—159。
④ Green and Murphy 2006, p. 363.
⑤ Green and Murphy 2006, p. 424. Ong 1965, p. 228 指出，拉米斯或许也参与了这本书的写作。
⑥ Ramus 1964, p. 63: 'Les parties de Dialectique sont deux, Invention et Jugement'.
⑦ Ramus 1964, pp. 53—54: 开题关注的是"理由、证明、主张"，判断——"另一个名称是布局"——关注的则是谋篇过程中的举止与节奏。

独立要素。而且,如果强化记忆的最有效的途径是以最符合逻辑的方式组织需要被记住的内容,那么,作为修辞学进阶内容的**记忆**也同样会消失。① 拉米斯及其追随者们的这种看法在塔隆的《修辞学》中被表述得更加明确。塔隆在开头就指出,"修辞学就是能言善辩的技艺"。因此,"修辞学由两个部分组成:**雄辩**和**发表**"。② 拉米斯也认为,"雄辩中的比喻与象征,加上行为举止的优雅,使整个**修辞术**成为一项与**辩证法**完全不同的真正技艺"。③

这种新的看法在两个方面影响了都铎时期的修辞学课本。④ 一些作家欣然接受拉米斯的设想,认为修辞学无非是学习比喻与象征等内容。最具开拓性的英国拉米斯主义者就是杜德利·芬纳(1558—1587),⑤ 从剑桥毕业后,他成了原教旨主义的清教徒,不得不开始流亡,在生命的最后时光里成了米德尔堡加尔文教会的一位牧师。⑥ 他在米德尔堡完成了《逻辑学和修辞学技艺》(*The Artes of Logike and Rethorike*),1584 年,这本书以匿名作者的状态出版,在 1588 年再版时才加上了他的名字。⑦ 芬纳在书中首先讨论逻辑学,将其界定为由两部分组成的推理(reasoning)技艺。第一部分"旨在找出理由",谓之开题;第二部分"关注理由的排序",谓之布局或判断。⑧ 将开题和布局归于逻辑学之下,芬纳随后指出,修辞学这项技艺只能由两个要素组

---

① Howell 1956, p. 269.
② Talon 1631, pp. 1—2: 'Rhetorica est ars bene dicendi ... Partes Rhetoricae duae sunt; Elocutio & Pronunciatio'.
③ Ramus 1964, p. 152: 'tous les tropes et figures d'élocution, toutes les grâces d'action, qui est la Rhétorique enntiére, vraye et séparée de la Dialectique'.
④ 拉米斯修辞理论在 16 世纪英国的接受状况,见 Howell 1956, pp. 247—281。
⑤ 对芬纳的研究见 Howell 1956, pp. 219—222;Collins 2001。
⑥ Collins 2001, pp. 118—119.
⑦ Collins 2001, p. 118.
⑧ [Fenner] 1584, Sig. B, 1^r 和 Sig. C, 1^r。

成,即"修饰言辞,也就是**雄辩**",以及"修饰言说仪态,也就是**发表**"。①书中对雄辩的讨论基本上重复了塔隆在《修辞学》中的看法,不过在讨论发表时,他缩减了修辞学的内容,断言修辞术的这部分"尚不完善",塔隆的讨论也不需要被翻译成英语来掌握。②

伊丽莎白统治后期,又出现了两本拉米斯主义的作品。其中一本是亚伯拉罕·弗朗斯(1560—1593)③的作品,他毕业于剑桥大学圣·约翰学院,在16世纪80年代成为该学院院士,随后又在格雷律师学院学习法律。④ 1588年,福瑞希出版了两本相互关联的作品,书名分别是《阿卡迪亚修辞学》(The Arcadian Rhetorike)和《律师逻辑学》(The Lawiers Logike)。第一本书是对塔隆《修辞学》的发挥,开头就重复塔隆的观点,认为修辞学"包括两部分,雄辩和发表"。⑤ 弗朗斯重点讨论的是雄辩,在遵循塔隆看法的同时,还从古代与当代诗歌中寻找范例加以补充。与芬纳不同的是,他翻译了塔隆对发表的讨论,包括关于如何通过头部、身体和双手的恰当姿势来强化论辩的切入点与突破口,并借此制造良好的"展示","恰如其分地表达言辞"。⑥

伊丽莎白时期最后一本拉米斯主义的作品就是查尔斯·巴特勒(1560—1647)的《修辞书两卷》(Rhetoricae Libri Duo),⑦巴特勒毕业于牛津大学莫德林学院,一生的大部分时光都在汉普夏担任神职。⑧

---

① [Fenner] 1584, Sig. D, 1ᵛ.
② [Fenner] 1584, Sig. E, 1ᵛ.
③ 对弗朗斯的研究见 Howell 1956, pp. 257—258; Barker 2001。
④ Barker 2001, pp. 141, 144.
⑤ Fraunce 1588a, Sig. A, 2ʳ.
⑥ Fraunce 1588a, Sig. I, 7ᵛ.
⑦ 对巴特勒的研究见 Howell 1956, pp. 262—270; Cook 2001。
⑧ Cook 2001, p. 82.

一　古典修辞术在莎士比亚时期的英国

巴特勒的作品从未被译成其他文字,不过在 1598 年首次出版之后,这部书获得了不小的成功,到他逝世之前,重印了八次。① 同样遵循塔隆《修辞学》的主张,巴特勒开篇就说,"修辞学包括两部分,雄辩与发表",②他对第一部分最感兴趣,认为它"就是修饰言辞","包括比喻与象征"。③ 与芬纳不同,巴特勒同意塔隆的看法,认为声音与姿势同样有助于创造出一种有说服力的"展示",与弗朗斯一样,他翻译了塔隆关于"发表"的讨论作为总结。④

拉米斯主义在英国产生影响的另一种方式较为间接。许多都铎时期的修辞学家直接接受了修辞技艺基本上可以等同于雄辩术的看法,也就是说,它是对言说的比喻与转义的研究。安东尼奥·曼奇内利于 1493 年在威尼斯首次出版的《比喻的甜蜜》(*Carmen de Figuris*)中就如此认为,持相同观点的还有约翰·苏森布罗图斯,他的《比喻谋篇探津》(*Epitome Troporum ac Schematum*)成为 16 世纪下半叶或许最受欢迎的雄辩术讨论作品。莫德林学院文法学校的校长理查德·谢里(1506—1555)在自己出版于 1550 年的《论比喻与谋篇》(*Treatise of Schemes and Tropes*)中就大量援引了苏森布罗图斯的观点。⑤ 亨利·皮查姆(1547—1634)的《雄辩术花园》(*Garden of Eloquence*)也同样如此,这本书首次出版于 1577 年,1593 年的再版进

---

① Cook 2001, p. 83.
② Butler 1598, Sig. A, 1ʳ: 'Partes Rhetoricae duae sunt, elocutio & Pronunciatio'.
③ Butler 1598, Sig. A, 1ʳ: 'Elocutio est exornatio orationis … elocutio est tropus aut figura'.
④ Butler 1598, Sig. F, 4ʳ 至 Sig. G, 3ʳ.
⑤ 对谢里的研究见 Howell 1956, pp. 125—131; Sharon-Zisser 2001; Mack 2002, pp. 76—77, 87—90. 谢里的论述主要围绕着雄辩术,不过在结尾处(Sig. E, 6ᵛ 至 Sig. F, 8ᵛ)对修辞证据进行了探讨。

行了大量扩充。① 1589年出版的《英语诗歌技艺》②部分参考了谢利和皮查姆的论述,③对雄辩术做了更深入的探讨。《英语诗歌技艺》是匿名出版的,不过人们普遍认为这本书的作者应该是托马斯·艾略特的侄儿乔治·普滕汉姆(1529—1590)。④ 这本书分为三个部分,第一部分讨论的是诗人和诗歌的现状,第二部分则将西塞罗的"得体"观念用在讨论英语诗歌的写作上,第三部分"论修饰"的篇幅最长,对修辞学和诗学进行了考察,而主要的讨论都放在对言说中比喻与转义的分析上。⑤ 伊丽莎白时期最后一位讨论雄辩术的修辞学家是安吉尔·戴(1550—1599),⑥他编纂的《英国文书学》(*The English Secretorie*)于1586年首次出版,是一本示范书信汇编。戴在初版中使用了一系列页边注来提醒读者注意他关于比喻与转义的用法,不过当这本书在1592年再版时,他在书中加上了单独的手册来讨论这个主题,以这种形式,该书继续享有相当大的流行。⑦

到这个阶段,拉米斯式的修辞学似乎已经基本征服了这个领域。不过,实际上并没有充分的证据表明,这些改良尝试对英国文法学校中的修辞学教学产生了多大的影响。《罗马修辞手册》在整个伊丽莎白统治时期都是最受欢迎的课本,任何翻开这本书的人都会马上读到其最明确的判断:"演说家需要具备五种技艺,分别是开题、布局、雄

---

① 对皮查姆的研究见 Howell 1956, pp. 132—137; Smith 2001; Mack 2002, pp. 76—78, 87—99。
② 见附录中列举的参考文献,Willcock and Walker 1970, pp. 319—322。
③ 见[Puttenham] 1589,参见 Willcock and Walker 1970, pp. xliv—liii。
④ Willcock and Walker 1970, pp. xi—xliv. 传记性细节见 Willcock and Walker 1970, pp. xviii—xxxi。
⑤ [Puttenham] 1589, pp. 114—257。
⑥ 对戴的讨论见 Henderson 2001; Mack 2002, pp. 76—77, 81—84, 87—92。
⑦ Day 1592;参见 Green and Murphy, 2006, p. 159。

辩、记忆与发表。"①此外，托马斯·威尔逊在1553年出版的《修辞技艺》中为英国读者郑重重申了这种对艺术范围的经典理解。威尔逊的作品是16世纪后半叶最受欢迎的方言修辞学论著，它对前拉米斯式的修辞学做了充分的阐述，书中指出，修辞是一项五重技艺，开题则是其中最重要的部分。

托马斯·威尔逊（1524—1581）②在剑桥跟随约翰·契科（John Cheke）学习人文学，并于1549年获得硕士学位。③ 作为一位虔诚的新教徒，他1554年流亡海外，1560年才回到英国，从1577年到去世之前，一直是债券法院的法官以及枢密院大臣。④ 威尔逊的两本最重要的作品都是在16世纪50年代经过一段时间的深入研究后完成的。⑤第一本是在逻辑学领域具有开创性的作品，也就是1551年以《理性规则》(*The Rule of Reason*) 为题出版的第一本英语逻辑学书籍。⑥ 另一本就是《修辞技艺》，1553年首次出版，到16世纪末再版了至少七次。⑦

若对比威尔逊这两本书的开头就会发现，他完全承认逻辑学和修辞学之间的重合，而这恰是拉米斯主义者力图否定的。⑧《理性规则》的开篇就复述了西塞罗在《论题》中所说的"一切关于论证的系统理论

---

① *Rhetorica ad Herennium* 1954, I. II. 3, p. 6：'Oportet igitur esse in oratore inventionem, dispositionem, elocutionem, memoriam, pronuntiationem'.
② 对威尔逊的讨论见 Howell 1956, pp. 98—110；Medine 1986；Mack 2002, pp. 76—78, 83—84, 96—99；Shrank 2004, pp. 182—219。
③ Medine 1986, pp. 6—12.
④ Medine 1986, pp. 75, 77—78, 96—105；Baumlin 2001, p. 283.
⑤ Medine 1986, pp. 15, 55；Baumlin 2001, p. 286.
⑥ Medine 1986, p. 30. See also Howell 1956, pp. 12—31；Crane 1993, pp. 26—30；Altman 2010, pp. 119—128.
⑦ Baumlin 2001, pp. 283, 289—290.
⑧ 两部作品的关联见 Shrank 2004, pp. 183—186。

都包括两部分,即开题与判断"。① 与通常的顺序相反,威尔逊首先给判断下定义,认为它"为了某种目标利用语言的编织将事物恰当地固定在框架中"。② 随后他开始讨论开题,它"包括发现问题,探寻与动因相符的证据"。③ 换句话说,威尔逊似乎将开题和布局的技艺归结到逻辑学中。不过,在《修辞技艺》中他又指出,存在着"五种应当被纳入演说家技艺的内容",前两种就是"开题"和"布局"。所谓开题,他说,就是"找出合适的问题",而所谓布局,则是指"对所找出的问题进行安排和组织"。④ 这两项技能在这本书中都与修辞技艺紧密相连。

那么,两门学科的区别在哪里呢?起初,威尔逊似乎认为两者的区别只不过是风格不同。他在《理性规则》中指出,逻辑学"有序而直接地为事物组织语言",而修辞学"使用优美的语句,用明亮的色彩与美好的装饰来阐释问题"。⑤ 不过,两者之间存在实质差异的问题很快就浮现出来。逻辑学能够发现普遍的理由与证据,而修辞学在很大程度上仅限于找出合适的主张。⑥ 诚然,在威尔逊的讨论中,这种差异最初是十分模糊的,他将逻辑学界定为"一种双方就所提出的问题合理争论的技艺"。⑦ 不过,后来他更加强调逻辑学开题提供普遍证据的特殊能力。他指出,通过这种方法,能够"为任何出现的问题提供

---

① Cicero 1946b, II. 6, p. 386: 'omnis ratio diligens disserendi duas habet partes, unam inveniendi alteram iudicandi'.
② Wilson 1551, Sig. B, 1ʳ.
③ Wilson 1551, Sig. B, 1ʳ.
④ Wilson 1551, Sig. A, 3ᵛ. 威尔逊的作品没有做分页,并且页码标注也十分混乱,因此我在引用的时候使用页面标注作为参照。
⑤ Wilson 1551, Sig. B, 3ʳ.
⑥ Wilson 1551, Sig. J, 4ᵛ.
⑦ Wilson 1551, Sig. B, 1ʳ.

证明"。①

然而,威尔逊在《修辞技艺》的开头讨论修辞学开题时,又站在西塞罗和《罗马修辞手册》一边,更加强调可信和逼真。开题的过程被他表述为"找出真实的或可能的事物,这些事物可以合理地进一步阐释议题,并且使它更加可信"。② 在讨论如何确认一项主张时,他更加直白地承认,最佳做法就是找出一系列可以被组织起来的显得可信的观点:"我们必须裁剪问题并找出论据,……首先提出能够找到的最有力的理由,继而将所有可信的理由和盘托出,将这些理由放在一起,会使它们看起来更有说服力、更有重量。"③这种认为修辞学开题必须根据听众量体裁衣的看法出现在他对叙述的讨论中。"使言辞看似更加可能和可信"的一个办法就是"根据我们认为最受欢迎的方式来组织开题"。④ 要牢记的是,我们常常在观点迥异的人群面前发表演说,因此,需要调整论述来迎合听众的种种偏见。威尔逊颇为直白地指出,"(如贺拉斯所言)群众是野兽,或者说是一只多头怪,因此在开题时永远需要因势利导、因地制宜"。⑤

威尔逊在《理性规则》中已经指出了这些差异,区分了两种不同类型的议题。属于逻辑领域的议题,也就是"无懈可击的论证,或者是必要的主张",它们"或是由于本性或是由于经验,被确认为真"。⑥ 还有一些议题属于推理论证,也就是属于修辞学,威尔逊认为顶多可称之

---

① Wilson 1551, Sig. J, 4^v.
② Wilson 1551, Sig. A, 3^v.
③ Wilson 1551, Sig. Q, 1^v—2^r.
④ Wilson 1551, Sig. P, 3^r.
⑤ Wilson 1551, Sig. 2D, 1^v.
⑥ Wilson 1551, Sig. F, 2^r—3^v 和 Sig. H, 4^v。

为"可能性"。尽管"推测也有一定程度的可信度,但是它不可能永远为真"。"因此在一切交流中,"威尔逊总结说,"都要谨记,事物的可能性不能用于对必须的推理中";否则将会无法认识到修辞论证的局限性,而它必定受制于证据。①

尽管拉米斯主义者们表示反对,但毫无疑问,威尔逊的《修辞技艺》的影响,加上继续使用《罗马修辞手册》作为文法学校的基本教科书,保证了古典修辞理论在整个伊丽莎白时期的优势,其形式是西塞罗和昆体良很容易认可的。威尔逊大量援引这些思想家的表述,将古典理论概括为四项清单,列在这本书的开头。第一项清单指出,修辞学是一项五重技艺。其首要任务是"找出合适的问题,这被称为开题"。第二项是**布局**,"为择取的目标安排言论的顺序"。接下来则是"美化动因",这就需要**雄辩术**,"为问题匹配合适的言辞,使其与理由相符"。最后,我们需要强大的**记忆力**,"迅速掌握议题和言辞",以有效的方式进行**发表**,以"声音、表情和姿态的配合"保证主张的传递。完美的演说家需要"具备以上所有技能"。②

威尔逊的第二项清单讨论布局,并且根据经典作家的论述进行了拓展,指出"每一个演说都有七个部分"。③ 第一部分是**引入**,即"寻求唤起法官或听众的注意,并要求他们聆听议题"。第二部分则是**叙述**,"对议题进行简单明了的展现,提出所有证据"。接下来是**提议**,也就是"一个精练的判断,对整个议题加以概括"。随后则是**区别对待**,"提

---

① Wilson 1551, Sig. H, 4^v 和 5^v。
② Wilson 1551, Sig. A, 3^v—4^r。
③ Wilson 1551, Sig. A, 4^r。不过 Mack 2002, pp. 36—37, Hutson 2006, pp. 91—82 指出,都铎时期英国文法学校的修辞术训练更偏爱亚里士多德的演说四部分观念,它更加简单。我将指出,莎士比亚通常遵循的也是这种观点。

出赞同和利用的证据,攻击相反的立场"。然后是**提证**,其形式是"用提证和可靠的证据来表明我们的理由"。这部分与**反驳**紧密相连,在反驳时我们力图"消解和击败对我们不利的所有理由"。最后一部分就是**总结**,"将先前陈述的内容加以总结提炼,再次表述"。①

威尔逊的第三张清单告诉读者,"共有三种动因,或曰演说模板,可以用在任何场合"。② 第一种是"展示演说",也就是"赞美或诋毁某人、某物或某种行为"。③ 第二种是"议事演说",也就是"以某种方式说服、劝阻、提出、反驳、呼吁、劝谏、命令或安慰某人"。④ 最后一种是"司法演说",它是最重要的一种,被威尔逊严格地界定:⑤"司法演说是在法官面前公开针对重要议题进行的真诚辩论,原告表明自己的主张,被告随后在危险局面中为所面临的指控辩护。"⑥

威尔逊在讨论开头指出,他有意将修辞技艺局限于面对这三种演说种类的讨论,这样做也遵循了西塞罗在《论演说家》中借斯卡沃拉之口所提出的论证步骤。威尔逊同意,对天文和数学这样能够提出证明和证据、几乎不需要"优秀表达"的学科来说,修辞学毫无用处。只有当所需要的是"在任何问题的处理中,对思想做深思熟虑的或者说精心的表述(称之为争论)时",因此当核心技能是知道如何在皆可的双方中展开有说服力的争论时,修辞学才有价值。⑦

---

① Wilson 1551, Sig. A, 4^{r-v}.
② Wilson 1551, Sig. B, 2^{r}.
③ Wilson 1551, Sig. B, 2^{v}.
④ Wilson 1551, Sig. D, 4^{r}.
⑤ Shrank 2004, pp. 196—197.
⑥ Wilson 1551, Sig. M, 3^{r}.
⑦ Wilson 1551, Sig. A, 1^{r}. Altman 1978 指出,这种主张非常适用于戏剧创作,他的说法是"氛围的道德培育"(p.31)。关于正反两面的争论,尤其是在议事型演说(delibrative rhetoric)中的争论,见 Palonen 2008。

在分析对有限和无限问题的经典划分时,威尔逊进一步强调了这种立场。他赞成《罗马修辞手册》的理解,认为无限的问题"更适用于逻辑学家,他们讨论普遍的事物",而"有限的问题(关于某些特定个人)与演说家最为匹配"。① 演说家之所以通常只关注有限的问题,是因为他们最重要的任务就是"思考法律中的具体问题"。② 这些问题"总是出现在人们的辩论中",因此演说家将永远面对着"处在争议中"的"具体问题"。③

威尔逊的第四项和最后一项清单专门讨论司法修辞术,详细列出了经典作家所描述的演说家需要辨别的不同"议题"。前文已指出,所谓"议题"就是对立双方争论的核心问题。对这样的问题进行表述,意味着指出既定案件中的基本问题,威尔逊的建议颇为实用,他认为 constitution 这个词因此应该被译为 issue。"案件的基本状态或议题",他解释说,是"问题的基础,是演说家应当对其倾注全部智慧,是听众应当首先注意的那个核心要点"。④ 如此说来,"在英语中,我找不到比 issue 更好的词来表述它",因为在任何辩论中都有需要解决的某些议题,"一方完全赞成,而另一方则表示反对"。⑤ 需要指出的是,英国法律作家对这一术语的接受,也同处理普通法案件辩护的需求有关。托马斯·史密斯在他出版于 16 世纪 60 年代早期的《论共和国》(*De Republica*)中就讨论了这个话题,谈到"某些一方否认一方赞同的事实的提出或陈述",并接着解释了"当申诉涉及行为或事实问题、状

---

① Wilson 1551, Sig. A, 1^v.
② Wilson 1551, Sig. A, 1^v.
③ Wilson 1551, Sig. A, 1^v.
④ Wilson 1551, Sig. M, 3^v—4^r.
⑤ Wilson 1551, Sig. M, 4^v.

态或议题时",如何对其进行裁决。①

昆体良曾经指出,可能有至少两种或至多八种不同的司法争议类型。② 威尔逊倾向于采取《罗马修辞手册》中的简明区分,认为其类型有且只有三种,③他尖锐地补充说(这种对昆体良的批判十分罕见),"最具智慧的饱学之士都认为"存在着"不多不少只有三种",它们最恰当的名称分别是格物型(conjectual)、释法型(legal)与司法型(juridical)。④ 出于实用的考虑,他还补充了对这三种类型进行区别的记忆方法。首先他给出了一个关于格物争议的例子:"指控。你杀死了这个人。辩护。我并没有杀死他。议题或陈述。他是否杀死了这个人。"接下来是释法争议的例子:"指控。你在这件事上犯了叛国罪。辩护。我否认这是叛国。议题或陈述。他的罪行是否应当被称为叛国罪。"最后是司法争议的例子:"指控。你杀死了这个人。辩护。我承认如此,但是我的这项行为是合法的。"⑤

同经典修辞学家一样,威尔逊真正的目标在于塑造完美演说家,他赞同西塞罗的看法,认为这样的人必须具有最高程度的理性和雄辩能力。他引用《论开题》开头的表述,重复西塞罗的观点,若无演说之力,即使理性的力量也不足以培育文明的社会生活。他说,无法想象"若非首先凭借雄辩技艺说服他们接受这种理性的认识",人如何"以其他任何方式生活在一起,维系城市,与他人真诚交往"。⑥ 因此,知道

---

① Smith 1982 [1583], p. 96. Dewar 1982, pp. 1, 8 指出,史密斯的作品写于1562年至1565年之间,1583年首次出版。
② Quintilian 2001, 3.6.32—55, vol. 2, pp. 64—76.
③ *Rhetorica ad Herennium* 1954, I. XI. 18, pp. 32—34.
④ Wilson 1551, Sig. M, 4^v, Sig. N, 4^r.
⑤ Wilson 1551, Sig. N, 1^v.
⑥ Wilson 1551, Preface, Sig. A, 4^r.

如何结合理性和言辞的政治领袖成为威尔逊书中的英雄。他"比其他所有人都更加超越野兽","最值得获得美誉"。① 正如菲利普·锡德尼后来在《诗学辩护》(Defence of Poesie)中指出的:"演说,继而是理性,乃凡人被赐予的最伟大的天赋。"②

威尔逊在阐明自己立场时讲了两个故事。第一个故事是关于皮洛士王如何发动对罗马的战争的。皮洛士王攻城略地的一个办法就是派演说家齐纳斯"去说服军官和民众,使他们认为应当放弃抵抗并交出城堡和市镇"。③ 齐纳斯的演说是如此地"赢得人心"、"春风化雨",以至于敌人常常放下武器,仗还没打就可以占领城镇。威尔逊认为,这个故事告诉我们,任何能够将理性和雄辩结合起来的人都"不应当被视作普通人,而应该被看作半神"。④ 在另一个故事里,他又阐明了他心目中具体的"半神"是什么:

> 诗人深信,赫拉克勒斯具有超凡智慧,他凭言辞凝聚众人,吸引甚至按其意愿引导众人。他智慧超群,巧舌如簧,经验丰富,他的论述无人能敌,唯有听从。⑤

和第一个故事一样,这个故事告诉我们,当理性与演说的力量结合在一起时,将会天下无敌,因为"这种雄辩与理性的力量握住了喉舌,即

---

① Wilson 1551, Preface, Sig. A, 4^r.
② Sidney 1595, Sig. F, 3 [recte 4]^v.
③ Wilson 1551, Epistle, Sig. A, 1^r. 笔比剑更强大这种观点见 Churchyard 1579, Sig. M, 4^{r-v}; Peltonen 2013, p. 22。
④ Wilson 1551, Preface, Sig. A, 4^r.
⑤ Wilson 1551, Preface, Sig. A, 3^v. 赫拉克勒斯(Hercules Gallicus)的这种形象取自卢西安的叙述,见 Rebhorn 1995, pp. 66—77; Skinner 1996, pp. 92—93, 389—390。

使与人们的意愿相悖,也不得不表示服从"。①

伊丽莎白时期的文法学校男孩在易受影响的年龄就被灌输以上思想,威廉·莎士比亚就是这些男孩之一,②16 世纪 70 年代,他在埃文河畔的斯特拉福德国王新文法学校上学。莎士比亚不仅在青年时期就掌握了这些知识,而且很显然,他后来又在职业生涯中运用了它们。下文将表明,他十分熟悉《论开题》和《罗马修辞手册》中关于如何构建诉讼型演说的讨论,而且还时常直接引用。此外,他应该还研究了包括托马斯·威尔逊《修辞技艺》在内的许多方言修辞学作品,明确地提及这本书的内容。③ 这些解读对莎士比亚作为剧作家的工作有什么影响? 这就是我在接下来的讨论中要回答的问题。

---

① Wilson 1551, Preface, Sig. A, 3^v.
② 莎士比亚接受的修辞教育,见 Baldwin 1944; Jones 1977; Altman 1978。
③ 帕洛在演说中表示"在自然王国中,维持纯真并非政治之事",这种观点几乎是对伊拉斯谟婚姻观的直接翻译,托马斯·威尔逊在《修辞技艺》中引用了这篇诗文,还追问"对一个国家来说,还有什么比纯真更加危险"。见 *All's Well That Ends Well*, TLN 126—127, p. 970 (1.1.111—112),以及参见 Wilson 1551, Sig. G, 4^v。

二

莎士比亚的法庭剧

走向法庭剧

  莎士比亚在其写作生涯的绝大部分阶段,都对修辞演说有着浓厚的兴趣。他创作各种以赞美或抨击为主题的展示类演说。在《亨利五世》的第一幕,坎特伯雷大主教发表了一段经典颂词(laudatio),①在《哈姆莱特》的第一幕,克劳狄斯的开场白则采用了贬斥(vituperatio)风格。② 莎士比亚还创作了许多议事类演说,剧中的人物围绕引发具体行为的可能原因进行思考,试图找出真正的缘由。在《裘利斯·凯撒》的第二幕,针对是否应当因为凯撒统治所带来的暴政隐患而杀死他,勃鲁托斯发表了一段独白式的反思。③ 在《哈姆莱特》的第三幕,哈姆莱特也对究竟应该忍受时运不济造成的伤害还是拿起武器反抗

---

① *The Life of Henry the Fift*, TLN 59—72, 73—94, p.639(1.1.24—37, 38—59).
② *Hamlet*, TLN 243—273, pp.739—740(1.2.87—117).
③ *Julius Caesar*, TLN 572—596, p.681(2.1.10—34).

二 莎士比亚的法庭剧

的困境展开了思考。①《特洛伊罗斯与克瑞西达》的第一幕中有希腊王子们的长段协商内容,他们几乎是仿照"政治"语言来讨论如何终结特洛伊的围城。② 在这三种修辞演说中,莎士比亚最感兴趣的是司法演说,以及如何在法官面前展开指控或辩护的论述。《罗马修辞手册》曾经明确指出,司法动因是最重要和最难处理的,③修辞学家在论述中分配给司法演说的篇幅要远远大于前两者,也反映了这种立场。莎士比亚的关注焦点是司法演说,本书所要讨论的,就是他在戏剧中对司法动因的处理方式。④

莎士比亚在其文学生涯的各个阶段对司法修辞的技巧给予了一定的关注。不过,在写作生涯的初期,他仅仅对古典修辞学家所提出的法庭演说技巧的建议表现出一般的兴趣。莎士比亚作品中首次出现戏剧化的审判场景是在《亨利六世》的"争吵的第一部分"中,这部作品可能创作于 1591 年,⑤其中,葛罗斯特公爵夫人被判犯有"与巫婆、术士沆瀣一气"的罪行。⑥ 指控由白金汉公爵提出,国王向公爵保证,他的理由将会被听取和被公正处置:

---

① *Hamlet*, TLN 1594—1628, p. 754(3.1.56—90).
② *Troilus and Cressida*, TLN 436—647, pp. 813—815(1.3.1—213).
③ *Rhetorica ad Herennium* 1954, II. I. 1, p. 58.
④ 因此,我对指控演说词的讨论至少不会弱于对辩护演说词的讨论。强调这一点十分必要,这主要是因为肯尼迪在他对莎士比亚演说词所做的经典研究中曾经指出,"莎士比亚所创作的全部法庭和司法演说词都是为了为被告的某些指控进行辩护"。见 Kennedy 1942, p. 74 及列表 p. 67。这也并未妨碍肯尼迪为莎士比亚戏剧中的法庭言说列出完整的清单。只不过这意味着,他无法在《裘利斯·凯撒》、《哈姆莱特》和《皆大欢喜》中找到这种演说。
⑤ Wells and Taylor 1987, pp. 111—112; Knowles 1999, p. 111. Hattaway 2012, p. 61 认为时间在 1589 年至 1591 年之间。Wiggins and Richardson 2013, p. 92 认为最有可能是 1591 年。
⑥ *The First Part of the Contention*, TLN 835, p. 75(2.1.170)。相关讨论见 Keeton 1967, pp. 165—176。

明天我们回伦敦，

彻底查明此事，

我们叫这些罪犯前来听审，

将他们放在公正的天平上衡量，

TLN 875—878, p. 75（2.1.199—202）

国王保证，他会听取双方的指控和辩护，公正无私地做出判决。不过，当他出场并进行审判时，直接宣布了流放的处罚。没有正式的审判词，也没有向辩方提出问题。在判决被宣读后，公爵夫人只得心有不甘地接受判决并逃亡。

在《理查二世》中，莎士比亚进行了进一步的尝试，这部作品或许早在 1595 年就被创作出来了。① 开场一幕是波令勃洛克觐见国王，指控诺福克公爵毛勃雷犯下了叛逆罪。国王围绕两人争辩的"动因"展开演说，并且听取了双方对动因的陈述：

朕要听原告和被告面对着面，

怒目相视，

直率对质。

TLN 15—17, p. 415（1.1.15—17）

国王使用了司法修辞术语，但是毛勃雷和波令勃洛克都完全没有注意到这一点。本书第一章曾指出，古典修辞学家十分重视在演说的

---

① Wells and Taylor 1987, pp 117—118; Forker 2002, pp. 111, 120; Gurr 2003, pp. 1—3; Wiggins and Richardson 2013, p. 287.

二　莎士比亚的法庭剧

开始阶段赢得善意支持。他们认为,通过在开场白中"谦逊地表彰自己的贡献",①讨论"对手、听众的品格以及案件事实"就可以实现这一目标。② 波令勃洛克对这些看法似乎有模糊的认识,而毛勃雷则完全不懂。毛勃雷既没有谈论国王的品格,也没有提到案件事实。他以肆无忌惮的傲慢谈论了自己的热血,发表了激烈的长篇大论,其中,他怒斥叛国罪的指控,并在结束时掷下信物,要求决斗。他和波令勃洛克所生活的世界与古典修辞学家所推崇的精雕细琢的言辞相去甚远。

不过与此同时,莎士比亚的艺术追求也开始督促他不能止步于年轻时所学习的修辞学课本上的摘引。变化发生在1594年,他在这一年出版了《露克丽丝遭强暴记》,这是一本采用君王诗体(rhyme royal)的叙事诗,讲述了贞洁的露克丽丝被塔昆奸污并因此自杀的故事。③许多记载中都有露克丽丝故事的梗概,④其中最广为流传的版本包括奥维德在《岁时记》(*Fasti*)中的记载,⑤以及威廉·佩因特在他出版于1566年的《愉悦宫殿》(*Palace of Pleasure*)中所翻译的李维的记载。⑥奥维德和李维都着重强调塔昆既以损坏名节来威胁又恐吓露克丽丝来逼她就范的行径。⑦ 在佩因特翻译的段落中,塔昆首先警告露克丽

---

① *Rhetorica ad Herennium* 1954, I. IV. 8, p. 14: 'nostrum officium sine adrogantia laudabimus'. 也见 Cicero 1949a, I. XVI. 22, p. 44。

② *Rhetorica ad Herennium* 1954, 1. 4. 8, p. 14: 'ab adversariorum nostrorum, ab auditorium persona, et ab rebus ipsis'. 也见 Cicero 1949a, I. XVI. 22, p. 44。

③ 在最早的四开本(1954)的页头书名中,这首诗名为《露克丽丝遭强暴记》(*The Rape of Lucrece*)。不过在扉页中,题目简化成了《露克丽丝》(*Lucrece*),我引用的是这个版本。两者的区别十分重要,因为诗中提出的主要问题之一便是,露克丽丝是否有希望证明自己确实被奸污了。

④ 这个故事的历史和变迁见 Donaldson 1982。

⑤ Ovid 1996, II. 721—852, pp. 108—118.

⑥ Painter 1566, fos. 5ᵛ—7ᵛ. 在讨论莎士比亚创作《露克丽丝遭强暴记》过程中的参考文献时,Burrow 2002, pp. 45—50 为我提供了极大的帮助。

⑦ Livy 1919, I. LVIII, p. 200: 'addit ad metum dedecus'. 参见 Ovid 1996, II. 810。

061

丝"如果你哭,我就杀了你",这时候她"不知如何是好"。① 随后他又说,"他还会杀个奴隶,把两人尸体放在一起,人们便会以为这两人是因为被人发现通奸而被杀死的"。② 根据李维的记载,恰是对这一点的恐惧最终控制了露克丽丝。③ 佩因特说,这就是塔昆的"放浪和肉欲战胜她纯洁心灵"的关键时刻。④

露克丽丝的决定虽然是在面临死亡威胁的情况下做出的,但依然被认为引出了这样一个问题,即她是否在某种程度上是塔昆的同谋,奥古斯丁在《上帝之城》中就仔细讨论过这个问题。(在1610年约翰·希利的译本中)奥古斯丁是这样表述的:是否"她充满贞洁情操完全不愿意承受这一羞辱",抑或她给出了"秘密的许可",甚至是"肉欲的许可"并因此使自己"成为自己的罪的受害者?"⑤莎士比亚诗歌中透露出了他对这些罪恶与责任问题的浓厚兴趣,然而在奥维德和李维的叙述中,都并未讨论过这些内容。奥维德仅仅指出,当露克丽丝向丈夫及其友人坦承自己的焦虑时,"她告诉了他们她可能会怎么做",而并未进行任何评论。⑥ 相较而言,李维更敏感地察觉到了她的困境,但是也局限于记叙她的抵抗行为(在佩因特译本中),"被玷污的只是我的身体,但上天知道我的心灵依旧纯洁",并指出了她从丈夫及其友人处获得的慰藉:"只要未经许可,这就是犯罪。"⑦

---

① Painter 1566, fo. 5ᵛ. 不过,李维并未提到任何不确定性。
② Painter 1566, fo. 5ᵛ.
③ Livy 1919, I. LVIII, p. 200: 'Quo terrore cum vicisset obstinatam pudicitiam'.
④ Painter 1566, fo. 5ᵛ. Cf. Livy 1919, I. LVIII. 5, p. 200.
⑤ Augustine 1610, Bk. 1, ch. 18, p. 30.
⑥ Ovid 1996, II. 827: 'quaeque potest, narrat'. 我在翻译时对时态做了转化。
⑦ Painter 1566, fo. 6ʳ.

二 莎士比亚的法庭剧

虽然这些记叙并不能帮助莎士比亚思考共谋与罪恶的问题,不过他显然记得,讨论法庭修辞术的经典作家对如何将一个人从犯罪指控中开脱的办法进行了严肃又详尽的讨论。《罗马修辞手册》和西塞罗的《论开题》都详细探讨了如何在这种情况下进行无罪辩护演说。正如从诗歌中明确透露出的那样,如果莎士比亚此时决定,他需要重温这些建议,那么我们也需要记得,这些作品在当时是很容易获取的。本书第一章就指出,莎士比亚在文法学校的校友理查德·菲尔德此时已经掌管着一家印刷所,出版过当时英国仅有的一版准确的《罗马修辞手册》和《论开题》,两本书被合编成一册,于1579年以《〈罗马修辞手册〉与西塞罗的〈论开题〉,四世纪修辞书两卷》为名被出版。[①] 这段时期,两人的联系也十分频繁,这增加了菲尔德向莎士比亚提供过该书的可能性。[②] 菲尔德在1593年就出版过《爱神与金童》,1594年出版《露克丽丝遭强暴记》的也是他。不过,无论莎士比亚是如何读到《罗马修辞手册》和《论开题》的,这两本书显然在他的诗歌创作中发挥了重要作用。特别是在结尾处露克丽丝谈论自己的遭遇并试图为自己辩护时,这一点最为明显。下文将表明,这部分的内容基本上是根据《罗马修辞手册》中的如何在司法案件中进行无罪辩护的讨论来展开的。

在莎士比亚随后完成的几个剧本中,他开始更加细致和完整地运用法庭修辞术中的各种技巧,这也印证了莎士比亚在这段时间里再次学习了这些经典文献的推测。第一部展现出这种发展的戏剧就是《罗

---

① Cicero 1579a.
② 莎士比亚从菲尔德处借书的情况见 Duncan-Jones 2001, p. 5。

密欧与朱丽叶》,它或许创作于 1595 年下半年。① 莎士比亚的主要参考文献是亚瑟·布鲁克的《罗密欧与朱丽叶的悲剧》(*Tragicall Historye of Romeus and Juliet*),1562 年首次出版,第三版于 1587 年问世。布鲁克的这本书是用家禽贩体(poulter's measure)写作的超过三百行的诗歌,②全书的高潮是凯普莱特坟前的那一幕。劳伦斯神父和罗密欧的仆人发现了罗密欧的尸体,③此时城市的治安官也到了现场,以谋杀的罪名逮捕并在次日向王子提审两人。劳伦斯神父因此发表了一段长篇的无罪辩护演说,并且加上了一段与罗密欧仆人的独立证词作证,解释所发生的事情,使得王子宣布审判,给悲剧画上句号。

莎士比亚从布鲁克的诗歌中借鉴了大量细节,唯独没有参照文中劳伦斯神父的无罪辩护演说。神父为自己受到的死刑指控辩护,但是在布鲁克的版本里,他的演说与遵循建构驳辞(refutatio)的规则相去甚远,文风过于夸张。④ 尽管他在结束时对所发生的事情做了详细的陈述,但在引入解释时加入了大量对诗歌创作、自己的迟暮生活、过去的清白人生以及自己在审判日的行为规划的描述。⑤ 莎士比亚的版本显示,他必然下定决心,不仅要重新创作这一幕,而且还要再次从《罗马修辞手册》和《论开题》中寻找技术支援。当莎士比亚在《露克丽丝

---

① Gibbons 1980, p. 26; Wells and Taylor 1987, pp. 117—118; Potter 2012, p. 183. Wiggins and Richardson 2013, p. 268 认为 1595 年是最有可能的时间。第一版四开本中说由"汉斯顿的仆人"表演。见 Shakespeare 1597,扉页。不过这种描述仅适用于 1596 年 7 月至 1597 年 3 月之间莎士比亚的剧团。见 Blackmore Evans 2003, p. 1。因此,这出戏剧必定最晚完成于 1596 年年中。

② 家禽贩体最早由乔治·盖斯科因在 16 世纪 70 年代提出,其形式是由十二和十四个音节交替成行的骈韵体。

③ 不过巴里斯伯爵不在此列,在布鲁克的版本中,他并未出现在坟墓中。

④ 因此,Kennedy 1942, p.79 认为劳伦斯神父的演说"从框架到细节"都参照了布鲁克的诗文并不正确。

⑤ Brooke 1562, fos. 79^v—81^v。

二 莎士比亚的法庭剧

遭强暴记》中使用这些技巧时,他必定已经知道应该如何在司法争议中提出和确认无罪辩护。现在他需要再次回忆起如何在司法争议中组织辩护,在这种议题类型中,待裁决的问题围绕着事件的谜团产生。① 《罗密欧与朱丽叶》最后一幕的谜团就是这对年轻情侣的死因。莎士比亚作品中的治安长官采用正确的古典方式对这个问题进行了推测。② 劳伦斯神父随后为自己辩护,严格遵循了处理格物争议的古典规则,展现出了他(和露克丽丝一样)对《罗马修辞手册》相关知识的准确掌握。

莎士比亚在创作中运用了司法修辞术技巧的下一部作品是《威尼斯商人》,他应该从1596年下半年就开始了创作,并于次年完成全剧。③ 第四幕中的夏洛克向威尼斯公爵陈述案情的审判场景,展现了两种不同的司法争议类型,莎士比亚对两者的处理都遵循了古典规则。夏洛克认为他的动因是绝对的,这种司法争议的绝对类型与露克丽丝那种假设型的辩护截然不同。④ 博学的鲍尔萨泽博士(鲍西娅假扮)却成功地说服众人,让他们认为之前法庭上讨论的议题完全不是

---

① *Rhetorica ad Herennium* 1954, I. XI. 18, p. 34.
② 正如 Baldwin 1944, vol. 2, pp. 76—80 指出的。
③ 莎士比亚借用了那撒路·皮奥特所翻译的亚历山大·希尔维的《论演说家》,这本书的出版时间不会早于1596年。见 Silvayn 1596, pp. 400—402。剧中还提到了1596年6月在进攻加的斯(Cadiz)的过程中被扣押的西班牙战舰。见 Bullough 1957—1975, vol. 1, p. 445,以及参见 Mahood 2003, pp. 1—2,其中指出,1597年10月,这艘战舰更是处在舆论的风口浪尖。不过,这部戏的完成时间不可能晚于这一年年末太多,因为在弗朗西斯·米尔斯(Francis Meres)出版于1598年的《智慧宝藏》中,收录了一份莎士比亚的喜剧清单,其中就有这部作品。见 Meres 1598, p. 282。因此,人们普遍认为这部戏应该是在1596年至1597年间创作的。见 Wells and Taylor 1987, pp. 119—120; Drakakis 2010, p. 31; Potter 2012, pp. 210—211, Wiggins and Richardson 2013, p. 341 认为最有可能的时间是1596年。1598年7月,这部戏被詹姆斯·罗伯茨登记在斯塔欣那公司的名册上,1600年首次出版。见 Shakespeare 1600,以及参见 Arber 1875—1894, vol. 3, p. 39; Bullough 1957—1975, vol. 1, p. 445。
④ 正如第一章指出的,在这种类型的争议中,争议在于某事是"正当地还是不公正地被施行"。见 *Rhetorica ad Herennium* 1954, I. XIV. 24, p. 44。

司法型的，而是释法型的，因此，夏洛克必须撤回申诉并放弃自己的官司。①

不久以后的1599年，莎士比亚在②《裘利斯·凯撒》中再次创作了司法争议场景，这一次的场面更加宏大。同夏洛克一样，勃鲁托斯认为自己的理由是绝对的，在第三幕中直面聚集的市民，为自己暗杀凯撒的决定辩护，他相信这个决定是完全正确的。作为回应，安东尼首先承认，他自己的立场必然相应地是推测性的，并且采用一种刻意的让步语气进行表述。不过，当让步转向指控时，安东尼提出了一个与之相对立的司法争议，并且最终说服平民相信，他自己的相反立场才是绝对的正义。

随后，莎士比亚又在《哈姆莱特》中更成熟地运用了司法修辞技巧，这部剧的完成时间应该是1600年前后。③ 他又一次运用格物争议这种司法演说中最为精巧复杂的类型，其中，演说者的目标是运用推测来掩盖某些隐藏的事实。在《罗密欧与朱丽叶》的剧作中，莎士比亚

---

① 正如第一章指出的，在这种类型的争议中，"争议来自某些文本，或者某些源自文本的问题"。见 *Rhetorica ad Herennium* 1954, I. XI. 18, p. 34。Baldwin 1944, vol. 2, pp. 81—84 对这段话进行了探讨，不过混淆了这两种不同的争议。

② 在弗朗西斯·米尔斯出版于1598年的《智慧宝藏》的莎士比亚悲剧剧目里并未提到这部戏。见 Meres 1598, p. 282; Spevack 2004, p. 1。不过，瑞士旅行家托马斯·普拉特在1599年曾经见到过这部戏在环球剧院上演。见 Wells and Taylor 1987, p. 121; Shapiro 2005, p. 191。因此，这部戏必定在1599年就已经完成，Shapiro 2005, p. 132 认为，莎士比亚从3月开始写作，5月完成。根据 Daniell 1998, p. 3 和 Shapiro 2005, p. 132 的看法，它或许是环球剧院上演的第一出戏。

③ Hibbard 1987, pp. 4—5; Irace 1998, p. 5; Potter 2012, p. 284。不过，一些评论者认为作品完成的时间是1601年。见 Wells and Taylor 1987, pp. 122—123; Edwards 2003, p. 31。另一些人认为，这部戏或许在1599年底之前就已经有了完整的初稿。见 Jenkins 1982, pp. 6, 13; Shapiro 2005, pp. 339, 341。这部戏无疑在1601年之前就已经完成并且上演，因为印刷商詹姆斯·罗伯茨在1602年7月26日 Stationers 公司的登记表上记载了"丹麦王子哈姆莱特的复仇"，补充说明它"最近由查伯林伯爵（Lord Chamberleyne）的仆人表演"。见 Arber 1875—1894, vol. 3, p. 84。

二 莎士比亚的法庭剧

已经加了这种类型,不过他在《哈姆莱特》中对司法演说基本类型的原则进行了更加完整的运用。在戏剧前半部分,两种截然不同的格物型动因,以及相应产生的两个不同的辩护问题被并行处理,最终汇为一体。鬼魂宣称,它如何被谋杀的隐藏事实需要被众人知晓,同时,波洛涅斯则试图揭穿哈姆莱特发疯的隐藏缘由。在这两个场景里,司法修辞的原则不仅都被用来组织各种对白,而且还帮助建构起了整个情节。

在《哈姆莱特》中,莎士比亚展现出了与以往作品相比对法庭雄辩术更深入的关注,剧作的字里行间充满各种修辞学家用来区分诉讼类雄辩术的技术术语。本书第一章曾指出,这种术语围绕着三类相互关联的语汇。首先,经典作家提到了法官应该对其进行宣判的问题或范围。由是,方言修辞学家便将需要被调查和判断的内容称为"议题"(matters)。例如,托马斯·威尔逊认为,一个演说家必须能够论述"一切法律和习俗的问题",因为它们构成了"演说者必须讨论的议题"。[①] 其次,经典作家认为,在讨论这种审判问题时,必须谨记,必然存在着某些处于争议中的问题,双方需要围绕它展开辩论。威尔逊遵循经典作家的表述,认为在司法演说中,某些"特定的问题,产生了争议",双方对其进行争论。[②] 最后他们认为,一旦提到这种问题,就意味着在争端中存在着持对立理由的双方。威尔逊使用的术语与之相同,"讨论任何议题时",演说者必须首先"思考理由本身的性质,再确定整个演说词的框架"。[③]

在本文列举的每部戏剧中都会出现同样的术语,但是就《哈姆莱

---

① Wilson 1553, Sig. A, 1^r. 也见 Cox 1532, Sig. B, 2^r; Rainolde 1563, fo. 1^r。
② Wilson 1553, Sig. A, 1^v. 也见 Rainolde 1563, fo. xiii^r。
③ Wilson 1553, Sig. A, 4^r。

特》而言，这些术语不仅存在于诉讼场景的对白中，还充斥于整部戏剧中。① 当罗森格兰兹向哈姆莱特解释为什么即将抵达厄耳锡诺的剧团不得不跋山涉水寻找观众时，"争议中的问题"这个概念被首次引入。② 因为儿童演员的风潮，他们在城市中不再流行，这些儿童演员的"嘶叫博得了台下的疯狂喝彩"。③ 哈姆莱特质疑，儿童演员们的剧作家怂恿他们去抨击成人演员实际上并不明智，而罗森格兰兹则回应说，这种争议确已发生，对立的双方提出了各自的主张：

真的，两方面闹过不少的纠纷，全国的人都站在旁边恬不为意地呐喊助威，怂恿他们互相争斗。曾经有一个时期，一本

---

① 甚至可以说，这部戏由一个引发争议的问题而开启。军官勃那多喊道："那边是谁？"弗朗西斯科回答说："不，你先回答我。站住，告诉我你是什么人。"直到勃那多给出暗号"国王万岁"后，他才满意。见 Hamlet, TLN 1—3, p. 737 (1.1.1—3)。参见 Zurcher 2010, p. 231。Wilson 1995, p. 192 估算，就语法角度而言，这部戏中有超过四百个问句。

② 不过，需要注意的是，这段话仅在第一版对开本中才出现。我们知道，莎士比亚在1600年前后完成了剧本初稿，评论家通常认为，这份手稿有两个印刷版本。首先，莎士比亚可能在1601年誊抄和修订了这份初稿，这就是最终于1623年出版的第一版对开本版本。见 Jenkins 1982, pp. 5, 18, 55; Hibbard 1987, pp. 3—5; Wells and Taylor 1987, pp. 400—401; Irace 1998, p. 5; Edwards 2003, pp. 4—5, 8, 31; Shapiro 2005, p. 356。不过与此同时，1600 年前后的这份原始的和更加完整的手稿初稿在1604年被出版，是四开本的第二版，在扉页中就正确地表示，全文比1603年的四开本要长一倍。见 Shakespeare 1603, Shakespeare 1604。对四开本第一版的讨论见 Melchiori 1992; Irace 1998; Menzer 2008。四开本第二版的缘起和制造见 Wilson 1934a, pp. 89, 92—93; Jenkins 1982, pp. 5, 18, 37; Hibbard 1987, p. 3; Wells and Taylor 1987, pp. 399, 401; Irace 1998, pp. 3, 5; Edwards 2003, p. 10; Shapiro 2005, p. 339。(不过，请注意，在现存的七个版本中，有四个版本的出版时间都被确定为1605年，而非1604年。见 Jenkins 1982, p. 14; Wells and Taylor 1987, p. 396。)因此，最有可能的情况或许是，这段影射"剧院战争"的台词是在1601年被补充上去的。Bednarz 2001, pp. 226—227, 230, 235—236 指出，1600年至1601年冬，伊丽莎白女王教堂的儿童在黑衣修士剧场表演了本·琼森的《打油诗人》，对莎士比亚剧团的演员进行了拙劣的模仿，"战争"也在这段时间达到了巅峰。不过，仍然有一种可能性是，这段话是在后来加上的。

③ Hamlet, TLN 1270—1271, p. 750 (2.2.315—316)。

二　莎士比亚的法庭剧

脚本非到编剧和演员争吵得动起武来,否则没有人愿意出钱购买。①

争议的焦点——是否儿童演员更好——一度处在热议之中,罗森格兰兹告诉我们,除非成人演员愿意为之一战,否则任何新戏都无法上演。②

在这里莎士比亚显然是在影射所谓"剧院之战",这场争端在1601年由于儿童戏剧公司的大受欢迎而被引起。③　不过,在《哈姆莱特》中谈到争议问题时,他主要的处理方式是将其与一种更加严肃的观点联系起来,也就是真正的战争行为可以被比喻成对立双方的一个问题。我们在戏剧的开场第一幕就见证了这种场景,霍拉旭在对白中解释了丹麦频繁进行军事准备的原因。不久以前④哈姆莱特的父亲在一场战役中杀死了老福丁布拉斯,占领了小福丁布拉斯准备再次夺回的一些领地。勃纳多也认为这解释了近来的状况,还说他认为那个像是老哈姆莱特的鬼魂在这个时候理应向他们显灵:

> 我想正是为了这一个缘故,
> 我们那位王上在过去和目前的战乱中间,都是一个主要的角色,

---

① *Hamlet*, TLN 1282—1286, p.751(2.2.326—329).
② 我将证明,这段话仅出现在对开本的第一版中。Shakespeare 1986 的文本是以四开本第二版(1604 年版)为基础的,这段话依然出现在 TLN 1267—1292, pp.750—751(2.2.313—333)中。Bednarz 2001, pp.262—263 列出了类似的段落。
③ 见 Gurr 1992, pp.49—55; Bednarz 2001, pp.225—256; Munro 2005; Donaldson 2011, pp.165, 168, 173—174。
④ 我们随后又从小丑(掘坟人甲)处得知,这一切发生在三十年前哈姆莱特出生的那一天。见 *Hamlet*, TLN 3115, 3129, p.769(5.1.123—124, 137—138).

069

所以无怪他的武装的形象要向我们出现示警了。
TLN 2—4, p.775, col.1 (1.1.109—111)

争议中的问题是老福丁布拉斯所放弃的领地的所有权。老哈姆莱特解决了这个争端,但是小福丁布拉斯又重新提出了争议。因此,老哈姆莱特这个人物再一次出现在"战乱中间"。

在随后的剧情中,当哈姆莱特准备启程前往英国时,遇到了正在向波兰进军的小福丁布拉斯的军队。哈姆莱特询问他们是否准备进攻波兰的主要地区,军队长官回答道:

不瞒您说,
我们是要去夺一小块只有空名毫无实利的土地。
TLN 8—10, p.776, col.2 (4.4.17—19)

如此巨额的财富和成千上万的性命被浪费在这么渺小的目标上,哈姆莱特感到十分震惊:

为了这么一点鸡毛蒜皮,
竟浪掷二千条活生生的人命和二万块金圆![1]

再一次地,发动战争被想象为一个处在争议中的问题,不过在这里我们被告知,既然这个问题还比不过一根稻草,它就绝不应该被提出。

---

[1] 这段话只出现在对开本第一版中,在 Shakespeare 1986 中作为"补充段落"出现在 pp. 775—778 中。见 TLN 16—17, p.776 col. 2(4.4.25—26)。

二 莎士比亚的法庭剧

就《哈姆莱特》中所使用的全部司法术语而言,最重要的是哈姆莱特坚持(并且决绝地)将自己视为一项动因的反对者。他一开始就同意将鬼魂的动因变成他自己的,也因此使自己代表鬼魂去探求一项争议。鬼魂要求哈姆莱特记住它和它的复仇呼喊,哈姆莱特则许诺,如今这个"问题"将会成为他唯一的目标:

只让你的命令留在我的脑筋的书卷里,
不掺杂一点下贱的废料。

TLN 719—721, p. 745 (1. 5. 102—104)

哈姆莱特将他的大脑理解为一个物质,我们可以说它是灰色物质,它有确定的容量和大小。不过,存在一种司法上的"问题",哈姆莱特不仅需要在大脑中记住它,而且还因为被写在书中永世长存。当他开始起疑心时,应当如何调查这种问题便使他心烦意乱,克劳狄斯在偷听了他与奥菲利娅的谈话时已经意识到:

他有些什么心事盘踞在他的灵魂里,
我怕它也许会产生危险的结果。

TLN 1712—1714, p. 755 (3. 1. 167—169)

克劳狄斯认为,困扰着哈姆莱特的事物是一种传染病,是心灵中存在的一种罪恶物质。不过他也意识到,哈姆莱特绞尽脑汁地思考着一个"问题",一个司法问题,而哈姆莱特正在试图在内心中解决这个问题,再决定应当采取哪种行动。

与此同时,哈姆莱特正在因追求自己动因的失败而自责不已。他

先是在观看了第一位表演者含泪讲述普里阿摩斯和赫库巴的故事后表达了自我厌恶:

> 要是他也有了
> 像我所有的那样使人痛心的理由
> 他将要怎样呢?……
> 可是我,
> 一个糊涂颠顶的家伙,垂头丧气,
> 一天到晚像在做梦似的,忘记了杀父的大仇。
> 始终哼不出一句话来。
> TLN 1491—1493, 1497—1500, pp.752—753
> (2.2.512—514, 518—521)

在见证了福丁布拉斯的军队踏上注定徒劳的征途时,哈姆莱特又一次想到了自己追寻动因的失败:

> 现在我明明有理由、有决心、有力量、有方法,
> 可以动手干我所要干的事,
> 可是我还是在说一些空话,"我要怎么怎么干";
> TLN 34—37, p.777, col.1 (4.4.43—46)

福丁布拉斯的军队即将为争夺一小块领地而发起进攻,"动因经不起推敲"。① 但哈姆莱特甚至无法为了他于情于理都应该追求的动

---

① *Hamlet*, TLN 52—54, p.777, col.1(4.4.61—63).

二 莎士比亚的法庭剧

因而奋斗。① 在最后一幕,他终于杀死了克劳狄斯,却从雷尔提处得知自己也已经中毒。奄奄一息之时,哈姆莱特要求霍拉旭代表他发言:

> 霍拉旭,我死了,
> 你还活在世上;请你把我的行事的始末根由昭告世人,
> 解除他们的疑惑。
>
> TLN 3558—3560, p. 774(5.2.317—319)

动因正是报杀父之仇,但只剩下霍拉旭来试图证实,老哈姆莱特确实是被谋杀的,因此他儿子的行为事出有因,或许应当被宽宥。

詹姆斯一世统治初期的戏剧

尽管本书所讨论的这些例子都很重要,但是如果就此推断,莎士比亚在他的伊丽莎白晚期作品中大量运用了司法修辞术,实际上不够准确。如果说这一时期他有某种压倒性的艺术追求的话,那也是完成他的全部历史剧和节庆喜剧的写作,而这两类作品对司法事件中开题和布局都并不关注。不过,如果再看看莎士比亚在詹姆斯一世统治初期的作品就会发现,有一段时间他完全沉浸在探索使用司法修辞术原则作为戏剧术语的可能性中。接下来将简要讨论一下最完整地展现了这种可能性的三部作品:《奥瑟罗》、《量罪记》以及《终成眷属》。

虽然研究者对《奥瑟罗》的完成时间有各种推测,从 1601 年到

---

① *Hamlet*, TLN 49, p. 777, col. 1(4.4.58).

1604 年均被认为可能,①但是综合衡量现有的证据可以判断这部作品可能写于 1603 年底。② 它必定于 1604 年之前就完成了,③因为有记载的这部剧的首演发生在这一年的宫廷中。④ 在这部作品中,莎士比亚再次将司法修辞术中最复杂的类型,也就是格物争议戏剧化。在第一幕中,勃拉班修试图确认他关于奥瑟罗必定在苔丝狄蒙娜身上施展巫术的推测,但以失败告终。不过在第三幕中,伊阿古成功地说服奥瑟罗相信他所编造的推测,即苔丝狄蒙娜与凯西奥有奸情。在第一幕中,司法修辞术的古典原则被用来建构起一系列的主要对白,在第三幕中,又成为接连几场戏的框架。

在《奥瑟罗》之后,莎士比亚的下一部作品应该是《量罪记》。⑤ 评

---

① Honigmann 1997, pp. 1, 349 认为时间是 1600 年至 1601 年;Neill 2006, pp. 403—404 则认为是 1602 年至 1603 年。Bullough 1957—1975, vol. 7, p. 194, Wells and Taylor 1987, p. 126,和 Sanders 2003, p. 2 认为时间应该是 1603 年末至 1604 年初。

② 这部戏的完成时间不可能早于 1603 年底,因为第一幕开场中就出现了多处暗示(尽管 Honigmann 1993 试图对其中一些内容提出质疑)诺尔斯的《土耳其通史》(*Generall Historie of the Turke*)的表述,这部书直到"1603 年 9 月底"才完成。见 Knolles 1603, Sig. A, 6ᵛ。这一点在 Bullough 1957—1975, vol. 7, pp. 194, 262—265; Wells and Taylor 1987, p. 126; Sanders 2003, pp. 1, 10 中被指出。完整的讨论见 Vaughan 2011。

③ 正如 Honigmann 1993, pp. 212—213 所指出的,原因在于,《奥瑟罗》中至少有一处回响出现在 1603 年《哈姆莱特》四开本第一版中。见 *Othello*, TLN 531, p. 934(1.3.241),以及参见 Shakespeare 1998,[5] 7—8, p. 48。

④ Stamp 1930 [宴会大师艾德蒙·蒂尔内(Edmund Tilney)记账簿摹本],图版 3,标题"1604":"11 月 1 日是国王陛下的消遣日,在白厅街班克思格剧院上演了一出名为威尼斯的摩尔人的戏剧。"Hamilton 1986, pp. 223—228 再次指出了过去对这份手稿的质疑,不过 Stamp 1930, pp. 7—13 极力证明其真实性。也见 Duncan-Jones 2001, pp. 170—172,其中复印了这页内容。

⑤ 一些评论者认为其写作始于 1603 年中,这意味着《量罪记》的创作时间或许早于《奥瑟罗》。例如,见 Wells and Taylor 1987, p. 126 认为,时间是在 1603 年夏天至 1604 年 11 月之间。我想强调的是,即使这种较早的时间推测能够成立,也不会影响到我的主张。不过,我依旧倾向于采用通行的看法,认为这部戏有可能是在 1604 年春夏写就的。Stevenson 1959 中分析了发生在 1604 年 3 月的一场与詹姆斯一世有关的事件,其中就提到了这出戏。也见 Goldberg 1983, p. 235。见 Lever 1965, pp. xxxi—xxxv; Bawcutt 1991, pp. 2—4; Gibbons 1991, p. 23 中关于 1604 年才是主要的创作时期的讨论。

二 莎士比亚的法庭剧

论家们已经发现了一系列当时的间接证据,证明这部作品应该创作于1604年5月至8月,并且于同年作为圣诞节庆的内容之一在宫廷上演。① 莎士比亚在这部作品中的兴趣点又回到了先前围绕司法争议来写作戏剧。② 剧中处理了两个司法争议,两者都与巧言善辩的伊莎贝拉这个人物有关。③ 首先她代表自己的弟弟克劳狄奥向安哲鲁提出了一个假设性动因的辩护。她并不具备进行无罪辩护的条件,不得不采用贬抑式的忏悔辞(confessio),为确切的罪行直接请求宽宥。在最后一幕中,伊莎贝拉向维也纳公爵提出的则是与之相反的绝对的司法动因。她首先提出指控,控告安哲鲁滥用职权,试图为自己的指控确立绝对的正当性。不过在这起案件中,她的陈述被打断,提证也并不是依靠进一步展现司法雄辩术,而是在最后一幕的高潮部分,通过床上把戏的计谋引诱安哲鲁显露出自己的邪恶。

莎士比亚系统性地运用司法修辞术进行创作的最后一部戏剧是《终成眷属》。过去人们一直认为这部作品写于1603年至1605年初,不过杰克逊在2001年的一篇文章中指出,它的"创作不可能早于1606年中期"。④ 这种看法随后被普遍认可,但是,杰克逊的推测或许并不正确,综合衡量既有证据可以认为,这部作品的完成时间在1604年末到1605年初之间。⑤ 随着《终成眷属》的完成,莎士比亚的一组戏剧——从《威尼斯商人》开始,《量罪记》紧接其后——算是圆满完成

---

① Stamp 1930,图版3,标题"1604":"圣·史蒂文之夜,国王陛下在公众宫中观赏了一出名为《量罪记》的戏剧,由莎士比亚(Shaxberd)创作。"圣·史蒂文晚宴发生在11月26日。
② 戏中的修辞见Bennett 2000。不过,贝内特并未讨论司法修辞术;他关注的是将戏剧与伊拉斯谟的构想联系起来,后者试图将戏剧运用于社会改革事业中。
③ 见Newman 1985, pp.14—19对这部戏作为法庭辩论的分析;戏剧中相互碰撞的修辞类型,见Roberts 2002。
④ Jackson 2001, p.229.
⑤ 我在附录中列出了这一主张的相关证据。

了,这些作品似乎属于一种类型,与他的节庆喜剧形成强烈甚至富有深意的对比。① 这些作品中都出现了婚礼的中断,也没有任何狂欢作乐的主要场景。它们的主要故事都发生在城市,也没有人物要逃到森林里去。剧中都有冒名顶替和欺骗,在《终成眷属》和《量罪记》中,主要情节都围绕着床上把戏的计谋展开,受害者及其所受屈辱的揭露都是最后一幕的主要内容。更重要的是,它们在很大程度上都属于司法剧,审判场面都成为全剧的高潮和结局。司法修辞术的运用情况在每个案例中十分类似,但在《终成眷属》中,达到了前所未有的复杂程度。罗纳尔多在第一幕与伯爵夫人的对质中提出了格物争议,而第五幕中狄安娜和她的母亲在面对国王时则提出了一项绝对型的司法争议,随着剧情的推进,对贝特兰伯爵罪行的指控与国王亲自展开调查的两项接连出现的格物争议则被交织起来。

在《终成眷属》剧情逐渐展开的过程中,三种不同的司法修辞类型突然之间被结合在一起,这绝对是莎士比亚使用司法修辞术所创作的最精彩的篇章。不过在完成这部杰作后,他对司法修辞术的兴趣似乎戛然而止。个中缘由依旧悬而未决,一个可能的原因是,这时他不仅已经将全部已知的司法动因都写进了剧本,而且还开始自我重复了。露克丽丝试图采用格物型辩护来为自己的司法动因进行辩解,《量罪记》中伊莎贝拉在为自己的弟弟克劳狄奥辩护时也采用了这种议题类型。在《罗密欧与朱丽叶》的最后一场中,劳伦斯神父面对充满敌意的法官,采用了格物争议来为自己辩护,而奥瑟罗在《奥瑟罗》的第一幕

---

① 见 Salingar 1974, esp. pp. 301—305 中的分析,这里我做了引用。正如塞林杰所说,他关注的(p. 305)是"破碎的婚姻与一个法律危机"。他将这些戏剧中的情节追溯到中篇小说(novella)的传统上,认为莎士比亚在使用这些资源的过程中"恰恰是在有意寻找这种戏剧冲突的可能性,而并非仅仅发现了它们"。

中也采用了相同的修辞类型。古典修辞学家的方案在莎士比亚这里很是受用,但他或许感觉到已经穷尽了这种题材。

这并不意味着在莎士比亚晚期的作品中,他对司法修辞术完全丧失了兴趣,毕竟他又写作了至少三部包含审判场景的作品。第一个场景出现在《雅典的泰门》中,他或许是同托马斯·米德尔顿合写的这部作品,①创作时间应该在 1605 年至 1607 年间。② 艾西巴第斯来到雅典元老院为他的一位友人求情,这位友人在一次决斗中杀死了对方。不过,莎士比亚在此处仅仅创作了一段司法动因中的格物型辩护,剧本中出现的是一段请求宽宥的申诉,而非一场完整的法庭论辩。③ 另一场审判戏出现在《亨利八世》中,这或许是莎士比亚的最后一部作品,④他应该是和约翰·弗莱彻合写的。⑤ 这部剧对司法修辞术的细致呈现更是少得可怜。在第二幕中,在国王面前受审的凯瑟琳王后直

---

① Klein 2001, p. 63 呼吁人们对这种看法持谨慎态度,不过 Wells and Taylor 1987, pp. 127—128 列举了几个研究者[杰克逊、莱克(Lake),尤其是霍兹沃斯(Holdsworth)],认为他们坚定地支持米德尔顿参与了创作的观点。Vickers 2002, pp. 244—290, Jowett 2003(扉页)也同意这种看法。Dawson and Minton 2008, pp. 401—407 追溯了每场戏中的分工。

② Fitch 1981, p. 300 中通过音顿测试指出,《雅典的泰门》与《终成眷属》最为接近。我认为《终成眷属》的完成时间是 1605 年初,这也意味着《雅典的泰门》的完成时间也是 1605 年,正如 Wells and Taylor 1987, pp. 127—128 所认为的。不过,最近一些评论者认为,《雅典的泰门》的创作时间要更晚。Klein 2001, p. 1 初步认为是 1607 年至 1608 年;Jowett 2004, p. 4 认为是 1606 年初;Dawson and Minton 2008, p. 12 认为是 1607 年或者更早。哪个时间才正确并不会影响我的论证。

③ 在通行的标号中,这段戏是第三幕第五场,不过在 Dawson and Minton 2008 中则是第三幕第六场,在 Shakespeare 1986, Timon of Athens TLN 1094—1107, p. 1013(3.4.97—111)中则是第三幕第四场,在处理这些台词时,通常第三幕第四场的结论变成了一个单独的场景。

④ 《两个高贵的亲戚》的创作或许更晚,不过并未收录在对开本第一版中。有记载《真实无疑》(《亨利八世》)的第一次演出是在 1613 年 6 月 29 日,环球剧院在火灾中被毁。见 McMullan 2002, p. 9。人们普遍认为这部戏写于 1612 年底至 1613 年初。见 Wells and Taylor 1987, p. 133; Margeson 1990, pp. 1—3; Potter 2012, pp. 393—395。

⑤ 细究这次合作,通常认为莎士比亚创作了审判剧情(第二幕第四场),见 McMullan 2000, p. 449; Vickers 2002, pp. 339, 342, 356, 361, 375。

接否定法庭的管辖权,宣称她将直接向教皇申诉,并坚持离场。①

在这些晚期作品中,仅有一部莎士比亚作为唯一作者并且出现了审判场景的戏剧,也就是通常被认为写作于 1609 年至 1611 年间的《冬天的故事》。② 在这部作品中,莎士比亚似乎找回了过去对格物争议的兴趣,它上一次明确出现还是在《终成眷属》中。列昂特斯国王认为他的王后赫美温妮与他的朋友波力克希尼斯有奸情。列昂特斯采用准确的司法术语来表达自己将这个"问题"带到法庭的愿望,③表达他对赫美温妮的忠贞的"推测",④以及为他的动因"提证"的意愿。⑤ 不过,当案件开始审理时,他直接要求宣读对妻子的指控,并未围绕指控展开"陈述"或组织"提证"。⑥ 因此,赫美温妮的困境是,她在充满敌意的法官面前受到了错误的指控。关于如何处理这种危险状况,古典修辞学家提出了许多建议,但对此赫美温妮似乎完全不知。她有三段辩词,主要都限于请求上苍作证,不断表明自己的忠贞,甚至愿意以死为证。这些激烈但模糊的夸张言论的唯一效果就是表明她无力战胜自己所面对的暴政。此时,莎士比亚的戏剧目标已经发生了改变,他或许甚至已经丧失了早期创作中对如何在司法案件中以"成功"和有说服力的方式进行辩护的兴趣。⑦

---

① *All Is True*(*Henry VIII*), TLN 1188—1202, p. 1383(2. 4. 116—31). 相关讨论见 Keeton 1967, pp. 158—164。
② Pafford 1963, pp. xxii—xxiii 认为时间是 1610 年至 1611 年之间, Snyder and Curren-Aquino 2007, p. 63 看法相同。Wells and Taylor 1987, p. 131 则认为时间是 1609 年, 而 Orgel 1996, pp. 79—80 认为"早于 1610 年底"。
③ *The Winters Tale*, TLN 784, p. 1275(2. 3. 2).
④ *The Winters Tale*, TLN 690, p. 1272(2. 1. 176).
⑤ *The Winters Tale*, TLN 694, p. 1274(2. 1. 180).
⑥ 正如 Syme 2012, pp. 222—223 指出的。
⑦ 莎士比亚晚期风格中的模糊与张力,见 McDonald 2006, pp. 30—37。

三

直接型开场白

引　言

　　接下来几章的任务是,证明在前文列举的戏剧中,有许多演说词和几场完整的情节,基本上都是按照司法争议中开题和布局的古典规则来写作的。让我先说说莎士比亚对布局规则的运用。第一章指出,这些规则明确要求,所有演说都由五个主要部分构成:引言、陈述、提证、反驳和总结。本章的目标之一是阐明这正是莎士比亚司法演说永恒不变的组织模式。不过更重要的一点是他对开题理论原则的运用。同样地,第一章已经指出,这种理论提出了许多关于如何陈述司法演说词各个部分的准则。首先需要掌握的是,如何建构引言才能表明自己的人格,赢得法官的注意力和好感。然后需要知道如何展开叙述,使其不仅表述案件的各项事实,而且还能把法官拉到自己这边。在提证和反驳的部分,需要完整掌握如何提出"非人工"和"人工"的证据,最后还需要学会如何在总结中加入"夸张"来激发法官的情感,打动他们并使其在判决中偏向自己这一方。古典和文艺复兴时期修辞术手册的内容几乎全都是这五部分内容的具体操作指南,莎士比亚以一种非凡的坚韧和精确度遵循着这些指南进行创作。这是本书的主要观点,接下来的阐述将从他对开场白的处理入手。

两种开场方式

"错误的开场白,"昆体良警告读者,"就像满是瘢痕的面孔一样可怕,"他甚至还加上了一句格言警示读者,"最糟糕的舵手就是从浅水区驾船离港的那种。"①托马斯·威尔逊在《修辞技艺》第二卷中引入对引言的讨论时也借用了航海术语:

> 在开始之前需要谨记,每当对事物进行详细讨论时,都要进行开题,找出进入议题的第一个入口,这一点放之四海而皆准。②

威尔逊认为,应当关注的是处在争议中的事物,思考如何切入对这个议题的讨论。他的解决方案是,第一步应该是开题和找出在演说开始时最适宜的主张。正如昆体良曾经的警告所言,"没有比在这个阶段丧失表达能力更糟的"。③

这并不意味着对每个案件来说引言都必不可少。西塞罗在《论开题》中就坦言,"若动因明显应当被支持时,更好的办法是略过正式引

---

① Quintilian 2001, 4.1.61. vol.2, pp.208—210:'vitiosum prohoemium possit videri cicatricosa facies: et pessimus certe gubernator qui navem dum portu egreditur impegit'.

② Wilson 1533, Sig.O, 3^v.

③ Quintilian 2001, 4.1.61, vol.2, p.208:'continuandi verba facultate destitui nusquam turpis'. 见 Benabu 2013 对古典引言和部分莎士比亚所创作引言的分析。

言,从对动因的事实叙述开始"。① 昆体良同样也认为,在有些情况下引言或许是多余的,他指出,亚里士多德甚至断言,在好法官面前,根本不需要这种东西。② 不过他们都同意,只要有需要,正式的引言便不可或缺,正如西塞罗所说,"以便使听众做好准备,聆听演说的其余内容"。③ 昆体良也主张,如果需要使法官做好准备,也就是说,被告知和被指示,并对接下来的事情有心理预期,就必须用上引言。④

既然引言通常是必不可少的,那么演说的这个开头部分的具体任务是什么呢? 对此,罗马修辞学家的答案非常一致。基本目标应该是以这样一种方式进行演说,使得听众的注意力被吸引、产生回应,最重要的是对我们的立场充满好感。⑤ 西塞罗在《论演说家》中对自己先前在《论开题》中认为获得好感主要是引言的任务这个判断表示反对,认为此任务应当贯穿演说始终。⑥ 昆体良则更坚守传统,认为引言唯一和首要的目标就是尽其所能赢得听众的好感。⑦ 这个阶段大致要做的,就是西塞罗所谓 captatio benevolentiae,即试图赢得好感。⑧

---

① Cicero 1949a, I. XV. 21, p. 42: 'Cum autem erit honestum causa genus, vel praeteriri principium poterit vel ... a narratione incipiemus'. 参见 *Rhetorica ad Herennium* 1954, I. VI. 6, p. 12。

② Quintilian 2001, 4. 1. 72, vol. 2, p. 214。

③ Cicero 1949a, I. XV. 20, p. 40: 'animum auditoris idonee comparans ad reliquam dictionem [audire]'.

④ Quintilian 2001, 4. 1. 72, vol. 2, p. 214。

⑤ Cicero 1949a, I. XV. 20, p. 40; *Rhetorica ad Herennium* 1954, I. IV. 6, p. 12(以及 I. VII. 11, p. 20); Cicero 1942a, II. XIX. 80, vol. 1, pp. 256—258; Quintilian 2001, 4. 1. 5, vol. 2, p. 182。

⑥ Cicero 1942a, II. XIX. 81—83, vol. 1, pp. 258—260. 参见 Wisse 2002, p. 384; Heath 2009, pp. 67—68。

⑦ Quintilian 2001. 4. 1. 5, vol. 2, pp. 180—182。

⑧ 见 Cicero 1949a, I. XVI. 22, p. 44 论如何赢得观众的好感('auditorum ... benivolentia captabitur')。参见 Cicero 1942a, II. XXVI. 115, vol. 1, p. 280 和 Cicero 1949b, XXVI. 97, p. 456。

方言修辞学家对于上述略显简单的观点做了颇有助益的扩充。莱纳德·考克斯一开始就强调,确保"使听众集中注意力并勤恳认真",以及给予"正确的良好的关注",这十分重要,①托马斯·威尔逊同样谈道,有必要在开场时让听众"做好准备,认真听取接下来的陈述"。② 考克斯还强调了确保"回应性"的重要意义,③威尔逊则将其描述为"向听众阐明问题究竟是什么"的过程,如此方可"使听众更轻松地理解问题"。④ 当然,最重要的任务是创造出考克斯所谓——也是字面直译的——听众的善意好感;⑤威尔逊的说法是"赢得听众的青睐"并从一开始就确保他们的"好感"。⑥

修辞学家接下来解释了实现这些目标的方法。不过,在展开讨论之前,他们首先发出了一条重要警告。西塞罗说,"对任何想要有效实现演说目标的人来说,至关重要的就是预先对所要讨论的动因类型了然于胸"。⑦《罗马修辞手册》的作者也如此认为,"要想成功地引入一段合适的引言,首先需要思考的就是,所讨论的动因属于何种类型"。⑧不同的动因需要不同类型的引言,提前预判至关重要。

就司法演说家需要辨别的动因类型数量而言,没有统一的共识。

---

① Cox 1532, Sig. B, 7ʳ.
② Wilson 1553, Sig. O, 3ʳ.
③ Cox 1532, Sig. B, 7ʳ.
④ Wilson 1553, Sig. O, 3ᵛ.
⑤ Cox 1532, Sig. B, 2ᵛ.
⑥ Wilson 1553, O, 3ᵛ—4ʳ.
⑦ Cicero 1949a, I. XV. 20, p. 40: 'qui bene exordiri causam et eum necesse est genus suae causae diligenter ante cognoscere'.
⑧ Rhetorica ad Herennium 1954, I. III. 5, p. 10: 'quo commodious exordiri possimus genus causae est considerandum'.

三　直接型开场白

《罗马修辞手册》认为共有四种；①西塞罗认为有五种；②昆体良则认为至多有六种。③ 不过他们都承认，其中一些类型并无明显差别。《罗马修辞手册》中提到的 causa humilis，即鄙陋动因，西塞罗和昆体良增加的 causa obscura，即无稽动因，④但两人对这两种类型都没有做详细讨论。⑤ 通行的观点认为，一共有四种需要认真对待的类型：正直动因、邪恶动因、异常动因，以及西塞罗和昆体良称为皆可的（anceps）动因，其特征是部分关乎正直、部分关乎邪恶。⑥ 上述思想家都认为，最基本的对立出现在正直动因和或是全部或是部分的邪恶动因之间。这两个关键术语也通常被认为是反义词。《罗马修辞手册》指出，"当动因中包含着对某些正直问题的攻击时，它就是邪恶的"。⑦ 而正直动因则被认为是这样一种类型，"演说者或是为某些在所有人看来都值得捍卫的事物辩护，或是反对某些所有人都认为应当反对的问题"。⑧

69

要了解这些类别划分在实践中是如何被运用的，首先需要知道，这些拉丁术语在莎士比亚时代是如何被翻译的。这里需要稍作停留，

---

① Rhetorica ad Herennium 1954, I. III. 5, p. 10.
② Cicero 1949a, I. XV. 20, p. 40.
③ Quintilian 2001, 4. 1. 40, vol. 2, p. 198.
④ Rhetorica ad Herennium 1954, I. III. 5, p. 10.
⑤ Cicero 1949a, I. XV. 20, p. 40; Quintilian 2001, 4. 1. 40—41, vol. 2, p. 198.
⑥ Cicero 1949a, I. XV. 20, p. 40; Quintilian 2001, 4. 1. 40, vol. 2, p. 198.《罗马修辞手册》的作者并未提及 causa admirabilis，也并未用 anceps 来指代，而是称其为 causa dubia。见 Rhetorica ad Herennium 1954, I. III,5, p. 10。
⑦ Rhetorica ad Herennium 1954, I. III. 5, p. 10：'turpe genus intelligitur cum ... honesta res oppugnatur'。对作为反义词的邪恶的和正直的（以及邪恶和正直）的讨论，也见 Cicero 1949a, I. XV. 20 和 22, pp. 40, 42。
⑧ Rhetorica ad Herennium 1954, I. III. 5, p. 10：'Honestum causae genus putatur cum aut id defendimus quod ab omnibus videtur oppugnari debere, aut oppugnabimus quod ab omnibus videtur oppugnari debere'。

先看看伊丽莎白时代英国拉丁语—英语词典的流通状况。问世最早的是托马斯·库珀的《罗曼语和不列颠语大辞典》(*Thesaurus Linguae Romanae & Britannicae*),于1565年首次出版。① 第二本是约翰·弗农的《拉丁语—英语词典》(*Dictionarie in Latine and English*),1575年首次出版,1584年再版。② 随后不久,这两部词典似乎被托马斯·托马斯的《拉丁语—英语词典》(*Dictionarium Linguae Latinae et Anglicanae*)所取代。托马斯编纂的这部词典吸收了库珀词典的很多内容,不过行文更加易懂,成了一本流行的指南。③ 1587年首次出版以后,这部词典在1589年便被重印,1592年出版了第三版,④到16世纪末,起码又重印了四次。

如果我们在以上这些词典中查阅 honestus 和 turpis 这两个形容词,将会发现一种强烈的共识。首先上述词典都认为,turpis 意味着"不诚实"。⑤ 它们还认为,这个词的一个基本同义词就是"欺骗",这种用法引申出用来界定重大罪行的常用短语"恶计"(foul play),尤其是谋杀。⑥ 当霍拉旭第一次告诉哈姆莱特鬼魂的存在时,哈姆莱特就采用了这种表述:

---

① 我采用的是第一版(BL 馆藏)。到1587年,这部作品至少再版了四次。对库珀的研究见 Starnes 1954, pp. 85—110; Binns 1990, pp. 293—294; Green 2009, p. 1—3, 245。
② 我采用的是1584年版(CUL 馆藏)。对弗农的研究见 Binns 1990, p. 296。
③ 对托马斯的研究见 Starnes 1954, pp. 114—138; Binns 1990, p. 295。
④ 我采用的是1592年版(BL 馆藏)。
⑤ Cooper 1565, Sig. 6K, 5^v; Vernon 1584, Sig. 2T, 1^r; Thomas 1592, Sig. 3C, 5^v. Wilson 1553, Sig. A, 4^v 同样也称其为"不诚实的"案件,而[Puttenham] 1589, p. 242 则更多地从字面意义上谈到了"邪恶"(turpitude)。
⑥ Cooper 1565, Sig. 6K, 5^v: "Turpis... 邪恶: 肮脏"。也见 Vernon 1584, Sig. 2T, 1^r; Thomas 1592, Sig. 3C, 5^v。

三 直接型开场白

我父亲的灵魂披着甲胄!事情有些不妙,
我恐怕这里面有奸人的恶计(foule play)。

TLN 410—411, p. 741(1.2.254—255)

若 turpis 指欺骗或不诚实,因此这些词典也一致认为,它的反义词 honestus 必然意味着"诚实"。[1] 它们还列举了一系列同义词,虽然可能并没什么实质帮助。库珀提到了"善好:善行、好名声";[2]弗农又加上了"备受赞誉的;富有美德的";[3]托马斯的列表加宽泛,包括"善好、善良、高贵、值得尊敬、善行、有教养"。[4]

因此,用伊丽莎白时代的英语来说,邪恶动因和正直动因的基本区别是"欺诈"和"诚实"动因之间的对立。这是公认的基本立场,不过值得注意的是,西塞罗和昆体良还讨论过另一种类型,也就是异常动因。[5] 用西塞罗的话来说,这种类型出现在"那些聆听议题的人们的心灵对议题十分陌生时"。[6] 昆体良给出的定义与西塞罗不同,加入了对听众的同情心为何对动因漠不关心的解释。昆体良说,"当动因以一种超出常识判断的方式被提出时",它就是异常的。[7]

翻阅伊丽莎白时期词典编纂者的成果就会发现,他们认为,

---

[1] Cooper 1565, Sig. 3L, 3ᵛ:"Honestus:正直的;善好的"。也见 Vernon 1584, Sig. T, 6ᵛ; Thomas 1592, Sig. Z, 1ʳ。方言修辞学家已经在同样的意义上使用这个术语了。见 Cox 1532, Sig. B, 5ʳ; Wilson 1553, Sig. A, 4ᵛ。

[2] Cooper 1565, Sig. 3L, 3ᵛ。

[3] Veron 1584, Sig. T, 6ᵛ。

[4] Thomas 1592, Sig. Z, 1ʳ。

[5] Cicero 1949a, I. XV. 20, p. 40; Quintilian 2001, 4.1.40—41, vol. 2, p. 198。

[6] Cicero 1949a, I. XV. 20, p. 40;'alienatus animus eorum qui audituri sunt'。

[7] Quintilian 2001, 4.1.41, vol. 2, p. 198:'praeter opinionem hominum constitutum'。

admirabilis 意味着"非凡"和"令人惊异",① 但同时也是"奇怪的"和"与普罗大众意见相左的"。② 托马斯·威尔逊认为,说某物是"奇怪的"也就意味着它是"与人们通常所谈论东西的大相径庭"。③ 托马斯·库珀在他词典中的 admiror 这个异态动词词条下指出,它意味着"惊讶于:对某人、某物或某事表示惊叹"。④ 因此,在莎士比亚时代的英国,所谓异常动因指的就是那种以某种方式来说奇怪或令人惊叹的动因。

昆体良认为,这种动因类型被许多修辞学家当作邪恶动因的一个分支。⑤ 讨论于是又回到了欺诈和诚实动因的基本区别上,演说者需要认真思考在开始演说之前,所要维护的是哪种基本类型。《罗马修辞手册》指出,这种基本思考十分重要,因为对动因究竟是诚实还是欺诈的判断,将会决定在两种对立的引言风格之间的选择。在对司法演说的不同引言进行详细讨论时,作者动情地吁请读者注意到他自己路径的创新性,这在全书中仅此一次。"只有鄙人",他表示,"在所有作者中,清楚阐释这种明确的理论,提出了处理不同引言类型的确切办法",因此也解决了在特定场合应当运用何种引言的问题。⑥

《罗马修辞手册》继续指出,此处需要理解的关键是,存在着两种完全不同的修辞引言类型,一种是"直白型",一种是"迂回诡秘型"

---

① Cooper 1565, Sig. D, 1ᵛ. 也见 Vernon 1584, Sig. B, 2ᵛ—3ʳ; Thomas 1592, Sig. B, 4ʳ。
② 见 Cooper 1565, Sig. 4T, 1ʳ,在 paradoxus 词条下的是 admirabilis。
③ Wilson 1553, Sig. Z, 2ʳ.
④ Cooper 1565, Sig. D, 1ʳ.
⑤ Quintilian 2001, 4.1.41, vol. 2, p. 198; 'turpe, quod alii … admirabili subiciunt'.
⑥ *Rhetorica ad Herennium* 1954, I. IX. 16, p. 28; 'soli nos praetor ceteros … plane certam viam et perspicuam rationem exordiorum haberemus'.

(insinuatio)。① "如果动因是诚实正当的,就应该使用直白型引言",② "如果动因是欺骗性的,那么就必须使用迂回的表述"。③ 两者的区别在于,"直白型引言使演说者能够立刻直接让听众对其动因充满好感和兴趣,产生回应"。④ 相比而言,"迂回诡秘型引言则是这样一种类型,即演说者通过掩饰,以一种更隐晦的方式达到同样的效果"。⑤ 西塞罗的看法几乎如出一辙,他认为"所谓直白型就是旨在赢得听众的好感、回应以及注意力的那种清楚坦率的演说词,所谓迂回诡秘型则是通过掩饰和委婉的方式巧妙进入听众内心的那种演说词"。⑥

在方言修辞学家中,莱纳德·考克斯再次采用了这种区分,讨论了"开场白"和"掩饰辩白"之间的区别。⑦ 所谓开场白大致等同于正直动因,而当动因"本身毫无正直可言"时,演说者"必须采用掩饰辩白,而不是开场白",试图"找出借口"。⑧ 托马斯·威尔逊将考克斯的"开场白"重新界定为"直白型"引言,这种说法更好理解,他告诉读者,"如果问题是正直和虔诚的,那么它理所应当会获得青睐,演说者

---

① *Rhetorica ad Herennium* 1954, I. IV. 6, pp. 10—12.
② *Rhetorica ad Herennium* 1954, I. IV. 6, p. 12: 'Sin honestum genus causa erit, licebit recte ... uti principio'.
③ *Rhetorica ad Herennium* 1954, I. IV. 6, p. 12: 'Sin turpe causa genus est, insinuatione utendum est'.
④ *Rhetorica ad Herennium* 1954, I. VII. 11, p. 20: 'Principium eiusmodi debet esse ut statim apertis rationibus ... aut beni volum aut adtentum aut docilem faciamus auditorem'.
⑤ *Rhetorica ad Herennium* 1954, I. VII. 11, p. 20: 'insinuatio eiusmodi debet esse ut occulte, per dissimulationem, eadem illa omnia conficiamus'.
⑥ Cicero 1949a, I. XV. 20, p. 42: 'Principium est oratio perspicue et protinus perficiens auditorem benivolum aut docilem aut attentum. Insinuatio est oratio quadam dissimulatione et circumitione obscure subiens auditoris animum'.
⑦ Cox 1532, Sig. B, 2^r 探讨了展示型演说中的"导言或引入",但是在后文中又指出(Sig. D, 8^v)前述分析也适用于司法演说。
⑧ Cox 1532, Sig. B, 5^{r-v}.

可以使用这种直白型引言,听众将会乐于倾听并支持其立场"。另一方面,如果动因明显具有欺诈性,那就应该回过头来采用"掩饰型"引言,在威尔逊看来,它是"一种隐秘的辩解,悄然潜入,在这种情形下赢得支持"。①

引入正当动因

在写作司法情节时,莎士比亚感兴趣的类型主要是人物被迫意识到需要采用迂回诡秘型引言的那种。不过,也有几部戏剧,角色在法庭指控中提出了他或她认为完全诚实合法的动因,采用了修辞学意义上最明确"直截了当的"引言。第一个提出这种开场白的人物是《哈姆莱特》中的鬼魂,它将儿子当作听众进行演说,而且采用了原告向法官提出申诉的方式:"你只要留心听着我将要告诉你的话。"哈姆莱特也以法官的方式回应,承担起他思考动因的职责:"说吧,我在这儿听着。"②在本书所讨论的戏剧中,有数位人物都被要求在司法案件中扮演法官,哈姆莱特是其中之一。其中有几位确实是字面意义上的法官,而包括哈姆莱特在内的所有人都需要扮演某种法庭角色,对他们被告知的真相进行聆听、评判和做出裁决。

虽然鬼魂通过发表直接型引言来表明自己的正直,不过它所呈现的自我形象依旧迷窦重重。面对哈姆莱特的邀请"说吧,我在这儿听着",它立刻回答:"你听了以后,必须替我复仇。"③许多评论者甚至认为,这一吁求足够证明,即使鬼魂对自己死因的叙述所言不假,它依然

---

① Wilson 1553, Sig. O, 3ʳ.
② *Hamlet*, TLN 622—623, p.744(1.5.5—6).
③ *Hamlet*, TLN 624, p.744(1.5.7).

三 直接型开场白

是邪恶的,是撒旦的代理。① 莎士比亚时期的教会反对私下复仇,时常引用圣·保罗所传的神谕"不要自己申冤……因为经上记着,主说,申冤在我"。② 不过,若就此假定莎士比亚最初的观众将会直接得出结论,认为鬼魂在引诱哈姆莱特走向毁灭,也并不合理。鬼魂准备告诉哈姆莱特,它的兄弟不仅谋杀了它,而且还引诱了它的王后。根据当时的宫廷法规,任何人受此奇耻大辱,都有权寻求复仇。讽刺作家菲利贝尔·德·维耶纳在《宫廷哲学家》(*The Philosopher of the Court*, 1575 年由乔治·诺思译出)中挖苦说,宫廷世界是"荣誉和名节高于一切"的地方。若荣誉危在旦夕,不仅"杀人是被允许的和合法的";而且这种私人复仇行为"不但应当被免除罪责,甚至还应当予以嘉奖"也是共识。③ 露克丽丝也持这种观点,莎士比亚在诗中将她描述为一位纯洁虔诚的人物。④ 在被塔昆侵犯以后,她毫不犹豫地寻求复仇,要求丈夫和领主侍从应当"报仇除害"。⑤ 她给出的一个理由是"绝不应当放弃正义",当然,更重要的理由是"此乃理所应当/以复仇的武器追赶不义"。⑥

鬼魂对自己当前困境的陈述更令人迷惑。在引言开始之前,它这样向哈姆莱特介绍自己:

---

① 尤其参见 Prosser 1971, pp. 102—103, 111—112。相关批判见 Mercer 1987, pp. 136—137; Greenblatt 2001, pp. 237—244。也见 Mercer 1987 和 Miola 2000,尤其是 pp. 120—122 论从塞涅卡式人物类型看鬼魂这个角色。
② 见 *Romans* 12: 19,参见 Prosser 1971, pp. 5—13。
③ Philibert de Vienne 1575, pp. 49—50。对菲利贝尔的研究见 Peltonen 2003, pp. 22—23, 45—46。Prosser 1971, pp. 13—16 试图驳斥荣誉法则的相关性,而 Watson 1960, pp. 127—135 以及 Peltonen 2003, pp. 44—58 都讨论了将报复私仇视为一种贵族命令的环境。
④ *Lucrece*, TLN 542, p. 276(p. 178)。
⑤ *Lucrece*, TLN 1683, p. 288(p. 230)。
⑥ *Lucrece*, TLN 1687, 1692—1693, p. 288(p. 230)。

> 我是你父亲的灵魂，
> 因为生前孽障未尽，被判在晚间游行地上，
> 白昼忍受火焰的烧灼，
> 必须经过相当的时期，等生前的过失被火焰净化以后，
> 方才可以脱罪。
>
> TLN 626—630, p. 744 (1.5.9—13)

正如许多莎士比亚当时的观众所知晓的，那据说能烧掉我们罪恶的大火就是炼狱。不过大多数观众也必然知道，根据英国国教的三十九条信纲，并不存在所谓炼狱，国教会谴责《圣经》中并无此记载，抨击它源自天主教教士的唯利是图的贪婪诡计。[①] 鬼魂号称自己来自一个不存在的地方。在听取它余下的案情陈述时，听众们难道不应当产生深重的疑虑吗？

以上这些悬而未决并且或许无法解决的疑问，远未穷尽鬼魂修辞中的问题。同样严峻的还有以下事实，所有丹麦人都不相信它死于诡计和非自然的谋杀；对于它的死因，大家众说纷纭：

> 一般人都以为我在花园里睡觉的时候，
> 一条蛇来把我螫死，
> 这一虚构的死状，
> 把丹麦全国的人都骗过了；
>
> TLN 652—655, p. 744 (1.5.35—38)

[①] Greenblatt 2001, p. 235.

三 直接型开场白

克劳狄斯的重罪不仅使他的兄长变聋,也让整个丹麦失去听觉。当然,花园中出现毒蛇的故事被大众接受,而哈姆莱特自己却深表怀疑,这一点并不令人惊讶。起初,他对鬼魂耸人听闻的奇特陈述表示相信,随后又怀疑起来,害怕"我所见到的鬼魂/或许是撒旦",还向霍拉旭坦白,或许"我们所看见的那个鬼魂一定是个恶魔"。① 直到克劳狄斯在第三幕的独白中承认"弑兄"之前,我们一直无法确定鬼魂是否在说实话。② 鬼魂面临的真正挑战是,说服作为它案件的法官的哈姆莱特,承认它所讲述的这个并不寻常的弑兄故事,即使这个故事毫无可能,目前也没人相信,却是事情的真相。它如何才能成功说服哈姆莱特相信他的动因,并为它的死报仇雪恨?③

修辞学家一致认为,第一步就是要确保抓住了听众的全部注意力。演说者必须竭尽全力,用托马斯·威尔逊的话来说,使他们"注意力集中,愿意听我们说"。④《罗马修辞手册》的作者对实现这一效果的方式进行了最全面的阐述。他认为,有效办法之一就是采用"呼喊法"(exclamatio)的修辞,"大声疾呼,要求听众认真聆听"。⑤ 托马斯·威尔逊和乔治·普滕汉姆都把 exclamatio 翻译成"大声疾呼",认为每当以"强烈的情感"进行演说,以"大声疾呼"表达观点时,就在采

---

① *Hamlet*, TLN 1529—1530, p. 753(2.2.551—552),以及 TLN 1807, p. 756(3.2.72)。关于哈姆莱特对可能性与证据的思考,见 Kerrigan 1996, pp. 77—79; Hutson 2007, pp. 137—144。
② *Hamlet*, TLN 2152—2154, p. 759(3.3.36—38)。
③ 对鬼魂演说(语音与句法方面)的详细分析,见 Ratcliffe 2010, pp. 31—51。
④ Wilson 1553, Sig. O, 4^r.
⑤ *Rhetorica ad Herennium* 1954, I.IV.7, p. 14:'rogabimus ut adtente audient'. 也见 IV. XX.22, p. 282 论呐喊。

用这种办法。① 鬼魂正是使用这种修辞来吸引哈姆莱特的注意。在坦白自己是哈姆莱特父亲的灵魂——被判在晚间游行,但是被禁止泄露自己的秘密——它突然情绪崩溃,向儿子喊道:

> 听着,听着,啊,听着!
> 要是你曾经爱过你的亲爱的父亲——
> TLN 639—640, p. 744(1.5.22—23)

哈姆莱特回之以痛苦的咆哮"上帝啊!",这表明他的注意力已经被抓住。②

根据《罗马修辞手册》的看法,接下来的一步也是最关键的一步,"向听众保证,将言说的内容是重要的、新颖的、不同寻常的,或者与公共领域、神圣信仰和听众本身有关"。③ 西塞罗在《论开题》中也列出了类似的步骤,④昆体良后来又补充,"引起法官注意力的最好办法就是表明等待裁决的问题是未知的、重要的和十恶不赦的"。⑤ 方言修辞学家同样也对此表示认可。莱纳德·考克斯指出,演说者应当向听众保证,"所展示的内容或新颖,或必要,或有利可图"。⑥ 托马斯·威

---

① [Puttenham] 1589, p. 157;参见 Wilson 1553, Sig. 2E, 1^v。对呐喊的讨论也见 Sherry 1550, Sig. D, 1^v; Fenner 1584, Sig. D, 4^r; Peacham 1593, p. 62。Fraunce 1588a, Sig. E, 5^r 至 Sig. F, 6^r 的讨论最为完整,援引了维吉尔、塔索、锡德尼等人的诸多示范。

② *Hamlet*, TLN 641, p. 744(1.5.24).

③ *Rhetorica ad Herennium* 1954, I. IV. 7, p. 14: 'Adtentos habebimus, si pollicebimur nos der rebus magins, novis, inusitatis verba faturos, aut de iis quae ad rem publicam pertineant, aut ad eos ipsos qui audient, aut ad deorum immoralium religionem'.

④ Cicero 1949a, I. XVI. 23, p. 46.

⑤ Quintilian 2001, 4. 1. 33. vol. 2, p. 194: 'plerumque attentum iudicem facit si res agi videtur nova magna atrox'.

⑥ Cox 1532, Sig. B, 7^r.

三 直接型开场白

尔逊也认为,如果演说者保证"讨论的是重大问题,或者有关教义",并且"向听众讲述的事情或是有关其自身利益,或是有利于国家发展",那么"就能抓住人们的注意力"。①

在与儿子进行对话时,鬼魂严格地遵循着这条建议:

> 鬼魂　　要是你曾经爱过你的亲爱的父亲——
> 哈姆莱特　上帝啊!
> 鬼魂　　你必须替他报复那逆伦惨恶的杀身的仇恨。
> 哈姆莱特　杀身的仇恨!
> 鬼魂　　杀人是重大的罪恶;
> 　　　　可是这一件谋杀的惨案,更是最骇人听闻而逆天害理的罪行。
>
> TLN 640—645, p. 744(1.5.23—28)

修辞学家明确指出,要赢得注意,就必须讨论新颖和未知的事件。鬼魂所告知的,是一项哈姆莱特完全不知的谋杀,于是他只得低声呢喃,难以置信。接下来,演说者必须将精力放在与公共领域有关的内容上。鬼魂将自己的谋杀说成是杀害国家元首,这显然是具有公共意义的。演说者还需要谈论与听众息息相关的事情。鬼魂的听众是它的儿子,后者显然对父亲如何受害的故事感到震惊。最后,如有可能,还要讨论某些不同寻常和罪大恶极的事件。在这里,鬼魂直接指出,它的被谋杀不仅是一项重大罪行,而且还是"不同寻常和非自然的"。修辞学家所言非虚,哈姆莱特的注意力完全被吸引了:

---

① Wilson 1553, Sig. O, 4ʳ.

> 赶快告诉我知道,让我驾着思想
> 和爱情一样迅速的翅膀,
> 飞去把仇人杀死。
>
> TLN 646—648, p. 744(1.5.29—31)

鬼魂成功地实现了引言所应当实现的第一个目标。在它的敦促下,哈姆莱特差点将自己幻想成做好准备的复仇天使。

在赢得听众的注意力之后,接下来要做的就是使他们对动因产生回应。如果演说者已经成功地使他们集中注意力,这个任务就算是完成了一半。《罗马修辞手册》中这样解释:"有回应的听众就是已经做好准备认真聆听的人。"①除了这条解释以外,修辞学家还提出了一条进一步的建议。西塞罗说:"如果演说者对动因的内核进行简明扼要的陈述,表明争议的本质,那么听众便会产生回应。"②莱纳德·考克斯重复了西塞罗的观点,如果要提升"回应性",演说者必须"让问题被轻松明白地理解",③托马斯·威尔逊进一步拓展了西塞罗的主张。演说者首先必须总结动因,力求"用简洁的话语来明确解释它"。必须认识到,"尽可能地将自己的故事版本以简短清晰的方式呈现出来,这是使听众了解和相信动因的最好办法"。④

鬼魂竭尽全力遵循着这条建议:

---

① *Rhetorica ad Herennium* 1954, I. IV. 7, p. 14:'docilis est qui adtente vult audire'. 也见 Cicero 1949a, I. XVI. 23, p. 46。

② Cicero 1949a, I. XVI. 23, p. 46:'dociles auditores faciemus si aperte et breviter summam causae exponemus, hoc est, in quo consistat controversia'. 也见 *Rhetorica ad Herennium* 1954, I. IV. 7, p. 12; Quintilian 2001, 4. 1. 34—35, vol. 2, p. 196。

③ Cox 1532, Sig. B, 7ʳ.

④ Wilson 1553, Sig. O, 3ᵛ.

三 直接型开场白

现在,哈姆莱特,听我说。
一般人都以为我在花园里睡觉的时候,
一条蛇来把我螫死,这一个虚构的死状,
把丹麦全国的人都骗过了;
可是你要知道,好孩子,
那毒害你父亲的蛇,
头上戴着王冠呢。

TLN 651—657, p. 744(1.5.34—40)

鬼魂深知要言简意赅,对哈姆莱特所需知道的一切都进行了概括处理:关于它死因的通行说法是假的,杀害他的正是如今占据他王座的那个人。他采用严肃的扬扬格(spondees)来强调篡权行为的滔天罪恶。哈姆莱特立刻回应:"啊,我的预感果然是真!我的叔父?"[1]他发出呐喊,自己似乎对真相早有预感,他的提问则进一步表达了自己的回应,并要求鬼魂详细解释这一指控。引言的第二个目标就此达成。

一旦听众的注意力被吸引并且表示出回应,接下来和最重要的任务就是引导他们对动因产生好感。修辞学家提醒演说者,整个行动的关键就是影响结果。没有行动(actio)何来演说(oratio),因此,发表这项要素——威尔逊称之为"声音、表情和姿势的综合"——必须被精心控制。[2] 演说者必须认真准备,威尔逊补充说,"以受欢迎的方式"运用这种技巧,竭力避免举止不当。[3] 当然,修辞学家更加关注的是,在

---

[1] *Hamlet*, TLN 658, p. 744(1.5.40—41).
[2] Wilson 1553, Sig. A, 4ʳ.
[3] Wilson 1553, Sig. A, 4ʳ. 参见[Puttenham] 1589, p. 221。

这一部分应当采用何种论证方式,对此,他们给出的基本建议是,演说者应当将精力放在对涉案各方的品格进行评论上。《罗马修辞手册》说,这时候要谈论"演说者自己的品格,也要评价对方和听众的品格,并讨论争议问题本身"。① 西塞罗和昆体良的观点与之如出一辙,②托马斯·威尔逊也同意,如果演说者"谈论自己、对方、当前其他伙伴"以及"问题本身","就能获得听众的好感"。③

西塞罗和《罗马修辞手册》的作者详细分析了各种人格特质,特别是如果演说者想要引导听众对对方产生敌意、对自己抱有同情时,就应当强调恶德与美德。他们的论述十分类似,不过《罗马修辞手册》更胜一筹,这部分是因为书中的讨论最为详尽,而且也因为莎士比亚应该对这本书最为熟悉。《罗马修辞手册》首先表示,通过谈论对手,演说者可以获得听众的好感,"其方法是使他们被听众仇视(odium)、鄙夷(invidia)和轻蔑(contemptio)"。④ 使对手被仇视的办法是"展现出他们是如何犯案的",书中还补充了一句朗朗上口的谚语:"这人愚蠢、自傲、邪恶、残暴、无耻、卑劣、狡诈俱全(spurce and superbe and perfidiose and crudeliter and confidenter and malitiose and flagitiose)。"⑤ 紧接着,可以使对方受到众人鄙夷,"方法是向听众表明这些人的品格中充满暴力、对权力的滥用、分裂倾向和放纵(vis, potentia, factio,

---

① *Rhetorica ad Herennium* 1954, I. IV. 8, p. 14:'ab nostra, ab adversariorum nostrorum, ab auditorum persona, et ab rebus ipsis'.

② Cicero 1949a, I. XVI. 22, p. 44; Quintilian 2001, 4. 1. 6—32, vol. 2, pp. 182—194.

③ Wilson 1553, Sig. O, 4ʳ⁻ᵛ.

④ *Rhetorica ad Herennium* 1954, I. V. 8, p. 14:'si eos in odium, in invidiam, in contemptionem adducemus'. 都铎时期修辞学家的回应见 Peltonen 2013, pp. 95—96.

⑤ *Rhetorica ad Herennium* 1954, I. V. 8, pp. 14—16:'si quid eorum spurce, superbe, perfidiose, crudeliter, confidenter, malitiose, falgitiose factum proferemus'.

三 直接型开场白

incontinentia)"。① 最后,演说者可以使听众对对方产生轻蔑之情,方法是向听众表明,对方的缺点还包括诸如笨拙、懒惰、堕落以及奢侈(inertia, ignavia, desidia, luxuria)等恶德。②

当鬼魂回答哈姆莱特难以置信时提出的问题"是我的叔父?"时,开始将克劳狄斯描述成自己的主要对手。不过,它的攻击与伊丽莎白时代舞台上通常流行的那种鬼魂们莫名其妙的风格完全不同。③ 尽管它明确表示,自己的目标就是使克劳狄斯受到仇恨、鄙夷和轻蔑,但它也知道,应该表现出古人的彬彬有礼和沉着稳重:

> 那个乱伦的奸淫的畜生,
> 他有的是过人的诡诈,天赋的奸恶,
> 凭着他的阴险的手段,
> 诱惑了我的外表上似乎非常贞淑的王后,
> 满足他的无耻的兽欲。
> 啊,哈姆莱特,那是一个多么卑鄙无耻的背叛!
>
> TLN 659—664, p.744(1.5.42—47)

《罗马修辞手册》建议,要使对手受到仇视,首先就应该将他们描述成 spurcus,这个词在当时的拉丁语英语词典中通常被译为"肮脏污

---

① *Rhetorica ad Herennium* 1954, I. V. 8, p. 16:'In invidiam trahemus si vim, si potentiam, si factionem ... incotinentiam ... adversariorum proferemus'.

② *Rhetorica ad Herennium* 1954, I. V. 8, p. 16:'In contemptionem adducemus si inertiam, ignaviam, desidiam, luxuriam adversariorum proferemus'.

③ 莎士比亚在刻画鬼魂角色上的创新见 Mercer 1987。也见 Kerrigan 1996, pp. 181—189; Pincombe 2001, pp. 182—186; Pearlman 2002, pp. 76—78。

秽的"，①同时也有不纯洁、通奸和亵渎的意思。② 因此，鬼魂首先说克劳狄斯"这个乱伦的奸淫的畜生"。演说者还必须将对方说成是perfidiosus，这个词通常被理解为背信弃义的。③ 鬼魂紧接着抨击克劳狄斯"天赋的奸恶"，认为这是由于克劳狄斯的阴险手段。最后，书中还告诉演说者，应当表明对手的行为是 malitiosus 和 flagitiosus。库珀、弗农和托马斯都将 malitiosus 翻译成"欺诈"和"狡猾"，④flagitiosus 则被翻译为"罪恶的"和"令人发指的"。⑤ 托马斯还补充说，flagitiose 的行为就是邪恶的行为，⑥弗农则认为这意味着纵欲和"淫邪"。⑦ 鬼魂正是如此谴责克劳狄斯"过人的狡诈"、"阴险的手段"，而且还"无耻兽欲"，具有欺诈和诱骗的天赋。

《罗马修辞手册》接下来指出，演说者应当使对手受到鄙夷。实现这个目标的方法是指出对方具有诸如暴力、滥用权力和放纵的特质，库珀和托马斯都将最后这个词翻译为"冲动任性"。⑧ 鬼魂无法对克劳狄斯的身体力量进行评价，因为它的目标之一就是将克劳狄斯说成是一个扭曲无力的恶人。它将重点放在强调克劳狄斯的放纵上，带着受害者的自尊谈论他"具有引诱他人的力量和天赋"。

---

① Cooper 1565, Sig. 6A, 2^v: "Spurcus……不洁的；肮脏的；不纯粹的"。也见 Veron 1584, Sig. 2P, 8^v; Thomas 1592, Sig. 2Y, 6^r。

② 见动词 spurcare 下的条目。Cooper 1565, Sig. 6A, 2^v, "玷污、使不洁"。Thomas 1592, Sig. 2Y, 6^r, "玷污、腐败或使不洁"。

③ 论 perfidiosus 见 Cooper 1565, Sig. 4Y, 2^v: "背信弃义……叛徒般的、虚伪的"。参见 Veron 1584, Sig. 2G, 8^r: "叛徒般的和虚伪的"; Thomas 1592, Sig. 2M, 6^v: "背信弃义的，叛徒般的"。

④ Cooper 1565, Sig. 4D, 4^r; Veron 1584, Sig. B, 6^v; Thomas 1592, Sig. 2F, 3^r。

⑤ Cooper 1565, Sig. 3E, 2^r; Veron 1584, Sig. R, 6^v; Thomas 1592, Sig. V, 5^v。

⑥ Thomas 1592, Sig. V, 5^v。

⑦ Veron 1584, Sig. R, 6^v; Thomas 1592, Sig. V, 5^v。

⑧ Cooper 1565, Sig. 3P, 5^v; Thomas 1592, Sig. 2A, 6^r。

三 直接型开场白

最后,演说者必须设法使对手被轻蔑视之,也就需要对其懒惰(inertia)和懦弱(ignavia)大书特书。在库珀看来,所谓 inertia 就是懒散(slackness)和游手好闲(idleness),①而说一个人 ignavus 就是说他"缺少男性气概"和"懦弱胆小"。② 鬼魂恰是如此贬低克劳狄斯的,说他无非是"一个没有天分的可怜虫"。③ 作家们还要求演说者将对手说成是 desidia,指出他们品行"堕落"的事实,④并且还要谈论他们的奢侈(luxuria),这被视为一种复杂的恶德。库珀将其定义为"生活过于享乐",⑤托马斯的解释则是"过分沉溺于肉欲",⑥库珀和弗农更明确地将其与狂傲、⑦放荡⑧和"不洁的欲望"⑨联系在一起。

鬼魂在引言结尾谈到了以上所有缺点,并且明确指出在它看来,自己所指控的有以上恶德的对手共有两位,而非仅一人。它喊出"啊,哈姆莱特,那是一个多么卑鄙无耻的背叛",控诉王后卑鄙无耻的道德堕落。在即将结束引言时,它又加入了对淫荡不洁欲望的反感描述,

---

① Cooper 1565, Sig. 3Q, 6^r; Veron 1584, Sig. X, 3^r.
② Cooper 1565, Sig. 3M, 5^r; Veron 1584, Sig. V, 1^v; Thomas 1592, Sig. Z, 5^r.
③ *Hamlet*, TLN 668, p.744(1.5.51).
④ desidia 这个词的演变十分复杂,或者仅仅是混乱的。库珀在 desideo(不定式 desidere)中发现了一个词根,意味着"静坐不动",因此认为 desidia 的一个意思是"闲散无事;懒惰"。见 Cooper 1565, Sig. 2M, 1^r. 不过他也在 desido(不定式也是 desidere)中找到一个词根,意思是"沉淀"、"下降",因此认为 desidia 指的是下降的过程,将其分词形式 desidens 翻译成"品行堕落"。见 Cooper 1565, Sig. 2M, 1^r. 鬼魂的表述中"坠落"和"下降"的意思表明,莎士比亚心中所想的是这个词的第二种含义。
⑤ Cooper 1565, Sig. 4C, 5^v 词条 luxurious。
⑥ Thomas 1592, Sig. 2E, 8^v.
⑦ Cooper 1565, Sig. 4C, 5^v 和 Veron 1584, Sig. 2B, 4^{r-v} 都将 luxuriose 与"放荡"和"狂傲"的行为等同起来。
⑧ Cooper 1565, Sig. 4C, 5^v 将 luxuriare 定义为"放荡不羁"。
⑨ Cooper 1565, Sig. 2G, 5^v 词条 cum。

将其与葛特露和克劳狄斯联系起来,认为两人都有以上这些令人鄙视的恶德:

> 可是正像一个贞洁的女子,
> 虽然淫欲罩上神圣的外表也不能把她煽动一样,
> 一个淫妇虽然和光明的天使为偶,
> 也会有一天厌倦于天上的唱随之乐,
> 而宁愿搂抱人间的朽骨。
>
> TLN 670—674, p.744(1.5.53—57)

鬼魂回到了它一开始的控诉,指责整个丹麦的耳朵都被蒙蔽了。它现在解释说,在谋杀的背后,乃是弃善从恶的狂傲,而就其中的放荡而言,葛特露并不比克劳狄斯更少。

几乎可以肯定,鬼魂所谈论的是两种不同类型的放荡。它不仅谴责克劳狄斯娶自己嫂子为妻的行为是乱伦,而且还控诉他"诱惑了我的外表上似乎非常贞淑的王后"。[1] 鬼魂显然不会单纯以为克劳狄斯是在它死后才虏获葛特露芳心的,因为这一点哈姆莱特早已知晓。它告诉哈姆莱特,在它被谋杀之前,"通奸者"克劳狄斯就已经引诱了王后。[2] 后来,当哈姆莱特质问葛特露对前任和现任丈夫的感情谁多谁少时,她似乎也承认了这一点。在莎士比亚时代的英国,通奸罪一般被描述为使女性的灵魂"名节败坏"的罪,[3] 而葛

---

[1] *Hamlet*, TLN 662—663, p.744(1.5.45—46).
[2] Bradley 2007 [1904], p.122 早已强调,以上台词不仅在暗指葛特露仓促的再婚举动,还有她过去的通奸行为。对葛特露性行为的讨论见 Grazia 2007, pp.98—104。
[3] 例如,对这种说法的讨论见 Guazzo 1581, BK 3, fo.15^v; Greene 1584, Sig. B, 1^v。

三　直接型开场白

特露对哈姆莱特的种种指控所做的凌乱的回应，采用的恰是这种说法：

> 你使我的眼睛看进了我自己灵魂的深处，
> 看见我灵魂里那些洗拭不去的
> 黑色的污点。①

正如鬼魂所说，王后或许看似忠贞，但"在她自己的内心中"有暗藏的荆棘"刺戳她"，其中一种就是她的背节忘义。②

修辞学家认为，接下来除了要谴责对手，还必须确保以赢得好感的方式来谈论自己。《罗马修辞手册》指出，特别需要提醒法官们注意两项相对立的特征："必须设法赞美自己履行公职的行为，但不能显得傲慢，而且还必须指出，做这些事都是为了公共领域、父母朋友，或者是正在听审案情的人们的利益。"③我们还必须提请注意《罗马修辞手册》在另一串评价性术语所描述的"演说者伤痕累累、无助、孤独又悲惨"（incommoda, inopia, solitudo, calamitas）。④ 完成以上陈述后，"演说者必须请求听众的帮助，同时还要指出，并不愿将自己的愿望强加于任何人身上"。⑤

---

① *Hamlet*, TLN 2293—2295, p.761(3.4.89—91). Zurcher 2010, p.251 反对可以用污点来指代葛特露双眼的看法，但并未意识到在对通奸的讨论中污点的含义。
② *Hamlet*, TLN 704—705, p.744(1.5.87—88).
③ *Rhetorica ad Herennium* 1954, I.V.8, p.14: 'nostrum officium sine adrogantia laudabimus, atque in rem publicam quales fuerimus, aut in parentes, aut in amicos, aut in eos qui audiunt aperiemus'.
④ *Rhetorica ad Herennium* 1954, I.V.8, p.14: 'nostra incommode proferemus, inopiam, solitudinem, calamitatem'.
⑤ *Rhetorica ad Herennium* 1954, I.V.8, p.14: 'orabimus ut nobis sint auxilio, et simul ostendemus nos in aliis noluisse spem habere'.

法庭上的莎士比亚

甚至在向哈姆莱特发出恳求之前,鬼魂就已经开始遵循以上步骤了。它将自己的现状描述为 incommodus,也就是"伤痕累累、困难重重、令人难过",①向哈姆莱特保证,如果谈起这些状况,将会"使你魂飞魄散,使你年轻的血液凝冻成冰"。② 它说自己十分孤独(solitudo),仿佛是"被判在晚间游行地上"的人,③强调自己的悲惨(calamitas),在"硫黄的烈火中去受煎熬的痛苦"中"被摧毁的悲惨和可怜的"生活④,而且还"忍受火焰的烧灼,必须经过相当的时期"。⑤ 遵循《罗马修辞手册》的指示,它接下来直接恳请哈姆莱特施以援手:

要是你曾经爱过你的亲爱的父亲——
你必须替他报复那逆伦惨恶的杀身的仇恨。

TLN 640, 642, p. 744 (1.5.23, 25)

恰如《罗马修辞手册》额外建议的那样,鬼魂甚至可以说是在表明,并不想将自己的愿望强加在任何人身上。

鬼魂同样认真地遵循了《罗马修辞手册》的另一条建议,即夸奖自己忠于职守、为公共利益奉献。它将自己坚守职责或义务的行为与王后的通奸放在一起进行对比:

---

① Cooper 1565, Sig. 3P, 5^r; Veron 1584, Sig. V, 8^r; Thomas 1592, Sig. 2A, 5^v.
② *Hamlet*, TLN 633, p. 744(1.5.16).
③ *Hamlet*, TLN 627, p. 744(1.5.10).
④ Cooper 1565, Sig. P, 5^v; Thomas 1592, Sig. H, 1^v—2^r.
⑤ *Hamlet*, TLN 620, 628, p. 744(1.5.3, 11).

三　直接型开场白

啊,哈姆莱特,那是一个多么卑鄙无耻的背叛!
我的爱情是那样纯洁真诚,
始终信守着我在结婚的时候
对她所做的盟誓。

TLN 664—667, p.744(1.5.47—50)

当它与王后手拉手宣读结婚誓言时,爱与尊严同样也就联结在一起了。从这种肯定的评价出发,最后将自己与新王加以对比,暗示出自己履行公共义务的卓越能力,后者的才能则被贬抑为"太糟糕了/与我相比"。①

《罗马修辞手册》的作者在结束讨论时解释了"如何通过讨论听众的品格来赢得他们的好感"。② 有两种方法可以实现这个目标。第一种是指出——在这里出现了最后一张形容词清单——演说者相信听众"在过去的判决中都是 fortiter, sapienter, mansuete 和 magnifice"。③ 根据当时拉丁语英语词典中对这些术语的翻译,我们需要表明他们过去在行事时是果敢的、④明智的、⑤温柔的⑥和高尚的。⑦ 另一件必须做的事是要"向听众明确指出他们所拥有的名誉(existimatio)的

84

---

① *Hamlet*, TLN 668—669, p.744(1.5.51—52).
② *Rhetorica ad Herennium* 1954, I.V.8, p.16: 'Ab auditorum persona beni volentia colligitur'.
③ *Rhetorica ad Herennium* 1954, I.V.8, p.16: 'res eorum fortiter, sapienter, mansuete, magnifice iudicatas proferemus'.
④ Cooper 1565, Sig. 3F, 3ʳ; Thomas 1592, Sig. V, 8ᵛ.
⑤ Cooper 1565, Sig. 5S, 6ᵛ; Veron 1584, Sig. 2O, 1ʳ; Thomas 1592, Sig. 2V, 3ʳ.
⑥ Cooper 1565, Sig. 4D, 6ʳ; Veron 1584, Sig. B, 7ᵛ; Thomas 1592, Sig. 2F, 4ᵛ.
⑦ Cooper 1565, Sig. 4D, 2ʳ; Thomas 1592, Sig. 2F, 2ʳ.

103

具体内容"。① 词典编纂者们一致认为,这个重要的褒义词指的是拥有信用和声望、②良好的声誉,甚至是名声。③

鬼魂的听众和法官是哈姆莱特。因此可以推测,鬼魂将会试图通过向他确保自己对其裁决的尊重,赞美它过去的行为方式来获取好感。在最早演出《哈姆莱特》的两所大学中,熟知修辞技艺的观众必定为数众多,④他们必然拭目以待,鬼魂将以这种方式完成引言。但是,这时鬼魂令人震惊地保持缄默。它并未告诉哈姆莱特自己敬重他,也没称赞他过去处事果敢、明智、温柔和高尚。它仅仅低声道出,如果复仇失败,将这样看待哈姆莱特:

> 要是你听见了这种事情而漠然无动于衷,
> 那你除非比舒散在忘河之滨的蔓草
> 还要冥顽不灵。
>
> TLN 649—651, p. 744(1.5.32—34)

对受过修辞术训练的人来说,鬼魂这番话背后的含义——特别是它并未说出的那些——乃是不言自明的。鬼魂向哈姆莱特表明,而莎士比亚也向我们表明,有重大理由怀疑,无论是在最重要的公共问题还是私人问题中,哈姆莱特是否能够如鬼魂所期待的那样,行事时果敢、明智、温柔和高尚。

---

① *Rhetorica ad Herennium* 1954, I. V. 8, p. 16; 'quae de iis existimatio ... aperiemus'.
② Cooper 1565, Sig. 2Y, 5ᵛ.
③ Veron 1584, Sig. Q, 7ᵛ.
④ 见 Shakespeare 1603,扉页就指出这部戏"已经在剑桥和牛津两所大学多次上演"。

三 直接型开场白

* * * * *

在《哈姆莱特》后来的对白中,莎士比亚又加入了一条司法动因,并在此过程中,设计了许多对称性情节之一。① 第一幕结束时,鬼魂向克劳狄斯提出指控,要求揭晓自己死亡的真相,因此也要求正义在死后被践行。当第五幕哈姆莱特自己面对死亡时,也向霍拉旭做了类似的请求:

> 啊,上帝!霍拉旭,我一死之后
> 要是世人不明白这一切事情的真相,
> 我的名誉将要永远蒙着怎样的损伤!
> 你倘然爱我,请你暂时牺牲一下天堂上的幸福,
> 留在这个冷酷的人间,
> 替我传述我的故事吧。
>
> TLN 3564—3569, p. 774(5.2.323—328)

此时哈姆莱特刚刚用毒剑杀死了克劳狄斯,正如克劳狄斯曾经毒死他父亲那样。② 不过,他行此举时听到聚集的廷臣们大呼"反了,反了"。③ 临死时他担心的是,除非霍拉旭愿意"把我的行事的始末根由昭告世人,以解除他们的疑惑",那么他的名声就会坏掉。④ 评论者们

---

① Brown 1979, p. 48 分析了《哈姆莱特》中结构的极度工整。Bradshaw 1993, pp. 76—77 和 145—147 则在探讨这种对称性时讨论了所谓戏剧"韵律"。
② Ratcliffe 2010, pp. 35—36 中指出了这一处对应。
③ *Hamlet*, TLN 3543, p. 774(5.2.302)。
④ *Hamlet*, TLN 3559—3560, p. 774(5.2.318—319)。

准确指出,此刻霍拉旭被赋予了"陈述的责任",[1]但并未完成哈姆莱特的请求。哈姆莱特恳请霍拉旭不仅要讲述自己的故事,还要接过自己的动因,对克劳狄斯进行司法指控,正如鬼魂在开始时要求他的那样。

相似的情节进一步展开,霍拉旭被置于类似的修辞困境中。[2]哈姆莱特仅仅只有鬼魂被兄弟杀死的一面之词,霍拉旭知道的也只是哈姆莱特认为他的叔叔杀死了他的父亲。霍拉旭已然知晓克劳狄斯对下令谋杀这种做法毫无顾忌,因为哈姆莱特向他展示了克劳狄斯要求在哈姆莱特抵达英国时进行暗杀的信笺。霍拉旭也知道,根据雷欧提斯的说法,克劳狄斯自己也愿意做谋杀者,因为他刚刚听到雷欧提斯指控国王在剑上涂毒以确保杀死哈姆莱特。不过,霍拉旭并不像剧院观众一样,此时已经完全肯定克劳狄斯杀死了兄弟,而观众或许会意识到,如果他要说服福丁布拉斯相信这个哈姆莱特当初仅凭鬼魂一面之词就接受的故事,他所面对的是一项复杂的修辞任务。

不过,还应该注意到,临死时的哈姆莱特已经将自己动因的处置权交给了值得托付的人。[3] 本书第一章曾指出,西塞罗在《论开题》开头就表明,有两大特质能确保演说足以服人,甚至使听众相信那些他们不愿相信的事实。[4] 这两项特质就是理性(ratio)和雄辩(oratio)。霍拉旭的名字合并了 ratio 和 oratio 两个词,暗示着他具有这两项特质,或许也解释了哈姆莱特为何如此渴望由霍拉旭来向不满者们进行

---

[1] 例如,见 Lucking 1997, pp. 135, 136。
[2] 我对这段内容的分析尤其受到约翰·克里根的启发。
[3] 感谢劳拉·阿德里安(Laura Adrian)向我指出了这一点。
[4] Cicero 1949a, I. II. 2, p. 6.

三　直接型开场白

讲述的原因。

霍拉旭对哈姆莱特的请求的回应，证明自己完全具备了上述修辞能力。当福丁布拉斯和英国大使抵达时，他立刻掌握了主动权，向两人发号施令，并且表明自己将会即刻发表诉讼类雄辩术演说：

> 可是既然你们来得都是这样凑巧，
> 有的刚从波兰回来，有的刚从英国到来，
> 恰好看见这一幕流血的惨剧，
> 那么请你们叫人把这几个尸体抬起来放在高台上面，
> 让大家可以看见，
> 让我向那懵无所知的世人报告这些事情的发生经过；
> 　　　　TLN 3597—3602, p.775(5.2.354—359)

用修辞学家的话来说，存在一个重大问题需要被思考，这是一个需要被裁决的议题，而霍拉旭则立刻开始对其进行陈述。

有时修辞学家将随后展开的演说界定为对行为的概括，①这种理解低估了霍拉旭修辞技艺的精湛程度。霍拉旭是一位学者，因此也是修辞术学习者，他所提出的是直接型引言，立刻引入哈姆莱特的动因，表明他认为这是完全正当的：

> 让我向那懵无所知的世人
> 报告这些事情发生的经过；
> 你们可以听到奸淫残杀、反常悖理的行为，

---

① 例如，见 Cox 1973, p.149; Wilson 1995, p.57。

> 冥冥中的判决、意外的屠戮、借手杀人的狡计，
> 以及陷人自害的结局；
> 这一切我都可以确确实实地告诉你们。
>
> TLN 3601—3608, p. 775(5.2.358—365)

　　对于这段有倾向性的案情概括，评论家有时会表示震惊，甚至颇为不屑。[①] 然而，霍拉旭并非在勾勒案情；而是在引入司法动因中的格物争议，并且他完全知道该如何操作。他知道必须从要求听众集中注意力入手，呼吁在场的所有人允许他发言解释。他也知道，要想抓住他们的注意力，接下来就必须保证，所讲述的不仅是听众所不知情的，而且还是非自然的和奇怪的事情。他强调，这场杀戮乃是另一场世人并不知晓的非自然动因的果实，并且着重使用了首语重复法这种重复修辞技巧，来凸显曾经发生的惨案的数量。[②] 他知道，接下来要使听众具有回应性，就必须站在哈姆莱特的立场上对动因进行概括。因此他表示，在陈述的过程中，他不仅将谈到（"你们可以听到"）各种事故和错判，而且还将表明这是一个目标被误解的故事，并以此为哈姆莱特辩护。最后，他知道，如果要赢得听众的好感，就必须谈论动因的相关各方。在讨论哈姆莱特的对手时，必须通过谈论他们的肮脏、背信弃义、奸诈狡猾和欺骗来让听众产生憎恨。因此他谈到了肉欲和血腥的各种行为，谈到了通过诡计和强力造成的死亡。在讨论自己的品格时，必须赞美自己履行义务的能力，但又不能自夸，最后结尾时还需要向听众保证自己是一个值得信赖的讲述事实真相的人。

[①] 例如，见 Cox 1973, p.149; Wilson 1995, p.57。
[②] 对首语重复法的定义见 Sherry 1550, Sig. C, 8^r; Wilson 1553, Sig. 2D, 3^v; [Puttenham] 1589, p.165; Day 1592, pp.84—85; Peacham 1593, pp.41—42。

三　直接型开场白

就赢得回应性和好感这两项关键任务而言,霍拉旭的引言完全成功,福丁布拉斯要求他继续说下去,进入陈述阶段:"让我们赶快听你说,所有最尊贵的人,都叫他们一起来吧。"①霍拉旭言辞恳切,提议先将尸体搬走,福丁布拉斯则下达了具体命令。观众从暴力世界回到协商和谈判的世界中。②戏剧在福丁布拉斯的演说中落幕,因此观众们依旧尚未见证霍拉旭或多或少有些救赎性的允诺,他将很快展开对克劳狄斯罪行的陈述,并且为他的动因版本进行提证。虽然观众们或许无法确定霍拉旭是否掌握了足够的信息为哈姆莱特的悲剧进行可靠的陈述,③但起码他的故事将会有个合适的修辞结尾。

* * * * *

就莎士比亚对诉讼类雄辩术最为关注的那段时期而言,尚有另外三个角色,他们提出的指控在自己眼中都是根据完全诚实合法的动因,而且都采取了最具修辞风格的直接型引言来演讲。第一位是《量罪记》中的伊莎贝拉。伊莎贝拉首次出场时,正准备进入一座修道院,而且她的名字也暗示着观众,她将侍奉上帝。不过,由于弟弟克劳狄奥的所作所为使爱人未婚先孕,于是她突然之间被卷入了世俗纠葛。虽然处罚这种私通行为的法律早就不再使用,但是宣称要离开维也纳一段时间的公爵将统治权交到安哲鲁手中,后者则收到了一条命令,要求他处置这项罪行并将克劳狄奥处死。当伊莎贝拉向安哲鲁申诉,请他饶过弟弟性命时,安哲鲁给出了臭名昭著的条件,即除非伊莎贝

---

① *Hamlet*, TLN 3608—3609, p.775(5.2.365—366).
② 正如 Hampton 2009, pp.144—149 所指出的。
③ 正如 Kerrigan 1996, p.189 所强调的。

拉愿意奉献自己的身体从了他的愿,否则就不会宽恕克劳狄奥。①

  实际上公爵并未离开城市,而是悄悄假扮成洛德维克神父,他也正是在这个伪装身份下从伊莎贝拉那里得知了安哲鲁隐藏的恶行。公爵的解决方案是设计计谋,这个计谋以奇特的方式呼应了他任命安哲鲁摄政的决定。② 他的提议是,假装勾引安哲鲁,使他相信自己成功地与伊莎贝拉过了一夜。这个办法很容易实施:安哲鲁曾经与玛丽安娜有婚约,但当她失去嫁妆后就抛弃了她,即使玛丽安娜依然爱着他。在这场计谋中,伊莎贝拉假装答应安哲鲁,玛丽安娜则假扮伊莎贝拉来到他的房间。这样一来,他不得不遵守自己曾违背的誓言,同时他的虚伪和腐败也得以揭露。③ 考虑到伊莎贝拉本来是准备成为修女的,她对公爵计谋如此真诚热情的回应难免让人咋舌。她提出的唯一条件是,自己不会参与到重大犯罪中;除非计划"在我的心灵中并非罪大恶极",她才愿意加入。④ 当公爵详细介绍了自己的计划后,她立刻表示"这幅画面已经使我感到满意,我相信它必将圆满实现"。⑤

  伊莎贝拉对安哲鲁提出了非常严重的腐败指控,当公爵在第五幕中再次行使权力时,她计划与安哲鲁对峙,并提出指控。然而,她发现自己处于某种可怕的修辞困境之中,非常类似于《哈姆莱特》第一幕中鬼魂的处境。尽管她准备提出她所谓真实指控,但不得不承认,自己的指控很可能让每个人都难以置信。虽然安哲鲁可能并非看上去那

---

  ① *Measure for Measure*, TLN 1083, p. 906(2.4.165). 见 Rackley 2008 中对伊莎贝拉拒绝牺牲自己的贞洁来救其弟弟性命的激烈回应。
  ② 这部戏中对替代和代理的关注已经被多次讨论过。例如,见 Goldberg 1983, pp. 234—235, 237—238; Leggatt 1988; Maus 1995, pp. 172—173。
  ③ 见 Briggs 1994, pp. 305—306 关于使婚姻关系圆满的各种技巧的讨论。Desens 1994, pp. 80—81 指出,《量罪记》或许是第一部用床上把戏来制造这种效果的作品。
  ④ *Measure for Measure*, TLN 1315—1316, p. 909(3.1.198).
  ⑤ *Measure for Measure*, TLN 1368—1369, p. 909(3.1.243—234).

三 直接型开场白

样(正如公爵的计谋所揭示的)①,他依然成功地上演了一出朴素明断的"展示",使人们心悦诚服,以至于任何谴责他不公正和行为不端的尝试看起来都不过是恶言中伤。

在这里,莎士比亚加入了修辞技艺的另一项内容,也就是第一章中提到的拉米斯主义者所着力强调的主张:充满自信的修辞"展示",特别是一场精彩的自我陈述,所具有的掩盖事实的力量。在《真正友谊的试炼》(*Triall of true Friendship*, 1596)中有一个例子与莎士比亚的关注点十分接近,文中嘲讽那些轻易被表面功夫所欺骗的人,他们"宁愿选装满骨头的金盒子,也不要塞满宝石的铅盒子,毕竟人们总爱以貌取人"。② 这种"外在"永远都具有欺骗性,这一点正是《威尼斯商人》第三幕中巴萨尼奥在三个匣子中进行选择时所意识到的。"外观完全不会揭示事物本身,"他反思道,并且举出了两个例子:

> 在法律上,哪一件卑鄙邪恶的陈述,
> 不可以用娓娓动听的言辞
> 掩饰它的罪状?在宗教上,
> 哪一桩罪大恶极的过失,
> 不可以引经据典,文过饰非
> 证明它的确上合天心?
>   TLN 1353, 1355—1360, p.495(3.2.73, 75—80)

---

① 见 *Measure for Measure*, TLN 317, p.898(1.3.55),公爵敏锐地意识到"看上去可能会怎样"。他还知道安哲鲁曾经与玛利安娜缔结的婚约(这应该使他对安哲鲁的可信度产生怀疑)。

② Triall of true Friendship(1596), Sig. C, 2^r.

巴萨尼奥意识到了引言可能具有的巨大力量：引经据典和娓娓动听的言辞能够制造如此强大的印象，足以掩饰卑鄙行径，甚至将可怕的错误说成真理。

在与伊莎贝拉对质时，安哲鲁尽其所能地利用了这种"展示"所具有的欺骗力量。当他提出自己那个臭名昭著的条件以后，伊莎贝拉立刻警告将会把他虚假的"表面"公告世人：

> 好一个虚有其表的正人君子！
> 安哲鲁，我要公开你的罪恶，你等着瞧吧！
> 快给我签署一张赦免我弟弟的命令，
> 否则我要向世人高声宣布
> 你是一个怎样的人。
>
> TLN 1069—1073, p. 906 (2.4.151—155)

不过，安哲鲁依旧不为所动。他十分肯定，如果他直言反击伊莎贝拉，自己的高贵身份和名誉足以让他的谎言被所有人相信：

> 谁会相信你呢，伊莎贝拉？
> 我的洁白无瑕的名声，我的持躬的严正，
> 我的振振有词的驳斥，我的柄持国政的地位，
> 都可以压倒你的控诉，
> 使你自取其辱，……
> 你尽管向人怎样说我，我的虚伪会压倒你的真实。
>
> TLN 1073—1077, 1089, p. 906 (2.4.155—159, 171)

三 直接型开场白

伊莎贝拉立刻意识到,安哲鲁的陈述听上去过于可信:"把这种事情告诉别人,谁会相信我?"①经强者之口说出,假话也永远能够战胜真理。

在第五幕开头,伊莎贝拉来到公爵处时,她已经深知这些难处。②似乎没人对安哲鲁的美好品格产生怀疑,公爵再次进城时也夸赞他"治国理政公正严明",向他表示"慰劳的微意"。③ 更令人气馁的是,伊莎贝拉一开口,安哲鲁就立刻设法让她闭嘴:

> 殿下,我看她有点儿疯头疯脑的:
> 她曾经替她的兄弟来向我求情,
> 她的兄弟是依法处决的……
> 她一定会说出些荒谬奇怪的话来。
>
> TLN 2198—2201, p. 917(5.1.33—36)

伊莎贝拉回以愤怒的讽刺:"依法处决的!"④不过,虽然她强调自己说的"是千真万确的",却不得不承认自己将做出的指控听起来确实"奇怪"。⑤

在这里,莎士比亚与其主要参考资料呈现出了巨大的反差,这份参考资料就是乔治·惠斯通于1578年创作的戏剧诗《普罗莫斯与卡珊德拉》(*Promos and Cassandra*)。⑥ 惠斯通讲述的是一位腐败法官

---

① *Measure for Measure*, TLN 1090—1091, p. 906(2.4.172—173)。
② 随后情节中的结构梗概见 Brennan 1986, pp. 70—101。
③ *Measure for Measure*, TLN 2169, 2171, p. 917(5.1.4, 6)。
④ *Measure for Measure*, TLN 2200, p. 917(5.1.35,我是从此处引用的感叹号)。
⑤ *Measure for Measure*, TLN 2202, p. 917(5.1.37)。
⑥ 莎士比亚对这份资料的运用见 Salingar 1974, pp. 71—72, 303—305。

的故事,普罗莫斯想追求忠贞的少女卡珊德拉,卡珊德拉则为了救自己弟弟的性命答应委身于他。在惠斯通的版本中,卡珊德拉屈从了普罗莫斯,在戏剧的第二部分,她在国王面前对普罗莫斯进行了长篇指控,也承认了受辱的事实。不过,惠斯通似乎并未意识到卡珊德拉身陷其中的修辞困境,也就是试图说服法官去相信一个就其本身而言毫无可能,以至于没有理由去相信的故事。对于如何处理这种危险局面,修辞学家提供了许多明确建议,然而惠斯通似乎完全不知。他仅仅给卡珊德拉创作了一段简短的引言,卡珊德拉恳请法官听取自己的控诉:

> 尊敬的国王,我斗胆请求您,
> 在您的仁慈之下,让我讲出自己的悲惨遭遇:
> 我的仇敌,虚伪的普罗莫斯你听着,不要打断我的讲话,
> 仁慈的国王请管束他,让我讲出自己的故事。①

92　国王情绪激昂,允许她讲述案情:

> 普罗莫斯,现在如何? 你对这番故事如何看待?
> 公平起见,我希望听到你的罪行。②

在国王的鼓励下,卡珊德拉开始展开陈述,解释了她是如何受到强迫,以失去贞操作为条件解救亲人的。

---

① Whetstone 1578, Sig. K, 1^v.
② Whetstone 1578, Sig. K, 1^v.

三　直接型开场白

相比之下,伊莎贝拉对如何组织与自己动因相匹配的直接型引言的各种规则了如指掌。她的专业程度甚至令人惊讶,当然,克劳狄奥已经提醒过我们,尽管她年纪轻轻又看似与世无争,但是个厉害的修辞家,"当她在据理力争的时候,她的美妙的辞令更有折服他人的本领"。① 她被赋予了以演说服人的两项关键特质,这一点并不弱于霍拉旭:理性与雄辩的结合,精妙的话语和演说。② 随着她对案情陈述的展开,观众们也做好准备看看这些才能是如何被展现的。

古典修辞学家针对演说开始的时刻提出了一条预先警告。《罗马修辞手册》强调,这是整个行动中最有可能影响到引言在听众心中印象的时刻。演说者必须确保仪态端庄,最重要的是保持声音的平和。"必须尽可能用平静安宁的语气做演说开场白",③因为"还有什么比用刺耳的声调开始动因陈述更令人反感?"④托马斯·威尔逊也认为,如果想要"在面对公开的听众讲述自己故事时赢得好感,就必须首先用温柔的语气"。⑤ 任何知道这条建议的人都会发现,伊莎贝拉走上前去的这个时刻乃是莎士比亚设计的戏剧冲突。她的导师彼得神父已经为她安排好能够赢得公爵注意力的位置:

来,我已经给你们找到一处很好的站立的地方,

---

① *Measure for Measure*, TLN 253—255, p. 897(1.2.165—167). 对作为修辞学家的伊莎贝拉的分析见 Crider 2009, pp.127—144。

② Cicero 1949a, I.II.2, p.6.

③ *Rhetorica ad Herennium* 1954, III. XII. 21, p.192:'maxime sedata et depressa voce principia dicemus'.

④ *Rhetorica ad Herennium* 1954, III. XII. 22, p.194:'Quid insuavius quam clamor in exordio causae?'也见 Wilson 1553, Sig. 2G, 1ʳ。

⑤ Wilson 1553, Sig. 2G, 1ʳ.

> 公爵经过那里的时候,
> 一定会看见你们。
>
> TLN 2160—2162, p. 917(4.6.10—12)

公爵出场,彼得神父发出信号:"现在你的时候已经到了,快去跪在他的面前,话说得响一些。"① 或许莎士比亚希望观众们知道,伊莎贝拉不会遵循教士的建议。不过观众们会忍不住猜测,剧情的走向是否会急转直下。

观众们很快发现,其实完全不需要担心,伊莎贝拉一开口就表现出了自己对修辞规则的熟练掌握。② 她知道自己的第一项任务就是吸引法官的注意力并让他产生回应,实现这个目标的最佳方法就是对案情做简要概括:

> 公爵殿下申冤啊! 请您低下头来看一个受屈含冤的
> 哎,我本来还想说,处女!
>
> TLN 2185—2186, p. 917(5.1.20—21)

伊莎贝拉迅速使公爵意识到,不义之举已经发生,尤其是她已经被侵犯。(当然这并不是真的,而且私底下公爵也知道这是假的,但是安哲鲁对此深信不疑。)她还知道,要让法官对案情重视并且产生回应,她必须极力恳求他的全部注意力,强调她所讲述的问题乃是他必定认为十分重要的那种:

---

① *Measure for Measure*, TLN 2184, p. 917(5.1.19)。
② Ross 1997, pp. 123—125 分析了伊莎贝拉的申诉,不过并未讨论其修辞学特征。

三　直接型开场白

> 尊贵的殿下！请您先不要瞻顾任何其他的事务，
> 直到您听我说完我没有半句谎言的哀诉，
> 给我主持公道，主持公道啊！
> TLN 2187—2190, p. 917(5.1.22—25)

伊莎贝拉坚持强调自己的动因超越一切的重要性，发出了愤怒的"呐喊"，乔治·普滕汉姆使用的正是这个术语，她反复要求公爵履行职责，还她公道。①

当然，公爵在听取伊莎贝拉的引言时，已经掌握了秘密信息。但是，为了维持他是第一次知道安哲鲁恶行的假象，他承认伊莎贝拉确实抓住了自己的注意力，让他产生了回应：

> 你有什么冤枉？谁欺侮了你？简简单单地说出来吧。
> 安哲鲁大人可以给你主持公道，
> 你只要向他诉说好了。
> TLN 2191—2193, p. 917(5.1.26—28)

正如观众所知，公爵不过是在戏弄伊莎贝拉，她被要求陈述自己的申诉，他则必须是法官：

> 嗳哟殿下，
> 您这是要我向魔鬼求救了！
> 请您自己听我说……

---

① ［Puttenham］1589, p. 157.

> 求求您,就在这儿听着我吧!①
>
> TLN 2193—2195, 2197, p.917(5.1.28—30, 32)

第二次"呐喊"就是在直接要求注意,同鬼魂的呐喊"听啊,哈姆莱特,听啊"采用同样的韵律。②

虽然伊莎贝拉可能成功地抓住了公爵的注意力,但他简短的回复("简简单单地说出来吧")表明,她并未完成用引言说服人心的主要任务。不过她也知道,根据修辞学家的教诲,实现这个目标的最佳手段是谈论案件各方的品格。谈论自己时,她遵循《罗马修辞手册》的建议,不仅强调自己的不幸遭遇,这一点她已经做到了,而且还明确指出,自己根本不可能从其他人那里获得救济:

> 请您自己听我说,因为我所要说的话,
> 也许会因为不能见信而使我受到责罚,
> 也许殿下会使我申雪奇冤。
>
> TLN 2195—2197, p.917(5.1.30—32)

随后,或许是回想起另一条建议,在谈论自身时必须尽量谦逊,伊莎贝拉继而直接开始讨论起她在案件中的对手,安哲鲁的人品。

---

① 一些编辑,例如凯特利(Keightley)和随后的吉本斯都认为句尾词是 here。Gibbons 1991, p.173n 指出,这种推测使其成为"更加符合传统的修辞学申诉"。修辞学家或许并不会认同这种看法。对后者而言,修辞"呐喊"的效力取决于不断反复,《哈姆莱特》中鬼魂的行为正是示范。

② *Hamlet*, TLN 639, p.744(1.5.22).

118

三 直接型开场白

伊莎贝拉深知,她的具体目标正是使安哲鲁陷入仇视、厌恶和鄙夷中。① 她从描述安哲鲁那些奇怪又不为人知的真实面目入手:

> 我要说的话听起来很奇怪,可是的的确确是事实。
> 安哲鲁是一个背盟毁约的人,这不奇怪吗?
> 安哲鲁是一个杀人的凶手,这不奇怪吗?
> 安哲鲁是一个淫贼,
> 　　　　TLN 2202—2205, pp. 917—918(5.1.37—40)

《罗马修辞手册》建议,要使某人被厌恶,演说者应当提出的断言之一就是,他们沉溺于暴力和滥用权力。伊莎贝拉在谴责安哲鲁是判她弟弟死刑的谋杀犯时,以满腹怨恨表达了这项指控。《罗马修辞手册》继续补充,要使某人被鄙夷,就必须指责这个人奢侈放纵,②这种恶德与放荡和"不洁淫欲"有关。③ 伊莎贝拉在咒骂安哲鲁是个淫荡盗贼时,正是抨击了他的这种恶德。

公爵迅速做出回应,用理查德·瑞诺德的话来说就是进行"拆解",以"根本不可能",应当受到指责为由否定了她的主张。④ 他说伊莎贝拉的指控"真是太奇怪了",还非难她必定"失去了理智才说出这

---

① *Rhetorica ad Herennium* 1954, I. V. 8, p. 14:'si eos in odium, in invidiam, in contemptionem adducemus'.
② *Rhetorica ad Herennium* 1954, I. V. 8, p. 16:'In contemptionem adducemus si … luxuriam adversariorum proferemus'.
③ Cooper 1565, Sig. 2G, 5^v, Sig. 4C, 5^v.
④ Rainolde 1563, fo. xxiv^v.

样的话来"。① 不过伊莎贝拉识破了他的修辞方案,直接发起挑战。她已经指出安哲鲁是"一个淫贼,一个伪君子"②,现在,她继续攻击,以对公爵"拆解"的拒斥作为演说开头:

> 似乎不会有的事,
> 不一定不可能。
> 世上最坏的恶人,
> 也许瞧上去就像安哲鲁那样拘谨严肃,正直无私;
> 安哲鲁在庄严的外表、清正的名声、崇高的位阶的重重掩饰下,
> 也许就是一个罪大恶极的凶徒。
>
> TLN 2216—2222, p.918(5.1.51—57)

安哲鲁或许在外表上看起来是"无私"的,看起来完全正直、公正。但正如伊莎贝拉专门指出的,他应当成为人们憎恨的对象。她斥责他是个伪君子,将他与修辞学家认为特别应当受到仇视的一种"奸诈狡猾"的特质联系起来。③ 通过揭示安哲鲁贞操破坏者的身份,她又指出了另一项世人反感的恶德,也就是肮脏堕落、沉沦腐化。④ 最后,在谴责安哲鲁是个大恶人时,她又提到了另一项可恶的特质,即邪恶不义。⑤

---

① *Measure for Measure*, TLN 2207, 2212, p.918(5.1.42, 47).
② *Measure for Measure*, TLN 2206, p.918(5.1.41).
③ 翻译见 Cooper 1565, Sig.4D, 4^r; Veron 1584, Sig. B, 6^v; Thomas 1592, Sig.2F, 3^r.
④ 翻译见 Cooper 1565, Sig.6A, 2^v; Thomas 1592, Sig.2Y,6^r.
⑤ 翻译见 Cooper 1565, Sig.6D, 2^v; Thomas 1592, Sig.3A,1^r.

三 直接型开场白

完成引言后,伊莎贝拉用更进一步的直接请求结束演说,要求法官认识到他的责任,运用理智或者推理的能力,透过表面单纯的"表演"看到本质:

> 不要为了枉法而驱除理智。
> 请殿下明察秋毫,
> 别让虚伪掩盖了真实。①
> TLN 2230—2232, p.918(5.1.65—67)

公爵对此的回应表明,他的好感已经被激发。更准确地说,在莎士比亚接下来的剧本中,公爵承认,若非已经掌握实情,便会认为伊莎贝拉的演说开场白具有充分的说服力,允许她继续陈述案情。虽然声称她必定疯了,现在公爵却表明了自己听取她陈述动因的善意和愿望:

> 有许多不疯的人,
> 也不像她那样说得头头是道。你有些什么话要说?
> TLN 2232—2233, p.918(5.1.67—68)

他以问句邀请伊莎贝拉继续陈述,因此也承认她的引言成功实现了目标。

---

① 伊莎贝拉的主要任务(同《哈姆莱特》中的鬼魂一样)是劝服法官相信真相被故意掩盖了。《哈姆莱特》中的真实存在与表面现象见 Cox 1973 和 Kerrigan 1996, pp. 191—192;《量罪记》中的相关内容见 Hillman 1993, pp. 113—114, 121, 125。

法庭上的莎士比亚

* * * * *

另外两个在司法动因中使用直接型引言的人物都出自《终成眷属》。一个是罗西昂伯爵夫人的管家罗纳尔多,他在第一幕中对伯爵夫人的监护人海伦进行指控。另一位是年轻的佛罗伦萨女性狄安娜,她在第五幕中对伯爵夫人之子贝特兰提出司法指控。两段故事中推动剧情的都是海伦,尽管一开始她看起来既没精神也没活力。她第一次出场时十分安静,眼泪汪汪,而且她的名字很容易(尽管实际上十分讽刺)让人联想到特洛伊的海伦。[①] 她向众人表示,自己忧郁的原因是对不久前去世父亲的哀悼。伯爵夫人向拉弗大人解释:"对亡父的祭奠从未进入她心,但她满脸愁云密布。"[②] 不过,就在这场戏的随后部分,海伦在独白中承认自己一直在欺骗,并坦白了真相:

> 我不是想我的父亲,……
> 他的容貌怎样,我也早就忘记了,在我的想象之中,
> 除了贝特兰以外没有别人的影子。
> 我现在一切都完了!要是贝特兰离我而去
> 我还有什么生趣?
> 　　　　　TLN 79, 82—85, p.969(1.1.67, 70—73)

她郁郁寡欢的真正原因是自己爱上了年轻的贝特兰伯爵,后者即

[①] 见 Snyder 1992, pp. 271—272; Parker 1996, pp. 205—206, 341; Maguire 2007, pp. 104—109。

[②] *All's Well That Ends Well*, TLN 47—49, p.969(1.1.37—39)。

三 直接型开场白

将离开罗西昂前往巴黎,进入法国国王的宫廷。

罗纳尔多随后出场,他来是为了告知伯爵夫人关于一个海伦的"问题"。① 对于海伦的忧郁,本来没有人产生过疑问,但罗纳尔多在偶然中发现了隐藏的真相,并且认为有义务告诉伯爵夫人。② 这一幕情景的开场就是伯爵夫人以法官准备听取案情的方式对他说:"我现在要听你讲,你说这位姑娘怎样?"③罗纳尔多的回应表明,他认为自己的动因完全是正直的,并且也以恰当的直接型引言进行回答。他知道,自己的首要目标是赢得伯爵夫人的好感,而且也知道实现这个目标的最可行办法就是对问题相关各方的品格做恰如其分的点评。方言修辞学家特别强调评论人的时候要注意量体裁衣。莱纳德·考克斯指出:"赢得掌权之人善意的最简便和常用的办法就是表明自己有义务如此行事。"④托马斯·威尔逊认为,当演说者谈论自己时,必须"在陈述职责时保持谦卑,表明自己在履职时完全不为虚名","摒弃浮华的辞藻",提醒听众"过去竭尽所能为他们做了"多少贡献。⑤

罗纳尔多的引言十分简短,不过他以惊人的准确度成功地遵循了上述要求:

> 夫人,小的过去怎样尽心竭力侍候您的情形,想来您一定是十分明白的;因为我们要是自己宣布自己的功劳,那就太狂妄了,

---

① *All's Well That Ends Well*, TLN 411, p.972(1.3.86).
② 莎士比亚从他写作的主要参考材料,即威廉·佩因特的《愉悦宫殿》(1566)中借鉴了海伦暗恋的故事情节。不过佩因特的故事中并没有罗纳尔多这个人物。罗纳尔多向伯爵夫人讲述自己主张的情节与莎士比亚的故事参考无关,而主要是得益于他对司法修辞术的了解。
③ *All's Well That Ends Well*, TLN 305—306, p.972(1.3.1).
④ Cox 1532, Sig. B, 2^v.
⑤ Wilson 1553, Sig. O, 4^v.

即使我们真的有功,人家也会疑心我们。

TLN 307—311, p.972(1.3.2—5)

罗纳尔多明确提醒伯爵夫人,他过去为她做过多少事。他还提到了自己的谦逊,并且用散文的方式来谈论自己的庇护人,遵循威尔逊的进一步提示,避免浮夸的演说。最重要的是,他明确表示,自己将要向伯爵夫人展示的动因是诚实的,是不会使他过去良好行为"被破坏"的那种。

不能说伯爵夫人的回应表现出多大的热情,无论如何,罗纳尔多的演说被小丑拉瓦契打断了。对于现代读者来说,或许会认为管家未完成的演说太贴近书本,在风格上过于机械。不过,在拉瓦契被打发走之后,罗纳尔多还是获得了伯爵夫人匆忙但也充满善意的点头作为许可:"现在你说吧。"[1]无论是否机械,他的引言实现了其目标,为他赢得了足够的注意力和善意,可以进入下一步的案情"陈述"。

《终成眷属》结尾一幕的开场中有一个类似的司法动因指控。莎士比亚在此处细致跟随了他的主要参考,即威廉·佩因特1566年出版的《愉悦宫殿》。佩因特的第三十八个故事是他译自薄伽丘的《十日谈》的十个故事之一,讲的是芝莱特和贝特朗伯爵的故事,在莎士比亚的版本里则变成了海伦和贝特兰伯爵。海伦使用她已故名医父亲的技艺,医好了危及法国国王生命的瘘管炎。[2] 作为奖赏,国王允许她从贵族中选一位丈夫。人选中包括刚刚抵达巴黎的贝特兰,海伦也确实

---

[1] *All's Well That Ends Well*, TLN 399, p.972(1.3.77).
[2] 见 Painter 1566, fos. 95^r—100^v. 故事被重印于 Bullough 1957—1975, vol. 2, pp. 389—396。Painter 1566, fo. 95^v 和 *All's Well That Ends Well*, TLN 33, p.969(1.1.25)中也提到了瘘管炎。

选择了他,告诉国王"这就是我选中的人"。① 不过,尽管国王执意要求贝特兰履行婚约,他却不屑地加以拒绝,立刻前往佛罗伦萨服兵役。在佛罗伦萨,他遇见了一位名叫狄安娜的穷困贵族之女,准备追求和引诱她。海伦追随他来到意大利,从乱局中找到了赢回贝特兰的办法。她怂恿狄安娜答应与贝特兰幽会,但是自己将代替狄安娜行床上把戏,结束之后,她将与贝特兰交换戒指作为彼此爱的誓言。如果计谋成功,她就有希望满足贝特兰在逃跑时留给她的那封极端的信件中提出的条件:"汝倘能得余永不离手之指环,且能腹孕一子,确为余之骨肉者,始可称余为夫;然余可断言永无此一日也。"②

莎士比亚几乎从佩因特那里借用了以上所有细节,包括那封极端的信件的措辞,他也几乎一字不漏地照搬了佩因特的文字。③ 和佩因特一样,他参考了薄伽丘对民间故事惯例的大胆翻转,在传统故事中,青年需要完成不可能的任务来赢得美丽少女的爱。同芝莱特一样,海伦扮演了原故事中的男性角色,展现了自己在追求心中所爱时的足智多谋和坚定决心。④《量罪记》中的伊莎贝拉顶多是床上把戏的从犯,而《终成眷属》中的海伦则是这场情色计谋的发起者。⑤ 她的愿望并未落空,计谋如她所料地成功了,她怀上了贝特兰的孩子,虽然她随后传出(贝特

100

---

① *All's Well That Ends Well*, TLN 943, p.978(2.3.96).
② *All's Well That Ends Well*, TLN 1365—1368, p.982(3.2.50—53).
③ 正如 Bullough 1957—1975, vol.2, p.392 中所指出的,Cole 1981, pp.33—89 研究了莎士比亚可能参考过的故事的其他版本。
④ 正如 Snyder 1993, p.31 所指出的,"莎士比亚的喜剧中,只有这一位女主角在追求她所中意的男性时,并未在先前受到后者的示好"。海伦的积极主动见 Hanson 1998;Belton 2007。McCandless 1997 认为,海伦这个人物实际上采用的是男性化角色的特征。
⑤ 海伦作为床上把戏的发起者,见 Parker 1996, pp.206—209。Desens 1994, pp.80—82 认为《终成眷属》更早,其中莎士比亚刻画一位主动追求爱慕对象的女性形象,并且还对认为将伊莎贝拉视为同谋可能引发的忧虑进行了回应。也见 Adelman 1989, p.173,将《量罪记》视为对《终成眷属》的"拆解"。

125

兰也相信)自己离开法国后踏上了朝圣之旅并死在途中的消息。

在佩因特的《愉悦宫殿》中,和芝莱特一起谋划床上把戏的两位女性在后来的故事中再未出现。但在《终成眷属》中,她们在最后一个场景中再次上场,带着复仇的目的在法国国王面前提出司法争议来指控贝特兰,指控他引诱和抛弃了狄安娜。观众们都知道这条指控实际上是站不住脚的,可以认为它可能会破坏动因的正直。不过在实施床上把戏时,海伦曾向大家周到地保证:

> 我们就在今夜试一试我们的计策吧,要是能够干得成功,
> 那就是假罪恶之行,
> 行合法之事,
> 手段虽然不正当,行为却并无错误。
>
> TLN 1758—1761, p. 987(3.7.44—47)

罪恶的事实是,贝特兰将会相信他犯下了私通罪,而海伦知道自己正在欺骗他。① 对此海伦用谚语作为辩护理由:"欺骗骗子不是欺骗。"②狄安娜已经被说服,同意"我现在也用欺骗手段报答他,想来总不能算是罪恶吧"。③ 她和母亲一起来到国王面前,两人都认为自己的动因因此是正直的,并采用直接型引言展开演说,试图赢得案件的法官,也就是国王的善意。

同第一幕中的罗纳尔多一样,她们知道最好的办法就是以对自

---

① 正如 Bullough 1957—1975, vol. 2, p. 382; Donaldson 1977, p. 48; Haley 1993, p. 127 所指出的。
② [Ling] 1598, fo. 256^v. 这条谚语从 16 世纪中叶开始就有记载,见 Dent 1981, p. 89。
③ *All's Well That Ends Well*, TLN 1936—1937, p. 989(4.2.75—76)。

三　直接型开场白

己的褒扬作为开场白。修辞学家已经指出,在这样做时,必须确保法官对演说者过去的贡献印象深刻,并且试图激发法官对其当前困境的怜悯。方言作家将重点放在前一个策略上,但是古典理论家们坚持认为,后者同样重要。"你必须强调,"西塞罗说,"你所承受的苦难,或你不断面对的困难,并且你必须以谦卑诚恳的方式祈祷和哀求。"①

以上两条建议都被狄安娜和她母亲所采纳。狄安娜首先上前向国王陈情:

> 启禀陛下,我是一个不幸的佛罗伦萨女子,
> 旧家卡必来特的后裔;
> 我想陛下已经知道我来此告状的目的了,
> 请陛下量情公断,给我做主。
> 　　　　　TLN 2678—2681, p. 996(5. 3. 156—159)

狄安娜的母亲接下来说了类似的话:

> 陛下,我是她的母亲。活到这把年纪
> 想不到还要出头露面,受尽羞辱,要是陛下不给我们做主,
> 那么我的名誉固然要从此扫地,我这风烛残年,也怕就要不保了。
> 　　　　　TLN 2682—2684, p. 996(5. 3. 160—162)

---

① Cicero 1949a, I. XVI. 22, p. 44: 'quae incommoda acciderint aut quae instent difficultates, proferemus … prece et obsecratione humili ac supplici utemur'.

狄安娜和母亲演说时都谦卑诚恳;两人都提到了自己所承受的苦难;并且都恳求国王怜悯自己的处境。最后,狄安娜的母亲还采用了《罗马修辞手册》提出的另一条建议。书中曾经指出:"既要恳请施以援手,同时也应当表明,自己并不愿将愿望强加于人。"①这正是狄安娜母亲在引言结束时的痛苦自白。"要是陛下不给我们做主",她向国王保证,自己的性命和名誉都将不保。

国王立刻表示,这些请求的目标达成了。她们不仅成功地赢得了他善意的关注,还促使他意识到,贝特兰需要对这个司法动因做出回答。"过来,伯爵,"现在他命令道,"你认识这两个妇人吗?"②贝特兰愧疚地承认他确实有罪,需要参与到司法程序之中,或许还要回答更多的指控:

> 陛下,我不能否认,也不愿意否认我认识她们;
> 她们还控诉我些什么?
>
> TLN 2686—2687, p. 996(5.3.164—165)

引言获得了成功,狄安娜和她母亲推进其申诉的道路也清扫干净了。

---

① *Rhetorica ad Herennium* 1954, I. V. 8, p. 14: ' orabimus ut nobis sint auxilio, et simul ostendemus nos in aliis noluisse spem habere '.

② *All's Well That Ends Well*, TLN 2685, p. 996(5.3.163).

四
迂回诡秘型引言

对迂回诡秘的需求

当直接型引言不适用于司法诉讼中的案情陈述时,或许就需要采用风格更加迂回的方式了。这并不意味着引言的目标发生了改变。演说者依然要竭力让听众集中注意力、产生回应,最重要的是对动因有好感。然而,演说者可能会发现自己所处的境况,用《罗马修辞手册》的话来说就是,"除非以一种迂回诡秘的方式发表演说,采用掩饰或隐瞒的方式,否则不可能占据同样的有利位置"。①

西塞罗解释说,采用迂回诡秘型引言的基本情境是"当听众"对演说者的立场"抱有敌意"。② 托马斯·威尔逊在翻译西塞罗的这番表述时还强调,"当法官对演说者有所保留",或者动因"被听众所憎

---

① *Rhetorica ad Herennium* 1954, I. VII. 11, p. 20: 'occulte, per dissimulationem ... ad eandem commoditatem in dicendi opera venire possimus'.
② Cicero 1949a, I. XVII. 23, p. 46: 'cum animus auditoris infestus est'.

恨",那么"迂回婉转地引入,或采用讽刺就是不二之选"。① 西塞罗还区分出敌意产生的三种可能原因。② 第一种也是最明显的一种是,动因或许有某些怪异甚至是罪恶的成分。"如果是为怪异动因做陈述,"他首先建议,"而且如果因此听众被疏远了,那就有必要使用迂回诡秘型引言来扭转局面。"③同样地,"如果动因中存在丝毫的罪恶,也必须使用迂回诡秘型引言"。④ 方言修辞学家并未详细讨论过怪异动因,不过,就如何处理本质上缺乏正当性的动因这个问题而言,他们的意见十分一致。莱纳德·考克斯明确指出,如果要处理的问题"本身毫无正当可言",那就必然需要"迂回诡秘"。⑤ 托马斯·威尔逊也认为,"隐秘地获得青睐"最适用的情况就是当"问题本身是不正当的,本不应该在听众面前谈起"时。⑥

有时候修辞学家认为,只有当动因是怪异的或罪恶的,才需要采用迂回诡秘型引言。《罗马修辞手册》的作者甚至指出,"如果动因是正当的,就应当采用直接型引言"。⑦ 不过,这并非是他深思熟虑后所做出的最后判断。实际上他同意西塞罗的观点,即使动因毫无疑问是正当的,依旧有两种具体情况使得迂回诡秘型引言有必要被采用。用西塞罗的话来说,第一种情况是,"之前对手的发言似乎已经说服了听

---

① Wilson 1553, Sig. P, 1ʳ.
② Cicero 1949a, I. XVII, 23, p. 46: 'id autem tribus ex causis fit maxime'.
③ Cicero 1949a, I. XV. 21, p. 42: 'In admirabili genere causae ... Sin [auditores] erunt vehementer abalienati, confugere necesse erit ad insinuationem'.
④ Cicero 1949a, I. XVII. 23, p. 46: 'Insinuatione igitur utendum est ... si aut inest in ipsa causa quaedam turpitudo'.
⑤ Cox 1532, Sig. B, 5ʳ⁻ᵛ.
⑥ Wilson 1553, Sig. P,1ʳ.
⑦ *Rhetorica ad Herennium* 1954, I. IV. 6, p. 12: 'Sin honestum genus causa erit, licebit recte ... uti principio'.

四 迂回诡秘型引言

众",使得演说者面对着充满怀疑和敌意的法官。① 威尔逊是这样翻译这段话的,演说者可能会发现"前面的陈述使法官自己"已经被"说服来反对演说者"。② 另一种情况是,"当轮到演说者发表演说时,那些应当听取陈述的听众已经对动因感到疲惫和反感"。③ 威尔逊同样也讨论了"当法官听完他人陈述后已经十分疲惫时,演说者却不得不进行演说"的风险。④ 即使动因正当,精疲力尽的或是先入为主的法官也很有可能会对其表示冷漠甚至反感,并且"如果演说内容稍有夸张,或者不符合法官的喜好",情况必然会"更加糟糕"。⑤ 威尔逊总结说,演说者要试图确保"首先,陈述的内容必须有可能取悦法官",但是在以上任何情境中,法官都很容易被惹恼,这正是在这些状况中需要采用"迂回型"(也称迂回诡秘型)引言的原因。⑥

面对充满敌意的法官

莎士比亚对这种情景的戏剧化处理颇感兴趣,被告坚信自己的动因正当,但发现所面对的是充满敌意和怀疑的法官,其原因用《罗马修辞手册》的话来说是,"他已经被发表演说的对手说服",认为自己要裁

---

① Cicero 1949a, I. XVII. 23, p. 46: 'ab eis qui ante dixerunt iam quiddam auditori persuasum videtur'. 参见 Rhetorica ad Herennium 1954, I. VI. 9, p. 16。

② Wilson 1553, Sig. P, 1ʳ.

③ Cicero 1949a, I. XVII. 23, p. 46: 'eo tempore locus dicendi datur cum iam illi quos audire oportet defessi sunt audiendo'. 参见 Rhetorica ad Herennium 1954, I. VI. 9, p. 16; Quintilian 2001, 4. 1. 48, vol. 2, p. 202。

④ Wilson 1553, Sig. P, 1ʳ.

⑤ Wilson 1553, Sig. P, 1ʳ. 当代的研究也确认了这种洞见。见 Kahneman 2011, pp. 43—44。

⑥ Wilson 1553, Sig. P, 1ʳ.

决的是一项罪恶动因。① 第一位面对这种危险处境人物的就是《罗密欧与朱丽叶》最后一幕中的劳伦斯神父。他和罗密欧的仆人鲍尔萨泽在凯普莱特家族的坟墓附近被人找到,罗密欧、朱丽叶和巴里斯的尸体都躺在那里。巡丁甲表示这是个有"重大嫌疑"的问题,开始组织起指控他们的动因。② 亲王在抵达后也认为神父和鲍尔萨泽必须被视为"嫌疑人",③神父的任务就是要让亲王相信,尽管他或许看上去行了恶事,但所有人的死都与他无关。④

神父如何能为自己辩护?读者或许会觉得,他要解决的是一个异常困难的问题,不仅因为事实似乎与他相背,而且还因为在当时的观众看来,他很可能本身就是一个充满嫌疑的人。亚瑟·布鲁克在他的书信诗文《罗密欧与朱丽叶》开头就提醒大家,"迷信的神父""天生就是放荡不忠的彰显"。⑤ 带着这些问题去翻阅通常十分可靠的昆体良来寻找答案,会使人震惊不已,他对为那些不幸陷入这种局面的人提供明确的指引和建议毫无兴趣。他确实也提出了一两条策略,不过也罕见地进行了严厉的批评,认为过去的思想家对该问题的讨论太过冗余,对他而言,指出"应当采取一切办法获得有利位置"便已足矣。⑥ 话虽如此,若是看看昆体良所批评的思想家,特别是西塞罗的《论开题》,便能找到一系列如何展开这种迂回诡秘型引言的思考,正如西塞

---

① *Rhetorica ad Herennium* 1954, I. VI. 9, p. 16:'persuasus esse ... ab iis qui ante contra dixerunt'.
② *Romeo and Juliet*, TLN 2876, p. 411(5.3.187).
③ *Romeo and Juliet*, TLN 2911, p. 411(5.3.222).
④ Baldwin 1944, vol. 2, pp. 76—80 对这段对话进行了分析,认为(p. 80)莎士比亚让劳伦斯神父"既当原告又当被告"。不过提出指控的其实是巡丁首领,劳伦斯神父则是被要求做出回应。
⑤ Brooke 1562, Sig. A, 2^v—3^r.
⑥ Quintilian 2001, 4.1.44, vol. 2, p. 200:'ad ea quae prosunt refugiamus'.

四 迂回诡秘型引言

罗所解释的,如果演说者面对的是认为其动因有罪的法官,这种引言便必不可少。

根据西塞罗的看法,第一步是试图使"听众变得更加温和"。① 他提出了实现这种效果的许多具体建议。首先列举的是使法官平静的办法,紧接着他又指出,演说者需要表明的一点是,"对对手来说可耻的,对你来说也是可耻的"。② "一旦让法官接受了这种观点",他继续指出,就可以直接挑战对手,"表明对方的陈述中没有任何内容适用于当前动因"。③ 托马斯·威尔逊的翻译简明扼要:"赢得听众后,演说者应当说,对方所说的一切都与自己无关。"④

劳伦斯神父显然对这条建议铭记于心,虽然在运用时仅做了大致参考:

> 时间和地点都可以做不利于我的证人;
> 在这场悲惨的血案中,我虽然是一个能力最薄弱的人,
> 却是嫌疑最重的人。
> 我现在站在殿下面前,一方面是要供认我自己的罪过,
> 一方面也要为我自己辩解。
>
> TLN 2912—2916, p. 411(5.3.223—227)

---

① Cicero 1949a, I. XVII. 24, p. 48:'iam mitior factus erit auditor'.
② Cicero 1949a, I. XVII. 24, p. 48:'dicere ea quae indignentur adversarii tibi quoque indigna videri'. 将 indignus 翻译成"可耻的",将 nefarius 翻译成"可鄙的",见 Cooper 1565, Sig. 3Q, 3ʳ 和 Sig. 4K, 6ʳ.
③ Cicero 1949a, I. XVII. 24, p. 48:'deinde, cum lenieris eum qui audiet, demonstrare nihil eorum ad te pertinet'. 参见 *Rhetorica ad Herennium* 1954, I. VI. 9, p. 18。
④ Wilson 1553, Sig. P,1ʳ⁻ᵛ.

遵循建议，神父用安抚的语气开始演说，承认自己是主要的嫌疑人，表面上看情况对他不利，自己确实在案发时间出现在案发地点。但是，正如修辞学家的建议，接下来神父明确表示，亲王所说的那场罪大恶极的谋杀与他无关。话到最后，神父继续遵循了前人的建议，指出自己实际上并未实施任何罪行，用对偶法的修辞来进行强调，希望能够一举洗清指控，为自己辩护。① 神父的迂回诡秘型引言简明又正式，事实也证明，这足够达成获得法官充分好感，允许他进行陈述的目标的目的。亲王立刻回应："那么快把你所知道的一切说出来。"② 神父陈述自己案情版本的道路就此被打开。

* * * * *

如果从《罗密欧与朱丽叶》转到《裘利斯·凯撒》就会发现，在第三幕高潮中，安东尼也同样面临这种修辞困境。勃鲁托斯和密谋者已经暗杀了凯撒，而且勃鲁托斯还发表了捍卫其行动的辩护词。他对自己的动机的正当性深信不疑，也认定自己的动因是正直的。因此他采用最简短的直接型引言作为开场白，传达了一种非常强烈的感觉，即他认为自己的行为几乎不需要辩护。③ 同时，他通过避免采用昆体良所谓浮夸风格，转而使用诗文进行表达，以凸显自信。④ 不过，这里对

---

① 对偶法（antithesis 或 contentio）修辞的讨论见 *Rhetorica ad Herennium* 1954, IV. XV. 21, p. 282; Quintilian 2001, 9, 3, 81—86, vol. 4, pp. 150—152。也见 Sherry 1550, Sig. D, 4ᵛ; Peacham 1577, Sig. R, 1ʳ⁻ᵛ; Day 1592, p. 92; Peacham 1593, pp. 160—161。

② *Romeo and Juliet*, TLN 2917, p. 411(5.3.228).

③ 正如 Serpieri 2002, p. 132 中指出的；对勃鲁托斯言简意赅处理方式的相反理解见 Crider 2009, pp. 58—59。

④ Vickers 1968, pp. 241—245; McDonald 2001, pp. 132—133。昆体良对宏大风格的看法见 Quintilian 2001, 12, 10, 58—62, vol. 5, pp. 312—314。

四 迂回诡秘型引言

修辞的拒绝也是他整个修辞表演的一部分。虽然他看上去理直气壮甚至漫不经心,实际上却十分严格地遵守了修辞学家关于如何实现引言特定目标的建议,也就是赢得听众的注意力和回应性,当然最重要的是好感。①

《罗马修辞手册》曾经强调,在演说开始时使听众对案情关心,便将获得有回应性的听众,实现这个目标的最快办法就是大声疾呼,恳求他们认真聆听。② 勃鲁托斯恰是用这种呐喊开始演说的:

> 各位罗马人,各位亲爱的同胞们!请你们静静地听我解释。
> TLN 1400—1401, p. 690(3.2.13—14)

接下来勃鲁托斯直接着手实现他的首要目标,赢得听众好感。他知道,最保险的办法就是专门讨论涉案各方的品格。③ 他从自己说起,强调自己是言而有信之人,值得信赖,所言句句属实:"请你们相信我的名誉,尊重我的名誉,你们就会相信我的话。"④然后他又赞扬裁判,特别提到了(正如修辞学家建议的)⑤他们应当具有的智慧:"用你们的智慧批评我;用你们的理智评断。"⑥

提出请求后,勃鲁托斯表明,他已经做好准备从引言进入演说的

---

① 对勃鲁托斯演说词的修辞结构的讨论见 Vickers 1968, pp. 241—242。Wills 2011, pp. 37—61。勃鲁托斯对各种修辞手法的使用,尤其是对交错法(chiasmus)和分隔法(partitio)的使用。

② *Rhetorica ad Herennium* 1954, I. IV. 7, p. 14. 也见 Wilson 1553, Sig. 2E, 1ᵛ;[Puttenham] 1589, p. 157。

③ *Rhetorica ad Herennium* 1954, I. IV. 8, p. 14; Cicero 1949a, I. XVI. 22, p. 44; Quintilian 2001, 4.1.6—32, vol. 2, pp. 182—194。

④ *Julius Caesar*, TLN 1401—1403, p. 690(3.2.14—15)。

⑤ *Rhetorica ad Herennium* 1954, I. V. 8, p. 16; Cicero 1949a, I. XVI. 22, p. 44。

⑥ *Julius Caesar*, TLN 1401—1403, p. 690(3.2.15—16)。

主要部分。接下来他的演讲反对凯撒统治、支持罗马自由,算得上是精彩的成功修辞作品。他从公共议席走下时,市民甲立刻欢呼表示庆贺:"用欢呼护送他回去。"①市民乙也表达了同样的热情:"替他立一座雕像,和他的祖先们在一起。"市民丙虽然明显没有跟上勃鲁托斯的推理,但更加兴奋,大喊:"让他做凯撒。"市民丁纠正了这个可怕的提议,更加清醒地建议"让凯撒的一切光荣都归于勃鲁托斯"。市民甲随后再次要求众人"一路欢呼送他回去"。勃鲁托斯的演说受到所有人的欢迎。

恰如是,当安东尼从公共议席走下时,他发现自己处在十分棘手的修辞困境中。② 他的陈述内容是案情的另一面,而且他同样坚信自己动因的正当性。然而他所面对的是刚刚赢得听众热烈支持的对手,因此也面对着一群充满敌意的裁判。"这凯撒是个暴君。"市民甲表示。市民丙补充说:"那是不用说的;幸亏罗马除掉了他。"③市民丁对安东尼表示反感,总结了大家的怀疑:"他最好不要在这儿说勃鲁托斯的坏话。"④安东尼的第一个任务就是说服市民们去重新思考他目前关于安东尼是在为罪恶动因辩护的看法。

尽管莎士比亚的写作借鉴了普鲁塔克对安东尼、勃鲁托斯和凯撒

---

① 接下来对这段话的引用见 *Julius Caesar*, TLN 1436—1440, p. 691(3.2.41—45)。我保留了第一版对开本中对平民的编号。见 Shakespeare 1996, *Julius Caesar*, TLN 1579—1585, p. 729。

② Serpieri 2002, pp. 134—136, Wills 2011, pp. 79—111 分析了安东尼演说词的修辞,不过仅仅聚焦在他对比喻和转义的使用上。

③ *Julius Caesar*, TLN 1456—1457, p. 691(3.2.61—62)。

④ 我在这里同样保留了第一版对开本中的编号。见 Shakespeare 1995, *Julius Caesar*, TLN 1603—1606, p. 729。

四　迂回诡秘型引言

生平的记叙,①但是安东尼和勃鲁托斯的这场话语之争并未留下任何书面记录,也几乎找不到任何他们可能会如何发言的信息。从普鲁塔克的记载中可以知道,勃鲁托斯的文字"以简明见长",②从安东尼的生平中可以知道,在凯撒葬礼上发表演说时,"他在演讲中加入哀悼语句,通过夸张的表达极大地打动了人们,使他们顿生同情怜悯"。③ 当莎士比亚开始处理这个任务,展示出安东尼是如何成功地实现以上效果时,他并没有前例可供参考,只能完全根据自己对法庭雄辩术原则的理解来创作这场戏。

虽然安东尼进退维谷,却也并非无计可施。勃鲁托斯的演说中有许多破绽可以被加以利用。④ 昆体良曾经专门讨论过引言出现问题的各种可能情况,首当其冲的就是两种需要避免的缺陷。一种缺陷是,即使演说者坚信自己的动因无懈可击,"他也不应当过分地展现自信"。⑤ 另一种是,无论多么精心准备引言,"也要尽可能避开谈论准备工作"。⑥ 演说的引言"永远不应当显得是经过精心组织和准备的,而是要简明朴素"。⑦ 他后来又补充说,要避免的危险不言而喻,因为"当关于某些糟糕的、应当被厌恶或同情的事情发生争议时,谁能受得

---

① Bullough 1957—1975, vol. 5, p. 36 认为很有可能"他在创作时参考了诺思所翻译的普鲁塔克"。Miola 2000, pp. 98—107 分析了莎士比亚对普鲁塔克作品的改编。莎士比亚在本剧中对古典资料的运用也见 Thomas 2005;Burrow 2013, pp. 215—226。

② Plutarch 1579, p. 976. 不过正如 Vickers 1968, p. 241 所指出的,莎士比亚给勃鲁托斯设计的演说"极其富有西塞罗式的对称性"。

③ Plutarch 1579, p. 1056.

④ 勃鲁托斯演说中的错误,见 Vickers 1968, pp. 243—245; Hatfield 2005, pp. 181—182。

⑤ Quintilian 2001, 4. 1. 55, vol. 2, p. 206: 'fiducia se ipsa nimium exerere non debeat'. 避免夸耀之嫌的需求,也见 Quintilian 2001, 11. 1. 15, vol. 5, p. 16。

⑥ Quintilian 2001, 4. 1. 56, vol. 2, p. 206: 'minime ostentari debet . . . cura'。

⑦ Quintilian 2001, 4. 1. 60, vol. 2, p. 208: 'neque tamen deducta semper atque circumlita, sed saepe simplici atque inlaboratae'.

了演说者仅仅以对偶、从容不迫的语调、言辞相似的形式表现其愤怒、眼泪和请求"。①

勃鲁托斯的引言显然没有达到以上要求,安东尼也很快借此扭转了局势。在引言中恳请听众集中注意力后,勃鲁托斯延续着矫揉造作的风格:

> 请你们静静地听我解释。请你们相信我的名誉;尊重我的名誉,这样就会相信我的话。
>
> TLN 1400—1403, p. 690(3.2.13—15)

勃鲁托斯恰恰背离了修辞学家严肃警告的原则。② 他从静静地/听这个反题说起,然后又着力构建起一系列昆体良特别反对的那种从容不迫的语调。他所采用的技巧被称为"回环法",杜德利·芬纳解释说,这种演说修辞手法指的是一句话中"同样的音调在开头、中间和结尾被重复"。③ 勃鲁托斯第二句话的前后两部分相互对应,制造出这种精心编排的相信/名誉;名誉/相信的模式。另一个更严重的错误是,他并未遵循昆体良的另一条警告,在谈论自己的人格,尤其是他的高尚品格时,采用了过分自信甚至有些夸夸其谈的方式。

尽管如此,勃鲁托斯的演说依然为他赢得了热烈的欢迎,使安东

---

① Quintilian 2001, 9.3.102, vol. 4, p. 162: 'Ubi vero atrocitate invidia miseratione pugnandum, quis ferat contrapositis et pariter cadentibus et consimilibus irascentem flentem rogantem'.

② 见 Cicero 1949a, I. XVIII. 25, p. 52 对矫揉造作的措辞的讨论。

③ Fenner 1584, Sig. D, 3^r. 芬纳的定义几乎一字不落地被后来拉米斯主义修辞学家所重his. 见 Fraunce 1588a, Sig. D, 4^r—5^r; Butler 1598, Sig. C, 6^v. 相关讨论见 Skinner 1996, pp. 16—17。对回环法的讨论也见 Peacham 1577, Sig. S, 1^{r-v}; [Puttenham] 1589, p. 184; Day 1592, p. 92; Peacham 1593, p. 129。

四 迂回诡秘型引言

尼面对着一群充满敌意的听众。安东尼正确地意识到,这要求他踏上小心谨慎的迂回诡秘型引言之路。① 同劳伦斯神父一样,他从遵循西塞罗的建议出发,坦言在对手看来邪恶可怖的东西,在自己看来同样如此:②

> 各位朋友,各位罗马人,各位同胞,请你们听我说:
> 我是来埋葬凯撒,不是来赞美他。
> 人们做了恶事,死后免不了遭人唾骂,
> 可是他们所做的善事,往往随着他们的尸骨一齐入土;
> 让凯撒也这样吧。尊贵的勃鲁托斯
> 已经对你们说过,凯撒是有野心的;
> 要是真有这样的事,那诚然是一个重大的过失,
> 凯撒也为了它付出惨重的代价了。
>
> TLN 1460—1467, p. 691(3.2.65—72)

在结束了这段称法官为朋友,呼吁他们关注的"呐喊"之后,安东尼开始安抚他们的情绪。他运用精心设计的首语重复在演说中成功地加入了些许批判,承认凯撒或许犯下大错,但已经为此付出了巨大的代价。大体而言,他意识到了尽量采用委婉的方式进行演说的必要性。安东尼保证自己绝不会像在葬礼场合中那样使用展示体进行演说,为凯撒唱赞歌。他坦言凯撒生前曾做过坏事,也承认如果凯撒确实权欲熏心,那这种缺陷便诚如西塞罗所言,乃是令人痛心的过失。

---

① Joseph 1947, pp. 283—286 指出了安东尼需要明确其人格的需求。
② Cicero 1949a, I. XVII. 24, p. 48. 参见 *Rhetorica ad Herennium* 1954, I. VI. 9, p. 18.

根据修辞学家的建议，下一步就是指出，"任何这种错误都与本案无关"。① 针对这个阶段，他们还提出了另一项更加具体的建议。西塞罗表示，"现在你应当保证，你将开始考察那些不仅在听众看来最值得赞许，而且构成对手最有力辩词的那些主张"。② 托马斯·威尔逊对这条建议十分赞同。演说者必须首先试图"削弱对手已经陈述的最有力的辩护，反驳听众最重视和青睐的主张"。③ 他还提出了一条更进一步的建议，安东尼亦是颇为精彩地进行了运用。演说者应当"利用对手陈述的某些内容"，竭尽所能使其反咬他们一口。④

勃鲁托斯已经对自己暗杀凯撒的决定做出了最强的辩护，平民们完全表示认可。凯撒的野心已经危及人民的自由。他告诉他们，无论谁问起，"要是那位朋友问我为什么勃鲁托斯要起来反对凯撒，这就是我的回答：并不是我不爱凯撒，可是我更爱罗马"。⑤ 接下来他采用"反问法"说："你们宁愿让凯撒活在世上，大家做奴隶而死呢，还是让凯撒死去，大家做自由人而生？"⑥答案显而易见，他立刻继续辩护："因为凯撒爱我，所以我为他流泪……因为他有野心，所以我杀死他。"⑦凯撒的死被描绘成保卫罗马自由的必要牺牲。

---

① Cicero 1949a, I. XVII. 24, p. 48：'nihil eorum ad te pertinere'. 参见 *Rhetorica ad Herennium* 1954, I. VI. 9, pp. 16—18。

② Cicero 1949a, I. XVII. 24, p. 48：'oportet aut de eo quod adversarii firmissimum sibi putarint et maxime ei qui audient probarint, primum te dicturum polliceri'. 参见 *Rhetorica ad Herennium* 1954, I. VI. 10, p. 18。

③ Wilson 1553, Sig. P, 1^v.

④ Wilson 1553, Sig. P, 1^v.

⑤ *Julius Caesar*, TLN 1407—1409, p. 690(3. 2. 18—20).

⑥ *Julius Caesar*, TLN 1409—1411, p. 690(3. 2. 20—21). 对选择反问法的理解见 Quintilian 2001,9. 2. 6—7, vol. 4, pp. 36—38；也见 Sherry 1550, Sig. D, 2^{r-v}；Wilson 1553, Sig. 2B, 2^r；Peacham 1577, Sig. L, 3^{r-v}；[Puttenham] 1589, p. 176；Day 1592；Peacham 1593, pp. 105—106。

⑦ *Julius Caesar*, TLN 1411—1414, p. 690(3. 2. 21—23).

四 迂回诡秘型引言

这就是安东尼接下来要利用的指控和辩护。"尊贵的勃鲁托斯已经对你们说过,凯撒是有野心的",他提醒市民,①随即开始讨论这种指控:

> 他是我的朋友,他对我是那么忠诚公正;
> 然而勃鲁托斯却说他是有野心的,
> 而勃鲁托斯是一个正人君子。
> 他曾经带许多俘虏回到罗马来,
> 他们的赎金都充实了公家的财库;
> 这可以说是野心者的行径吗?
> 穷苦的人哀哭的时候,凯撒曾经为他们流泪;
> 野心者是不应当这样仁慈的。
> 然而勃鲁托斯却说他是有野心的,
> 而勃鲁托斯是一个正人君子。
> 你们大家看见在卢柏克节的那天,
> 我三次献给他一顶王冠,
> 他三次都拒绝了。这难道是野心吗?
> 然而勃鲁托斯却说他是有野心的,
> 而勃鲁托斯的的确确是一个正人君子。
> 　　　　TLN 1472—1486, p. 691 (3.2.77—91)　　113

安东尼试图直接驳倒凯撒权欲熏心的指控,同时又提出了两条更加委婉的主张。他开始偷偷构建起之前保证过不会发表的那种葬礼

---

① *Julius Caesar*, TLN 1464—1465, p. 691 (3.2.69—70).

141

赞美词,还成功地提出了几个使勃鲁托斯自我拔高的品格描述显得尴尬的问题。《罗马修辞手册》曾经提醒读者:"如果演说的引言使对手可以反过来攻击你,那么它就出现了重大失误。"[1]勃鲁托斯的引言围绕自己作为正直男性的判断展开,现在安东尼则开始用勃鲁托斯过于自负的言论来攻击他。安东尼使用的一种主要技巧就是精心设计的首语重复。他重复的不是单个词语,而是整句整段,反复述说勃鲁托斯的荣誉观,直到勃鲁托斯的展示听起来不仅自私,而且荒谬。安东尼还加入了对勃鲁托斯动机的委婉暗示。勃鲁托斯的基本主张是,作为一个正直的人,他有义务遏制凯撒的权欲野心。不过,凯撒的野心真是路人皆知吗?如果不是,勃鲁托斯还能算是个正人君子吗?这些是关于勃鲁托斯的人格问题,安东尼能够,正如昆体良所说,"尽可能在听众心中进行暗示"。[2]

接下来,安东尼谈论起勃鲁托斯的引言,以同样的方式提出质疑。勃鲁托斯的第一次呐喊是"请听我解释"。[3] 安东尼对照他的表达方式,用双关语使其不利于勃鲁托斯:

> 你们过去都曾爱过他,那并不是没有理由的;
> 那么什么理由阻止你们现在哀悼他呢?
>
> TLN 1489—1490, p. 691(3.2.94—95)

安东尼向平民们保证,他们曾经有理由(好的原因)去热爱凯撒,

---

[1] *Rhetorica ad Herennium* 1954, V. VII. 11—12, pp. 20—22: 'Vitiosum exordium est ... quo adversaries ex contrario poterit uti'.

[2] Quintilian 2001, 4. 1. 42, vol. 2, p. 200: 'subrepat insinuatio animis maxime'.

[3] *Julius Caesar*, TLN 1400—1401, p. 690(3.2.13).

并且用反问句追问,为什么勃鲁托斯的动因陈述(也就是他在争端中的立场)足够使他们不去哀悼凯撒之死。

安东尼的引言远未完结,但接下来我们发现,他已经实现了一切演说的开始部分需要实现的两个目标。首先,他毫无疑问成功地获得了听众的注意。市民甲对他结合理性与雄辩的能力赞不绝口,表示"我想他的话说得很有道理"。① 安东尼还成功地赢得了听众对自己动因的些许回应。市民乙曾经提议勃鲁托斯应当被授予一尊雕像,与祖先们并列,如今却认为这个司法"问题"非常棘手。"仔细想起来,"他思考道,"凯撒是有点儿死得冤枉。"②市民丁之前赞成勃鲁托斯应该登上王位,如今却改口赞扬凯撒拒绝了这项名誉,承认"所以他的确没有一点野心"。③ 安东尼已经开始动摇了法官们,用西塞罗的话来说,从他的立场来看问题。④

对于动因初看上去显得有罪的那些人,修辞学家还提供了几条进阶建议。其中一条,用西塞罗的话来说,"演说者应当表示自己不会谈论涉及对方的任何内容,无论是褒是贬,但是在实践中要想尽办法使听众对对方的动因丧失好感"。⑤ 托马斯·威尔逊也认为,必须确保给听众留下"我们并不想说对方任何不好"的印象,但与此同时又要通过言辞使听众"心思转圜"。⑥ 他进一步阐述了这条建议,而安东尼似

---

① *Julius Caesar*, TLN 1495, p. 691(3.2.100).

② 此处以及下一个脚注中我都保留了第一版对开本中的编号。见 Shakespeare 1996, *Julius Caesar*, TLN 1646—1647, p. 729。

③ Shakespeare 1996, *Julius Caesar*, TLN 1650, p. 730.

④ Cicero 1942a, II. XVII. 72, vol. 1, p. 252. 对平民们不可能具有得出理性裁决能力的讨论见 Colclough 2009。

⑤ Cicero 1949a, I. XVII. 24, p. 48: 'negare quicquam de adversariis esse dicturum, neque hoc neque illud ... tamen id obscure faciens, quoad possis, alienes ab eis auditorum voluntatem'. 参见 *Rhetorica ad Herennium* 1954, I. VI. 9, p. 18。

⑥ Wilson 1553, Sig. P, 1ᵛ.

乎对其谨记在心。"公然诋毁那些受到广泛赞誉、被普遍认为正直的人"是不明智的。① 如果想要使其声誉受损,就必须想办法使言辞虽然听上去在进行褒奖,但实际上质疑了其正直。

能够制造这种效果的特定技巧被修辞学家称为"假省法"(paralepsis 或者 occulatio)。《罗马修辞手册》指出,应当采用这种修辞的场合乃是,当演说者宣称"不愿谈论某事,实际上却很想讨论它"的时候。② 他继续表示,"作为一种间接激发怀疑,而非直接发表可能有诋毁之嫌的演说的办法",这种技巧极其有用。③ 乔治·普滕汉姆也认为,若是要假装对某个问题避而不谈,但实际上"想使它深深刻入听众脑海",这就是"一种申诉和劝说的良策"。④ 当演说者使用这种技巧,声称"尽管他不会谈论某事,但实际上对其大书特书时",亨利·皮查姆还补充,这种技巧"最适宜于指控和谴责,并且最常采用否定的形式"。⑤

这就是安东尼在展开自己引言第二部分时,所采取的迂回诡秘型指控:

就在昨天,凯撒的一句话可以抵御整个的世界;
现在他躺在那儿,

---

① Wilson 1553, Sig. P, 1^v.
② *Rhetorica ad Herennium* 1954, IV. XXVII. 37, p. 320:'nolle dicere id quod nunc maxime dicimus'. 也见 Quintilian 2001, 9.3.98, vol.4, p.158。Wills 2011 在暗示忽略法的标题下分析了安东尼演说的这个面相。
③ *Rhetorica ad Herennium* 1954, IV. XXVII. 37, p. 320:'utilius sit occulte fecisse suspicionem quam eiusmodi intendisse orationem quae redarguatur'. 也见 Quintilian 2001, 9.3.98, vol.4, p.158。
④ [Puttenham] 1589, p.194.
⑤ Peacham 1593, pp.130—131. 也见 Sherry 1550, Sig. D, 6^r; Day 1592, p.95。

四 迂回诡秘型引言

没有一个卑贱的人向他致敬。
啊,诸君!要是我有意想要激动你们的心灵,
引起一场叛乱,
那我就要对不起勃鲁托斯,对不起凯歇斯;
你们大家都知道,他们都是正人君子。
我不愿干对不起他们的事,
我宁愿对不起死人,对不起我自己,对不起你们,
却不愿对不起这些正人君子。

TLN 1505—1514, pp. 691—692(3.2.110—119)

安东尼保证,演说中不会对对方进行任何攻击,挑起丝毫的反感愤怒。但是他的呼语法("啊,诸君!")被设计用来讨好听众,并吸引他们的注意,同时,他还成功地讽刺了勃鲁托斯和凯歇斯,他俩绝不是自己宣称的正直之人,安东尼表示,对他俩公正就是对市民和他自己的不公。

安东尼就此结束了引言,直接进入陈述("我记得……")。[1] 此时,他显然已经完全实现了引言需要实现的主要目标,赢得听众的好感。勃鲁托斯赌上一切表明自己为人正直,绝非杀人凶手。正如先前向同伙承认的,他最大的愿望就是他们的行动在"世人的眼中"是"恶势力的清扫者,而不是杀人的凶手"。[2] 随着演说的结束,安东尼成功地破坏了这个愿望以及它最初获得的好感。安东尼的结语再次回到反复进行的迂回诡秘中,采用首语重复来强化这一效果:

---

[1] *Julius Caesar*, TLN 1554, p.692(3.2.161).
[2] *Julius Caesar*, TLN 741—742, p.683(2.1.179—180). 此处勃鲁托斯对叠转法的运用见 Skinner 2007。

我怕我对不起那些用刀子杀死凯撒的正人君子；
我怕我对不起他们。

TLN 1538—1539，p.692(3.2.143—144)

这时候,市民丁接过了安东尼的讽刺语调,大喊:"他们是叛徒;什么正人君子!"①市民乙应和他,说出了勃鲁托斯最想避免的那条新判决:"他们是恶人、凶手。"②随着安东尼走下议坛开始陈述,听众对他的好感也明显起来。当他准备开启下一部分,也是演说中更有煽动性内容的时候,市民乙喊道"留出一些地方给安东尼,最尊贵的安东尼"。③

* * * * *

现在让我们把视线从《裘利斯·凯撒》转到本章讨论的最后一部悲剧《奥瑟罗》上,回到威尼斯共和国。然而,这座城市远不是那个威尼斯共和国(Serenissima),即自我标榜的神话中的宁静共和国。与《威尼斯商人》一样,我们再次来到焦虑与暴力的冲突之地,在这种情况下,奥瑟罗是核心人物。④ 这里的政治危机如黑云压城,共和国迫切需要奥瑟罗的领导。连伊阿古都承认,"他们休想找到第二个人有像他那样的才能,可以担当这一重任"。⑤ 土耳其舰队已经攻下塞浦路

---

① 此处及以下两处脚注中我都保留了对开本第一版中的标号。见 Shakespeare 1996, *Julius Caesar*, TLN 1690, p.730。

② Shakespeare 1996, *Julius Caesar*, TLN 1692, p.730.

③ Shakespeare 1996, *Julius Caesar*, TLN 1703, p.730.

④ 表面上看莎士比亚对威尼斯的冷漠态度见 Platt 2009, esp. pp.57—93, Holderness 2010。

⑤ *Othello*, TLN 155—156, p.930(1.1.151—152).

斯的消息刚传到威尼斯,奥瑟罗便被召唤参加元老院的紧急会议,公爵在会上告诉他"我们必须立刻派你,/出去向我们的公敌土耳其人作战"。① 奥瑟罗同时也被卷入一场暴力的家庭争端之中。在开场时观众便被告知,他与元老勃拉班修的女儿苔丝狄蒙娜私奔了,两人已经私下成婚。勃拉班修在去往元老院的路上质问奥瑟罗,愤怒地斥责他是个恶贼,②用妖法偷走了自己的女儿:

> 世人可以替我评一评,是不是显而易见
> 　　你用邪恶的符咒欺侮她的娇弱的心灵。
> 　　　　　　　　　　　TLN 259—260, p. 931(1.2.72—73)

勃拉班修自信公爵和元老院会支持他的主张,要求他们做出裁决:

> 我的事情也不是一件等闲小事;
> 公爵和我的同僚们听见了这个消息,
> 一定会感到这种侮辱简直就像加在他们自己身上一般。
> 　　　　　　　　　　　TLN 282—284, p. 932(1.2.95—97)

勃拉班修和奥瑟罗抵达元老院会议后,勃拉班修立刻再次表示,他的女儿"被人污辱,人家把她从我的地方拐走",等待公爵和在座元老们的判决。③

---

① *Othello*, TLN 334—335, p. 932(1.3.48—49).
② *Othello*, TLN 249, p. 931(1.2.62).
③ *Othello*, TLN 346, p. 933(1.3.60).

奥瑟罗很清楚,在同勃拉班修的司法争议中,他能够占据上风。正如他已经对伊阿古坦言的那样,他对威尼斯司法做了一番坦率的反思,"我对贵族们所立的功劳,就可以驳倒他的控诉"。① 然而,尽管奥瑟罗自信满满,他还是发现自己身陷修辞学家称为司法困境的局面之中,伊阿古也认为,勃拉班修很有可能"有办法治住他"。② 奥瑟罗所面对的一个问题是,当勃拉班修在元老院中指控他行事不义后,公爵立刻站到勃拉班修这边,甚至未曾追问他所指控的罪犯究竟是谁。在这一刻,莎士比亚认真地参考了他在写作这场戏时的主要资料,巴纳比·里奇创作于1581年的《永别》(Farewell)中西凡纳斯和瓦莱利的故事。③ 瓦莱利的父亲指控西凡纳斯诱拐了自己的女儿,法官保证"他必将按照他要求在西凡纳斯身上执行正义"。④ 公爵认为自己也在处理一起类似的犯罪,以同样冲动的口吻告诉勃拉班修:

> 用这种邪恶的手段引诱你的女儿,
> 使她丧失自己的本性,使你丧失了她的,
> 无论他是什么人,你都可以根据无情的法律,
> 照你自己的解释给他应得的严刑,
> 即使他是我的儿子,你也可以照样控诉他。
>
> TLN 351—360, p. 933(1.3.65—70)

奥瑟罗发现自己身处的修辞境况乃是,他所面对的法官用《罗马

---

① *Othello*, TLN 204—205, p. 931(1.2.18—19).
② *Othello*, TLN 151, p. 930(1.1.147).
③ 详细讨论见 Rich 1959, esp. pp. l—lii.
④ Rich 1959, p. 54.

修辞手册》的话来说"已然被对手说服"。① 或许奥瑟罗对自己动因的正直性深信不疑,他可能也十分肯定,一旦公爵和元老们知道勃拉班修指控的对象究竟是谁,他们必将立刻制止勃拉班修。但在这一刻,他面临着的危险用托马斯·威尔逊的话来说就是,"对手已经讲述了自己的故事,法官对之深信不疑"。②

奥瑟罗还面临着更深层次的困难。公爵组织召开的紧急会议发生在半夜,这是如此不同寻常,以至于勃拉班修在听到以后颇为惊讶。"怎么!公爵在举行会议!在这样夜深的时候!"③奥瑟罗不得不为自己的犯罪指控进行辩护的时刻,恰好是元老们从自己的床上被叫醒,前来处理一场紧急又严峻的危机的时刻,元老们必然昏沉疲惫、焦虑不堪又忧心忡忡。修辞学家提醒大家,同已经被对手说服的那种法官一样,这些法官必定也毫无耐心,甚至充满敌意。④"谁不知道,"托马斯·威尔逊说,"疲惫不堪的人很容易对正当议题产生反感?"⑤

恰如是,奥瑟罗在被召见进行自我辩护时,更加需要使用迂回诡秘型引言。这个时刻便是勃拉班修告知公爵"这个摩尔人"正是他所指控的罪人时。⑥ 公爵立刻转向奥瑟罗——显然震惊不已——问道:

---

① *Rhetorica ad Herennium* 1954, I. VI. 9, p. 16; 'persuasus esse ... ab iis qui ante contra dixerunt'.

② Wilson 1553, Sig. P, 1ᵛ. 因此,奥瑟罗的境况与本·琼森所著《西亚努斯》(*Sejanus*)中的西里乌斯(Silius)十分类似,莎士比亚不久之前才扮演过这个角色(Donaldson 2011, p. 186)。西里乌斯同样也被诬告,面对充满敌意的法官,而这位法官同样也是国家元首。不过,奥瑟罗的回应展现了自己迂回诡秘这种修辞技巧的掌握,而西里乌斯则拒绝借助修辞术来辩护。他直接痛斥原告是个骗子,抨击台伯乌斯是个奴役人的暴君,并拔剑自刎。见 Jonson 1605, Sig. F, 2ʳ—4ᵛ。

③ *Othello*, TLN 280—281, p. 932(1. 2. 93—94).

④ Cicero 1949a, I. XVII. 23, p. 46; *Rhetorica ad Herennium* 1954, I. VI. 9, p. 16; Quintilian 2001, 4. 1. 48, vol. 2, p. 202.

⑤ Wilson 1553, Sig. P, 1ʳ.

⑥ *Othello*, TLN 357, p. 933(1. 3. 71).

法庭上的莎士比亚

"你自己对于这件事有什么话要分辨?"[1]受到鼓励,奥瑟罗上前一步,展开自己的辩护。昆体良曾经强调,"在向你所要劝服之人发表演说时要专注于自身",[2]这在开始演说时十分重要,奥瑟罗深知这条教诲,他用对公爵和元老的奉承和安抚的言辞适时地开始了自己的演说:

> 威严无比、德高望重的各位大人,
> 我的尊贵贤良的主人们,
>
> TLN 362—363, p.933(1.3.76—77)

随后奥瑟罗严格遵循古典规则,展开了一段迂回诡秘的引言。[3] 他知道,如果法官有任何理由认为你的动因有罪,一种得到好意回应的办法就是,在开始发言时表面上承认对手的指控。他采用了这种技巧:

> 我把这位老人家的女儿带走了,
> 这是完全真实的。
>
> TLN 364—365, p.933(1.3.78—79)

莎士比亚再次遵照里奇的故事,"如今西凡纳斯的时限已到,他无

---

[1] *Othello*, TLN 360, p.933(1.3.74)。

[2] Quintilian 2001, 4.1.64, vol.2, p.210: 'eos adloquamur potissimum quos conciliare nobis studemus'。

[3] 对奥瑟罗演说中修辞结构的不同分析,见 Plett 2004, pp.422, 471 及注释。Baldwin 1944, vol.2, p.199 也对这段话进行了分析,不过错误地认为奥瑟罗"并不需要使用迂回诡秘的引言"。Kennedy 1942, p.81(Miola 2000, p.155 采用了其观点)认为,奥瑟罗的辩护"从头到尾"都是莎士比亚的创造,并未意识到这段演说是按照古典修辞术的方式来组织的。莎士比亚对古典修辞术的借鉴见 Moschovakis 2002, pp.303—308。

法否认指控,承认自己确将瓦莱利从她父亲那里偷走了"。① 里奇还补充了一句"根据这条供词,法律将判他死刑"。② 不同的是,莎士比亚知道,只有在表达出以下立场时,才能提出这种认罪供词,用西塞罗的话来说便是,这"与当前的动因没有丝毫关联"。③ 莎士比亚超越了里奇的简单叙事,让奥瑟罗以这种方式继续演说:

> 我把这位老人家的女儿带走了,这是完全真实的;
> 我已经和她结了婚,这也是真的;
> 我的最大的罪状仅止于此,
> 别的就不是我所知道的了。
> 　　　　　TLN 364—367, p.933(1.3.78—81)

勃拉班修的指控是,奥瑟罗对他的女儿施了巫术并诱拐了她。奥瑟罗承认,他确实将她带走,但否认这是偷窃行为,因为她同意嫁给他。勃拉班修在自己的证词中从未提到这场婚姻,公爵和元老们是从奥瑟罗的陈述中首次听到这件事的。④ 当奥瑟罗成功地建构起这种熟悉的修辞,在描述罪恶动因的同时使自己与其相区分后,他的动因开始显得比勃拉班修的指控要无辜很多。昆体良曾经如此描述罪恶动因的特征,它是在开始(frons,库珀将其译为"标题;前部"⑤)并不正当

---

① Rich 1959, p.59.
② Rich 1959, p.59.
③ Cicero 1949a, I. XVII. 24, p.48: 'nihil eorum ad te pertinet'. 参见 *Rhetorica ad Herennium* 1954, I. VI. 9, p.18。
④ 尽管勃拉班修已经从罗德利哥处得知,两人实际上已经结为夫妇。见 *Othello*, TLN 170—171, p.930(1.1.166—167)。
⑤ Cooper 1565, Sig, 3G, 1ʳ.

的动因。① 奥瑟罗引用了昆体良的说法(正如《哈姆莱特》中克劳狄斯所做的),②在讨论"我的最大的罪状"时补充说,他唯一的罪行就是与苔丝狄蒙娜结婚,但这个行为绝不能说是不正直的。

对于那些其对手似乎成功说服了法官的演说者,修辞学家还提出了诸多补充建议。一条建议是,他们应当试图制造出怀疑和困惑的氛围。《罗马修辞手册》提议,"我们应当运用佯疑修辞,对最重要的动机,或者被认为首次行动的时刻表示怀疑,暗示自己的疑惑和惊讶"。③托马斯·威尔逊十分欣赏这种自我贬抑法的作用:"如此开始,质疑先前演说中最重要的内容,或是最有理有据的部分,让上帝来见证他的指控与动因是多么荒诞。"④奥瑟罗将以上建议谨记于心:

> 我的言语是粗鲁的,
> 一点不懂得那些温文尔雅的辞令;……
> 对于这一个广大的世界,
> 我除了冲锋陷阵以外,几乎一无所知,
> 所以我也不能用什么动人的字句
> 替我自己辩护。
>
> TLN 367—368, 372—375, p. 933(1.3.81—82, 86—89)

---

① Quintilian 2001, 4.1.42, vol. 2, p. 200.
② 见 *Hamlet*, TLN 2179, p. 759(3.3.63),其中谈到了"我们的罪恶的面目"。
③ *Rhetorica ad Herennium* 1954, I. VI. 10, p. 18: 'dubitatione utemur quid potissimum dicamus aut cui loco primum respondeamus, cum admiratione'. 参见 Cicero 1949a, I. XVII. 25, pp. 48—50; Quintilian 2001, 9.2.19, vol. 4, p. 44. 方言修辞学家对疑问句[或非难(aporia)]的理解见 Sherry 1550, Sig. D, 3^v; Day 1592, p. 89; Peacham 1593, p. 109.
④ Wilson 1553, Sig. P, 1^v.

四 迂回诡秘型引言

奥瑟罗尤其遵循了这样一条建议,演说者应当"对所谓主要动机"表示困惑犹疑。① 他表现出一种自诩的困惑,说自己是个除了军队生活以外一无所知的人,以微妙的方式运用首语重复来强化自己的主张,强调他发表演说的能力是多么不足,他是如何不善言辞,以及他为自己动因成功辩白的希望是多么渺茫。

对于像奥瑟罗这样有理由担心法官们或许十分疲惫和先入为主,以至于无法对案件做出正确判断的人,修辞学家还提供了其他建议。西塞罗指出,虽然或许会略显轻率,但如果动因看起来站不住脚,就应当尽可能地一笔带过。② 威尔逊也认为,如果法官"再听下去会精疲力尽",那么"必须首先保证发言会简明扼要"。③《罗马修辞手册》补充说,"如果演说者还保证,演说将跳出常规,对将要谈论的内容做简要陈述",将会大有助益。④ 奥瑟罗在引言结尾处严格采取这条建议:

> 可是你们要是愿意耐心听我说下去,
> 我可以向你们讲述一段质朴无文的、
> 关于我的恋爱的全部经过的故事;告诉你们我用什么药物、什么符咒、
> 什么驱神役鬼的手段、什么神奇玄妙的魔法
> 骗到了他的女儿,

---

① *Rhetorica ad Herennium* 1954, I. VI. 10, p. 18:'dubitatione utemur quid potissimum dicamus'.
② Cicero 1949a, I. XVII. 25, p. 50. 参见 Quintilian 2001, 4.1.48, vol. 2, p. 202。
③ Wilson 1553, Sig. P, 1ᵛ.
④ *Rhetorica ad Herennium* 1954, I. VI. 10, p. 20:'si promiserimus aliter ac parati fuerimmus nos esse dicturos ... quid nos facturi simus breviter exponemus'.

因为这是他所控诉的我的罪名。

TLN 375—380, p.933(1.3.89—94)

奥瑟罗意识到，法官们或许十分疲惫，于是开场便呼吁其宽宏的耐心。紧接着他保证会"精简"，也就是简明扼要地发言。他还保证陈述是不加修饰的，也就是说，将以一种质朴的方式进行演说。最后，他还对接下来演说内容的提纲做了概括。演说以承认自己的粗鄙开始，以制造出无懈可击的修辞表演结束。

引言的主要目标是赢得好感。奥瑟罗有多成功呢？奥瑟罗演说完毕后，勃拉班修不为所动，重复了自己的指控：

> 我断定
> 他一定曾经用烈性的药饵，
> 或是邪术炼成的毒剂
> 麻醉她的血液。

TLN 389—392, p.933(1.3.103—106)

虽然勃拉班修的口气比之前略微柔和一些，但他宣称哪怕不是因为巫术，苔丝狄蒙娜也必定是被下药了，继续以丝毫不减的愤怒指控奥瑟罗犯下大罪。

然而，现在公爵显然松了一口气，已经能够采取一种截然不同的立场了。虽然他之前出于信任，准备好采纳勃拉班修的指控，现在则回之以尖刻的斥责：

> 没有更确实显明的证据，

四　迂回诡秘型引言

单单凭着这些表面上的猜测和莫须有的武断，
是不能使人信服的。

TLN 392—395, p. 933(1.3.106—109)　123

公爵愤怒地训斥勃拉班修没有证据，这也表明奥瑟罗的引言成功地获得了他的好感。他现在已经准备好要听听奥瑟罗的辩护，对奥瑟罗所能提供的一切无罪证明进行关注。当奥瑟罗宣称他准备好去解释"我怎样得到这位美人的爱情"时，①公爵命令道"说吧，奥瑟罗"，正式要求他展开自己动因的陈述。②

引入罪恶动因

根据《罗马修辞手册》的分析，需要采用迂回诡秘型引言的另一种可能是，"演说者或许要对本质上罪恶的动因进行辩护，即问题的实质将使听众对演说者抱有敌意"。③ 例如，演说者可能参与了一项犯罪，或者是动因主谋，抑或答应对某项在法律或道德上有问题的行为进行辩护。如果承认动因缺乏正直，符合以上诸种情况的任何一种，那么采用迂回诡秘的方式开始演说就尤为关键。方言修辞学家中，托马斯·威尔逊尤其强调这一点。如果试图引入的动因"其真相本身是不正当的，不应当告知听众"，又或者"真相面目可憎，必定引起愤怒"，那么"委婉的开头"就必不可少。④

---

① *Othello*, TLN 411, p. 933(1.3.125).
② *Othello*, TLN 412, p. 933(1.3.126).
③ *Rhetorica ad Herennium* 1954, I. VI. 9, p. 16: 'turpem causam habemus, hoc est, cum ipsa res animum auditioris a nobis alienat'.
④ Wilson 1553, Sig. P, 1ʳ.

法庭上的莎士比亚

　　莎士比亚首次将人物设置于这种境况之下,是在叙事诗《露克丽丝遭强暴记》中,这部作品于1594年首次出版。① 露克丽丝的丈夫柯拉丁纳斯在塔昆的聚会上愚蠢地对露克丽丝无比高洁的品质大加赞扬,点燃了年轻王子的欲火。② 随后的陈述中并未出现形式上的引言,而是从事件中间(in medias res)开始。(莎士比亚自己说这首诗是"没有开头"的。)③塔昆疾驰到柯拉丁城堡,露克丽丝因其丈夫的友人的身份对他的突然来访表示欢迎。两人长谈后,露克丽丝离开并休息。午夜降临,塔昆潜入露克丽丝的卧室,以性命要挟,逼她屈从于自己的淫欲,粗暴地侮辱了她,随后仓皇遁去。

　　塔昆回忆起自己的所作所为时,不得不承认那是一项重大罪行:

　　　啊!耻辱呀,我的骑士身份和刀枪,
　　　啊!我家族的陵墓也要因之受辱,
　　　啊!一切可耻的罪过和一切损伤。
　　　　　　　　　　　TLN 197—199, p. 273(p. 161)

　　诗中的旁白同样痛斥塔昆的恶行。据说他心思邪恶,欲望腐朽,行为与罪恶的篡权者毫无二致。④ 最后,旁白鄙视他比不上一只"鬼鬼祟祟的野猫"。⑤

---

① 见 Shakespeare 1594。
② 对柯拉丁纳斯的夸耀之词的分析见 Kerrigan 2001, pp. 43—48。柯拉丁纳斯对露克丽丝致命的占有态度已经引发了许多研究者对这部长诗的女性主义解读。相关讨论与书目见 Roe 2006, pp. 32—34。
③ *Lucrece*, Dedication, p. 270(p. 148)。
④ *Lucrece*, TLN 346, 412, 546, pp. 274, 275, 276(pp. 168, 172, 178)。
⑤ *Lucrece*, TLN 554, p. 276(p. 178)。

四 迂回诡秘型引言

在露克丽丝最具修辞风格的指控段落中,有一处采取了类似的方式谴责塔昆的罪恶。当他进入她的卧室,表明自己的暴力意图时,她警告他若行此恶举,将来作为罗马国王将会面临的危险后果:

> 这件事会使人对你因惧而爱,
> 而幸福之君总应使人因爱才惧,
> 罪大恶极的凡人你也难惩戒,
> 若他们的罪行跟你此刻类似。……
> 若是可憎的罪恶说它之所以蛮横,
> 　　是因学了你的样,你教了他本领,
> 　　那时啊,你王子的职责将如何履行?
> 　　　　　TLN 610—613, 628—630, p. 277(pp. 181, 182)

露克丽丝一如既往高声雄辩,采议事类雄辩术的方式演说,模仿皇家大臣建议君主的男性语气发言。[①] 不过,即使是她不怒自威的男性腔调,也无法拯救她免遭塔昆羞辱。[②]

虽然塔昆的行径毫无疑问罪大恶极,但这种特性给露克丽丝造成了可怕的道德困境,因为她深感自己也有责任。露克丽丝和莎士比亚似乎都不能确定她在多大程度上应当被视作同谋,[③]但露克丽丝时常被设计为以极度悲惨的语气言说。她提到自己的过错、恶行和无法救赎的罪孽,[④]当她想到这可能给柯拉丁纳斯造成的后果时,咒骂自己

[①] 见 Burrow 2002, pp. 50—53,我从讨论中受到很大的启发。
[②] 露克丽丝男性化语言中的歧义,见 Berry 1992。
[③] 《露克丽丝遭强暴记》中的合意问题,见 Burrow 2002, pp. 66—73; Roe 2006, pp. 23—31。
[④] *Lucrece*, TLN 772, 1025, 1070, pp. 278, 281(pp. 188, 200, 202)。

"毫无廉耻",满脑子都是她"被强暴的事实"。① 当她决心告诉丈夫事情真相时,又继续谈起自己的过错和罪孽:

> 我不愿将你传染,用我的脏污,
> 不愿用巧妙地托词把错误掩盖,
> 不愿在我罪过的黑色背景上乱涂,
> 使这亵夜的暴行难以真相大白。
>
> TLN 1072—1075,p. 282(pp. 202—203)

露克丽丝的修辞困境在于,在为自己辩护时,她预感自己的演说将会像个不忠失德的妻子一样,陈述着罪恶的动因。②

因此,用修辞学家的话说,露克丽丝不得不采用司法动因中的假设性辩护。③ 争议的问题毫无疑问是司法性的。④ 托马斯·威尔逊说,当"众所周知一项行为已经做出",追问"它是对是错"时,这就是一个"司法局面"。⑤ 对于已经发生的事情,人们没有争议。露克丽丝准备为自己的认罪演说发表引言,旁白也对她的动因做了明确的归纳。诗里说她将"让他们知道""她的清誉已经被仇敌掳去"。⑥ 不过,这反过来又意味着,她的动因仅仅是假设性的。托马斯·威尔逊解释

---

① *Lucrece*, TLN 841, 1059, pp. 279, 281(pp. 192, 202).
② *Lucrece*, TLN 1048—1049, 1304, pp. 281, 284(pp. 201, 213).
③ 对露克丽丝的修辞困境的分析见 Dubrow 1987, Weaver 2008,以及 Weaver 2012。虽然我的解读与韦佛不同,但他的两部作品给了我很大的启发。
④ *Rhetorica ad Herennium* 1954, I. XIV. 24, p. 42. 参见 Cicero 1949a, I. XI. 14—15, p. 30; Quintilian 2001, 7.4.4 和 7, vol. 3, pp. 238—240。
⑤ Wilson 1553, Sig. O, 1ᵛ.
⑥ *Lucrece*, TLN 1607—1608, p.287(p.227).

四　迂回诡秘型引言

说,当一致认为某件事被"错误地实施"时,演说者面对的就是"假设情景"。① 本案中的罪恶不仅在于一个陌生人上了露克丽丝的床榻,还在于所发生的"可能想到的其他罪行"。② 露克丽丝还担忧自己可能也有错,在反复表现出的绝望迟疑中,她曾经提到"我的过错"。③

如果承认自己实施或唆使了一项犯罪,因此动因只能是假设性的,那么演说者就不再拥有坚实的法律辩护了。④ 唯一的希望是试图加入一些没有直接关联,但或许可以为动因提供支持的主张。从被侵犯的那一刻起,露克丽丝就意识到了这个问题。她抱怨自己不可能进行司法申诉,也抨击言辞无用,帮不了她:

> 打住吧,空话,浅薄的傻瓜的奴仆,
> 没有出息的喧嚣,没有实力的法官,
> 你不如到比赛技巧的学校去忙碌,
> 到空闲的地方跟沉闷的辩手争辩,
> 去为你那发抖的当事人折衷斡旋。
> 　　在我看来辩说已不值一根稻草,
> 　　因为我的问题法律已解决不了。
>
> TLN 1016—1022, p. 281(p. 200)

露克丽丝明确承认自己的动因是假设性的。她没有希望求助于

---

① Wilson 1553, Sig. O, 1ᵛ.
② *Lucrece*, TLN 1620—1622, p. 287(p. 227).
③ *Lucrece*, TLN 1691, p. 288(p. 230).
④ 见 *Rhetorica ad Herennium* 1954, I. XIV. 24, p. 44 论在这种件中辩护如何是不可靠的(infirma)。也见 Cicero 1949a, I. XI. 15, p. 30。

法律,没有机会提出在法律上有说服力的主张。

根据修辞学家的看法,这种情况只有一条出路。演说者必须以明确的认罪作为引言。① 托马斯·威尔逊说,演说者必须以"对罪行的承认"作为开场。② 露克丽丝面对柯拉丁纳斯及其附庸领主们所作的引言采取的正是这种自白式简明让步,她描述事情经过,同时痛陈罪行:

> 最能表达这罪行的词语实在太少,
> 也没有什么借口能为这罪行开脱。
> 我的词汇贫乏,心中的悲哀太多。
> 要靠这疲惫的舌头讲述我全部情况,
> 我怕是我的哀诉会拖得太久太长。
> 且让我的舌头像这样来完成任务:
> 亲爱的丈夫,有人侵犯了你的婚床。
> 有个陌生人闯入,把你的枕头占据,
> 那一向是你疲劳时脑袋偎依的地方。
>
> TLN 1613—1621, p. 287 (p. 227)

使用与托马斯·威尔逊一样的术语,露克丽丝坦陈自己的过错,表示自己没有理由辩护。

露克丽丝的困境十分严峻,不过修辞学家绝不愿承认已经无计可施。第一章曾指出,存在两种让步的方法可能会帮助解围。诚然,在

---

① 对让步的分析见 *Rhetorica ad Herennium* 1954, I. XIV. 24, p. 44; Cicero 1949a, I. XI. 15, p. 30。

② Wilson 1553, Sig. O, 2ʳ.

四 迂回诡秘型引言

最差的状况下,演说者或许不得不以贬抑的方式让步,直接恳请同情和宽恕。① 如果被迫承认自己不仅卷入了犯罪,而且还完全主动,行为自愿合意,那么唯一的选项就是这种恳求。② 不过,修辞学家指出,这实际上无异于承认,动因在法律上无药可救。西塞罗提醒大家,这种恳求几乎不可能有成功的希望,《罗马修辞手册》则补充说,通常这种申诉在法庭上都不可能获得支持。③ 他们更鼓励的做法是,采用开脱的方式让步。按照托马斯·库珀《词典》的翻译,所谓开脱,就是同时提出一条理由和一项需要辩白的行为,④借此洗脱罪恶嫌疑。采用这种辩护时,演说者需要表明,尽管部分参与了犯罪,但在行动时并非自愿合意,因此罪责可以被洗清,甚至一笔勾销。⑤ 西塞罗的概括是,"当事实被承认,但罪责被否认时,就是洗罪之举"。⑥

要证明并非自愿合意,因此应当被原谅,可以采取三种方式。《罗马修辞手册》认为,可以辩护说自己是出于必须或无知才犯下罪行,抑或罪行的发生纯属巧合。⑦ 西塞罗补充说,如果采用必须论(necessitudo)的辩护,就必须强调"被告的所作所为出于某些外力胁

---

① 对怜悯或同情(misericordia)的讨论见 *Rhetorica ad Herennium* 1954, I. XIV. 24, p. 46;对怜悯同情以及因此使人宽仁相待(clementia)的可能性的讨论见 Quintilian 2001, 7.4.18—19, vol. 3, p. 246。也见 Wilson 1553, Sig. O,2^r。
② *Rhetorica ad Herennium* 1954, I. XIV. 24, p. 46; Cicero 1949a, I. XI. 15, p. 30。
③ Cicero 1949a, I. XI. 15, p. 30; *Rhetorica ad Herennium* 1954, I. XIV. 24, p. 46,以及 II. XVII. 26, p. 104。昆体良在帝国而非共和国时期写作,因此他也更加乐观,向读者指出,永远都可以向皇帝提出这种获得宽恕的恳求。见 Quintilian 2001,7.4.18, vol. 3, p. 246。
④ Cooper 1565, Sig. 5K, 5^r。
⑤ *Rhetorica ad Herennium* 1954, I. XIV. 24, p. 44:'Purgatio est cum consulto negat se reus fecisse'。
⑥ Cicero 1949a, I. XI. 15, p. 30:'Purgatio est cum factum conceditur,culpa removetur'。
⑦ *Rhetorica ad Herennium* 1954, I. XIV. 24, p. 44 和 II. XVI. 23, p. 100。也见 Cicero 1949a, I. XI. 15, p. 30,以及 II. XXXI. 94, p. 260; Quintilian 2001, 7.4.14—15, vol. 3, p. 244。

迫,因此可以进行辩解"。① 这正是露克丽丝着手构建的辩护:

> 亲爱的丈夫,有人侵犯了你的婚床。
> 有个陌生人闯入,把你的枕头占据,
> 那一向是你疲劳时脑袋偎依的地方。
> 其他的躁蹒如何你已经可以想象。
> 他使用肮脏的伎俩威胁了我,
> 可怜!你的露克丽丝竟无法摆脱。
>
> TLN 1619—1624, p. 287(p. 227)

虽然承认罪行的发生,但露克丽丝依然强调,她是受到外力胁迫,由于罪恶的逼迫悖逆自己的意志行事。

凭借这番开脱,露克丽丝为自己开启了下一步的辩护路线。采用这种胁迫辩护后,她有望对自己的申诉进行提证,完全洗脱嫌疑。她大声召唤修辞之力:"教教我用什么话为自己分辩。"②她还恳请知晓如何才能进行这种辩护:"我这被强加的污浊该如何洗清?"③她思考着解决方案,知道自己并不需要正式的陈述,因为事实已经毫无争议。她准备直接提证。柯拉丁纳斯及其附庸领主们,"凝重地急欲听夫人陈词",④读者也严肃地倾听,想听她说明情由,同他们一样拭目以待,要看看她的辩护能有多大说服力。

---

① Cicero 1949a, II. XXXII, 98, p. 264:' vi quadam reus id quod fecerit fecisse defenditur'.
② *Lucrece*, TLN 1653, p. 287(p. 229).
③ *Lucrece*, TLN 1701, p. 288(p. 231).
④ *Lucrece*, TLN 1610, p. 287(p. 227).

四 迂回诡秘型引言

* * * * *

莎士比亚作品中另一位发现自己不得不在司法动因中进行假设性辩护的女性角色是《量罪记》第二幕中的伊莎贝拉。同样地,主要事实已是确凿无疑。朱丽叶特与伊莎贝拉的弟弟克劳狄奥私订终身,未婚先孕。对动因相关事实的评判也并无争议。安哲鲁裁定,事实指向宣判死刑。艾斯卡鲁斯恳请安哲鲁从宽处理,但最终判决时安哲鲁表示,克劳狄奥犯下"重罪",以正义之名"他是难逃一死的"。① 当伊莎贝拉同意弟弟的请求,向安哲鲁求情时,她也因此发现自己要谈论的是一项罪恶动因。更糟的是,在向安哲鲁陈情时,她发现自己正在为一桩"我深恶痛绝的罪恶"所引发的罪行争取宽恕。②

伊莎贝拉的处境与露克丽丝相似,不过在修辞上她的问题更加棘手。与露克丽丝不同,她并不指望能够进行开脱,她承认弟弟的罪行,但同时又辩称他的行为并非主动合意,因此可以被饶恕。克劳狄奥和朱丽叶特都已经承认他们的行为出于自愿。当克劳狄奥告诉卢西奥他已经受到谴责时,强调的是他与朱丽叶特的关系建立在"绝对的情投意合"之上。③ 当朱丽叶特向(公爵假扮的)洛德维克神父忏悔时,教士询问她"你们所犯的罪恶,是彼此出于自愿的吗",她直接回答"是的",这也支持了克劳狄奥的说法。④

面对这种情况,修辞学家有时似乎也认为已经无力回天。昆体良

---

① *Measure for Measure*, TLN 437, 788, pp. 899, 903(2.1.31, 2.2.106).
② *Measure for Measure*, TLN 712, p. 902(2.2.30).
③ *Measure for Measure*, TLN 197,223, p. 897(1.2.107, 135).
④ *Measure for Measure*, TLN 903—904, p. 904(2.3.26—27).

警告读者,如果动因是如此确定无疑地有罪,那么任何诱导法官注意力和好感的直接尝试都是徒劳。① 托马斯·威尔逊表示,此时修辞技艺已属黔驴技穷。他说,如果发现自己正在为之辩护的那个人的行为是"如此罪大恶极,无法饶恕",那么最明智的选择就是"随他去吧"。同样的选择也适用于"被认为不正当"的动因。正确的做法可能是无论真相如何,"择取其他可能更受喜爱的动因"来进行讨论。②

修辞学家似乎只对此种情况提出了一条建议。如果没有提出开脱的希望,那么就必须使出浑身解数,运用雄辩来恳请饶恕。昆体良说,"用希望与恐惧的激情点燃法官的心灵,无论恳求还是祈祷,哪怕撒谎,只要你认为能有帮助。"③托马斯·威尔逊极力强调这一点:

> 如果动因令人厌弃,或者难以立足,但又极其需要听众的帮助与支持:演说者的任务便是,竭力赢得支持,谦卑地恳求去获得他们的好感。首先,呼吁他们给他听审的机会,接下来,恳请他们不要直接做出判决,锱铢必较,而是要宽宏大量。④

威尔逊的建议内容比昆体良更加丰富,他设想了这样一种引言,从谦卑地请求听审开始,以恳请法官用仁慈替代严格执法结尾。

乔治·汇斯东(George Whetsone)的《普罗莫斯与卡珊德拉》就认真遵循了这条建议,在为兄弟普罗莫斯辩护时,卡珊德拉限制自己仅

---

① Quintilian 2001,4.1.42, vol.2, p.200:'in turpi causae genere non possit'.
② Wilson 1553, Sig.P, 1ʳ.
③ Quintilian 2001, 4.1.33, vol.2, p.194:'cuius animus spe metu admonitione precibus, vanitate denique, si id profuturum credimus agitandus est'.
④ Wilson 1553, Sig.O, 3ʳ⁻ᵛ.

四　迂回诡秘型引言

采取这种贬抑式演说。①相反，与过去的罗马修辞学家相比，莎士比亚对这种困境的判断更加乐观，还借鉴了来自西塞罗和《罗马修辞手册》的两条成熟的建议。首先，在一番谦逊卑微的开场白之后，应当向法官保证"我们绝不认为已施之举是能够接受的，我们同样认为它可耻可恶"。② 伊莎贝拉正是如此展开案情陈述的，她的演说十分有力，当时的观众们必定也会有这种感觉，她的回应有些过于严肃：③

> 伊莎贝拉　我是一个不幸之人，要向大人请求一桩恩惠，
> 　　　　　请大人俯听我的哀诉。
> 安哲鲁　　好，你且说来。
> 伊莎贝拉　有一件罪恶是我所深恶痛绝，
> 　　　　　切望法律把它惩治的，
> 　　　　　可是我却不能不违背我的素衷，要来请求您网开一面
> 　　　　　我知道我不应当为它渎清，可是我的心里却徘徊莫决。
> 　　　　　　　　TLN 710—716, p.902(2.2.28—34)

有些评论家对这段演说评价并不高，认为它是"一段尴尬的前言"，"犹豫不决又胆怯不安"，简直就是一座"矛盾的迷宫"。④ 伊莎贝

---

① 见 Whetstone 1578, Sig. B, 6^v 至 Sig. C, 1^r。
② *Rhetorica ad Herennium* 1954, I. VI. 9, pp. 16—18：'non placere nobis ipsis quae facta... et esse indigna aut nefaria'. 参见 Cicero 1949a, I. XVII. 24, p. 48。
③ Helmholz 1987, pp. 145—155 指出，长久以来，英国教会法庭在裁判众所周知的通奸案件时的处理方式十分简单直接，要求双方中的一方发誓放弃另一方，或者缔结有条件的婚约。因此，伊莎贝拉发誓弃绝或许听起来有些严苛。
④ Ross 1997, p. 60；McNeely 2004, p. 213；Kamaralli 2005, p. 53。

拉这番话甚至被认为暗示着她"并未掌握修辞技艺"。① 不过,实际上她正是以高超的能力运用着相关技巧,仅仅假装胆怯。她知道,需要承认表面上的各种冲突,坦言在她看来要辩护的动因罪大恶极。不过与此同时,她采纳了《罗马修辞手册》的建议,通过运用首语重复的修辞尽可能地表明自己绝非在纵容弟弟的罪行。她不仅向安哲鲁保证自己渴望正义之剑降临,甚至比《罗马修辞手册》所建议的更进一步,痛斥自己为不应支持的动因进行辩护。

正如前文所指出的,西塞罗还提出了第二条可以采用的辩护路线,如果"动因的罪恶构成犯罪"。② "应当谈论的或是罪犯本身,或是罪犯所犯之罪",根据具体情况看哪种方式更有可能"将听众的精神从其厌恶的东西上转移到他们支持的东西上"。③ 伊莎贝拉恰是如此继续说:

> 我有一个兄弟已经判处死刑,
> 我要请大人严究他所犯的过失,
> 宽恕犯了过失的人。
>
> TLN 717—719, p. 902(2.2.35—37)

评论家通常都将此处伊莎贝拉的请求当作简单的恳请宽恕,④不过从修辞学的角度看,她的请求要精准和复杂得多。她一字不落地遵

---

① Kliman 1982, p. 137.
② Cicero 1949a, I. XVII. 24, p. 48:'Si causae turpitudo contrahit offensionem'.
③ Cicero 1949a, I. XVII. 24, p. 48:'interponi oportet ... aut pro re hominem aut pro homine rem, ut ab eo quod odit ad id quod diligit auditoris animus traducatur'. 比较 *Rhetorica ad Herennium* 1954, I. VI. 9, p. 16。在 Quintilian 2001, 4.1.44, vol. 2, p. 200 中也暗示了这种观点。
④ 例如,见 Crider 2009, pp. 129—130。

四 迂回诡秘型引言

照着西塞罗的建议,请求安哲鲁关注罪行本身而非她弟弟,暗示即使罪行需要被惩罚,但她弟弟或许可以被宽恕。

现在,在伊莎贝拉谈话时在场的人物普罗沃斯特敦促她利用自己的优势:"上天赐予你动人的辞令吧。"① 然而,安哲鲁却丝毫不为所动,愤愤不平地说:

> 严究他所犯的过失,而宽恕了犯过失的人吗?
> 所有的过失在未犯以前,都已定下应处的惩罚,
> 我要是不把犯过失的人
> 治以应得之罪,
> 我的职守岂不等于是一句空话吗?
>
> TLN 720—724, p.902(2.2.38—42)

听完这番驳斥后,伊莎贝拉立刻决定放弃。"唉,法律是公正的,可是太残酷了,"她说,"那么我已经失去了一个兄弟。上天保佑您吧。"② 语毕,她便准备离场。

伊莎贝拉或许已经准备放弃,但陪伴她交谈的路西奥,这位克劳狄奥的友人,竭力提醒她依然有进行贬抑型辩护的希望。用昆体良的话说,她依然可以试图向法官表达充满感情的请求,"他的精神需要被祈祷和恳求、被希望与恐惧的情感点燃"。③ 这就是路西奥现在用几乎明确带有情欲暗示的话语力荐的策略:

---

① *Measure for Measure*, TLN 719, p.902(2.2.37).
② *Measure for Measure*, TLN 724—725, p.902(2.2.42—43).
③ Quintilian 2001, 4.1.33, vol.2, p.104: 'cuius animus spe metu admonitione precibus ... agitandus est'.

> 别这么就算罢了;再上前去求他,
> 跪下来,拉住他的衣角;
> 你太冷淡了。
>
> TLN 726—728, p.902(2.2.44—46)

尽管卢西奥的言外之意不言而喻,伊莎贝拉依然立刻采纳了他的建议。① 她开始动情地向安哲鲁请求宽恕,还遵循托马斯·威尔逊的明确建议,应当恳请法官"不要直接做出裁决,而是用仁慈取代严格执法":②

> 伊莎贝拉　他非死不可吗?
> 安哲鲁　　姑娘,毫无挽回余地了。
> 伊莎贝拉　不,我想您会宽恕他的,
> 　　　　　要是您肯开恩的话,一定会得到上天和众人的赞许。
> 安哲鲁　　我不会宽恕他。
> 伊莎贝拉　可是只要您愿意,您就可以宽恕他的。
> 安哲鲁　　听着,我所不愿意做的事,我就不能做。
> 伊莎贝拉　可是您要是能够对他发生怜悯,就像我这样为他悲伤一样,
> 　　　　　那么也许您会心怀不忍而宽恕了他吧?
> 　　　　　您要是宽恕了他,对于这世界是毫无损害的。

---

① Hillman 1993, pp.100—101 讨论了卢西奥如何给这段话披上了情欲意味。
② Wilson 1553, Sig. Q,3ʳ⁻ᵛ.

四 迂回诡秘型引言

安哲鲁　　他已经定了罪,太迟了。

TLN 731—740, p. 902(2.2.49—56)

伊莎贝拉知道要反复恳求宽仁,但安哲鲁依然不为所动,对话末尾,卢西奥感到有必要再次抗议"你太冷淡了"。①

伊莎贝拉很难继续下去。她已经试过修辞学家提出的全部建议,用精心组织的诗句加以强化,与之前场景中的对白形成了鲜明对比。她也毫无希望展开克劳狄奥立场上的案情陈述,因为所有人一致认为,罪行确凿无疑。修辞学家认为,她只剩下一条出路。昆体良的建议是,她必须继续向法官提出贬抑型辩护,不过这一次要更加详尽,情绪要更加饱满。她必须竭尽所能地去打动和点燃他的精神,寄希望于最终能促使他手下留情,而非严格执行法律。

在这场戏接下来的时间里,伊莎贝拉正是如此表现的,她发表了四段演说,集中描绘了宽仁的品质,这在她对骄傲男性的抨击中达到顶峰,这种人虽有一些权势,却毫无同情心,连天使都为他流泪。② 其中有一场戏,这种精彩绝伦的贬抑型辩护及其引言绝对算得上是成功的修辞示例。伊莎贝拉终于如愿赢得了安哲鲁的注意力和回应,他向她保证次日再见,同时将再次斟酌这个案子。不过在另一场戏中,伊莎贝拉的雄辩似乎过犹不及。她最终招来的不仅是安哲鲁的好感,还有他即刻陷入的迷恋,在两人接下来的会面中,安哲鲁提议如果她愿意委身于他,就饶克劳狄奥一命。莎士比亚所构造出的呼应情节再次使我们惊叹不已。这场戏始于伊莎贝拉为罪恶动因辩护,终于安哲鲁

---

① *Measure for Measure*, TLN 741, p. 902(2.2.57)。
② 认为伊莎贝拉的贬抑型辩护包括八个步骤的分析见 Joseph 1947, pp. 232—233。对其神学导向的分析见 Gless 1979, pp. 106—114。

在独白中追问自己:"你因为爱慕她而必须玷污她的纯洁吗?"①

最后要讨论的是本文所提到的剧目中出现的另一个时刻,其中某个人物提出他所谓诉讼,但又毫不避讳自己并没有司法案情需要陈述,只会发表贬抑型辩护。② 这个时刻出自《终成眷属》,在国王向海伦发表最终裁决,戏剧即将结束时。国王上前,发表了一段收场诗,现在的他表示,自己已经出离了角色:③

> 袍笏登场本是虚,
> 王侯卿相总堪嗤,
> 但能博得观众喜,
> 便是功成圆满时。

> TLN 2855—2860, p.998(收场诗,1—6)

随着戏剧收尾,国王沦为多重含义上的乞丐。他不再是富有的君王,而是个贫穷的演员,还得向剧迷们求得某些东西。他代表剧团表示,自己并不支持这场争端,而是保证剧团将每天都努力获得观众的支持。④ 同时,他直接恳请观众发慈悲,乞求他们通过转换角色来表达自己的满意之情。观众扮演起男男女女,欢欣雀跃地用掌声表达赞赏,剧团则将耐心倾听。

---

① *Measure for Measure*, TLN 862, p.904(2.2.178).
② 不过,如果考虑到《哈姆莱特》的戏中戏,那么就还有另一个例子,在一开始的序言中便提出贬抑型辩护:"这悲剧要是演不好,要请各位原谅指教,小的在这厢有礼了。"见 *Hamlet*, TLN 1870—1872, p.756(3.2.130—132)。
③ 对这种收场白的功能的讨论见 Munro 2005, p.164。
④ 莎士比亚在这里回应的是《第十二夜》最后一幕中的合唱:"咱们的戏文早完篇,愿诸君欢喜笑融融!"见 *Twelfe Night*, TLN 2502—2503, p.805.(5.1.384—385)。

四　迂回诡秘型引言

＊＊＊＊＊

在莎士比亚全部的法庭剧中,对作为核心范畴的"罪恶"和"正直"表现得最淋漓尽致的是《奥瑟罗》。伊阿古反复向奥瑟罗自夸是个"直率和正直"的人,受"诚实与爱"驱动。① 奥瑟罗则对所有人赞扬伊阿古的诚实:对威尼斯公爵说他是个"诚实守信"之人,对凯西奥说他"最诚实",对苔丝狄蒙娜说"诚实的伊阿古"。② 不过正如伊阿古对罗德利哥所坦白的,他表面上的所作所为与内心的形象截然不同。③ 实际上他参与了连自己都认为是黑暗罪恶的阴谋。④ 他准备向奥瑟罗提出的陈述是苔丝狄蒙娜与凯西奥有私情,随后将给奥瑟罗提供他这番揣测的所谓的证据,用他自己的话说,借此编织一个网,将他们一网打尽。⑤ 首先他对准苔丝狄蒙娜,告诉奥瑟罗他看出她行为"失德,心思污秽"。⑥ 然后他说服奥瑟罗相信,苔丝狄蒙娜确实犯下过错,用西塞罗的话说,动摇其立场,使其接受他的观点:

奥瑟罗　我要把她剁成一堆肉酱。叫我当一个王八!
伊阿古　啊,她太不顾羞耻啦!

---

① *Othello*, TLN 1830,1864, pp. 948, 949(3.3.379, 413).
② *Othello*, TLN 570, 1011, 2976, pp. 935, 939, 962(1.3.280; 2.3.6; 5.2.73). 对伊阿古的"正直"(在剧中重复了十五次)的讨论见 Keller 2009, p. 170。Empson 1979, pp. 218—249 分析了剧中"正直"这个词的用法,不过并未提到正直/罪恶这对修辞同位语。
③ *Othello*, TLN 61—62, p. 929(1.1.62—63).
④ *Othello*, TLN 1351, p. 943(2.3.318).
⑤ *Othello*, TLN 1361—1362, pp. 943(2.3.328—329).
⑥ *Othello*, TLN 1686, p. 947(3.3.235).

奥瑟罗　跟我的部将通奸！
伊阿古　那尤其可恶。

TLN 2323—2326, p.954(4.1.188—191)

奥瑟罗最后接受了伊阿古的诽谤,哪怕是在伊阿古的妻子艾米莉亚向奥瑟罗展示了他受到欺骗的证据时,仍咒骂"她干了无耻的事"。①

为了实现自己的阴谋,伊阿古需要采用他所能想到的最拐弯抹角又老谋深算的引言来开始演说。他之所以需要这种迂回诡秘型引言的一个原因是,他的动因本质上极其恶劣,他知道自己的说辞建立在残酷和虚假的基础上。他差点向奥瑟罗坦白了自己的罪恶:"吐露我的思想？也许它们是邪恶而卑劣的,哪一座庄严的宫殿里,不会有时被下贱的东西闯入呢？"②当然,更深层次的原因是,伊阿古正确地预料到,只要他向奥瑟罗提供关于苔丝狄蒙娜不忠指控的证据,就将面对一位充满敌意的法官。他在独白中坦言,奥瑟罗对苔丝狄蒙娜如此着迷,起码在一开始会极不情愿接受对她的任何指控。③ 因此,伊阿古的第一个任务就是要找到一种提出指控的方式,抵消掉他一开始可能会激起的愤怒和反抗,逐渐取得奥瑟罗的注意、回应和好感,随后再展开他完全捏造的陈述。④

莎士比亚对伊阿古开始实施阴谋的那场戏的处理方式与他的主要参考材料有着明显差异。故事大纲参照的是吉拉尔第·辛提欧创

---

① *Othello*, TLN 3104, p.964(5.2.199).
② *Othello*, TLN 1589—1591, p.946(3.3.137—139).
③ *Othello*, TLN 1345—1346, p.943(2.3.312—313).
④ 对接下来情节的不同分析见 Plett 2004, pp.464—470。

四 迂回诡秘型引言

作的《百则故事》(*Gli Hecatommithi*)中第三个十年的第七个寓言,这本书于1565年首次在威尼斯出版,1584年由加布里埃尔·查普伊翻译成法语。① 辛提欧故事中的坏人是受雇于威尼斯共和国的摩尔人将领麾下的少尉。② 少尉试图勾引将领的夫人苔丝狄蒙娜,但她对摩尔人忠贞不贰,毫不在意"少尉或者其他任何人"。③ 他决意报复,指控她与摩尔人的下士有染,"她与摩尔人十分亲近"。④ 当下士因为行为不端被夺去军衔时,苔丝狄蒙娜请求丈夫让他官复原职。辛提欧告诉我们,少尉"从这里发现了实施欺骗阴谋的机会"。他借摩尔人之口表示,或许苔丝狄蒙娜"对他如此青眼有加是有原因的"。当摩尔人追问为何如此时,少尉回答,"如果你擦亮眼睛,自己就能发现"。⑤

与这段简单直接的对话不同,莎士比亚严格遵照古典修辞学家关于如何展开迂回诡秘型引言的建议,让伊阿古在提出苔丝狄蒙娜与凯西奥可能存在奸情的指控时,采取一种更加迂回婉转的方式。伊阿古运用奥瑟罗曾经在回应勃拉班修时大获成功的技巧开始演说,这是何其讽刺。奥瑟罗曾经采纳的建议是,在组织迂回诡秘型引言时,使用疑问句修辞,表达疑虑并制造一种怀疑氛围,将会大有助益。⑥ 伊阿古在第三幕关键场景开始时,一出场便以这种方式进行演说,编造出迷惑与怀疑。

---

① Bullough 1957—1975, vol. 7, p. 194.
② 对吉拉尔第版本中的摩尔人角色的分析,见 Attar 2011。
③ Bullough 1957—1975, vol. 7, p. 244. 我对辛提欧故事翻译版本(根据1566年的意大利语版)的引用来自 Bullough 1957—1975, vol. 7, pp. 239—252。
④ Bullough 1957—1975, vol. 7, p. 243.
⑤ Bullough 1957—1975, vol. 7, p. 244.
⑥ *Rhetorica ad Herennium* 1954, I. VI. 10, p. 18. 参见 Cicero 1949a, I. XVII. 25, pp. 48—50。

伊阿古出场时，凯西奥已经请求苔丝狄蒙娜为他向奥瑟罗说情。看到奥瑟罗与伊阿古在一起，凯西奥心神不宁，毕竟他不久之前才被解除职务，于是迅速离开。此时，伊阿古立刻找准机会：

  伊阿古 嘿！我不欢喜那种样子。
  奥瑟罗 你说什么？
  伊阿古 没有什么，主帅，要是——我不知道。①
       TLN 1481—1483, p. 944(3.3.35—36)

凭借这句"要是——"和留在嘴边的话，伊阿古用"顿绝法"来表达那种被推荐的欲言又止的怀疑的语气。② 杜德利·芬纳指出："顿绝法就是当已经开始的语句被停顿下来，使得语句中某些内容未被说出，却被想到的修辞手法。"③乔治·普滕汉姆解释说，这种技巧的力量来自制造出这种印象，"话说一半戛然而止"是因为"羞于或恐于启齿"。④ 亨利·皮查姆还补充说，甚至可能凭此留下"虚假揣测的毒液"。⑤

伊阿古成功地在奥瑟罗心中种下他捏造的怀疑，许多评论家甚至将他的这句"要是"视作整部戏的支点。⑥ 随着谈话继续，毒液也开始

---

① 另一种解读见 Altman 2010, pp. 217—218。
② 古典修辞学家对顿绝法的讨论，见 *Rhetorica ad Herennium* 1954, IV. XXX. 41, p. 330（将其称为 praecisio）和 Quintilian 2001, 9.2.54—55, vol. 4, pp. 64—66。
③ Fenner 1584, Sig. D, 4^v.
④ [Puttenham] 1589, p. 139.
⑤ Peacham 1593, p. 118. 对顿绝法的理解也见 Peacham 1577, Sig. N, 1^v; Fraunce 1588a, Sig. F, 6^v; Day 1592, p. 81。
⑥ 例如，见 Doran 1976, pp. 63—64, 79—81; Melchiori 1981, p. 64; Serpieri 2002, pp. 143—144。

四 迂回诡秘型引言

起效:

> 奥瑟罗　那从我妻子身边走开的,不是凯西奥吗?
> 伊阿古　凯西奥,主帅?不,我想他一定不会看见您来了,就好像做了什么亏心事似的偷偷溜走的。
>
> TLN 1484—1487, p. 944(3.3.37—40)

作为对奥瑟罗疑心的回应,伊阿古试图运用假省来强化它,这种技巧(用亨利·皮查姆的话说)指的是演说者"假装自己对某些问题闭口不谈,但实际上谈得最多的还是它"。[1] 伊阿古表面上宽慰奥瑟罗,实际上却试图暗示,凯西奥其实是不是因为尴尬,而是干了亏心事仓皇遁去。

这时候,伊阿古被苔丝狄蒙娜打断,她向奥瑟罗求情,请他把凯西奥喊回来好言安慰。奥瑟罗要她离开,伊阿古再次抓住了奥瑟罗的注意,继续发表引言。[2] 现在,他采用了《罗马修辞手册》作者推荐的适用于需要迂回诡秘展开演说的场合的技巧。"演说者应当否认,"他建议,"将会发表不利于对方的任何言论,利用词语的插入暗中实现这一目标。"[3] 伊阿古根据这条建议继续说:

> 伊阿古　当您向夫人求婚的时候,迈克尔·凯西奥也知道你们的恋爱吗?

---

[1] Peacham 1593, p. 130.
[2] 对这段话中雄辩术技巧的分析见 Plett 2004, p. 459。
[3] *Rhetorica ad Herennium* 1954, I. VI. 9, p. 18: 'negabimus nos de adversariis aut de aliqua re dicturos, et tamen occulte dicemus interiectione verborum'.

> 奥瑟罗　他从头到尾都知道。你为什么问起?
> 伊阿古　不过是为了解我心头的一个疑惑,
> 　　　　并没有其他的用意。
>
> TLN 1544—1548, p.945(3.3.93—97)

伊阿古强调自己并无恶意,不过对凯西奥和苔丝狄蒙娜两人关系的提及表明,他在进一步运用假省修辞来暗示,事情或许没那么简单。

奥瑟罗的注意力立刻就被吸引了:"你有什么疑惑,伊阿古?"[1]在回答中,伊阿古加入了一连串鬼鬼祟祟的插入语,正如《罗马修辞手册》所建议的那样:

> 伊阿古　我以为他本来跟夫人是不相识的。
> 奥瑟罗　啊,不,他常常在我们两人之间传递消息。
> 伊阿古　当真?
> 奥瑟罗　当真!嗯,当真。你觉得有什么不对吗?
> 　　　　他这人不老实吗?
> 伊阿古　老实,我的主帅?
> 奥瑟罗　老实!嗯,老实。
> 伊阿古　主帅,按我所知道的——
> 奥瑟罗　你有什么意见?
> 伊阿古　意见,我的主帅!
>
> TLN 1549—1557, p.945(3.3.98—106)

---

[1] *Othello*, TLN 1548, p.945(3.3.97).

四 迂回诡秘型引言

　　为了强化这些插入语,伊阿古又运用了模仿修辞,理查德·谢瑞将其定义为一种逐字逐句重复他人话语的模仿类型。① 亨利·皮查姆也将其定义为"如其所是地模仿事物",②指出运用这种技巧"最能吸引注意"。③ 伊阿古的模仿无疑抓住了奥瑟罗的注意,同时还实现了成功引言的第二项任务,使听众对某人的动因产生回应。回应伊阿古最后一句插入语("意见,我的主帅!"),奥瑟罗怒吼:

　　　意见,我的主帅! 天哪,他在学我的舌,
　　　好像在他的思想之中,
　　　藏着什么丑恶不可见人的怪物似的。你的话里含着意思。
　　　刚才凯西奥离开我的妻子的时候,我听见你说
　　　你不欢喜那种样子;你不欢喜什么样子呢?
　　　　　　　　　TLN 1558—1562, p. 945 (3.3.107—111)　　140

　　这里,伊阿古所期望的愤怒与拒斥如期而至,但与此同时,奥瑟罗出人意料地欣然接受了他的这番质疑。
　　同所有引言一样,伊阿古的首要目标就是赢得足够的好感,以便进入对指控的陈述和提证。接下来,奥瑟罗明确表示伊阿古已经成功:

　　　因为我知道你是一个忠爱正直的人,

---

① Sherry 1550, Sig. E, 3ʳ.
② Peacham 1577, Sig. O, 4ʳ.
③ 见 Peacham 1593, pp. 138—139,以及参见 Plett 2004, p. 460。对这段话中修辞的讨论见 Keller 2009, pp. 168—169。

> 从来不让一句没有忖度过的话轻易出口，
> 所以你这种吞吞吐吐的口气格外使我惊疑。
> 在一个奸诈的小人，
> 这些不过是一套玩惯了的戏法；
> 可是在一个正人君子，
> 那就是从心底里不知不觉自然流露出来的秘密的抗议。
>
> TLN 1571—1577, p. 945(3.3.119—125)

奥瑟罗表示，是伊阿古的顿绝修辞抓住了他的注意。安吉尔·戴将这种修辞定义为"突然中断演说"，同时暗示尚有许多内情未被说出。[1] 奥瑟罗回忆，也正是伊阿古的多次停顿使他担忧。他知道这不过是个修辞技巧，但继续相信伊阿古的真心实意，因此也相信，他的迟疑必然直接源自内心。更具体地说，奥瑟罗感受到了"吞吞吐吐"，这既是伊阿古内心的忖度，同时也是一种似是而非的修辞。根据托马斯·威尔逊的定义，修辞意义上的"膨胀"是一种描述"问题被放大"如何实现的方式。[2] 理查德·雷纳德也认为，当一位修辞者"以最充沛宏大的方式"演说时，就可以说他"用了膨胀法"。[3] 不过，伊阿古制造的是一种矛盾的"收缩膨胀"，通过结束演说来放大主张。[4] 其效果则是使奥瑟罗进入焦虑和怀疑不断加深的状态，却又对伊阿古和他明

---

[1] Day 1592, p. 81.
[2] Wilson 1553, Sig. Z, 2^v.
[3] Rainolde 1563, fo. 1^v.
[4] 相反的诠释见 Parker 1987, pp. 8—26, 82—85 论收缩和膨胀（以及因此肥胖的女士）。也见 Parker 1996, pp. 232, 235 认为这种膨胀"意味着某种关闭或隐藏的事物的部分敞开与部分闪现"，因此也是"对隐秘的女性领域的发现"。她认为(p. 235)这是"修辞学和情欲开场白之间的轻巧运动"的示例。

四　迂回诡秘型引言

显的宽广心胸抱有好感。凭着这种鼓励,伊阿古万事俱备,随着剧情的发展,他开始直陈主张,表示自己可以向奥瑟罗提供对凯西奥的罪行与苔丝狄蒙娜的不忠的证据。141

五

失败的引言

挑战规则

　　威尼斯公爵在《威尼斯商人》第四幕出场是为了裁决夏洛克对商人安东尼奥提起的诉讼。安东尼奥向夏洛克借债,若无法偿还则需要以身上的一磅肉作为补偿。安东尼奥在航运中的损失使他无力还债,夏洛克如今要求得到补偿。夏洛克来到法庭,公爵指出,他所主张的是一项怪异动因,也就是"奇怪"的诉讼。本书第三章曾提到,昆体良认为,要将动因划入怪异的范畴,就意味着"它与人们的通常看法不符合"。① 夏洛克的诉讼符合该界定,这一点被立刻向他挑明。公爵表示,他的官司之所以怪异,是因为他不怀好意,要求严格执行法律,然而在这种情况下,人们通常的看法,实际上也是整个世界的通行观点乃是,他应当并表示怜悯

---

① Quintilian 2001,4. 1. 41, vol. 2, p. 198; 'praeter opinionem hominum constitutum'.

五 失败的引言

和懊悔：

> 夏洛克,人家都以为
> 你不过故意装出这一副凶恶的姿态,
> 到了最后关头,
> 就会显示出你的仁慈恻隐来,
> 比你现在这种表面上的残酷更加出人意料。
>
> TLN 1825—1829, p.500(4.1.17—21)

夏洛克的主张之所以怪异,是因为尽管他的要求合法正当,他的做法却极度残忍。

在这幕剧情的后续发展中,公爵要求年轻的鲍尔萨泽博士(鲍西娅假扮)来裁决这场官司,她的发言采用同样的修辞术语开头：

> 你这场官司打得倒也奇怪,
> 可是按照威尼斯的法律,
> 你的控诉是可以成立的。
>
> TLN 1983—1985, p.501(4.1.173—175)

虽然拒绝承认夏洛克的动因是正当的,但鲍西娅也竭力避免表示它可以被视作罪恶而驳回,因为这无论如何都是符合法律的。她正确地指出,这既非罪恶也非正直；毋宁说它是怪异的,"其实质奇怪"。公爵在自己开场演说的结尾时也使用了类似的表述,指出夏洛克的要求与通常观点极为不同,应当不予接纳。安东尼奥的损失应该被同情,哪怕"铁石一样的心肠,从来不知道人类同情的野蛮人,也不能不对他的境遇发生怜悯"。①

西塞罗曾经提醒大家,如果执意要提出怪异动因,便会发现"听众的心灵将对你的诉讼冷漠无感"。② 也就是说,你会发现自己将被当成异类(alienus)。托马斯·库珀在《词典》中解释,用这种术语来描述某人,就是在表示他们"是另一种人","非我族类";他们是外邦人或并非人类。③ 这正是这幕戏开始时公爵对夏洛克的反应,对安东尼奥说他不过是个自然造物,"不懂得怜悯,没有一丝慈悲心的不近人情的恶汉"。④ 当巴萨尼奥试图与夏洛克理论时,安东尼奥重复了公爵的观点,表示夏洛克无非是个野蛮残暴的生物:

> 请你想一想,你现在跟这个犹太人讲理,
> 就像站在海滩上,
> 叫那大海的怒涛减低它的奔腾的威力,
> 责问豺狼
> 为什么害母羊为了失去她的羔羊而哀啼。
>
> TLN 1878—1882, p.500(4.1.70—74)

安东尼奥发现,显然可以与夏洛克争论一个待裁决的问题。不过他坚信,与这样一个还比不上残暴动物的人争论这种问题,简直是无稽之谈。葛莱西安诺后来又重复了夏洛克的这种形象,他是野兽和异类,对人类有着致命敌意:

---

① *The Merchant of Venice*, TLN 1840—1841, p.500(4.1.32—33).
② Cicero 1949a, I. XV. 20, p.40: 'alienatus animus eorum qui audituri sunt'.
③ Cooper 1565, Sig. G, 1^v.
④ *The Merchant of Venice*, TLN 1812—1813, p.499(4.1.4—5).

五 失败的引言

你的前生一定是一头豺狼,
因为吃了人给人捉住吊死,
它那凶恶的灵魂就从绞架上逃了出来,
钻进你那老娘的肮脏的胎里,
因为你的性情正像豺狼一样残暴贪婪。

TLN 1941—1946, p.501(4.1.133—138)

夏洛克要求自己的怪异动因被听取的直接惩罚就是,所有人都认为他是,用库珀的话说,"非我族类"。①

正如西塞罗的警告和这些反应所揭示的,提出怪异动因并赢得法庭的好感对任何人来说都十分困难。不过,西塞罗拒绝承认这是不可能实现的,他为处在这种困境中的原告提供了数条建议。他最基本的看法是,"若动因怪异,运用迂回诡秘的修辞就至关重要"。②昆体良也认为,即使动因本质上并不罪恶,"当问题争端被一致认为十分罕见时",迂回诡秘便至关重要。③《罗马修辞手册》的作者补充,更具体地说,演说者必须确保避免任何引言都可能出现的第一种失误,也就是并未以足够圆滑的(lenis)方式演说。④ 查阅库珀的《词典》会发现,lenis这个词被解释为"充满张力宽容……柔和"。⑤ 公爵在演说结尾似乎专门提到这条建议,提醒夏洛克他需要干什么:"犹太人,我们都

---

① Cooper 1565, Sig. G, 1ᵛ. Leimberg 2011, p.162 认为安东尼奥和夏洛克"被共同的人性锁在一起",不过这正是巴萨尼奥和安东尼奥所否认的。
② Cicero 1949a, I. XVII. 23, p.46: 'Insinuatione igitur utendum est cum admirabile genus causae est'.
③ Quintilian 2001, 4.1.42, vol.2, p.200: 'quia res ... hominibus parum probetur'.
④ *Rhetorica ad Herennium* 1954, I. VII. 11, p.20.
⑤ Cooper 1565, Sig. 4A, 1ᵛ.

183

在等候你一句温和的回答。"①

在当时的观众中,许多人必定熟知各项修辞惯例,知道应当期待夏洛克进行何种回应。如果动因被一致认可是正直的,就可以使用直接型引言,呼吁听众加以注意,谈论你的品格与职责,表明你的官司对国家意义重大。但在其他情况下,必须采用迂回诡秘型引言,在试图表明尽管表面看上去如此,但动因值得被辩护之前,都以让步和自谦的方式发言。因此,夏洛克引言的开头对当时观众的冲击,要远大于现代观众所感受到的:②

> 我的意思已经向殿下禀告过了。
> 我也已经指着我们的圣安息日起誓,
> 一定要照约行罚;
> 要是殿下不准许我的请求,
> 那就是蔑视宪章,
> 您要是问我为什么不愿意接受三千块钱,
> 宁愿拿一块腐烂的臭肉,
> 那我没有什么理由可以回答您,
> 我只能说我欢喜这样。这是不是一个回答?
> 　　　　　　　　TLN 1843—1851, p.500(4.1.35—43)

夏洛克言语间蔑视一切规则。他不仅拒绝表达出一丝一毫的愧疚甚至是让步的语气,还准备发表直接型引言,呼吁听众集中注意力,

---

① *The Merchant of Venice*, TLN 1842, p.500(4.1.34).
② Holmer 1995, pp.186—193 分析了夏洛克与公爵的公开争论,不过并未涉及夏洛克对修辞学规则的态度。

五 失败的引言

谈论自己的品质和职责,表明他的动因对国家来说意义重大。他似乎执意要背离修辞学家的建议。

西塞罗还针对司法演说开始时应当采取的最适宜的语气提供了进一步的建议。"你的开场",他指出,"应当尽可能简明扼要直击要害",并且应当采用庄严的语气。① "引言中最需要的,"昆体良也认为,"就是展现出简明扼要的风格,同时在声音与姿态以及文学风格上保持谦逊和克制。"②夏洛克对这些规则更是不屑一顾。他在引言余下的内容中,只解释了自己为何不愿接受三千块钱的赔偿,而坚持要兑现承诺的缘由。莎士比亚这部分的创作借鉴的材料是亚历山大·西尔维在《演说家》(*The Orator*)中的故事(那撒路·皮奥特于1596年翻译出版),③"一位要基督徒拿一磅肉还债的犹太人",西尔维早已指出这个动因是"怪异"的。④ 尽管动因十分怪异,西尔维依旧详细罗列了犹太人为何宁要人肉不要钱的可能原因,例如如果无法兑现债务,他自己的信用就会受损。⑤ 不过,夏洛克的表述较之全然不同。他表示,自己的决定没有什么特殊理由,他也没有义务要提供什么理由。他用一系列对比直接阐述自己的立场:

> 有的人不爱看张开嘴的猪,

---

① Cicero 1949a, I. XVIII. 25, p. 50: 'Exordium sententiarum et gravitatis plurimum debet habere et omnino quae pertinent ad dignitatem in se continere'.

② Quintilian 2001, 4. 1. 55, vol. 2, p. 206: 'Frequentissime vero prohoemium decebit et sententiarum et compositionis et vocis et vultus modestia'.

③ 见 Silvayn 1596, Sig. A, 3ʳ⁻ᵛ 中的诗文,那撒路·皮奥特进行了标记。该情节的来源见 Melchiori 1994, pp. 332—335。Rhodes 2004, p. 102 指出的,亚历山大·西尔维是亚历山大·凡·登·布歇(Alexander van den Busche)的笔名,那撒路·皮奥特(喜鹊)则是安东尼·慕戴(Anthony Munday)的笔名。

④ Silvayn 1596, pp. 400, 401.

⑤ Silvayn 1596, p. 402.

> 有的人瞧见一头猫就要发脾气,
> 还有人听见人家吹风笛的声音,
> 就忍不住要小便。
>
> TLN 1855—1858, p. 500(4.1.47—50)

这些事为何必须如此,并没有确切的理由,同样地,夏洛克也并未成功地给出自己希望债务条款被执行的理由。

从法律角度来说,夏洛克的立场是有效的,问题出在他发言时的嘲讽态度。西塞罗要求演说时要简明扼要,尽可能地语气庄严,昆体良则警告演说者避免无礼和不合时宜。① 夏洛克谈到了猪、猫、风笛,甚至还有无法抑制的小便冲动。他运用的是明夸暗损的讽刺修辞,(用乔治·普滕汉姆的话说)当某人决定要"通过破坏他所处理动因的尊严、分量、活力或伟大来消除或破坏他看似提出的问题"时,这种技巧就应运而生了。② 夏洛克对争议"问题"的处理方式反映出他在法庭上贬损动因之尊严的明确渴望。仿佛他要求自己做的正是对修辞规则进行嘲讽,列举所能想到的最无礼、最缺乏重要性和警示意义的例子。

对惯例一番奚落之后,夏洛克要面对的就是一个对他的动因不再抱有丝毫好感的法庭。公爵在宽宏仁慈的开场中曾经表示,如果夏洛克撤回诉讼,他很乐意息事宁人。公爵说,他希望夏洛克"受到良心上

---

① Cicero 1949a, I. XVIII. 25, p. 50; Quintilian 2001, 11.1.30, vol. 5, p. 24. 也见 Quintilian 2001,4.1.55, vol. 2, p. 206。

② [Puttenham] 1589, p. 216. 更早的对明夸暗损的讨论见 Quintilian 2001, 8.3.48, vol. 3, p. 366; Sherry 1550, Sig. C, 1^v; Peacham 1577, Sig. G, 2^r。

五 失败的引言

的感动"。① 然而,当夏洛克继续表示"要照约行罚"时,②公爵就只好与他在言辞间针锋相对了:

> 公爵　你这样一点没有慈悲之心,将来怎么能够希望人家对你慈悲呢?
> 夏洛克　我又不干错事,怕什么刑罚?③
> 　　　　　　　　TLN 1896—1897, p.500(4.1.88—89)

听完夏洛克的引言后,公爵的敌意达到顶点,提醒夏洛克自己有权解散法庭驳回诉讼,并以此结束了这场戏。④

不过,若就此判定夏洛克的引言失败了,也就意味着他也曾尝试过赢得听众的好感。然而他从未这样做过。他坦言,决不会这样做的一个理由是,他认为自己的诉求属于司法争议中的绝对类型,他向法庭提出的要求完全符合法律和正义,因此根本不需要曲意逢迎。他提醒公爵,他所要求的仅仅是在法律意义上已经属于他的财产:

> 我向他要求的这一磅肉,是我出了很大代价买来的。
> 它是我的所有,我一定能够要把它拿到手。
> 您要是拒绝了我,那么你们的法律根本就是骗人的东西!
> 　　　　　　　　TLN 1907—1909, p.500(4.1.99—101)

---

① *The Merchant of Venice*, TLN 1833, p.500(4.1.25).
② *The Merchant of Venice*, TLN 1895, p.500(4.1.87).
③ 正如 Elam 1984, p.203 所指出的,公爵认为由他来提问理所当然,不过夏洛克则要求公爵给出回答。
④ *The Merchant of Venice*, TLN 1912, p.500(4.1.104).

他还强调,在提出诉求时自己绝对没有违背威尼斯的正义法则。他所要求的仅仅是别人欠他的,他要求它是"毫无过错"的。

然而,夏洛克的反叛似乎还有更深层的原因。从他对安东尼奥借债请求的回应我们便知道,他对奉承逢迎十分鄙视:

> 或者我应不应该弯下身子,像一个奴才一样
> 低声下气、恭恭敬敬地说:
> 好先生,您上星期三将唾沫吐在我身上,
> 有一天您用脚踢我;还有一天您骂了我的狗;
> 为了报答您的这许多恩典,所以我应该借给您这么些钱吗?
> TLN 439—444, p.485(1.3.115—121)

在夏洛克看来,为了求取他人的好感而曲意逢迎完全是无稽之举。他明确告诉巴萨尼奥,自己只是在行使自己的权利,"我的回答本来不是为要讨你的欢喜"。① 更重要的是,夏洛克表明自己对修辞礼节不屑的方式不仅是忽视它们,而且还调侃和挑战了这些规则。在莎士比亚创作的发表司法动因引言的人物中,夏洛克独树一帜,不仅拒绝配合游戏,还嘲笑游戏规则。

规则运用不当

在《哈姆莱特》第二幕中,波洛涅斯在与国王和王后的谈话中明确表示,他为自己受过优良的修辞术教育而骄傲。遗憾的是,他早已忘

---

① *The Merchant of Venice*, TLN 1873, p.500(4.1.65).

五 失败的引言

记了学习的内容,甚至还制造了连续的两场修辞灾难。在第二幕开头,他首先作为司法动因的辩护者上场,向克劳狄斯和葛特露汇报自己对哈姆莱特精神错乱原因的调查结果。第一幕中已经介绍了这番调查的背景,哈姆莱特在见过鬼魂后告诉霍拉旭和马赛鲁斯,他准备采取装疯卖傻的策略。莎士比亚当时的许多观众必定都知道,这是一种可以让对手放松警惕的策略,百试不爽。普鲁塔克曾记载,梭伦为了说服雅典人进攻墨伽拉,"假装自己丧失理智",①李维也告诉读者,朱尼厄斯·勃鲁托斯曾使用同样的办法让塔昆卸下防备。② 哈姆莱特告诉友人,在听完灵魂的故事后,他也决定"开始假装",还提醒他们自己的举动可能会让人觉得"诡异奇怪"。③

两个月后,哈姆莱特已经成功地让所有人都相信,他真的变得诡异奇怪。④ 克劳狄斯对此事十分重视,请罗森格兰兹和吉尔登斯吞到厄尔锡诺来,调查一下他的问题究竟出在哪。克劳狄斯在宫中欢迎两人,谈起了哈姆莱特与从前判若两人的状况:

> 你们大概已经听到
> 哈姆莱特的变化;
> 我把它成为变化,因为无论外表上还是精神上,

---

① Plutarch 1579, p. 90.
② Livy 1919, I. LVI. 8, p. 194;参见 Ovid 1996, III. 717, p. 108。
③ *Hamlet*, TLN 788,790, p. 746(1.5.170, 172).
④ 在第一幕开场时,哈姆莱特表示他的父亲过世不到两个月。见 *Hamlet*, TLN 294, p. 740(1.2.138)。奥菲利娅在戏中提醒哈姆莱特,他的父亲实际上已经去世四个月了。见 *Hamlet*, TLN 1850, p. 756(3.2.176)。不过这个情节仅仅发生在第二幕事件后的第二夜,见 *Hamlet*, TLN 1471, p. 752(2.2.493)。因此可以推断,在第一幕结尾和第二幕开始之间,起码过了两个月。将哈姆莱特的延迟反应与宫廷的腐败联系起来进行分析的研究,见 Fitzmaurice 2009。

他已经和从前大不相同。

TLN 932—935, p. 747(2.2.4—7)

葛特露说的也是"我那大大变了样的儿子",波洛涅斯更是直接说哈姆莱特疯了。①

哈姆莱特坚信自己完全掌控着装疯卖傻的局面,后来还向母亲保证"我实在是装疯,不是真疯"。② 然而,此前莎士比亚就曾告诉观众,他的演技并不娴熟。在遇见灵魂后观众就了解到,他已经追求奥菲利娅一段时间了,波洛涅斯本以为哈姆莱特对奥菲利娅的示爱不过是为了引诱并使她拒绝自己,因此在知道内情后大吃一惊。③ 现在两个月过去了,奥菲利娅承认,他刚刚又突然出现在她面前,吓了她一跳:

> 他的脸色像他的衬衫一样白,他的膝盖互相碰撞,
> 他的神气是那样凄惨,
> 好像他刚从地狱里逃出来,
> 要向人们讲述它的恐怖一样。④

波洛涅斯立刻诊断说这是为爱痴狂的症状,奥菲利娅也颇为同意:

波洛涅斯　他因为不能得到你的爱而发疯了吗?

---

① *Hamlet*, TLN 964,977, pp. 747—748(2.2.36,49).
② *Hamlet*, TLN 2385—2386, p. 762(3.4.188—189).
③ *Hamlet*, TLN 547, p. 743(1.3.134).
④ *Hamlet*, TLN 890—893, p. 747(2.1.79—82). Hutson 2007, p. 141 认为这段话是"生动形象的实现(enargeitic)叙述"。

五 失败的引言

奥菲利娅　父亲,我不知道,
　　　　　可是我想也许是的。①

　　　　　　　TLN 894—895, p. 747(2.1.83—84)

听完奥菲利娅的讲述后,波洛涅斯继续追问:

波洛涅斯　你最近对他说过什么使他难堪的话没有?
奥菲利娅　没有,父亲,
　　　　　可是我已经遵从您的命令,拒绝他的来信,
　　　　　并且不允许他来见我。

　　　　　　　TLN 916—919, p. 747(2.1.105—108)

　　奥菲利娅的回答证实了波洛涅斯的诊断。"这使他疯狂",他说,并提议觐见国王,禀告他哈姆莱特发疯的谜团已经解开。②

　　波洛涅斯准备汇报的推测简单直接,因此按照《罗马修辞手册》的看法,严格说来他除了"开门见山解释问题"以外也没什么要做的。③ 不过,他却无法拒绝这个用正式的引言给国王和王后留下好印象的机会。④ 我们知道,直接型引言的成功需要满足诸多先决条件。演说者必须从相关各方的品格谈起,让听众注意到自己所履行的职责,强调审判员的地位以及他们所享有的高度尊敬。⑤ 必须精心采用一种特殊

---

① 文艺复兴时期的为爱痴狂观念,见 Gowland 2006, pp. 65—70。
② *Hamlet*, TLN 919,926—927, p.747(2.1.108,115—116).
③ *Rhetorica ad Herennium* 1954, I. IV. 6, p. 12: 'breviter quibus de rebus simus dicturi exponere'.
④ 对波洛涅斯演说的不同看法,见 Baldwin 1944, vol. 2, pp. 374—377。
⑤ Cicero 1949a, I. XVI. 22, p. 44.

的方式来发言,开门见山地(protinus)引入主张,①干脆直接地(statim)阐明案情。② 发言还必须清楚易懂(perspicue),③用西塞罗的话说,尤其要注意避免引起"任何过度准备和造作设计的嫌疑"。④ 这正是勃鲁托斯在使用首语重复法修辞时未能遵守的建议,这种修辞指的是(杜德利·芬纳界定为)一句话的"开头、中间和结尾"使用同样的词语。⑤ 其修辞效果可能十分惊人,但正如亨利·皮查姆评论的,它也极有可能只制造出"单调烦人的重复"。⑥ 西塞罗还指出,另一条注意事项是,绝不能打趣调侃以及试图表现出才华和机智。⑦ 一场演说中或许存在着可以制造欢笑的时刻,⑧但前言"必须展现出最高程度的庄重严肃"。⑨

当大使从挪威返回并完成报告后,波洛涅斯立马开始了自己的演说:

> 这件事情总算圆满结束了。
> 王上,娘娘。
>
> TLN 1014—1015, p.748(2.2.85—86)

---

① Cicero 1949a, I. XV. 20, p. 42.
② *Rhetorica ad Herennium* 1954, I. IV. 6, p. 12.
③ Cicero 1949a, I. XV. 20, p. 42.
④ Cicero 1949a, I. XVIII. 25, p. 52: 'suspicio quaedam apparationis atque artificiosae diligentiae'. 也见 Quintilian 2001, 4. 1. 54—56, vol. 2, pp. 206—208。
⑤ Fenner 1584, Sig. D, 3^r.
⑥ 这里皮查姆讨论的是与之密切相关的修辞手法释义(traductio)。见 Peacham 1593, p. 49。
⑦ 西塞罗用的词是光辉(splendor)和欢欣(festivitas)。见 Cicero 1949a, I. XVIII. 25, p. 52。
⑧ 例如,见 Cicero 1949a, I. XVII. 25, p. 50。
⑨ Cicero 1949a, I. XVIII. 25, p. 50: 'Exordium sententiarum et gravitatis plurimum debet habere'.

五 失败的引言

波洛涅斯从外交上的自我夸耀转移到修辞陈述时,已然是心有余而力不足,莎士比亚还强烈暗示,接下来他将上演一出"谏言法",这又加重了其喜剧意味。本书第一章曾指出,拉米斯主义者特别强调正确运用声音姿态对创作成功演讲的重要性。伊丽莎白时期的拉米斯主义者中,亚伯拉罕·福瑙斯对这个问题的讨论最为充分,他的分析对谏言做了详尽的阐述:

> 中指扣住拇指,其他三个手指伸直竖起,此乃一种紧迫的姿势。食指伸直,其他四指捏紧,则示意指明或强调某事。在劝诫或宣言时,食指微卷并向下指,随后抬起手掌举向肩膀,也意味着肯定和强调。①

随后不久波洛涅斯抨击修辞术冗长无聊和"徒有其表"时,②莎士比亚的描写使读者设想他恰好是以这种浮夸的方式食指向下指,抬起双手举向肩膀。

波洛涅斯一边劝谏,一边解释自己本意并非如此:

> 王上,娘娘,要是我向你们长篇大论地解释
> 君上的尊严、臣下的名分、
> 白昼何以为白昼、黑夜何以为黑夜、时间何以为时间,
> 那不过徒然浪费了昼夜的时间;
> 所以,既然简洁是智慧的灵魂、

---

① Fraunce 1588a, Sig. K, 4ʳ.
② *Hamlet*, TLN 1020, p. 748(2.2.91).

冗长是肤浅的藻饰,
我还是把话说得简单一些吧。

TLN 1015—1021, p.748(2.2.86—92)

波洛涅斯知道自己必须得言简意赅,却无法控制自己不对听众的品格进行评论,赞美其高贵的地位,并且谈论自己的品格和职责。他还知道必须避免"做作的"浮夸,却又精心准备,使用极其复杂的首语重复法,循环往复"白昼/黑夜/时间;黑夜/白昼/时间"的序列,也就是皮查姆警告要尽量避免的那种令人厌烦的重复。①

接下来波洛涅斯会想起,直接型引言的主要任务是直陈自己的基本主张:

我还是把话说得简单一些吧。你们的那位殿下是疯了;
我说他疯了,因为假如要说明什么才是真疯,
那么除了说他疯了以外,还有什么话好说呢?
可是那也不用说了。

TLN 1021—1024, p.748(2.2.92—95)

波洛涅斯的精心设计掩盖了整个演说的主旨。他曾经保证要向克劳狄斯说明哈姆莱特发疯的原因,但是实际上他仅仅告知克劳狄斯哈姆莱特疯了的事实,而且波洛涅斯也知道,克劳狄斯早就知道此事。更糟糕的是,波洛涅斯违背全部的建议,觉得这时候要说个笑话。② 他

---

① Peacham 1593, p.49.
② 相关讨论见 Edwards 2003, p.135 注释。

五　失败的引言

说自己认为哈姆莱特疯了,不过并不想具体进行解释,因为对疯狂进行定义本身就是疯狂之举。更可怕的是,这个笑话冷场了,他不得不对疯狂做一番界定(将其界定为发疯的状态),而且还不得不承认自己必定也是疯了。最糟的是,他甚至丝毫未察觉到局面已经如此难堪。他的结束词("可是那也不用说了")听起来或许充满歉意,但也同样可能是在为自己精练的言辞沾沾自喜。他时常像个傻子。

波洛涅斯的引言不仅没能赢得国王和王后的好感,明显还惹恼了二人。克劳狄斯沉默不语,葛特露仅有的一句回应显然是在尖酸讽刺:"多谈些实际,少弄些玄虚。"①她想要少一点西塞罗所谓"造作"的演说,多谈点哈姆莱特疯狂的"实际问题"。波洛涅斯突然激动起来,王后的训斥则让他不知所措:

> 娘娘,我发誓我一点不弄玄虚。
> 他疯了,这是真的;唯其是真的,所以才可叹,
> 它的可叹也是真的——蠢话少说,
> 因为我不愿故弄玄虚。
> TLN 1025—1028, p.748(2.2.96—99)

他确实并未成功运用任何技巧,而是将书本上的全部要求都抛在一边。不过,虽然否认自己有意为之的嫌疑,他却再次使用了回环法这种造作的修辞,用上了"疯了/真的/真的;可叹/可叹/真的"的循环。他自己也正确认识到应该"蠢话少说",尽管如此,听起来他一如既往

---

① *Hamlet*, TLN 1024, p.748(2.2.95).

地对自己十分满意。①

波洛涅斯回到最初讨论"哈姆莱特发疯的真正原因"的允诺来结束发言:②

> 让我们同意他已经疯了;
> 现在我们就应该求出这一个结果的原因,
> 或者不如说,这一种病态的原因,
> 因为这个病态的结果不是无因而至的。
> 这就是我们现在要做的一步工作。
> 我们想一想吧。
>
> TLN 1029—1034, p.748(2.2.100—105)

尽管他保证言辞不再造作,却再次屈服于比喻转义的诱惑,以精心编排的半谐韵"结果/病态"(effect/defect),加上两个回环法修辞:"结果/病态;病态/结果"开始发言。说完这段多余又讨人烦的反复之词后,他终于结束了自己灾难般的失败的引言。

修辞的边界

正如波洛涅斯的例子表明的,修辞学家认为,如果要在演说开始

---

① 对波洛涅斯修辞手法的这种归类或许存在问题。Horvei 1984, p.128 认为这是交错法(chaismus); Keller 2009, p.162 认为是颠倒重复法(antimetabole)。对回环法的理解见 Peacham 1577, Sig. S, 1^{r-v}; Fenner 1584, Sig. D, 3^r; Fraunce 1588a, Sig. D, 4^r—5^r; Day 1592, p.92; Peacham 1593, p.129; Butler 1598, Sig. C, 6^v.

② *Hamlet*, TLN 977, p.748(2.2.49).

五　失败的引言

就留下好印象,必须遵循各种规则。不过,假设演说者悉数照做,就一定能成功吗?抑或有没有可能,尽管为了赢得好感遵守了全部规则,但依然空手而回?修辞学家并不避讳失败的可能。昆体良尤其强调不能根据其劝服力量来界定修辞术。① 他表示,"将演说者置于命运的支配之下,以至于如果他没能成功说服他人,就不配拥有演说者之名"是错误的。② 他反对这种定义的部分原因在于,除了修辞术以外,还有许多可以劝说他人的办法,当然,最主要是因为他厌恶一切"将技艺与成效绑在一起"的定义。③ 必须认识到,演说文采卓然却无法赢得听众好感,这也是有可能的。他总结说,只能说"修辞术是发表良好演说的科学"。④ 除非掌握其原理,否则绝不可能成功,但即使技艺精湛娴熟,成功也绝非是板上钉钉之事。⑤

莎士比亚对此当然十分赞同,人们可以被修辞技巧以外的其他方法说服。人们可能出于威胁而妥协,例如露克丽丝发现倘若以死相逼,可能造成巨大的胁迫效果。即使没有任何有意为之的劝服力,人们也可能会被说服。这就是《爱的徒劳》(*Love Labors Lost*)第四幕中朗加韦尔背诵的十四行诗所控诉的力量:

> 你眼睛里有天赋动人的辞令,
> 能使全世界的辩士唯唯俯首,

---

① 见 Quintilian 2001, 2, 15. 3, vol. 1, p. 350,"修辞就是说服"(rehroticen esse vim persuadendi)是这门技艺最常见的定义。
② Quintilian 2001, 2, 15. 12, vol. 1, p. 356:'oratorem fortunae subicit, ut, si non persuaserit, nomen suum retinere non possit'.
③ Quintilian 2001, 2, 15. 35, vol. 1, p. 366:'artem ad exitum alligat'.
④ Quintilian 2001, 2, 15. 38, vol. 1, p. 368:'rhetoricen esse bene dicendi scientiam'.
⑤ 现代的修辞理论家(受 J. L. 奥斯汀的影响)或许会说,昆体良在这里所认为的是,艺术不应当根据其实现以言取效效果的能力来界定。

法庭上的莎士比亚

> 不是它劝诱我的心寒盟背信?①

美丽有战胜论争的力量,使人违背自己的意志,在这里它被认为与雄辩有着等量齐观的说服力。

运用全部的修辞技巧但依旧无法"赢得人心"这种反例的可能性有多大呢?莎士比亚最关注的是指明修辞术的力量和效能,但他的态度时常犹疑,甚至在一场戏中对修辞技艺的局限进行了完整的探索。这场戏发生在《雅典的泰门》第三幕,阿奇比亚德斯代表一位受到指控的友人向雅典元老院提出司法辩护。② 在莎士比亚的参考资料中,没有任何引言模板与阿奇比亚德斯的发言类似。尽管普鲁塔克记载,泰门和阿奇比亚德斯早已认识,一次阿奇比亚德斯在公民大会上发表演说后,泰门主动与他攀谈,但并未记录演说内容。③ 莎士比亚的这场戏似乎完全是按照他自己对法庭雄辩术原则的理解来创作的。

同《量罪记》第二幕中的伊莎贝拉一样,阿奇比亚德斯所处的是最糟糕的那种修辞困境。修辞学家会说,他的任务是在司法动因中为完全假设性的主张辩护。这个动因的事实确切无疑。他要为之

---

① *Loves Labors Lost*, TLN 1299—1301, p.331(4.3.52—54). 这部戏的创作时间最有可能是在 1595 年或 1596 年。见 Carroll 2009, p.29;Wiggins and Richard son 2013, p.320。

② 第二章已经指出,莎士比亚在写作《雅典的泰门》时与托马斯·米德尔顿合作的看法如今已经被毋庸置疑地接受。因此我们或许可以猜测这一场戏是否是莎士比亚单独创作的。过去人们通常认为,这是米德尔顿的手笔。见 Vickers 2002, pp.256—257, 266, 270, 286。不过 Dawson and Minton 2008, p.405 认为"米德尔顿被赋予了如此关键的角色着实令人震惊"。认为这场戏是由莎士比亚创作的,更是因为其中的修辞设计以及它与《量罪记》的高度一致。不过,就我的论证而言,指出莎士比亚必定与米德尔顿讨论过戏剧创作(他显然如此做过),并且愿意接受在这场戏中的台词设计,便已足够。

③ Plutarch 1579, p.219.

五 失败的引言

辩护的友人在一次决斗中杀死了一个人。对案情事实的裁判也毫无争议。友人犯的是死罪，已经被判处死刑。这场戏从元老甲宣布判决开始：

> 大人，您的意见我很赞同；这是一件重大的过失；
> 他必须判处死刑，
>
> TLN 1108—1109, p.1013(3.5.1—2)

元老乙附议，表示对这种毒瘤，"法律必须给他一些惩罚"。①

换句话说，阿奇比亚德斯必须为一项毫无疑义的犯罪动因辩护。他无法代表友人提出开脱，表示他的行为并非自愿合意，因此应当被宽恕。他不得不承认，友人认为自己的名誉受到对方"致命的污辱"，决意要"和他的敌人决斗"来洗清屈辱。② 同伊莎贝拉请求宽恕弟弟克劳狄奥一样，艾西巴第斯除了采用贬抑辩护以外别无他法，只能坦然承认友人的罪行，请求仁慈和宽恕。伊莎贝拉直接恳求作为法官的安哲鲁：

> 我是一个不幸之人，要向大人请求一桩恩惠，
>
> TLN 710, p.902(2.2.28)

阿奇比亚德斯则用一句明显以阴性词结尾的句子开始向元老们演讲：

---

① *Timon of Athens*, TLN 1111, p.1013(3.5.4).
② *Timon of Athens*, TLN 1126—1127, p.1013(3.5.19—20).

> 我是你们的一个卑微的请愿者。①
>
> TLN 1114, p. 1013(3.5.7)

和伊莎贝拉一样,阿奇比亚德斯强调自己的辩护仅仅恳求同情,承认怜悯大于正义伟大。在展开引言之前,他向元老们致敬,祝福他们"荣耀、康健和仁慈",提醒他们"法律不外人情",开始演说。②

尽管阿奇比亚德斯只能做贬抑型辩护,他仍然在辩护开始时试图表明,友人并非自愿合意实施犯罪,应当被宽恕。本书第四章已经指出,为这种主张进行辩护可以采用三种办法:表明罪行无法避免,或出于无知,或出于不幸和偶然。③ 阿奇比亚德斯试图采用第三种理由,称友人的过错并非在于自身,而是因为星象:

> 我的一个朋友因为一时之愤,
> 无意中陷入法网。
> 虽然他现在遭逢不幸
>
> TLN 1117—1120, p. 1013(3.5.10—13)

然而,阿奇比亚德斯很快发现,这种开脱成功的可能性为零,他随即推翻了自己前述的主张,承认友人行事清醒,预见到了可能的

---

① 阿奇比亚德斯与伊莎贝拉之间的高度一致性不仅表明莎士比亚创作了这场戏,而且它的创作时间或许与《量罪记》十分接近。《雅典的泰门》与《李尔王》之间主题的相似性也支持了这种判断。不过,正如我们所知道的,Klein 2001, p. 1, Jowett 2004, p. 4, 以及 Dawson and Minton 2008, p. 12 都认为《雅典的泰门》创作于 1606—1608 年之间。

② Timon of Athens, TLN 1112,1115, p. 1013(3.5.5, 8)。

③ Rhetorica ad Herennium 1954, I. XIV. 24, p. 44,以及 II. XVI. 23, p. 100。也见 Cicero 1949a, I. XI. 15, p. 30 以及 II. XXXI. 94, p. 260; Quintilian 2001, 7.4.14—15, vol. 3, p. 244。

五　失败的引言

后果。①

他如何才能继续辩护呢？在伊莎贝拉的故事中，即使面对这种最不利的状况，修辞学家也提供了诸多有成功可能的建议。西塞罗指出，一种策略是，尝试用对罪犯本人的谈论代替对罪行的考量。②《罗马修辞手册》更明确地补充，应当试图表明"被告具有美德和高尚"。③这正是阿奇比亚德斯的做法：

> 可是他也是个很有品行的人，
> 并不是卑怯无耻之流，
> 单这一点也就可以补赎他的过失了。
> 　　　　　TLN 1121—1124, p. 1013(3. 5. 14—17)

阿奇比亚德斯试图将话题从罪行转移到罪犯身上，暗示听众一旦认识到友人的美德，就会重新考虑他的行为。

西塞罗继续指出，演说者还必须试图表明，指控实际上并不适用于所犯之事。④《罗马修辞手册》的作者说得更加明白，必须设法指出，所犯之事与被指控之罪毫无关联，与它所受到的谴责"风马牛不相及"。⑤ 同时还要表明，被告"是出于道义才犯下罪行"。⑥ 阿奇比亚德斯严格遵循了这条建议：

---

① *Timon of Athens*, TLN 1128, p. 1013(3. 5. 21)。
② Cicero 1949a, I. XVII. 24, p. 48. 参见 *Rhetorica ad Herennium* 1954, I. VI. 9, p. 16。
③ *Rhetorica ad Herennium* 1954, II. XVII. 25, p. 102：'virtus aut nobilitas erit in eo qui supplicabit'。
④ Cicero 1949a, I. XVII. 24, p. 48：'demonstrare nihil eorum ad te pertinere'。
⑤ *Rhetorica ad Herennium* 1954, I. VI. 9, p. 18：'nihil simile ... factum'。
⑥ *Rhetorica ad Herennium* 1954, II. XVII. 25, p. 102：'officio et recto studio commotus fecit'。

法庭上的莎士比亚

> 他因为眼看他的名誉受到致命的污辱,
> 所以才挺身而起,
> 光明正大地和他的敌人决斗;
> 就是当他们兵刃相交的时候,
> 他也始终不动声色,
> 就像不过跟人家辩论一场是非一样。
>
> TLN 1125—1130, p. 1013(3.5.18—23)

阿奇比亚德斯试图重新界定友人的行为,促使听众重新评判其价值。他运用了修辞学家称为叠转法的手法,昆体良认为,当"称狡诈之人智慧,鲁莽之人勇敢,吝啬之人节俭"时,就是在运用这种修辞。① 都铎时期的修辞学家普遍接受昆体良的这种论述,许多人还自己提供了示例。② 亨利·皮查姆说,当人们"说狡猾之人智慧;贪心之人是好丈夫;谋杀是勇武之举",就是在用叠转法。③ 安吉尔·戴指出,"当人们说迟缓之人成熟;冲动之人勇敢;放荡之人自由;愤怒之人仗义",使用的也是这种修辞。④ 阿奇比亚德斯似乎对这些示范了然于胸。友人之行出于高尚的愤怒的这种主张意味着,愤怒之人可以是仗义的,而友人有公平精神绝不胆怯的主张则意味着,这场谋杀可以是勇武之举。

---

① Quintilian 2001, 9.3.65, vol. 4, p. 138: 'cum te pro astuto sapientem appelles, pro confidente fortem, pro illiberali diligentem'.

② 例如,见 Peacham 1577, Sig. N, 4ᵛ;[Puttenham] 1589, p. 154; Day 1592, p. 84; Peacham 1593, p. 168。两部重要的中介文献见 Castiglione 1994 [1528], pp. 37—38 和 Susenbrotus 1562, p. 46。相关讨论见 Javitch 1972; Whigham 1984, pp. 40—42 以及 pp. 204—205 中的举例; Skinner 1996, pp. 142—153, 156—172, 174—180; Skinner 2007。

③ Peacham 1577, Sig. N, 4ᵛ.

④ Day 1592, p. 84. 类似的例子见[Puttenham] 1589, p. 154。

五 失败的引言

这些正是皮查姆指点迷津,告诉人们"为自己的罪行或他人辩护"的办法。①

此时,阿奇比亚德斯已经使用了修辞学家认为在为罪恶动因辩护时最有可能成功,赢得听众支持的两种论述。不过,尽管阿奇比亚德斯用尽浑身解数,他的引言依然是一次耻辱的失败。他完全没有激发出听众丝毫的好感,反倒引得元老甲高声斥责,认为他是在玩修辞把戏:

> 您想把一件恶事说得像一件好事,
> 恐怕难以自圆其说;
> 您的话全然是饰词强辩,
> 有心替杀人犯辩护,
> 把斗殴当作了勇敢,
> 可惜这种勇敢却是误用了的。
> TLN 1131—1137, pp. 1013—1014(3.5.24—30)

阿奇比亚德斯这番精心创作的演说给元老甲造成的印象是,他的言辞是精心准备的,千方百计地制造出一种拙劣又矛盾的勇敢观,而进行决斗之人并不具有这种品质。

揭露了这场骗局后,元老甲又解释了勇敢的真正含义,它并不体现在行动中,而是包含在伟大的忍耐里:

> 真正勇敢的人,

---

① Peacham 1577, Sig. N, 4ᵛ.

> 应当能够智慧地忍受最难堪的屈辱,
> 不以身外的荣辱介怀,
> 用息事宁人的态度避免无谓的横祸。
>
> TLN 1138—1142, p. 1014(3.5.31—36)

当阿奇比亚德斯试图抗议时,元老甲再次告诉他,他不过是在设法"美化丑陋的行为":

> 您不能使重大的罪恶化为清白;
> 报复不是勇敢,忍受才是勇敢。
>
> TLN 1145—1146, p. 1014(3.5.39—40)

元老用对偶句表示应当终止演说,阿奇比亚德斯的辩护被驳回。①
同伊莎贝拉与安哲鲁的谈话一样,阿奇比亚德斯只剩下一种修辞策略。正如昆体良所指出的,"用祈祷和恳求、希望与恐惧之词"来打动听众。② 这正是阿奇比亚德斯此时的尝试,他从直白语句转入押韵的言辞来放大自己的吁请:

> 啊,各位大人!
> 你们身膺众望,应该仁爱为怀。
> 谁不知道残酷的暴行是罪不容赦的?
> 杀人者处极刑;

---

① Graham 1994, pp. 186—188 指出了剧中争论仅仅转变成意志之争的走向。
② Quintilian 2001, 4.1.33, vol.2, p.194: ' spe metu admonitione precibus '.

五 失败的引言

可是为了自卫而杀人,却是正当的行为。

TLN 1158—1162, p. 1014(3.5.52—56)

除了大声疾呼进行恳求之外,阿奇比亚德斯还试图用另一项主张来博得同情,辩称友人是出于自卫。但元老们已经听够了辩护,元老乙代表众人轻蔑地呵斥:"您这些话全是白说。"① 没人愿意接受阿奇比亚德斯的仁慈高于正义的评价,元老甲总结说,"我们只知道秉公执法,他必须死"。② 当阿奇比亚德斯继续抗议时,元老们立刻将他赶走。在这幕戏的结尾,他彻底放弃劝服的想法,取而代之的是一番怒不可遏威胁的复仇的咒骂。

---

① *Timon of Athens*, TLN 1165, p. 1014(3.5.60).
② *Timon of Athens*, TLN 1192, p. 1014(3.5.87).

六
法庭上的案情陈述

构建法庭上的案情陈述

引言之后便是案情陈述,演说者在这部分对动因的事实逐一进行阐述,力求说服听众接受自己对事件的叙述版本。[1] 令人惊讶的是,尽管莎士比亚显然对许多修辞学文献都烂熟于胸,但他从未讨论过这些书中被视为基本内容的陈述以及陈述行为。[2] 他创作的角色在司法动因中进行陈述时,无一例外都采用更加日常的方式来言说。在《量罪记》第五幕中,公爵要求伊莎贝拉对安哲鲁被指控的不当行为加以描

---

[1] Quintilian 2001,4. 2. 24—25, vol. 2, pp. 228—230 提醒读者,尽管遵循这个顺序几乎永远都是正确的,不过也不应当将其当作金科玉律。莎士比亚作品中的修辞陈述见 Hutson 2013;更全面的讨论见 Hardy 1997。对莎士比亚处理陈述的手法的研究综述,见 Meek 2009a。对莎士比亚陈述技巧的讨论,见 Mack 2010, pp. 74—88, 100—105。

[2] 我之所以遵循这些划分方式来进行阐述,是因为它们是目前的通行看法,并非我对莎士比亚语汇最满意的理解。

六　法庭上的案情陈述

述,他的命令是"你有什么冤枉?简简单单地说出来吧"。① 随后当他要求伊莎贝拉展开陈述时,直接问"你有些什么话要说?"②即使是在更加复杂的动因中,某人被要求展开陈述来回应司法指控时,莎士比亚使用的也是同样的语汇。在《罗密欧与朱丽叶》中,当劳伦斯神父被要求对这对情侣之死做出解释时,维洛那亲王的命令是"快把你所知道的一切说出来"。③《奥瑟罗》第一幕,公爵回复奥瑟罗陈述其恋爱故事的请求时,命令更是简单的"说吧,奥瑟罗"。④

对比方言修辞学家便会发现,他们对陈述行为和如何建构陈述的讨论简直是随心所欲。莱纳德·考克斯将司法修辞术中"陈述或讲述"的角色描述为"以历史的方式展现行为"。⑤ 理查德·瑞瑙尔德类似地将"陈述或讲述"理解为"对所发生之事的呈现与言明",⑥托马斯·威尔逊则将陈述行为等同于"讲述自己的故事"。⑦ 正如以上表述所揭示的,修辞学家喜欢将其说成是讲故事,莎士比亚大致上更青睐这种接地气的理解。当波洛涅斯开始讲述哈姆莱特显而易见逐渐疯魔的故事时,他向克劳狄斯和葛特露保证,他会"把话说得简单一些"。⑧ 当卢西奥打断伊莎贝拉对安哲鲁不当举动的控诉时,她告诉公爵,现在卢西奥已经"代我说出一些情况了"。⑨ 此处也是如此,即使创作的剧情更加复杂,案情陈述构成司法辩护的一部分,莎士比亚

---

① *Measure for Measure*, TLN 2191, p.917(5.1.26).
② *Measure for Measure*, TLN 2233, p.918(5.1.68).
③ *Romeo and Juliet*, TLN 2917, p.411(5.3.228).
④ *Othello*, TLN 412, p.933(1.3.126).
⑤ Cox 1532, Sig. D, 8ʳ.
⑥ Rainolde 1563, fo. xiiʳ.
⑦ Wilson 1553, Sig. P,2ᵛ—3ʳ.
⑧ *Hamlet*, TLN 1075, p.749(2.2.144).
⑨ *Measure for Measure*, TLN 2249, p.918(5.1.84).

也继续保留了这种直接的表述。当劳伦斯神父被要求进行自我陈述时,他保证自己不会讲"冗长的故事"。① 当奥瑟罗被要求再次讲述自己的爱情故事时,他开头就向听众保证,将会带来"一段质朴无文的故事"。②

这些故事的讲述者都展现出对如何组织司法动因中案情陈述的古典规则的极其精准的理解。③ 要了解相关原则的梗概,最好的参照就是昆体良《雄辩术原理》的第四卷。④ 昆体良先是直陈目标,演说者的任务应当是以这样一种方式发言,"使得法官能够更轻松地理解、记忆和相信其言论",⑤他还进一步提醒读者,如果在以上任何一方面失败,"整体上便功亏一篑"。⑥ 接下来他讨论了如何实现以上具体要求的办法。在简要提及亚里士多德略为不同的分析后,他选择遵循伊索克拉底的教诲。⑦ 伊索克拉底曾经指出,要获得理解,演说者首先必须讲话明晰;要被记住,必须言简意赅;要被信任,必须确保自己所言显然属实。⑧ 托马斯·威尔逊几乎是逐字照搬了这段解释,同样认为演说者的目标是使听众"记住、理解和相信",而这就要求学习三项内容,"第一是简短,第二是直白,第三是言之可信"。⑨

---

① *Romeo and Juliet*, TLN 2919, p. 411(5.3.230).
② *Othello*, TLN 376, p. 933(1.3.90).
③ 对伊丽莎白一世时期戏剧中司法陈述修辞理论及其运用状况的完整介绍,见 Hutson 2007, pp. 121—145。
④ 正如 Hutson 2007, pp. 121—128 所指出的。
⑤ Quintilian 2001, 4.2.33, vol. 2, p. 236: 'quo facilius iudex intellegat meminerit credit'.
⑥ Quintilian 2001, 4.2.33, vol. 2, p. 236: 'frustra in reliquis laborabimus'.
⑦ 昆体良对伊索克拉底的理解见 Quintilian 2001, 4.2.31, vol. 2, p. 234,以及 12.10.22, vol. 5, p. 292。
⑧ 对陈述需要明确(lucida)、简洁(brevis)和听起来属实(veri similis)的阐述,见 Quintilian 2001, 4.2.31, vol. 2, p. 234。
⑨ Wilson 1553, Sig. P, 2^v。也见 Rainolde 1563, fo. xiii^v。

六　法庭上的案情陈述

　　至于如何确保演说具有以上品质的具体建议,昆体良同样并不推崇前人的主张。他甚至还批评教科书作者们在讨论这个问题时的愚蠢,批评他们迷信于修辞学规则。① 当然,他也提供了一些建议,不过相较而言并不算多,这大概是因为他并不像过去的修辞学家那样,对讲述一个成功的故事时所需避免的陷阱焦虑忧心。要了解这些陷阱以及要避开它们所需遵循的明确指南,就要再次回到《罗马修辞手册》和西塞罗的《论开题》中。

　　首先,如何才能确保叙述赢得信任呢?西塞罗和《罗马修辞手册》的作者都认为,用后者的话来说,"应当以概括的方式来陈述事实,避免提及过多细节"。② "这通常已经足够,"西塞罗也同意,"做一段概括,而不是讨论故事的具体内容,因为大多数时候在讲述所发生事件时,并不需要讨论事件如何发生以及为何发生。"③他们还认为,非常重要的一点是要懂得如何展开故事,不用描述前因后果就让人们理解它。④《罗马修辞手册》认为这是不言自明的,"如果我说我从某个省回来,那么显然人们会知道我曾去过那个省",因此并不需要对后面这一点进行阐明。⑤

　　除以上看法外,两位作家还重点讨论了要保证言简意赅应当避免的陷阱。《罗马修辞手册》的分析最为完整。演说者必须确保"仅当必

---

① Quintilian 2001, 4.2.60, vol.2, p.248 和 4.2.86, vol.2, p.262。
② *Rhetorica ad Herennium* 1954, I. IX. 14, pp.24—26:'summatim, non particulatim narrabimus'.
③ Cicero 1949a, I. XX. 28, p.56:'satis erit summam dixisse, eius partes non dicentur—nam saepe satis est quid factum sit dicere, ut ne narres quemadmodum sit factum'.
④ Cicero 1949a, I. XX. 28, p.58; *Rhetorica ad Herennium* 1954, I. IX. 14, p.26;参见 Quintilian 2001, 4.2.41—42, vol.2, p.240。
⑤ *Rhetorica ad Herennium* 1954, I. IX. 14, p.26:'si dicam me ex provincia redisse, profectum quoque in provinciam intellegatur'.

要时才开始讲故事,既不追溯最初起因,也不谈论最终结果"。① 托马斯·威尔逊对这句话的翻译生动传神,他说演说者必须避免从根底处开始说起。② 应当确保"并未节外生枝,离题渐远"。③ 最后,"切勿重复,尤其不应即刻重复刚说的话"。④

接下来,如何才能确保所讲述的故事尽可能地清晰?《罗马修辞手册》指出,清晰的关键要素之一就是简明扼要:"陈述越是简短,就越是明晰,也越容易听懂。"⑤当然,书中的基本建议是,永远遵循时间顺序。从某种意义上说,这条建议十分简单,尤其考虑到诸多从问题中间开始的经典叙述(可追溯到《伊利亚特》)。昆体良对这种批评似乎不以为然,他明确指出,对时间顺序的追求尽管通常合情合理,但不能将其理解为一条严苛的准则。⑥ 然而,《罗马修辞手册》的作者并未妥协,坚持认为"如果想要呈现一个明晰的故事,就必须首先提及前因,继而如实地根据时间先后来展现事件"。⑦ 托马斯·威尔逊尤其赞同这一点,再次重申"要让问题简明",明智的做法永远"首先和至关重要

---

① *Rhetorica ad Herennium* 1954, I. IX. 14, p. 24: 'inde incipiemus narrare unde necesse est; et si non ab ultimo initio … et si non ad extremum … persequemur'. 参见 Cicero 1949a, I. XX. 28, p. 56; Quintilian 2001, 4. 2. 40, vol. 2, p. 240。

② Wilson 1553, Sig. P, 2ᵛ。

③ *Rhetorica ad Herennium* 1954, I. IX. 14, p. 26: 'transitionibus nullis utemur, et … non deerrabimus ab eo quod coeperimus exponere'。

④ *Rhetorica ad Herennium* 1954, I. IX. 14, p. 26: 'ne bis aut saepius idem dicamus cavendum est; etiam ne quid novissime quod diximus deinceps dicamus'. 参见 Cicero 1949a, I. XX. 28, p. 58。

⑤ *Rhetorica ad Herennium* 1954, I. IX. 15, p. 26: 'quo brevior, dilucidior et cognitu facilior narratio fiet'. 参见 Cicero 1949a, I. XX. 29, pp. 58—60。

⑥ Quintilian 2001, 4. 2. 83 以及 87, vol. 2, pp. 260—262。

⑦ *Rhetorica ad Herennium* 1954, I. IX. 15, p. 26: 'Rem dilucide narrabimus si ut quicquid primum gestum erit ita primum exponemus, et rerum ac temporum ordinem conservabimus ut gestae res erunt'. 参见 Cicero 1949a, I. XX. 29, p. 58。

六　法庭上的案情陈述

的是根据顺序讲述每项事情",避免"张冠李戴"的风险。①

结束这番基本性的劝诫之后,《罗马修辞手册》主要讨论的就是需要避免的各种陷阱。这些陷阱与妨碍简明性的各种危险相似,包括"离题"以及"开头扯得太远"。② 不过,为了实现明晰性,还有两条注意事项。第一条是"切勿使用烦躁不安的口吻";③第二条是"切勿遗漏任何与动因相关的内容"。④ 托马斯·威尔逊总结指出,绝不能"口不择言,深思熟虑而后阐述,并且言说时要态度坚决"。⑤

第三条也是最重要的一条要求是,司法陈述必须具有可信度。当演说者讲述动因事实时,希望实现的目标是获得建构起可被佐证确认的事件版本的允许。用瑞瑙尔德的话说,因此,演说者要说服法官相信其基本判断"不可能不真"。⑥ 那么,如何才能最大程度上听起来可信?西塞罗在《论开题》中做了最详尽的回答:

> 如果陈述包含着通常出现在真正事实中的品质,就会听起来可信;如果相关人员的状态和人格被指出;如果行事动机被阐明;如果实施行为的手段与资源看似充分足够;如果时间被证明合适,地点适宜并且所陈述之事足以在其中发生;如果在普罗大众

---

① Wilson 1553, Sig. P, 3ʳ. 正如 Fowler 2003, pp. 34—36 指出的,文艺复兴时期的作家继承了对历史学家所具有的那种"自然的"和时间性的顺序,与诗人所倡导的更具流动性的形式之间的区分。

② *Rhetorica ad Herennium* 1954, I. IX. 15, p. 26: 'ne quam in aliam rem transeamus, ne ab ultimo repetamus'.

③ *Rhetorica ad Herennium* 1954, I. IX. 15, p. 26: 'ne quid pertubate ... dicamus'. 参见 Cicero 1949a, I. XX. 29, p. 58。

④ *Rhetorica ad Herennium* 1954, I. IX. 15, p. 26: 'ne quid quod ad rem pertineat praetereamus'. 参见 Cicero 1949a, I. XX. 29, p. 58。

⑤ Wilson 1553, Sig. P, 3ʳ.

⑥ Rainolde 1563, fo. xiiiᵛ.

和听众的眼中所陈述的问题与参与人员的本质相符。遵循以上原则,就可能实现可信度。①

《罗马修辞手册》的作者也做了类似的讨论,不过在要求陈述应当包含西塞罗所谓"通常出现在真正事实中"的诸项品质时,他的讨论更加精确。如果演说者的叙述要似以为真(veri similis),就要保证"所言与惯常风俗、通行观点和本质相符"。② 托马斯·威尔逊对此同样十分认可。要赢得官司,必须确保"演说者的想法、证据、推理和论证既没有明显的瑕疵,也不与常规相悖"。换句话说,陈述"听起来或许可行"十分关键,否则在提证证明主张时,就无法使听众认真聆听。③

另一项建议同样被认为至关重要。《罗马修辞手册》指出,在组织起对事实的陈述时,"不仅需要对发生之事进行阐述,而且还要使其有利于自己这一方,帮助自己赢得官司"。④ 西塞罗更是断言,陈述的目标之一定是"扭曲一切来协助自己的动因,忽略一切与之相冲突的证据,对不得已做出的让步一笔带过"。⑤ 昆体良总结说,务必牢记司法

---

① Cicero 1949a, I. XXI. 29, p. 60: 'Probabilis erit narratio, si in ea videbuntur inesse ea quae solent apparere in veritate; si personarum dignitates servabuntur; si causae factorum exstabunt; si fuisse facultates faciendi videbuntur; si tempus idoneum, si spati satis, si locus opportunus ad eandem rem qua de re narrabitur fuisse ostendetur; si res et ad eorum qui agent naturam et ad vulgi morem et ad eorum qui audient opinionem accommodabitur. Ac veri quidem similis ex his rationibus esse poterit'. 参见 *Rhetorica ad Herennium* 1954, I. IX. 16, p. 28; Quintilian 2001, 4.2.52, vol. 2, pp. 244—246。

② *Rhetorica ad Herennium* 1954, I. IX. 16, p. 28: 'veri similis narratio erit si ut mos, ut opinio, ut natura postulat dicemus'.

③ Wilson 1553, Sig. P, 3^{r-v}.

④ *Rhetorica ad Herennium* 1954, I. VIII. 12, p. 22: 'exponimus rem gestam et unum quidque trahimus ad utilitatem nostrum vincendi causa'.

⑤ Cicero 1949a, I. XXI. 30, p. 62: 'omnia torquenda sunt ad commodum suae causae, contraria quae praeteriri poterunt praetereundo, quae dicenda erunt leviter attingendo'. 参见 Quintilian 2001, 4.2.26 以及 4. 2. 80, vol. 2, pp. 230—232, 258。

陈述的目标"不仅是禀明法官,更是要让他与自己站在同一战线上"。①

昆体良继续详细解释了如何才能实现这种"赢得人心"的效果。他指出,成功的关键在于,认识到演说者不仅需要准备好用相关信息满足法官,与此同时还要点燃他的激情。他反问道:"为何在告知法官的时候不激起他的感情?"②他提醒读者,西塞罗最伟大的品质之一便是,即使在简单勾勒动因时,"也能够以最快速度触动每个人的心绪"。③ 昆体良这种主张的核心要旨体现在对动词"打动"(movere)的化用上。陈述的基本目标应当是移动(movere)法官,使其从演说者的视角来看待事物,实现这个目标的有效途径之一正是动员(movere)他的激情,使他"大为所动"。

托马斯·威尔逊在讨论这项主张时指向性更加明显。演说者绝不能忘记"目标永远都是获胜"。④ 因此必须"说任何可以说的来赢得主要听众的好感,说服他们为自己的目标服务"。如果能通过说理实现这一目标,那当然更好。但是"如果已有偏向,理性无法派上用场","唤起好感比说理更有助益",那么就必须当机立断,竭尽所能唤起法官的激情,试图使他背离我们的对手,偏向我们的立场。他冷静地总结道,"这种办法屡试不爽,永远可以帮助演说者占据上风"。⑤ 最有效的办法或许就是放弃说理,以制造"情感的波澜起伏"取而代之。⑥

---

① Quintilian 2001, 4.2.21, vol.2, p.228: 'Neque ... ut tantum cognoscat iudex, sed aliquanto magis ut consentiat'.
② Quintilian 2001, 4.2.111—112, vol.2, p.274: 'cur ego iudicem nolim dum doceo etiam movere?'.
③ Quintilian 2001, 4.2.113, vol.2, p.274: 'omnis brevissime movit adfectus'.
④ Wilson 1553, Sig. B, 1^v.
⑤ Wilson 1553, Sig. B, 1^r.
⑥ Wilson 1553, Sig. S, 3^v.

那么，如何能够驱动法官的情感呢？昆体良在《雄辩术原理》第六卷中给出了自己的回答，明确建议"演说者想支配法官的感情，必须首先能支配自己；在打动他人之前，必须先打动自己"。① 这又引出了下一个问题，应当试图唤起哪些具体的情感？昆体良援引亚里士多德在诉诸人格和诉诸情感之间的区分，指出修辞技艺主要关注的应当是诉诸情感，也就是更加强烈的激情。② 他在第六卷中列举了愤怒、仇恨、恐惧、嫉妒和怜悯，③不过在书中先前的讨论中，重点被放在怜悯与愤怒上。④ 他总结说，首先需要了解"如何以愤慨和悲悯的方式谈论罪行"。⑤

同先贤们一样，昆体良也认为不仅在陈述中应该尽力唤起怜悯和悲愤之情，在总结中更是如此，在第六卷中他结合对结论的分析，给出了核心示例。⑥ 他首先指出，某些比喻和转义尤其适合用来激发同情和不满。《罗马修辞手册》已经列举了关键词重复法这种修辞作为例子，将其视为一种激发怜悯和放大演说功效的有效措施。⑦ 昆体良加上了拟声法，演说者假装自己所辩护的受害者在为自己发声时，采用的就是这种修辞。"听到不幸者的声音"所制造的印象能够有力地激起法官的情感，以至于"他们的沉默的存在，也能使法官

---

① Quintilian 2001, 6.2.28, vol. 3, p. 58: 'Primum est igitur ut apud nos valeant ea quae valere apud iudicium volumus, adficiamurque antequam adficere conemur'.
② Quintilian 2001, 6.2.9, vol. 3, p. 48.
③ Quintilian 2001, 6.2.20, vol. 3, p. 54.
④ Quintilian 2001, 4.2.112, vol. 2, p. 274. 也参见同书 4.2.128, vol. 2, p. 282。
⑤ Quintilian 2001, 4.2.120, vol. 2, p. 278: 'atrocia invidiose et tristia miserabiliter dicere'。
⑥ *Rhetorica ad Herennium* 1954, II. XXX. 47, p. 146; 参见 Cicero 1949a, I. LII. 98, p. 146。
⑦ *Rhetorica ad Herennium* 1954, IV. XXVIII. 38, p. 324.

六　法庭上的案情陈述

落泪"。①

昆体良更感兴趣的一点是,不仅可以通过言说来唤起怜悯之情,还可以在法庭上通过某些特定举动来实现这一目标:

> 因此我们在观看检方展示带血的刀剑、伤口的骨骼碎片和留有折磨印迹的尸体,要让出庭犯人衣着肮脏凌乱,并带上自己的父母子女。这通常会造成强烈的印象,因为它们用事实直面人们的情感。凯撒葬礼上浸满鲜血的长袍正是如此使罗马人民陷入狂怒的。众所周知他被刺杀;他的尸身躺在灵柩之中;而这沾血的衣物使罪行的画面如此鲜活生动,仿佛凯撒的谋杀并未完成,而是在此时此地依然发生着。②

昆体良的结论是,通过引入这种发表要素,诉诸情感的巅峰便触手可及。③

尽管昆体良是在对结论的分析中提出以上建议的,但他提醒读者

---

① Quintilian 2001, 6. 1. 26, vol. 3, p. 30:'vocem auribus accipere miserorum, quorum etiam mutus aspectus lacrimas movet'. 对"拟声法"的讨论也见 Erasmus 1569, fos. 107^r, 109^{r-v}, Peacham 1577, Sig. O, 3^{r-v}; [Puttenham] 1589, p. 200; Day 1592, pp. 90—91; Peacham 1593, pp. 136—137, 相关讨论见 Alexander 2007。

② Quintilian 2001, 6. 1. 30—31, vol. 3, p. 32:'Unde et producere ipsos qui periclitentur squalidos atque deformes et liberos eorum ac parentis institutum, et ab accusatoribus cruentum gladium ostendi et lecta e vulneribus ossa et vestes sanguine perfusas videmus, et vulnera resolvi, verberata corpora nudari. Quarum rerum ingens plerumque vis est velut in rem praesentem animos hominum ducentium, ut populum Romanum egit in furorem praetexta C. Caesaris praelata in funere cruenta. Sciebatur interfectum eum, corpus denique ipsum impositum lecto erat, vestis tamen illa sanguine madens ita repraesentavit imaginem sceleris ut non occisus esse Caesar sed tum maxime occidi videretur'. 我在这里借用了唐纳德·罗素优美的译文。

③ Quintilian 2001, 6. 1. 29, vol. 3, p. 32. Vickers 1988, pp. 78—79 引用和分析了这段话。

215

"如果在陈述事实时采用完全冷静的口吻来阐述问题,那此时就无力回天了"。① 换句话说,如果演说要获得最大限度的说服力,必须确保在案情陈述和总结中都使用以上技巧。因此,可以说司法演说的最后三项元素是重叠的。在陈述事实时,演说者已经开始提证,在以激发法官情感的方式进行陈述时,演说者已经开启了演说的高潮,也就是总结陈词。

对指控的陈述

莎士比亚在创作司法动因中的案情陈述时,通常都尽量遵循了以上修辞学理论家提出的原则。这在许多案情简单的动因中都十分明显,在这些动因里,角色提出的司法指控都被宣称是正直的。第一位提出这种指控的角色是《哈姆莱特》中的鬼魂,它的引言和陈述无缝衔接,描述了自己是如何被谋杀的。鬼魂按照时间顺序精心组织了谋杀的前因后果。它告诉观众,当它熟睡时,自己的兄弟偷偷上前,将毒药灌进它的耳朵,使它血液凝结当场死亡。② 托马斯·威尔逊对演说者必须"根据顺序讲述每件事"的要求被严格执行。③ 接下来,修辞学家指出,如果要陈述容易被记住,完整的事实陈述就必须尽可能地简明。鬼魂遵照这条规则开始演说:

可是且慢!我仿佛嗅到了清晨的空气。

---

① Quintilian 2001, 4.2.115, vol.2, p.276: 'Serum est enim advocare iis rebus adfectum in peroratione quas secures narraveris'.
② *Hamlet*, TLN 676—697, p.744(1.5.59—80).
③ Wilson 1553, Sig. P,3[r].

六 法庭上的案情陈述

让我把话说得简短一些。

TLN 675—676, p.744(1.5.58—59)

它在发言时认真遵守修辞学家对简明性的要求。它知道要按照特定的方式展开自己的故事,不必描述完整事件的先后顺序。由于被谋杀时它正躺在花园中熟睡,因此它必定已经来到花园,找了个休息的地方躺下来睡觉。这些事件显然是不言自明的,鬼魂(同波洛涅斯不同)并未提到它们。更重要的是,它还知道要确保恰当地开始和结束案情陈述的时间节点。它的陈述从犯罪发生的时刻开始,在罪行完成的时刻结束。

修辞学家一致认为,在陈述必须满足的全部要求中,最重要的是可信度。鬼魂同样竭尽所能地遵守着这条规则。不过,它面临着一个困难,它无法满足修辞学家就如何听上去可信所列出的主要条件。"被陈述的问题",西塞罗提醒,必须符合"常人的看法和听众的观点"。① 鬼魂毫无希望满足这条要求。它坦言,自己的陈述与常人的看法截然相悖,在丹麦没有人会相信克劳狄斯谋杀了它。

或许由于这个困难,莎士比亚让鬼魂悉心遵守了其他实现可信度的规则。西塞罗曾经指出,必须表明罪行的实施"时间恰好,空间充足,地点合适"。②《罗马修辞手册》补充说,目标必须放在反驳任何

---

① Cicero 1949a, I. XXI. 29, p. 60: 'res ... ad vulgi morem et ad eorum qui audient opinionem accommodabitur'. 参见 *Rhetorica ad Herennium* 1954, I. IX. 16, p. 28; Quintilian 2001, 4. 2. 52, vol. 2, pp. 244—246。

② Cicero 1949a, I. XXI. 29, p. 60: 'tempus idoneum,... spati satis,... locus opportunus'.

法庭上的莎士比亚

170 "或许时间并不足够、地点并不合适"的暗示上。① 鬼魂认真采纳了这条建议:

> 当我按照每天午后的惯例,
> 在花园里睡觉的时候,
> 你的叔父趁我不备,悄悄溜了进来,
> 拿着一个盛着毒草汁的小瓶。
>
> TLN 676—679, p. 744(1.5.59—62)

它在室外酣睡,因此实施谋杀的空间毫无疑问是足够的。它通常要睡够一小时,因此有充分的时间灌下毒药再逃走。它一直都在同一处地点睡觉,因此克劳狄斯必定知道去哪找到他。空间、时间和地点都完美合拍,因此当克劳狄斯偷袭时,必定能够取它性命。

西塞罗继续指出,演说者必须明确表示,"存在充足的方法和资源来实施犯罪"。② 鬼魂声称克劳狄斯成功地掌握了足效甚至是强效的手段:

> 你的叔父
> 拿着一个盛着毒草汁的小瓶,
> 把一种使人麻痹的药水灌入我的耳腔之内,
> 那药性发作起来,
> 会像水银一样很快地流过了全身的大小血管,

---

① *Rhetorica ad Herennium* 1954, I. IX. 16, p. 28: 'aut temporis parum fuisse,... aut locum idoneum non fuisse'.
② Cicero 1949a, I. XXI. 29, p. 60: 'fuisse facultates faciendi'.

六　法庭上的案情陈述

像酸液滴进牛乳般地把淡薄而健全的血液凝结起来。
TLN 678—684, p.744(1.5.61—67)

因为毒药可以装进小瓶,因此克劳狄斯偷偷地带上它简直轻而易举;因为直接将毒药倒进耳朵里便可,因此罪行可以迅速轻松地被实施;毒药与血液如此冲突以至于可以立刻起效;冲突作用是如此强大以至于体内的血管无法负荷,这也暗示着克劳狄斯成功地毒害了政治体。没有尖叫、没有凶器,克劳狄斯甚至还可以悄悄溜走。方法和资源简直触手可及。

西塞罗继续指出,还必须表明"犯罪理由昭然若揭"。[1]"必须能够反驳任何主张,"《罗马修辞手册》解释说,"认为或许不存在犯罪动机。"[2]鬼魂逐一列举了克劳狄斯想让它死的动机作为陈述的结尾:

这样,我在睡梦之中,被一个兄弟
同时夺去了我的生命、我的王冠和我的王后。
TLN 691—692, p.744(1.5.74—75)

克劳狄斯渴望兄弟的王后,还渴望兄弟的王位。这种傲慢的野心与冲昏头脑的欲望便是他犯罪的双重动机。

前文已经指出,案情陈述不应当仅仅提供信息;它的任务是唤起法官的感情,尤其是使他们为陈述者的苦难流下怜悯的泪水。[3] 演说开始时,鬼魂强调自己不想被可怜:

---

[1] Cicero 1949a, I. XXI. 29, p.60:'causae factorum exstabunt'.
[2] *Rhetorica ad Herennium* 1954, I. IX. 16, p.28:'refelli possit ... causam nullam'.
[3] Quintilian 2001, 4.2.111—112, vol.2, p.274.

> 鬼魂　　　我的时间快要到了,
> 　　　　　我必须再回到硫黄的烈火里
> 　　　　　去受煎熬的痛苦。
> 哈姆莱特　唉,可怜的亡魂!
> 鬼魂　　　不要可怜我,
>
> 　　　　　　　　TLN 619—622, p.744(1.5.2—5)

不过,当它继而开始解释自己的死因时,话锋一转:

> 甚至于不给我一个忏罪的机会,
> 使我在没有领到圣餐也没有受过临终涂膏礼以前,
> 就一无准备地负着我的全部罪恶
> 去对簿阴曹。
>
> 　　　　　　　　TLN 693—696, p.744(1.5.76—79)

他将昆体良的建议牢记在心,即如果想唤起他人的强烈感情,首先就必须自我感动。鬼魂对自己的暴死惊惧不已——既未领圣餐,又一无准备[1]——它试图唤起哈姆莱特对自己所受苦难同等程度的同情和恐惧。

鬼魂深知,唤起怜悯的进一步措施是运用特定的激发情感的演说修辞。《罗马修辞手册》曾经专门推荐过关键词重复法,"重复一个或多个词,以实现放大或激发怜悯的目标"。[2] 在总结陈述时,鬼魂运用

---

[1] 鬼魂的毫无准备,见 Grazia 2007, pp.142—143。

[2] *Rhetorica ad Herennium* 1954, IV. XXVIII. 39, p.324: 'Conduplicatio est cum ratione amplificationis aut commiserationis eiusdem unius aut plurium verborum iteratio'.

六　法庭上的案情陈述

这项技巧来收尾,突然大喊:"可怕啊,可怕!"[1]托马斯·威尔逊也指出,"频繁重复词语确实能刺激听众",他对这种动情效果产生原理的解释非常符合鬼魂那令人肝肠寸断的台词。它说,仿佛"一把剑反复刺入又扭转,或者插进身体的同一处地方"。[2]

陈述的主要目标在于使指控听起来可信,由此取得许可提证,反驳对手。然而,鬼魂显然无法进入这种对话,只能让哈姆莱特接手并代表它继续推进。当它离开儿子时,将这份责任交到哈姆莱特手上:

> 要是你有天性之情,不要默尔而息,
> 不要让丹麦的御寝
> 变成了藏奸养逆的卧榻,
> 可是无论你怎样进行复仇,
> 你的行事必须光明磊落,
> 更不可对母亲有什么不利的图谋,
>
> TLN 698—703, p.744(1.5.81—86)

哈姆莱特毅然展开的行动就是肃清皇室宫闱。鬼魂所在意的,既有克劳狄斯的弑兄之罪,也有葛特露的通奸之举。哈姆莱特不仅需要确证鬼魂的陈述,还要对两项罪行展开复仇。

鬼魂在引言中曾经短暂表达过对哈姆莱特是否能担此重任的疑虑:"你是否能行此举。"哈姆莱特当然是有能力的,但鬼魂担心的是他的能力是否足以使他拿起武器反对重重困难。告别时,它意识到自己

---

[1] *Hamlet*, TLN 697, p.744(1.5.80).
[2] Wilson 1553, Sig.2D,3^r.

173 需要恳请哈姆莱特记住它,①仿佛哈姆莱特会忘了如此冲击巨大的会面似的。② 鬼魂的疑虑并非凭空而来。哈姆莱特从未明确许诺进行复仇,比起行动他似乎更在意记忆。③ 然而,此时此刻他的怜悯之情确实被唤起了。他现在称呼"你可怜的亡魂",④并以一段庄严的宣誓作为回应:

> 只让你的命令留在
> 我的脑筋的书卷里,
> 不掺杂一点下贱的废料。
>
> TLN 719—721, p. 745(1.5.102—104)

哈姆莱特保证,克劳狄斯罪行的司法"问题"如今将会是他心中的头等大事。他或许并未许诺复仇,但无疑已下定决心,要对鬼魂的控诉进行提证。

* * * * *

另外两位在正直动因中提出指控陈述的角色是《终成眷属》中的管家和狄安娜。管家发现了海伦郁郁寡欢的真正原因,准备将其禀告伯爵夫人。当他说完简短又正式的引言准备开始展开陈述时,拉瓦契打断了演说。作为喜剧的组成部分,当然同样也是莎士比亚避免阐述

---

① *Hamlet*, TLN 708, p. 745(1.5.91).
② Lewis 2012b, p. 614.
③ Kerrigan 1996, pp. 182, 186—187.
④ *Hamlet*, TLN 713, p. 745(1.5.96).

六 法庭上的案情陈述

式诗文过于冗长单调的处理方式,拉瓦契被安排与伯爵夫人谈话打趣。① 他的主旨是表达自己想结婚的愿望,②直到关于这个问题的对话变得无聊粗俗后,伯爵夫人才开始抱怨并将他打发走,管家继而能够回到自己对事实的陈述上。

管家向伯爵夫人表示,自己完全清楚她对海伦的感情,随后开始讲述自己的故事:

> 夫人,小的最近在无意间,看见她一个人坐在那里自言自语;我可以代她起誓,她是以为她说的话不会给什么人听了去的。原来她爱上了我们的少爷!她怨恨命运,不该在两人之间安下了这样一道鸿沟;她嗔怪爱神,不肯运用他的大力,使地位不同的人也有结合的机会;她说狄安娜不配做处女们的保护神,因为她坐令纤纤弱质受到爱情的袭击甚至成为俘虏而不加援手。她用无限哀怨的语调声诉着她的心事,小的听了之后,因恐万一有什么事情发生,故此不敢疏忽,特来禀告夫人。③

---

① 在莎士比亚避免司法演说中啰唆重复的所有策略中,他最青睐的当属在引言和陈述之间插入这种内容。在安东尼回应勃鲁托斯指控的引言之后,平民们打断了叙述,对他的演说进行评论。伊莎贝拉结束自己对安哲鲁的控诉的引言之后,安哲鲁打断了她试图驳斥她的指控。在奥瑟罗对勃拉班修进行回应的引言之后,勃拉班修打断了他,试图在奥瑟罗展开陈述之前就让他失去可信度。如今,我们应当将莎士比亚作品的创作和"归属"视为复杂的和部分意义上的团队成果。例如,见 Greenblatt 1988; Munro 2005, pp. 53, 164—165; Weimann 和 Bruster 2008; Marino 2011; van Es 2013。我们有理由相信莎士比亚可能在排练演出时就已经构思好了这些细节。

② 拉瓦契显然引用了伊拉斯谟关于婚姻的论述,帕洛在海伦就贞洁进行辩论时也是如此。Wilson 1553, Sig. F, 1^v 至 Sig. I, 2^v 翻译了伊拉斯谟的这封书信,将其作为议事类修辞的模板。

③ *All's Well That Ends Well*, TLN 407—421, pp. 972—973(1.3.83—94)。编辑在这段话中加入的"狄安娜不配"(Dian no)采用了由刘易斯·西奥博得(Lewis Theobald)最初提出的推测性修改。

尽管管家主要是在告知信息,但再次地展现出自己作为司法演说术刻苦学徒的特质。他知道自己必须尽可能清楚地陈述案情,这要求他(用托马斯·威尔逊的话说)"根据需求依顺序讲述每件事,关注行动的时间、地点和方式"。① 他严格遵守时间顺序,指出自己遇见海伦的时间(最近);看到和听到她言论的地点(她本以为是隐秘的);以及她言说的方式(无限哀怨)。他还知道自己必须表述简洁,用威尔逊的话说,要"以大略的方式讲述整个事件"。② 他的做法是以近乎唐突的方式开始表述自己希望向伯爵夫人陈述的"事":"她的事是,她爱上了我们的少爷。"

清晰和简明固然重要,基本目标依然是实现可信,达到这个目标的办法之一就是确保陈述体现了"所言之人众所周知的特质"。③ 就此而言,管家超越了自己。从海伦在开场戏结束时的独白中即兴创作的十四行诗就能看出,她的天性是热情和充满诗意的。相反,管家始终以严肃准确和单调的方式说话。即使如此,他依旧勇敢地尝试着在他听上去过于正式的陈述中加入海伦的语气,模仿她谈论爱、命运、时运和自己悲惨境遇的风格。

伯爵夫人立刻指出,她认为管家的陈述"很有可能",具有可信度这项关键特质。她向他保证"我早已猜到几分,因为事无实据,不敢十分相信"。④ 在受到鼓励后,管家本该立刻提证。不过伯爵夫人接下来表示,她准备自己处理这个动因。她感谢管家提出自己正直的动

---

① Wilson 1553, Sig. P, 3^r.
② Wilson 1553, Sig. P, 2^v.
③ Cicero 1949a, I. XXI. 29, p. 60: 'res et ad eorum qui agent naturam … accommodabitur'.
④ *All's Well That Ends Well*, TLN 423—425, p. 973(1.3.95—97).

六 法庭上的案情陈述

因,命他住嘴并遣他退下:"现在你去吧,不要让别人知道,我很感谢你的忠心诚实。"①管家离开,海伦上场,伯爵夫人开始探究管家的陈述是否能被确认。

* * * * *

《终成眷属》中另一位在正当动因中提出指控陈述的角色就是狄安娜,受母亲的唆使,在戏剧的最后一幕中她提出自己的指控。狄安娜与母亲和海伦一道离开佛罗伦萨,跟踪法国国王来到马赛,却发现他匆匆离开前往罗西昂。海伦迫切想让国王尽快知道她和狄安娜对佛罗伦萨所发生事件的陈述。途中她幸运地碰上了一位"温柔的驯鹰师",这位先生与宫廷有些往来。② 她请他将一封信带给国王,声称这封信出自狄安娜之手,讲述了她所控诉的被贝特兰引诱之后又被抛弃的故事。③ 在狄安娜出场前,国王便高声朗读了这封信(并且颠倒了引言和陈述的通常顺序),信中简要陈述了床上把戏发生时贝特兰的误会:

告状人狄安娜·卡必莱特,呈为被诱失身,恳祈昭雪事:窃

---

① *All's Well That Ends Well*, TLN 425—427, p.973(1.3.97—99).

② *All's Well That Ends Well*, TLN 2429, p.993(5.1.6)中的附注是"一驯鹰师上"(Enter a gentle Astringer)。这引发了许多的编辑评论,Hunter 1959, p.125 参照的是后来的对开本版本,Snyder 1993, p.194 中的附注则是"一陌生朝士上"(Enter a Gentleman, a stranger)。Fraser 1985 认为,虽然指明其职业的原因依旧悬而未决,但是没有理由拒绝对开本第一版中的解读,也就是说他是位"驯鹰师"(或曰 ostreger),其职业是看管苍鹰等鹰隼。"优秀驯鹰师"的必备素养(耐心、平衡),见 Turberville 1575, p.207。这些素养听起来像是传递信息的良好品质,或许这才是莎士比亚的意图。

③ 我认为接下来的这封信是狄安娜的手笔。

告状人前在佛罗伦萨因遭被告罗西昂伯爵甘言引诱,允于其妻去世后娶告状人为妻,告状人一时不察,误受其愚,遂致失身。今被告已成鳏夫,理应践履前约,庶告状人终身有托;乃竟意图遗弃,不别而行。被告人迫不得已,唯有追踪前来贵国,叩阍鸣冤,伏希王上陛下俯察下情,主持公道,拯弱质于颠危,示淫邪以儆惕,实为德便。

TLN 2659—2667, p.995(5.3.139—145)

狄安娜知道她的陈述必须简短,因此她仅仅承认自己是在贝特兰允诺结婚后才委身于他。她也知道自己的发言必须清晰,这要求她考虑时间顺序。因此,她进行了一番逐步讲解:首先贝特兰引诱了她,然后他溜走了,随后她跟踪他,现在她要求正义。最重要的是,她知道自己必须以可信为目标(尤其是因为她的故事实际上并非真实),而她也同样仔细遵守着修辞学规则。她谈及相关人士的尊严与地位,用罗西昂伯爵来指代贝特兰,尽管在信中署名时故意写上了自己的贵族身份,但依旧称自己是个可怜的少女。她阐明自己致信国王的理由,不仅要平反一桩冤屈,还要避免不义横行人间。最后,她顺应人之常情,忏悔自己的耻辱,承认自己在被引诱时失去了分寸。按照昆体良的特别建议,她用直接和情感充沛的请求作为结尾,恳请国王给她正义,宣称自己只对国王有信心。

狄安娜的陈述称得上是修辞术的成功示范。正准备将女儿嫁给贝特兰的拉佛大人(大家以为海伦已死)立刻怒发冲冠,就像他的名字所暗示的那样,在愤怒和厌恶中终止了自己的计划:"我宁愿在市场上买一个女婿,把这一个摇着铃出卖给人家。"[1]国王立马意识到这是个

---

[1] *All's Well That Ends Well*, TLN 2668—2669, p.995(5.3.146—147).

六 法庭上的案情陈述

需要裁决的司法动因,在祝贺拉佛躲过一劫的同时,下令逮捕追求者。贝特兰同安哲鲁在受到伊莎贝拉控诉时一样,对真实情况毫无所知,试图诋毁她是"痴心狂妄的女子",[1]请求国王不要认为他会如此不知廉耻。国王震惊不已,对贝特兰的荣誉表示质疑,拒绝接受他的说辞:

> 你的行为要是不能使人相信,
> 我怎么能相信你的人格呢?
> 你还是先证明一下你的人格的高尚吧。
>
> TLN 2702—2704,p.996(5.3.180—182)

国王指出,他认为对贝特兰的指控已经足以要求他进行反驳,方能挽救自己的荣誉,否则狄安娜就可以提出指控的证据。

对辩护的陈述

除了提出对指控的陈述外,莎士比亚对另一种相反的类型也同样感兴趣,这就是当某人为应对犯罪指控或试图为某些无法辩护的事情做辩护时,必须陈述的那种辩护或证明。《罗密欧与朱丽叶》的最后一个场景中,劳伦斯神父面对的就是这种困境,他被指控有参与一场罪恶谋杀的嫌疑。[2] 前文已经提到,他的回应是一番赢得了维洛那亲王足够好感的迂回诡秘型引言,使亲王站在他这边:"那么快把你所知道的一切说出来。"[3]现在到了神父展开陈述为自己洗脱谋杀罪名的

---

[1] *All's Well That Ends Well*, TLN 2698, p.996(5.3.176).
[2] *Romeo and Juliet*, TLN 2887,2911, p.411(5.3.198,222).
[3] *Romeo and Juliet*, TLN 2917, p.411(5.3.228).

时刻。

劳伦斯神父知道他的发言必须简短,以向亲王保证他牢记这条要求开始发言:

> 我要把经过的情形尽简单地叙述出来,
> 因为我短促的残生还不及一段冗烦的故事那么长。
> TLN 2918—2919, p.411(5.3.229—230)

随着他的陈述逐渐展开,读者们也越发意识到,他将无法兑现这条承诺。《罗密欧与朱丽叶》这出戏中有多个角色的台词都极其冗长,以至于必须被强行中止。当乳母絮絮叨叨回顾起朱丽叶的童年时,凯普莱特夫人不耐烦地打断她:"得了得了,请你别说下去了吧。"① 迈丘西奥关于春梦婆的介绍更是琐碎,罗密欧带着绝望的语气嘲笑他:"得啦,得啦,迈丘西奥,别说啦!"② 神父被允许不被打断地完成陈述,但他发言的长短与迈丘西奥不相上下。

尽管神父的陈述并不简短,但他无疑成功地做到了昆体良所说的尽可能精练。③ 他确实认真遵循了实现精练的各种准则。这与亚瑟·布鲁克的《罗密欧与朱丽叶的悲剧》形成了鲜明对比。《罗马修辞手册》曾经提醒,"对故事的陈述要从有必要的地方开始,而非从最初的开头入手",④ 但是在布鲁克的诗文中,神父明显偏离了这条建议:

---

① *Romeo and Juliet*, TLN 403, p.383(1.3.50).
② *Romeo and Juliet*, TLN 554—555, p.385(1.4.95—96).
③ Quintilian 2001, 4.2.47, vol.2, p.242.
④ *Rhetorica ad Herennium* 1954, I. IX. 14, p.24:'inde incipiemus narrare unde necesse est;et si non ab ultimo initio'.

六　法庭上的案情陈述

> 随后年迈的神父
> 　　开始讲述,
> 罗密欧第一次,
> 　　与朱丽叶互生情愫。
> 偶然的目光交汇,
> 　　两人认定彼此,
> 决心私订终身,
> 　　至死不渝。①

相反,莎士比亚笔下的神父有意避谈不必要的前因,只说对理解事件的发生必不可少的内容:

> 死了的罗密欧是死了的朱丽叶的丈夫,
> 她是罗密欧的忠心的妻子,
> 他们的婚礼是由我主持的。
> 　　　　　　TLN 2920—2922, p. 411(5.3.231—233)

西塞罗补充,还要谨记,"并非一定要细致阐述事情经过和原委才能阐明事件"。② 布鲁克诗文中的神父似乎同样完全不知这条规则。他详细讲述了自己选择为两位年轻的情人主持婚礼的原因,自己认为两人实乃天作之合,希望两人的结合也能平息两大家族之间的争端。相反,莎士比亚笔下的神父深知以上内容与案情都不相关,仅仅告知

---

① Brooke 1562, fos. 81^v—82^r.
② Cicero 1949a, I. XX. 28, p. 56: ' satis est quid factum sit dicere, ut ne narres quemadmodum sit factum'.

维洛那亲王这桩婚事的事实本身而已。

布鲁克版本中的神父接下来开始解释罗密欧如何杀死提伯尔特并潜逃,朱丽叶和巴里斯之间如何缔结了婚约,朱丽叶如何以死相逼要求神父想办法阻止这场结合,以及神父如何给她一服药方来假装死亡的。莎士比亚效仿布鲁克:

> 他们的婚礼是由我主持的。
> 就在他们秘密结婚的那天,提伯尔特死于非命,
> 这位才做的新郎也从这城里被放逐出去;
> 朱丽叶是为了他,不是为了提伯尔特,才那样伤心憔悴的。
> 你们因为要替她解除烦恼,
> 把她许婚给巴里斯伯爵,还要强迫她嫁给他,她就跑来见我,
> 神色慌张地要我替她想个办法
> 避免这第二次的结婚,
> 否则她就要在我的寺里自杀。
> 所以我根据我的医药方面的学识,
> 给她一服安眠的药水,
> 它果然发生了我所预期的效力,
> 她一服下去
> 就像死了一样昏沉过去。
>
> TLN 2922—2935, pp. 411—412(5.3.233—246)

不过,布鲁克笔下的神父还在故事中加入了一段冗长的介绍,解释他为何决定给朱丽叶安眠药。年轻时他曾学习过秘术,当朱丽叶向他求援时,他害怕她会为了信守诺言而自杀,于是便决定以此相助。

六 法庭上的案情陈述

莎士比亚笔下的神父深知,用西塞罗的话说,这些内容都无关宏旨,因为陈述只需要表明采取了何种行动,而非为何采取行动,劳伦斯神父再次认真采纳了他的建议。①

一切陈述的最重要特征就是可信,然而在这里,劳伦斯神父则面临着难以克服的困难。使故事可信的第一条要求,就是要避免言及任何与相关人士众所周知的特质所不相符合的内容。劳伦斯神父不可能满足这一要求。他竭力避免明确提及自己的故事将会令人难以置信这一点,这个暗中成婚、魔法灵药和突然死亡的故事与《罗马修辞手册》所提出的要求简直南辕北辙,后者认为陈述中不应当包含任何与本性、风俗和通行看法相悖的内容。②

不过,同《哈姆莱特》中的鬼魂一样,这或许也解释了为何莎士比亚随即让神父严格遵循其他建议来确立可信度:

> 同时我写信给罗密欧,
> 就叫他在这一个悲惨的晚上到这儿来,
> 帮助把她搬出她寄寓的坟墓,
> 因为药性一到时候便会过去。
> 可是替我带信的约翰神父
> 因遭到意外,不能脱身,
> 昨天晚上才把我的信依然带了回来。
> 那时我只好按照预先算定她醒来的时间,
> 一个人前去把她从她家族的墓茔里带出来,

---

① Cicero 1949a, I. XX. 28, p. 56.
② *Rhetorica ad Herennium* 1954, I. IX. 16, p. 28.

>预备把她藏匿在我的寺院里,
>等有方便再去叫罗密欧来;
>不料我在她醒来以前几分钟
>到这儿来的时候,
>尊贵的巴里斯和忠诚的罗密欧已经双双惨死。
>她一醒过来,我就请她出去,
>劝她安心忍受这一种出自天意的变故;
>可是那时我听见了纷纷的人声,吓得我逃出了墓穴,
>她在万分绝望之中不肯跟我去,
>看样子她是自杀了。
>这是我所知道的一切。
>
>TLN 2935—2954, p.412(5.3.246—265)

此处也同布鲁克的《罗密欧与朱丽叶》完全不同,神父的陈述以几乎与修辞规则绝缘的方式结尾:

>那位约翰神父
>带着送给罗密欧的信,
>前往曼图亚,
>他并不知道,
>事情将会怎样,
>也不知道伴侣已死
>躺在家族墓中。
>他绞尽脑汁,
>百思不得其解,

六 法庭上的案情陈述

> 以为朱丽叶已死,
> 朱丽叶手握
> 罗密欧的匕首
> 放在胸前没了呼吸,
> 随后陷入崩溃
> 她的爱人执意寻死。
> 旁人却无法拯救,
> 听闻守夜人将至
> 他们惊慌失措
> 掩面躲起。①

布鲁克严格遵循时间顺序,却似乎全然不知其他使陈述清晰可信的建议,而莎士比亚笔下的劳伦斯神父则悉数照做。首先,他深知必须在叙述悲剧经过时确保时间连贯。在讲到邀请罗密欧去坟墓时点明"这个悲惨的夜晚",他抵达时则"如约定时间",甚至还更精确地补充,"提前几分钟"。他知道自己必须表明案发地点十分适宜,因此指出,在交给朱丽叶假死药之后,他需要暂时借用一个坟墓来等待。他也知道自己必须提到相关人员的地位,因此说巴里斯是尊贵的,说朱丽叶是罗密欧的妻子。最后,他知道必须对自己的行为加以解释,因此告诉大家,他召唤罗密欧并告诉他应该去往何处,而他之所以亲自到坟墓,是因为当他的信件被带回时,便决定要将朱丽叶带到他的寺院中藏匿,直到能与罗密欧重聚。

劳伦斯神父的陈述大获成功。当他以一句"这是我所知道的一

---

① Brooke 1562, fo. 83^r.

切"结束演说时,维洛那亲王的回应是向他保证"我一向知道你是一个道行高尚的人"。① 维洛那亲王充满敬意的口吻表明,他已经被劳伦斯神父的陈述充分说服,愿意允许神父陈述其余案情。神父和巴尔萨泽只需要对守夜人长官的怀疑进行有力反驳便可证明自己的无辜。

* * * * *

在《裘利斯·凯撒》的第三幕中,安东尼同样也需要为自己的动因进行辩护陈述。他已经唤起市民对勃鲁托斯意图的愤怒,后者认为要维系罗马的自由凯撒就必须死,不过他仍然需要反驳认为他是在为一项无法辩驳的罪行辩护的指控。安东尼用充满象征意味的发表姿态开始陈述,勃鲁托斯从对市民发表长篇大论的公共讲坛走下,以求在发表自己关于凯撒之死的相反陈述时能与市民们打成一片:②

> 要是你们有眼泪,现在准备流起来吧。
> 你们都认识这件外套;我记得
> 凯撒第一次穿上它,
> 是在一个夏天的晚上,在他的营帐里,
> 就在他征服纳维人的那一天。
> 瞧! 凯歇斯的刀子是从这地方穿过的;
> 瞧那狠心的凯斯卡割开了一道多深的裂口;
> 他所深爱的勃鲁托斯就从这儿刺了一刀进去,

---

① *Romeo and Juliet*, TLN 2959, p. 412(5.3.270).
② Wills 2011, pp. 97—98 将其视为"从脑到心"的运动。

六 法庭上的案情陈述

当他拔出他那万恶的武器的时候,
瞧凯撒的血是怎样汨汨不断地跟着它出来,
好像急于涌到外面来,
想要知道究竟是不是勃鲁托斯下这样无情的毒手似的;
因为你们知道,勃鲁托斯是凯撒心目中的天使。
神啊,请你们判断凯撒是多么爱他!
这是最无情的一击,
因为当尊贵的凯撒看见他行刺的时候,
负心,这一柄比叛徒的武器更锋锐的利剑,
就一直刺进了他的心脏,那时候他伟大的心就碎裂了;
他用这外套蒙着脸,血不停地流着,
就在庞贝像座之下,伟大的凯撒倒下了。
啊!那是一个多么惊人的陨落,我的同胞们;
我、你们,我们大家都随着他一起倒下,
残酷的叛逆却在我们头上耀武扬威。

TLN 1553—1576, p.692(3.2.160—183)   183

安东尼展现了自己对确保陈述可信度的诸项要求的娴熟掌握。他首先仔细品评了相关人士的形象和性格。他谈到了凯撒的高贵与伟大,他成功的统帅生涯,他的勇敢和仁爱之心,与之形成对比的则是深受喜爱的勃鲁托斯所展现的无情与忘恩负义。他还着意强调了自己所认为的阴谋的动机。凯斯卡满心妒忌,勃鲁托斯忘恩负义,所有人都被背信弃义的欲忘驱使去摧毁祖国。他还知道要提及他们实现背叛所用的手段。安东尼告诉听众,凯斯卡扯碎了凯撒的披风,凯歇斯拿着匕首从他面前跑过,勃鲁托斯则用可恶的钢刀捅向他。最后,

235

他表明了凯撒之死发生的具体时间地点。当勃鲁托斯用刀捅向他时他就被彻底击溃了,他倒下的地点十分讽刺,乃是在凯撒曾经击败的强大对手,庞贝的雕像前。

昆体良强调,在勾勒事实的同时,陈述还必须致力于唤起听众的怜悯之心。① 安东尼结束发言时的措辞印证了这一点:

> 啊!现在你们流起眼泪来了,
> 我看见你们已经天良发现;这些是真诚的泪点。
>
> TLN 1577—1578, p.692(3.2.184—185)

昆体良还讨论过另一个唤起听众愤怒与同情的办法。可以通过展示所代表的受害人沾血的衣物以及被残害的尸身来达到目标。② 普鲁塔克在对安东尼生平的记叙中提到了类似的内容,安东尼"在全体公民大会面前展示了死者血淋淋的衣物,衣物被利剑刺得破烂不堪,还咒骂行凶者是残暴的和该被诅咒的杀人犯"。③ 莎士比亚仔细考据了各种权威,设计安东尼掀开凯撒的长袍,向民众展示他遍体鳞伤的尸体:

> 善良的人们,怎么!
> 你们只看见凯撒衣服上的伤痕,就哭起来了吗?
> 瞧这儿,这才是他自己,你们看,给叛徒们伤害到这个样子。
>
> TLN 1579—1581, p.692(3.2.186—188)

---

① Quintilian 2001, 4.2.111—112, vol.2, p.274.
② Vickers 1988, pp.78—79 认为安东尼采纳了昆体良的建议。也见 Enders 1992, pp.61—64。
③ Plutarch 1579, p.976.

六　法庭上的案情陈述

展示凯撒尸体的满身伤痕,最后谴责同谋者为叛徒,安东尼由此为自己的陈述画上了圆满的句号。

安东尼的陈述取得了空前的成功。市民们注视着凯撒的尸体,同情之心进一步被激发:"啊,伤心的景象!""啊,尊贵的凯撒!""啊,不幸的日子!"①安东尼还成功唤起了他们强烈的复仇欲。"啊,叛徒!恶贼!"市民丁吼道,市民乙应和"我们一定要复仇"。② 万事俱备,安东尼只需提证证明凯撒被不义地谋杀了,而市民们现在也明确表示,他们将洗耳恭听。"静下来!听尊贵的安东尼讲话。"市民甲说道,安东尼则准备完成动因的提证。③

* * * * *

莎士比亚悲剧中另一个不得不进行反驳和辩护陈述的角色就是奥瑟罗,在《奥瑟罗》第一幕中,勃拉班修对他提出了行邪术的指控。④第四章已经提到,奥瑟罗采用迂回诡秘型引言作为回应,赢得了公爵和元老们的巨大好感,明确表示期待他讲述事情原委。公爵随即正式要求他提出自己的陈述。"说吧,奥瑟罗",他命令道,奥瑟罗于是开始讲述自己的恋爱故事。⑤ 他提出了两部分相互关联的陈述,核心陈述的内容是自己的人生经历,框架故事则是为了引出前者。⑥ 核心故事

---

① *Julius Caesar*, TLN 1582—1583, p.692(3.2.189—191).
② *Julius Caesar*, TLN 1584—1585, p.692(3.2.192,194).
③ *Julius Caesar*, TLN 1588, p.692(3.2.198).
④ Adamson 1980, p.127 强调奥瑟罗的"故事讲述",不过并未指出他进行的是司法陈述。
⑤ *Othello*, TLN 412, p.933(1.3.126).
⑥ 对奥瑟罗的陈述与元叙述的分析,见 Wilson 1995, pp.102—107.

就是他疯狂的冒险生涯,包括各种令人惊异的和难以置信的遭遇。框架故事的目标则是确保他的言论听上去尽可能像真的。首先,奥瑟罗明白自己需要谈到相关人士的地位和尊严。他通过谈论苔丝狄蒙娜父亲对他以礼相待的行为来开始演说:

> 她的父亲很看重我,常常请我到他家里,
> 每次谈话的时候,总是问起我的历史。
>
> TLN 413—414, p.933(1.3.127—128)

片刻之后,他又强调了苔丝狄蒙娜作为孝顺的女儿和家庭主理人的角色:

> 苔丝狄蒙娜对于这种故事,
> 总是出神倾听;
> 有时为了家庭中的事务,她不能不离座而起,
> 可是她总是尽力把事情赶紧办好,
> 再回来孜孜不倦地把我所讲的每一个字都听了进去。
>
> TLN 430—434, p.933(1.3.144—148)

他还知道必须表明西塞罗所说的"时间合适、空间充裕、地点恰当",相关事件因此得以发生。① 他有充足的时间来讲述自己的故事。勃拉班修"常常请我",而苔丝狄蒙娜每每料理家务时都能听到他高谈

---

① Cicero 1949a, I. XXI. 29, p. 60: ' tempus idoneum, ... spati satis, ... locus opportunus'.

六 法庭上的案情陈述

阔论。若他想与苔丝狄蒙娜私下交谈个把小时,也是有充分空间的。①最后,地点完全可行,因为所有会面都发生在苔丝狄蒙娜家中。奥瑟罗也深知(再次引用西塞罗)必须"展示出行此事的缘由"。② 他讲故事的主要原因是勃拉班修"总是问起我的历史"。不过后来他又提出了更深层次的理由,在意识到苔丝狄蒙娜是如此喜爱聆听他的话语后,他决定要对故事加以翻新再次讲述:

> 我注意到她这种情形,
> 有一天在一个适当的时间,
> 从她的嘴里逗出了她的真诚的心愿:
> 她希望我能够把我的一生经历,
> 对她做一次详细的复述,因为她平日所听到的,
> 只是一鳞半爪、残缺不全的片段。
>
> TLN 435—440, p.933(1.3.149—154)

他最终获得了她的认可:"要是我有一个朋友爱上了她,我只要教他怎样讲述我的故事,就可以得到她的爱情。"③

奥瑟罗的陈述并不精练,但就其他方面而言依旧符合古典规则,公爵也认为可以赞美它具有修辞力量。本书第一章曾指出,通常用来勾勒雄辩力量的比喻,通过"赢得人心"和"卸下防备"的演说来征服对手。此处,公爵运用了这两个意象。在承认"像这样的故事,我想我的女儿听了也会着迷"之后,他又向勃拉班修指出,木已成舟,他只能

186

---
① *Othello*, TLN 435—439, p.933(1.3.149—153).
② Cicero 1949a, I.XXI.29, p.60:'causae factorum exstabunt'.
③ *Othello*, TLN 449—451, p.934(1.3.163—165).

在"刀剑虽破"和"手无寸铁"之间进行选择。① 这并不意味着公爵已经决意要接受奥瑟罗所主张的真相。奥瑟罗刚才谈到了肩下生头的化外异民,同伊阿古一样,公爵或许会认为,奥瑟罗是通过花言巧语来赢得苔丝狄蒙娜的。② 奥瑟罗强调,他是通过自己的雄辩来吸引苔丝狄蒙娜的,因此公爵或许还会怀疑,奥瑟罗是否为了符合公众看法粉饰了他追求苔丝狄蒙娜的经过。不过他欣然表示,尽管奥瑟罗尚未提出对勃拉班修指控的反驳,他的陈述已经具备了可信度这种关键特质,公爵向勃拉班修指出,他最好放弃自己的指控,"付之一笑,安心耐忍"。③

失败的陈述

波洛涅斯发表完关于哈姆莱特发疯原因的灾难性引言之后,他自鸣得意地开始陈述自己的案情,又一次成为莎士比亚讽刺创作的典型。"请猜一猜",他沾沾自喜地要求国王和王后认真思考他将讲述的故事。④ 他一开始确实是牢记着精练是智慧的灵魂,却全然忘记了修辞学家关于避免啰唆的所有教诲。⑤ 第一条规则就是要避免回到最初的起点。⑥ 波洛涅斯背其道而行之。他坚信哈姆莱特的疯狂源自对奥菲利娅求而不得的爱,告诉克劳狄斯和葛特露"我有一个女儿,当她

---

① *Othello*, TLN 456, 458—459, p. 934(1.3.170, 172—173).
② *Othello*, TLN 905, p. 938(2.1.214). 对奥瑟罗"夸大其词"的讨论见 Honigmann 1980.
③ *Othello*, TLN 458, p. 934(1.3.171).
④ *Hamlet*, TLN 1034, p. 748(2.2.105).
⑤ *Hamlet*, TLN 1019, p. 748(2.2.90).
⑥ *Rhetorica ad Herennium* 1954. I. IX. 14, p. 24.

还不过是我的女儿的时候"。① 从如此久远的事说起,他不过是在告诉两人他们早就知道的事。接下来,必须用心避免偏离主旨。② 波洛涅斯又一次背离教诲。他深信,哈姆莱特为爱痴狂的证据可以在奥菲利娅交给他的一封信中找到,他开始大声朗读:"给那天仙化人的、我的灵魂的偶像,最美丽的奥菲利娅。"③但是他又立刻偏离了主题:"这是一句恶劣的句子,下流的句子,'美丽的'也是很下流的字眼。"④最后,必须尽量避免重复同样的内容。⑤ 波洛涅斯再次离题万里。开始读信之前,他告诉克劳狄斯和葛特露奥菲利娅向他展现了"她的孝心",读完之后,他再次告诉两人"我的女儿出于孝顺之心拿来给我看的"。⑥

就避免陷入破坏清晰性的各种陷阱而言,波洛涅斯同样糟糕。第一条规则就是避免遗漏任何与案情相关的内容。⑦ 波洛涅斯在继续读信时恰是如此:"你们听下去吧:让这几行诗句留在她的皎洁的胸中。"王后再也无法忍受:"这是哈姆莱特写给她的吗?"⑧波洛涅斯忘了指出最关键的事实。另一条规则是,避免以焦虑愤怒的方式发言。⑨ 波洛涅斯却越讲越起劲,怒气逐渐增强,尤其是当他意识到自己看似

---

① *Hamlet*, TLN 1035, p.748(2.2.106).
② *Rhetorica ad Herennium* 1954, I.IX.14, p.26.
③ *Hamlet*, TLN 1038—1039, p.748(2.2.109).
④ *Hamlet*, TLN 1040—1041, p.748(2.2.110). 莎士比亚采用这种别有意味的处理方式,似乎是在清算一笔旧账。罗伯特·格林曾言"鸦雀新秀,因我们的羽毛而美丽",这显然说的是年轻的莎士比亚。见 Greene 1592, Sig.F, 1ᵛ,以及参见 Edwards 2003, p.135n.;Potter 2012, pp.98—99。
⑤ *Rhetorica ad Herennium* 1954, I.IX.14, p.26. 见 Edwards 2003, p.135n. ,以及参见 Potter 2012, pp.98—99。
⑥ *Hamlet*, TLN 1036, 1054, p.748(2.2.107, 123).
⑦ *Rhetorica ad Herennium* 1954, I.IX.15, p.26.
⑧ *Hamlet*, TLN 1041—1043, p.748(2.2.110—113).
⑨ *Rhetorica ad Herennium* 1954, I.IX.15, p.26.

是在将女儿推向了一场皇室结合时。克劳狄斯问他,奥菲利娅如何看待哈姆莱特的爱意,他突然狂吼:"陛下以为我是怎么样的一个人?"国王为了缓和气氛回答,"一个忠心正直的人",①但波洛涅斯更加愤愤不平:

> 但愿我能够证明自己是这样一个人。
> 可是假如我看见这场热烈的恋爱正在进行,
> 不瞒陛下说,
> 我在我的女儿没有告诉我之前,就早已看出来了
> ……或者故意视若无睹,假作痴聋,一切不闻不问
> 那时候陛下的心里觉得怎样?
> 我的好娘娘,您这位王后陛下的心里又觉得怎样?
> TLN 1060—1065, 1068, pp. 748—749(2.2.129—134, 137)

波洛涅斯想证明自己是"正直的",又害怕事情看上去并非如此,或许他内心深处真的想让女儿嫁给王子。慌张焦虑之中,他至少四次追问国王和王后对他的看法。

修辞学家一致认为,实现清晰性的最佳方法就是尽可能简洁地进行陈述。② 波洛涅斯在发言结尾处成功地违背了这条规则。他知道要向听众保证"话说的简单",并且除了要求奥菲利娅拒绝哈姆莱特的示爱和他认为这使哈姆莱特发疯的看法之外,他确实并没有其他要禀报的。不过他依然达不到简短这条要求:

---

① *Hamlet*, TLN 1058—1059, p.748(2.2.127—128).
② *Rhetorica ad Herennium* 1954, I.IX.15, p.26.

六 法庭上的案情陈述

> 于是我把她教训一番,
> 叫她深居简出,不要和他见面,
> 不要接纳他的来使,也不要收受他的礼物;
> 她听了这番话,就照着我的意思实行起来。
> 说来话短,他受到拒绝以后,心里就郁郁不快,
> 于是饭也吃不下了,觉也睡不着了,
> 他的身体一天憔悴一天,
> 他的精神一天恍惚一天,
> 这样一步一步发展下去,
> 就变成现在他这一种为我们大家所悲痛的疯狂。
>
> TLN 1071—1080, p.749(2.2.140—149)

波洛涅斯想指出的"退化"就是从郁郁寡欢到疯狂,他却无法拒绝加上吃不下饭、睡不着觉、日渐憔悴和日渐恍惚等细节,以及运用复指修辞重复(then, thence, thence, thence)。① 他的陈述以啰嗦重复的方式结束。

波洛涅斯的陈述实乃技艺不精的典型,不过关键依然是它是否成功地传递出了可信之感。令人有些吃惊的是,就此而言它是成功的。在听取陈述前,克劳狄斯告诉葛特露,波洛涅斯认为自己发现了"你儿子发疯的原因"。② 葛特露机智地回答:"我想主要的原因还是他父亲的死和我们过于迅速的结婚。"③ 在听取了波洛涅斯的陈述后,她改变了自己的想法。克劳狄斯询问她对波洛涅斯这种爱而不得解释的看

---

① 正如 Keller 2009, p.150 中指出的。
② *Hamlet*, TLN 983, p.748(2.2.55)。
③ *Hamlet*, TLN 984—985, p.748(2.2.56—57)。

法:"你想是这个原因吗?"她回答:"这是很有可能的。"① 她认为波洛涅斯的陈述具有可能性这种关键特质。克劳狄斯则立刻看出了这种推断所引出的进一步问题:"我们怎么可以进一步试验试验?"② 他意识到,如今他们所需要的就是要求波洛涅斯提证。

* * * * *

在进行司法陈述时无疑更加失败的角色是《量罪记》第五幕中的伊莎贝拉。这段内容很少被注意到,③造成这种忽略的原因之一可能是伊莎贝拉无法讲述出令人信服的故事。当她来到公爵面前提出对安哲鲁的"没有半句谎言的哀诉"时,乍看上去是很有希望成功的。公爵表示自己对她的引言印象深刻,鼓励她说下去。"简简单单地说出来吧。"他说,请她继续展开案情陈述。④ 伊莎贝拉立刻开始自己自以为简练有力的故事:

> 我是克劳狄奥的姐姐,
> 他因为犯了奸淫,
> 被安哲鲁判决死刑。
> 立愿修道、尚未受戒的我,
> 从一位路西奥的嘴里知道了这个消息。
>
> TLN 2234—2239, p.918(5.1.69—74)

---

① *Hamlet*, TLN 1081—1082, p.749(2.2.149—150).
② *Hamlet*, TLN 1089, p.749(2.2.157).
③ 甚至在 Wheeler 1981, Hawkins 1987 以及 Shuger 2001 中也是如此。
④ *Measure for Measure*, TLN 2233, p.918(5.1.68).

六 法庭上的案情陈述

路西奥情绪激昂,在听到自己的名字后难以自持,接过话头讲述自己的故事:

> 禀殿下,我就是路西奥,
> 克劳狄奥叫我向她报信,
> 请她设法向安哲鲁大人求情,
> 宽恕她弟弟的死刑。
>
> TLN 2239—2242, p. 918(5.1.74—77)   190

伊莎贝拉发现路西奥现在"已经代我说出一些情况了",[①]尔后又自己将故事补充完整:

> 我怎样向他哀求恳告,怎样向他长跪泣请,
> 他怎样拒绝我,我又怎样回答他,
> 这些说来话长,也不必细说。最后的结果,
> 一提起来就叫人羞愤填膺,难于启口。
> 他说我必须把我这清白的身体,
> 供他发泄他的兽欲,
> 方才可以释放我的弟弟。在无数次反复思忖以后,
> 手足之情使我顾不得什么羞耻,
> 我终于答应了他。可是到了下一天早晨,
> 他的目的已经达到,却下了一道命令

---

① *Measure for Measure*, TLN 2249, p. 918(5.1.84).

要我可怜的弟弟的首级。

TLN 2257—2268，p.918(5.1.92—103)

伊莎贝拉严格按照时间顺序进行陈述,认真遵守实现明晰性的基本要求,同时也采纳了修辞学家针对发言如何尽可能精练的更复杂的建议。她在发言开始时保证会言简意赅;她的故事从必要的地方说起,解释自己为何觐见公爵;并且在讲完安哲鲁违背诺言的行为后她就不再拓展,这正是她当下的指控。她采用归纳的方式进行发言,解释事情原委,又并未加入事发时间地点等细枝末节的其他信息,她以一种可以推断出各种细节的方式来叙述结果。更重要的是,她竭尽全力地遵守如何创造出可能性氛围的要求。她从谈论自己的地位与尊严说起,指明自己立志成为修女,同时也是被告的姐姐。她在安哲鲁的动机上大做文章,宣称他同意赦免克劳狄奥,只要她愿意从了他。她指出了犯罪场所得以发生的条件,强调她和安哲鲁单独会面并详细交谈。最后,她还表明有足够的时间和空间实施犯罪,暗示自己和安哲鲁一晚上都在一起。

不过,伊莎贝拉迅速地意识到,自己所面对的是一个无法解决的难题,不可能说服听众相信自己的陈述具有可信度这项关键特质。这并非因为她的故事不真实,尽管观众们已经知道它包含着一条弥天大谎。(她宣称与安哲鲁发生了关系,不过安哲鲁实际上受到了欺骗,当晚他是与玛丽安娜共度的。)然而,正如修辞学家所认同的,没有理由不使这种捏造听上去完全可信。毋宁说,伊莎贝拉的问题在于,她无法成功满足修辞学家反复强调的关于可信度的两重测试:"陈述的问题必须与参与者的本质相符",以及所指控的罪行必须从本质上看是

六　法庭上的案情陈述

自然的和合理的。①

在这个情节中,莎士比亚的处理方式与乔治·惠斯通的《普罗莫斯和卡珊德拉》形成了强烈的对比。惠斯通绕过了修辞上的复杂要求,直接让普罗莫斯立刻认罪。② 莎士比亚则让公爵指出,伊莎贝拉的指控并未满足可信度的标准测试。她的故事不仅与安哲鲁众所周知的本质相抵触,而且本质上也是荒谬无理的:

> 第一,他的为人的正直,
> 是谁都知道的;第二,要是他自己也干了那一件坏事,
> 那么他推己及人,
> 怎么会急不及待地一定要把你的兄弟处死?
> 　　　　　　　　TLN 2272—2276,p.918(5.1.107—111)

伊莎贝拉的陈述完全缺乏可信度,公爵用强烈的讽刺语气斥责她:"哪会有这等事!"③她只得哀叹故事本质事实与缺乏可信度之间难以逾越的鸿沟:"啊,那是千真万确的。"④一如既往,虽然语气逐渐加强,但她发现自己身陷困境,甚至连修辞学家推崇的格言和指南也无济于事。

幸运的是,伊莎贝拉的故事随后被玛丽安娜的证词所证实,安哲鲁的真面目终于被揭穿。不过与此同时,她也痛苦地认识到自己陈述

---

① Cicero 1949a, I. XXI. 29, p. 60: 'res et ad eorum qui agent ... accommodabitur'. 参见 *Rhetorica ad Herennium* 1954, I. IX. 16, p. 28: 'veri similis narratio erit si ut ... natura postulat dicemus'.
② Whetstone 1578, Sig. K, 2^r.
③ *Measure for Measure*, TLN 2268, p. 918(5.1.103,我据此引用了感叹号)。
④ *Measure for Measure*, TLN 2269, p. 918(5.1.104).

192 的失败:①

> 竟是这样的吗?
> 天上的神明啊!
> 求你们给我忍耐吧!
> 天理昭彰,暂时包庇起来的罪恶,
> 总有一天会揭露出来的。
> 愿上天保佑殿下,我从此不再相信世间有公道了。
>
> TLN 2279—2284, p.918(5.1.114—119)

伊莎贝拉用末尾处押韵的短句表明她准备离开,话没说完公爵就粗暴地打断了她:

> 我知道你现在想要逃走了。来人!
> 给我把她关起来!
>
> TLN 2285—2286, p.918(5.1.120—121)

伊莎贝拉指控安哲鲁的尝试戛然而止。公爵并未允许她提证;她193 被下令结束指控,被侍卫带走。

---

① 相关讨论见 Greenblatt 1988, pp.138—142。

七

提证:法律和司法争议

两种提证方式

亚里士多德在《修辞学》第一卷中区分了两种不同的修辞提证与证据类型。① 一种类型是"非人工的"(atechnoi),它不依赖于修辞技巧的有效性,后来昆体良将这种类型称为"非技术的"证据。不过,大多数提证方法被认为是"人工的"(entechnoi),完全依赖于修辞原理的成功运用,昆体良称其为"技术"证据。② 早期的罗马修辞学家很少谈及非技术证据,《罗马修辞手册》作者的创作显然要早于亚里士多德《修辞学》的广泛传播之时,但这本书完全没有提到这种类型。③ 然

---

① Aristotle 1926, I.2.2, p.14. 相关讨论见 Serjeantson 2007, pp.184—185。
② 见 Quintilian 2001, 5.1.1—2, vol.2, p.324 论非人工的和人工的证据之间的区别。参见 Erasmus 1569, fo.126ʳ。
③ 不过,西塞罗在《论题》中曾经谈到他所谓"外部"证据,在《论演说家》中还给出了一些例子。见 Cicero 1949b, II.8, p.386 and IV.24, p.396。也见 Cicero 1942b, II.6, p.314 论证词(testimonia),以及见 Cicero 1942a, II.XXVII.116, vol.1, p.282 论法律文档(tabulae)和证词。

249

而，昆体良坚决反对这种处理方式，认为"应当谴责那些不将这种类型纳入教学的人"，并在《雄辩术原理》第五卷中详尽解释了非人工提证的概念。①

亚里士多德认为，最重要的非人工提证方法就是运用法律文件——尤其是法律和合约——以及可靠证人的证词。② 昆体良分别讨论了以上内容，不过他最关注的是证人的价值与功能，从正反两方面进行了探讨。一方面，技艺娴熟的辩护律师永远会试图破坏证人的可信度：③"温顺的证人可以加以恐吓，愚蠢的证人进行欺骗，易怒的证人设法挑衅，野心勃勃的证人谄媚讨好，啰嗦的证人则要使他更加唠叨。"④ 不过另一方面，"认为人的亲身经历是最可靠的证据，也是成立的"。⑤ 因此也可以说，证人的证词，尤其当他们数量众多且为人正直时⑥，或许是最强有力的提证。如果再考虑到虽然司法主张或多或少可能是不真实的，但证人通常都要在发誓以后才给出证词，这种看法似乎又多了几分道理。⑦

昆体良还在分析中补充了其他的主张类型，尽管它们并非严格属于非技术的范畴，但依然能带来近乎同样程度的证明。其中最不言

---

① Quintilian 2001, 5.1.2, vol.2, p.324：'magnopere damnandi qui totum hoc genus a praeceptis removerunt'.

② Aristotle 1926, I.15, 1, p.150 和 I.15.17, p.158。相关讨论见 Shapiro 2001, pp.55—59。Joseph 1947, pp.92—108 分析了证词（以及莎士比亚的用法），不过并未讨论证人。

③ Cicero 1949a 并未表明如何达成这一目标，不过 *Rhetorica ad Herennium* 1954, II.VI.9, p.74 提出了一些简单的建议。

④ Quintilian 2001, 5.7.26, vol.2, p.346：'timidus terreri, stultus decipi, iracundus concitari, ambitiosus inflari, longus protrahi potest'. 这里我再次借用了唐纳德·罗素精准的翻译。

⑤ Quintilian 2001, 5.7.4, vol.2, p.336：'nullam firmiorem probationem esse contendit quam quae sit hominum scientia nixa'.

⑥ Quintilian 2001, 5.7.24, vol.2, p.346.

⑦ Quintilian 2001, 5.7.33, vol.2, p.352.

七 提证:法律和司法争议

自明的一种就是来自感官印象的认识,因为"人们认识事物的首要方式就是通过感官来感知"。① 当人们无法怀疑所见所闻时,这种证据就极其有力,法律上的争议便不可能展开。② 在功效最强的状态下,这种证据被认为能够实现昆体良断然称为毋庸置疑的那种提证效果。③ 理查德·雷纳德在《修辞术基础》中对"提证"进行讨论时,脑中所想的似乎就是这种证据类型,他开篇写道,一种"确立和支持动因"的办法是"展现不言自明之事",也就是那些显而易见并因此毋庸置疑的事。④

自罗马法研究在西欧地区被重新引入,相关法律文档以及证人的宣誓证词就被视为司法证据的核心要素。⑤ 随着文艺复兴时期古典修辞学的复兴,这种观点不断被精进完善。理查德·谢利详细讨论过这种"非人工的"证据类型。他赞同昆体良的看法,认为文档和证词十分重要,并且指出,占卜和神谕作为证据也应当被允许。⑥ 亚伯拉罕·福瑙斯重新阐述了昆体良对"内在主张"和"从别处借来"并"应当被称为证词或证言的"那些主张之间所存在的基本差别。福瑙斯认为,在对自然事件"真相的细致查探中",证人的价值"微乎其微",他同意昆体良的看法,当要考察的是世俗事物时,这种证据"非常重要"。若某位证人"因其德性、智慧等而受人信任"时,证人证词的作用与"内在主张"便可等量齐观,几乎不可能被推翻或忽视。⑦

---

① Quintilian 2001, 5.10.12, vol.2, p.372: 'Pro certis autem habemus primum quae sensibus percipiuntur'.
② Quintilian 2001, 5.9.2, vol.2, p.358.
③ Quintilian 2001, 5.9.2, vol.2, p.358,以及5.10.12, vol.2, p.372。
④ Rainolde 1563, fo. xxx^v.
⑤ Wickham 2003, pp.75,131.
⑥ Sherry 1550, Sig. E,7^v—8^r.
⑦ Fraunce 1588b, p.65.

16世纪晚期讨论普通法的小册子同样也开始强调司法案件审判过程中证人的重要性。① 威廉·兰巴德于1581年首次出版了《论治安法官》(*Eirenarcha*)这本讨论和平之公道的手册。1592年这本书再版时,他增加了一张"罪行检测"的指示表,指出有时"动因的假设性状态"是可以找到"证人加以证明"的,而且这种证据有时可能被视为是"必要的"。因此,它并非是一种可能性,而是确定性。② 若证人能经过各种考验,包括合适的年龄、公认的谨慎、良好的名声、被证明值得信赖,他们的证词必定会被采信,(用福瑙斯的话来说)因此可以认为它不仅是可能的,而且是一种内在的主张。③

　　尽管最早那一代罗马修辞学家对这种非人工证据所言甚少,但对与之相对立的"人工"提证做了完整的阐述,他们认为这种类型的存在部分取决于演说技巧,因此可以被说成是撒谎,也就是昆体良所谓"完全处于修辞技艺视野中"。④ 他们讨论的出发点是,在决定何种提证最适合自己的动因之前,首先必须确保自己已经正确辨认出所牵扯进去的"议题"类型。⑤ 假设争议中的议题是释法型的。第一章曾指出,这就意味着动因源自围绕法律文本所产生的争议。⑥ 若如此,那么对动因进行提证的正确途径显然是查探和诠释法律文本本身。至于这个过程应当如何操作,修辞学家提供了一系列明确的建议。西塞罗表

---

① 对这一发展的讨论见 Shapiro 1991, pp. 114—185; Hutson 2007, pp. 72—78, 146—147。

② Lambarde 1592, pp. 212—213。见 Shapiro 2001, pp. 64—66; Hutson 2007, pp. 251—253。

③ 对以上测试的讨论见 Shapiro 2000, pp. 14—17。

④ Quintilian 2001, 5.8.1, vol. 2, p. 354: 'quae est tota in arte'.

⑤ *Rhetorica ad Herennium* 1954, I. XI. 18, p. 32;参见 Cicero 1949a, I. VIII. 10, p. 20。

⑥ *Rhetorica ad Herennium* 1954, I. XI. 18, p. 34; Cicero 1949a, I. XI. 14, p. 30; Quintilian 2001, 3.6.45, vol. 2, p. 70。

七　提证：法律和司法争议

示,演说者或许会发现,强调文本的表述存在着某些两可之处是很有用的。① 抑或是宣称应当严格遵循文本的书面意思而非作者意图,"只应当考虑被写下的字句"将会大有助益。② 演说者还可能发现,可以通过援引对立法来挑战文本的法律地位。如果状况允许进行这种操作,那么"演说者必须试图表明的最重要的一点就是",与对手援引的法律或协议相比,"自己准备以之为诉讼依据的法律所关注的问题更加重要"。③

昆体良在《雄辩术原理》第七卷中讨论了相同的议题,聚焦于法律精神与字面意思之间的对立,以及如何处理对立法的问题。就前一个问题而言,他斩钉截铁地表示:"关注立法者意志的原告会尽其所能对法律的表述提出质疑,而法律表述的捍卫者也可以通过援引立法者意志获得支持。"④ 在对立法这个问题上,当法律主张被双方接受时,需要谨记的就是,对这种而非其他法律的执行是否"造成的损失更少"。⑤ 托马斯·威尔逊呼应了昆体良的主张,《修辞技艺》对"法律状况"的讨论同样将注意力放在对立法的运用上。他指出,"通常法律看似都有明确的处置对象",在提证的过程中,第一条需要遵循的规则永远都是表明"下位法必须服从上位法"。⑥

---

① Cicero 1949a, II. XL. 116—118, pp. 284—286.
② Cicero 1949a, II. XLIII. 125, p. 292: 'nihil ... nisi id quod scriptum spectare oporteret'. 西塞罗关于精神与文本的讨论见 Cicero 1949a, II. XLII—XLVIII. 121—123, pp. 290—312。
③ Cicero 1949a, II. XLIX. 145, p. 312: 'Primum igitur ... considerando ... magis necessarias res pertinet'. 西塞罗关于对立法的讨论见 Cicero 1949a, II. XLIX. 144—147, pp. 312—316。类似的列表见 *Rhetorica ad Herennium* 1954, I. XI. 19, p. 34; Quintilian 2001, 3. 6. 61, vol. 2, p. 80 和 3. 6. 86—89, vol. 2, p. 92。
④ Quintilian 2001, 7. 6. 3, vol. 3, p. 268: 'Sed ut qui untate nitetur scriptum quotiens poterit infirmare debebit, ita qui scriptum tuebitur adiuvare se etiam voluntate temptabit'.
⑤ Quintilian 2001, 7. 7. 8, vol. 3, p. 274: 'utra minus perdat'.
⑥ Wilson 1553, Sig. N, 4ʳ⁻ᵛ.

假设动因的议题并非释法型,而是司法型的。同样地,第一章已经指出,其中的争议围绕某事是否被正义或正当地施行而产生。① 如果演说者处理的是这种争议,那么确认主张依据便是演说者所能提出的陈述是绝对的抑或假设性的。② 如果演说者认为能够支持自己所提出的绝对性主张,用《罗马修辞手册》的话来说,这意味着行为是正确的(recte),其依据是正确之事,而且也是合法的(iure),也就是与法律相符并且不存在任何不正当的内容(iniuria)。③ 若是如此,那么可以通过表明自己的行为是法律、风俗、先例、"平等与善好之原则"或"双方一致同意的约定"所许可的,以此作为证据支持自己的主张。④ 托马斯·威尔逊也认为,"当问题就其本质而言符合自然正当,不需要任何进一步探查",那么它就被称为"绝对状态"。⑤ 他进一步指出,对这种主张进行提证的最有说服力的办法就是,表明争议中的行为是受到"真理"、"古老先例"或"悠久传统或行为"的许可的。⑥

不过,如果演说者不得不承认自己卷入了一场罪恶之中,因此主张仅仅是假设性的话,为辩护确立正当性的唯一办法就是主张当事人应当被饶恕。⑦ 至于如何做到这一点,《罗马修辞手册》的作者强调,演说者必须确保根据相互联系的三个步骤来陈述案情。首先必须表

---

① *Rhetorica ad Herennium* 1954, I. XIV. 24, p. 42; Cicero 1949a, I. XI. 14—15, p. 30; Quintilian 2001, 3. 6. 45—46, vol. 2, p. 70.

② *Rhetorica ad Herennium* 1954, I. XIV. 24, p. 42;参见 Cicero 1949a, II. XXIII. 69, p. 232.

③ 论行动应当是正确实施的要求,见 *Rhetorica ad Herennium* 1954, I. XIV. 24, p. 44。论行动应当合法和不存在不正当内容的要求,见 *Rhetorica ad Herennium* 1954, I. XIV. 24, p. 42 和 II. XIII. 19, p. 90;参见 Cicero 1949a, II. XXIII. 20, p. 94。

④ *Rhetorica ad Herennium* 1954, I. XIII. 19, p. 90:'lege, consuetudine, iudicato, aequo et bono, pacto'. 论来自契约(pactum)的法律(ius)也见 I. XIII. 20, p. 94。

⑤ Wilson 1553, Sig. O, 1ᵛ.

⑥ Wilson 1553, Sig. O, 1ᵛ.

⑦ *Rhetorica ad Herennium* 1954, I. XIV. 24, p. 44;参见 Cicero 1949a, I. XI. 15, p. 30。

七 提证：法律和司法争议

明,行为是受到胁迫或强制做出的。① 然后必须试图将责任推到其他人身上。② 最后,必须指出自己所为乃不可避免,是在两恶之间择轻行之。③ 同样地,托马斯·威尔逊继承了以上观点。他指出,要试图表明自己希望被宽恕的行为"是出于强迫","邪恶的同伙"才是罪魁祸首,自己要不施行犯罪行为,要不就只能"做更糟的事"。④

最后,假如动因所提出的议题是既非法律性的也非司法性的,而是推测性的。第一章同样已经指出,那么在演说者所辩护的动因中,争议是围绕某些事实所产生的,更明确地说,围绕的是某些需要被解决的谜团。⑤ 这种情况下,对主张进行提证的正确途径就是对所发生之事进行推测,寻找线索,直到足以宣称最初的推测可以被证明为止。这个过程中所涉及的具体内容,《罗马修辞手册》第二卷提供了最清晰的介绍,后来昆体良在《雄辩术原理》第五卷中又加以拓展⑥,尔后莎士比亚时代英国的法律和修辞学作家对其几乎照单全收。

《罗马修辞手册》指出,推测性动因中构成修辞提证的步骤共分五步,宣称"自己的怀疑被完全和最终确证"这句断语可被视为达到顶点的第六步。⑦ 第一步就是厘清对手及其案情主张中的可能内容。这里

---

① *Rhetorica ad Herennium* 1954, I. XIV. 25, p. 46;参见 Cicero 1949a, II. XXVI. 78, p. 242。
② *Rhetorica ad Herennium* 1954, I. XIV. 25, p. 46;参见 Cicero 1949a, II. XXVIII. 86, p. 252。
③ *Rhetorica ad Herennium* 1954, I. XIV. 25, p. 48;参见 Cicero 1949a, II. XXIV. 72, p. 236。
④ Wilson 1553, Sig. O,2^r.
⑤ *Rhetorica ad Herennium* 1954, I. XI. 18, p. 34;参见 Cicero 1949a, I. VIII. 10, p. 20。
⑥ *Rhetorica ad Herennium* 1954, II. 2. 4 至 II. 5. 8, pp. 62—72;参见 Quintilian 2001, 5. 10. 33—52, vol. 2, pp. 382—390。
⑦ *Rhetorica ad Herennium* 1954, II. VI. 9, p. 72;'Approbatio est qua utimur ad extremum confirmata suspicione'.

需要小心谨慎,避免对修辞学家使用的这个棘手的术语产生误解。一些评论者过于理所当然地认为,所谓可能内容必定意味着"可能的"或"可行的",因此莎士比亚所创作的那种修辞文化使他笔下的人物被限制在可能性的"假设性"世界之中。① 诚然,当西塞罗说某种主张是可能的时候,他通常指的是,与必要或显而易见相对立,这些主张是有可能的。② 不过,如果再看看《罗马修辞手册》就会发现,这本书的作者认为,所谓可能内容也可以指能够被证实的,也就是说,可以被检测和确证的。③ 更准确地说,当演说者成功表明对手具有犯罪动机,将他的动机与他过去的生活联系起来,或者成功地指出通过犯罪行为他有可能获得的收益时,演说者就被认为获得了这种意义上的证据。④

接下来的两步,《罗马修辞手册》的作者拓展了他先前关于如何为陈述赋予可信度的讨论。第二步是关联(conlatio),也就是试图表明对手具有实施犯罪的途径与能力,其他人都不可能施行犯罪,并且他只可能是通过特定方式来进行犯罪。⑤ 第三步则是寻找对手"认为有助于他成功"的标志(signa)。⑥ 必须试图表明,他选择了合适的地点

---

① 例如,见 Altman 2010, pp. 1—3。
② 例如,见 Cicero 1949a, I. XXIX. 44, p. 82。
③ 可能内容(probabilis)和有可能之间的联系,见 *Rhetorica ad Herennium* 1954, II. II. 3, p. 62。将 probabilis 翻译成不仅是"与真相相近",而且还"可能被证明为真",见 Veron 1584, Sig. 2K, 4ᵛ; Thomas 1592, Sig. 2P, 7ʳ。这种含义被保留在格言"例外证明规则"中,其意思是,让规则经受鉴定考验。
④ 见 *Rhetorica ad Herennium* 1954, II. II. 3, p. 62 论原因和条件,II. III. 5, p. 64 论生活。参见 Cicero 1942a, II. V. 17 至 II. XI. 37, vol. 1, pp. 180—198。在 *Rhetorica ad Herennium* 1954, I. IX. 16, p. 28 的"陈述"标题之下也讨论了动机的问题。也见 Cicero 1949a, I. XXI. 29, p. 60; Quintilian 2001, 5. 10, 33—36, vol. 2, pp. 382—384。
⑤ *Rhetorica ad Herennium* 1954, II. IV. 6, p. 66: 'alium neminem potuisse perficere nisi adversarium, aut eum ipsum aliis rationibus ... non potuisse'。在"陈述"内容中的类似评论,见 *Rhetorica ad Herennium* 1954, I. IX. 16, p. 28。也见 Cicero 1949a, I. XXI. 29, p. 60。
⑥ *Rhetorica ad Herennium* 1954, II. IV. 6, p. 66: 'signum est per quod ostenditur idonea perficiendi facultas esse quaesita'。

(locus)、恰当的时间与空间(tempus, spatium),而且有"避免被发现的希望和成功的希望"。①

这种对时间、地点、空间等要素的考察被方言修辞学家笼统地重新描述成对行为"诸条件"的关注。理查德·谢瑞列举了一长串"事件条件"的清单,包括"理由、地点、事件、机会、能力、工具、方式"。② 杜德利·芬纳做了类似的分类,讨论了"问题、事件、地点、人物以及各种类似条件",③乔治·普滕汉姆则谈到了"人物、地点、事件、理由和目的等条件"。④ 讨论"诸条件",使人联想起亚里士多德和西塞罗所谓的"议题"和"场所",也就是可以找到合适主张的领域。⑤ 因此,行为条件的修辞概念实际上与论证主题这个辩证法观念画上了等号。例如,如果你将一项行为的动机或原因视为一个"场所"的名称,这将提醒你思考某些特定行为的可能理由,因此开启使其变得可以理解并解决其中谜团的过程。⑥

有时候对这些条件的调查主要出现在陈述阶段。托马斯·威尔逊在指出令人满意的陈述必须尊重时间顺序时曾经解释,最好的做法永远都是"根据需要按照顺序进行讲述,考虑到时间、地点、行为方式

---

① 见 *Rhetorica ad Herennium* 1954, II. IV. 6, p. 66 论地点、时间、空间、条件、完成的希望和避免被发现的希望(locus, tempus, spatium, occasio, spes perficiendi, spes celandi)。在"陈述"中类似的评论见 *Rhetorica ad Herennium* 1954, I. IX. 16, p. 28。也见 Cicero 1949a, II. XII. 38—41, pp. 200—202,以及 Cicero 1949a, I. XXI. 29, p. 60。昆体良在 Quintilian 2001, 5. 9. 1—6, vol. 2, pp. 358—364 中讨论了标志的问题,在 Quintilian 2001, 5. 10. 37—48, vol. 2, pp. 384—390 中讨论了时间和地点的问题。

② Sherry 1550, Sig. F, 2^r.

③ [Fenner] 1584, Sig, D,1^r.

④ [Puttenham] 1589, p. 129.

⑤ 西塞罗对亚里士多德的地点概念的运用,见 Cicero 1949b, II. 7—8, pp. 386—388。参见 Quintilian 2001, 5. 10. 20—22, vol. 2, pp. 374—376。

⑥ 见 Weaver 2008; Hutson 2015。

以及所需条件"。① 不过,其他作家大多将对条件的考察与提证联系在一起。莱纳德·考克斯建议,如果要证明某人犯下某罪,"必须考察动因的条件,即他得以行事的条件,以及相关的地点与力量"。② 托马斯·威尔逊随后也回到了这种看法上,(在讨论"对裁决问题进行提证"中)补充指出,应当明示"地点与行事方式",以及"行事机会和他行此事所具有的力量"。③

成功地对推测性动因进行提证的余下两个步骤,第一步在《罗马修辞手册》中被描述为寻找主张(arguementa)的阶段,这种特定的主张旨在使被指控方"可疑程度大幅增加"。④ 当一项罪行被实施时,首先需要考察的就是案发之前被告的行为举止。他是否有预谋,或者是否还有同伙?接下来需要关注的是实施犯罪的时刻。是否有人看到任何可疑之事,听到任何噪声或呼喊?最后,还需要调查案发后不久的这个时间段。是否有人看到案发地点附近有人出没,是否有任何罪证被留下,例如,可以用来犯罪的工具或器材?⑤

《罗马修辞手册》将最后一步称为"追究"(consecutio)。⑥ 这里要考察的是嫌疑人所犯罪行可能造成的影响,试图确认他是否可以被认为在事后表现出了任何有罪标志。⑦ "如有可能,原告必须明确指

---

① Wilson 1553, Sig. P, 3^r.
② Cox 1532, Sig. E, 5^v.
③ Wilson 1553, Sig. Q, 2^{r-v}.
④ 见 *Rhetorica ad Herennium* 1954, II. V. 8, p. 70 论如何通过提证来强化"最大限度的怀疑"。
⑤ *Rhetorica ad Herennium* 1954, II. V. 8, pp. 70—72. Quintilian 2001, 5. 10, 52, vol. 2, p. 390 补充了关于工具(instrumentum)的细节。
⑥ *Rhetorica ad Herennium* 1954, II. V. 8, p. 72. 参见 Cicero 1949a, II. XII. 42, p. 202。
⑦ 见 *Rhetorica ad Herennium* 1954, II. V. 8, p. 72 论"有罪标志"(signa nocentis)。

出",《罗马修辞手册》建议道,"当相关人员一到达现场"[1],被告就表现出了"有罪标志(signa conscientiae),意识到了自己的罪责"。[2] 更明确地说,必须试图指出,以下术语用来描述嫌疑人的行为是合适的:erubescere、expallescere、titubare 和 concidere。[3] 参照库珀《词典》的解释可以知道,在莎士比亚生活的英国,erubescere 被理解为"脸红、感到羞愧";[4]expallescere 指的是"面色苍白";[5]titubare 指的是"说话结巴或行走踉跄";[6]concidere 则指的是"倒下、死去、昏过去"。[7] 原告的目标是要表明,被告以某种或以上所有明显有罪的方式行事。

对标志的考察引出了提证的核心步骤,方言修辞学家尤其强调这一步。莱纳德·考克斯认为,在对格物争议进行提证时,基本目标应当是"通过标志来证明,这种做法效果极佳"。他继续解释道:"这里必须注意的是,标志既可以是犯罪之前也可以是之后的言行。"[8]例如,对嫌疑人的行为进行调查时,或许会发现"在犯罪之后他潜逃了",或者"对他提出指控时:他或是脸红,或是面色蜡白,或是口齿不清,或是完全无法说话"。[9] 托马斯·威尔逊在《理性规则》中列举了类似的条目,后来又在《修辞技艺》中进行扩充。如果发现某人"被谴责时面色

---

[1] *Rhetorica ad Herennium* 1954, II. V. 8, p. 72: 'Accusator dicet, si poterit, adversarium, cum ad eum ventum sit, . . . '

[2] 见 *Rhetorica ad Herennium* 1954, II. V. 8, p. 72 论"有罪标志"。

[3] *Rhetorica ad Herennium* 1954, II. 5. 8, p. 72.

[4] Cooper 1565, Sig. 2V, 1^v. 论莎士比亚作品中的脸红与有罪,见 Bevington 1984, pp. 96—98。

[5] Cooper 1565, Sig. 2Z,1^r. 库珀错误地将 expallere(而不是 expallescere)理解为不定式。正确的形态以及类似的定义("脸色蜡白或变得脸色蜡白")见 Thomas 1592, Sig. T, 3^v。

[6] Cooper 1565, Sig. 6H, 2^r.

[7] Cooper 1565, Sig. 2A, 3^v.

[8] Cox 1532, Sig. E, 5^v.

[9] Cox 1532, Sig. E, 6^r. 也见 Sherry 1550, Sig. E, 8^r。

蜡白,恐惧颤抖或仓皇遁走",那么他便是可疑的。① 还必须留意他是否"在讲述自己的故事时接不上话,或者瑟瑟发抖,或者结结巴巴,或者前后矛盾"。② 大致说来,必须观察"他如何维持仪态",是否"他的面色改变、身体颤抖、舌头打结"。③

在 16 世纪晚期的法律文献中,这种看法再次出现,所针对的则是对重罪犯的调查。④ 托马斯·史密斯在《论盎格鲁共和国》(De Republica Anglorum)中讨论"罪行处置过程"的章节中曾经指出,法官通常会将"抓捕罪犯、提出证词指控犯罪者的人"称为证人。⑤ 威廉·兰巴德的《论治安法官》和理查德·克朗普顿讨论和平裁决的手册⑥也提出了类似的要求,在考察一项被指控罪行发生后的时间时,法官永远应当寻找被指控者可能有罪的"标志"。两位作者都提供了详尽的清单,包括"沾染血迹或带有物品;潜逃;脸红或脸色变化;与其他罪犯做伴;他的提议;双脚尺寸;尸体的流血状况;等等"。⑦

《罗马修辞手册》将推测性动因提证的整个过程归纳为试图达到一种罪证确凿的(approbatio)状态,演说者感到能够宣称最初的怀疑

---

① Wilson 1551, Sig. M, 2^r.
② Wilson 1551, Sig. N, 2^v.
③ Wilson 1551, Sig. N, 3^v.
④ 论司法修辞术作为司法程序的一个基础,见 Kahn 1989; Goodrich 2001; Mukherji 2006, pp.4—7。
⑤ Smith 1982 [1583], pp. 110,114. 见 Hutson 2007, pp. 181—182。
⑥ 克朗普顿的作品部分借鉴了安东尼·菲茨伯特(Anthony Fitzherbert)在 16 世纪 20 年代创作的手稿。它于 1583 年首次出版,1587 年修订后再版。我的引用来自 1587 年的版本(BL 馆藏)。
⑦ Lambarde 1592, pp. 212—213. Crompton 1587, fo. 89^{r-v} 重复了兰巴德的列表,同时也建议我们若要了解进一步的细节,可以参考"威尔逊大师的修辞学作品"。对克朗普顿和兰巴德的讨论见 Shapiro 2001, p.65; Hutson 2007, pp. 80,211—213,251—253。

七　提证：法律和司法争议

被最终确认。① 托马斯·威尔逊继承这种对怀疑的看法，认为在每个推测性动因中，都存在某些"因为怀疑而需要被检视与测验"的"问题"。② 从这一点出发，将怀疑如何能够被转化为证据的古典看法融入普通法文本之中，仅有一步之遥。③ 兰巴德在《论治安法官》的指南表中明确指出，这种"问题"的正确处理方式必定是，关注所控罪行被实施之前的时间、当下的时间和随即不久的时间。他表示，他的整个构想"源自西塞罗和其他人"，④他的调查模式紧随《罗马修辞手册》。正如迈克尔·多尔顿首次出版于1618年的《地方法官》(*The Countrey Justice*)所揭示的，⑤一代人之后，这些最初由古典修辞学家所提出的原则已经几乎被照单全收地纳入为起诉所有类型犯罪嫌疑人的长官所写作的法律指南中。⑥

司法争议

当莎士比亚最初对司法修辞技巧产生兴趣时，吸引他注意力的是司法争议中的假设性类型。第四章已经指出，他所想到的第一个该类型的动因来自露克丽丝。不过，在分析露克丽丝对自己的假设性辩护的提证之前，首先应当了解一下莎士比亚更早的一部作品，其中已经出现了相同的修辞困境，尽管有些拐弯抹角。这部作品就是最早可能

---

① *Rhetorica ad Herennium* 1954，II. VI. 9，p. 72.
② Wilson 1553，Sig. N，1ᵛ.
③ 对这个主题的完整探讨见 Hutson 2007，我从中受益匪浅。
④ Lambarde 1592，p. 211.
⑤ 修订版在1622年问世，我引用的正是这个版本（BL馆藏）。
⑥ 见 Dalton 1622，pp. 275—276，其中的清单与兰巴德大致相当，不过更加完整。

创作于1590年的《错误的喜剧》(The Comedie of Errors)。[1] 这部戏从一段来自叙拉古的商人伊勤的大段陈述开始,他回顾了自己历时五个夏天在亚洲游荡,寻找失散已久的儿子,并在以弗所靠岸落脚的经历。[2] 抵达以弗所时,他并不知道最近颁布的一条法律要求任何在以弗所被发现的叙拉古人都必须缴纳一千马克的罚金赎命。这场戏在以弗所公爵告知伊勤新法令的具体要求中开场,结束时告诉他"现在你已经被判死刑,我也无法收回成命"。[3]

当然,伊勤可以提出开脱,主张自己应当被宽恕。第四章已经指出,要采用这种辩护就必须表明,即使犯下了罪行,但犯罪行为并非自愿合意,并非有意为之和有预见性。一种策略是证明罪行源自不幸的偶然,这正是伊勤向公爵提出的理由,强调他的行为"完全是天意,不是因为犯下了什么罪恶"。[4] 即使如此,伊勤对自己动因进行提证的尝试依旧是开放性的,修辞学家对于如何建构这种辩护也进行了很多讨论。不过,莎士比亚在这个阶段很少运用这些修辞细节,观众也并未听到伊勤主张的实质内容。读者仅从公爵处获悉,他试图提证,但遭到拒绝:"叙拉古商人,你也不用多说。我没有力量变更我们的法律。"[5]公爵宽限伊勤一天时间筹集一千马克的罚款,否则就将面临死刑。[6]

---

[1] 有记录的第一次演出发生在1594年12月28日的格雷酒馆。Wells and Taylor 1987, pp. 116—117推测,这出戏必定是在当年创作的。不过King 2005, p. 40认为创作时间是1590年,而Foakes 1962, p. xxiii则认为是在1590年至1593年之间。Bullough 1957—1975, vol. 1, p. 3认为是1592年,Wiggins and Richardson 2013, p. 206认为这是最合理的推测。

[2] 伊勤的论述见Hardy 1997, pp. 33—36。

[3] *Comedie of Errors*, TLN 25, p. 293(1.1.25).

[4] *Comedie of Errors*, TLN 34, p. 293(1.1.34).

[5] *Comedie of Errors*, TLN 3—4, p. 293(1.1.3—4).

[6] Hutson 2007, pp. 146—157, 163—172分析了罗马新式喜剧对16世纪90年代戏剧中司法情节的影响,单列《错误的喜剧》进行讨论,还指出了普劳图斯的影响。

七 提证：法律和司法争议

不同的是，在露克丽丝的案子中，我们发现了为推测性辩护进行提证的完整尝试。① 露克丽丝的目标是表明她绝未参与到塔昆的罪行中，在对主张进行提证的过程中，她严格遵循了修辞规则，尤其是《罗马修辞手册》作者所列出的那些。该作者指出，首要目标应当是努力转移罪责(translatio criminis)。在承认卷入犯罪的同时，必须力辩"自己是受到他人罪恶行为的胁迫而犯下罪行的"。② 与此同时，必须展开陈述，解释罪恶行为是如何发生的。同所有陈述一样，必须力求简洁清晰，不过最重要的是，必须以可信度为目标。为此，"必须强调这些人罪行的凶狠残暴，将罪责转移到他们身上，并且必须向听众表明犯罪的时间、地点和缘由"，也就是对手和你所争论的"问题"。③

露克丽丝已经保证自己将会发言简洁，现在她要处理的是可信度这个关键问题。首先她谈到了时间和地点：

> 因为在黑漆漆的午夜静悄悄的时光，
> 有一个潜行的贼徒溜进了我的房门，
> 带一把闪亮的尖刀，还有火炬照亮，
> 他轻轻地呼叫道，醒来吧，罗马夫人，
>
> TLN 1625—1628, p. 287(pp. 227—228)

紧接着她谈到了缘由，也就是塔昆对她所提出的要求的实质，以

---

① 对露克丽丝提证的尝试的讨论，也见 Weaver 2012, pp. 136—137。
② *Rhetorica ad Herennium* 1954, I. XV. 25, p. 46: 'Aliorum peccatis coactos fecisse'. 参见 Quintilian 2001, 7.4.13, vol. 3, p. 242. 也见 Wilson 1553, Sig. O, 2^r: 我们的目标应当是表明"自己是在胁迫之下行此事的"。
③ *Rhetorica ad Herennium* 1954, II. XV. 22, p. 98: 'peccati atrocitatem proferet in quos crimen transferet; rem, locum, tempus ante oculos ponet'.

及因此两人之间争论的"问题":

>"你若不按我意图,"他说,"把感情控制,
>我立即把你家一个丑陋的仆人抓住,
>把你们一起杀掉,然后当众发誓,
>说是我看见你们在满足可憎的淫欲,
>你们在偷情苟合,我杀了奸夫淫妇。
>　这行为会带给我正直的名声,
>而且会带给你千年万载的骂名。"
>
>　　　　　　　TLN 1632—1638, p. 287(p. 228)

在告知时间和地点的同时,①露克丽丝通过运用修辞学家所谓的言谈化(sermocinatio)的修辞手法使人们身临其境般地(ante oculos)再现了当时的场景,亨利·皮查姆将这种修辞技巧界定为"演说者假装某人并代其发言",而非仅仅汇报所发生的事件。②

在提供了以上陈述细节后,露克丽丝开始解释罪责,宣称应当赦免她的全部罪过,因为行为出于胁迫和强制:

>听到这儿我吃了一惊,开始哭泣,
>于是他用尖刀顶住了我的胸膛,
>发誓说我若不乖乖地承受这一切,
>他便会杀死我,一句话也不让我讲,

---

① 露克丽丝陈述中的时间与地点,也见 Weaver 2012, pp. 131—132。
② Peacham 1593, p. 137.

七　提证：法律和司法争议

> 我的耻辱也将永远在史籍中传扬。
> 伟大的罗马将永远不会忘记
> 露克丽丝跟仆役的淫荡的结局。
>
> TLN 1639—1645, p. 287(p. 228)

露克丽丝对罪行的解释所主张的是，尽管她满足了塔昆的要求，但这仅仅是因为她除了立刻赴死没有其他选项。

对"开脱"进行提证的第二步就是移除罪责（remotio criminis）。用《罗马修辞手册》的话来说，这一步"将罪责从自己身上推卸掉"，方法是主张其他某些人才是罪魁祸首。① 这正是露克丽丝接下来提出的看法：

> 我的敌人健壮，我自己却荏弱，
> 心里极度的恐惧，更是瘫软无力……
> 我那血腥的法官不容我舌头辩说，
> 不给我合法的权利让我伸张正义，
> 他敢于发誓作证，但凭他朱红的淫欲
> 　　说是我的美貌偷走了他的眼睛，
> 　　法官既无法无天，囚犯便判死刑。
>
> TLN 1646—1652, p. 287(pp. 228—229)

露克丽丝将责任完全归咎于塔昆，将他描述成一位穿红袍的法官

---

① *Rhetorica ad Herennium* 1954, I. XV. 25, p. 46: 'a nobis … culpam ipsam amovemus'. 参见 Cicero 1949a, II. XXVIII. 86, p. 252. 也见 Wilson 1553, Sig. O, 2ʳ 论"归咎于邪恶的同伴"。

（红色也意味着肉欲），拒绝听取辩护，因此必须为由此引发的不公承担责任。

提证的第三步和最后一步就是进行比较（comparatio）。正如《罗马修辞手册》所解释的，这一步要表明"两项中采一项行之是出于必要，所做之事相较而言更好"。① 露克丽丝恰是如此为动因定调的：

> 啊，教教我用什么话为自己分辩，
> 至少也让我以如下的理由自慰：
> 虽然我微贱的血液已遭暴行污染，
> 我心灵仍不落纤尘，洁白如玉。
> 我若未遭到胁迫，我决不会让步，
> 　受人支配，尽管是我这副躯壳
> 　已横遭荼毒，我的心却纯洁如昨。
>
> TLN 1653—1659, p. 287（p. 229）

露克丽丝所做比较的核心在于，通过选择"耐心承受一切"并拯救自己的性命，而非死于塔昆剑下，她得以保存自己无辜的心灵。不过，正如她一语带过的，她之所以想避免即刻赴死，还有更深层次的原因。她希望确保能够指证侵犯者的姓名，并要求复仇。她向科拉廷努斯提出的最后请求是"速去报复我的仇敌"。②

---

① *Rhetorica ad Herennium* 1954, I. XV. 25, p. 48：'necesse fuisse alterutrum facere, et id quod fecerimus satius fuisse facere'. 参见 Cicero 1949a, II. XXIV. 72, p. 236。也见 Wilson 1553, Sig. O, 2^r 论"比较罪责，表明若非你如此行事，其他人的做法可能会更加恶劣"。

② *Lucrece*, TLN 1683, p. 288（p. 230）. Weaver 2012, pp. 139—142 特别强调，露克丽丝以超越司法修辞作为结尾，用鲜血作为自己清白的证词。韦佛认为（p. 139）这是"对修辞术越发失去耐心"的明证。

七 提证：法律和司法争议

露克丽丝主张自己的行为并非出于自愿合意的辩护提证在多大程度上成功了？在诗歌世界中，这个回答是双重的，莎士比亚似乎尤其尊崇李维对这个故事的记载。① 柯拉丁纳斯依旧悲伤无语，②但他的随行将领们立刻跃身而起捍卫露克丽丝，表示自己完全被她的主张所说服：

> 一听见她这话大人们同声作答，
> 她未污染的心能净化身体的污浊；
> TLN 1709—1710, p. 288(p. 231)

与此同时，他们向露克丽丝保证为她实现她所要求的复仇：

> 在场的大员们听完她的要求，
> 都承诺给她帮助，义不容辞，
> 以骑士的职责为她雪耻复仇，
> 只急于想听她揭露恶徒的名字。
> TLN 1695—1698, p. 288(p. 231)

露克丽丝的提证看似是一次完全成功的修辞。不过，依然有个人最终并未被说服，这就是露克丽丝自己：

> 我犯下的罪过应算什么性质，

---

① Livy 1919, I.LVIII. 7—11, vol.1, p.202.
② 这与 Ovid 1996, II.829, p.116 的版本对比鲜明，其中柯拉丁纳斯立刻原谅了她，理由是她受到了胁迫。

> 那时我受到挟持,为环境所困?
> 我纯洁的心能不能原谅那丑事?
> 我能否拯救我惨遭蹂躏的名声?
> 有什么条件能使我摆脱这处境?
> 　　泉水遭到污毒能重新自己清澈,
> 　　我为什么不能把强加的脏污洗却?
>
> TLN 1702—1708, p. 288(p. 231)

露克丽丝总结了她在动因中从始至终都意识到的悲剧般的矛盾之处。一方面她强调自己是受到条件所限,被迫承受她想洗清的玷污。但另一方面,她反复谈到自己的罪行,思考着是否有任何主张能够完全为她洗清罪名。她的焦虑与后来《哈姆莱特》中克劳狄斯所表达的焦虑是一样的,后者用痛苦的自白忏悔了兄弟的谋杀:"求上帝赦免我的杀人重罪吗?"①

不过,瞬息之间这些不确定性就四散而去,只剩下露克丽丝清醒地意识到,她必不能主张自己的理由:

> 可这时她却转过脸,苦笑了一下,
> 那张脸是一幅严重灾害的地图,
> 叫泪水冲刷出了纵横的江河沟渠。
> "不,不,"她说,"今后的妇女和姑娘
> 纯不能以我为口实来要求原谅。"
>
> TLN 1711—1715, p. 288(p. 231)

---

① *Hamlet*, TLN 2172, p. 759(3.3.56).

七 提证：法律和司法争议

当露克丽丝意识到这种回应的正义时，她立刻发现，除了自杀以外别无他法，她的总结也是悲惨而简短的。她将匕首插入胸口，最终意识到塔昆不仅使她受辱，还造成了她的死亡。尽管她无法成功地说出他的名字，她在弥留之际依旧声言"正是他，公正的大人，是他叫我的手伤害自身"。①

* * * * *

在最初对假设性动因萌生了些许兴趣后，莎士比亚的注意力又转移到专门处理绝对型司法争议上，在这种议题中，原告或被告主张自己的动因具有毋庸置疑的正义性或合法性。② 第一位采用这种毫不含糊的方式提出诉求的角色就是《威尼斯商人》第四幕审判场景中的夏洛克。夏洛克和安东尼奥一致同意，两人之间的争端就其性质而言是司法型的。③ 正如夏洛克在这场戏结束时所宣称的"我满意"，他明确意识到了存在着处于争议中的问题。④ 不过，同任何司法争议一样，这个动因明确无疑的事实不存在任何争议。两人缔结了一项有偿合约，违约的赔偿是一磅肉，而安东尼奥无法偿还他的债务。因此，夏洛克如今要求，"我现在但等着执行原约"。⑤ 唯一的问题是，夏洛克的行为是否正义、正当，他在诉讼中是否遵循法律。⑥

当夏洛克结束了自己充满不屑的引言后，愤怒的公爵表示他已经

---

① *Lucrece*, TLN 1721—1722, p. 288(p. 232).
② *Rhetorica ad Herennium* 1954, I. XIV. 24, p. 44. 参见 Cicero 1949a, II. XXIII. 69, p. 232。
③ 对这一场戏的另一种截然不同的法律解析，见 Keeton 1967, pp. 132—150。
④ *The Merchant of Venice*, TLN 2152, p. 503(4.1.342).
⑤ *The Merchant of Venice*, TLN 1845, p. 500(4.1.37).
⑥ *Rhetorica ad Herennium* 1954, I. XIV. 24, pp. 42, 44.

准备好解散法庭,除非饱学的培拉里奥愿意进行裁决。紧接着他收到一封培拉里奥的来信,解释说因为自己身体抱恙,已经派年轻但饱学的巴尔萨泽博士代替他出庭。培拉里奥的信中指出,他已经告知巴尔萨泽"犹太人与安东尼奥一案",并且就争议的法律问题而言"他掌握了我的意见"。① 年轻的巴尔萨泽(鲍西娅假扮)随后出场:

  公爵 (对鲍西娅说)把您的手给我。足下是从培拉里奥老前辈那儿来的吗?
  鲍西娅 正是,殿下。
  公爵 欢迎欢迎,请上座。
    您有没有明了
    今天我们在这儿审理的这件案子的两方面的争议点?
      TLN 1975—1978, p.501(4.1.165—168)

  正如公爵所指出的,存在着一个争议点,它源自培拉里奥已经讨论过的夏洛克和安东尼奥之间的争议。因此这里存在一个需要被裁决的动因,正如鲍西娅在告知公爵时所指出的,"我对于这件案子的详细情形已经完全知道了"。② 她要求两方表明身份:"这儿哪一个是那商人?哪一个是犹太人?"③当公爵命令安东尼奥和夏洛克上前时,舞台被设计成围绕在双方皆可的动因进行论辩的样式。

  因为基本事实毫无争议,夏洛克并不需要设计一段陈述向法官指

---

① *The Merchant of Venice*, TLN 1962—1965, p.501(4.1.153—155).
② *The Merchant of Venice*, TLN 1979, p.501(4.1.169).
③ *The Merchant of Venice*, TLN 1980, p.501(4.1.170).

七 提证：法律和司法争议

明问题所在。他所处的状况，恰好是昆体良在证明陈述在司法动因中永远都必不可少的看法是错误的时所列举的那种。昆体良说，假设所处的状况是，原告能够向法庭表明"由于我与被告之间的契约，我主张被告所欠我的贷款应当全部偿还".① 若是如此，那么提出这种初步陈述就已经足够，不需要进行任何补充。

因此，夏洛克直接对自己动因进行提证。他认为自己与安东尼奥之间的司法争议就本质而言是绝对性的，这一点毋庸置疑。他轻蔑地断言，毫无疑问在安东尼奥这边"诉讼对我而言并没有好处".② 他并不认为自己的主张有任何问题，没有任何不正确和不正当的内容。他对公爵说："我又不干错事，怕什么刑罚？"③他的诉讼也没有涉及任何不公平的地方，因此也没有任何与法律要求相冲突之处。当他宣称自己已经发誓"照约行罚",④他认为赔偿乃是他应得之物，这使我们联想起正义乃给每个人其所应得(ius suum tribuere)这条历史悠久的法律定义。

最重要的是，夏洛克不断强调，他的契约符合法律，遵循了威尼斯的法律规定。他和安东尼奥达成了一项合法协议，作为协议的一种结果，他不过是在主张根据法律已经成为他自己的所有物的东西：

> 我向他要求的这一磅肉，是我出了很大的代价买来的。
> 它是我的所有，我一定要把它拿到手。
>
> TLN 1907—1908, p. 500(4.1.99—100)   211

---

① Quintilian 2001, 4.2.6, vol. 2, p. 220: 'certam creditam pecuniam peto ex stioulatione'.
② *The Merchant of Venice*, TLN 1870, p. 500(4.1.62).
③ *The Merchant of Venice*, TLN 1897, p. 500(4.1.89).
④ *The Merchant of Venice*, TLN 1845, p. 500(4.1.37).

根据法律,夏洛克反复提出的主张应当获得支持。他回应葛莱西安诺的调侃:"我在这儿要求法律的裁判。"①在回应鲍西娅时他更是激动:

> 我只要求法律允许我
> 照约行罚。
>
> TLN 2012—2013, p. 502(4.1.202—203)

在鲍西娅朗读完契约并承认他的主张合法之后,他又一次援引法律:

> 不愧是法律界的中流砥柱,
> 所以现在我就用法律的名义,
> 立刻进行宣判。
>
> TLN 2044—2046, p. 502(4.1.234—236)

夏洛克毫不迟疑地提醒公爵,他的主张显然符合城市法律规定这个事实意味着什么。莎士比亚参考了自己众多资源中亚历山大·西尔维《演说家》中的一条线索,犹太人向法官指出他无法"打破人们之间的交易信用而不给国家造成巨大危害"。② 夏洛克的发言惊人地相似:

---

① *The Merchant of Venice*, TLN 1950, p. 501(4.1.142). 夏洛克对严格按照法律条款执行的要求,见 Tucker 1976。
② Silvayn 1596, p. 401.

七 提证：法律和司法争议

> 要是殿下不准许我的请求，那就是蔑视宪章，
> 我要到京城里上告去，要求撤销贵邦的特权。
>
> TLN 1846—1847, p. 500(4.1.38—39)

后来当他回应公爵呼吁他展示慈悲时，又重复了这段威胁：

> 您要是拒绝了我，
> 那么你们的法律根本就是骗人的东西。
>
> TLN 1909—1910, p. 500(4.1.101—102)

夏洛克正确地意识到，公爵几乎不可能不知道这个事实，在一个商业城市中，由双方生意人自愿缔结的合约条款被弃置不顾将会是危险的先例。

面对这种傲慢的提证，鲍西娅最终打破了僵局，方法就是反驳夏洛克的意图，指出他和安东尼奥之间的议题就其特征而言事实上是法律性的或者是司法性的。实际上她能够证明，法庭目前所处理的是一个释法争议，关注的是对文本的阐释。然而，在处理这突如其来的翻转所涉及的法律纠葛时，鲍西娅引导夏洛克相信，她完全接受他认为议题乃司法性，他的官司是绝对的这种预判。当夏洛克走上前去时，她立刻承认，法律不可能不支持他的主张：

    鲍西娅 你的名字就叫夏洛克吗？
    夏洛克 夏洛克是我的名字。
    鲍西娅 这场官司打得倒也奇怪，
            可是按照威尼斯的法律，

你的控诉是可以成立的。

TLN 1982—1985, p.501(4.1.172—175)

鲍西娅一方面试图劝说夏洛克收回自己的诉讼,一方面结束自己的开场白,承认其主张符合正义,再次主张法庭必定会接受它:

> 我说了这一番话,
> 为的是希望你能够从你的法律的立场上作几分让步
> 可是如果你坚持着原来的要求,那么威尼斯的法庭是执法无私的,
> 只好把那商人宣判定罪了。

TLN 2008—2011, p.502(4.1.198—201)

鲍西娅承认,夏洛克所提出的要求确实是一种合法的要求,并且他的动因是绝对的,因此法庭"只好"支持他。

即使如此,鲍西娅在勾勒安东尼奥的困境时也毫不迟疑。她深知自己唯一的办法就是代表安东尼奥提出忏悔辩护,承认他所受的指控,恳请饶恕。她甚至不可能采用开脱,宣称安东尼奥并未自愿合意地与夏洛克达成合约,经过了充分的深思熟虑。正如安东尼奥承认的,他自愿接受了与夏洛克之间的契约条款,作为结果,他意识到"没有合法的手段可以使我脱离他的怨毒的掌握"。[①] 鲍西娅别无选择,只能进行贬抑型辩护,承认安东尼奥没有辩护理由,并且恳求宽宏慈悲,她片刻不停采取了这种策略:

[①] *The Merchant of Venice*, TLN 1817—1818, p.499(4.1.9—10).

七 提证：法律和司法争议

鲍西娅　　你的生死现在操在他的手里,是不是?
安东尼奥　他是这样说的。
鲍西娅　　你承认这借约吗?
安东尼奥　我承认。
鲍西娅　　那么犹太人应该慈悲一点。

　　　　　　TLN 1986—1988, p.501(4.1.176—178)

　　鲍西娅一字不落地采纳了《罗马修辞手册》的建议：她承认安东尼奥知道自己在做什么,不过也请夏洛克意识到,用《罗马修辞手册》的话来说,尽管他理应受罚,但"他依然应当被仁慈地对待"。[1]

　　评论家反复指出,这场戏的这部分内容运用了亚里士多德的平等(epieikeia)观,[2]在16世纪的英国,这是一种方兴未艾的法律主张流派。[3] 对这一概念及其在普通法中地位的开拓性研究出自克里斯托弗·圣日耳曼所创作的对话录《博士与学生》(*Doctor and Student*),这本书于1528年以拉丁文首次出版,1530年翻译成英文,到16世纪末至少重印了十次。[4] 根据第一段对话中博士角色的看法,逐字逐句地遵守法律在某些时候会"既有悖正义又不利于国家：因此在某些场合将法律条文悬置一旁,跟随理性和正义的要求是好的,甚至是必要的,为此需要实现平等,这意味着调节以及中和法律的统治"。[5] 采用这

---

[1] *Rhetorica ad Herennium* 1954, I. XIV. 24, p.44：'et tamen postulat ut sui misereantur'. 正如Watt 2009, pp.213—215指出的,这一举动随后被视为是基督徒的慈悲。

[2] 相关清单见Biello 2007, pp.109—110,其中应该加上Mahood 2003,它认为"平等概念确实是这场戏的核心"(p.280),以及Platt 2009, pp.112—115。

[3] Hutson 2001, pp.170—177；Platt 2009, pp.97—112；Watt 2009。

[4] 详情来自大英图书馆。圣·日耳曼对平等的理解,见Guy 1986；Lobban 2007, pp.20—28。

[5] Saint German 1974 [1530], p.97。

种原则的理由是为了确保"行为的全部特定条件"都被纳入考虑,最终的裁决"包含着甜美的慈悲"。①

毫无疑问,莎士比亚知道这条教诲,②当鲍西娅告诉夏洛克她呼唤慈悲来"调剂公道"时,他恰是让鲍西娅暗示了这一点。③ 不过鲍西娅并未呼唤平等,在她与夏洛克的交流中这个概念从未出现;④相反,她直接恳求慈悲,对安东尼奥的处境抱以怜悯同情。诚然,展现慈悲被认为是成功运用平等观念对抗严格执法的成效之一。⑤ 不过鲍西娅并未提出法律申诉;她所采取的策略完全是修辞性的,她向案件中的对手而非法官进行演说。她的申诉并非从一个司法管辖区转移到另一个,而是超越法律;她请求夏洛克将确切无疑的法律权利放在一边。⑥ 由于他的主张是绝对的,是完全正当的,她代表安东尼奥做出的回应因此只能是让步式的,要做到这一点,只能直接呼吁用慈悲取代正义。

直面鲍西娅对他必须慈悲的呼吁,夏洛克立刻反驳:"我凭什么必须这样,告诉我凭什么。"⑦鲍西娅采用《罗马修辞手册》作者所推荐的方式进行回应,后者指出,在这种窄小空间中,唯一可能的策略就是运用一系列引人共鸣的情感充沛的概括,谈论诸如"人性、时运、慈悲与

---

① Saint German 1974 [1530], p. 95.
② 见 Keeton 1967, pp. 144—146; Hutson 2001, pp. 177—191; Zurcher 2010, pp. 208—227.
③ *The Merchant of Venice*, TLN 2009, p. 502(4.1.199).
④ 正如 Sokol and Sokol 2000, p. 116 指出的。也见 Jordan 1982; Bilello 2007, p. 110; Watt 2009, p. 217. 对这场戏中平等概念的角色提出过质疑的学者名录,见 Sokol and Sokol 1999, pp. 421—428,此外还有 Bilello 2007, p. 110 以及 Posner 2013,后者强调平等只是被视为法律的精神而在场,并非被视作法律原则。
⑤ 正如 Knight 1972, p. 62 指出的。
⑥ 正如 Bilello 2007, p. 114 指出的。
⑦ *The Merchant of Venice*, TLN 1989, p. 501(4.1.179).

七 提证：法律和司法争议

世道浮沉"等话题。① 鲍西娅的发言从引用一系列申论（sentantiae）开始，表示需要用慈悲来调和正义，它们大多出自《圣经》这本最为权威的作品：

> 慈悲不是出于勉强，
> 它像是甘霖一样从天上降下尘世；
> 它不但给幸福于受施的人，
> 也同样给幸福于施与的人。
> 它有超乎一切的无上威力，
> 比皇冠更足以显出一个帝王的高贵。②
>
> TLN 1990—1995, p. 501 (4.1.180—185)

接下来她又借用了《圣经》中一条关于慈悲和人性的申论：

> 慈悲的力量却高出于权力之上，
> 它深藏在帝王的内心。③
>
> TLN 1999—2000, p. 501 (4.1.189—190)

最后她讨论了在面对不幸时对人性的要求：

---

① *Rhetorica ad Herennium* 1954, II. XVII. 26, p. 104: 'Loci communes; de humanitate, fortuna, misericordia, rerum commutatione'.
② Noble 1935, p. 167 认为这出自 *Ecclesiasticus* 35.19，其中将慈悲比作甘霖。
③ Noble 1935, p. 167 认为这出自 *Ecclesiasticus* 2.21，其中上帝的慈悲被说成是同他本人一样伟大。

> 请你想一想，
> 要是真的按照公道执行起赏罚来，
> 谁也没有死后得救的希望。
> 我们既然祈祷着上帝的慈悲，
> 就应该自己做一些慈悲的事。
>
> TLN 2004—2008, p.502(4.1.194—198)

讲完这番话后，鲍西娅以重申之前的认罪主张作为结尾，表示如果夏洛克不准备展现出同情心，法庭将不得不处罚安东尼奥。

考虑到鲍西娅几乎是立马鼓励夏洛克不折不扣地遵循法律，在她的这番雄辩中，或许存在着某些狡计。① 不过，就当下而言，她让自己表现为一位没有立场进行争辩的辩护律师，因此也没有任何进一步的主张能提供给法庭。当夏洛克以重申自己的要求"法律允许我照约行罚"来回应时，② 她表示她别无选择只能放弃这场诉讼。她要求看一看这份契约，以便确认它是合法的文件：

> 好，那么就应该照约处罚，
> 根据法律，这犹太人有权要求从这商人的胸口
> 割下一磅肉来。
>
> TLN 2036—2038, p.502(4.1.226—228)

在安东尼奥与友人告别后，鲍西娅做出了裁决：

---

① 正如 Watt 2009, p.214 指出的。
② *The Merchant of Venice*, TLN 2013, p.502(4.1.203).

七 提证：法律和司法争议

那商人身上的一磅肉是你的。
法庭判给你，法律许给你。

TLN 2105—2106，p. 503(4.1.295—296)   216

此话一出，这场审判似乎就即将结束。用修辞术语来表述其结果，夏洛克认为他的诉讼是司法性的，他的诉求是绝对的，这似乎被确证了。

* * * * *

《裘利斯·凯撒》第三幕中，勃鲁托斯和安东尼在市民之间展开的司法争议同样围绕着司法型争议。勃鲁托斯的所作所为毋庸置疑：他参与了对抗和刺杀凯撒的阴谋。唯一的问题是，他是否行事正确，是否并未违背正义。换句话说，两人之间的争论同样也是绝对的。[①]因为事实无法辩解，勃鲁托斯不需要进行陈述，同夏洛克一样，他可以直接从引言进入对主张的提证。首先，他坚称暗杀行动毫无疑问是正确的。他之所以反对凯撒是因为他更爱罗马，若凯撒不将国家放在首位，那他就是粗鲁且邪恶的。[②] 他的举动还是合法正义的。他的目标是确保罗马人民能够继续自由地生活，而非沦为奴隶死去，他若不这样做，自己就是低贱卑鄙的。[③] 他向市民们保证，自己的决定因此只应当被那些本身就粗鲁、邪恶和低贱卑鄙的人视为犯罪。当平民们向他

[①] 由此产生的争论如此针锋相对，以至于它被（例如被梅兰希通）用作是论证主张在两边的任何一边的教科书式范例。见 Jones 1977, p. 16; Hatfield 2005, p. 178。
[②] *Julius Caesar*, TLN 1409, 1418, p. 690(3.2.20, 26, 28).
[③] *Julius Caesar*, TLN 1411, 1416, p. 690(3.2.20, 21, 25).

保证他们身上绝没有这些恶德时,他认为自己可以总结说:"那么我没有得罪什么人。"①

面对这番几乎与夏洛克同样傲慢的提证,安东尼用致命的讽刺承认,勃鲁托斯的主张确实是绝对的,因此他自己的主张顶多只能是假设性的。换句话说,他假装承认,他无法对勃鲁托斯的论证做出回答,只能进行贬抑型辩护。首先他向听众保证(尽管语气掩饰了言辞)他不可能否认对方在道德上的优秀卓越:

> 干这件事的人都是正人君子;
> 唉!我不知道他们有些什么私人的怨恨,
> 使他们干出这种事来,可是他们都是聪明而正直的,
> 一定有理由可以答复你们。
>
> TLN 1593—1596, p.692(3.2.202—205)

接下来他表示,由于自己缺乏一切必要的修辞技能,不可能进行有效的回应:

> 因为我既没有智慧,又没有口才,
> 又没有本领,我也不会用行动或言语
> 来激动人们的血性;
>
> TLN 1602—1604, p.693(3.2.211—213)

虽然安东尼用优美的头韵法削弱了自己的免责声明,他依旧坚称

---

① *Julius Caesar*, TLN 1423, p.690(3.2.31).

七　提证：法律和司法争议

自己并不具备运用演说和发表唤起听众情感的能力。这样一来,他唯一的出路就是呼吁听众对凯撒及其死状表示怜悯:

> 我只是把你们已经知道的事情向你们提醒,
> 给你们看看亲爱的凯撒的伤口,
> 可怜的,可怜的无言之口,让它们代替我说话。
>
> TLN 1605—1607, p.693 (3.2.214—216)

安东尼借用《圣经》中无言之口的诺言暗示,还有许多话未说出口。不过到目前为止,他保持着自己无话可说的伪装,结束了自己的贬抑型辩护。

不过,他突然之间抛掉伪装,开始进攻:

> 可是假如我是勃鲁托斯,勃鲁托斯是安东尼,
> 那么那个安东尼一定会鼓起你们的愤怒
> 让凯撒的每一处伤口里都长出一条舌头来,
> 即使罗马的石块也将要大受感动,奋身而起,向叛徒们抗争了。①
>
> TLN 1607—1611, p.693(3.2.216—220)

佯装接受勃鲁托斯认为自己的暗杀并无过错的主张,安东尼如今向市民们表示,他并非没有与之抗衡的有力主张。他强调,自己所缺乏的,乃是煽动其情绪支持他动因的那种修辞力量。现在,安东尼认

---

① 对这段话的讨论见 Alexander 2007, pp.110—111。

为他与勃鲁托斯之间的争议实际上是司法性的,表示并非勃鲁托斯,而是他自己才拥有绝对的主张。正如他在陈述中已经暗示过的,他认为由于勃鲁托斯的阴谋带有阴暗的忘恩负义,因此是不正确的,而且因为它可以被算作对抗罗马的背叛行为,因此它也是与法律相悖的,这场背叛是如此明显,以至于任何真正的演说者都能让城市中哪怕铁石心肠的人都宣扬它。

接下来安东尼对自己的主张进行了提证,认为勃鲁托斯错误地假设凯撒的目标是用暴政统治罗马。他提出了亚里士多德所谓"非人工的"证据,不依赖任何修辞技巧。用昆体良的话来说,他采用了一种"非人工的"证据,建立在无法反驳的文档证据之上,几乎不可能被质疑。他拿出了凯撒的遗嘱,表明凯撒的计划并非是奴役人民,而是将他们变成他的合法继承者:

> 他给每一个罗马市民七十五个德拉克马,
> 而且,他还把台伯河这一边的他的所有的步道、
> 他的私人的园亭、他的新辟的花圃,
> 全部赠给你们,
> 永远成为你们世袭的产业,
> 供你们自由散步游息之用。
> 这样一个凯撒!
> 几时才会有第二个同样的人?
>
> TLN 1622—1623, 1626—1631, p.693
> (3.2.231—232, 237—242)

虽然勃鲁托斯已经说服市民们相信凯撒应该死,但安东尼证明了

七 提证：法律和司法争议

凯撒"应该被爱戴"，他用这句断言作为结尾。①

安东尼的提证在多大程度上成功了？他完成发言后，市民甲立刻代表所有人做出了回应，表明安东尼已经大获成功。当安东尼补上了最后的反问句："几时才会有第二个同样的人？"市民甲吼道："再也不会有了，再也不会有了。"② 市民们接受了安东尼的主张，立刻做出判断：

> 来，我们去，我们去！
> 我们要在神圣的地方把他的尸体火化，
> 就用那些火把去焚烧叛徒们的屋子。③
> 　　　　　TLN 1632—1634, p.693(3.2.243—245)

阴谋者们被打上了叛徒的烙印，成为报仇雪恨的对象。这场戏以勃鲁托斯和凯歇斯"像疯子一样逃出罗马的城门"的消息结束。④ 他们将很快在战场上被打败，不过他们现在已经输掉了言语之战。

释法争议

相较于司法争议，莎士比亚对释法争议的兴趣更弱，但最大的例外是《威尼斯商人》第四幕的审判场景。⑤ 到目前为止，鲍西娅表现出

---

① *Julius Caesar*, TLN 1617, p.693(3.2.226).
② *Julius Caesar*, TLN 1632, p.693(3.2.243).
③ 莎士比亚在这里认真参照了 Plutarch 1579, p.976。
④ *Julius Caesar*, TLN 1648, p.693(3.2.259).
⑤ 在《亨利五世》中也有一段长篇演说，其中坎特伯雷大主教向国王解释了萨利克法典。见 *The Life of Henry the Fift*, TLN 166—228, pp.640—641(1.2.33—95)。

了接受夏洛克主张的明显意愿,认为法庭上的议题是完全司法性的,其核心在于夏洛克主张兑现契约的要求在法律上能否被证明。不过,当她表达了自己的看法,夏洛克拿着匕首走向前去("有备而来")的时候,她突然开始谈论"某些其他事情",也就是契约的准确表述。①她现在指出,实际上法庭要处理的议题并非司法性的;毋宁说它是法律性的,围绕着对这份特定文本的诠释而展开。② 此刻我们脑中或许会闪过鲍西娅这个名字的含义,以及它与"porta"(门或入口)的密切联系。一条法律主张的路径被瞬间关闭,与此同时,进入的办法被赋予了另一条相反的路径。③

修辞学家在思考释法争议时一直追问的一个问题是,在对法律文档的诠释中,具有优先性的究竟是法律的精神还是文本。在整场审判中,夏洛克所展现的自我都积极支持后一个选项,认为自己与安东尼奥合约的确切内容具有排他的重要性。夏洛克初次表达这种看法是在鲍西娅要求看契约的时候,前者在夸奖其阅读能力时立刻表示,"照约行罚"。④"您瞧上去像是一个很好的法官,"夏洛克评论说,"您懂得法律,您讲的话也很有道理。"⑤当安东尼奥要求法庭做出裁决时,他再次更加明确地表示了这种立场。鲍西娅的回应是:"好,那么就是这样:你必须准备让他的刀子刺进你的胸膛。"⑥夏洛克对她准确引用合约内容的做法十分满意:

---

① *The Merchant of Venice*, TLN 2110—2111, p.503(4.1.300—301).
② Brennan 1986, pp.45—48 分析了这场戏的结构,不过并未指出其修辞特征。
③ 见 Tiffany 2002, pp.360—362.
④ *The Merchant of Venice*, TLN 2036, p.502(4.1.226).
⑤ *The Merchant of Venice*, TLN 2042—2044, p.502(4.1.232—234).
⑥ *The Merchant of Venice*, TLN 2050—2051, p.502(4.1.240—241).

七 提证:法律和司法争议

对了,"他的胸部",

约上是这么说的,不是吗,最严的法官?

"附近心口的所在",约上写得明明白白的。

TLN 2058—2060, p.502(4.1.248—250)

"写的明明白白"(verba ipsa),夏洛克引用了西塞罗在讨论遵循法律字面意思时经常使用的表述。① 当鲍西娅建议他找个外科医生来确保安东尼奥不会因失血过多而死时,他又再次确认了自己的立场。② 夏洛克立刻起了疑心:"约上有这样的规定吗?"③鲍西娅不耐烦地回答:"约上并没有这样的规定,可是那又有什么相干呢? 为了仁慈起见,你这样做总是不错。"④但是,夏洛克并不满意合约表述中未曾言明的任何安排:"我找不到。这一条约上没有这样写。"⑤对夏洛克来说,永远都是字面意思,而非精神,具有优先性。⑥

面对夏洛克对这种原则的坚持,鲍西娅开始检视这份契约与威尼斯法律更广泛规定之间的关联。昆体良曾经指出,即使法律条文的字面意思被赋予了优先性,依旧可以从考察立法者意图的行为中获取帮助,然而,如果专注于恢复立法者的意图,那么就不得不尽可能地对法律的字面表述提出质疑。⑦ 鲍西娅利用这种大有助益的不对称性,开

---

① Cicero 1949a, I, XIII.17, p.34,以及 II.XLII. 121, p.290。
② *The Merchant of Venice*, TLN 2063—2064, p.502(4.1.253—254)。
③ *The Merchant of Venice*, TLN 2065, p.502(4.1.255)。
④ *The Merchant of Venice*, TLN 2066—2067, p.502(4.1.256—257)。
⑤ *The Merchant of Venice*, TLN 2068, p.502(4.1.258)。
⑥ 在这种修辞上的承诺背后,一些评论者还看出了在犹太教和基督教原则之间的冲突,夏洛克则是站在犹太教的立场上坚持要遵守法律。例如,见 Cooper 1970, pp.121—124; Tovey 1981, pp.232—233。
⑦ Quintilian 2001, 7.6.3, vol.3, p.268。

始考察威尼斯合同法背后的意图。她采纳了西塞罗的建议,认为应当从主张法律的意图和任务"最终目标永远都一致"入手。① 她严格遵循他的建议:

> 因为这约上所订定的惩罚,
> 就法律条文而言,
> 是完全有效的。
>
> TLN 2053—2055, p.502(4.1.243—245)

当鲍西娅开始讨论契约本身时,她的焦点完全放在了"法律条文的规定"上,接受了夏洛克反复提出的遵循法律字面意思的主张。② 不过,一旦她这样行事,她就可以提醒夏洛克"且慢"③,想一想究竟说了什么,没说什么:

> 这约上并没有允许你取他的一滴血,
> 只是写明着"一磅肉"。
>
> TLN 2112—2113, p.503(4.1.302—303)

许多评论家认为这几句台词是整个案件的转折点。他们认为,鲍西娅所表明的是,夏洛克毕竟"无法拿到这块肉",并犯有"试图履行诈骗性合约"的罪行。④ 他要求契约被明明白白地执行,不过"写得明明

---

① Cicero 1949a, II. XLII. 122, p.290; 'sententia ... semper ad idem spectare'.
② *The Merchant of Venice*, TLN 2113, p.503(4.1.303).
③ *The Merchant of Venice*, TLN 2111, p.503(4.1.301).
④ Brown 1955, p. lii; Benston 1991, p.179. 也见 Keeton 1967, p.140 以及 pp.147—148 的深入讨论; Bilello 2007, pp.123—124。

七　提证：法律和司法争议

白白的契约"使它无法被实施。

这种解读是否误解了这场戏的修辞结构，这一点依旧值得商榷。正如鲍西娅刚刚明确指出的，法庭所处理的争议并非司法争议；而是一个释法争议，所争论的问题是对法律文本的正确解读。前文已经指出，这种动因很容易引发的一个问题就是，即使在法律上有效的文本，其遣词造句也可能与对立的上位法的要求冲突。鲍西娅随后的做法也表明，这种认识恰好可以用在夏洛克的契约上。夏洛克的问题并不在于他无论如何都无法获得这块肉。鲍西娅承认，他的契约依旧是有效的："法律许可你，法庭判给你。"① 毋宁说他的问题在于，他并未意识到鲍西娅现在尖锐地强调的事实，即如果他拿到这磅属于他的肉，并且在这个过程中使安东尼奥流了哪怕一滴血，他的行为都将违反禁止基督徒流血的对立上位法，因此将会面临法律的惩罚，起码被没收土地财产充公。根据合约，夏洛克依然可以拿走属于他的这磅肉，他甚至也可以拿走安东尼奥的血。不过达到这个目的的唯一办法就是，他乐意承担使基督徒流血的惩罚，鲍西娅明显算到他将会认为这种惩罚过于严厉，不予打算。

因此，这场审判的支点是鲍西娅告知夏洛克相关对立上位法的段落。② 这里，莎士比亚超越了所有的故事资料，运用司法修辞知识来制造出他的戏剧效果(coup de théâtre)。③ 首先，鲍西娅再次肯定了夏洛

---

① *The Merchant of Venice*, TLN 2109, p. 503(4.1.299).

② 鲍西娅指出了一条对立法这个细节很少被提及。不过可以见 Donawerth 1984, p. 208, 对相互冲突的法律的分析，见 Holderness 1993, pp. 51—52。Leimberg 2011 也讨论了对立法，不过认为(p.193)指的是"契约书面文本中相互冲突的两条法律"，然而我认为这份契约的条款之所以冲突，是由于另一种上位法的缘故。

③ 这里，莎士比亚的参考资料是 Fiorentino 1957，不过相关的段落(p.473)中并未提及对立法。

克的合法权利:"你可以照约拿一磅肉去。"①不过,她紧接着又提醒他注意对立上位法:

> 可是在割肉的时候,
> 要是留下一滴基督徒的血,你的土地财产,
> 按照威尼斯的法律,
> 就要全部充公。
>
> TLN 2115—2118, p. 503(4.1.305—308)

夏洛克大吃一惊:"法律是这样说的吗?"②鲍西娅继续告诉他,相关的对立上位法出自威尼斯共和国的法案:

> 你可以自己去查查明白。
> 既然你要求公道,我就给你公道,
> 不管这公道是不是你所希望的。
>
> TLN 2121—2123, p.503(4.1.310—312)

正如修辞学家始终强调的,这句补充修辞的意义在于,当法律冲突时,应当采用的法律必定是更重要的那条。国家法案永远比私人合约更重要,因此应当被执行,这一点显然毋庸赘述。

夏洛克很快意识到了自己的困境。他立刻改变方向,同意巴萨尼奥早些时候提出的支付三倍欠款赔偿的提议。不过,鲍西娅打断了

---

① *The Merchant of Venice*, TLN 2114, p.503(4.1.304).
② *The Merchant of Venice*, TLN 2120, p.503(4.1.310).

七 提证：法律和司法争议

他，坚称他已经要求根据合约实现正义，这才是法庭有权实施的：

> 别忙！这犹太人必须得到绝对的公道。
> 别忙！他除了照约处罚以外，不能接受其他的赔偿。……
> 所以你准备动手割肉吧。
> 不准流一滴血，也不准割得超过或是不足
> 一磅的重量。要是你割下来的肉，
> 比一磅略微轻一点或是重一点，
> 即使相差只有一丝一毫，
> 或者仅仅一根汗毛之微，
> 就要把你抵命，
> 你的财产全部充公。
>
> TLN 2127—2128, 2130—2138, p.503
> (4.1.317—318, 320—328)

诚然，鲍西娅最初裁决的这番诠释尽管采用了气势恢宏的夸张法，却依旧被认为引发了一些尴尬的问题。事实上，虽然对立上位法明确规定要没收财产，但并未提到死刑。而且稍有常识便会提出的反对是，夏洛克必然被允许让安东尼奥流血，否则他根本不可能拿到任何肉。[1]

对于后一种反对，鲍西娅进行了回答，但是这与她之前提出的慈悲请求相违背，因为这个回答要求她无情地再次提醒夏洛克他对法庭提出的要求。他坚持根据字面意思执行法律，而且也无法否认根据契

---

[1] Hood Phillips 1972, pp.92—93 列举了诸位表达了这种观点的法学家。

约的明确表述,他仅仅被允许获得这块肉,再无其他补偿:

> 犹太人,除了冒着你自己生命的危险,割下那一磅肉以外,你不能拿一个钱。
>
> TLN 2149—2150, p.503(4.1.339—340)

夏洛克成了被告,用托马斯·威尔逊的话说,同所有被告一样,他"回答自有其风险",这种风险就是,如果他坚持主张合约条款,就会失去土地和财产。[1]

评论家曾经批判这场反转过于突然,"令人感到不可能"。[2] 从法律角度来说,即使不考虑她乔装成法律专家进入法庭并谎称自己是培拉里奥派来的这个举动,鲍西娅对动因的处理也显然并不令人满意。不过,从修辞学的角度来看,这场戏完全行得通。突然的反转之所以出现,是由于鲍西娅能够证明围绕审判所引发的释法争议并非司法性的,而是法律性的。夏洛克于是不得不承认,若按照对相关法律文本的严格解读,他自己必须接受无情的惩罚。他立刻表示"我没有问题了",然后准备离开法庭。[3]

---

[1] Wilson 1553, Sig. M, 3ʳ.
[2] 例如,见 Margolies 2012, p.163。
[3] *The Merchant of Venice*, TLN 2152, p.503(4.1.342)。对夏洛克在这场戏结束时的沉默的分析,见 Rovine 1987, pp.57—58。

八
提证：格物争议

"格物争议，"《罗马修辞手册》严肃地指出，"是最为棘手，在现实中又最经常需要处理的一种。"①因此，在处置时必须特别小心。同所有争议类型一样，第一项任务就是要找出需要被裁决的争议问题。在格物型动因中，由于问题必定围绕着某些充满疑点的事实，因此这个任务很容易完成。② 修辞学家喜欢用埃杰克斯之死这个故事的一个版本来举例说明。③ 埃杰克斯的兄弟透克罗斯在树林中撞见尤利西斯手拿沾血的利剑站在埃杰克斯尸体旁，此时埃杰克斯身中数剑已经死亡。埃杰克斯是自杀的，尤利西斯发现了他的尸体，正将利剑从他身上拔出。不过，透克罗斯并不知道以上事实。因此出于当时所见的状

---

① *Rhetorica ad Herennium* 1954, II. X. 12, p. 80: 'difficillima tractatu est constitution coniecturalis et in veris causis saepissime tractanda est'.

② *Rhetorica ad Herennium* 1954, I. XI. 18, p. 34; Cicero 1949a, I. XIII. 11, p. 22; Quintilian 2001, 3. 6. 72—73, vol. 2, p. 84; Wilson 1553, Sig. N, 1ᵛ.

③ 正如 Hutson 2006, pp. 92—93 所指出的，这个版本似乎出自巴库维乌斯已经失传的悲剧作品。

况，加上他知道尤利西斯是埃杰克斯的敌人，于是透罗克斯指控尤利西斯是杀人凶手。① 西塞罗指出，由此引发了有争议的案件和需要裁决的问题："他是否杀了他？"②

对修辞学家来说，这个故事启发了两条相互关联的教训。按照《罗马修辞手册》的看法，其中一条是，格物争议的特征和标志是"需要通过提出推测来寻找真相"，并且要根据已有的证据来进行提证。③ 莱纳德·考克斯在《修辞技艺》中指出，"尤利西斯是否杀死埃杰克斯这个问题使争议处于推测状态"。④ 第二条教诲是，真相或许永远都是隐藏着的，甚至还可能是有目的地被掩盖着，《罗马修辞手册》认为，因此争议"将会围绕实际上究竟发生了什么展开"。⑤ 需要谨记，最初的推测可能有误，正如透罗克斯在推测埃杰克斯遭遇时那样。考克斯表示，即使当时的状况"让问题显得非常可疑"，但是"其判断毫无证据"，而且"实际上尤利西斯是无辜的"。⑥

第七章曾指出，这些教诲被浓缩在一条主张中，对格物争议的提证必定需要寻找线索并试图揭开可能被蓄意掩盖的真相。古典修辞学家用来描述这个过程的动词是 quaerere。⑦ 在托马斯·库珀的《词典》中，这个词可以指"询问；要求"，也可以指"搜查"和"寻找"某物。⑧

---

① *Rhetorica ad Herennium* 1954, I. XI. 18, p. 34 以及 I. XVII. 26, p. 52; Cicero 1949a, I. XIII. 11, p. 22; Quintilian 2001, 4. 2. 13, vol. 2, p. 224。

② Cicero 1949a, II. IV. 15, p. 180: 'Occideritne?' 参见 *Rhetorica ad Herennium* 1954, I. XVII. 27, p. 52; Quintilian 2001, 4. 2. 13, vol. 2, p. 224。

③ *Rhetorica ad Herennium* 1954, I. XI. 18, p. 34: 'Hic coniectura verum quaeritur'. 参见 Cicero 1949a, I. XIII. 10, p. 20。

④ Cox 1532, Sig. D, 7^v. 参见 Wilson 1551, Sig. M, 1^v。

⑤ *Rhetorica ad Herennium* 1954, I. XI. 18, p. 32: 'de facto controversia est'.

⑥ Cox 1532, Sig. D, 7^v.

⑦ *Rhetorica ad Herennium* 1954, I. XI. 18, p. 34; Cicero 1949a, I. VIII. 11, p. 22.

⑧ Cooper 1565, Sig. 5L, 1^v.

八　提证：格物争议

约翰·弗农在他所编纂的《词典》中也认为，这个词既可以指"询问，搜查"，也可以指"寻找线索"。① 因此，在格物争议中进行提证的过程可以被认为是一种侦探工作。托马斯·威尔逊总结说，问题在于"找出动因的实质或本质"。②

失败的提证

莎士比亚对格物争议进行的最精巧的处理出现在《哈姆莱特》中，在这部剧的前半部分，两个不同的谜团以相互对应的平行方式被探寻。克劳狄斯和波洛涅斯都在探寻哈姆莱特发疯的原因，而哈姆莱特则在探寻自己父亲的死因。观众初次遇到的第一个问题，是在克劳狄斯向罗森格兰兹和吉尔登斯吞描述哈姆莱特怪异行为时：

> 你们大概已经听到哈姆莱特的变化；
> 我把它称为变化，
> 因为无论在外表上或是精神上，
> 他已经和从前大不相同。
> 除了他父亲的死以外，究竟还有什么原因，
> 把他激成了这种疯疯癫癫的样子，
> 我实在无从猜测。
> 　　　　　　TLN 932—938, p.747(2.2.4—10)

---

① Veron 1584, Sig. 2L, 6ᵛ.
② Wilson 1553, Sig. Q, 2ʳ.

后来他又质疑了两人在解决这个谜团时令人不满的进展：

> 你们不能用迂回婉转的方法，
> 探出他为什么这样神思颠倒，
> 让紊乱而危险的疯狂
> 困扰他的安静的生活吗？
>
> TLN 1537—1540，p. 753（3.1.1—4）

克劳狄斯再次向罗森格兰兹和吉尔登斯吞提出这个格物争议，以及需要被裁决的问题：是什么造成了哈姆莱特危险的神思颠倒？他还指出，要想解开谜团，他们需要将调查聚焦于哈姆莱特行为的"线索"上。

没等罗森格兰兹和吉尔登斯吞开始工作，波洛涅斯便匆忙提出了自己的解答。他对自己揭开隐藏真相的能力信心满满：

> 只要有线索可寻，
> 我总会找出事实的真相，
> 即使那真相一直藏在地球的中心。
>
> TLN 1087—1089，p. 749（2.2.155—157）

他相信，如果他能发现哈姆莱特行为的线索，就能掘地三尺使真相大白。他继续提出自己的理论，认为哈姆莱特发疯的原因是追求奥菲利娅而不得。① 他再次提到哈姆莱特行为的"线索"，解释奥菲利娅

---

① 波洛涅斯遵循了修辞学家的建议，在陈述过程中提出了自己的推测的证据。

八 提证：格物争议

已经告知他哈姆莱特求爱的"时间、方式和地点"，并且提出了他声称的非人工的证据，也就是哈姆莱特写给奥菲利娅的信。① 不过，他依旧需要证明，自己的推测可以经过这段时间哈姆莱特种种举动的检验——此时已有数周之久——在此期间奥菲利娅一直在躲避他。修辞学家可能会说，他知道自己需要找到进一步的线索将哈姆莱特心烦意乱的状态与自己的推测联系起来。

莎士比亚最初将这种调查过程比作寻找河流源头。《罗密欧与朱丽叶》中的维洛那亲王在要求关闭坟墓直到青年情侣死因的谜团能够被完全解开时，就使用了这种意象：

> 暂时停止你们的悲恸，
> 让我把这些可疑的事实讯问明白，
> 知道了其源头、开端与真正的经过后，
>
> TLN 2905—2907, p.411(5.3.216—18)

克劳狄斯在告知葛特露、波洛涅斯自以为的发现时，又提到了这个比喻：

> 我亲爱的王后，他对我说
> 他已经发现了你的儿子心神不定的源头。
>
> TLN 982—983, p.748(2.2.54—55)

然而，这种田园牧歌式的意象对波洛涅斯来说并不受用。当他踏

---

① *Hamlet*, TLN 1056, p.748(2.2.125).

295

上探索的道路时,立刻采用了更加激烈的比喻,随后哈姆莱特在他自己解决父亲死因谜团的尝试中也是如此。两者都将找寻线索的过程当作刨根问底的过程。

要了解他们的措辞,可以参考一下伊丽莎白时期的狩猎指南。托马斯·科凯恩在 1591 年出版的《狩猎短论》(Short Treatise of Hunting)中罗列了"狩猎狐狸时应当遵守的规则"。第一步就是"放开"之前应该被拴住的猎犬。① 齐放猎犬的目的是给它们提供将猎物赶出藏身之所的最佳机会。② 这一步有许多名称,取决于所猎动物是哪种。乔治·盖斯科因在出版于 1575 年的《高贵的狩猎技艺》(Noble Arte of Venerie)中用精确的技术术语描述了整个过程:③"我们找出躲藏的母鹿,发现公鹿并将其赶出,寻找野兔的巢穴进行捕捉,找到狐狸窝并进行驱逐。"④热瓦西·马卡姆在 1595 年出版的《绅士学院》(Gentlemans Academie)中也提供了类似的清单:"我们说,将公鹿、野兔和狐狸从巢穴中赶出来。"⑤一旦将猎物驱赶到开阔处,就有可能追赶它们,根据视线而非气味进行猎捕。"最可靠的追赶方式,"盖斯科因解释,"就是在带着猎犬狩猎时,把猎犬带到低洼或草地的下风向处,等狐狸跑出来以后进行追赶。"⑥另一种方案就是追踪猎物的气味。盖斯科因认为,这种办法并不必然奏效,"因为猎犬在追踪气味时,常

---

① Cockaine 1591, Sig. B, 2^r 和 4^r。论"释放",也见 Adlington 1566, fo. 78^r;Caius 1576, p. 6。
② 论"猎物",见 Gascoigne 1575, p. 170。
③ 关于盖斯科因见 Berry 2001, pp. 4, 10—11, 90—91, 227。也见 Bates 2013, pp. 140—144,强调了盖斯科因对猎物的理解。
④ Gascoigne 1575, p. 239.
⑤ [Markham] 1595, p. 38.
⑥ Gascoigne 1575, p. 248.

八 提证：格物争议

常无法专注于一只猎物"。① 即使如此，他说，他依旧愿意将"根据气味追踪从巢穴中逃跑的野兔"说成是最有满足感的狩猎方式之一。②

当波洛涅斯将他对哈姆莱特疯狂原因的推测告诉克劳狄斯时，他立刻运用了这种猎人追随踪迹的意象：③

> 要是我的脑筋还没有出毛病，
> 没有想到了岔路上去，
> 那么我想我已经发现了
> 哈姆莱特发疯的原因。
>
> TLN 974—977, p. 748(2.2.46—49)

克劳狄斯迫切地想知道波洛涅斯准备如何确证自己的推测："我们怎么可以进一步试验试验？"④作为回答，波洛涅斯又将自己比作开始追踪时的猎人：

波洛涅斯	您知道,有时候他会接连几个钟头在这儿走廊里踱来踱去。
王后	他真的常常这样踱来踱去。
波洛涅斯	趁他踱来踱去的时候,我就放我的女儿去见他,(向国王说)你我可以躲在帷幕后面，

---

① Gascoigne 1575, p. 172.
② Gascoigne 1575, p. 172.
③ 似乎很少有人注意到这一点。Spurgeon 1965, pp. 100—105 对莎士比亚的狩猎意象进行了分析,不过并未提及"驱逐"(starting)和"从巢穴中驱赶出来"(unkennelling)。Berry 2001 专门讨论了猎鹿,但是并未提到《哈姆莱特》。
④ *Hamlet*, TLN 1089, p. 749(2.2.157).

注视他们相会的情形。
TLN 1090—1094，p. 749(2.2.158—162)

波洛涅斯准备释放猎犬追踪哈姆莱特。他将"放出"奥菲利娅去试探他,企图将他的情感从藏身之处驱逐出来。同时,他和克劳狄斯将偷听这场相遇,他们将"标记"波洛涅斯关于因爱痴狂推测是正确的标志。或许哈姆莱特会颤抖,或许他会脸色苍白,或许他会溜走。无论发生什么,他们都将为自己提供修辞学家认为最强有力的那种非人工提证类型,也就是自己作为证人所做的证词。

波洛涅斯一如既往地十分教条,当哈姆莱特恰好走过时,他延迟执行原计划,转而抓住机会上前和哈姆莱特搭话。一开始,他甚至不确定哈姆莱特是否能认出自己:

波洛涅斯　您认识我吗,殿下?
哈姆莱特　认识认识,你是一个卖鱼的贩子。
TLN 1103—1104，p. 749(2.2.171—172)

波洛涅斯有些尴尬,而这种状态在他试图继续谈话后越发严重:

波洛涅斯　让我再去对他说话。——您在读些什么,殿下?
哈姆莱特　都是些空话,空话,空话。
波洛涅斯　讲些什么事情,殿下?
哈姆莱特　谁和谁啊?
TLN 1121—1215，p. 749(2.2.187—191)

八 提证：格物争议

评论者们时常批评哈姆莱特在这里表现出的"有意推诿"，[1]不过，哈姆莱特正在表明这一点十分重要。波洛涅斯询问的问题是关于他的阅读情况，但是哈姆莱特假装认为他所询问的是一个争议问题，是发生在两人之间的争议所引发的司法"争议"。他将波洛涅斯说成是准备拷问他的一个对手，实际上也确实如此。波洛涅斯不得不承认："虽然是些疯话，却有深意在内。"[2]

在这番令人尴尬的相遇后，波洛涅斯和克劳狄斯一直等到第二天才展开追寻。[3] 现在，他们认为已经万事俱备，克劳狄斯向葛特露解释：

> 我们已经暗中差人去唤哈姆莱特到这儿来，
> 让他和奥菲利娅见见面，
> 就像是他们偶然相遇的一般。
> 她的父亲跟我两人
> 将要权充一下密探，
> 躲在可以看见他们却不能被他们看见的地方。
>
> TLN 1567—1572, p.753(3.1.29—34)

波洛涅斯随即"释放"奥菲利娅（"你在这儿走走"），[4]哈姆莱特上场，不过剧中并未给出暗示他是被邀请前来的。与此同时，波洛涅斯与克劳狄斯躲了起来，准备观察当哈姆莱特被"驱动"时会发生

---

[1] 例如，见 Zurcher 2010, p.247。
[2] *Hamlet*, TLN 1136—1137, p.749(2.2.200—201)。
[3] 时间轨迹可以通过对比 *Hamlet*, TLN 1471, p.752(2.2.493) 与 TLN 1558, p.753(3.1.21) 得知。
[4] *Hamlet*, TLN 1581, p.753(3.1.43)。

什么。哈姆莱特开始("生存,还是毁灭,")①思量在苟活和采取主动之中哪种方式更高尚的问题,对白结束时明显暗示了自己复仇行动的失败。而后他看到了奥菲利娅,接下来的相遇充满痛苦,哈姆莱特陷入尖酸刻薄中,首先告诉她"我的确曾经爱过你",只是为了强调"现在我不爱你了",②要求她进入修道院,在他眼前消失。③ 哈姆莱特离开后,奥菲利娅留在原地,懊悔自己错过了一位多么高贵的灵魂。④

在多大程度上,波洛涅斯的猎犬追击行动成功地确证了他所做出的因爱痴狂的推测呢? 当他第一次和哈姆莱特搭话时,他不得不承认"他的回答有时候是多么深刻",充分暗示着或许哈姆莱特实际上并没有疯。⑤ 不过,他又安慰自己这些不过是"疯狂的人往往能够说出理智清明的人所说不出来的话"。⑥ 当他想到在谈话过程中,哈姆莱特"念念不忘地提到我的女儿",便更加安心了,更不用说"最初他不认识我,他说我是个卖鱼的贩子"。⑦ 因此,他依然认为可以断定哈姆莱特"疯病已经很深了,很深了",然后他又加上了一句伤感的评论"我在年轻的时候,为了恋爱也曾大发其疯,那样子也跟他差不多哩"。⑧ 即使当哈姆莱特表明自己如今并不爱奥菲利娅时,他也依旧不愿放弃自己的推测。仅仅对初始判断做了些调整,他继续向克劳狄斯保证"可是

---

① *Hamlet*, TLN 1594, p. 754(3. 1. 56).
② *Hamlet*, TLN 1653,1657, p. 754(3. 1. 114,117).
③ *Hamlet*, TLN 1659,1668, 1675, 1678, 1688, p. 754(3. 1. 119, 126, 133, 135, 142—143).
④ *Hamlet*, TLN 1689, p. 754(3. 1. 144).
⑤ *Hamlet*, TLN 1140—1141, p. 749(2. 2. 203—204).
⑥ *Hamlet*, TLN 1141—1143, p. 749(2. 2. 204—205).
⑦ *Hamlet*, TLN 1117—1119, p. 749(2. 2. 184—186).
⑧ *Hamlet*, TLN 1119—1121, p. 749(2. 2. 185—187).

我相信他的烦闷的根本原因,还是为了恋爱上的失意"。①

我们这些剧院观众无法分享波洛涅斯的自信。我们或许会认为,哈姆莱特并不完全能控制自己对奥菲利娅的感情,不过从他警告霍拉旭他可能会言行反常以后,我们也就收到了提醒,要注意明显的疯狂的标志。② 我们还知道——或者说如果经历过伊丽莎白一世时期文法学校的教育就会知道——波洛涅斯认为哈姆莱特"你是个卖鱼的贩子"③的言论标志着疯狂,这一点完全是不着边际的。同往常一样,波洛涅斯同样缺乏阅读标志的任何技能,而且在这个场景中,他滑稽地没有理解哈姆莱特不过是在给他一个众所周知的侮辱。任何莎士比亚时期英国文法学校的学生都知道,伊拉斯谟曾经在《论词语的丰富》中解释,说某人是个卖鱼的贩子,就是指这个人是那种用胳膊肘擤鼻涕的人。④ 哈姆莱特这么说,不过是在讽刺波洛涅斯是个流鼻涕的老傻瓜,而这显然不是第一次了。

虽然波洛涅斯依然固执己见,但克劳狄斯立刻意识到波洛涅斯的推测已经被推翻了。在偷听了哈姆莱特和奥菲利娅的谈话后,他对哈姆莱特因爱痴狂的看法充满鄙夷:"恋爱!他的精神错乱不像是为了恋爱。"⑤他也并不认为哈姆莱特发疯了:"他说的话虽然有些颠倒,也

---

① *Hamlet*, TLN 1715—1717, p.755(3.1.170—172).
② *Hamlet*, TLN 786—798, p.746(1.5.168—180).
③ *Hamlet*, TLN 1104, p.749(2.2.172).
④ Erasmus 1569, fo. 27ᵛ: 'cubito se emungit, salsamentarium indicans'. 关于"salsamentarius: 卖鱼的贩子",见 Veron 1584, Sig. 2N, 8ʳ;Thomas 1592, Sig. 2V,1ʳ。我并未见到任何注意到莎士比亚在此处暗指的版本。Hibbard 1987 中的备注是"无比有趣"(p.212n),保留的建议是(最初源自埃德蒙·马龙,他将其用作推测后的修正)哈姆莱特用"卖鱼的贩子"来指"屠夫"。最新的雅顿版编辑告诉我们,哈姆莱特"滑稽的失误"是为了强化他伪装的疯狂。见 Thompson and Taylor 2006, p.250n.
⑤ *Hamlet*, TLN 1701, p.755(3.1.156).

法庭上的莎士比亚

233 不像是疯狂。"①克劳狄斯的讽刺回应部分是由于他提出了另一种更令他惴惴不安的推测。② 现在他认为,在哈姆莱特灵魂中有某些"心事"正在盘踞,这才是"使他神思恍惚"的原因。③ 哈姆莱特成了拥有动因之人,而克劳狄斯则发现,这对他来说很可能十分危险:

> 他有些什么心事
> 盘踞在他的灵魂里,
> 我怕它
> 也许会产生危险的结果。
>
> TLN 1703—1706,p.755(3.1.158—161)

盘踞哈姆莱特心中的并非是爱情带来的忧郁;毋宁说,他正如小鸟孵蛋般在酝酿着某些心事。哈姆莱特正在筹划一场阴谋,而克劳狄斯惧怕其后果。

角色发生了翻转,如今猎人变成了被追捕者。甚至可以推测,克劳狄斯已经发现哈姆莱特知道了自己父亲死亡的真相。同时,克劳狄斯立刻针对自己的猜测采取行动。他下令将哈姆莱特绑起来带走,"立刻到英国去"。④ 他准备送哈姆莱特上黄泉,正如之前对他父亲做的那样。波洛涅斯因爱疯狂的推测就此消失。他的提证失败了,甚至都没有机会发表相匹配的说教式总结,否则他必定会围绕青年、忧郁、父亲的角色和爱情这种危险的激情大做文章。

---

① *Hamlet*, TLN 1702—1703, p.755(3.1.157—158).
② 正如 Mercer 1987, pp.206—207 所指出的。
③ *Hamlet*, TLN 1712—1714, p.755(3.1.167—169).
④ *Hamlet*, TLN 1708, p.755(3.1.163).

八 提证:格物争议

模棱两可的提证

波洛涅斯围猎哈姆莱特之时,哈姆莱特也正在进行自己的捕猎,试图发现父亲死因背后或许被掩盖的真相。他需要解决的谜团是,是否应当相信鬼魂宣称自己是被谋杀的这番言论。哈姆莱特起初推测,鬼魂的动因是正当的,它所言属实。他安抚霍拉旭,"讲到这一个幽灵,那么让我告诉你们,它是一个诚实的亡魂"。① 不过,后来他的内心又疑窦丛生:

> 我所看见的幽灵
> 也许是魔鬼的化身,
> 借着一个美好的形状出现,魔鬼是有这一种本领的;
> 也许他看准了我的柔弱和忧郁,
> 才来向我作祟,
> 要把我引诱到沉沦的路上。
>
> TLN 1529—1534, p.753(2.2.551—556)

面对愈发严重的焦虑,哈姆莱特认为,自己急需找到某些能确证鬼魂陈述的独立手段,以期解决需要被裁决的核心争议问题:他的叔父是否杀死了他的父亲?

托马斯·威尔逊曾经解释过,在讨论这种问题时,要思考的乃是

---

① *Hamlet*, TLN 758—759, p.745(1.5.137—138).

动因"问题的主要基础"和"主要标题与首要根据"。① 哈姆莱特回应了这种主张,表示他无法依赖于鬼魂的一面之词,如果他要接受鬼魂的指控并展开行动,就需要"相较而言更全面的基础"。② 更准确地说,他需要找到的办法,通过调查随后阶段,也就是克劳狄斯在犯下他所指控的罪行之后的那段时间,来检验鬼魂的诚信。也就是说,他需要找到办法迫使克劳狄斯像《罗马修辞手册》中所说的那样"显露出良心有罪的标志"。③

在这个问题上,哈姆莱特同波洛涅斯一样借用了狩猎的意象。在猎狐时,猎人的第一个任务就是放开猎犬,将猎物从藏身之所"驱赶"出来,以便可以追赶它们。我们甚至可以狩猎双腿狐。伦敦的一位教士在1600年出版了名为《追捕双腿狐》(A toile for two-legged foxes)的小册子,呼吁对拒绝改宗天主教徒进行迫害。其中一章的标题是"驱赶狐狸,以及小猎犬的职责",描述了如何将狡诈的天主教徒引出并确保他们被追赶和抓捕。④ 哈姆莱特采用了相同的语汇,将克劳狄斯说成是一条双腿狐,他计划以这样的方式将他"驱赶",使其"隐秘的罪恶"从暗处浮现,大白于天下。⑤ 在驱赶活动完成后,他就宣布:"我知道我应该怎么办。"⑥他将追踪国王并抓住他;或者说,他将"发掘国王内心的隐秘",最终向世界揭示他的罪恶。⑦

剩下的问题就是如何完成这个计划。莎士比亚的描述着力强调

---

① Wilson 1553, Sig. M, 3ᵛ—4ʳ.
② *Hamlet*, TLN 1534—1535, p. 753(2.2.556—557).
③ *Rhetorica ad Herennium* 1954, II. V. 8, p. 72 论"有罪标志"。
④ Baxter 1600, pp. 121—125.
⑤ *Hamlet*, TLN 1805—1806, p. 756(3.1.70—71).
⑥ *Hamlet*, TLN 1529, p. 753(2.2.551).
⑦ *Hamlet*, TLN 1536, p. 753(2.2.558).

八 提证:格物争议

他所精心设计的平行线索。波洛涅斯正准备让哈姆莱特直面奥菲利娅,希望促使他显露内心的真正状态。哈姆莱特则需要某些类似的办法来驱赶国王,促使他透露自己的罪恶。波洛涅斯已经有了谋划,哈姆莱特则尚未找到办法。他在思考下一步的策略时对自己说"我的脑筋"。① 突然之间他灵光一闪,显然是受到这段戏早些时候演员们抵达厄耳锡诺的启发。② 哈姆莱特热情地迎接他们,立刻让他们开始工作。第一位演员被要求背诵一段赫库巴女王在普里阿摩斯死后逃离特洛伊战火的长诗,被这段诗文所震撼,波洛涅斯指出,"瞧,他的脸色都变了,他的眼睛里已经含着眼泪!"③这段剧情展现了戏剧的力量,哈姆莱特的处境也让人想起托马斯·诺思翻译的普鲁塔克《希腊罗马名人传》中僭主佩洛皮达斯的故事:

> 身处剧场中,《欧里庇得斯的特洛亚妇女》(*Troades of Euripides*)正在上演,他冲出剧院……因为他害怕人们见他因看到赫库巴和安德洛玛克的悲惨遭遇而流泪,人们从未见他对任何死者展现怜悯,他下令处死过为数众多的公民。这位残暴的异教僭主心中的罪恶,使他战栗不已。④

---

① *Hamlet*, TLN 1519, p.753(2.2.541).
② 不过这里也有一个难题,因为哈姆莱特已经询问过剧团是否可以演出贡扎吉的谋杀的故事,并且还向他们许诺了一段额外的演说。见 *Hamlet*, TLN 1469, 1472, p.752(2.2.491, 494)。解决方案见 Wilson 2000, pp.31—34。
③ *Hamlet*, TLN 1451—1452, p.752(2.2.477—478). Quintilian 2001, 6.2.34—35, vol.3, p.62告诉我们他时常见到演员在演出结束后热泪盈眶。
④ Plutarch 1579, pp.324—325. 这份资料经常被提及。见 Gaunt 1969,其中讨论了莱茵霍尔德(Reinhold 1882)的发现,随后马林丁(Marindi 1896)对其进行了拓展。冈特认为,此处的参考资料或许并非普鲁塔克的《希腊罗马名人传》而是《道德论丛》(*Moralia*),书中也讲述了关于斐莱的亚历山大的一个类似的故事。见 Plutarch 1603, p.1273. Sidney 1595, Sig.F,1^r 中再次讲述了这个故事(关于斐莱的亚历山大)。Bullough 1957—1975, vol.7, p.181认 (转下页)

普鲁塔克的故事讲述了一位内心有愧的谋杀犯在观看戏剧时所受到的触动；而这出戏讲述的正是赫库巴的悲惨遭遇。哈姆莱特显然想到了这个故事，瞬间便找到了驱赶出克劳狄斯罪恶感的可行办法：

> 我听人家说，犯罪的人在看戏的时候，
> 因为台上表演的巧妙，有时会激动天良
> 当场供认他们的罪恶，
> 因为暗杀的事情无论干得怎样秘密，
> 总会借着神奇的喉舌泄露出来。
> 我要叫这班伶人在我的叔父面前表演一本
> 跟我父亲惨死的情节相仿的戏剧。
>
> TLN 1520—1527，p.753(2.2.541—549)

哈姆莱特将"泄露秘密的喉舌"的想法付诸实践，安排演员们重现了鬼魂对自己谋杀的描述，包括"一段十六行句子的剧词"，哈姆莱特将会"写下插进去"，方便他们使用。①

古典修辞学家相信，这种做法确实能制造出哈姆莱特希望实现的某种强有力的情感效果，为此给出了有力的论证。西塞罗谓之解释性例证，也就某个事件如此清楚地被描述，"仿佛行为被重演"。② 昆体

（接上页）为这是出自另一出作者匿名的戏剧，名为《仙后警告》(*A Warning for Faire Woman*, 1599)，剧中的女性观看了一出讲述某人杀害自己丈夫的戏剧，突然就忏悔了同样的罪恶。Bullough(vol.7, p.38)认为"这或许才是莎士比亚的参考资料"，不过在我看来，普鲁塔克的故事较之而言可能性大得多。

① *Hamlet*, TLN 1472—1473, p.752(2.2.493—495).

② Cicero 1942a, III. LIII. 202, vol. 2, p. 160: 'illustris explanatio rerumque quasi gerantur'. Wilson 1553, Sig. 2A, 3ʳ 也讨论了"解释性例证"，将其定义为"某物的明确证据，仿佛我们现在亲眼所见事情的经过"。

八 提证：格物争议

良在谈到这段话时，①还引用了亚里士多德《修辞学》中的生动概念来描述这个过程，这个概念意味着清晰传神或栩栩如生。② 他将"生动"翻译成"再现"，这个词被界定为试图描绘而非描述某物时所采用的修辞手法。③ 在讨论这种技巧时他指出，"能够对所谈论之事进行清楚地表达，使听众仿佛亲临现场，这是一种巨大的力量"。④ 其效果是穿透心灵并唤起情感，这种力量是单纯的描述绝对无法企及的。⑤

对伊丽莎白时期的舞台作家来说，戏剧的基本关注点正是再现，即试图栩栩如生地重演和重现过去的事件，使观众能够感同身受。英国演员在实现这种活生生的再现上的成功甚至被视为一种民族骄傲。托马斯·纳什在出版于1592年的《皮尔斯·彭尼内斯》(*Pierce Penilesse*)中曾经夸耀："我们的演员和大洋彼岸的那些不同，……我们的戏剧更加庄重，……我们的再现荣耀高贵，充满勇气与决心。"⑥威廉·康沃利斯在他出版于1600年的文集中更加全面地讨论了戏剧的道德价值，尤其是演员们"为观众带来对美德与恶德更加生动的再现，而非冰冷说教"的悲剧。⑦ 当哈姆莱特给演员们提出建议时，同样将剧场描述成世界被展现在眼前的场所。他告诉他们，演戏的目的在于

---

① Quintilian 2001, 6.2.32, vol.3, p.60.
② 亚里士多德对"生动"的理解见 Eden 1986, pp.69—75；昆体良的讨论见 Eden 1986, pp.88—96；Plett 2012, pp.7—11. Sidney 1595, Sig. D, 1ᵛ—2ʳ 在赞扬"杰出诗人"时同样引用了亚里士多德的观点，认为这些诗人能够创作出如此栩栩如生的作品，仿佛一幅"有声的图画"。正如 Preston 2007, p.115 所指出的，enargeia 是一个概括的术语，其中包括了诸多实现生动形象效果的技巧，包括造型描述(ekphrasis)。
③ Quintilian 2001, 8.3.61, vol.3, p.374；参见 Aristotle 1926, III.X.11, p.404。
④ Quintilian 2001, 8.3.62, vol.3, p.374. 'Magna virtus res de quibus loquimur clare atque ut cerni videantur enuntiare'.
⑤ Quintilian 2001, 8.3.67, vol.3, p.378.
⑥ Nashe 1592, Sig. F,4ʳ.
⑦ Cornwallis 1600, Sig. 2K,7ᵛ.

"反映人生，显示善恶的本来面目，给它的时代看一看它自己演变发展的模型"。①

对于伊丽莎白时代的舞台作家来说，这种再现之举能够唤起特别强烈的情感，这种认识不仅是一条教条。纳什在《皮尔斯·彭尼内斯》中将剧院说成是这样一个场所，其中"先辈们的勇敢壮举……被复活，他们自己也从遗忘之墓中升起，公开展现其历史悠久的荣耀"。他解释说，其情感效果是压倒性的：

> 勇敢的塔尔伯特（法兰西的恐惧）如果想到在他安葬两百年后，再次在舞台上大获全胜，成千上万的观众（反复多次）为其尸骨抛洒泪水，在再现他的悲剧中，想象他们正在注视着鲜血淋漓的他，这是何等欢欣。②

纳什甚至还暗示，对塔尔伯特壮举的重现或许能比壮举本身唤起更强大的情感。

《哈姆莱特》中的这出戏开场后不久，哈姆莱特就将霍拉旭找到一边，告诉他自己想通过让克劳狄斯观看对他被指控罪行的"再现"而激发的情感：

> 今晚我们要在国王面前表演一本戏剧，
> 其中有一场的情节跟我告诉过你的
> 我的父亲的死状颇相仿佛；

---

① *Hamlet*, TLN 1748—1751, p. 755(3.2.18—20).
② Nashe 1592, Sig. F, 3^r. 对这段经常被引用的对话的分析，见 Dawson 1996, pp. 32—35。

八 提证:格物争议

当那幕戏正在串演的时候,
我要请你集中你的全副精神,
注视我的叔父,要是他在听到了那一段剧词以后,
他的隐藏的罪恶还是不露出一丝痕迹来,
那么我们所看见的那个鬼魂一定是个恶魔。

TLN 1800—1807, p. 755—756(3.2.65—72)

哈姆莱特保证,戏中将会出现对他父亲之死"各项条件"的描绘,包括时间、地点、动机以及实施办法。他准备用自认为是决断性的测试来检验自己对鬼魂诚信度的推测。他希望,如果克劳狄斯有罪,突然直面犯罪细节会将他揭露出来。如果无事发生,那么鬼魂所言便不可能为真。如果霍拉旭仔细观察,他或许会发现,罪恶的指示标志最终被揭露。

在鬼魂的陈述中,有哪些证据的提出可以被认为是令人满意的呢?方言修辞学家紧随法律作家的主张,提出了任何所谓提证都必须经过的一系列测试。莎士比亚有可能从法律手册中了解到这些测试,不过,虽然他无疑对从这些手册中引用术语的修辞学文本十分熟悉,但并没有证据表明,他曾经阅读过这种作品。如果再看看修辞学家,尤其是莱纳德·考克斯和托马斯·威尔逊就会发现,他们单独列出了三种最重要的测试。首先,必须观察嫌疑方是否"脸红或脸色发白"。[1] 接下来,必须注意他是否"说话结巴,无法清楚地表达"。[2] 最后,如果"犯事之后仓皇遁走",那么显然他有罪。[3] 威尔逊补充说,还

---

[1] Cox 1532, Sig. E, 6^r;参见 Wilson 1553, Sig. M, 2^r。
[2] Cox 1532, Sig. E, 6^r;参见 Wilson 1553, Sig. N, 3^v。
[3] Cox 1532, Sig. E, 6^r;参见 Wilson 1553, Sig. N, 2^v。

可以更加宏观地考察"他如何保持仪态"。① 哈姆莱特宣称,除非以上测试中的任何一项标志被证明,否则他不会彻底认可自己对鬼魂诚信度的推测:

> 我就在一旁窥察他的神色;
> 要是他稍露惊骇不安之态,
> 我就知道该怎么办。
>
> TLN 1527—1529, p.753(2.2.549—551)

用考克斯的话说,只要克劳狄斯脸色发白,这对哈姆莱特来说就够了。这是他有罪的充足展现,哈姆莱特由此便知道若要追赶他走上死路,应当采取何种路线。

表演的时刻到了。国王和王后入场,克劳狄斯面带笑意上前招呼众人。"你好吗,哈姆莱特贤侄?"②国王想问的是哈姆莱特感觉如何,不过哈姆莱特假装认为克劳狄斯是在询问他的生活和饮食质量,回答说:"很好,好极了。我吃的是变色蜥蜴的肉,喝的是充满甜言蜜语的空气。"③变色龙被认为仅靠呼吸空气就能存活。④ 乍看上去,哈姆莱特的回答或许像是他经常说的那种善意调侃,实际上却传达了十分具有攻击性的信息。哈姆莱特仅靠呼吸空气存活这件事并不符合事实,他其实是在提醒克劳狄斯,他仅只是作为继承者(heir)而活着的,现在

---

① Wilson 1553, Sig. N, 2ᵛ.
② *Hamlet*, TLN 1816, p.756(3.2.82).
③ *Hamlet*, TLN 1817—1818, p.756(3.2.83—84).
④ 例如,见 Elyot 1538, fo.XVIIIʳ 中的变色龙词条:"它不吃不喝,凭呼吸空气存活。"

八 提证：格物争议

他感觉自己缺乏供养，甚至过去的许多承诺都被推翻。① 听上去他似乎在插科打诨，但传达的讯息是充满敌意甚至是威胁性的。他想要的不仅仅是作为继承者而活，所以他想要克劳狄斯给他让路。

演出以哑剧拉开序幕，奥菲利娅的推测十分正确，表演的是引言部分：②

　　一国王及一王后上，状极亲热，互相拥抱。王后跪地，向国王做宣誓状。国王扶王后起，俯首王后颈上。国王就花坪上睡下；王后见国王熟睡离去。另一人上，自国王头上去冠，吻冠，注毒药于国王耳，下。王后重上，见国王死，做哀恸状。下毒者率其他三四人重上，伴做陪王后悲哭状。从者舁国王尸下。下毒者以礼物赠王后，向其乞爱；王后先做憎恶不愿状，卒允其请。同下。③

戏中插入的这段细致的发表令人不解。哈姆莱特之前在同剧团成员交流时曾对这种哑剧表示鄙夷，④为什么还要加上它呢？回答似乎是，由于时运不济，这些演员已经过气，但又无法转型，难以放弃这种表演方式。另一个更令人不解的问题是，虽然这段开场表演看似充满挑衅，但并未揭露出国王。他和王后保持沉默，哈姆莱特和奥菲利娅有些粗俗地相互调侃了一番，随后演出又继续开始。

---

① 有关 air/heir 这对双关语的讨论，见 Grazia 2007, pp. 89—90。格拉齐娅认为这部戏的基础是哈姆莱特对巧取豪夺的理解。见 de Grazia 2007，特别是 pp. 1—3。Zurcher 2010, p. 229 甚至认为，这个双关语或许早已出现在开场白那句"谁是继承人"中。
② *Hamlet*, TLN 1861, p. 756(3.2.123).
③ 这段话出现在 TLN 1858, p. 756(3.2.121)的旁白之后。
④ *Hamlet*, TLN 1739, p. 755(3.2.10). Thorne 2000, pp. 112—114 还补充指出，哈姆莱特对"演出"是既反感又好奇。

序幕结束后,演员扮演的国王和王后上场。国王已经身患重病,两人仔细讨论着王后是否应该在他死后再婚。国王躺下入睡,国王的侄儿琉西安纳斯上场。琉西安纳斯明显照搬了复仇剧的套路(阴沉着脸、夸张的停顿、透露出邪恶的企图等等)①,他表演的时间如此之长,以至于哈姆莱特都开始不耐烦:"动手吧,凶手!混账东西,别扮鬼脸了,动手吧。"②催促之下,琉西安纳斯开始说台词:

> 黑心快手,遇到妙药良机,
> 趁着没人看见,事不宜迟。
> 你夜半采来的毒草炼成,
> 赫卡忒的咒语念上三巡,
> 赶快发挥你凶恶的魔力,
> 让他的生命速归于幻灭。

TLN 1972—1977, p. 757(3.2.231—236)

这里只有六行台词,而不是哈姆莱特向演员保证的十几行甚至更多。但即使如此,也可以推测,这些台词是他要求加入的,因为其中透露的许多细节只有听过鬼魂讲述自己死因的哈姆莱特才知道。更令人讶异的是,这几行台词还展现出了对哈姆莱特在其他地方提到的特定文本的准确了解,该文本即《罗马修辞手册》,它在这里几乎是以戏仿的方式处理的。在讨论"提证"时,《罗马修辞手册》区分了动因(causa)、关联以及标志。所谓动因就是指嫌疑人的动机,而

---

① Felperin 1977, pp.46—48,59—60 讨论了戏中戏是如何参照更加古老的复仇悲剧模式的。对琉西安纳斯的滑稽举动的分析,也见 de Grazia 2007, pp.180—182。
② *Hamlet*, TLN 1969—1970, p.757(3.2.228—229)。

八 提证：格物争议

关联则是证明嫌疑人有方法和能力实施犯罪的阶段，标志是全部的有利犯罪条件，包括时间、空间和地点等，以及不被抓住的可能性。① 琉西安纳斯告诉观众他有动机（黑心）；他有手段（妙药）；他有所需的能力（快手）；时间地点都便宜（良机）；而且还有可能不被发现（没人看见）。暂时还不能确定他的演说会有何种影响，而且与此同时，莎士比亚在着重列举调查犯罪"条件"的条目时，还加上了一点讽刺。

这番"再现"完成之后，接下来便是"追究"阶段，这是考察嫌疑人是否展现出内疚的阶段。哈姆莱特早就要求霍拉旭"集中全副精神注视"克劳狄斯，并且向他保证"我也要把我的眼睛看定他的脸上"。② 托马斯·威尔逊曾经强调，需要关注的一件事就是，嫌疑人是否会颤抖和结巴。此时，显然出现了怀疑的证据。当琉西安纳斯把毒药倒进扮演国王的演员的耳朵时，奥菲利娅大吼："王上起来了。"③ 克劳狄斯被"吓到了"，突然（或许颤巍巍地）站起来。威尔逊补充说，还需要考虑嫌疑人如何保持自己的仪态。克劳狄斯显然没做好。王后立刻察觉到有问题："陛下怎么啦？"④ 修辞学家一致认为，最有力的犯罪证据就是嫌疑人的潜逃。克劳狄斯随即喝道"去"，侍臣们下令点起火把，夺门而出。⑤

哈姆莱特的提证在多大程度上成功了？我们这些剧院观众并不需要被说服，因为我们已经有充足的理由认为鬼魂是在说实话。在之

---

① 对琉西安纳斯与关键时刻的讨论见 Beehler 2003, pp. 82—83。比勒用等待这种时机的想法来解释哈姆莱特的拖延。文艺复兴思想中对关键时刻（kairos）的理解也见 Paul 2014。
② *Hamlet*, TLN 1809—1810, p. 756 (3.2.74—75).
③ *Hamlet*, TLN 1982, p. 757 (3.2.240).
④ *Hamlet*, TLN 1984, p. 757 (3.2.242).
⑤ *Hamlet*, TLN 1986—1987, p. 757 (3.2.244—245).

前的场景中,当波洛涅斯展开对哈姆莱特的追捕时,他在奥菲利娅等待的时候给了她一本祈祷书读:

> 奥菲利娅,你在这儿走走。
> 陛下,我们就去躲起来吧。你拿这本书去读,
> 他看见你这样用功,
> 就不会怀疑你为什么一个人在这儿了。
> 人们往往用至诚的外表和虔敬的行动,
> 掩饰一颗魔鬼般的内心,这样的例子是太多了。
>
> TLN 1581—1587, p.753(3.1.43—49)

波洛涅斯演说的后半部分无非也是在反复展现自己的修辞技艺。修辞学家大量讨论过如何粉饰罪恶,使它们看起来像是美德。他们将这种技巧命名为叠转法,而且正如波洛涅斯所做的,他们有时候将其比喻为替恶魔开罪。① 简要说来,波洛涅斯的说教既愚蠢又平庸。即使如此,它也对国王产生了情感冲击,无意间揭露了他,促使他在充满懊悔的旁白中承认自己正在承受着强烈的负罪感的折磨:

> 它在我的良心上抽了多么重的一鞭!
> 涂脂抹粉的娼妇的脸,
> 还不及掩藏在虚伪的言辞后面的

---

① 例如,见 Susenbrotus 1562, p.46,他在文中提醒读者,通过这种技艺,"撒旦都能被转化成光明的天使"(Satanas transfiguratur in Angelum lucis)。也见 The Triall of true Friendship (1596), Sig. E, 4[r] 论"那些形似天使,实为恶魔的人"。这种修辞手法的盛行也部分解释了莎士比亚在《量罪记》中选取 Angelo(安哲鲁)为角色名的原因。

八 提证:格物争议

我的行为更丑恶。

TLN 1588—1591, p.753(3.1.50—53)

哈姆莱特和波洛涅斯各自都在密谋,两条线索在这里重叠了。哈姆莱特想抓住的国王的良心,被波洛涅斯无意之中抓住了。在克劳狄斯被公开驱赶后,他才在独白中明确忏悔"谋杀兄弟"。[①] 观众早已收到预警,克劳狄斯犯下了丑恶罪行,但依旧对这场丑恶罪行的严重程度十分怀疑。

接下来的问题是,在剧中的世界里,哈姆莱特的提证具有何种程度的说服力。这个问题更是模棱两可、复杂难解。哈姆莱特驱赶国王的首次尝试显然是失败的。克劳狄斯完全没有对哑剧做出任何反应,直到扮演国王和王后的演员说完自己的台词都一直保持缄默,还冷静地询问这出戏是否关于一场犯罪,戏剧的名称是什么。哈姆莱特回答:"《捕鼠机》。呃,怎么?"[②]这个标题是个转义词(更确切地说,一个比喻),同时也是个陷阱。哈姆莱特已然放弃了乔治·盖斯科因所说的高贵的狩猎技艺,开始尝试直接铲除奸人。陷阱并未起效,哈姆莱特只好带着明显的沮丧之情调侃克劳狄斯。他说,这是"一本很恶劣的作品",不屑地表示"它不会对您陛下跟我们这些灵魂清白的人有什么相干;让那被鞍子磨伤的马儿去惊跳退缩吧,我们的肩背都是好好儿的"。[③]

许多评论家都讨论过这出毫无效果的哑剧的失败之处。[④] 多佛·

---

① *Hamlet*, TLN 2154, p.759(3.3.38).
② *Hamlet*, TLN 1954, p.757(3.2.216).
③ *Hamlet*, TLN 1956—1959, p.757(3.2.218—220).
④ 对早期讨论的概述,见 Cox 1973, pp.5—10。

威尔逊（Dover Wilson）认为,克劳狄斯必定不可能被吸引,必定会忙于同波洛涅斯和王后小声交谈。① 他指出,显然这是这段戏的真正解释和唯一可行的演出方式。② 不过,事实上这种看法毫无文本依据。另一些研究者认为鬼魂的故事必定是假的,③因此哑剧并不对克劳狄斯构成威胁。但是,即使鬼魂只不过是哈姆莱特的幻想,④观众也会有强烈的疑问,怀疑他已经信以为真,因此他或许依旧会期待克劳狄斯在大庭广众之下看到对其罪行的展示而有所反应。还有一些人推测,莎士比亚仅仅寄希望于观众不要追问克劳狄斯为何保持沉默,他自己也在小心避免提出这个问题。⑤ 不过,剧本中显然提出了这个问题,也不可能直接将这个问题弃之不顾。

或许永远不可能知道答案,亦或许并不存在未解之谜。克劳狄斯未对哈姆莱特做出回应的原因依旧悬而未决。哈姆莱特在这段情节开始时曾经怒气冲冲地和克劳狄斯进行交谈,这足以使任何人产生戒备,怀疑是否会发生某些不利之事。不过,有备则无患。"有罪之人并未展现出任何有罪的迹象",⑥《罗马修辞手册》指出,其原因或许是"对将要发生之事他早有准备,因此能够让自己住嘴,以自信迎接挑衅"。⑦ 或许哈姆莱特难以抑制的怨恨给克劳狄斯提了醒,他知道要

---

① Wilson 1934b, pp. 159—160, 183—184.
② Wilson 1934b, pp. 151, 159, 160.
③ W. W. 格雷戈的建议在 Wilson 1934b, pp. 4—7, 150—151 中被讨论过,在 Cavell 2003, pp. 179—191 进行了重新阐述。相关讨论见 Kerrigan 1996, pp. 77—78.
④ 哑剧作为一幕原初场景的框架,见 Cavell 2003, pp. 182—183, 187, 203。
⑤ Jenkins 1982, p. 504.
⑥ *Rhetorica ad Herennium* 1954, II. V. 8, p. 72:"Si reus horum [sc. 有罪标志] nihil fecerit。"
⑦ *Rhetorica ad Herennium* 1954, II. V. 8, p. 72:'adeo praemeditatum fuisse quid sibi usu venturum ut confidentissime resisteret, responderet'。作家继续指出,这无疑是原告应当试图主张对方的。

八 提证：格物争议

控制好自己，这才是为何他并未表现出有罪的原因。

另一方面，或许可以认为，哈姆莱特驱赶国王的第二次尝试取得了不小的成功，琉西安纳斯的修辞与失败的哑剧比起来，展现了言辞无与伦比的唤起之力。① 不过，哈姆莱特十分信任的霍拉旭并不这样认为。② 在戏中戏之前，霍拉旭向哈姆莱特保证会仔细查看，确保没有任何迹象会"逃过注意"。③ 然而，后来他在谈论自己观察到的状况的含义时，却三缄其口：

> 哈姆莱特　你看见了吗？
> 霍拉旭　　看见了，殿下。
> 哈姆莱特　当那演戏的一提到毒药的时候？
> 霍拉旭　　我看得他很清楚。
>
> TLN 2004—2007, p.758(3.2.261—264)　245

尽管哈姆莱特千方百计地督促，霍拉旭依旧拒绝宣告克劳狄斯的罪过已经被确认。④ 一如既往，哈姆莱特最紧张的时候，霍拉旭则最谨慎。他已经提醒过哈姆莱特不要相信鬼魂，在这之后不久还将提醒他不要与雷欧提斯决斗。⑤ 在这里，他同样拒绝被引导而做出结论。

哈姆莱特并不认同这些疑虑，现在他认为自己已经被完全说服了。他最终确实不得不依赖额外的方式去刺激国王，而仅仅是在哈姆

---

① 正如 Barkan 1995, pp.345—347 指出的。不同的解释见 Zurcher 2010, pp.264—265。
② *Hamlet*, TLN 1794, p.755(3.2.59)。
③ *Hamlet*, TLN 1814, p.756(3.2.79)。侦探故事传统的相关性，见 Kerrigan 1996。
④ 对霍拉旭的难以确定的分析，见 Thorne 2000, pp.110—112。
⑤ *Hamlet*, TLN 599—604, p.743(1.4.69—74)以及 TLN 3431—3432, p.772(5.2.190—191)。

317

莱特打断克劳狄斯,告诉他"底下就要演到那凶手怎样得到了贡扎古的妻子的爱了",①克劳狄斯才没有控制住脾气。若非这句节外生枝的话,克劳狄斯或许能抵御住琉西安纳斯的演说,就像他之前面对哑剧时一样。而且,作为一个修辞学学生,哈姆莱特知道他所累积的那种间接证据无法成为文艺复兴逻辑学家所谓证明,这或许也是霍拉旭拒绝承认哈姆莱特的实验取得了确定无疑的结论的原因。② 无论如何,哈姆莱特认为自己可以说服霍拉旭相信鬼魂所言为真,这种感觉是如此强烈,他甚至打算拿一大笔钱作为赌注:"啊,好霍拉旭,我拿一千镑赌,那鬼魂真的没有骗我。"③在哈姆莱特看来,狐狸已经被揭露出来,他已经对自己的官司提出了证据。对他来说剩下的唯一任务就是组织起合适又成功的总结陈词。

成功的提证

《终成眷属》开头便出现了罗西昂伯爵夫人监护下的少女海伦的谜团。伯爵夫人称其为"寂寞无聊的缘故"。④ 海伦为何如此孤独和悲伤?伯爵夫人认为她必定是在为父亲之死而哀悼,管家则认为,她忧伤的原因是爱上了贝特兰,伯爵夫人高高在上的儿子。伯爵夫人为

---

① *Hamlet*, TLN 1980—1981, p. 757(3.2.238—239). 对这一点的讨论见 Lewis 2012a, pp.14—15。Kerrigan 1996, p.186 指出,哈姆莱特称呼凶手是国王的侄子,而非兄弟(也就是说和他一样)。泽克认为,克劳狄斯认为这对他构成了生命威胁,因此作出反应,而并非仅仅是再次犯下罪行。
② 见 Kerrigan 1996, pp.77—79 论这出戏作为一场实验。
③ *Hamlet*, TLN 2003—2004, p.758(3.2.260—261).
④ *All's Well That Ends Well*, TLN 471, p.973(1.3.143).

八 提证:格物争议

解决这两种对立的推测,决定进行提证,召唤海伦前来。①

伯爵夫人需要找到办法来激发不情不愿的海伦透露其心理状态背后的真相。和哈姆莱特一样,她需要某些强有力的修辞技巧来"发动"或驱赶她。她选中的技艺被修辞学家称为歧义(ambiguitas 或 amphibolia),指的是"一个词可以根据两个或以上的意思被理解,但言说之人按照自己对它的理解来加以表达"。② 海伦出场后,伯爵夫人立马娴熟地运用了这项技巧,突然说:"海伦,你知道我可以说就是你的母亲。"③批评家经常将这句宣言视为伯爵夫人愿意接纳海伦作为家庭成员的标志,④不过这种解读并未考虑到,在将自己说成海伦的母亲和监护人这两种两可身份时,伯爵夫人采用了一种修辞学策略。宣称海伦是女儿,也就同时确认了贝特兰是她兄弟,这样一来海伦的爱就毫无前景可言。伯爵夫人的讲话故意让人浮想联翩,目的在于"发动"海伦表现出对已说之话中某些无法启齿的联想的焦虑标志。⑤ 策略立竿见影,伯爵夫人胜利地指出:

> 我是你的母亲,为什么不是呢? 当我说"我是你的母亲"的时候,

---

① 我尚未读到任何意识到接下来的情节乃是根据诉讼类雄辩术规则来创作的评论作品。Desmet 1992 分析了这出戏的修辞,不过并未讨论伯爵夫人雄辩演说的来源。
② *Rhetorica ad Herennium* 1954, IV. LIII 67, p. 400:'Per ambiguum, cum verbum potest in duas pluresve sententias accipi, sed accipitur tamen in eam partem quam vult is qui dixit'. 论歧义也见 Quintilian 2001, 7.9.1—15, vol. 3, pp. 280—288;Sherry 1550, Sig. C, 1^r;Peacham 1577, Sig. G, 1^{r-v}。
③ *All's Well That Ends Well*, TLN 437—438, p. 973(1.3.109—110)。
④ 例如,见 Thomas 1987, p. 145;Desmet 1992, p. 156。
⑤ 正如 Clark 2007, pp. 64—65 所指出的。不同的是,Parker 1996, p. 193 将这段对话视为"乱伦情节",这种理解早已在 Wheeler 1981, p. 42 和 Hillman 1993, pp. 71—72 中被提出。

319

我觉得你仿佛看见了一条蛇似的；
为什么你听了"母亲"两个字,就要吃惊呢？

TLN 440—442, p.973(1.3.112—114)

海伦如同受惊的野兔,成功地被"惊吓"到了,现在轮到伯爵夫人来发现是否可以使她展现出并未如实招来的有罪标志,来确证她的推测。

伯爵夫人试图抓住海伦的良心,开始用"我是你的母亲"这句话来反复影响她。用托马斯·威尔逊的话说,海伦一开始还能保持仪态。她直言不讳,指出这样一来贝特兰就是她的兄弟,还狡诈地辩解为何这样不行:

伯爵夫人　我说,我是你的母亲。
海伦　　　恕我,夫人。
　　　　　罗西昂伯爵不能做我的哥哥；
　　　　　我的出身这样寒贱,他的家世这样高贵；
　　　　　我的父母是闾巷平民,他的都是簪缨巨族。
　　　　　他是我的主人,
　　　　　我是他的婢子,到死也是他的奴才。
　　　　　他一定不可以做我的哥哥。

TLN 454—460, p.973(1.3.126—132)

这段戏词中,海伦的说服技艺火力全开,先是采用动人的押韵对句,继而又采用扬扬格的韵律来强调她的核心主张,也就是贝特兰和她之间的社会差距。不过伯爵夫人并未被这些修辞技巧击败。她立

八 提证：格物争议

刻反驳，"那么我也不能做你的母亲吗"，便对这句话是否能让海伦展现出愧疚拭目以待。①

如果海伦脸红或脸色发白，说话开始吞吞吐吐，那就意味着她有罪。伯爵夫人说完"我也不能做你的母亲吗"，她显然开始支支吾吾了：

> 夫人，我愿意您做我的母亲，
> 只要您的儿子不是我的哥哥。
> 我的母亲！我希望我的母亲也就是他的母亲，
> 只要我不是他的妹妹。
> 是不是我做了您的女儿以后，
> 他就必须做我的哥哥？
>
> TLN 461—466, p.973(1.3.133—138)

伯爵夫人正确地意识到，"女儿和母亲竟会这样扰乱了你的心绪"，以至于海伦完全无法理智对待。当她指出这点时，海伦开始展现出更多的有罪标志："你又脸色惨白起来了？你的心事果然被我猜中了。"②哈姆莱特在对克劳狄斯进行调查时，只要"他稍露惊骇不安之态"，就认为自己成功地抓住了他的良心，③同哈姆莱特一样，伯爵夫人认为海伦突然的面色苍白足以证明她也被"抓获"。

此时，伯爵夫人认为管家的推测已被证实，反复提及从大海追踪河流直到源头的意象来表达自己的信心：

---

① *All's Well That Ends Well*, TLN 460, p.973(1.3.132).
② *All's Well That Ends Well*, TLN 468—470, p.973(1.3.140—142).
③ *Hamlet*, TLN 1528, 1536, p.753(2.2.550, 558).

现在我已经明白了
你的寂寞无聊的缘故，
发现了你的伤心挥泪的根源。
你爱着我的儿子，这是显明的事实。
TLN 470—473，p.973(1.3.142—145)

面对这种结论，海伦突然脸红，这又进一步证明了她有罪，伯爵夫人随即要求她承认：

告诉我真有这样的事，
因为瞧，你两颊的红云，已经彼此相互招认了。
TLN 476—477，p.973(1.3.148—149)

现在，伯爵夫人有十足的把握认为她的提证已经是毋庸置疑了：

你爱着我的儿子，这是显明的事实。
你的感情既然已经完全暴露，
想来你也不好意思再编造谎话企图抵赖了。
TLN 473—475，p.973(1.3.145—147)

她总结说，修辞开题已经派不上用场了，它不可能为对方找到任何论据。

伯爵夫人的提证有多少说服力呢？正如哈姆莱特在驱赶克劳狄斯时一样，观众根本不需要被说服。早在这场戏开始，海伦的独白结束时，观众就已经听过她坦承对贝特兰无望的激情了。当伯爵夫人审

八 提证：格物争议

问她时，观众们仅仅是在观赏某人展示娴熟修辞技艺的场景。实际上，这场戏算得上莎士比亚最纯粹的法庭戏了。他的目标在于展示法庭修辞术的各种规则如何能够被有效实施，这几乎压倒了他在这场戏中的首要戏剧目标，也就是表明伯爵夫人既是无法忽视的参与者，同时也是个宅心仁厚的角色。不过，即使观众不需要被说服，但依然可以就戏剧本身而言追问伯爵夫人这番演说的说服力。对这个问题的回答是，她大获全胜，而海伦则无计可施，只能承认：

> 伯爵夫人　你究竟爱他到什么程度，
> 　　　　　还是快说吧，
> 　　　　　因为你的感情早就完全泄露出来了。
> 海伦　　　既然如此，我就当着上天和您的面前跪下
> 　　　　　承认我是爱着您的儿子，
> 　　　　　并且爱他胜过您，
> 　　　　　仅次于爱上天。
> 　　　　　　　　TLN 489—494, p. 973（1.3.161—166）

海伦用复杂的回环法（上天／您／面前；胜过／您／上天）制造了最后的修辞场景，承认了自己的失败。① 管家的陈述最终被确证。

编造的提证

通常而言，对格物争议的调查就是探索某些令人疑惑的事件的原

---

① Horvei 1984, pp. 116—117 将这几段台词划分为交错法的示例。

因。不过,第一章已经指出,古典修辞学家并不避讳虚构这些谜团的可能,建议读者可以编造所谓令人疑惑的事件,假装对其进行解释。这就是伊阿古在奥瑟罗面前宣称自己发现凯西奥行事有罪时所做的。观众知道,伊阿古也知道,真相是凯西奥不过是紧张而已。然而,在编造了所谓谜团后,伊阿古又继续推测并进行解释,虽然他知道是假的。他迂回诡秘地暗示凯西奥必定与苔丝狄蒙娜有奸情,准备说服奥瑟罗相信这个推测能够被确证。他毫不怀疑自己将会成功:

> 像空气一样轻的小事,
> 对于一个嫉妒的人,
> 也会变成天书一样坚强的确证。
>
> TLN 1774—1776, p.948(3.3.323—325)

他下一步的任务就是要凭空捏造出对凯西奥所犯罪行的有力确证。他如此胸有成竹,以至于他说要拿出与那种无法反驳的文献证据——天书本身——所能提供的"非人工"提证同样有力的证据。[①]

伊阿古信心十足的理由之一是,奥瑟罗"难以名状的嫉妒"使他容易上当;[②]当然,另一个原因是奥瑟罗是个直肠子,根本意识不到表面现象可能会欺骗他:

> 那摩尔人是一个坦白爽直的人,
> 他看见人家在表面上装出一副忠厚诚实的样子,

[①] 对随即引发的"危机场景"(3.3)的完整分析见 Adamson 1980, pp. 148—174。不过亚当森并未提及这场戏以之为架构而被设计出来的修辞原则。

[②] Othello, TLN 2170, 2227, pp. 952—953(4.1.43, 99).

八 提证：格物争议

就以为一定是个好人；
我可以把他像一头驴子一般牵着鼻子跑。
TLN 677—680, p.936(1.3.381—384)

托马斯·威尔逊曾经谈到，所有人都被赫拉克勒斯的雄辩打动，因此他能够"根据自己的想法引领他们"，伊阿古也同他一样充满信心，相信能够引导奥瑟罗去往任何他想要的方向。[1]

一些评论家认为，莎士比亚越来越倾向使用法庭修辞术来展现证据如何被滥用的，甚至还讨论过在他成熟阶段的悲剧中这些技巧的妖魔化。[2] 如果确实存在着这种轨迹可追溯，那么伊阿古所处的必定是轨迹的最终点。相较于莎士比亚其他掌握修辞技巧的人物而言，伊阿古最为充分地展现出了柏拉图在《高尔吉亚篇》中所表达的对修辞技艺之道德的古老忧虑。[3] 苏格拉底引导高尔吉亚得出结论，毫无疑问他所指出的是，修辞家完全不需要知晓事物的真相，仅仅需要去发现那些说服人的办法即可。[4] 昆体良试图彻底击败这种批判，强调好的演说者必定也是好人，不过即使是昆体良也不得不承认，演说者时常会利用虚假信息来为坏的动因做辩护，而且他在提供如何让编造的动因听上去可信的方法时毫无保留。[5] 在莎士比亚创作时期的随后一代人中，这种长期以来对于修辞技艺的质疑开始再次面临更强烈的敌意。托马斯·霍布斯是其中最为雄辩的一位，他抨击自己口中那种

---

[1] Wilson 1553,前言, Sig. A, 3ᵛ. 其中赫拉克勒斯的形象出自吕西安(Lucian)，见 Rebhorn 1995, pp. 66—77; Skinner 1996, pp. 92—93, 389—390。
[2] Hutson 2007, pp. 309—310.
[3] 论作为诡辩演说家的伊阿古，见 Crider 2009, pp. 106—121。
[4] Plato 2010,459b, p. 23.
[5] Quintilian 2001, 12.1.40, vol.5, pp. 216—218.

人,他们"有某些人类的那种词语技巧,可以向别人把善说成恶、把恶说成善,并夸大或缩小明显的善恶程度,任意惑乱人心,捣乱和平"。①莎士比亚似乎预见到了这种批判,在自己的一首十四行诗里将"真正直白的语言"和"修辞学家所能编造的东西"进行对比。②

伊阿古故意将善良说成近似邪恶,从开始实施计谋的那一刻起,他就显示出了自己对相关修辞规则的准确掌握,确保能够让编造的提证听上去像是真相。第一章已经指出,昆体良对"虚假证词"如何能够获得可信度尤为关注。③"首先,"他写道,"必须确保所编造的内容依然是在情理之中。"④这正是伊阿古在开始施展阴谋时的首要考虑:

> 凯西奥是一个俊美的男子;让我想想看:
> 夺到他的位置,实现我的一举两得的阴谋;
> 怎么办?怎么办? 让我看:
> 等过了一些时候,在奥瑟罗耳边捏造一些鬼话,
> 说他跟他的妻子看上去太亲热了;
> 他长得漂亮,性情又温和,
> 天生一种魅惑妇人的魔力,像他这种人是很容易引起疑心的。
>
> TLN 670—676, p.936(1.3.374—380)

---

① Hobbes 2012 [1651], vol.2, ch.17, p.258.(此处的译文参考了[英]霍本斯著,黎思复、黎廷弼译:《利维坦》,商务印书馆 2017 年版。——译者注)
② Shakespeare 1986, Sonnet 82, lines 10,12, p.862(p.67).
③ 见 Quintilian 2001, 4.2.88, vol.2, p.262 论"虚假证词"(falsae expositiones)。
④ Quintilian 2001, 4.2.89, vol.2, p.264: 'prima sit curandum ut id quod fingemus fieri possit'.

八 提证：格物争议

如果凯西奥是一位得体、年轻、英俊又举止高雅的男性，那么苔丝狄蒙娜认为他有吸引力这件事就完全在情理之中。伊阿古在接下来的独白中说："她爱凯西奥，这也是一件很自然而可能的事。"①这种指控并非真实，但很容易使人相信。伊阿古欢欣雀跃地指出，阴谋的亮点就在于它是"想起来有可能的"；它具有可能性这种关键品质。②

昆体良继续指出，接下来需要确保的是，"编造内容与相关的时间、地点和人物相匹配"。③ 当伊阿古第一次暗示奥瑟罗凯西奥行为举止"像是做了亏心事"时，他列举了时间地点上令人生疑的全部事实：

> 伊阿古　当您向夫人求婚的时候，
> 　　　　迈克尔·凯西奥也知道你们的恋爱吗？
> 奥瑟罗　他从头到尾都知道。
> 　　　　你为什么问起？
> 　　　　　　　　　TLN 1544—1546, p.945(3.3.93—95)

伊阿古引导奥瑟罗注意到这样一个事实：在奥瑟罗的求爱过程中，凯西奥与苔丝狄蒙娜有足够的时间了解彼此。奥瑟罗的回应透露了他一闪而过的初次怀疑，伊阿古则乘胜追击：

> 伊阿古　我以为他本来跟夫人是不相识的。

---

① *Othello*, TLN 968, p.939(2.1.268).
② *Othello*, TLN 1338, p.943(2.3.305).
③ Quintilian 2001, 4.2.89, vol. 2, p. 264: 'id quod fingimus ... personae et loco et tempori congruat'.

法庭上的莎士比亚

> 奥瑟罗　啊,不,他常常在我们两人之间传递消息。
> 伊阿古　当真?
> 奥瑟罗　当真!嗯,当真。你觉得有什么不对吗?他这人不老实吗?
> TLN 1549—1553, p.954(3.3.98—102)

伊阿古唆使奥瑟罗看到,凯西奥作为两方都认识的人,很有可能赢得了苔丝狄蒙娜的芳心。时间、地点和人物都刚好合适,奥瑟罗对凯西奥忠诚的怀疑开始加剧。

昆体良还告诉读者,需要谨记的另一点是,"如果能使自己的谎言与某些真事融会贯通",并给谎言"提供某些'粉饰'",[①]将会大有助益。[②] 在随后的剧情中,当伊阿古最终提出自己所声称的指控时,他给指控增添了必要的色彩:

> 我还不能给您确实的证据。
> 注意尊夫人的行动;留心观察她对凯西奥的态度;
> 用冷静的眼光看着他们,不要一味多心,也不要过于大意。
> TLN 1648—1650, p.946(3.3.198—200)

伊阿古提出指控,用针对苔丝狄蒙娜的两条主张来进行粉饰。第一条围绕的是威尼斯女性的情感忠贞:

[①] Quintilian 2001, 4.2.89, vol.2, p.264: 'si contingent, etiam verae alicui rei cohaereat'.
[②] 见 Quintilian 2001, 4.2.88, vol.2, p.264 论额外的"粉饰"。

八 提证：格物争议

我知道我们国家的娘儿们的脾气；

在威尼斯她们背着丈夫干的风流活剧,是不瞒天地的；

她们可以不顾羞耻,干她们所要干的事,只要不让丈夫知道,就可以问心无愧。

TLN 1653—1656, p.946(3.3.203—206)

奥瑟罗未能意识到这种侮辱人的概括如何能放到苔丝狄蒙娜身上,茫然地说:"你真的这样说吗?"[1]不过,伊阿古能够将它与某些使奥瑟罗担忧的想法联系起来:

> 伊阿古　她当初跟您结婚,曾经骗过她的父亲；
> 　　　　当她好像对您的容貌战栗畏惧的时候,
> 　　　　她的心里却在热烈地爱着它。
> 奥瑟罗　她正是这样。
> 伊阿古　好,她这样小小的年纪,就有这般能耐,
> 　　　　做作得不露一丝破绽,
> 　　　　把她父亲的眼睛完全遮掩过去,
> 　　　　使他疑心您用妖术把她骗走。

TLN 1658—1663, p.946(3.3.208—213)

这些说辞显然是真实的,让奥瑟罗记起了苔丝狄蒙娜曾经成功撒下弥天大谎这令人心烦意乱的事实。[2]

---

[1] *Othello*, TLN 1657, p.946(3.3.207).
[2] 论苔丝狄蒙娜的谎言,见 Rose 1988, pp.144—155。

随后当奥瑟罗发言时,他已经忧心忡忡,害怕自己已经受骗,声色俱厉地要求伊阿古提供苔丝狄蒙娜不贞的证据:

> 恶人,你必须证明我的爱人是一个淫妇,
> 你必须给我目击的证据;……
> 让我亲眼看见这种事实,
> 或者至少给我无可置疑的切实的证据,
> 否则我要活活取你的命!
>
> TLN 1811—1812,1816—1818,p.948
> (3.3.360—361,365—367)

奥瑟罗下令伊阿古应当给他提供"眼见的证据","让我看到",这实际上是在要求非人工"调查"中最精确的证据类型。他以死为代价所要求的,是亲眼见证凯西奥的罪过和苔丝狄蒙娜的不贞。

对莎士比亚当时的观众来说,这种要求并不会显得奇怪或多余。通奸罪由宗教法庭进行审理,所要求的证据要比普通法所处理的案件更加复杂。[1] 理查德·科辛在1591年出版的讨论宗教司法的作品中引用了《圣经》文本和教会律例来论证,在处理通奸指控时,除非罪行被"邻里或市镇中绝大多数人"知晓,那么相对于单纯的怀疑(这可以简单地通过"象征标记"来实现)提证需要至少"一位良善证人"的誓言证词。[2] 从伊阿古的角度来说,奥瑟罗的要求可能会使他阴谋中的一处致命弱点暴露出来。问题并非如某些评论家所认为的那样,提出

---

[1] Ingram 1987, p.151. 也见 Ingram 1987, pp.239, 243,其中指出间接证据从未被视为是充分的。

[2] Cosin 1591, pp.58, 114. 对证人的需求,也见 Maus 1995, pp.118—119。

八 提证：格物争议

这种证据将会使奥瑟罗难以承受。① 而是在于，并没有罪行被犯下，因此不可能提供出这种证据。

伊阿古的处境十分危险，但是他成功地给出了两条直接回应，夺回了主动权。首先他从实际角度拒绝了奥瑟罗的要求。他真的想亲眼看到凯西奥和苔丝狄蒙娜翻云覆雨吗？

> 主帅？
> 您要眼睁睁地当场看她被人按倒在地吗？……
> 我应该怎么说呢？怎样才可以拿到真凭实据？
> 您也看不到他们这一幕把戏。
>
> TLN 1847—1848, 1853—1854, pp. 948—949
> （3.3.396—397, 402—403）

接下来他让奥瑟罗相信，自己能对苔丝狄蒙娜的罪行进行完整的和充满说服力的提证，尽管这实际上是不可能的：

> 可是我说，有了确凿的线索，
> 就可以探出事实的真相；
> 要是这一类间接的旁证可以替您解除疑惑，
> 那倒是不难得到的。
>
> TLN 1857—1860, p.949（3.3.406—409）

伊阿古在这里提醒奥瑟罗，修辞学家曾经探讨过的司法动因中证

---

① 例如，见 Halio 2002, p.397。

据的充分程度。修辞学家认为,就一项罪行而言,通常确立起间接的条件证据就行了。这要求找到有罪标志,并且要考虑罪行本身及其条件,也就是时间、地点、动机以及犯罪手段。用《罗马修辞手册》的话来说,如果发现"诸多标志和主张都联系在一起,相互融贯",①那么结论"应当被认为不仅表达了怀疑,而且也是明确清楚的事实"。② 或者用伊阿古的话来说,"间接的旁证"能够"探出事实的真相"。伊阿古或许不能带奥瑟罗来到卧室,但可以带他走到门前。③

在叙述伊阿古是如何继续编造间接条件时,莎士比亚部分参考了他在写作《奥瑟罗》时的主要资料,即吉拉尔第·辛提欧的《百则故事》。辛提欧让邪恶的少尉"手法熟练地"偷走了苔丝狄蒙娜的手帕,将它放在下士的卧室中,让摩尔人相信她与他之间有苟且之事。④ 然后少尉又表示,下士曾经向他承认,手帕是在与苔丝狄蒙娜相会时从她那里拿到的。当苔丝狄蒙娜无法解释自己是如何遗失掉手帕时,摩尔人视其为充足的证据,认为她有罪,决意杀死她。⑤

莎士比亚对手帕的使用更加复杂。苔丝狄蒙娜丢失的手帕被伊阿古的妻子爱米利娅捡到,伊阿古于是决定将它藏在凯西奥的住处,希望将其用作证据来激起奥瑟罗的嫉妒。评论家经常将手帕视为苔丝狄蒙娜的所谓罪行的可见证据。⑥ 不过这实际上误解了莎士比亚在

---

① *Rhetorica ad Herennium* 1954, II. VII. 11, p. 76:'multa concurrant argumenta et signa quae inter se consentiant'.
② *Rhetorica ad Herennium* 1954, II. VII. 11, p. 76:'rem perspicuam, non suspiciosam videri oportere'.
③ 正如 Crider 2009, p. 118 所指出的。
④ Bullough 1957—1975, vol. 7, p. 247.
⑤ Bullough 1957—1975, vol. 7, pp. 248—249.
⑥ 例如,见 Doran 1976, p. 84; Parker 1996, p. 248; Neill 2000, p. 256; McNeely 2004, p. 241.

八　提证：格物争议

这部剧中所运用的关于提证的修辞理论。手帕仅只能被视为书面证据；它不可能被视为可见证据，因为后者要求让奥瑟罗见证某些事件，给他提供理由相信凯西奥的罪行和苔丝狄蒙娜的不贞。① 伊阿古的阴谋较之常规更加精巧，手帕在其中只发挥辅助作用。伊阿古的提证包括两个步骤，两者各自都包含两种所谓非人工证据。在整个过程完成时，伊阿古才给出他所声称的可见证据，也就是奥瑟罗最初要求的那种证据。②

伊阿古进行确证的第一步就是站在奥瑟罗的角度重新调整对苔丝狄蒙娜罪证的要求。奥瑟罗收回了自己应当见证凯西奥罪行的诉求，要求伊阿古"给我一个充分的理由，证明她已经失节"。③ 他所要求的乃是西塞罗所说的解释性例证，昆体良所谓生动或再现，也就是对凯西奥罪行的栩栩如生的和"活灵活现"的描述，仿佛他亲眼所见一般。④ 方言修辞学家同样强调这种描述的说服力，只不过更加类似于奥瑟罗所谓"充分的理由"的想法。托马斯·威尔逊谈到过"对一切问题的生动讲述"，⑤亨利·皮查姆在以"描述"（descriptio）为标题的章节中则提到，可以借用这种"如此直接和鲜活地描述某物"的方法，其效果是"生动地展现生活"。⑥

奥瑟罗对这种非人工的证据的诉求同样给伊阿古带来了不小的考验，伊阿古一开始则假装不愿接受挑战。他采用自己最爱的假省修辞手法作为退路，言语间"仿佛他不会谈到某事"，而用亨利·皮查姆

① 正如 Maus 1995, p.120 所指出的。
② 对立的分析见 Nicholson 2010, pp.77—79。
③ *Othello*, TLN 1861, p.949(3.3.410)。
④ Cicero 1942a, III. LIII. 202, vol.2, p.160; Quintilian 2001, 8.3.61, vol.3, p.374.
⑤ Wilson 1553, Sig. 2A,3ʳ.
⑥ Peacham 1593, p.134.

333

的话说,"不过实际上依旧对其大书特书":①

> 奥瑟罗　给我一个充分的理由,证明她已经失节。
> 伊阿古　我不喜欢这件差使;
> 　　　　可是既然愚蠢的忠心
> 　　　　已经把我拉进了这一桩纠纷里去,
> 　　　　我也不能再守沉默了。
> 　　　　　　　　TLN 1861—1865, p.949(3.3.410—414)

伊阿古佯装不愿继续谈下去,实则狡诈地提醒奥瑟罗自己作为"诚实的伊阿古"的立场,让奥瑟罗做好准备去接受他将陈述的事实。

莎士比亚笔下随后的情节与辛提欧的记载不同,在原来的故事里,反派仅仅告诉摩尔人苔丝狄蒙娜"每次在他来到你家时都与他偷欢",下士"全都告诉我了"。② 在莎士比亚的戏剧中,伊阿古则向奥瑟罗提供了他所要求的"活生生的理由"。他在讲故事的过程中充分运用修辞手法来使自己的陈述听起来"活灵活现"。亨利·皮查姆曾经在"描述"的标题下分析过一系列这种技巧,③其中包括言谈化,也就是"演说者让人宣誓并进行陈述",④以及"描摹法",也就是某人的"行为、情感以及其他条件与所描述的如此相符,看起来就像是一幅直观生动的画面"。⑤ 伊阿古在展开自己完全虚构的故事时,对以上两种

---

① Peacham 1593, p. 130.
② Bullough 1957—1975, vol. 7, pp. 245—246.
③ Peacham 1593, pp. 134—143.
④ Peacham 1593, p. 137.
⑤ Peacham 1593, p. 135.

八 提证：格物争议

修辞都加以运用：

> 最近我曾经和凯西奥同过榻。
> 我因为牙痛不能入睡；
> 世上有一种人，他们的灵魂是不能保守秘密的，
> 往往会在睡梦之中吐露他们的私事，凯西奥也就是这一种人。
> 我听见他在梦寐中说，"亲爱的苔丝狄蒙娜，
> 我们须要小心，不要让别人窥破了我们的爱情！"
> 于是，主帅，他就紧紧地捏住我的手，
> 嘴里喊，"啊，可爱的人儿！"
> 然后狠狠地吻着我，好像那些吻是长在我的嘴唇上，
> 他恨不得把它们连根拔起一样；
> 然后他又把他的脚搁在我的大腿上，
> 叹一口气，亲一个吻，喊一声：
> "该死的命运，把你给了那个摩尔人！"
>
> TLN 1865—1877, p.949(3.3.414—427)

伊阿古成功地描绘了一幅修辞学家所推崇的栩栩如生的画面。他不仅让凯西奥开口，还模仿了他被指控的那种热恋口吻，让奥瑟罗看到整个场面是多么地充满情欲。他假装宽慰奥瑟罗，立刻加上一句"这不过是他的梦"。不过奥瑟罗已经上钩了，坚信"事情一定是做出来了"。[①] 伊阿古再次假装半推半就地坦言，这种见证或许确实"可以

---

① *Othello*, TLN 1879—1880, p.949(3.3.428—429).

进一步证实其他的疑窦"。① 他破天荒地不再谈论间接证据,而是说起展示与直接证据。

接下来伊阿古提出了这种进一步的证据。根据修辞学家的看法,非人工提证的其他主要类型就是书面证据。现在,伊阿古呈上了苔丝狄蒙娜的手帕作为"书面记录",继续进行他那厚颜无耻的伪证。

> 伊阿古　告诉我这一点:
>   　　　您有没有看见在尊夫人的手里
>   　　　有一方绣着草莓花样的手帕?
> 奥瑟罗　我给过她这样一方手帕,那是我第一次送给她的礼物。
> 伊阿古　那我不知道,可是今天我看见
>   　　　凯西奥用这样一方手帕抹他的胡子,
>   　　　我相信它一定就是尊夫人的。
>   　　　　　　　　　TLN 1885—1891, p.949(3.3.434—440)

在讲这段谎话之前,伊阿古非常谨慎地提醒奥瑟罗"我们还没有看见实际的行动",因此苔丝狄蒙娜"也许还是贞洁的"。② 现在他表示,由于苔丝狄蒙娜已经送出了当初奥瑟罗的爱情信物,她必定已经背叛了他。他平静地总结说:"又是一个对她不利的证据。"③

如今伊阿古宣称自己已经提供了两种非人工证据,因此也对凯西奥的罪行进行了两种相互独立的确认。对奥瑟罗来说这已足够,他表

---

① *Othello*, TLN 1882—1883, p.949(3.3.431—432).
② *Othello*, TLN 1884—1885, p.949(3.3.433—434).
③ *Othello*, TLN 1893, p.949(3.3.442).

八 提证：格物争议

示自己已经完全被说服了：

> 瞧，伊阿古，
> 我把我的全部痴情向天空中吹散；它已经随风消失了。
> 黑暗的复仇，从你的幽窟之中升起吧！
>
> TLN 1896—1898, p. 949(3.3.445—448)

这段情节以伊阿古同意谋杀凯西奥，奥瑟罗许诺找出杀死苔丝狄蒙娜的便捷办法告终。

不过，在两段戏之后，当奥瑟罗和伊阿古一起上场时，已经过去了很长一段时间，而伊阿古所编造的提证并未成功挑起奥瑟罗的复仇。在这一刻，《奥瑟罗》中"双重时间"的问题开始具有戏剧意义。[①] 诚然，一些评论家倾向于保证并不存在这种问题，"从在塞浦路斯着陆之后，整个故事是在一天半中展开的"。[②] 确实，莎士比亚传达了这样一种印象，奥瑟罗的内心安宁突然之间被摧毁。不过他也并未言明，奥瑟罗是在多久之后才第一次决心进行复仇的。[③] 当奥瑟罗与伊阿古的关键谈话开始时，凯西奥是在场的，然而在接下来的情节中，他失望沮丧的情人比恩卡则抱怨自己已经一周没见到他了。[④] 更关键的是，当

[①] 对这个已经被多次讨论的问题的概述，见 Sanders 2003, pp. 14—17; Hutson 2013, pp. 77—81。

[②] Kermode 1997, p. 1247. 也见 Margolies 2012, p. 159。

[③] Fowler 2003, pp.39—40 和 Margolies 2012, p. 157 警告我们避免时间错乱的危险，认为对双重时间一框架的过分关注反映的是"一种有崭新边界的思维模式"。不过，正如 Fowler 2003, p. 39 同样指出的，莎士比亚的一个目标便是明确增强戏剧张力。也见 Jones 1971,特别是 pp. 43,64—65 论莎士比亚如何使用这种技巧将更长的时间范围与一种新古典意味的情景连续性结合起来。Hutson 2006 对这一分析进行了反思，在对专门针对《奥瑟罗》的讨论中补充指出，莎士比亚在结合叙述的张力与更长的时间段中所运用的方法是对陈述的修辞学理解。

[④] *Othello*, TLN 2099, p.951(3.4.167)。

伊阿古提醒奥瑟罗手帕的事时,奥瑟罗则坦言自己已经忘记了,直到现在才"笼罩着我的记忆"。① 伊阿古开始又一次地怂恿他。"是的,在他手里便怎么样?"奥瑟罗仅仅用郁郁寡欢的语气不露声色地回答他"那可不大好"。② 时间虽已流逝,但伊阿古的毒药却并未生效。

伊阿古立刻意识到,他需要再加重剂量。他立刻从迂回诡秘转变为信口胡言,宣称凯西奥已经坦白了。"他说过什么话吗?"奥瑟罗问,③伊阿古则再次运用顿绝法吞吞吐吐地回答:

> 伊阿古　他说,他曾经——我不知道他曾经干些什么事。
> 奥瑟罗　什么?什么?
> 伊阿古　跟她睡——
> 奥瑟罗　在一床?
> 伊阿古　睡在一床,睡在她的身上;随您怎么说吧。
> 　　　　TLN 2159—2160, p.952 (4.1.32—34)

这几句暗示同床共枕与说谎的(lying)双关语吓坏了奥瑟罗。④他在惊吓之中立刻开始嘶吼追问,绝望呼喊"口供!——手帕!——啊,魔鬼!",然后晕倒。⑤

伊阿古等着奥瑟罗恢复平静,这时凯西奥出现了,这次意外相遇

---

① *Othello*, TLN 2147, p.952(4.1.20). Adamson 1980, pp.197—198 认为奥瑟罗不可能真的忘了,不过却并未提到其中的时间缺口。
② *Othello*, TLN 2150, p.952(4.1.23)。
③ *Othello*, TLN 2158, p.952(4.1.31)。
④ 伊阿古的双关语,见 Melchiori 1981, pp.64—65; Menon 2004, p.110。
⑤ *Othello*, TLN 2168—2169, p.952(4.1.41)。

八 提证:格物争议

为伊阿古致命的即兴编造提供了之前缺乏的可见证据。① 手帕再次被用作证据,不过莎士比亚在这里改变了方向。他从辛提欧的故事中截取了另一条线索,一天,少尉告诉下士"摩尔人站在能够看得见他俩的地方"。当两人"谈论另一个问题而非夫人时",下士开怀大笑,少尉随后告诉摩尔人,那时候下士正在告诉他自己是如何征服摩尔人的妻子的。② 莎士比亚采用了同样的策略,奥瑟罗成了隐秘的见证者,见证了伊阿古所谓凯西奥对自己罪行的重新忏悔。伊阿古保证,当奥瑟罗偷偷观察时,他将质问凯西奥他与苔丝狄蒙娜的私情,这样一来奥瑟罗将能够获取凯西奥行事不端的标志和证据,而这是伊阿古引导他"显露出来"的。③ 因此,奥瑟罗将会得到他一开始便要求的可见证据。

有罪的通常标志包括了颤抖、脸色发白以及口齿不清。后来的剧情中,伊阿古在推进阴谋的过程中尤其强调这些标志。决定要除掉凯西奥之后(否则奥瑟罗就会撞见他),他安排罗德利哥去谋杀凯西奥。罗德利哥刺伤了凯西奥,当比恩卡在混乱之中出现时,伊阿古试图让她成为替罪羊。"两位先生,"他声称,"我很疑心这个贱人也是那些凶徒们的同党。"④他要求在场人士仔细观察她:

你脸色变白了吗?

---

① 正如 Calderwood 1989, pp. 63—65 所指出的。两场戏(第三幕第三场与第四幕第一场)之间的差别或许需要进行强调,因为一些评论家(例如 Syme 2012, pp. 246—247)将伊阿古所讲述的凯西奥做梦的故事中所提出的"活生生的原因"与据说凯西奥在向伊阿古坦白自己罪行时的"眼见证据"混淆了起来。
② Bullough 1957—1975, vol. 7, pp. 247—249.
③ *Othello*, TLN 2208, p. 953(4.1.80).
④ *Othello*, TLN 2852—2853, p. 960(5.1.85—86).

你们看见她眼睛里这一股惊慌的神气吗?

哼,要是你这样睁大了眼睛,我们还要等着听一些新鲜的话儿哩。

留心瞧着她。你们瞧,

你们看见吗,两位先生?

哼,犯罪的人不说话,他的罪行也终将大白于天下的。①

TLN 2873—2878, p.962(5.1.105—110)

比恩卡当然无辜,但伊阿古能够利用她面色苍白、惊慌失措、哑口无言的事实,这些都是众所周知的有罪证明。

不过,更早之前当伊阿古怂恿奥瑟罗寻找凯西奥有罪的证据时,他心中所想的并非这种标志。伊阿古的关注点不在于表明凯西奥展示了任何通常而言的有罪标志。同奥瑟罗一样,他将凯西奥对苔丝狄蒙娜的征服视作一场胜利,而落败的奥瑟罗则面临着奚落和鄙夷。他还知道,奥瑟罗害怕被嘲笑,这种羞辱将使他不堪一击。奥瑟罗已经问过他"你在讥笑我吗?",担忧"顶上了绿头巾,还算是一个人吗"。②现在,伊阿古给奥瑟罗提出的建议是,如果他想找出凯西奥行事不端的证据,应当注意的就是针对他"得意忘形、冷嘲热讽"的各种状况。③他应当寻找的是这样一些指示,即凯西奥在他面前沾沾自喜,对他不屑一顾。

修辞学家同样对这些标志十分在意,就如何辨别某人是否真的对

---

① 比较 *Hamlet*, TLN 1524, p.753(2.2.546),哈姆莱特说:"暗杀的事情无论干得怎样秘密,总会借着神奇的喉舌泄露出来。"
② *Othello*, TLN 2185,2187, p.953(4.1.58,60).
③ *Othello*, TLN 2208, p.953(4.1.80).

八 提证:格物争议

我们有嘲讽之意这个问题上,他们大多意见相同。他们认为,最确切的一种标志就是,对对方的困境大笑。"大笑",昆体良解释说,"从来都与嘲笑相伴相生",因此它所传达的主要情感一般都是藐视对方的优越感。① 他后来总结说:"在他人面前显摆自己的最明确的办法就是奚落对方。"②托马斯·威尔逊强烈赞同这种观点,认为激发大笑的目的通常就是为了表达"讥讽之情"。③ 在莎士比亚的时代,作为对成功和胜利的轻蔑表达的大笑观念已经是众所周知的了。约翰·海伍德在 1555 年出版的《格言两百条》(*Two hundred epigrammes*)中就收录过一条相关谚语:"得胜者笑逐颜开,失败者垂头丧气。"④

伊阿古深知,如果能使奥瑟罗相信凯西奥是在嘲笑他,或许就最终能满足奥瑟罗,证明凯西奥确实征服了苔丝狄蒙娜,因此有罪。带着这种想法,他设计了阴谋所需的反转。他转而询问凯西奥比恩卡的事,凯西奥对她总是带着高高在上的戏谑态度,正如伊阿古所说:"他一听见她的名字,就会忍不住捧腹大笑。"⑤不过他告诉奥瑟罗,自己准备询问他与苔丝狄蒙娜之间的私情,并且让奥瑟罗躲起来,见证这次谈话,对凯西奥的回应进行判断:

> 您只要找一处所在躲一躲,
> 就可以看见他满脸得意忘形、
> 冷嘲热讽的神气;

---

① Quintilian 2001, 6.3.8, vol.3, p.66:'A derisu non procul abest risus'.
② Quintilian 2001, 11.1.22, vol.5, p.20:'Ambitiosissmum gloriandi genus est etiam deridere'. 这种嘲笑观的希腊起源,见 Halliwell 2008, pp.264—331。
③ Wilson 1553, Sig. T, 3ʳ.
④ Heywood 1555, Sig. D, 4ᵛ,"论嘲笑"。参见 Dent 1981, p.150。
⑤ *Othello*, TLN 2224—2225, p.953(4.1.96—97).

> 因为我要叫他从头叙述
> 他历次跟尊夫人相会的情形,
> 还要问他重温好梦的时间和地点。
>
> TLN 2207—2212,p.953(4.1.79—84)

通过谈论地点、手段和时间,伊阿古想告诉奥瑟罗的是他准备从凯西奥这里盘问出的关于犯罪条件的完整陈述。奥瑟罗将会见证凯西奥在讲述经过时的反应,如果他表现出丝毫的轻视嘲讽,奥瑟罗就至少掌握了一条可见证据,证明凯西奥赢过了他,因此有罪。

伊阿古在设计好阴谋之后,开始与凯西奥谈话。他告诉凯西奥,比恩卡认为他会娶她为妻,凯西奥对此付之一笑。奥瑟罗立刻认为凯西奥必定是在嘲笑他。"好家伙,你这样得意吗?"①当凯西奥再次想到迎娶自己视作妓女的人为妻这种场面时,又大笑起来。奥瑟罗的回应实际上引用了海伍德那句大笑乃是胜利之反应的谚语。"好,好。得胜的人才会笑逐颜开。"②伊阿古继续坚持,有流言说凯西奥定会娶比恩卡为妻,凯西奥再次大笑表达自己的难以置信。奥瑟罗又一次认为他在因自己的胜利而沾沾自喜。"你在讥笑我吗?"③比恩卡此时上场,对凯西奥怒气冲冲,因为后者要求她模仿在自己住处发现的手帕的刺绣。奥瑟罗立刻认出这只手帕。"天哪,那该是我的手帕哩。"④比恩卡下场,台上只剩伊阿古和奥瑟罗,现在伊阿古只需要给奥瑟罗提供自己对所发生事情的解读便可。

---

① *Othello*, TLN 2244, p.953(4.1.116).
② *Othello*, TLN 2248, p.953(4.1.119).
③ *Othello*, TLN 2252, p.953(4.1.123).
④ *Othello*, TLN 2282, p.954(4.1.151).

八 提证:格物争议

如今,伊阿古将两条非人工证据结合在一起:手帕这件文档证据以及奥瑟罗偷偷亲眼所见凯西奥嘲笑他的可见证据。两项证据结合起来,伊阿古足以向奥瑟罗提供对凯西奥罪行严丝合缝的提证:

伊阿古　您看见他一听到人家提起他的丑事,就笑得多么高兴吗?

奥瑟罗　啊,伊阿古!

伊阿古　您还看见那方手帕吗?

奥瑟罗　那就是我的吗?

伊阿古　我可以举手起誓,那是您的。瞧他多么看得起您那位痴心的太太!她把手帕送给他,他却拿去给了他的娼妇。

TLN 2294—2300, p.954(4.1.163—168)

伊阿古至少认为自己能够采用证人的话语,也就是可见证据,要求奥瑟罗思考一下他的所见所闻。奥瑟罗只愿意相信他确实获得了自己所要求的证据。他在观察凯西奥时的感叹已然表明,他认为自己是个证人,见证了罪行的发生。"瞧……我可以从他的表情之间猜得出来……啊!我看见。"①他不仅被说服,而且还下定决心当晚就杀死苔丝狄蒙娜。

伊阿古编造的提证有多大说服力呢?对观众来说这并不是个问题。从一开始观众就知道,正在见证的是一场恶毒的阴谋,而且或许已经意识到,苔丝狄蒙娜这个名字就已经暗示着她的不幸。开场时就

---

① *Othello*, TLN 2236,2261—2262, 2266, p.953(4.1.107, 132—133, 137).

343

264　已经点明,伊阿古痛恨奥瑟罗,他的情感标志全部都指向错误的方向:

> 虽然我恨他像恨地狱里的刑罚一样,
> 可是为了事实上的必要,
> 我不得不和他假意周旋,
> 那也不过是表面上的敷衍而已。
>
> TLN 157—160, p. 930 (1.1.153—156)

伊阿古反复对比着自己虚假的"表面"和真实的自我:

> 虽说跟随他,其实还是跟随自己。
> 上天是我的公证人,我这样对他赔着小心,既不是为了感情,也不是为了义务,
> 只是为了自己的利益,才戴上这一副假脸。
>
> TLN 58—60, p. 929 (1.1.59—61)

伊阿古对自己的欺骗骄傲不已,夸口"世人所知道的我,并不是实在的我"。[①]

后来,伊阿古甚至告诉观众整个阴谋的关窍。在成功解雇凯西奥之后,他的计划便是说服他找苔丝狄蒙娜求情,与此同时唤起奥瑟罗对两人关系的疑心:

> 当这个老实的呆子

---

① *Othello*, TLN 65, p. 929(1.1.66).

八 提证：格物争议

> 恳求苔丝狄蒙娜为他转圜，
> 当她竭力在那摩尔人面前替他说情的时候，
> 我就要用那毒药灌进那摩尔人的耳中，
> 说是她所以要运动凯西奥复职，
> 只是为了恋奸情热的缘故。
> 这样她越是忠于所托，
> 越是会加强那摩尔人的猜疑；
> 我就利用她的善良的心肠污毁她的名誉，
> 让他们一个个都落进了我的罗网之中。
>
> TLN 1353—1362, p.943(2.3.320—329)

从这一刻起，观众见证了整个阴谋如伊阿古所计划的那般实现。

至于伊阿古的谎言在戏剧世界中具有多大的说服力，这个问题依然需要被解答。奥瑟罗不仅被轻易地说服了（观众或许会觉得太过容易），而且还极度冷酷无情。当他拷问苔丝狄蒙娜的侍女、伊阿古的妻子爱米利娅时，她坚称自己从未见到任何可疑之事，并且采用正确的修辞方式来表达自己的看法。哈姆莱特曾经向霍拉旭保证他将会准备好下注一千镑赌鬼魂所言非虚。爱米利娅也谈到了这种可行性，不过赌注更加宝贵：

> 将军，我敢用我的灵魂打赌她是贞洁的。
> 要是您疑心她有非礼的行为，
> 赶快除掉这种思想吧，因为那是您心理上的一个污点。
>
> TLN 2424—2426, p.955(4.2.11—13)

爱米利娅愿意以自己的灵魂作为赌注证明苔丝狄蒙娜的贞洁。奥瑟罗却不为所动,仅仅表示,并未发现她的任何可疑举动这件事十分奇怪。①

当奥瑟罗与苔丝狄蒙娜对质时,她茫然失措,不过爱米利娅立刻意识到必定有人在设计陷害她,当着伊阿古的面,她差一点就揭开了真相:

> 我可以打赌,一定有一个万劫不复的恶人,
> 一个爱管闲事鬼讨好的家伙,一个说假话骗人的奴才,
> 因为要想钻求差使,造出这样的谣言来;
> 要是我的话说得不对,我愿意让人家把我吊死。
> 　　　　　　TLN 2545—2548, p.957(4.2.129—132)

爱米利娅采用司法修辞的专门术语明确指出,因为对苔丝狄蒙娜的指控是伪造的,奥瑟罗的心中必定已经存在某些迂回诡秘的诽谤之词。她在强调奥瑟罗这番指控本质上的不可能时继续采用同样的技术术语。修辞学家认为,如果一项指控要具有可能性,必须能够指出一系列与所指控罪行相关的可疑条件,尤其是确定时间、地点和相关人物。如果思考一下苔丝狄蒙娜的案子,这些线索都指向她的清白而非罪过:

> 他为什么叫她娼妇? 谁跟她在一起?
> 什么所在? 什么时候? 什么方式? 什么根据?
> 这摩尔人一定是上了不知哪一个千刁万恶的坏人的当。
> 　　　　　　TLN 2552—2554, p.957(4.2.136—138)

---

① *Othello*, TLN 2423, p.955(4.2.10).

八 提证：格物争议

没人来找过苔丝狄蒙娜，也不存在能发生所谓通奸的时间和地点。简而言之，这种指控毫无可能，唯一可能的原因就是有人在恶意诋毁苔丝狄蒙娜。①

伊阿古最终撕下面具的原因是，他并未听从昆体良提供的最后一条关于如何确保所编造的谎言经过真实性测试的建议。"必须谨记，"昆体良警告读者，"所编造的事情不应当与证人的证词矛盾。"②伊阿古的妻子便是那位与他完全对立的证人，揭示了这场阴谋的内在关联。当奥瑟罗解释自己为何杀死苔丝狄蒙娜时，事情就揭露了：

可是伊阿古知道
她曾经跟凯西奥干过许多回无耻的勾当，
凯西奥自己也承认了。
她还把我的定情礼物送给凯西奥，
表示接受他的献媚。
我看见它在他的手里；
那是一方手帕，

TLN 3114—3120, p. 964(5.2.209—215)

奥瑟罗采用伊阿古的一项非人工证据作理由，但爱米利娅则用自己更具有说服力的非人工证据作为回应。她真正效忠的是苔丝狄蒙娜而非自己的丈夫，表示自己是知道真相的证人，责无旁贷，应该说出事实：

---

① 观点对立的分析见 Altman 2010, p. 12，他认为这段话是对常言的运用。
② Quintilian 2001, 4.2.93, vol. 2, p. 266: 'Fingenda vero meminerimus ea quae non cadant in testem'.

> 你这愚笨的摩尔人啊！你所说起的那方手帕，
> 是我偶然拾到,把它给了我的丈夫的;
> 虽然那只是一件小小的东西,
> 他却几次三番恳求我给他偷了来。
>
> TLN 3129—3130, 3134—3135, p. 964
> （5. 2. 223—224, 228—229）

这番解释使局面大乱。奥瑟罗试图杀死伊阿古,伊阿古则刺死了爱米利娅,伺机逃走。

逃走是有罪的明确标志,因此伊阿古所谓提证最终被推翻了。因此他也不能提出总结陈词。在戏剧最后时刻被带回来面对自己的指控者时,伊阿古已经意识到了这一点。奥瑟罗责问:"为什么他要这样陷害我的灵魂和肉体？"[1]伊阿古拒绝做出任何回应:[2]

> 什么也不要问我;你们所知道的,你们已经知道了。
> 从这一刻起,我不再说一句话。
>
> TLN 3206—3207, p. 965(5. 2. 300—301)

这一次伊阿古说了真话。当阴谋最终被揭穿时,他一言不发,奥瑟罗的回应则是杀死他。

---

[1] *Othello*, TLN 3205, p. 965(5. 2. 299).
[2] 论伊阿古"直白的"沉默,见 McGuire 1985, pp. xvii—xviii。

九

反驳与非人工证据

一旦提证被和盘托出,对控方来说案子就完成了。可是,对辩方来说情况又是如何呢？根据《罗马修辞手册》的分析,如何对指控进行有效回应并非难事。控方用来组织起提证的全部修辞技巧也都可以被辩方用来对指控提出反驳。《罗马修辞手册》总结说,提证和反驳这两个问题应当被"联系起来"进行处理。① 托马斯·威尔逊也认同这种判断,认为"反驳动因时可以采用的办法,与进行证明时相同"。其中的理由不言自明,"既然事情是被主张的,那就也能被推翻,正如房子既可以被建起,也可能被拆毁"。②

对于这种简单的看法,西塞罗并未全盘接受,在《论开题》第一卷中,他花了大量的篇幅介绍反驳主张的各种具体方法。③ 昆体良同样

---

① 见 *Rhetorica ad Herennium* 1954, II. I. 2, p. 58 论 "coniuncte de confirmatione et confutatione"。
② Wilson 1553, Sig. Q,2ᵛ.
③ Cicero 1949a, I. XLII. 79 至 I. LI. 96, pp. 124—144。

也对辩护的特殊任务题进行了详尽的分析,提供了许多细致的建议指导读者对对方的指控进行最有效的反驳。① 尽管如此,他们都认为,提证和反驳基本上应当被放在一起进行讨论。② 因此,两人都并不反对这种观点,即组织反驳不亚于在组织提证都需要适当的非人工和人工证据的运用的需求。他们认为,用来进行反驳的相关非人工证据需要采用文档或可信证人的形式,同样地,人工证据的提出也需要遵循提证的模式,围绕着指示、论证和随后事件展开。唯一的区别在于,进行辩护时,应当寻找的是与罪行发生时不相符合的各种线索,随后时段中,要试图证明可疑标志都并未在场。

莎士比亚的戏剧创作表明,他完全采纳了这种在司法案件中组织反驳的理论。不过,他也无法否认这种处理方式给他带来了棘手的挑战。在他的法庭剧中,共有三场戏包含着通过所主张的有罪标志来组织提证,随后控方的主张又被成功地质疑和推翻的情节。不过,如果说现在所想象的情节是,控方首先分析标志、论证以及随后事件,然后辩方试图以此驳斥以上证明,这种结构将会带来的大量重复和非戏剧性的举证,这一点也是显而易见的。莎士比亚显然深知这个问题,在处理它时,他似乎对自己想到的解决方案十分满意,因为在后来的戏剧创作中,他反复采用这种模式来创作成功的反驳。他首先为所主张的有罪辩护创作提证,接下来他仅使用非人工证据来进行反驳,或是采取无法反驳的文档证据,或者是无懈可击的证人所提出的证词。下文将会表明,这不仅使他能够避免重复,使戏剧节奏富有变化,而且还使每场戏的结尾都突如其来,在修辞上令人满意。

---

① Quintilian 2001, 5.13.4—55, vol. 2, pp. 468—496.
② Cicero 1949a, I. XLII. 78, p. 122; Quintilian 2001, 5.13.56, vol. 2, p. 496.

九　反驳与非人工证据

采用文档证据进行反驳

在《罗密欧与朱丽叶》的最后一场戏中,莎士比亚第一次创作了法庭反驳的情节,反驳(dénouement)由维洛那亲王提审劳伦斯神父和鲍尔萨泽引发。正如巡丁甲在亲王出场后立即指出的,有一个谜团需要被解开:

> 王爷,巴里斯伯爵被人杀死了躺在这儿;
> 罗密欧也死了;已经死了两天的朱丽叶,
> 身上还热着,又被人重新杀死了。
>
> TLN 2884—2886, p. 411(5.3.195—197)　270

年轻的情侣和巴里斯是怎么死的?这正是修辞学家所说的需要被裁决的核心问题。亲王马上指出,他正在处理的是司法动因中的格物争议,现在他的任务必须瞄准"搜寻和了解这出可怕谋杀的来龙去脉"。①

解决这个任务的正确程序是提出推测并找到证据进行证明。当巡丁甲到达案发现场后,他立马要求展开这样一场搜捕行动:

> 地上都是血。你们几个人去把墓地四周搜查一下,
> 看见什么人就抓起来。
>
> TLN 2861—2862, p. 411(5.3.172—173)

---

① *Romeo and Juliet*, TLN 2887, p. 411(5.3.198).

当若干手下出发后他又向其他人重复命令：

> 去，报告亲王，通知凯普莱特家里，
> 再去把蒙太古家里的人也叫醒了，剩下的人到各处搜搜。
>
> TLN 2866—2867, p. 411（5.3.177—178）

在搜捕行动展开的同时，巡丁甲还思考着应该如何审问疑犯，台词也从无韵诗变为押韵诗：

> 我们看见这些惨事发生在这个地方，
> 可是在没有得到人证以前，
> 却无法明了这些惨事的真相。
>
> TLN 2868—2870, p. 411（5.3.179—181）

巡丁甲"坦陈"自己的双关语，也表明了他对格物争议中确认证词所需技巧的理解。他知道自己的焦点不仅应当放在血案现场，而且还要关注托马斯·威尔逊所谓动因的"主要标题和首要基础"。① 用他自己的话来说，他还知道，这要求他能辨认出罪案的发生条件。这意味着，他将需要探查时间、地点、任务以及随后所发生之事，将与可能发生情况相关的论证和随后事件都纳入考虑之中。

莎士比亚在戏剧中继续展开的这番探查在亚瑟·布鲁克的《罗密欧与朱丽叶》中并不存在，②他仔细参照的是《罗马修辞手册》中的分

---

① Wilson 1553, Sig. M, 4^r.
② 对应的段落见 Brooke 1562, fos. 78^v—79^r。

析。① 首先需要问"某人是否有帮手或同谋",②"对于这个人来说此时此地出现在此处是否有悖常规"。③ 当巡丁们结束搜捕后,他们汇报说发现罗密欧的仆人与一位教士一起出现在教堂墓地中。他俩看上去就像是一个疑犯和一个同伙,两人都在不应该的时间出现在不应该的地点。接下来,罪案发生时的情况如何呢? 是否有可能证明有可疑的线索"被感官明确发现"?④ 巡丁甲无疑看到了某些可疑之事,因为当巴里斯的信引导他来到墓地时,他发现墓中点着一个火把。⑤ 还需要追问,"在事发之后现场是否还留下了什么",包括一切可能被用来实施犯罪行为的工具。⑥ 对此,巡丁们同样有可疑线索要汇报。在逮捕神父时,"从墓地旁边跑出来,他手里还拿着锄头、铁锹"都给他们"拿下来了"。⑦ "他有很重大的嫌疑,"巡丁甲评论说,随后命令道,"把这个教士也看押起来。"⑧他显然意识到自己正在组织修辞学家所谓"更可靠的嫌疑",当亲王到场时,他告知亲王神父和罗密欧的仆人被发现"拿着掘墓的器具"。⑨ 最后,还需要问"当人们来到现场时嫌疑人是否透露出任何有罪标志"。⑩ 例如,他是否脸红、脸色惨白、口齿

---

① 正如 Baldwin 1944, vol. 2, p. 78 所指出的。
② *Rhetorica ad Herennium* 1954, II. V. 8, p. 70:'num quid habuerit de consciis, de adiutoribus'.
③ *Rhetorica ad Herennium* 1954, II. V. 8, p. 70:'num quo in loco praeter consuetudinem fuerit aut alieno tempore'.
④ *Rhetorica ad Herennium* 1954, II. V. 8, p. 70:'num quid aliquo sensu perceptum sit'.
⑤ *Romeo and Juliet*, TLN 2860, p. 411(5. 3. 171).
⑥ *Rhetorica ad Herennium* 1954, II. V. 8, p. 70:'num quid re transacta relictum sit'. Quintilian 2001, 5. 10. 52, vol. 2, p. 390 补充了关于工具的详细内容。
⑦ *Romeo and Juliet*, TLN 2874—2875, p. 411(5. 3. 185—186).
⑧ *Romeo and Juliet*, TLN 2876, p. 411(5. 3. 187).
⑨ *Romeo and Juliet*, TLN 2889—2890, p. 411(5. 3. 200—201).
⑩ 见 *Rhetorica ad Herennium* 1954, II. V. 8, p. 72 论需要在来到现场时尽快寻找"有罪标志"。

不清或晕厥倒地?① 巡丁丙指向劳伦斯神父,提出更进一步的嫌疑线索:"教士神色慌张,一边叹气一边流泪。"②

亲王这时加入对话,急切地表示自己是以首席长官的公共身份出现的:

> 什么祸事在这样早的时候发生,
> 打断了我的清晨的安睡?
>
> TLN 2877—2878, p. 411(5.3.188—189)

巡丁甲告诉亲王事情的经过,他将劳伦斯神父和鲍尔萨泽带上前来,借此暗示自己已经得出推断,谁才是罪魁祸首。亲王也同意这两人无疑应当被视为"嫌疑方",③现在,两人的任务就是试图对巡丁甲及其下属成功确立的有理有据的提证进行反驳。

神父首先走上前去,承认各种条件都指向他有罪。他在自己的引言中坦言,"时间和地点都可以做不利于我的证人"。④ 不过,当他开始展开自己详细的陈述后,神父竭尽所能遵循着修辞学家关于为自己开罪的最佳方式的建议。他讲述了自己是如何计划让罗密欧与朱丽叶重聚;他如何给朱丽叶假死药剂;朱丽叶如何醒来发现罗密欧已死,因此自杀的全部过程。亲王随后召鲍尔萨泽上前进行补充陈述。"罗密欧的仆人呢? 他有些什么话说?"⑤鲍尔萨泽自巡丁们抵达之后就

---

① *Rhetorica ad Herennium* 1954, II. 5. 8, p. 72.
② *Romeo and Juliet*, TLN 2873, p. 411(5.3.184).
③ *Romeo and Juliet*, TLN 2911, p. 411(5.3.222).
④ *Romeo and Juliet*, TLN 2913—2914, p. 411(5.3.224—225).
⑤ *Romeo and Juliet*, TLN 2960, p. 142(5.3.271).

九　反驳与非人工证据

一直沉默,此时突然开口,精准地表述了自己在其中的角色:

> 我把朱丽叶的死讯通知了我的主人,
> 因此他从曼多亚急急地赶到这里,
> 到了这座坟堂的前面。
> 这封信他叫我一早送去给我家老爷;
> 当他走进墓穴里的时候,他还恐吓我,
> 说要是我不赶快走开让他一个人在那儿,他就要杀死我。
> 　　　　　　　TLN 2961—2966, p.412(5.3.272—277)

凭借以上陈述,神父和鲍尔萨泽或多或少能为自己辩护,解释朱丽叶的死因,并证明两人的清白。诚然,尽管劳伦斯神父与此无关,但他操控年轻情侣生命的行为从某种程度上说是缺乏审慎和预见性的。不过,除了亲王在总结时提出的警告"该恕的该罚的再听宣判"之外,剧中从未强调过这个问题。① 与此同时,神父和鲍尔萨泽都未能解释巴里斯和罗密欧的死亡,因此或许可以认为,如果两人要想成功地为自己完全洗脱嫌疑,就需要更加完整的反驳词。

然而,正在此刻,余下的谜团突然被揭晓。首先,亲王召唤了一位证人:

> 叫起巡丁来的那个伯爵的童仆呢?
> 喂,你的主人到这地方来做什么?
> 　　　　　　　TLN 2968—2969, p.412(5.3.279—280)

---

① *Romeo and Juliet*, TLN 2997, p.412(5.3.308).

他所举证的信纸能够解释巴里斯之死,澄清谜团之一:

> 他带了花来散在他夫人的坟上,
> 他叫我站得远远的,我就听了他的话;
> 不一会儿,来了一个拿着火把的人把坟墓打开了。
> 后来我的主人就拔剑跟他打了起来,
> 我就奔去叫巡丁来。
>
> TLN 2970—2974, p.412(5.3.281—285)

如今亲王推测,巴里斯必定是在向罗密欧挥剑之后被他所杀。现在亲王开始处理另一项非人工证据,也就是鲍尔萨泽交给他的一封信:

> 这封信证实了这个神父的话,
> 讲起他们恋爱的经过,和她的去世的消息;
> 他还说他从一个穷苦的卖药人手里
> 买到一种毒药,
> 要把它带到墓穴里来准备和朱丽叶长眠在一起。
>
> TLN 2975—2979, p.412(5.3.286—290)

正如亲王所看到的,这份关键的文档证据"支持了"劳伦斯神父陈述中的主张,罗密欧之死的谜团也最终被揭开了。正如观众已经知道的,也正如这封信向亲王证明的,罗密欧在发现朱丽叶似乎已死之后便自杀了。

对巡丁甲的推测而言,这番反驳有多大说服力呢?对观众来说这个问题并不存在。观众们已经见证了情侣之死的前因后果,甚至会认

九　反驳与非人工证据

为劳伦斯神父的陈述并未提供任何新的信息,因此显得有点多余。不过,如果要探讨的是戏剧世界中这番反驳的作用,答案则是,它是完全毋庸置疑地有效的。众所周知,最有力的非人工证据类型,就是结合了证人证词和对相关取证以及文档的展示。① 亲王最终成功组织起来的正是这种组合,它使亲王能够给司法调查画上句号。对亲王来说余下的任务就是发表适合又忧郁的总结词,为悲剧收尾。

无懈可击的证人进行反驳

在《奥瑟罗》的第一幕中,勃拉班修元老向威尼斯公爵和元老院提出了他所认为的司法动因中的格物争议。他宣称自己正面对着一个因某个问题而引发的令人咋舌和不同寻常的谜团。确定无疑的事实是,苔丝狄蒙娜已经与奥瑟罗私奔,两人未经他的许可便私订终身,甚至都未曾告知他。谜团就是去探寻究竟何种原因使得她做出如此可怕的自毁声誉之事。勃拉班修提出这个需要裁决的问题,并且公然以种族歧视的口吻谈论自己所控诉的对手:②

> 像她这样一个年轻貌美娇生惯养的姑娘,……
> 怎么会不怕人家的笑话,
> 背着尊亲
> 投奔到你这个丑恶的黑鬼的怀里?
> 　　　　TLN 253, 256—258, p.931(1.2.66, 69—71)

---

① 见 Syme 2012, pp.22,33—39,46—52,其中甚至认为展示要比在场更加重要。
② Sokol 2008, pp.128—132 强调勃拉班修混合了种族歧视和社会成见。

357

随后,勃拉班修在向公爵提出自己的指控时,又重复了这个审判问题。苔丝狄蒙娜怎么可能爱上"她瞧着都害怕的人"?①

作为一位明显娴熟掌握法庭修辞术技巧的元老,勃拉班修知道自己必须提出一个推测来解释谜团并试图找到证据进行提证。他的推测是,苔丝狄蒙娜必定受到以下两种方式之一的祸害。首先他指出,奥瑟罗必定用魔法迷惑了她:"你自己是什么东西,胆敢用妖法蛊惑她。"②接下来他又表示,奥瑟罗必定还"用药饵丹方迷惑她的知觉"。③最后,当他在公爵和元老们面前进行指控时,他把这两条罪状加在一起:

> 她已经被人污辱,人家把她从我的地方拐走,
> 用江湖骗子的符咒药物引诱她堕落;
> 因为一个没有残疾、眼睛明亮、理智健全的人,
> 倘不是中了魔法的蛊惑,
> 决不会犯下这样荒唐的错误来的。
>
> TLN 346—350, p.933(1.3.60—64)

在结束发言时,他首次提出了尤为严峻的指控,认为奥瑟罗施行了巫术。

在发起攻击的同时,勃拉班修还对自己的推测进行了提证。评论者们经常将他对奥瑟罗的抨击看作是歇斯底里的发泄而已,④不过,勃

---

① *Othello*, TLN 384, p.933(1.3.98).
② *Othello*, TLN 250, p.931(1.2.63).
③ *Othello*, TLN 261—262, pp.931—932(1.2.74—75).
④ 例如,见 McNeely 2004, p.228。

九 反驳与非人工证据

拉班修实际上根据修辞规则精心组织了自己的论证,用两节各不相同的内容来完成指控。当他第一次碰到奥瑟罗时,他立刻谈起了所谓感官确认。昆体良曾经指出,就这种证据而言,尽管它并不等同于非人工证据,但也可以认为它是可靠的。① 他警告奥瑟罗,"只要凭着情理判断",并坚称这种测试已经表明奥瑟罗很有可能有罪。② 他认为苔丝狄蒙娜必定被迷惑了这件事是显而易见的,因为她绝不会出于自愿"背着尊亲投奔到你这个丑恶的黑鬼的怀里"。③ 尽管并未进行解释,但他还认为自己的推测是"很可能"的。④ 在勃拉班修看来,苔丝狄蒙娜对奥瑟罗的惧怕而非欣喜之情是如此显而易见又毋庸置疑,奥瑟罗罪证确凿,整个世界必定都将支持他的主张,认可他的感官证据:"世人可以替我评一评,是不是显而易见你用邪恶的符咒欺诱她的娇弱的心灵。"⑤

后来当勃拉班修在公爵面前提出自己的指控时,他所强调的正是《罗马修辞手册》中所谓提证的第一阶段,其中演说者试图确立对手及其案情陈述中"并不确定"的内容。⑥ 勃拉班修声称,如果奥瑟罗要证明苔丝狄蒙娜是自愿嫁给他的,他就需要表明她有理由,也就是嫁给他的原因或动机。不过,在勃拉班修看来,她并没有这种动机:

---

① 见 Quintilian 2001, 5.10.12, vol.2, p.372,以及参见 *Rhetorica ad Herennium* 1954, II.V.8, p.70。这种对感官印象真实不虚之特征的看法开始受到质疑。勃拉班修依旧坚持的观点,见 Clark 2007, pp.9—20。
② *Othello*, TLN 251, 263, pp.931—932(1.2.64, 76)。
③ *Othello*, TLN 257—258, p.931(1.2.70—71)。
④ *Othello*, TLN 263, p.932(1.2.76)。
⑤ *Othello*, TLN 259—260, p.931(1.2.72—73)。
⑥ *Rhetorica ad Herennium* 1954, II.II.3, p.62 论动因和好处,以及 II.III.5, p.64 论生活。也见 Cicero 1942a, II.V.17 至 II.XI.37, vol.1, pp.180—198。

> 像她这样一个年轻貌美娇生惯养的姑娘，
> 多少我们国里有财有势的俊秀子弟
> 她都看不上眼。
>
> TLN 253—255, p. 931(1.2.66—68)

接下来，她的私奔之举也必须被证明与自己的生活(vita)——她的天性与大致的生活方式相符合。但勃拉班修也不认为存在这种相符之处：

> 一个素来胆小的女孩子，
> 她的生性是那么幽娴贞静，甚至于心里略为动了一点感情，
> 就会满脸羞愧。
>
> TLN 380—382, p. 933(1.3.94—96)

最后，还必须证明苔丝狄蒙娜在这场婚姻中是对某些好处(commoditas)有所预期的。然而，根据勃拉班修的表述，她显然得不到任何好处。他警告奥瑟罗她将会招致"人家的笑话"；[1]他认为奥瑟罗会给她带来恐惧，而非喜悦；[2]后来他还告诉公爵，他认为这场婚姻不仅会使她名誉扫地，而且将使她失去一切。[3]

此时，一位元老重复了需要裁决的问题，要求奥瑟罗为自己辩护：

> 奥瑟罗，你说，

---

[1] *Othello*, TLN 256, p. 931(1.2.69).
[2] *Othello*, TLN 258, p. 931(1.2.71).
[3] *Othello*, TLN 383, p. 933(1.3.97).

九 反驳与非人工证据

> 你有没有用不正当的诡计,
> 诱惑这一位年轻的女郎,
> 或是用强暴的手段逼迫她服从你;还是正大光明地
> 对她心心相照,达到你的求爱的目的?
>
> TLN 396—400, p.933(1.3.110—114)

奥瑟罗展开陈述作为回应,同时也进入了反驳对方指控提证的程序。第六章已经指出,他试图表明,苔丝狄蒙娜确实被吸引了,只不过是被他惊心动魄的生平故事所吸引,他的论证十分成功,连公爵都认为可以要求勃拉班修放弃指控。

不过,勃拉班修正确地指出,奥瑟罗并未对针对他的控诉提出反驳。因此,他继续要求奥瑟罗提证证明苔丝狄蒙娜"本来也有爱慕他的意思",自愿嫁给奥瑟罗,而非受到强迫。① 双方的对抗于是进入高潮,奥瑟罗一击即中,反驳了勃拉班修关于强迫的指控,赢得了胜利。之前他就要求召唤苔丝狄蒙娜出庭,当他完成自己的陈述时,她正好进场。"她来了,"他说,"让她为我证明吧。"② 他信心十足,坚信自己的动因真实不虚,苔丝狄蒙娜的证词将会还他清白,甚至表示"要是你们根据她的报告,认为我是有罪的",那他愿意受死。③

现在,作为控方的勃拉班修需要盘问证人,他如此开始问询:

> 过来,好姑娘,

---

① *Othello*, TLN 461, p.934(1.3.174).
② *Othello*, TLN 455, p.934(1.3.169). 作为证人的苔丝狄蒙娜,见 Doran 1976, pp.74—76。
③ *Othello*, TLN 403, p.933(1.3.117).

> 你看这在座的济济众人之间,
> 谁是你所最应该服从的?
>
> TLN 463—465, p.934(1.3.176—178)

一些评论家认为苔丝狄蒙娜的回答是在试图调停冲突,[①]不过这种看法忽视了勃拉班修问询的司法语境。当苔丝狄蒙娜在回答中无比坚定地表明自己对奥瑟罗的钟情时,她也在反驳勃拉班修认为自己必然受到强迫的主张:

> 我直到现在都是您的女儿。可是这儿是我的丈夫,
> 正像我的母亲对您克尽一个妻子的义务,
> 把您看得比她的父亲更重一样,
> 我也应该有权利向这位摩尔人、我的夫主,尽我应尽的名分。
>
> TLN 470—474, p.934(1.3.183—187)

勃拉班修早已表明,他将视苔丝狄蒙娜为无可指摘的证人:

> 要是她承认她本来也有爱慕他的意思,
> 而我还要归咎于他,
> 那就让我遭受天打雷轰。
>
> TLN 461—463, p.934(1.3.174—176)

听取了她的证词后,勃拉班修只能承认,除了放弃自己的指控,他

[①] 例如,见 Snow 1988, p.232。

九 反驳与非人工证据

别无选择：

> 上帝和你同在！我没有话说了。
> 殿下,请您继续处理国家的要务吧。
>
> TLN 474—475, p. 934(1.3.187—188)

当勃拉班修认可苔丝狄蒙娜和奥瑟罗的婚姻时,两人保持着沉默。若非还有伊阿古这个早已表明自己对奥瑟罗之深仇大恨的角色在暗中潜伏,①观众们或许会以为这是莎士比亚的一出喜剧,现在已经到了结尾。有情人终成眷属,克服差异,战胜了反对婚姻的父亲的企图,做好准备奔向幸福生活。②

就勃拉班修认为苔丝狄蒙娜必定被"引诱"和强迫的指控而言,奥瑟罗的反驳在多大程度上成功了呢?③ 剧中没有任何人对苔丝狄蒙娜作证确认奥瑟罗的动因提出质疑,因此只剩下公爵发表一段适宜的和解总结来结束整个争论。不过,对莎士比亚当时的一些观众来说,他们或许会认为这个问题是悬而未决和复杂难解的。在奥瑟罗向元老院描述的爱情故事中,他是靠自己的雄辩口才赢得苔丝狄蒙娜的芳心的。不过,正如修辞学家一直夸耀的,修辞的力量永远都存在着某些强制性。④ 西塞罗在《论开题》开头讨论演说的效果时就将其与理性放在一起,认为最初的建城者们"说服人们遵守一套有用又正直的生

---

① *Othello*, TLN 6—8, p. 929(1.1.7—8).
② Snyder 1979, pp. 70, 73—74;参见 Watson 1990, pp. 337—338。
③ *Othello*, TLN 392, p. 933(1.3.106).
④ 修辞学家认识到如何能够挑动情绪的重要性,见 Vickers 1988, pp. 73—80;早期现代的对激情战胜理性的力量的讨论,见 James 1997, pp. 225—252。

活方式,尽管一开始他们由于自己并不习惯而大声疾呼反对改变"。①理性与雄辩的结合迫使他们行其他情况下绝不可能行之举。更明确的观点出自托马斯·威尔逊在《修辞技艺》开头对皮洛士国王如何发起对罗马的战争的评论。第一章中就提到,威尔逊描述了皮洛士国王是如何派遣演说家齐纳斯去说服自己所围攻的城市放弃抵抗的。从这个故事出发,他对修辞的力量进行了气势恢宏的总结:

> 还有什么比言辞间赢得城市与国家更值得赞美?若言及利益,还有什么比兵不血刃就赢得胜利更加伟大?若言及愉悦,还有什么比眼见众人听从一人之言,在狂喜中跟随,照他所想行事而更令人欢欣雀跃?②

修辞被明确形容为一种具有强制力的力量。虽然那些受其控制的人并非在肉体上被制约,但他们依旧被迫服从。而且,正如狂喜这种提法所揭示的,他们被征服的方式,正如女性顺从于使其卸下防备并赢得其芳心的引诱者一样。她或许并非暴力攻击的受害者,但她的服从也并非完全出于自愿。③

最后有必要补充的一点是,莎士比亚创作《奥瑟罗》时,正住在蒙特乔伊家族位于伦敦科力普盖特区希尔福街的房子里。④ 这个家族想要他们的前学徒斯蒂芬·贝洛特(Stephen Belott)娶他们的女儿玛丽

---

① Cicero 1949a, I. II. 2, p. 6: 'rem inducens utilem atque honestam primo propter insolentiam reclamantes'.
② Wilson 1553, Epistle, Sig. A, 1ᵛ.
③ 论修辞与强暴,见 Rebhorn 1995, pp. 158—170;论修辞术的暴力,见 Crider 2009, pp. 79—82。
④ 此处我的信息来自 Nicholl 2007, pp. 3—5。

为妻,根据1612年5月债权法院的一份宣誓证词,莎士比亚也被卷入这场计划之中。这场召莎士比亚出庭作证的官司的原告就是贝洛特,他主张自己曾经被许诺,如果在1604年迎娶了玛丽,就将得到一笔嫁妆,不过这笔钱从未被支付。莎士比亚在简短的证词中确认了这项主张,玛丽的母亲要求他促成这场婚事,这也是唯一能读到他口头发言的材料:

280

> 后来宣誓证人表示,本案中的愚蠢的妇人确实恳求说服证人动摇并说服本案原告促成案中的婚事,宣誓证人因此也确实动摇和说服了原告。①

两人随后喜结连理,成功动摇和说服并不情愿的贝洛特的人正是莎士比亚,当时他正在创作奥瑟罗打动和说服苔丝狄蒙娜嫁给他的那部分内容。对于一个青年学徒来说,被莎士比亚用自己的看家本领打动和说服必定是一段难忘的经历。一个很有趣的问题是,当莎士比亚的劝说达到其预期效果后,他是否会认为自己通过强力操纵了贝洛特,哪怕只是最低限度的意义上,用托马斯·威尔逊的话来说,是否使其照他所想而行事。②

双重反驳:文档和证人

随着《终成眷属》最后一幕的开启,在前一场戏混乱场面之后,平

---

① Nicholl 2007, p. 290.
② Wilson 1553, Epistle, Sig. A, 1^v.

静了下来,海伦的计策在这场戏中实现。虽然贝特兰伯爵事实上被床上把戏骗过,在不知情的情况下与海伦发生了关系,并在床榻上交换了戒指,但他认为自己已经成功地勾引了狄安娜。① 在此期间,海伦透露消息,她自己由于失去贝特兰而伤心过度、撒手人寰。观众是从贝特兰在佛罗伦萨的两位侍臣的谈话中听到这个事的。侍臣乙想知道海伦的死讯是从何渠道而来,侍臣甲解释说:

> 她在临死以前的一切经过,都有她亲笔的信可以证明;至于她的死讯,当然她自己无法通知,也已经由当地的牧师完全证实了。
>
> TLN 1995—1999, p. 989(4.3.47—50)

海伦的死讯经过了两种最可靠的非人工证据的测验:文档证据和可靠证人的证词。当侍臣乙追问贝特兰是否已经得知这一消息时,侍臣甲向他保证,他知道"详详细细的一切"。②

修辞学家会说,这不过表明了确认与确定性并非一回事。海伦根本没有死;她正在回到罗西里昂的路上,准备反转剧情。接下来的一场戏从司法角度上说极其复杂,莎士比亚的写作与他主要的参考资料、威廉·佩因特的《愉悦宫殿》相去甚远。佩因特的故事以贝尔特拉莫伯爵在蒙特皮埃尔举办的宴会作为结尾,吉丽耶塔身着道袍前来,

---

① 见 *All's Well That Ends Well*, TLN 1921—1923, p. 988(4.2.60—62),我们从中得知,交换戒指构成了床上把戏的一个环节。莎士比亚作品中的戒指,见 Bevington 1984, pp. 57—60; Kinney 2006, pp. 51—76。论女性服从于她的"戒指"的性意涵,见 Mukherji 2006, pp. 32—51。论床上把戏,见 Desens 1994; Mukherji 2006, pp. 48—50, 207—208, 225—227。

② *All's Well That Ends Well*, TLN 2001—2002, p. 989(4.3.52—53)。相关讨论见 Baldwin 1944, vol. 2, pp. 86—87。

直面伯爵并把他的家族戒指还给了他,他随即承认她为合法妻子。①莎士比亚对这个故事做了两处重大修改:第一处是狄安娜和她母亲出现并指控贝特兰伯爵;第二处则是引入第二枚戒指,国王将这枚戒指交给海伦,戒指又神不知鬼不觉地到了贝特兰手中。狄安娜和她母亲要求国王担当法官,裁决他们和贝特兰之间的司法争议,国王自己则要解决一个格物争议,探寻贝特兰是如何获取自己戒指的真相。由此引发的混乱场面与佩因特、薄伽丘全无关系,完全出自莎士比亚的精妙手笔,他娴熟地运用了法庭修辞术来制造戏剧效果。

当海伦动身出发时,贝特兰伯爵和侍从们已经抵达罗西里昂,国王也已经宽恕了贝特兰抛弃海伦之罪。所有人都为她的死而痛心,尤其是年长的一辈,这些人从始至终都是她的天然盟友。不过,当天更主要也更欢乐的事件是为贝特兰与拉佛大人的女儿穆德琳举行婚礼仪式。贝特兰告诉国王,穆德琳本就是他的最初选择,国王则表示现在这桩婚事可以进行了,语气果决地采用押韵对白宣告:

> 两家的家长都已彼此同意,我们现在等着参加
> 我们这位丧偶郎君的再婚典礼呢。
> TLN 2588—2589, p.995(5.3.69—70)

拉佛大人接下来要求贝特兰呈上合适的信物,确认这场约定:

> 来,贤婿。从今以后,我的一份家业也归并给你了,
> 请你快快拿出一点什么东西来,

---

① Painter 1566, fo. 100^{r—v};参见 Bullough 1957—1975, vol.2, p.396。

> 让我的女儿高兴高兴,
> 好叫她快点儿来。
>
> TLN 2592—2595, p.995(5.3.73—76)

贝特兰回应了请求,准备结束这个步骤,交给拉佛大人一枚戒指作为信物。

这个举动一出,平静的场面立刻被搅乱。[①] 拉佛大人当即意识到,这枚戒指正是海伦曾经佩戴的:

> 我还记得最后一次我在宫廷
> 和已故的海伦告别的时候,
> 我也看见她的手指上
> 有这样一个指环。
>
> TLN 2596—2599, p.995(5.3.77—80)

贝特兰试图加以否认("这不是她的"),而国王则转而站在拉佛的角度盘问:

> 请你让我看一看。
> 我刚才在说话的时候,就已经注意到这个指环了。
> 这是我的;我把它送给海伦的时候,
> 曾经对她说过,要是她有什么为难的事,

[①] Haley 1993, pp.237—253 对这场戏的其余部分进行了完整的分析,不过并未谈到其修辞结构。

凭着这个指环,

我就可以给她帮助。

TLN 2600—2605, p. 995(5.3.81—86)

贝特兰再次予以否认("这指环从来不曾到过她的手上"),而现在伯爵夫人则发言支持国王:

儿呀,我可以用我的生命为誓,

我的确曾经看见她戴着这指环,

她把它当作生命一样重视。

TLN 2608—2610, p. 995(5.3.89—91)

贝特兰意识到他的虚张声势已经被拆穿,只能编个故事应付他们:

大人,您弄错了,她从来不曾看见过这个指环。

它是从佛罗伦萨一家人的窗户里丢出来给我的,

包着它的一张纸上还写着

丢掷这指环的人的名字。

TLN 2611—2614, p. 995(5.3.92—95)

贝特兰希望借弥天大谎来终结这段越发尴尬的谈话。

不过,国王拒绝被敷衍。他不仅再次肯定自己曾经赠予海伦这枚指环,而且还明确表示他认为贝特兰不管是从谁手中拿到戒指,都一定是犯下了罪孽。国王这样认为的原因不仅在于,他将指环视作出手相助的许诺而赠予海伦；还因为海伦当时曾经庄严起誓，而现在他则揭晓了这段誓言：

> 她曾经指着神圣的名字为证，
> 发誓决不让它离开她的手指，
> 只有当她遭到极大不幸的时候，
> 她才会把它送给我，或者当你和她同床的时候
> 她可以把它交给你。
>
> TLN 2627—2631, p.995(5.3.108—112)

当贝特兰再次矢口否认时（"她从来不曾见过这指环"），国王失去了耐心："你还要胡说？凭我的名誉起誓。"[1]在国王看来，贝特兰采用某种方式获得了海伦的指环，此乃不争的事实。谜团在于解释他究竟是如何获得的，毕竟除非两人曾经同床，海伦是不会把指环交给他的，然而（据国王所知）这事从未发生。修辞学家或许会说，这引发了有待裁决的核心问题，国王直接质问贝特兰：

> 你居然会用诡计
> 把她这随身的至宝夺了下来吗？
>
> TLN 2605—2606, p.995(5.3.86—87)

国王要求贝特兰对以下推测进行提证或反驳，他必定找到办法从海伦手中夺走了指环，也夺走了她的终极保障。

---

[1] *All's Well That Ends Well*, TLN 2632, p.995(5.3.113).

九 反驳与非人工证据

国王知道他需要提出某种推测,解释可能的经过,并寻找证据进行提证。① 他表示,他已经或多或少有了结论,认为自己的怀疑并非没有根据,甚至说这些想法是"可怕的推测"。国王认为,尽管他无法下定论,但依旧明确指出了自己的怀疑,指控贝特兰或许已经杀害了海伦,这才是他拿到指环的可能经过:

> 你还要胡说?凭我的名誉起誓,
> 你使我心里起了一种不敢想起的可怕的推测,
> 要是你竟会这样忍心害理——这样的事是不见得会有,
> 可是我不敢断定——她是你痛恨的人,
> 现在她死了;
> 我看见了这指环,
> 除非我亲自在她旁边看她死去,
> 我的疑虑是不会消释的。
>
> TLN 2632—2639, p.995(5.3.113—120)

几段话过后,国王再次向伯爵夫人表达了自己的担忧:"夫人,我怕海伦是死于非命的。"②

国王表明了自己的推测,同时也开始为他在这项罪恶动因中的裁决进行提证。贝特兰无疑有杀害海伦的动机("她是你痛恨的人"),现在他拿着她的指环这项事实进一步表明了他的罪孽。国王知道,下一步就是要寻找其他的标志和线索。他表示:"我们必须把事情查问

---

① 正如 Altman 2010, pp.352—353 所指出的。
② *All's Well That Ends Well*, TLN 2673—2674, p.996(5.3.151—152).

一个水落石出。"①但是,与此同时他也意识到,无论自己对"事情"的调查结果如何,都没理由认为自己最初的怀疑是没有根据的:

> 已有的证据已经足够说明,
> 我的怀疑不是没有根据的,
>
> TLN 2640—2641,p.995(5.3.121—122)

国王认为已有的证据已经足够证明他的担忧,因此逮捕了贝特兰,让卫士将他带走。

然而,国王的推测几乎立刻被推翻了。这出反驳来自狄安娜对贝特兰以婚姻为诺言引诱并抛弃她的指控。她主张指环是她所有,她在与贝特兰"同床"时将其相赠,并且还提供了两项非人工证据。② 第一项就是修辞学家所谓文档证据,也就是贝特兰当作交换信物赠给她的一枚指环。现在她在法庭中拿出这第二枚指环:

> 瞧这指环吧!
> 这是一件稀有的贵重的宝物:
>
> TLN 2712—2714,p.996(5.3.189—191)

伯爵夫人立刻认出了罗西里昂家族的传家指环,认为贝特兰将其赠予狄安娜这件事足以证明他必定以娶她为诺:

---

① *All's Well That Ends Well*,TLN 2643,p.995(5.3.124).
② *All's Well That Ends Well*,TLN 2750,p.996(5.3.226).

九　反驳与非人工证据

他在脸红了,果然是的。
这指环是我们家里六世相传的宝物。
这女人果然是他的妻子,
这指环便是一千个证据。

　　　　TLN 2716—2720, p.996(5.3.193—197)

伯爵夫人认为有一千条证据支持狄安娜的指控的理由有二。第一,贝特兰绝不会随手丢弃如此重要的传家宝,除非是作为信物进行交换。第二,贝特兰在看到指环时脸红这件事是众所周知的有罪标志:"他在脸红了,果然是的。"伯爵夫人立刻将狄安娜视为女猎手,而贝特兰则是她的手下败将、囊中之物。

　　狄安娜的第二项非人工证据更具有决定性。她保证如果贝特兰归还两人"同床"时她的那枚指环,她也将退回贝特兰的家族指环。国王告诉她,根据贝特兰的证词,戒指是当"你从窗口把它丢下去给他"所得。① 但狄安娜严肃地回应,"我说的句句都是真话":她在同床时将指环给了他。② 当然,这是个谎言,不过倒霉的贝特兰(被床上把戏所蒙蔽)以为这是真的,因此不得不坦白,使狄安娜的指控被坐实,不需要任何进一步的证据:"陛下,我承认这指环是她的。"③国王轻蔑地说:"你太会躲闪了,好像见了一根羽毛的影子都会吓了一跳似的。"④贝特兰被说成是一匹受惊的马,对一丝一毫的威胁都噤若寒蝉。狄安娜的主张已经"启动了"他,引出了他的罪恶之心,并最终迫使他放弃

---

① *All's Well That Ends Well*, TLN 2751—2752, p.996(5.3.227—228).
② *All's Well That Ends Well*, TLN 2752, p.996(5.3.228).
③ *All's Well That Ends Well*, TLN 2753, p.997(5.3.229).
④ *All's Well That Ends Well*, TLN 2754, p.997(5.3.230).

自己卑鄙的躲闪，说出真相。

贝特兰所坦白的事实或许看似确切无疑，但接下来国王鼓励狄安娜进一步提出非人工证据，来证明她关于贝特兰曾经许诺要迎娶她的主张："你说你看见这里有一个人，可以为你作证吗？"①起码据我们所知，狄安娜事实上并未告诉国王任何召唤证人的计划。但此时此刻，她试探着表示自己愿意如此，这个证人的名字就是帕洛。她准备让贝特兰伯爵面对来自自己最形影不离的伙伴的证词，这个人的名字已经暗示，他缺乏任何实质内涵，顶多只会花言巧语。

然而，贝特兰知道如何应对这种进一步的威胁。《罗马修辞手册》曾经建议，在这种情形下，最好的办法就是试图在证人提出任何证词之前就使之丧失可信度。演说者必须指出"他不光彩的生活方式，以及他将要主张之事的不可靠性"。②贝特兰遵循了这条建议：

> 谁都知道他是一个无耻之徒，
> 什么坏事他都做得，
> 讲一句老实话就会不舒服。
> 难道随着他的信口胡说，
> 就可以断定我的为人吗？
>
> TLN 2726—2730, p.996(5.3.203—207)

狄安娜不得不承认，她无比厌恶，"可他是个坏人，我很不愿意提

---

① *All's Well That Ends Well*, TLN 2720—2721, p.996(5.3.197—198).
② *Rhetorica ad Herennium* 1954, II. VI. 9, p.74: 'Contra testes: secundum vitae turpitudinem, testimoniorum inconstantiam'.

出这样一个人来",似乎她提证中的这项内容必须被舍弃。①

不过,国王严厉要求帕洛说出实情,承诺他如果这样做就免除惩罚,帕洛于是确认了狄安娜的全部指控:"那个时候他们把我当作心腹看待,所以我知道他们在一起睡过觉,还有其余的花样儿,例如答应娶她哪,还有什么什么哪,这些我实在不好意思说出来,所以我想我还是不要把我所知道的事情说出来的好。"②这对国王来说已经足够:"你已经把一切都说出来了。"③同伯爵夫人一样,现在国王也认为狄安娜的指控是完全可信的。

国王意识到,自己最初关于贝特兰是如何获得海伦的指环的推测已经被推翻了,他还发现,如今摆在他面前的是完全不同的新的格物争议。如果狄安娜给贝特兰的指环是他当初赠予海伦的那枚,那么狄安娜又是如何获得指环的呢?新的谜团出现了,新的问题等待被裁决,国王直接质问狄安娜:

  国王 你说这指环是你的吗?
  狄安娜 是,陛下。
  国王 你从什么地方买来的?还是谁给你的?
       TLN 2790—2791, p. 997(5.3.260—261)

狄安娜越来越闪烁其词,国王继而推测,正如贝特兰最初所言,或许她确实不过是个军队中的娼妓。"我不喜欢这个女子",他告诉大家,并对狄安娜说"我现在知道你也不是好东西",是个证词不应当被

---

① *All's Well That Ends Well*, TLN 2722—2723, p. 996(5.3.199—200).
② *All's Well That Ends Well*, TLN 2782—2786, p. 997(5.3.254—257).
③ *All's Well That Ends Well*, TLN 2787, p. 997(5.3.258).

相信的可疑之人。① 同贝特兰一样，狄安娜被逮捕，并且还被威胁，若是她拒绝解释自己是如何获得指环的，就将立刻被处死。

不过，狄安娜能够立刻对国王的新推测进行反驳。她提出了一项证明自己清白的非人工证据，召唤了一位无可指摘的证人来解释事情的原委。"陛下，我并不是一个娼妓"，她说，②在对主张进行确认的同时，她解释了贝特兰是如何被床上把戏所蒙蔽，采用昆体良所谓宏大风格，用押韵诗表示：③

> 他知道他曾经玷污过我的枕席，
> 就在那个时候，他的妻子跟他有了身孕，
> 她虽然已经死去，却能够觉得她的孩子在腹中跳动。
> 你们要是不懂得这个生生死死的哑谜，
> 那么且看，解哑谜的人来了。
>
> TLN 2820—2824，p. 997(5. 3. 290—294)

哑谜就是海伦代替她施行床上把戏，现在海伦现身，确认了这项关键事实。国王震惊不已地问："我看见的是真的还是假的？"海伦解释，与贝特兰同床的是她而非狄安娜。④ "我的好夫君，"她告诉贝特兰，"当我冒充这位姑娘的时候，我觉得您真是温柔体贴，无微不至。"⑤因此，从贝特兰手中接过罗西里昂家传指环并拿出国王赠予她

---

① *All's Well That Ends Well*, TLN 2801, 2806, p. 997(5. 3. 271, 276).
② *All's Well That Ends Well*, TLN 2812, p. 997(5. 3. 282).
③ Quintilian 2001, 12. 10, 58—62, vol. 5, pp. 312—314.
④ *All's Well That Ends Well*, TLN 2826, p. 997(5. 3. 296).
⑤ *All's Well That Ends Well*, TLN 2829—2830, p. 997(5. 3. 299—300).

九 反驳与非人工证据

的指环作为交换的人是她,而不是狄安娜。"这是您的指环",现在她告诉贝特兰,并将指环交给他。①

这段对国王推测的反驳,其有效性如何?对观众来说,这是毋庸置疑的。从一开始观众们就见证着海伦的计策,到这时候,人们甚至可能在反思,整个过程似乎还可以更加经济有效。不过在戏剧世界中,这段反驳不仅制造了激动人心的高潮,还带来了令人们皆大欢喜的确定之感。海伦以胜利者的姿态宣告,自己最终满足了贝特兰在逃往意大利时留给她的那封冷酷无情的信中提出的条件:

> 瞧,这儿还有您的信,
> 它说:"汝倘能得余永不去手之指环,
> 且能腹孕一子,确为余之骨肉者,始可称余为夫。"
> 现在这两件事情我都做到了,您愿意做我的丈夫吗?
> 　　　　　　TLN 2831—2834, p.997(5.3.301—304) 289

国王随即表示,他乐意接受这段床上把戏故事的解释,认可狄安娜动因的正当性:"因为我可以猜到多亏你的好心帮助,这一双怨偶才会变成佳偶,你自己也保全了清白。"②贝特兰依旧心有不甘,但他突然告诉国王,现在他愿意被说服,从无韵诗过渡到押韵诗来强调自己承诺的力量:

---

① *All's Well That Ends Well*, TLN 2830, p.997(5.3.300). 不过海伦所指的指环或许是最后一次出现在狄安娜手中的那枚,当时她将其拿出供众人查看。见 TLN 2712, p.996(5.3.189)。

② *All's Well That Ends Well*, TLN 2849—2850, p.998(5.3.319—320)。

> 陛下，她要是能够把这回事向我解释明白，
> 我愿意永远永远爱着她。
>
> TLN 2835—2836, p.997(5.3.305—306)

对观众来说贝特兰心意转圜实在突然，不过他的对偶句标志着故事结尾，海伦似乎也很有信心能够说服他自己所言非虚：

> 要是我不能把这回事情解释明白，要是我的话与事实不符，
> 我们可以从此劳燕分飞，天人永别！
>
> TLN 2837—2838, p.998(5.3.307—308)

这几句相互的许诺成了贝特兰和海伦最后的对白。

诚然，很难说这个结局满足了人们对喜剧的通常预期，其中许多地方都透露出有意为之的打破常规。① 海伦和贝特兰是否能配成佳偶依旧成谜，两人最终的爱情宣言也远非习俗惯例所要求的那样毫无保留、充满感情。② 贝特兰许诺，如果海伦能够证明自己的故事，他就会爱海伦，而海伦则以分离为赌注保证他一定满意。尽管如此，海伦最终还是得偿所愿，国王表示案件已经终结。余下的便是国王发表一段适宜的欢庆总结。

---

① 相关讨论见 Margolies 2012。
② Frye 1965, p.72.

十

总结陈词与诉诸常言

常言理论

昆体良指出,当演说者进入总结阶段时,"就可以开始滔滔不绝地展现雄辩技艺了"。① 演说者必须对案情进行总结概括,不过最主要的任务是采用一系列的夸张手法来最大限度地唤起听众的情感。"放大自己的主张,"昆体良认为,"乃是一切结论的主要内容,在这个阶段,可以运用辞藻华丽、气势恢宏的句子(sententiae)来包装自己的主张。"②西塞罗在《论开题》中的看法十分相似,他认为在列举论点后,应当将结论划分为两个部分,两部分都旨在放大自己的动因。第一个部分是义愤(indignatio),也就是运用夸张手法来激发对对手的仇

---

① Quintilian 2001, 6.1.51, vol. 3, p. 42: 'totos eloquentiae aperire fontes licet'. 也见 Quintilian 2001, 4.1.28, vol. 2, p. 192。

② Quintilian 2001, 6.1.52, vol. 3, p. 42: 'maxima pars epilog amplificatio, verbis atque sententiis uti licet magnificis et ornatis'.

恨。① 第二个部分是哀叹(conquestio),试图激发法官的同情心,使其站在自己这边。② 两位作家还指出,用昆体良的话说,决不能使用日常会话的平和语气;永远必须确保自己的总结是按照华丽和富有韵律的风格来创作的。③

通常认为,对司法动因进行夸大的最有效办法是借助常理,也就是争论的共同"场所"。④ 西塞罗指出,在总结的哀叹中激发同情心的最佳途径就是"重点突出简洁明了地"利用这种"场所"。⑤《罗马修辞手册》更是认为,结尾部分最主要的任务就是"通过共有场所来运用夸张手法"。⑥ 然而,这里需要对 locus 和 communis 这两个术语进行进一步的阐释。首先,所谓主张的 loci 或曰"场所"所指为何? 西塞罗在《论开题》中并未解释这个问题,不过在《论题篇》中,他针对这个提法所做的解释后来成了标准答案。西塞罗援引亚里士多德对论题(topoi)的理解,认为"当存在某些想要追究的主张时,就需要知道其场所,亚里士多德用这个名称来指代座位或寓所,或许可以说,由此出发可以引发主张"。⑦ 昆体良引用了这段话,也认为 loci 就是"主张隐藏于

---

① Cicero 1949a, I. LIII. 100—101, pp. 150—152.
② Cicero 1949a, I. LIII. 100 和 I. LV. 106, pp. 150, 156。
③ Quintilian 2011, 11.1.6, vol.5, p. 10.
④ 文艺复兴时期的常言理论,见 Lechner 1962; Moss 1996; Moss 2001; Plett 2004, pp. 131—146; Peltonen 2013, pp. 80—83。Kennedy 1942, pp. 134—135 认为结论仅指总结,并且并未讨论常言。
⑤ 见 Cicero 1949a, I. LV. 106, p. 156 论"常言"以及"重点突出、简洁明了"地表达它们的需求。
⑥ Rhetorica ad Herennium 1954, III. VIII. 15, p. 182: 'amplificatione interponemus per locos communes'.
⑦ Cicero 1949b, II. 7—8, p. 386: 'cum pervestigare argumentum aliquod volumus, locos nosse debemus; sic enim appellatae ab Aristotele sunt eae quasi sedes, e quibus argumentum promuntur'. 也见 Cicero 1942a, II. XXXIX. 166, vol. 1, pp. 316—318。

其中的寓所,需要从中发现主张"。① 文艺复兴时期的修辞学理论家带着极大的热情继承了潜藏在这种表述中的追寻和收集的意象。② 伊拉斯谟在《论词语的丰富》中描述青年学生"仿若勤劳的蜜蜂,在万千作者的花园中穿梭,降落在每朵花上,逐一收集花蜜"。③ 托马斯·威尔逊在《理性规则》中则使用更具猎捕意味的比喻。技艺娴熟的野兔猎手"观察地面圆形印迹",由此"推测野兔刚才在这"。整个过程与寻找优良论证所隐藏的"场所"非常相似,"这些场所不是树丛就是草堆"。④

那么,修辞学家所谓"共同"的场所指的又是什么呢? 就此而言,他们将讨论的焦点从找出论证的场所转移到论证本身上。⑤《罗马修辞手册》指出,之所以这样说,是因为演说者所发现的论证对诉讼双方来说通常都是普遍共有的。⑥ 这部分理论也同样被莎士比亚时期的修辞学家所继承。理查德·谢利解释说,"场所"观念主要就是指"论证的位置",因为"双方都可占用",因此它们被认为是"普遍共

---

① Quintilian 2001, 5. 10. 20, vol. 2, p. 374:'sedes argumentorum, in quibus latent, ex quibus sunt petenda'. 也见 Quintilian 2001, 5. 10. 119, vol. 2, p. 426,以及参见 Lechner 1962, pp. 130—132。

② 见 Plett 2004, pp. 118—120; Altman 2010, pp. 141—143。

③ Erasmus 1569, fo. 149^r:'itaque studiosus ille, velut apicula diligens, per omnes autorum hortos volitabit, flosculis omnibus adsultabit undique succi nonnihil colligens'. 他也许是在引用 Pliny 1940,XI. IV. 11 至 XI. XX111. 70, vol. 3, pp. 438—474 中对蜜蜂生活的描述。不过 Crane 1993, p. 59 指出,或许他参考的是普鲁图,而且与 Horace 2004,4. 2. 25—32, p. 222 以及 Seneca 1920,LXXXIV. 3—5, pp. 276—278 中也有类似的段落,塞涅卡的描述甚至更加相似。

④ Wilson 1551, Sig. J, 5^v—6^r.

⑤ Wels 2008, p. 153 提到了这种转移。明确的示例见 Rhetorica ad Herennium 1954, II. VI. 9, pp. 72—74,其中 loci 被描述为论证的"场所"(places),在同书 II. XVII. 26, p. 104 中,对诸如时运与人性等问题的概括同样被描述为常言。Quintilian 2001, 5. 10. 20, vol. 3, p. 374 中讨论了其他的例子。在文艺复兴时期的修辞学家中,阿格里科拉尤为强调将 loci 理解为论证本身,而非论证的场所。见 Moss 1996, pp. 73—82; Rhodes 2004, pp. 152—153。

⑥ Rhetorica ad Herennium 1954, II. VI. 9, p. 72. 也见 Cicero 1949a, II. XV. 48, pp. 208—210; Quintilian 2001, 4. 1. 71, vol. 2, p. 214。

381

有的"。① 例如,"证人作证指控的人"将会试图劝服法官相信证人是不可信的,而"证人所支持的人"则会为其背书。② 理查德·瑞瑙尔德同样认为,"共有场所,是控方和辩方所共同拥有的"。进行控诉时,演说者必须试图运用煽动性的常言来"打动和激怒法官",若是进行辩护,演说者则必须试图"拆解和诋毁对方所主张的"。③

更重要的是另一种与之相关的看法,这种看法认为,常言之所以是普遍共有的,乃是因为它们是被普遍相信的。亚里士多德在《修辞学》中曾经提到这部分的理论,认为修辞学家通常是以普遍接受的原则为基础展开论辩。④ 西塞罗在《论开题》的第二卷中讨论了这种观念,他指出,常言"所采用的形式是放大某些公认的主张"。⑤ 他随后又评论,对任何其重要性被普遍承认的问题的概括"便是我们如今所谓的常言"。⑥ 昆体良更倾向于回归这个词的原初用法,讨论争议的"场所",不过他也认为,"如今这个词通常被认为指的是关于通奸、奢侈或其他普遍争议的演说"。⑦ 这一点被文艺复兴时期的作家大书特书。比韦斯将常言理解为关于诸如残暴、时运、时间流逝等话题"早已普遍接受的准则",⑧瑞瑙尔德则认为,所谓常言可以被定义为关于"所有人类普遍认同的……问题"的演说。⑨

---

① Sherry 1550, Sig. F, 4^{r-v}.
② Sherry 1550, Sig. F, 4^r.
③ Rainolde 1563, fo. xxxiii^v.
④ Aristotle 1926, I. I. 12, p. 10.
⑤ Cicero 1949a, II. XV. 48—50, pp. 208—210: 'certae rei quandam continet amplificationem'.
⑥ Cicero 1962a, XII. 47, p. 48: 'qui nunc communes appellantur loci'.
⑦ Quintilian 2001, 5. 10. 20, vol. 2, p. 374: 'Locos ... vulgo nunc intelleguntur in luxuriam et adulteriam et similia'.
⑧ Vives 1913 [1531], p. 184.
⑨ Rainolde 1563, fo. xxxiii^r.

十 总结陈词与诉诸常言

在文艺复兴时期的一些修辞学家看来,常言中所包含的准则之所以通常都被普遍接受的原因,借梅兰希通的话说,在于这种场所应当被理解为不仅是传统智慧的优雅表述,而且还是世界的真理渊薮。梅兰希通的第一本修辞学作品,出版于1519年的《修辞三论》就指出,常言就其特征而言既是辩证法的又是修辞术的。它们不仅是实现夸张效果的有用工具,而且自己本身就是证据,勾勒了道德和自然世界的某些基本结构。① 他甚至认为,理解常言的正确方式是认识到"它们构成万事万物的形式与规则"。②

如果要寻找这种历史悠久又放之四海而皆准的原则,最有可能找到它们的"场所"在哪里呢?西塞罗和昆体良给出的答案对文艺复兴时期常言的讨论产生了深远的影响,尤其是对伊拉斯谟、梅兰希通、比韦斯以及他们的无数门徒来说。③ 西塞罗在《论开题》中对修辞证据进行了分析,认为"通过讨论诸人物或诸行动的特征,主张中的一切问题都得以确定"。④ 昆体良极大地拓展了这种看法,表示"任何问题都源自某人或某事,同样,任何论证场所都源自诸人或诸事"。⑤ 他继续指出,诸人的相关特质包括出生日期、出生地域、教育背景、体格、时

---

① Moss 1996, pp. 121—124. 梅兰希通在他的《修辞要义》中拓展了这种用法。见 Melanchthon 1539, p. 54, 其中他讨论了常言何以能被用来"增加可能性"(ad probandum)并且"加强夸张效果"(ad amplificandum)。

② Melanchthon 1519, p. 72:'formae sunt seu regulae omnium rerum'. 这种对常言的理解, 见 Altman 2010, pp. 143—145. 对梅兰希通修辞学的概述, 见 Mack 2011, pp. 106—122。

③ 伊拉斯谟对场所的讨论见 Trousdale 1982, pp. 31—38; 伊拉斯谟的方案见 Nauert 2006, pp. 106—122。

④ Cicero 1949a, I. XXIV. 34, p. 70:'Omnes res argumentando confirmantur aut ex eo quod personis aut ex eo quod negotiis est attributum'.

⑤ Quintilian 2001, 5. 8. 4, vol. 2, p. 356:'neque ulla quaestio quae non sit aut in re aut in persona, neque esse argumentorum loci possunt nisi in iis quae rebus aut personis accidunt'.

运,等等。① 诸事的相关特性不胜枚举,不过最重要的是那些与人类行动相关的动机,以及诸如愤怒、仇恨、嫉妒、贪婪、希望、野心、鲁莽和恐惧等激情。②

在伊拉斯谟看来,昆体良最重要的贡献之一就是归纳了可以找到各种论证的"场所"的完整清单。③ 例如,如果演说者想找一句申论在法庭上驳斥对手,那么就要对许多有用的场所加以留意。回顾昆体良的目录,便知道需要在诸如野心、愤怒、鲁莽、贪婪等条目下查找,在人性弱点的完整字母表中追踪猎物。托马斯·威尔逊指出,现在演说者有了"提醒记忆的标志",并且更有可能深入探寻,找到合适的申论来帮助诉讼。④

文艺复兴时期的作家还补充了一项重要内容,主要灵感或许来源于伊拉斯谟的《论词语的丰富》。⑤ 伊拉斯谟指出,如果要熟练掌握场所的用法,就不仅需要探寻和收集它们,还需要以便宜和系统的方式进行记录。⑥ 他认为,就此而言最有效的方式是随身携带一本札记簿,书中的标题(titulio)与每个论证场所相关联。⑦ 伊拉斯谟遵循昆体良的做法并加以补充,认为这些标题应当"部分来自美德与恶德的种类与要素,部分来自道德事务中最具重要性的内容"。⑧ 这些内容必须

---

① Quintilian 2001, 5.10.23—27, vol.2, pp.376—378.
② Quintilian 2001, 5.10.34, vol.2, p.382:'ira odium invidia cupiditas spes ambitus audacia metus'. 现代早期对激情这一特性的讨论,见 James 1997, pp.71—81。
③ 正如 Hutson 2007, pp.78—80 所指出的。
④ Wilson 1551, Sig.J,5^v. 对格言申论的讨论,见 Donker 1992, pp.1—21。
⑤ Moss 1996, pp.101—115. 对《论词语的丰富》一书的介绍,见 Mack 2011, pp.80—88。
⑥ 对"收集"和"整理"的讨论,见 Crane 1993, pp.3—4, 72—74。
⑦ 见 Erasmus 1569, fo.148^v 论对标题的需求,将它们依照顺序(in ordinem)进行排列,以及所有内容都需要进行记载(annotata)的要求。笔记本作为记忆辅助工具,见 Yeo 2008。
⑧ Erasmus 1569, fo.147^{r-v}:'partim a generibus, ac partibus vitiorum, virtutumque; partim ab his, quae sunt in rebus mortalium praecipua'.

被合理地划分，在慷慨大度（liberality）的标题下，一定能找到合宜与不合宜的好处、单向或相互的利益、应得与不应得的接受者，诸如此类。① 伊拉斯谟认为，为主要美德分别配对其对立恶德颇有助益，②不过他也指出，如果喜欢，也可以遵循简单的字母顺序进行排列。③ 框架定好后，就要从最佳作者那里寻找各种常言，并且可以通过将其与自己的生活观察相联系，拓展自己的收藏。④ 他总结说："一旦搜集了足够多的标题，根据自己的偏好进行排列，便能持续补充更多的常言和格言警句，抄写在合适的位置。"⑤这样一来，演说者便能够在需要时将其从自己放置它们的场所中找出来，"仿佛在将它们兑现一样"。⑥

书商十分热情地采纳了这种编写札记簿的建议，开始再版各种符合伊拉斯谟描述的传统的文学警句集，也就是所谓格言录（florilegia）。⑦ 那努斯·米拉贝里乌斯的《论题大观》（*Polyanthea*），1503年初版时名为《格言》（*florilegium*），再版时便是严格按照伊拉斯谟的方式来重新组织的。⑧ 诸美德被集合罗列，每一项的内容都被拆解开来，关于它们的格言警句（如后来版本扉页上所夸耀的）则被置于"每个争议所适宜

---

① Erasmus 1569, fo. 148ᵛ.

② 见 Erasmus 1569, fo. 147ᵛ 论遵循"关联和对立的理性"（ratio affinitatis & pugnantiae）的需求。

③ Erasmus 1569, fo. 147ᵛ: 'si malit elementorum ordinem sequatur'.

④ 对这种做法所谓转化效果的讨论，见 Crane 1993, pp. 61—64。Schleiner 1970, pp. 170—185 勾勒了一种出现时间更早，不过大致相当的方法——运用在中世纪的经文谱系分析的便是这种方法——将关键术语进行拆解，划分为褒义和贬义，并分别进行扩充。

⑤ Erasmus 1569, fo. 148ᵛ: 'posteaquam tibi titulos compararis, quot erunt satis, eosque in ordinem quem voles digesseris, deinde ... addideris locos ... communes sive sententias ... suo loco annotabis'.

⑥ Erasmus 1569, fo. 147ᵛ: 'velut in numerato possimus habere'.

⑦ 文法学校中对这种常言手册的使用，见 Green 2009, pp. 241—249。

⑧ 对 Mirabellius 的研究见 Moss 1996, pp. 93—97。

的标题和场所之下"。① 在这些重新修改出版的警句集中,使用最为广泛的就是屋大维努斯·米兰多拉的《诗意格言大全》(*Illustrium Poetarum Flores*),1507 年于威尼斯首次出版,1538 年被修订为一本常言集再次出版。② 1598 年当这本书在伦敦上市时,扉页中就指出,警句都按照"常言的顺序"进行了排列。③ 伊丽莎白时期英国更受欢迎的作品是赫尔曼·热尔贝格乌斯(Hermann Germbergius)的《谚语诗集》(*Carminum Proverbialium*),1577 年在伦敦首次出版,随后多次重印,书中向读者保证,常言被精心挑选以服务青年教育之用。④

各种方言警句集也在这段时间开始问世。其中一些作品承袭梅兰希通所推广的传统,将《圣经》视为权威性常言的最主要来源。托马斯·柯根的《智慧源泉》(*Well of Wisdom*)就属于这种,它从旧约和新约中挑选"在日常常言中透露出"的"格言警句",⑤约翰·马贝克出版于1581 年的作品《常言与警句之书》(*A Booke of Notes and Common Places*)也是如此,只不过内容更加丰富。⑥ 同样流行的还有从各种主流世俗作品,尤其是经典文献中摘选的语录集。托马斯·海伍德(Thomas Heywood)就是这方面的先驱,他最畅销的作品是一本智慧谚语集,于1546 年首次出版,随后又再版了至少六次,直到最后版本

---

① Mirabellius 1600, title page:'suis quibusque locis & titulis collocatae'. 参见 Moss 1996, pp. 206—207。
② Moss 1996, pp. 95,189. Baldwin 1944, vol. 2, pp. 409—413 认为莎士比亚或许知道这份文献。
③ Mirandula 1598, title page:'in locos communes digesti'.
④ Germbergius 1577, title page:'loci communes, in gratiam iuventutis selecti'.
⑤ Cogan 1577, title page.
⑥ Marbeck 1581. 也见 Cawdray 1600,另一个《圣经》格言和释义汇编,在扉页被描述为"收集进头脑和常言中"。

被收录到他1566年出版的作品集中为止。① 托马斯·布莱格的《智慧格言学校》(*A schole of wise Conceytes*)于1569年首次出版,1572年再版,这本书虽然不比前述作品流行,但更符合严格意义上伊拉斯谟的要求。这本书的标题页表示,它"扎根于常言",以字母顺序排列场所,从节制、野心和傲慢开始,以虚荣和智慧结尾。② 这类作品中最成功的当属威廉·鲍德温的《道德哲学论》(*Treatice of Morall philosophy*),这本书于1547年首次出版,到该世纪末,至少增加印量并再版了十二次。③ 鲍德温作品的标题意味着系统化的论文,但是这本书实际上也是一本"重要格言警句、名人名言、忠告、寓言等等"的集子。④ 这些内容被放在全书十二卷中合适的标题下,从上帝和灵魂开始,接下来是一系列关于法律与秩序的申论,而后则围绕首要德性和七宗罪展开。

在伊丽莎白一世统治晚期,一套三卷本的备忘录问世。这个项目背后的推手是尼古拉斯·林,后来他作为《哈姆莱特》四开本两个版本的出版商而为人所知。⑤ 林编纂约翰·波登汉姆(John Bodenham)所搜集的材料,⑥于1597年以《政治格言》(*Politeuphuia*)为名再版。1598年又进行扩充,并以《共和国之智慧》(*Wits Common wealth*)为名出版。⑦ 这本选集严格按照伊拉斯谟的方式进行编纂,附有字母顺序

---

① Heywood 1566.
② Blague 1572, pp. 6, 8, 11, 165, 174.
③ 16世纪60年代托马斯·保罗弗里曼(Thomas Paulfreyman)修订和扩充了鲍德温的原初版本。这个版本又被扩充和再版过四次,最后一次的版本于1579年首次出版,到该世纪末,至少又重印过五次。
④ Baldwin 1579, title page.
⑤ 作为出版商的林,见 Johnson 1985。
⑥ [Ling] 1598, Sig. A, 2^r 指出,林本人也意识到这一点。林和波登汉姆所编纂的选集,见 Stallybrass and Chartier 2007, pp. 43—53。
⑦ [Ling] 1598, title page.

的索引来引导读者找到各种场所,各种常言主要根据首要美德与恶德的对比来排列。林在 1598 年表示,他正计划进行下一阶段的工作,① 当年晚些时候,弗朗西斯·米尔斯的《智慧宝藏》(Palladis Tamia)问世,在宣传中号称是《政治格言》的姊妹篇。② 米尔斯的作品大量借鉴了伊拉斯谟《论比喻》(Parabola sive Similiae)的启发,但即使如此,由于这本书中包括了一章对古代和当世诗人的比较,将莎士比亚誉为当世"最杰出的"戏剧和悲剧作家,因此为他赢得了后世的美名。③ 林的这套系列丛书的最后一卷是出版于 1600 年的《贝尔维德尔——缪斯花园》(Bel verdere or the Garden of the Muses)。这本书致敬了约翰·波登汉姆,开篇书信中称赞他是这部作品的"首位发起者和收藏家"。④ 同《政治格言》一样,本书中也有一套字母索引用来引导读者找到各种场所,和之前的做法一样,基本上围绕着首要美德和恶德之间的对比进行排列。依次讨论的内容包括爱与恨、和谐与战争、美名与恶名、善行与恶行,最后还有年轻、衰老、生命与死亡。⑤

对于《论词语的丰富》所促成的出版盛况,伊拉斯谟不太可能不喜欢,不过他似乎更在意说服勤勉的学生自己编纂备忘录。他为这种工作提供了许多建议,这些建议在梅兰希通的《修辞之书》⑥和比韦斯的

---

① [Ling] 1598, Sig. A, 3^r.

② Meres 1598, title page. 不过虽然这部作品被冠以"共和国智慧的第二部分"之名,却并非林出版的。

③ Meres 1598, p. 282.

④ [Bodenham] 1600, Epistle Dedicatory, n. p. 其中指出,波登汉姆为这一工作耗费了数年心血,这也是我认为他是作者的原因。

⑤ [Bodenham] 1600, p. 234.

⑥ 梅兰希通在《修辞要义》中关于常言的章节有一部分是对伊拉斯谟所著《论词语的丰富》的大段引用。见 Melanchthon 1519, pp. 69—72, 参见 Erasmus 1569, fos. 147^r—148^r。对梅兰希通修辞学的讨论,见 Vickers 1988, pp. 192—196。

《教学准则》①中被进一步拓展,产生了更广泛的影响。两位作家都认为,需要一种两步走的程序。② 伊拉斯谟写到,第一步,学生"必须从尽可能多的权威那里搜集"大量格言警句,③"再根据需要加上自己创作的内容"。④ 所找到的每条相关内容,无论来自阅读还是观察思考,都必须立刻被记录下来。⑤ 梅兰希通也认为,在这个阶段,学生仅仅是记录"碰巧遭遇的各种事物",⑥遵循"勤勉地累积格言警句"的要求。⑦ 他补充说,自己尤其关注的是搜集"关于恶德、美德、时运、死亡、华丽辞藻和类似主题的常言"。⑧ 每当学生遇到关于以上任何主题的格言警句时,必须在白板上进行记录,记在为完成这个任务所随身携带的写字板上。⑨

不过,伊拉斯谟也承认,这个过程所带来的成果顶多不过是"一推杂乱无章的申论集合",尚待消化和整理。⑩ 要实现这个进一步的目标,学生必须已经完成了另一项主要工作,也就是为备忘录拟好各种标题,以便他能誊写(adscribere)有可能在自己的写字板上潦草记下(annotare)的各种笔记。⑪ 梅兰希通也认为,需要区分做笔记(notare)

---

① 见 Vives 1913 [1531], pp. 107—109,其中的讨论也受益于伊拉斯谟的叙述。进一步的操作建议,见 Goyet 1993, pp. 412—414。
② 见 Stallybrass et al. 2004; Lewis 2012b, pp. 615—616。
③ Erasmus 1569, fo. 152^v: 'tot scriptoribus colligi'.
④ Erasmus 1569, fo. 152^v: 'verum etiam pro re novas [sententias] parere licet'.
⑤ Erasmus 1569, fo. 151^v.
⑥ Melanchthon 1519, p. 69: 'quicquid inciderit forte fortuna'.
⑦ Melanchthon 1519, p. 71: 'sententiae diligenter coacervandae sunt'.
⑧ Melanchthon 1519, p. 6: 'locos communes, vitiorum, virtutum, fortunae, mortis, divitiarum literarum & similes'.
⑨ Melanchthon 1519, p. 7. 见 Cooper 1565, Sig. 6E, 5^r 论记录板作为"牢记事物的书本和手册"。进一步的细节见 Stallybrass et al. 2004, pp. 411—412。
⑩ Erasmus 1569, fo. 148^v: 'indigesta rerum turba'.
⑪ Erasmus 1569, fo. 151^v.

和恰当地进行记载(recordare)。学生应当从随手记下任何使他感兴趣的内容开始,不过在后来的阶段,"所摘录并抄写在写字板上的每条申论、格言、有用的箴言,现在都必须被记载在合适的场所"。①

哈姆莱特曾经在威登堡大学学习,虽然并未继续深造,但可以猜想他在那里学习过基础语法课程、修辞学和逻辑学(所谓三艺)。从16世纪20年代开始,梅兰希通就在威登堡大学讲授修辞学,包括他对常言的看法在内的课程讲义也在这段时间被出版。② 剧情发生时,哈姆莱特已经完成学业多时,不过学生时代的许多习惯依然未改。③ 最明显的习惯就是他随身携带着写字板,在他首次遇到幽灵的那幕戏的最后一场中,他便想到了它们。哈姆莱特谈到了自己的"碑板",将人心比喻成写字板,善行与恶行同样都能被篆刻其上。就对这一主题的运用而言,爱德华·奈特出版于1580年的《真理考验》(*The triall of truth*)中对"人心"与必须"在写下良言之前擦拭干净"的"用来记录的写字板"做了尤为细致的对比。④ 哈姆莱特对比喻做了修改,将自己的记忆而非心灵比作写字板,不过,当他向幽灵保证自己将会制造一块碑板(tabula rasa),将其擦拭得干干净净以确保他记住被要求铭记的事情时,采用的是类似的思路:

是的,我要从我的记忆的碑板上

---

① Melanchthon 1519, p. 7:'si quam sententiam, si quod adagium, si quod apophthegm dignum, quod in tabulas referatur exceperis, suo recordas loco'.
② 见 Melanchthon 1519,以及参见 Moss 1996, p. 126,其中讨论了1521年将梅兰希通关于修辞术的讲座以 *Institutiones rhetoricae* 为名出版的历史。
③ 当戏剧故事发生时,哈姆莱特的年龄应该是三十岁。见 *Hamlet*, TLN 3115 以及 3129, p. 769(5.1.123—124 以及 137—138)。对哈姆莱特年龄的分析,见 Grazia 2007, pp. 82—84。
④ Knight 1580, p. 53.

十 总结陈词与诉诸常言

> 拭去一切琐碎愚蠢的记录、
> 一切书本上的格言、一切陈言套语、一切过去的印象、
> 我的少年的阅历所留下的痕迹,
> 只让你的命令留在
> 我的脑筋的书卷里,
> 不掺杂一点下贱的废料;
>
> TLN 715—721, p. 745(1.5.98—104)

300

哈姆莱特意识到,幽灵刚刚交付给他的是极其重要的司法"问题",它必须优先于其他所有事情。[①] 因此,他需要抹去年少时在威登堡学习初期的三艺课程中被鼓励记录的全部"琐碎"内容。他需要确保他曾经遭遇的一切"见识"记录都被删除,以此来保障记忆之板上留有足够的空间供他最应当记忆的问题所用。

尽管哈姆莱特许诺在记忆板上腾出空间,但他依然是个人文主义的学生,当他想到克劳狄斯时,立刻决定有些东西必须要记下来。那天早些时候,他曾见到国王自信而又和蔼地召见了廷臣们,但现在他被告知克劳狄斯是个通奸者、杀人犯和丹麦王位的篡夺者。隐藏的真相和克劳狄斯表面形象之间的巨大差异给哈姆莱特造成了巨大的冲击:

> 啊,奸贼,奸贼,脸上堆着笑的万恶的奸贼!
> 我的记事板呢?

[①] Wilder 2010, pp. 102—104, 110—113 察觉到"在备忘录和有过性行为的女性身体之间"的关联。

我必须把它记下来:
一个人尽管满面都是笑,骨子里却是杀人的奸贼;
至少我相信在丹麦是这样的。
(写字)
好,叔父,我把你写下来了。

> TLN 723—728, p. 745(1.5.106—110)

哈姆莱特拿出自己的记事板,记录下了关于微笑的恶人的句子。"叔父,我把你写下来了",他说,仿佛克劳狄斯的形象已经被固定下来。然而,如果他记得梅兰希通在威登堡的课程的全部教诲就会知道,还有一项任务有待完成。他必须将自己的记录放进自己的常言手册合适的"场所"。林的《政治格言》中有一项标题就是"假设",其中就有对能够"无耻微笑"的人的观察。① 或许应该设想,哈姆莱特将自己的观察刻在了类似的"场所"。

莎士比亚式的常言

苔丝狄蒙娜开玩笑地对伊阿古说,必须尽可能避免得出"太差劲、太没劲的结尾"。② 修辞学家十分赞同这种看法,认为必须保证结尾是激动人心的。前文已经指出,他们认为实现这个目标的最有效办法就是运用一系列引起共鸣的常言,采用宏伟风格激发听众的情感直至最高处。不过,如果再看看莎士比亚的实践就会发现,他明显不满意

---

① [Ling] 1598, fo. 267ᵛ.
② *Othello*, TLN 846, p. 938(2.1.158).

这种明确和强力的结尾。① 在他那些最具代表性的法庭戏中,有许多在结尾处根本没有总结,同样明显的是,当他选择创作正式结论时,通常都是借年长守旧,试图将某些似是而非的秩序强加到那些尴尬复杂的事件之上的人物之口说出。这些人物或许会高谈阔论,但他们由于自己对修辞学假设的理解而受到了严格的限制,认为唤起听众情感的最好办法就是与他们最深刻认同的观点产生共鸣。因此,他们的看法通常都是修辞学和贬损意义上的常言。

莎士比亚不仅表现出这些怀疑,而且还喜欢以两种相关的方式为古典惯例中的正式结尾松绑。修辞学家认为,司法总结永远都是在公开法庭中提出的,这一点不证自明。莎士比亚通常也接受这种看法,但并非一以贯之地遵守。有时候他所设计的司法动因的背景是对话性的甚至是家庭内部的,在这种情形下,结论就成了对所发生事件进行私人反思的时刻。另一项毋庸置疑的主张是,原告和被告都一定会发表完整的司法演说,其中包括合适的引言、事实陈述、提证或反驳以及以宏伟风格发表的总结。不过,让戏中角色按照这种程序不被打断地持续发言,显然无法吸引观众,没有戏剧张力,莎士比亚也从未创作过这种完整的诉讼类雄辩术演说。他总是将各个部分分配给两位不同的角色,发表总结的角色绝不会是最初提出动因的角色。

当背景发生在家庭内部时,莎士比亚也运用同样的原则来进行安排。他将引言和陈述分配给提出指控的角色,随后另一位角色将会提出动因,提证并发表总结。遵循这种模式的第一部戏剧就是《哈姆莱特》。第三幕中,哈姆莱特在观看了《捕鼠机》后认为,自己已经成功地为灵魂的指控提供了最终的证据,当克劳狄斯和朝臣们准备离场时,

---

① 科林·伯罗帮助我重新思考了接下来这节内容的论证方向,在此专门向他致以感谢。

他立刻发表总结：

> 嗨，让那中箭的母鹿掉泪，
> 没有伤的公鹿自去游玩。
> 有的人失眠，有的人酣睡，
> 世界就是这样循环轮转。
>
> TLN 1988—1991, p.758(3.2.246—249)

这段有些莫名其妙的话就是哈姆莱特的完整总结。言辞间有意营造出平静压抑的氛围，只在最低限度上遵循了修辞惯例。虽然哈姆莱特采用押韵诗来发言，因此也就采用了适宜为司法演说做总结的强化风格，但他的言辞远非铿锵有力，此外，虽然结尾两行诗或可算作描述了一种常言，但他的"判断"极其缺乏简洁度，根本不可能出现在任何伊丽莎白时期的备忘录中。

哈姆莱特将这段总结当作反思动因相关各方的办法。哈姆莱特告诉大家，中箭的母鹿或许就是王后，他试图通过让她大吃一惊而将其击溃。[1] 不过，母鹿或许是国王，在接下来的一场戏中，他的独白表露出自己的负罪感。[2] 哈姆莱特自己似乎是毫发未损的公鹿。尽管知道自己正在被猎捕，他依然向克劳狄斯保证，两人都是灵魂清白的。[3] 与此同时，动因中牵扯最深的人一直在进行观察，而非沉睡不醒：国王和王后观看了戏剧，他和霍拉旭则观察着国王和王后。最终，像世界

---

[1] *Hamlet*, TLN 2113, p.759(3.2.357).
[2] *Hamlet*, TLN 2156, p.759(3.3.40).
[3] *Hamlet*, TLN 1959, p.757(3.2.220).

一样循环轮转的人是克劳狄斯,他叫随从们随他"去"。①

哈姆莱特的总结远不能打动人;还引发了另一段情节,吉尔登斯吞在其中抱怨他说话毫无章法。② 当他与霍拉旭谈论两人刚才所观察到的现象时,哈姆莱特依旧如此毫无章法可言,又发表了一段四行诗,随后才用一段散文安抚霍拉旭,说自己现在愿意赌一千镑幽灵所言非虚。不过,虽然哈姆莱特的举止或许无端,但依旧表明他认为自己所参与的大型司法调查已经临近尾声。他的总结从修辞学角度来说或许奇怪又不完整,不过他自己无疑将其视为最终定论。

莎士比亚在室内背景中安排了法庭调查情节的另一部戏剧就是《终成眷属》。管家首先提出了他自己的指控的引言和陈述,认为海伦向贝特兰隐瞒了自己隐秘的热爱。当伯爵夫人思考管家的看法时,她立刻意识到自己的揣测被确认了,于是也就认为管家发现了事实真相。她随即开始对动因进行调查,以从海伦那里获得的坦白作为证据,又补充了总结,用独白的方式反思她所监护的年轻人那无法自拔的爱。

在备忘录中,有许多关于青年之爱所带来的痛苦的说法。③ 在"青年"这个标题下,米尔斯表示"青年时光与爱之灼热不谋而合",④ 波登汉姆则说"爱是青年的疾病"。⑤ "爱情"标题下的内容更加丰富。

---

① *Hamlet*, TLN 1986, p.757(3.2.244).
② *Hamlet*, TLN 2024—2025, p.758(3.2.279—280).
③ 此处和随后的引文中,我所引用的都是常言句,而非谚语。莎士比亚有许多谚语的智慧,这个话题已经被广泛讨论过了。例如,见 Hulme 1962, pp.39—88; Dent 1981. 对常言句的分析相比而言并不算多。我将看到,有些也是谚语,不过莎士比亚所使用的这种句子很少能够在他当时的谚语书中找到。
④ Meres 1598, fo.66ʳ.
⑤ [Bodenham] 1600, p.220.

304 热尔贝格乌斯告诉我们:"在爱情中,悲伤不计其数,如原上野花一般。"①米尔斯警告大家"爱之刺痛近乎死",②波登汉姆则补充说"对青春正好之人来说,爱如玫瑰"。③ 林同样认为,爱情仿佛"在荆棘中行走",它"既热烈又冷酷,既甜蜜又心酸",而且它还"首先伤害盛开的青年"。④ 伯爵夫人等待与海伦交谈时,这些就是她脑海中闪过的陈旧感伤:⑤

> 我在年轻时候也是这样的。
> 我们是自然的子女,谁都有天赋的感情;
> 这一枚爱情的棘刺,正是青春的蔷薇上少不了的。
> 有了我们,就有感情;有了感情,就少不了这种事。
> 当热烈的恋情给青春打下了烙印,
> 这正是自然天性的标志和记号。
> 在我们旧日的回忆之中,
> 我们也曾犯过同样的过失,虽然在那时我们并不以为那有什么可笑。
>
> TLN 428—435, p.973(1.3.100—107)

伯爵夫人从五音步诗转为对偶句,以明确的宏大风格表达了自己的看法,将司空见惯的比喻变成更加复杂的意象,青年本身成了带刺

---

① Germbergius 1577, p.9:'quot campo flores, tot sunt in amore dolores'.
② Meres 1598, fo. 134^v.
③ [Bodenham] 1600, p.32.
④ [Ling] 1598, fos. 15^v, 16^r.
⑤ 请注意,因为她已经被管家的陈述所说服,立刻发表了自己的结论。这种处理方式在 Rhetorica ad Herennium 1954, II. XXX. 47, p.144 中被推荐采用。

的蔷薇。不过,就她的思考内容而言,她依然完全依赖于札记簿中某些杞人忧天的章节里关于青年之爱的陈腐申论。因此,虽然辞藻宏伟华丽,但连她自己都觉得乏味无聊。①

除以上两个剧本之外,莎士比亚通常都接受古典假设,认为发表诉讼类雄辩术的恰当场所是法庭之上。当他在这种背景下创作司法演说时,他同样将每个部分分配给不同的角色,只不过分配模式与目前探讨的有所不同。作为原告或被告的角色无一例外地会阐明整个动因,从正式的引言开始,接着是事实陈述,而后是控方提证或辩方反驳。② 整个流程到这时才会被中断。莎士比亚所创作的正式总结从未经原告或被告之口说出,而是由法官来传达。这种处理方式的效果是,莎士比亚能够从两种不同的意义上宣告审判。他宣告自己的裁决,同时也借此机会插入各种格言警句来为动因结尾,有时候还为剧情画上句号。

莎士比亚时常想避免自己的司法剧情以这种毫无新意的方式结束,在这种情况下,他便会创作完整的正式总结。这就是安东尼发表了引言、陈述和提证,指控勃鲁托斯密谋反对罗马后所发生的事情。安东尼以朗读凯撒的遗嘱作为结尾,表明凯撒完全没有勃鲁托斯所声称的奴役罗马人民的打算,而是想要使所有人受惠。"这样一个凯撒,"他在结尾时说,"几时才会有第二个同样的人?"③动因的裁判官是市民,根据修辞学家的看法,此时此刻应当有一位市民发表宏大的总结,赞美稳定政府的德性和君主慷慨大度的价值。不过这显然会破坏戏剧

---

① 对国王和伯爵夫人发表的陈词滥调,见 Price 1979, esp. p.95. 伯爵夫人年龄的含义,见 Cloud 1991。

② 严格说来,《终成眷属》最后一幕中的提证是由狄安娜和海伦共同完成的,前者为后者提供了在结尾时引入的线索。

③ *Julius Caesar*, TLN 1631, p.693(3.2.242).

节奏,莎士比亚的选择是推进安东尼演说所立刻引发的暴力行动:

> 市民乙　去点起火来。
> 市民丙　把凳子拉下来烧。
> 市民丁　把椅子、窗门,什么东西一起拉下来烧。①
> 　　　　　　　TLN 1636—1638, p. 693(3.2.247—249)

安东尼也并不认为还有什么其他要说的。他自己想要的正是暴动,他在结尾指出:"现在让它闹起来吧;一场乱事已经发生,随它怎样下去吧。"②

还有一出戏中莎士比亚也采取了这种方式处理正式总结。在《威尼斯商人》的第四幕中,鲍西娅成功地对夏洛克的主张进行了反驳,后者认为自己的请求属于司法争议,随后案子迅速推进。公爵准许饶夏洛克一命,安东尼奥则请求他没收夏洛克的部分财产充公,自己则可以使用属于他的那部分。安东尼奥还进一步要求夏洛克皈依基督教,死后将自己的遗产赠予洛伦佐和杰西卡。最终,败诉的夏洛克答应了这些条件,离开法庭。作为法官的公爵需要采用相匹配的严肃总结作为结尾。不过,当夏洛克要求将馈赠契约送给他签署时,公爵的回答是:"去吧,可是临时变卦是不成的。"③然后他马上转向饱学的青年博士巴尔萨泽:"先生,我想请您到舍间去用餐。"④鲍西娅借口拒绝,谎称她必须立刻返程回到帕度亚。公爵礼貌地表达了自己的遗憾:

---

①　同前文一样,我参照的是第一版对开本中对平民的标号。见 Shakespeare 1996, *Julius Caesar*, TLN 1795—1797, p. 731。
②　*Julius Caesar*, TLN 1639—1640, p. 693(3.2.250—251)。
③　*The Merchant of Venice*, TLN 2203, p. 504(4.1.393)。
④　*The Merchant of Venice*, TLN 2207, p. 504(4.1.397)。

十 总结陈词与诉诸常言

> 您这样匆忙,不能容我略尽寸心,真是抱歉得很。
> 安东尼奥,谢谢这位先生,
> 你这回全亏了他。
>
> TLN 2211—2213,p.504(4.1.401—403)

这一刻,公爵可以发表一段围绕正义、仁慈、宽宏大量和感恩等相关主题的总结来警醒世人,不过鲍西娅已经让观众领会过大量与此相关的常言,再来一段人们已经见识过的雄辩演说对莎士比亚而言也毫无用处。公爵在提醒安东尼奥巴尔萨泽博士是如何有恩于他后,便同随从一起下场。

如果再回顾一下前文已经讨论过的其他法庭情节将会发现,无一例外,在原告或被告发表提证或反驳之后,法官都会随即发表崇高风格的总结。第一部采用这种模式的作品就是《罗密欧与朱丽叶》。当劳伦斯神父的陈述被确认后,亲王上前一步发表了一段与之相应的悲观总结,从蒙太古和凯普莱特家族的世仇说起。备忘录中有大量关于这种敌意破坏公民和平的记载。布拉格指出,"和谐使万物生长",冲突让"伟大事物荒废、破坏殆尽"。[1] 林也认为,"国家公民通过和谐维系现状(state),仇恨则使其被破坏",[2] 还认为"和谐使万事万物增长,冲突使伟大事物凋零衰败"。[3] 当亲王发表演说时,他心中所想便是这些:

> 这两家仇人在哪里? 凯普莱特! 蒙太古!

---

[1] Blague 1572, p.34.
[2] [Ling] 1598, fo.7^v.
[3] [Ling] 1598, fo.8^r.

> 瞧你们的仇恨已经受到了多大的惩罚，
> 上天借手于爱情，夺去了你们心爱的人；
> 我为了忽视你们的争执，也已经丧失了一双亲戚，
> 大家都受到惩罚了。
>
> TLN 2980—2984, p. 412(5.3.291—295)

和《终成眷属》中的伯爵夫人一样，亲王给备忘录中的陈词滥调披上了新的外衣。欢愉属于死去的年轻情侣，上天对两个家庭的惩罚便是他们的子女为爱而死。不过，就演说的实质内容而言，亲王止步于遵循修辞学原则，认为唤起听众情感的最佳办法就是高声重复类似的看法。这样一来，他的言论并未超出已经被反复讨论的一个论题，它最初由萨卢斯特提出，认为公民冲突将不可避免地给所有人带来灭顶之灾。[①]

在做出初步判断之后，亲王总结的第二部分为整部戏画上了句号。他指出，悲剧最终促使蒙太古和凯普莱特家族达成和平宣言。不过，正如备忘录通常指出的，这种结果远非幸福的结局，甚至连长久稳定都不太可能。柯根警告读者"争端越是历史悠久，破坏就越是巨大"，[②]林也指出，"无辜者鲜血所带来的和平最是无用"。[③] 当公爵发表他声情并茂的结论，朗诵十四行诗的最后六行时，他脑中闪过的就是这些看法：

> 清晨带来了凄凉的和解，

[①] 布拉格和林所参考的主题源自萨卢斯特的《朱古达战争》(*Bellum Iugurthinum*)。见 Sallust 1931, X. 6, p. 148: 'concordia parvae res crescunt, discordia maxumae dilabuntur'。
[②] Cogan 1577, p. 106.
[③] [Ling] 1598, fo. 7ʳ.

> 太阳也惨得在云中躲闪。
> 大家先回去发几声感慨,
> 该恕的该罚的再听宣判。
> 古往今来多少离合悲欢,
> 谁曾见这样哀怨辛酸!
>
> TLN 2994—2999, p. 412(5.3.305—310)

虽然相互仇视的两大家族许诺会和平共处,但最后两句诗谈到的并非对未来的憧憬,而是刚刚落幕的悲剧,整部剧的结尾既符合修辞学惯例,又充满悲伤氛围。

同样采用经典总结为法庭情节画上句号的还有《奥瑟罗》的第一幕。当苔丝狄蒙娜确证自己对奥瑟罗的爱后,勃拉班修的指控便被驳回。他沉浸于悲伤之中,却找不到法律途径扭转局面,唯一能做的就是想办法接受失败。备忘录提出了不计其数的盲目乐观的建议。它们指出,如果发生不幸,至少它能使你认识到自己的位置。① 当然,它们最主要的警告是,倘若你任由悲伤左右,事情将会更糟。柯根提醒大家"心态放轻松",②林则表示"向悲伤低头便会使悲伤延续"。③ 与此同时,他们还要求尽可能保持耐心。布拉格记载的说法是"智慧之人能忍必然之事",④鲍德温则说"智慧之人应有的一种美德"是"他能忍受"。⑤ 据说还应该保持刚毅。"耐心,"热尔贝格乌斯解释说,"是

---

① 例如,见[Ling] 1598, fo. 121ʳ。Dent 1981, p. 261 指出凡事做好最坏打算是一句谚语。
② Cogan 1577, p. 22 引用 *Ecclesiasticus* 38.20。
③ [Ling] 1598, fo. 159ᵛ。这是一句法语谚语。见 Delamothe 1595, p. 43:"宽慰悲伤便是让悲伤重生一遍。"
④ Blague 1572, p. 129。
⑤ Baldwin 1579, fo. 149ʳ。

一种高尚的征服方式,隐忍之人就是胜利之人。"① 林尤其强调表现得毫不在意的重要性。在"耐心"的标题下说"厄运最甜美的救赎便是耐心,没有什么比在悲惨境遇中心如止水更能报复时运",②而在"时运"的标题下他说,"凭借坚决和勇气漫不经心地跨越时运的十字路口,就是对它的骄傲最大的制约"。③

威尼斯公爵在安慰勃拉班修时想到的就是这些说法。他一开始便表示自己将对他"说几句话",并且这是在两重意义上进行的。④ 他已经对动因给出了裁定,告诉勃拉班修"木已成舟,不必懊恼"。⑤ 现在他在结论中使用鼓励的"语句"为审判结尾:

> 眼看希望幻灭,厄运临头,
> 无可挽回,何必满腹牢愁?
> 为了既成的灾祸而痛苦,
> 徒然招惹出更多的灾祸。
> 既不能和命运争强斗胜,
> 还是付之一笑,安心耐忍。
> 聪明人遭盗窃毫不介意;
> 痛哭流涕反而伤害自己。
>
> TLN 487—494, p.934(1.3.200—207)

---

① Germbergius 1577, p.159: 'Nobile vincendi genus est partientia: vincit, qui partitur'. 参见 Baldwin 1579, fo.148ᵛ。
② [Ling] 1598, fo.60ʳ。
③ [Ling] 1598, fo.113ʳ。类似的思考也见[Bodenham] 1600, pp.100, 151。
④ *Othello*, TLN 484, p.934(1.3.197)。
⑤ *Othello*, TLN 458, p.934(1.3.171)。

同《终成眷属》中的伯爵夫人、《罗密欧与朱丽叶》中的亲王一样，公爵遵循修辞学原则，认为成功唤起情感的最可靠办法就是借助听众熟悉的意象或看法。于是，尽管诗句气势宏伟，他的演说内容同样毫无新意。

最后再看看《终成眷属》最后一场戏中发生在宫廷的冲突。当海伦证明了自己关于贝特兰在不知情的情况下与她同床的主张后，贝特兰似乎最终接受了她的爱，于是便轮到法国国王发表一段欢庆总结。如果某些中途穿插的苦痛能够被克服，那么幸福结局将会更加幸福，这是札记簿中经常出现的内容，在海伦这里也是如此。在"心满意足"的标题之下，林总结了一条格言，"平静的结尾便是心满意足的开始，悲惨之后永远跟随着幸福欢愉"。① 梅热尤为关注这种否极泰来的话题，记录了许多条相关格言警句。其中一条向读者保证"艰难开局后便是巨大的愉悦"，②另一条则认为"吃得苦中苦，方得最甜蜜之果实"。③

当法国国王面对狄安娜发表演说作为戏剧结尾时，他所想的便是如此：

> 让我们听一听这故事的始终本末，叫大家高兴高兴。
> 你倘然果真是一朵未经攀折的鲜花，
> 那么你也自己选一个丈夫吧，我愿意送一份嫁奁给你；
> 因为我可以猜到多亏你的好心的帮助，

---

① ［Ling］1598, fo. 210^r.
② Meres 1598, fo. 208^v.
③ Meres 1598, fo. 208^v. 背后的谚语当然是(用海伍德的说法)"结局好才是真的好"（all is well that endeth well）。见 Heywood 1546, Sig. C, 3^v。Dent 1981, p. 48 指出了更早的例子。

这一对怨偶才会变成佳偶,你自己也保全了清白。

这一切详详细细的经过情形,等着我们慢慢儿再谈吧。

正是:

　　团圆喜今夕,艰苦愿终偿,

　　不历辛酸味,哪来齿颊香。

TLN 2845—2854, p.998(5.3.314—323)

国王的发言采用了宏伟风格的押韵对偶句,赞美狄安娜动因的正直诚实。不过,同《奥瑟罗》中的公爵一样,他也并未超越演说所依赖的常言智慧。更糟糕的是,他似乎都无法确定,苦难的过去是否已经结束,所有人是否都可以生活在幸福的当下。他至多只能说,似乎一切看上去都很好,戏剧就在这种疑云密布、悬而未决的氛围中收尾了。①

从常言手册到陈词滥调

莎士比亚似乎通常都十分反感断然决绝的状况,这或许也有助于解释他为何倾向于避免明确的总结与司空见惯众人皆知的备忘录语句。他进行写作的年代同样也是这样一个时代,对申论的搜寻以及根据其权威进行推理的做法开始被质疑,有许多迹象表明,他或许也在某种程度上抱有这些疑问。尽管哈姆莱特随身携带着记录板,但言语之间对这种手册通常包含的那种智慧不甚热情。戏剧开始后不久,当

---

① 对这些结局时刻以及其中所出现的歧义,见 Donaldson 1977, pp. 48—49, 53—54; Lewis 1990, pp. 165—167。

十 总结陈词与诉诸常言

克劳狄斯和葛特露试图说服他接受自己因父亲之死过度悲痛的看法时,他就表达了自己的怀疑。需要展示多少悲痛才合适这个问题是备忘录编纂者十分关注的话题,他们通常的看法是,哀悼太久是懦弱甚至不虔诚的表现,而克劳狄斯对此是明确认可的。他们的主要理由是,死亡无处不在,因此不应该给它任何的特殊关注。在"死亡"的标题下,这种看法被反复而乏味地重申:"毫无疑问万物皆有一死";"我们必定都会死";"死亡是常有之事";"凡活着的,都必会死去"。① 葛特露也督促哈姆莱特"别再悲伤了",②还试图援引相关论题来安慰他:"众人皆晓凡人必有一死。"③哈姆莱特的回答显得有些无动于衷:"是啊夫人,确实如此。"④诚然,死是常有之事,但这种总结是如此地老生常谈,以至于完全失去了力量。

本书主要探讨的一种观点就是,司法主张的说服力部分取决于它们在演说中的具体位置。假如这种看法成立,那么葛特露的申论虽然并不出现在司法语境中,但依旧显得单调无聊,这就并不令人讶异了。不过,有时候莎士比亚所质疑的似乎是,无论常言被放在演说的何种位置,都毫无价值可言。对这个问题最明确的表述出现在《奥瑟罗》的第一幕中,公爵发表了总结,鼓励勃拉班修在面对伤悲时表现得坚毅一些。他的发言旨在结束对奥瑟罗的审判,但是勃拉班修拒绝接受整个程序已经完成。公爵表达了自己明显带有鼓励意味的看法后,勃拉

---

① Blague, 1572, p. 113; Marbeck, 1581, p. 294; Mirandula 1598, p. 502; [Bodenham] 1600, p. 232. 参见 Donker 1992, pp. 133—134,其中指出,伊拉斯谟的《愚人颂》(*Declamatio de morte*)中讨论了同样的话题。
② *Hamlet*, TLN 224, p. 739(1.2.68).
③ *Hamlet*, TLN 228, p. 739(1.2.72).
④ *Hamlet*, TLN 230, p. 739(1.2.74).

班修立刻坚决反对,认为这种陈词滥调的申论安抚不了任何人。① 莎士比亚通常会避免插入拖延剧情发展的内容,但是在这里,他有意插入了一段总结,暂停了剧情发展,勃拉班修回应公爵雄浑的对偶句,对其中的自鸣得意之情加以反驳:

> 那感激法官仁慈的囚犯,
> 他可以忘却刑罚的苦难;
> 倘然他怨恨那判决太重,
> 他就要忍受加倍的惨痛。
> 种种譬解虽能给人慰藉,
> 它们也会格外添人悲戚;
> 可是空言毕竟无补实际,
> 几曾有好听话送进心底?
>
> TLN 497—504, p.934(1.3.210—217)

勃拉班修语带不屑地反驳道,公爵说的"几句话"对他来说毫无用处。就常言理论的两个主要观点而言,他首先认为,正如修辞学家所承认的,这些格言警句在争端双方都能采用的意义上是共同的。不过,勃拉班修指出,如果它们是"对两方都有利的",那么便很难说它们能提供任何明确的帮助和支持。另一种看法也同样成问题,光凭言辞无法揭开内心的伤疤并加以治愈。勃拉班修鄙夷地表示,言辞不过是言辞而已,几乎对整个常言理论表示鄙夷。

就在同一时期,越来越多的人开始表达和勃拉班修一样的怀疑。

---

① 相关讨论见 Nicholson 2010, pp.75—76。

十　总结陈词与诉诸常言

蒙田在他的《常识论》(1603年约翰·弗罗瑞奥的译版)中用令人难以忘怀的讽刺表示"这些常言语录虽然庞杂,但至多不过是'可笑的学习成果'",创造出"其内容既非经过研究也无法被理解的书籍"。他斩钉截铁地抨击这种行为是"软弱、孩子气和荒唐的"。①艾蒂安·莫里奈在他的《基督国家镜鉴》(*Mirrour for Christian States*)中同样也表示了对"试图以此来掩盖明显缺陷"的修辞学"修饰"的反对,包括使用"引用的常言放在贫瘠无味的话语中"。②神职人员尤其被要求避免使用通常用来表达常言的那种浮华又模棱两可的话语。约翰·达夫在出版于1601年的讨论离婚的论文中就警告,"真正的布道并不需要借用常言,依靠冗长乏味的演说",而老安东尼·奥诺得(the elder Antonie Arnauld)在他攻击耶稣会会士的作品(1602年被译成英文)中斥责他们"大量使用被广泛接受的常言说法",并借此拒绝进行争论"表明立场"。③一代人以后,约翰·多恩在布道词中言语更加不屑,认为"常言收集者"仅仅搜罗"只言片语","根据自己的目的"进行拼凑。④

这些质疑迅速扩展为对整个修辞学谋篇开题的批判。常言理论曾经依赖的假设是,法律和政治论辩的目的应当是"开题"并运用被认为最有说服力的主张。这种认为根据世所公认的原则提出主张十分重要的看法,如今面对着强烈的攻击。其中最具破坏性的进攻来自托

313

---

①　Montaigne 1603, Bk. 3, ch. 12, p. 629.
②　Molinier 1635, p. 345. 对莫里奈及其教堂演说的讨论,见 Bayley 1980, esp. pp. 91—98。
③　Dove 1601, Sig. A, 8ʳ; Arnauld 1602, p. 79.
④　Donne 1953—1962, vol. VI, p. 56. 对这段话的讨论见 Ettenhuber 2011, p. 50。在本·琼森的《打油诗人》中,杰克·道(Jack Daw)将亚里士多德贬低为一个"满嘴常言的家伙",其中的立场与之类似,见 Jonson 1620, Sig. D, 3ᵛ。

马斯·霍布斯出版于 1640 年的《法律要义》。① 霍布斯对教授真理和仅仅说服人们接受信条做了基本划分。当作家的原则是"那些已被广泛接受的观点"时,他们就仅仅是在说服,因此只需要"使用学过的格言,援引各种权威",而非运用科学的推理方法来找到新的真理。② 霍布斯认为,采用这种修辞风格来为主张"开题",继而"用惯常话语来进行推理"不再是一种有效的论证类型。③ 如果说要遵循某种"开题"程序,那么它并定不是要去发现某些现成的东西,而是发现或设计崭新的行事方式。从讨论对字母表顺序的开题到后来出版的开题,霍布斯是最早反复在这种意义上使用"开题"一词的作家之一。④ 一旦这种新的开题观开始被接受,修辞术开题在英国教育中所扮演的关键角色就难以为继了。本书所讨论的文艺复兴文化史篇章也最终到了尽头。

---

① 霍布斯对修辞术开题理论的抨击,见 Skinner 1996, pp. 257—267 以及 Bassakos 2010。关于反对修辞术的进一步反思见 Vickers 1988, pp. 196—213; Skinner 2002b; Mann 2012, pp. 201—218。
② Hobbes 1969 [1640], 13, 3—4, pp. 66—67.
③ Hobbes 1969 [1640], 13.4, p. 67.
④ Hobbes 2012 [1651], vol. 2, ch. 4, p. 48.

附录：
《终成眷属》的创作时间

过去人们通常认为,《终成眷属》的最终完成时间是 1603 年或 1604 年。① 后来又有许多研究者认为 1605 年才是正确的时间。② 如今,这两种判断都受到质疑。质疑首先来自麦克唐纳·杰克逊 2001 年刊登在《调查与发现》(*Notes and Queries*)上的一篇文章,指出"《终成眷属》的创作时间不可能早于 1606 年中"。③ 2012 年,劳里·马奎尔和艾玛·史密斯(Emma Smith)在讨论《终成眷属》作者身份的文章中指出,"杰克逊做出的 1606 年之后的时间推断正在获得广泛接受"。④ 韦尔斯和泰勒在两人负责的修订版《莎士比亚全集》中提出了

---

① 将 1603 年视为完成时间,见 Chambers 1930, vol. 1, p. 451; Bullough 1957—1975, vol. 2, p. 375。对该判断的支持,见 Blakemore Evans 1997, pp. 85, 536,以及 Leggatt 2003, p. 11。认为时间是 1604 的研究,见 Hunter 1959, p. xxv。其中的例外是 Haley 1993, pp. 9, 256,认为完成时间是 1600 年,Melchiori 1994, p. 443 则认为是 1602 年。
② 认为完成时间是 1605 年的研究,见 Fraser 1985, p. 5; Wells and Taylor 1987, pp. 126—127; Snyder 1993, pp. 23—24。这也是 Greenblatt 1997, p. 3386 所认可的判断。
③ Jackson 2001, p. 299.
④ Maguire and Smith 2012a, p. 13.

新的时间推断,也就是1607年。① 乔纳森·贝特和埃里克·拉斯穆森在两人主编的2007年的版本中,则认为这部作品的写作时间是1606年。② 凯瑟琳·亚历山大在2009年出版的莎士比亚晚期剧作集中明确表示《终成眷属》创作于1607年。③ 洛伊斯·波特在2012年出版的传记中提到,这出戏的创作时间被修正过,她提醒读者注意杰克逊的研究,并且在关于1606—1609年的章节中讨论了《终成眷属》。④ 马圭尔和史密斯对近来关于这部戏剧创作时间的转移趋势十分热心,正如他们所说,"从1602年至1603年变成了1606年至1607年(甚至更晚)"。⑤ 两人的判断可能有点过头,因为几乎没有人为早于1603年或晚于1607年的完稿时间辩护。即使如此,当布莱恩·维克斯和马库斯·达尔(Marcus Dahl)提出质疑时,马奎尔和史密斯理直气壮地表示,两人简直是"老古董","死守老旧的日期(1604年而非1607年或之后)"。⑥

马奎尔和史密斯提出的日期是同两人的另一项主张联系在一起的,他们认为《终成眷属》是莎士比亚和托马斯·米德尔顿合写的,作为一部合著,它的创作日期似乎比过去认为的要晚。不过,合著说在维克斯和达尔的质疑前似乎站不住脚,两人表示,《终成眷属》完全是莎士比亚的作品。⑦ 于是,我们又回到杰克逊当初的提议上,这部作品

---

① Shakespeare, 2005, p. x.
② Bate and Rasmussen 2007, p. 587.
③ Alexander 2009, p. xiii.
④ Potter 2012, pp. 335, 358.
⑤ Maguire and Smith 2012a, p. 13.
⑥ Maguire and Smith 2012b, p. 6.
⑦ 他们在 Times Literary Supplement 5693(11 May 2012)中进行了回应,不过,完整的证据陈述见英语研究学院网站 http：//www. ies. sas. ac. uk/about-us/news/middleton-and-shakespeare。

附录:《终成眷属》的创作时间

不可能写于 1606 年中之前。杰克逊的讨论主要围绕的是第二幕中的内容,其中帕洛夸耀他给"斯普瑞奥上校"的左脸留下了一道疤。① 杰克逊认为,莎士比亚在世时,出现过斯普瑞奥这个名字的唯一一部作品就是托马斯·米德尔顿的《复仇者的悲剧》(*The Revenger's Tragedy*),并且推测"如果某位剧作家受他人影响将斯普瑞奥这个名字用在英国舞台上,那么受益者必定是莎士比亚"。② 杰克逊指出,米德尔顿作品的创作和首演时间是 1606 年春。因此他得出结论,认为《终成眷属》的创作不可能早于这个时间。

然而,没有理由认为莎士比亚必定是从另一位作家处借鉴了斯普瑞奥这个名字,而非自己创作出来的。因为这个名字显然是个笑话,所以这种推测更有可能性。拉丁文的 spurius,意大利语的 spurio,意思大致是"私生子"。托马斯·库珀在 1565 年出版的《拉丁语英语词典》第一版中就将 spurius 定义为"平民女性所生;出身低贱;不知生父是何人"。③《词汇大世界》(*A Worlde of Wordes*)是约翰·弗洛里奥出版于 1598 年的一本意大利语英语词典,在界定 spùrio 时采取了类似的定义:"娼妓的孩子、不知生父是谁、私生子、出身低贱"。④

这个笑话还有另一层含义,更能证明莎士比亚必定是自己想出了这个名字。对他来说,这个词是评价帕洛这个角色的好办法。在莎士比亚那个时代,spurious 这个词的第二种用法是指代伪造或虚假的事物。库珀将"赝品"列为其第二种含义,⑤弗洛里奥也认为这个词"被

---

① *All's Well That Ends Well*, TLN 600—601, p. 975(2.1.41).
② Jackson 2001, p. 299.
③ Cooper 1565, Sig. 6A, 3ʳ.
④ Florio 1598, p. 393. 也见 Perceval 1599, p. 224。
⑤ Cooper 1565, Sig. 6A, 3ʳ.

411

用来指代伪造品"。① 海伦在《终成眷属》第一场戏中曾提醒观众,帕洛是"臭名昭著的骗子"和"懦夫"。② 莎士比亚似乎在通过斯普瑞奥这个名字警告观众,受伤的上校很有可能只是帕洛的想象。③ 帕洛显然是个撒谎成性的人,用本·琼森在《打油诗人》(*Poetaster*)中评论克里斯庇努斯的话来说,他浮夸的打扮和造作的谈吐可以说是"粗鄙下贱"。④

即使假设接受杰克逊的未经论证的看法,认为莎士比亚不可能自己编出这个名字,而是从其他地方借用而来。依旧没有理由得出结论,推断他必定是从米德尔顿那里借鉴的。《终成眷属》中大部分角色的出处都是威廉·佩因特于1566年出版的《愉悦宫殿》。这部作品收录了三十八篇故事,⑤莎士比亚只需要翻翻这本书的前面部分,找到第五个故事,这个故事来自李维的记载,讲述了弗吉尼亚惨遭阿庇乌斯·克劳狄斯蹂躏的悲惨经历。在故事开头,他就会发现斯普瑞奥这个名字,其中首字母S的木刻版明晰又醒目。⑥ 他毫不费力便能看到。

更可靠的资料是亚历山大·希尔维的雄辩词集,1596年,那扎鲁·皮奥特以《论演说家》为标题翻译和出版了这部作品。⑦ 希尔维第九十五篇演说的完整标题是:"一位犹太人,一位基督徒欠他一磅肉。"⑧莎士比亚在创作《威尼斯商人》时借用了这个提法,数次仿效皮

---

① Florio 1598, p. 393.
② *All's Well That Ends Well*, TLN 100—101, p. 970(1.1.88—89).
③ 类似的看法见 Potter 2012, p. 337。
④ Jonson 1602, Sig. M, 3^v.
⑤ Painter 1566, fos. 95^r—100^v.
⑥ Painter 1566, fo. 13^r.
⑦ Silvayn 1596.
⑧ Silvayn 1596, p. 400.

奥特的描写。① 如果他曾经在阅读这部作品时翻到第五篇演说,必定会看到这篇的标题:"斯普瑞斯·塞尔维努斯,人民指控他作战时胆小懦弱,他为自己辩护。"②帕洛也面临作战时胆小懦弱的指控,当他的勇气经历考验后,观众发现他是个彻头彻尾的伪君子。

　　人们可能会质疑,以上两条理由中我所提到的名字都是斯普瑞斯(Spurius)而非斯普瑞奥(Spurio)。不过,莎士比亚曾经多次从各种文献中借用拉丁文名字将其翻译成意大利语再使用。《罗密欧与朱丽叶》就是如此,剧中绝大多数角色都来自1562年亚瑟·布鲁克创作的诗文。其中男主角名叫罗密欧斯(Romeus),莎士比亚将其翻译成罗密欧(Romeo)。③《奥瑟罗》中也有类似的情况,其中一些细节取自理查德·诺尔斯出版于1603年的《土耳其通史》。诺尔斯记载了威尼斯舰长安吉鲁斯·索瑞安鲁斯(Angelus Sorianus)④进攻塞浦路斯时的故事。⑤ 莎士比亚将其改造成安哲鲁大人(Signior Angelo),他收到的消息称土耳其人可能会进攻罗德岛。⑥《终成眷属》中同样如此。莎士比亚所借鉴的作品中说的是斯普瑞斯,但帕洛曾经明确表示他与上尉是在意大利相遇的,⑦莎士比亚于是将斯普瑞斯翻译成了斯普瑞奥。

　　总而言之,就杰克逊对斯普瑞奥这个名字的推测而言,找不到理由认为《终成眷属》这部作品的创作时间晚至1606年甚至更晚。那么,这部戏剧应该是何时创作的呢?在我看来,综合考虑各种证据,最

---

① Silvayn 1596, pp. 401, 402.
② Silvayn 1596, p. 34.
③ Brooke 1562.
④ Knolles 1603, p. 839.
⑤ Bullough 1957—1975, vol. 7, p. 262 及注释。
⑥ *Othello*, TLN 300—302, p. 932(1.3.14—16).
⑦ *All's Well That Ends Well*, TLN 585, 599—601, pp. 974—975(2.1.26, 40—41).

有可能的依然是杰克逊提出自己的假设之前,人们广泛认可的判断:《终成眷属》必定创作于 1604 年下半年,或者是 1605 年初。

在提出我的证据之前,我想指出采取这种更早的创作时间的意义。这样一来,近来人们重点强调的《终成眷属》与所谓莎士比亚晚期的言情小说之间的关联就不再成立了,[1]而应当重新将其与《奥瑟罗》和《量罪记》联系起来,通常认为,后两部作品的创作时间都是在 1603 年和 1604 年之间。[2] 证明《终成眷属》大约创作于同一段时间的证据有很强的说服力,内容也十分丰富。首先要记住,三种风格检测作为整体被运用在这些经典作品的分析上。艾略特·斯莱特发表于 1977 年的词汇分析研究将《终成眷属》与莎士比亚其他的戏剧联系在一起。在他所使用的两类测试中,一项测试表明《特洛伊罗斯与克瑞西达》与《量罪记》之间存在显著的统计学关联,另一项测试则指出,联系最紧密的当属《量罪记》和《奥瑟罗》。[3] 其次,约翰·菲奇在 1981 年发表的对全部的素体诗中感情停顿的统计学研究,[4]细化和修正了 1930 年钱伯斯的开创性分析。[5]《奥瑟罗》和《终成眷属》两部作品的百分比几乎一致。[6] 最后,威尔斯和泰勒发表于 1987 年的诗文口语研究再次证明,与《终成眷属》创作时间最接近的作品是《量罪记》。[7]

以上的语言学测试都指向一个结论:《终成眷属》的创作时间必

---

[1] 例如,见 McMullan 2009, p. 10; Altman 2010, pp. 39—41; Maguire and Smith, 2012a, p. 13。
[2] 参考书目见本书第二章,页 74 脚注,页 75,脚注①。
[3] Slater 1977, pp. 109—112.
[4] Fitch 1981, pp. 289—307.
[5] Chambers 1930, vol. 2, pp. 401—402.
[6] Fitch 1981, p. 300.
[7] Wells and Taylor 1987, pp. 101—106, 127.

附录:《终成眷属》的创作时间

定晚于,但仅仅是稍晚于《量罪记》。① 现在,如果再回忆一下两部戏剧的情节安排,便会发现更多的证据。两部剧的剧情都围绕着床上把戏展开,受害者一方真相大白是结局的主要内容。另一重类似之处是,在两部作品中,都出现了一位名叫玛丽安娜的人物对男人的不忠进行点评。② 此外,诸如艾斯卡鲁斯、洛德维克等在《量罪记》中的主要人物名同样出现在《终成眷属》中,仿佛莎士比亚在创作时参考的是同一批资料。③ 最重要的事实是,在这两部戏剧和《奥瑟罗》中,剧情设计都受到修辞学对"格物型"和"司法型"动因进行开题的古典理论的巨大影响。关于最后这一点还需要多说两句。

正如本书试图证明的,《奥瑟罗》中出现了两项不同的"格物型"动因。在第一幕中,勃拉班修试图确认自己的推测,认为奥瑟罗必定在苔丝狄蒙娜身上施了法术。而第三幕中,伊阿古则劝说奥瑟罗相信自己捏造的推测,认为苔丝狄蒙娜与凯西奥之间有奸情。在《量罪记》中,莎士比亚处理的则是"司法型"动因,运用古典规则为两场关键剧情搭建结构。第二幕中,伊莎贝拉来到安哲鲁面前起诉一项格物型动因,第五幕中,她向公爵提出的动因被她界定为司法争议的绝对类型,她指控安哲鲁滥用职权,试图为自己的指控确立正当性。

除了一个特例之外,在莎士比亚创作于詹姆士一世时期的所有戏剧中,没有其他作品表现出了对法庭雄辩术古典原则的类似关注。这个特例就是《终成眷属》,在这部作品中,这些规则的运用方式与《奥瑟

---

① 这本身似乎已经足以驳斥 Haley 1993 中所提出的 1600 年这个完成时间。
② 正如 Walker 1982 所指出的。
③ 伊斯卡鲁是《量罪记》中安哲鲁的副手。这个名字的再次出现,见 *All's Well That Ends Well*, TLN 1570, p. 985(3. 5. 70)。洛德维克是《量罪记》中公爵的名字,它的再次出现,见 *All's Well That Ends Well*, TLN 1318, p. 909(3. 1. 200)。玛丽安娜这个名字见 *Measure for Measure*, TNL 1318, p. 909(3. 1. 200)和 *All's Well That Ends Well*, TLN 1502, p. 984(3. 5. 8)。

罗》和《量罪记》相同,只不过较后两者远为复杂。在第一幕中,管家提出了一个格物争议,就海伦郁郁寡欢的原因给出了伯爵夫人能够确认的揣测。在第五幕中,狄安娜和她的母亲觐见法国国王,向他提出了另一项司法争议,这个绝对型动因指控的正是贝特兰伯爵。与此同时,国王则提出了另一项格物争议,在结尾处发出了自己对贝特兰如何获得海伦指环这个谜团的疑问。

坚信莎士比亚在1606年(甚至更晚)创作了《终成眷属》便意味着,在1603年至1604年之间通过《奥瑟罗》和《量罪记》展现出令人目眩神迷的司法修辞术技巧之后,莎士比亚在数年之间都对这种技能在戏剧创作中的可能性全然丧失了兴趣,其间只是在创作《终成眷属》时又运用了同样的技巧,随后又再次陷入冷漠。比起认为三部作品创作时间大致相同,当时莎士比亚对法庭雄辩术理论十分着迷的判断,这种看法的可能性显然更低。

如果将以上分析与本文所列举的其他证据结合起来进行思考,所得出的结论便与1959年雅顿版《终成眷属》早已做出的判断大致相同:《量罪记》和《终成眷属》"显然是双生子"。① 这个比喻有些言过其实,毕竟没人会相信两部作品是同时创作的。不过,两者显然有密切的关联,或许可以推测,莎士比亚必定是在同一段时间内进行构思的。我的结论是,《量罪记》的创作或许紧随《奥瑟罗》之后,《终成眷属》的创作或许紧随《量罪记》之后,它的完成时间是1605年初。②

---

① Hunter 1959, p. xxiii.
② 这篇附录是根据 Skinner 2013 写作的,感谢来自《调查与发现》(Notes and Queries)编辑以及牛津大学出版社的授权。

参考文献

一手资料

Adlington, William (1566). *The xi. bookes of the Golden asse... enterlaced with sondrie pleasaunt and delectable tales*, London.
Arber, Edward (1875–94). *A Transcript of the Registers of the Company of Stationers of London; 1554–1640AD*, London.
Aristotle (1926). *The 'Art' of Rhetoric*, trans. John Henry Freese, London.
Arnauld, Antoine (1602). *A Discourse*, trans. William Watson, London.
Aubrey, John (1898). *Brief Lives, chiefly of Contemporaries*, ed. Andrew Clark, 2 vols, Oxford.
Augustine, Saint (1610). *St. Augustine, Of the Citie of God*, trans. John Healey, London.
Baldwin, William (1579). *A treatise of morall philosophy contaynynge the sayinges of the wyse, ... whose woorthy sentences, notable preceptes, counsailes, parables and semblables, doe hereafter followe*, London.
[Baxter, J.] (1600). *A toile for two-legged foxes Wherein their noisome properties; their hunting and unkenelling, with the duties of the principall hunters and guardians of the spirituall vineyard is livelie discovered*, London.
Blague, Thomas (1572). *A schole of wise Conceytes ... set forth in common places by order of the Alphabet*, London.
[Bodenham, John] (1600). *Bel vedere or the Garden of the Muses*, London.
Brinsley, John (1622). *A Consolation for our Grammar Schooles*, London.
Brooke, Arther (1562). *The Tragicall Historye of Romeus and Juliet*, London.
Butler, Charles (1598). *Rhetoricae Libri Duo Quorum Prior de Tropis & Figuris, Posterior de Voce & Gestu Praecipit*, Oxford.
Caius, John (1576). *Of Englishe Dogges*, trans. Abraham Fleming, London.
Campion, Thomas (1602). *Observations in the Art of English Poesie*, London.
Castiglione, Baldassare (1612). *De Curiali Sive Aulico, Libri quatuor*, London.
——(1994). *The Book of the Courtier*, ed. Virginia Cox, London.
Cawdray, Robert (1600). *A Treasurie or store-house of Similes ... Newly collected into Heads and Common places*, London.
Chapman, George (1594). *The Shaddow of Night: Containing Two Poeticall Hymnes*, London.
——(1611). *The Iliads of Homer Prince of Poets*, London.

Chapman, George (1614). *Homer's Odysses*, London.
Churchyard, Thomas (1579). *A generall rehearsall of warres*, London.
Cicero, Marcus Tullius (1481). *M. T. Ciceronis... Rhetoricae veteris liber I... rhetoricorum veterum liber ultimus... M. Tullii Ciceronis Rhetoricae novae ad Herenium*, Venice.
——(1539). *Rhetoricorum M. Tullii Ciceronis ad C. Herennium Libri IIII... Eiusdem M. Tullii Ciceronis de inventione rhetorica libri II*, Cologne.
——(1546). *Rhetoricorum ad C. herennium libri IIII. incerto auctore. Ciceronis De Inventione libri II*, Venice.
——(1550). *Rhetoricum ad C. Herennium libri Quattuor. Eiusdem M. Tullii Ciceronis de inventione rhetorica libri duo*, Cologne.
——(1570). *Rhetoricorum ad C. Herennium libri quatuor. M. T. Ciceronis de Inventione libri duo, Johannis Michaelis Bruti animadversionibus illustrati*, Lyon.
——(1574). *Rhetoricorum M. T. Ciceronis ad C. Herennium, Libri IIII... Eiusdem M. T. Ciceronis de Inventione Rhetorica, Libri II*, London.
——(1579a). *Rhetoricorum ad C. Herennium Libri Quattuor. M. T. Ciceronis De Inventione Libri Duo*, London.
——(1579b). *Orationum Marci Tul. Ciceronis*, London.
——(1579c). *De Officiis Libri Tres. Cato maior, vel de Senectute. Laelius, vel de Amicitia. Paradoxa stoicorum sex. Somnium Scipionis, ex libro de Rep.*, London.
—— et alii (1584). *Sententiae Ciceronis, Demosthenis, Ac Terentii*, London.
——(1942a). *De oratore*, trans. E. W. Sutton and H. Rackham, 2 vols, London.
——(1942b). *De partitione oratoria*, trans. H. Rackham, London.
——(1949a). *De inventione*, trans. H. M. Hubbell, London.
——(1949b). *Topica*, trans. H. M. Hubbell, London.
——(1962a). *Brutus*, trans. H. M. Hubbell, rev. edn, London.
——(1962b). *Orator*, trans. H. M. Hubbell, rev. edn, London.
Cockaine, Thomas (1591). *A Short Treatise of Hunting*, London.
Cogan, Thomas (1577). *The Well of Wisedome, conteining chiefe and chosen sayings... bestowed in usuall common places in order of A. B. C.*, London.
Cooper, Thomas (1565). *Thesaurus Linguae Romanae & Britannicae*, London.
Copie of a Letter, The (1588). London.
Cornwallis, William (1600). *Essayes*, London.
[Cosin, Richard] (1591). *An Apologie for Sundrie Proceedings by Jurisdiction Ecclesiasticall*, London.
Cox, Leonard (1532). *The Art or crafte of Rhetoryke*, London.
Crompton, Richard (1587). *Loffice & aucthoritie de Justices de Peace*, London.
Dalton, Michael (1622). *The Countrey Justice... Newly corrected and inlarged*, London.
Day, Angel (1592). *A Declaration of all such Tropes, Figures or Schemes, as for excellencie and ornament in writing, are specially used in this Methode*, London.
Delamothe, G. (1595). *The Treasure of the French toung. Containing the rarest Sentences... set in order, after the Alphabeticall maner*, London.

参考文献

Donne, John (1953–62). *The Sermons of John Donne*, ed. George R. Potter and Evelyn M. Simpson, 10 vols, Berkeley, CA.
Dove, John (1601). *Of divorcement*, London.
Elyot, Thomas (1531). *The boke named the Governour*, London.
——(1538). *The dictionary of syr Thomas Eliot knight*, London.
Erasmus, Desiderius (1569). *De duplici copia verborum, et rerum, Commentarii duo*, London.
[Fenner, Dudley] (1584). *The Artes of Logike and Rethorike*, Middelburg.
Fiorentino, Giovanni (1957). *Il pecorone*, trans. Geoffrey Bullough in *Narrative and Dramatic Sources of Shakespeare*, vol. 1, London, pp. 463–76.
Florio, John (1598). *A Worlde of Wordes, Or Most copious, and exact Dictionarie in Italian and English*, London.
Fraunce, Abraham (1588a). *The Arcadian rhetorike: or The praecepts of rhetorike made plaine by examples*, London.
——(1588b). *The Lawiers Logike, exemplifying the praecepts of Logike by the practise of the common Lawe*, London.
Gascoigne, George (1575). *The Noble Arte of Venerie*, London.
Germbergius, Hermann (1577). *Carminum Proverbialium . . . Loci Communes, in gratiam iuventutis selecti*, London.
Greene, Robert (1584). *The myrrour of modestie*, London.
——(1592). *Greenes, groats-worth of witte, bought with a million of repentance*, London.
Guazzo, Stefano (1581). *The civile conversation of M. Steeven Guazzo . . . translated out of French by George Pettie, devided into foure books*, London.
Guicciardini, Francesco (1599). *The Historie of Guicciardin . . . Reduced into English by Geffray Fenton*, London.
Harington, John (1591). *Orlando Furioso in English Heroical Verse*, London.
Heywood, John (1546). *A Dialogue conteinyng the number in effect of all the proverbs in the englishe tongue*, London.
——(1555). *Two hundred epigrammes, upon two hundred proverbes, with a thyrde hundred newely added*, London.
——(1566). *John Heywoodes woorkes*, London.
Hobbes, Thomas (1969). *The Elements of Law Natural and Politic*, ed. Ferdinand Tönnies, Introd. M. M. Goldsmith, London.
——(2012). *Leviathan*, ed. Noel Malcolm, 3 vols, Oxford.
Horace (2004). *Odes and Epodes*, trans. Niall Rudd, London.
Jonson, Ben (1602). *Poetaster or The Arraignment*, London.
——(1605). *Sejanus His Fall*, London.
——(1620). *Epicoene, or The Silent Woman*, London.
Kempe, William (1588). *The Education of children in learning: Declared by the Dignitie, Utilitie, and Method thereof*, London.
Knight, Edward (1580). *The triall of truth, wherein are discovered three greate enemies unto mankinde, as pride, private grudge, and private gaine*, London.
Knolles, Richard (1603). *The Generall Historie of the Turke*, London.

Lambarde, William (1592). *Eirenarcha: or of The office of the Justices of Peace . . . revised, corrected, and enlarged*, London.
[Ling, Nicholas] (1598). *Politeuphuia. Wits Common wealth*, London.
Lipsius, Justus (1594). *Sixe Bookes of Politickes or Civil Doctrine, . . . Done into English by William Jones*, London.
Livy (1919). *History of Rome Books I–II*, trans. B. O. Foster, London.
Longinus (1995). *On the Sublime*, trans. W. H. Fyfe, rev. Donald Russell, London, pp. 159–307.
Marbeck, John (1581). *A Booke Of Notes and Common places*, London.
[Markham, Gervase] (1595). *The Gentelmans Academie*, London.
Melanchthon, Philipp (1519). *De rhetorica libri tres*, Basel.
——(1539). *Rhetorices Elementa*, Lyon.
Meres, Francis (1598). *Palladis Tamia. Wits Treasury Being the Second part of Wits Common wealth*, London.
Mirabellius, Nanus (1600). *Polyanthea*, Lyon.
Mirandula, Octavianus (1598). *Illustrium Poetarum Flores . . . in locos communes digesti*, London.
Molinier, Etienne (1635). *A Mirrour for Christian States*, trans. William Tyrwhit, London.
Montaigne, Michel de (1603). *The Essayes Or Morall, Politike and Millitarie Discourses*, trans. John Florio, London.
Nashe, Thomas (1592). *Pierce Penilesse his Supplication to the Divell*, London.
Ovid (1582). *Metamorphoseon libri XV*, London.
——(1583a). *Fastorum Lib. VI. Tristium Lib. V. De Ponto Lib. IIII. In Ibim. Ad Liviam*, London.
——(1583b). *Heroidum Epistolae. Amorum Libri III. De arte amandi Libri III. De Remedio Amoris, Libri II*, London.
——(1996). *Fasti*, trans. James George Frazier, rev. G. P. Goold, London.
Painter, William (1566). *The Palace of Pleasure*, London.
Peacham, Henry (1577). *The Garden of Eloquence*, London.
——(1593). *The Garden of Eloquence . . . Corrected and augmented*, London.
Perceval, Richard (1599). *A dictionarie in Spanish and English, . . . Now enlarged and amplified*, London.
Philibert de Vienne (1575). *The Philosopher of the Court*, trans. George North, London.
Plato (2010). *Gorgias, Menexenus, Protagoras*, ed. Malcolm Schofield, trans. Tom Griffith, Cambridge.
Pliny (1940). *Natural History*, vol. 3, trans. H. Rackham, London.
Plutarch (1579). *The Lives of the Noble Grecians and Romanes . . . translated . . . into Englishe, by Thomas North*, London.
——(1603). *The Philosophie, commonlie called, The Morals*, trans. Philemon Holland, London.
[Puttenham, George] (1589). *The Arte of English Poesie*, London.

Quintilian (2001). *The Orator's Education (Institutio oratoria)*, trans. and ed. Donald A. Russell, 5 vols, London.
Rainolde, Richard (1563). *A booke called the Foundacion of Rhetorike*, London.
Ramus, Petrus (1964). *Dialectique*, ed. Michel Dassonville, Geneva.
Regius, Raphael (1492). *Ducenta problemata*, Venice.
Rhetorica ad Herennium (1954). Trans. and ed. Harry Caplan, London.
Rich, Barnabe (1959). *Rich's Farewell to Military Profession 1581*, ed. Thomas M. Cranfill, Austin, TX.
Saint German, Christopher (1974). *Doctor and Student*, ed. T. F. T Plucknett and J. L. Barton, London.
Sallust (1931). 'Bellum Jugurthinum', in *Sallust*, trans. J. C. Rolfe, revised edn, London, pp. 132–380.
Seneca (1920). *Epistles 66–92*, trans. Richard M. Gummere, London.
Shakespeare, William (1593). *Venus and Adonis*, London.
——(1594). *Lucrece*, London.
——(1597). *An Excellent conceited Tragedie of Romeo and Juliet. As it hath been often (with great applause) plaid publiquely, by the right Honourable the L. of Hunsdon his Servants*, London.
——(1600). *The most excellent historie of the merchant of Venice . . . As it hath beene divers times acted by the Lord Chamberlaine his Servants*, London.
——(1603). *The tragicall historie of Hamlet Prince of Denmarke by William Shake-speare. As it hath beene diverse times acted by his Highnesse servants in the cittie of London: as also in the two universities of Cambridge and Oxford, and else-where*, London.
——(1604). *The Tragicall Historie of Hamlet Prince of Denmarke. By William Shake-speare. Newly imprinted and enlarged to almost as much againe as it was, according to the true and perfect Coppie*, London.
——(1985). *All's Well That Ends Well*, ed. Russell Fraser (The New Cambridge Shakespeare), Cambridge.
——(1986). *The Complete Works: Original-Spelling Edition*, gen. eds Stanley Wells and Gary Taylor, Oxford.
——(1990). *King Henry VIII*, ed. John Margeson (The New Cambridge Shakespeare), Cambridge.
——(1991). *Measure for Measure*, ed. Brian Gibbons (The New Cambridge Shakespeare), Cambridge.
——(1996). *The First Folio of Shakespeare*, ed. Charlton Hinman, 2nd edn, Introd. Peter W. M. Blayney, New York, NY.
——(1998). *The First Quarto of Hamlet*, ed. Kathleen O. Irace (The New Cambridge Shakespeare), Cambridge.
——(2001). *Timon of Athens*, ed. Karl Klein (The New Cambridge Shakespeare), Cambridge.
——(2003). *Hamlet, Prince of Denmark*, ed. Philip Edwards (The New Cambridge Shakespeare), Cambridge.
——(2003). *King Richard II*, ed. Andrew Gurr (The New Cambridge Shakespeare), Cambridge.

Shakespeare, William (2003). *Othello*, ed. Norman Sanders (The New Cambridge Shakespeare), Cambridge.
—— (2003). *Romeo and Juliet*, ed. G. Blakemore Evans (The New Cambridge Shakespeare), Cambridge.
—— (2003). *The Merchant of Venice*, ed. M. M. Mahood (The New Cambridge Shakespeare), Cambridge.
—— (2003). *Troilus and Cressida*, ed. Anthony B. Dawson (The New Cambridge Shakespeare), Cambridge.
—— (2003) *Twelfth Night or What You Will*, ed. Elizabeth S. Donno (The New Cambridge Shakespeare), Cambridge.
—— (2004). *Julius Caesar*, ed. Marvin Spevack (The New Cambridge Shakespeare), Cambridge.
—— (2005). *King Henry V*, ed. Andrew Gurr (The New Cambridge Shakespeare), Cambridge.
—— (2005). *The Comedy of Errors*, ed. T. S. Dorsch (The New Cambridge Shakespeare), Cambridge.
—— (2005). *The Complete Works*, ed. Stanley Wells and Gary Taylor, 2nd edn, Oxford.
—— (2006). *The Poems*, ed. John Roe (The New Cambridge Shakespeare), Cambridge.
—— (2006). *The Sonnets*, ed. G. Blakemore Evans (The New Cambridge Shakespeare), Cambridge.
—— (2007). *The Winter's Tale*, ed. Susan Snyder and Deborah T. Curren-Aquino (The New Cambridge Shakespeare), Cambridge.
—— (2009). *Love's Labour's Lost*, ed. William C. Carroll (The New Cambridge Shakespeare), Cambridge.
—— (2012). *The Second Part of King Henry VI*, ed. Michael Hattaway (The New Cambridge Shakespeare), Cambridge.
Sherry, Richard (1550). *A Treatise of Schemes & Tropes*, London.
Sidney, Philip (1595). *The Defence of Poesie*, London.
—— (1598). *The Countesse of Pembrokes Arcadia*, London.
Silvayn, Alexander (1596). *The Orator: Handling a hundred severall Discourses, in forme of Declamations*, trans. L[azarus] P[iot], London.
Smith, Thomas (1982). *De Republica Anglorum*, ed. Mary Dewar, Cambridge.
Spenser, Edmund (1596). *The Faerie Queene. Disposed into twelve bookes, Fashioning XII. Morall vertues*, London.
Sturm, Johannes (1538). *De Literarum Ludis Recte Aperiendis Liber*, Strasbourg.
Susenbrotus, Johann (1562). *Epitome troporum ac schematum*, London.
Talon, Omer (1631). *Rhetorica*, Cambridge.
Thomas, Thomas (1592). *Dictionarium Linguae Latinae et Anglicanae*, London.
Triall of true Friendship, The (1596). London.
Turberville, George (1575). *The booke of faulconrie or hauking*, London.
Veron, John (1584). *A Dictionarie in Latine and English*, London.

参考文献

Vives, Juan Luis (1913). *Vives: On Education: A Translation of the De Tradendis Disciplinis*, trans. Foster Watson, Cambridge.
Whetstone, George (1578). *The right excellent and famous historye, of Promos and Cassandra devided into two commicall discourses*, London.
Wilson, Thomas (1551). *The rule of Reason, conteinyng the Arte of Logique*, London.
——(1553). *The Arte of Rhetorique, for the use of all suche as are studious of Eloquence*, London.

二手资料

Ackroyd, Peter (2005). *Shakespeare: The Biography*, London.
Adamson, Jane (1980). *Othello as Tragedy: Some Problems of Judgment and Feeling*, Cambridge.
Adamson, Sylvia, Gavin Alexander, and Katrin Ettenhuber (eds) (2007). *Renaissance Figures of Speech*, Cambridge.
Adelman, Janet (1989). 'Bed Tricks: On Marriage as the End of Comedy in *All's Well That Ends Well* and *Measure for Measure*', in *Shakespeare's Personality*, ed. Norman N. Holland, Sidney Homan, and Bernard J. Paris, Berkeley, CA, pp. 151–74.
Alexander, Catherine (ed.) (2009). *The Cambridge Companion to Shakespeare's Last Plays*, Cambridge.
Alexander, Gavin (2007). 'Prosopopoeia: The Speaking Figure', in *Renaissance Figures of Speech*, ed. Sylvia Adamson, Gavin Alexander, and Katrin Ettenhuber, Cambridge, pp. 95–112.
Altman, Joel B. (1978). *The Tudor Play of Mind: Rhetorical Inquiry and the Development of Elizabethan Drama*, Berkeley, CA.
——(2010). *The Improbability of Othello: Rhetorical Anthropology and Shakespearean Selfhood*, Chicago, IL.
Armitage, David, Conal Condren, and Andrew Fitzmaurice (eds) (2009). *Shakespeare and Early Modern Political Thought*, Cambridge.
Attar, Karina Feliciano (2011). 'Genealogy of a Character: A Reading of Giraldi's Moor', in *Visions of Venice in Shakespeare*, ed. Laura Tosi and Shaul Bassi, Farnham, pp. 47–64.
Baldwin, T. W. (1944). *William Shakspere's 'Small Latine & Lesse Greeke'*, 2 vols, Urbana, IL.
Barkan, Leonard (1995). 'Making Pictures Speak: Renaissance Art, Elizabethan Literature, Modern Scholarship', *Renaissance Quarterly* 48, pp. 326–51.
Barker, William (2001). 'Abraham Fraunce', in *British Rhetoricians and Logicians 1500–1650, First Series*, ed. Edward A. Malone, Detroit, MI, pp. 140–56.
Bassakos, Pantelis (2010). '*Ambiguitas* instead of *Ambigere*; Or, What Has Become of *Inventio* in Hobbes', *Redescriptions* 14, pp. 15–30.

Bate, Jonathan (2008). *Soul of the Age: The Life, Mind and World of William Shakespeare*, London.
—— and Eric Rasmussen (eds) (2007). *Complete Works* (The RSC Shakespeare), Basingstoke.
Bates, Catherine (2013). *Masculinity and the Hunt: Wyatt to Spenser*, Oxford.
Baumlin, Tita French (2001). 'Thomas Wilson', in *British Rhetoricians and Logicians 1500–1650, First Series*, ed. Edward A. Malone, Detroit, MI, pp. 282–306.
Bawcutt, N. W. (1991). General Introduction to *Measure for Measure* (The Oxford Shakespeare), Oxford, pp. 1–63.
Bayley, Peter (1980). *French Pulpit Oratory, 1598–1650*, Cambridge.
Bednarz, James P. (2001). *Shakespeare and the Poets' War*, New York, NY.
Beehler, Sharon A. (2003). '"Confederate Season": Shakespeare and the Elizabethan Understanding of *Kairos*', in *Shakespeare Matters: History, Teaching, Performance*, ed. Lloyd Davis, Newark, NJ, pp. 74–88.
Belton, Ellen (2007). '"To make the 'not' eternal": Female Eloquence and Patriarchal Authority in *All's Well, That Ends Well*', in *All's Well, That Ends Well: New Critical Essays*, ed. Gary Waller, London, pp. 125–39.
Benabu, Joel (2013). 'Shakespeare and the Rhetorical Tradition: Toward Defining the Concept of an "Opening"', *Rhetoric Review* 13, pp. 27–43.
Bennett, Robert B. (2000). *Romance and Reformation: The Erasmian Spirit of Shakespeare's Measure for Measure*, Newark, NJ.
Benston, Alice N. (1991). 'Portia, the Law, and the Tripartite Structure of *The Merchant of Venice*', in *The Merchant of Venice: Critical Essays*, ed. Thomas Wheeler, New York, NY, pp. 163–94.
Berry, Edward (2001). *Shakespeare and the Hunt: A Cultural and Social Study*, Cambridge.
Berry, Philippa (1992). 'Woman, Language, and History in *The Rape of Lucrece*', *Shakespeare Survey* 44, pp. 33–9.
Bevington, David (1984). *Action Is Eloquence: Shakespeare's Language of Gesture*, Cambridge, MA.
Bilello, Thomas C. (2007). 'Accomplished with What She Lacks: Law, Equity, and Portia's Con', in *The Law in Shakespeare*, ed. Constance Jordan and Karen Cunningham, Basingstoke, pp. 109–26.
Binns, J. W. (1990). *Intellectual Culture in Elizabethan and Jacobean England: The Latin Writings of the Age*, Leeds.
Blakemore Evans, G. (ed.) (1997). *The Riverside Shakespeare*, 2nd edn, Boston, MA.
——(2003). Introduction to *Romeo and Juliet* (The New Cambridge Shakespeare), Cambridge, pp. 1–62.
——(ed.) (2006). *The Sonnets* (The New Cambridge Shakespeare), Cambridge.
Boas, Frederick S. (1896). *Shakspere and his Predecessors*, London.
Bradley, A. C. (2007). *Shakespearean Tragedy*, 4th edn, Basingstoke.
Bradshaw, Graham (1993). *Misrepresentations: Shakespeare and the Materialists*, Ithaca, NY.

Brennan, Anthony (1986). *Shakespeare's Dramatic Structures*, London.
Briggs, Julia (1994). 'Shakespeare's Bed-tricks', *Essays in Criticism* 44, pp. 293–314.
Brook, G. L. (1976). *The Language of Shakespeare*, London.
Brown, John Russell (1955). Critical Introduction to *The Merchant of Venice* (The Arden Shakespeare), London, pp. xxxvii–lviii.
Brown, Keith (1979). '"Form and Cause Conjoin'd": "Hamlet" and Shakespeare's Workshop', in *Aspects of Hamlet*, ed. Kenneth Muir and Stanley Wells, Cambridge, pp. 39–48.
Bullough, Geoffrey (1957–75). *Narrative and Dramatic Sources of Shakespeare*, 8 vols, London.
Bulman, James C. (1996). 'Introduction: Shakespeare and Performance Theory', in *Shakespeare, Theory, and Performance*, ed. James C. Bulman, London, pp. 1–11.
Burrow, Colin (1998). 'Life and Work in Shakespeare's Poems', in *Proceedings of the British Academy* 97, pp. 15–50.
——(2002). Introduction to *William Shakespeare: The Complete Sonnets and Poems* (The Oxford Shakespeare), Oxford, pp. 1–158.
——(2004). 'Shakespeare and Humanistic Culture', in *Shakespeare and the Classics*, ed. Charles Martindale and A. B. Taylor, Cambridge, pp. 9–27.
——(2013). *Shakespeare and Classical Antiquity*, Oxford.
Bushnell, Rebecca W. (1996). *A Culture of Teaching: Early Modern Humanism in Theory and Practice*, Ithaca, NY.
Calderwood, James L. (1989). *The Properties of Othello*, Amherst, MA.
Caplan, Harry (1954). Introduction to Cicero, *De inventione*, London, pp. vii–lviii.
Carroll, William C. (2009). Introduction to *Love's Labour's Lost* (The New Cambridge Shakespeare), Cambridge pp. 1–54.
Cavell, Stanley (2003). *Disowning Knowledge In Seven Plays of Shakespeare*, Updated edn, Cambridge.
Chambers, E. K. (1930). *William Shakespeare: A Study of Facts and Problems*, 2 vols, Oxford.
Charlton, Kenneth (1965). *Education in Renaissance England*, London.
Cheney, Patrick (2004). *Shakespeare, National Poet-Playwright*, Cambridge.
——(2008). *Shakespeare's Literary Authorship*, Cambridge.
Clark, Ira (2007). *Rhetorical Readings, Dark Comedies, and Shakespeare's Problem Plays*, Gainesville, FL.
Clark, Stuart (2007). *Vanities of the Eye: Vision in Early Modern European Culture*, Oxford.
Cloud, Random (1991). '"The Very Names of the Persons": Editing and the Invention of Dramatick Character', in *Staging the Renaissance: Reinterpretations of Elizabethan and Jacobean Drama*, ed. David S. Kastan and Peter Stallybrass, London, pp. 88–96.
Colclough, David (2009). 'Talking to the Animals: Persuasion, Counsel and their Discontents in *Julius Caesar*', in *Shakespeare and Early Modern Political Thought*, ed.

David Armitage, Conal Condren, and Andrew Fitzmaurice, Cambridge, pp. 217–33.
Cole, Howard C. (1981). *The All's Well Story from Boccaccio to Shakespeare*, Chicago, IL.
Collins, Stephen (2001). 'Dudley Fenner', in *British Rhetoricians and Logicians 1500–1650, First Series*, ed. Edward A. Malone, Detroit, MI, pp. 117–25.
Connolly, Joy (2007). *The State of Speech: Rhetoric and Political Thought in Ancient Rome*, Princeton, NJ.
Cook, Victor William (2001). 'Charles Butler', in *British Rhetoricians and Logicians 1500–1650, First Series*, ed. Edward A. Malone, Detroit, MI, pp. 81–90.
Cooper, John R. (1970). 'Shylock's Humanity', *Shakespeare Quarterly* 21, pp. 117–24.
Corbeill, Anthony (2002). 'Rhetorical Education in Cicero's Youth', in *Brill's Companion to Cicero: Oratory and Rhetoric*, ed. James M. May, Leiden, pp. 23–48.
Cormack, Bradin (2007). *A Power to Do Justice: Jurisdiction, English Literature, and the Rise of Common Law, 1509–1625*, Chicago, IL.
—— Martha C. Nussbaum, and Richard Strier (eds) (2013). *Shakespeare and the Law: A Conversation among Disciplines and Professions*, Chicago, IL.
Cox, Lee S. (1973). *Figurative Design in Hamlet: The Significance of the Dumb Show*, n.p.
Crane, Mary Thomas (1993). *Framing Authority: Sayings, Self and Society in Sixteenth-Century England*, Princeton, NJ.
Crider, Scott F. (2009). *With What Persuasion: An Essay on Shakespeare and the Ethics of Rhetoric*, New York, NY.
Cross, M. Claire (1953). 'The Free Grammar School of Leicester', *Department of English Local History Occasional Papers No. 4*, [University College of Leicester], Leicester.
Curtis, Cathy (2002). 'Richard Pace's *De fructu* and Early Tudor Pedagogy', in *Reassessing Tudor Humanism*, ed. Jonathan Woolfson, Basingstoke, pp. 43–77.
Daniell, David (1998). Introduction to *Julius Caesar* (The Arden Shakespeare), London, pp. 1–147.
Dawson, Anthony B. (1996). 'Performance and Participation: Desdemona, Foucault, and the Actor's Body', in *Shakespeare, Theory, and Performance*, ed. James C. Bulman, London, pp. 29–45.
—— and Gretchen E. Minton (2008). Introduction and Appendix 2 in *Timon of Athens* (The Arden Shakespeare), London, pp. 1–145 and 401–7.
De Grazia, Margreta (2007). *Hamlet Without Hamlet*, Cambridge.
Dent, R. W. (1981). *Shakespeare's Proverbial Language: An Index*, London.
Desens, Marliss C. (1994). *The Bed-Trick in English Renaissance Drama: Explorations in Gender, Sexuality, and Power*, London.
Desmet, Christy (1992). *Reading Shakespeare's Characters: Rhetoric, Ethics, and Identity*, Amherst, MA.
Dewar, Mary (1982). Introduction to Thomas Smith, *De Republica Anglorum*, Cambridge, pp. 1–9.

Donaldson, Ian (1977). '*All's Well That Ends Well*: Shakespeare's Play of Endings', *Essays in Criticism* 27, pp. 34–55.
—— (1982). *The Rapes of Lucretia: A Myth and its Transformations*, Oxford.
——(2011). *Ben Jonson: A Life*, Oxford.
Donawerth, Jane (1984). *Shakespeare and the Sixteenth-Century Study of Language*, Chicago, IL.
Donker, Marjorie (1992). *Shakespeare's Proverbial Themes: A Rhetorical Context for the Sententia as Res*, Westport, CT.
Doran, Madeleine (1976). *Shakespeare's Dramatic Language*, Madison, WI.
Dowling, Maria (1986). *Humanism in the Age of Henry VIII*, Beckenham.
Drakakis, John (2010). Introduction to *The Merchant of Venice* (The Arden Shakespeare), London, pp. 1–159.
Dubrow, Heather (1987). *Captive Victors: Shakespeare's Narrative Poems and Sonnets*, Ithaca, NY.
Duncan-Jones, Katherine (2001). *Ungentle Shakespeare: Scenes from his Life*, London.
Eden, Kathy (1986). *Poetic and Legal Fiction in the Aristotelian Tradition*, Princeton NJ.
——(1997). *Hermeneutics and the Rhetorical Tradition: Chapters in the Ancient Legacy & Its Humanist Reception*, New Haven, CT.
Edwards, Philip (2003). Introduction to *Hamlet, Prince of Denmark* (The New Cambridge Shakespeare), Cambridge, pp. 1–82.
Elam, Keir (1984). *Shakespeare's Universe of Discourse: Language-Games in the Comedies*, Cambridge.
Empson, William (1979). *The Structure of Complex Words*, London.
Enders, Jody (1992). *Rhetoric and the Origins of Medieval Drama*, Ithaca, NY.
Enterline, Lynn (2012). *Shakespeare's Schoolroom: Rhetoric, Discipline, Emotion*, Philadelphia, PA.
Erne, Lukas (2003). *Shakespeare as Literary Dramatist*, Cambridge.
——(2013). *Shakespeare and the Book Trade*, Cambridge.
Ettenhuber, Katrin (2011). *Donne's Augustine: Renaissance Cultures of Interpretation*, Oxford.
Evans, Robert O. (1966). *The Osier Cage: Rhetorical Devices in Romeo & Juliet*, Lexington, KY.
Felperin, Howard (1977). *Shakespearean Representation: Mimesis and Modernity in Elizabethan Tragedy*, Princeton, NJ.
Fitch, John G. (1981). 'Sense-Pauses and Relative Dating in Seneca, Sophocles and Shakespeare', *The American Journal of Philology* 102, pp. 289–307.
Fitzmaurice, Andrew (2009). 'The Corruption of *Hamlet*', in *Shakespeare and Early Modern Political Thought*, ed. David Armitage, Conal Condren, and Andrew Fitzmaurice, Cambridge, pp. 139–56.
Foakes, R. A. (1962). Introduction to *The Comedy of Errors* (The Arden Shakespeare), London, pp. xi–lv.

Forker, Charles R. (2002). Introduction to *King Richard II* (The Arden Shakespeare), London, pp. 1–169.
——(2004). 'How did Shakespeare come by His Books', *Shakespeare Yearbook* 14, pp. 109–20.
Fowler, Alastair (2003). *Renaissance Realism: Narrative Images in Literature and Art*, Oxford.
Fraser, Russell (1985). Introduction to *All's Well That Ends Well* (The New Cambridge Shakespeare), Cambridge, pp. 1–37.
Frye, Northrop (1965). *A Natural Perspective: The Development of Shakespeare's Comedy and Romance*, New York, NY.
Gaunt, D. M. (1969). 'Hamlet and Hecuba', *Notes and Queries*, New Series 16, pp. 136–7.
Gibbons, Brian (1980). Introduction to *Romeo and Juliet* (The Arden Shakespeare), London, pp. 1–77.
——(1991). Introduction to *Measure for Measure* (The New Cambridge Shakespeare), Cambridge, pp. 1–72.
Gillespie, Stuart (2001). *Shakespeare's Books: A Dictionary of Shakespeare's Sources*, London.
Gless, Darryl J. (1979). *Measure for Measure, the Law, and the Convent*, Princeton, NJ.
Goldberg, Jonathan (1983). *James I and the Politics of Literature: Jonson, Shakespeare, Donne and Their Contemporaries*, Baltimore, MD.
Goodrich, Peter (2001). 'Law', in *Encyclopedia of Rhetoric*, ed. Thomas O. Sloane, Oxford, pp. 417–26.
Gowland, Angus (2006). *The Worlds of Renaissance Melancholy: Robert Burton in Context*, Cambridge.
Goyet, Francis (1993). 'Les diverses acceptions de *lieu* et *lieu commun* à la Renaissance', in *Lieux Communs: topoi, stéréotypes, clichés*, ed. Christian Plantin, Paris, pp. 410–22.
Graham, Kenneth (1994). *The Performance of Conviction: Plainness and Rhetoric in the Early English Renaissance*, Ithaca, NY.
Green, Ian (2009). *Humanism and Protestantism in Early Modern English Education*, Farnham.
Green, Lawrence D. and James J. Murphy (2006). *Renaissance Rhetoric Short-Title Catalogue 1460–1700*, 2nd edn, Aldershot.
Greenblatt, Stephen (1988). *Shakespearean Negotiations: The Circulation of Social Energy in Renaissance England*, Oxford.
——(ed.) (1997). *The Norton Shakespeare*, New York, NY.
——(2001). *Hamlet in Purgatory*, Princeton, NJ.
Greg, W. W. and Boswell, E. (1930). *Records of the Court of the Stationers' Company 1576 to 1602*, London.
Grendler, Paul F. (1989). *Schooling in Renaissance Italy: Literacy and Learning, 1300–1600*, Baltimore, MD.
Gurr, Andrew (1992). *The Shakespearean Stage 1574–1642*, 3rd edn, Cambridge.

Gurr, Andrew (2003). Introduction to *King Richard II* (The New Cambridge Shakespeare), Cambridge, pp. 1–60.
—— (2005). Introduction to *King Henry V* (The New Cambridge Shakespeare), Cambridge, pp. 1–55.
Guy, John (1986). 'Law, Equity and Conscience in Henrician Juristic Thought', in *Reassessing the Henrician Age: Humanism, Politics and Reform 1500–1550*, ed. Alistair Fox and John Guy, Oxford, pp. 179–98.
Haley, David (1993). *Shakespeare's Courtly Mirror: Reflexivity and Prudence in All's Well That Ends Well*, Newark, NJ.
Halio, Jay L. (2002). 'Reading *Othello* Backwards', in *Othello: New Critical Essays*, ed. Philip C. Kolin, London, pp. 391–400.
Halliwell, Stephen (2008). *Greek Laughter: A Study of Cultural Psychology from Homer to Early Christianity*, Cambridge.
Hamilton, Charles (1986). *In Search of Shakespeare: A Study of the Poet's Life and Handwriting*, London.
Hampton, Timothy (2009). *Fictions of Embassy: Literature and Diplomacy in Early Modern Europe*, Ithaca, NY.
Hanson, Elizabeth (1998). *Discovering the Subject in Renaissance England*, Cambridge.
Hardy, Barbara (1997). *Shakespeare's Storytellers: Dramatic Narration*, London.
Harmon, A. G. (2004). *Eternal Bonds, True Contracts: Law and Nature in Shakespeare's Problem Plays*, Albany, NY.
Hatfield, Andrew (2005). *Shakespeare and Republicanism*, Cambridge.
Hattaway, Michael (2012). Introduction to *The Second Part of King Henry VI* (The New Cambridge Shakespeare), Cambridge, pp. 1–69.
Hawkins, Harriett (1987). *Measure for Measure*, Brighton.
Heath, Malcolm (2009). 'Codifications of Rhetoric', in *The Cambridge Companion to Ancient Rhetoric*, ed. Erik Gunderson, Cambridge, pp. 59–73.
Helmholz, R. H. (1987). *Canon law and the law of England*, London.
Henderson, Judith Rice (2001). 'Angel Day', in *British Rhetoricians and Logicians 1500–1650, First Series*, ed. Edward A. Malone, Detroit, MI, pp. 99–107.
Hesk, Jon (2009). 'Types of Oratory', in *The Cambridge Companion to Ancient Rhetoric*, ed. Erik Gunderson, Cambridge, pp. 145–61.
Hibbard, G. R. (1987). General Introduction to *Hamlet* (The Oxford Shakespeare), Oxford, pp. 1–28.
Hillman, Richard (1993). *William Shakespeare: The Problem Plays*, New York, NY.
Holderness, Graham (1993). *The Merchant of Venice*, Harmondsworth.
—— (2010). *Shakespeare and Venice*, Farnham.
Holmer, Joan O. (1995). *The Merchant of Venice: Choice, Hazard and Consequence*, Basingstoke.
Honigmann, E. A. J. (1980). 'Shakespeare's "Bombast"', in *Shakespeare's Styles: Essays in Honour of Kenneth Muir*, ed. Philip Edwards, Inga-Stina Ewbank, and G. K. Hunter, Cambridge, pp. 151–62.

Honigmann, E. A. J. (1993). 'The First Quarto of *Hamlet* and the Date of *Othello*', *The Review of English Studies*, New Series, 44, pp. 211–19.

——(1997). Introduction and Appendix I in *Othello* (The Arden Shakespeare), London, pp. 1–111 and 344–50.

Hood Phillips, Owen (1972). *Shakespeare and the Lawyers*, London.

Horvei, Harald (1984). *The Chev'ril Glove: A Study in Shakespearean Rhetoric*, Bergen.

Howell, Wilbur S. (1956). *Logic and Rhetoric in England, 1500–1700*, Princeton, NJ.

Hulme, Hilda M. (1962). *Explorations in Shakespeare's Language: Some Problems of Word Meaning in the Dramatic Text*, London.

Hunter, G. K. (1959). Introduction to *All's Well That Ends Well* (The Arden Shakespeare), London, pp. xi–lix.

——(1994). 'Rhetoric and Renaissance Drama', in *Renaissance Rhetoric*, ed. Peter Mack, Basingstoke, pp. 103–18.

Hutson, Lorna (2001). 'Not the King's Two Bodies: Reading the "Body Politic" in Shakespeare's *Henry IV*, Parts 1 and 2', in *Rhetoric and Law in Early Modern Europe*, ed. Victoria Kahn and Lorna Hutson, London, pp. 166–98.

——(2006). 'Forensic Aspects of Renaissance Mimesis', *Representations* 94, pp. 80–109.

——(2007). *The Invention of Suspicion: Law and Mimesis in Shakespeare and Renaissance Drama*, Oxford.

——(2013). '"Lively Evidence": Legal Inquiry and the *Evidentia* of Shakespearean Drama', in *Shakespeare and the Law: A Conversation among Disciplines and Professions*, ed. Bradin Cormack, Martha C. Nussbaum, and Richard Strier, Chicago, IL, pp. 72–97.

——(2015). 'Rhetoric and Law', in *Oxford Handbook of Rhetorical Studies*, ed. Michael MacDonald, Oxford (forthcoming).

Ingram, Michael (1987). *Church Courts, Sex and Marriage in England, 1570–1640*, Cambridge.

Irace, Kathleen O. (1998). Introduction to *The First Quarto of Hamlet* (The New Cambridge Shakespeare), Cambridge, pp. 1–27.

Jackson, MacDonald P. (2001). 'Spurio and the Date of *All's Well That Ends Well*', *Notes and Queries*, New Series, 48, pp. 298–9.

James, Susan (1997). *Passion and Action: The Emotions in Seventeenth-Century Philosophy*, Oxford.

Jardine, Lisa (1977). 'Lorenzo Valla and the Intellectual Origins of Humanist Dialectic', *Journal of the History of Philosophy* 15, pp. 143–63.

Javitch, Daniel (1972). 'Poetry and Court Conduct: Puttenham's *Arte of English Poesie* in the Light of Castiglione's *Cortegiano*', *Modern Language Notes* 87, pp. 865–82.

Jenkins, Harold (1982). Introduction to *Hamlet* (The Arden Shakespeare), London, pp. 1–159.

Johnson, D. (1985). 'Nicholas Ling, publisher 1580–1607', *Studies in Bibliography* 38, pp. 203–14.

Jones, Emrys (1971). *Scenic Form in Shakespeare*, Oxford.
——(1977). *The Origins of Shakespeare*, Oxford.
Jordan, Constance and Karen Cunningham (eds) (2007). *The Law in Shakespeare*, Basingstoke.
Jordan, William C. (1982). 'Approaches to the Court Scene in the Bond Story: Equity and Mercy or Reason and Nature', *Shakespeare Quarterly* 33, pp. 49–59.
Joseph, Miriam (1947). *Shakespeare's Use of the Arts of Language*, New York, NY.
Jowett, John (2004). Introduction to *The Life of Timon of Athens* (The Oxford Shakespeare), Oxford, pp. 1–153.
Kahn, Victoria (1989). 'Rhetoric and the Law', *Diacritics* 19, pp. 21–34.
Kahneman, Daniel (2011). *Thinking, Fast and Slow*, London.
Kamaralli, Anna (2005). 'Writing about Motive: Isabella, the Duke and Moral Authority', *Shakespeare Survey* 58, pp. 48–59.
Kapust, Daniel (2011). 'Cicero on Decorum and the Morality of Rhetoric', *European Journal of Political Theory* 10, pp. 92–112.
Kay, Margaret M. (1966). *The History of Rivington and Blackrod Grammar School*, 2nd edn, Manchester.
Keeton, George W. (1967). *Shakespeare's Legal and Political Background*, London.
Keller, Stefan (2009). *The Development of Shakespeare's Rhetoric: A Study of Nine Plays*, Tübingen.
Kennedy, George (1972). *The Art of Rhetoric in the Ancient World 300 BC–AD 300*, Princeton, NJ.
Kennedy, Milton B. (1942). *The Oration in Shakespeare*, Chapel Hill, NC.
Kennedy, William J. (1978). *Rhetorical Norms in Renaissance Literature*, New Haven, CT.
Kermode, Frank (1997). 'Othello, The Moor of Venice', in *The Riverside Shakespeare*, ed. G. Blakemore Evans, 2nd edn, Boston, MA, pp. 1246–50.
Kerrigan, John (1996). *Revenge Tragedy: Aeschylus to Armageddon*, Oxford.
——(2001). *On Shakespeare and Early Modern Literature: Essays*, Oxford.
——(2012). 'Coriolanus Fidiussed', *Essays in Criticism* 62, pp. 319–53.
Kiernan, Pauline (1996). *Shakespeare's Theory of Drama*, Cambridge.
King, Ros (2005). Introduction to *The Comedy of Errors*, ed. T. S. Dorsch (The New Cambridge Shakespeare), Cambridge, pp. 1–53.
Kinney, Arthur F. (2006). *Shakespeare and Cognition: Aristotle's Legacy and Shakespearean Drama*, London.
Kirwood, A. E. M. (1931). 'Richard Field, Printer, 1589–1624', *The Library*, Fourth series, 12, pp. 1–39.
Klein, Karl (2001). Introduction to *Timon of Athens* (The New Cambridge Shakespeare), Cambridge, pp. 1–66.
Kliman, Bernice (1982). 'Isabella in "Measure for Measure"', *Shakespeare Studies* 15, pp. 137–48.
Knight, W. Nicholas (1972). 'Equity and Mercy in English Law and Drama (1405–1641)', *Comparative Drama* 6, pp. 51–66.

Knowles, Ronald (1999). Introduction to *King Henry VI Part 2* (The Arden Shakespeare), pp. 1–141.
Langer, Ullrich (1999). 'Invention', in *The Cambridge History of Literary Criticism*, vol. 3, *The Renaissance*, ed. Glyn P. Norton, Cambridge, pp. 136–44.
Lechner, Joan M. (1962). *Renaissance Concepts of the Commonplaces*, New York, NY.
Lees-Jeffries, Hester (2013). *Shakespeare and Memory*, London.
LeFanu, W. R. (1959–64). 'Thomas Vautrollier, Printer and Bookseller', *Proceedings of the Huguenot Society of London*, 20, pp. 12–25.
Leggatt, Alexander (1988). 'Substitution in *Measure for Measure*', *Shakespeare Quarterly* 39, pp. 342–59.
—— (2003). Introduction to *All's Well That Ends Well*, ed. Russell Fraser (The New Cambridge Shakespeare), Cambridge, pp. 1–43.
Leimberg, Inge (2011). *'What May Words Say . . . ?' A Reading of The Merchant of Venice*, Lanham, MD.
Levenson, Jill L. (2004). 'Shakespeare's *Romeo and Juliet*: The Places of Invention', in *Shakespeare and Language*, ed. Catherine Alexander, Cambridge, pp. 122–38.
Lever, J. W. (1965). Introduction to *Measure for Measure* (The Arden Shakespeare), London, pp. xi–xcviii.
Lewis, Cynthia (1990). '"Derived Honesty and Achieved Goodness": Doctrines of Grace in *All's Well That Ends Well*', *Renaissance and Reformation* 26, pp. 147–70.
Lewis, Rhodri (2012a). 'Shakespeare's Clouds and the Image Made by Chance', *Essays in Criticism* 62, pp. 1–24.
——(2012b). 'Hamlet, Metaphor, and Memory', *Studies in Philology* 109, pp. 609–41.
Lobban, Michael (2007). *A History of the Philosophy of Law in the Common Law World, 1600–1900*, Dordrecht.
Lucking, David (1997). *Plays Upon the Word: Shakespeare's Drama of Language*, Lecce.
Lyne, Raphael (2011). *Shakespeare, Rhetoric and Cognition*, Cambridge.
Mack, Peter (1993). *Renaissance Argument: Valla and Agricola in the Traditions of Rhetoric and Dialectic*, Leiden.
——(2002). *Elizabethan Rhetoric: Theory and Practice*, Cambridge.
——(2010). *Reading and Rhetoric in Montaigne and Shakespeare*, London.
——(2011). *A History of Renaissance Rhetoric 1380–1620*, Oxford.
Maguire, Laurie (2007). *Shakespeare's Names*, Oxford.
—— and Emma Smith (2012a). 'Many Hands: A New Shakespeare Collaboration?' *Times Literary Supplement* 5690, 20 April, pp. 13–15.
—— and Emma Smith (2012b). 'All's Well That Ends Well', *Times Literary Supplement* 5697, 8 June, p. 6.
Mahood, M. M. (2003). Introduction to *The Merchant of Venice* (The New Cambridge Shakespeare), Cambridge, pp. 1–65.
Mann, Jenny C. (2012). *Outlaw Rhetoric: Figuring Vernacular Eloquence in Shakespeare's England*, Ithaca, NY.

Maquerlot, Jean-Pierre (1995). *Shakespeare and the Mannerist Tradition: A Reading of Five Problem Plays*, Cambridge.
Margeson, John (1990). Introduction to *King Henry VIII* (The New Cambridge Shakespeare), Cambridge, pp. 1–59.
Margolies, David (2012). *Shakespeare's Irrational Endings: The Problem Plays*, Basingstoke.
Marino, James J. (2011). *Owning William Shakespeare: The King's Men and Their Intellectual Property*, Philadelphia, PA.
Marsh, Nicholas (2003). *Shakespeare: Three Problem Plays*, Basingstoke.
Martindale, Charles and Michelle (1990). *Shakespeare and the Uses of Antiquity: An Introductory Essay*, London.
Maus, Katharine E. (1995). *Inwardness and Theater in the English Renaissance*, Chicago, IL.
McCandless, David (1997). *Gender and Performance in Shakespeare's Problem Comedies*, Bloomington, IN.
McDonald, Russ (2001). *Shakespeare and the Arts of Language*, Oxford.
—— (2006). *Shakespeare's Late Style*, Cambridge.
McGuire, Philip C. (1985). *Speechless Dialect: Shakespeare's Open Silences*, Berkeley, CA.
McKerrow, R. B. (ed.) (1968). *A Dictionary of Printers and Booksellers in England, Scotland and Ireland, and of Foreign Printers of English Books, 1557–1640*, London.
McMullan, Gordon (2000). Introduction and Appendix 3: Attribution and Composition in *King Henry VIII (All Is True)* (The Arden Shakespeare), London, pp. 1–199, 448–9.
—— (2009). 'What is a "Late Play"?', in *The Cambridge Companion to Shakespeare's Last Plays*, ed. Catherine Alexander, Cambridge, pp. 5–27.
McNeely, Trevor (2004). *Proteus Unmasked: Sixteenth-Century Rhetoric and the Art of Shakespeare*, London.
Medine, Peter E. (1986). *Thomas Wilson*, Boston, MA.
Meek, Richard (2009a). 'Shakespeare and Narrative', *Literature Compass* 6, pp. 482–98.
—— (2009b). *Narrating the Visual in Shakespeare*, Farnham.
Meerhoff, Kees (1994). 'The Significance of Philip Melanchthon's Rhetoric in the Renaissance', in *Renaissance Rhetoric*, ed. Peter Mack, Basingstoke, pp. 46–62.
Melchiori, Giorgio (1981). 'The Rhetoric of Character Construction in "Othello"', *Shakespeare Survey* 34, pp. 61–72.
—— (1992). 'Hamlet: The Acting Version and the Wiser Sort', in *The 'Hamlet' First Published (Q1, 1603): Origins, Form, Intertextualities*, ed. Thomas Clayton, Newark, NJ, pp. 195–210.
—— (1994). *Shakespeare: Genesi e struttura delle opere*, Bari.
Menon, Madhavi (2004). *Wanton Words: Rhetoric and Sexuality in English Renaissance Drama*, Toronto.
Menzer, Paul (2008). *The Hamlets: Cues, Qs, and Remembered Texts*, Newark NJ.

Mercer, Peter (1987). *Hamlet and the Acting of Revenge*, Basingstoke.
Miola, Robert S. (2000). *Shakespeare's Reading*, Oxford.
Moschovakis, Nicholas (2002). 'Representing Othello: Early Modern Jury Trials and the Equitable Judgments of Tragedy', in *Othello: New Critical Essays*, ed. Philip C. Kolin, London, pp. 293–323.
Moss, Ann (1996). *Printed Commonplace-Books and the Structuring of Renaissance Thought*, Oxford.
—— (2001). 'Commonplaces and Commonplace books', in *Encyclopedia of Rhetoric*, ed. Thomas O. Sloane, Oxford, pp. 119–24.
Moss, Jean Dietz and William A. Wallace (2003). *Rhetoric & Dialectic in the Time of Galileo*, Washington, DC.
Mukherji, Subha (2006). *Law and Representation in Early Modern Drama*, Cambridge.
Munro, Lucy (2005). *Children of the Queen's Revels: A Jacobean Theatre Repertory*, Cambridge.
Nauert, Charles G. (2006). *Humanism and the Culture of Renaissance Europe*, 2nd edn, Cambridge.
Neill, Michael (2000). *Putting History to the Question: Power, Politics, and Society in English Renaissance Drama*, New York, NY.
—— (2006). Introduction and Appendix A: The Date of the Play in *Othello, the Moor of Venice* (The Oxford Shakespeare), Oxford, pp. 1–179 and 399–404.
Newman, Karen (1985). *Shakespeare's Rhetoric of Comic Character: Dramatic convention in Classical and Renaissance Comedy*, London.
Nicholl, Charles (2007). *The Lodger: Shakespeare on Silver Street*, London.
Nicholson, Catherine (2010). '*Othello* and the Geography of Persuasion', *English Literary Renaissance* 40, pp. 56–87.
Noble, Richard (1935). *Shakespeare's Biblical Knowledge and Use of the Book of Common Prayer*, London.
Nuttall, A. D. (1983). *A New Mimesis: Shakespeare and the Representation of Reality*, London.
Ong, Walter J. (1965). 'Ramist Rhetoric', in *The Province of Rhetoric*, ed. Joseph Schwartz and John A. Rycenga, New York, NY, pp. 226–55.
Orgel, Stephen (1996). Introduction to *The Winter's Tale* (The Oxford Shakespeare), Oxford, pp. 1–83.
—— (2006). Introduction to *The Sonnets*, ed. G. Blakemore Evans (The New Cambridge Shakespeare), pp. 1–22.
Pafford, J. H. P. (1963). Introduction to *The Winter's Tale* (The Arden Shakespeare), London, pp. xv–lxxxix.
Palonen, Kari (2008). 'Speaking Pro et Contra: The Rhetorical Intelligibility of Parliamentary Politics and the Political Intelligibility of Parliamentary Rhetoric', in *The Parliamentary Style of Politics*, ed. Suvi Soininen and Tapani Turkka, Helsinki, pp. 82–105.
Parker, Patricia (1987). *Literary Fat Ladies: Rhetoric, Gender, Property*, London.
—— (1996). *Shakespeare from the Margins: Language, Culture, Context*, Chicago, IL.
Paul, Joanne (2014). 'The Use of *Kairos* in Renaissance Political Philosophy', *Renaissance Quarterly* 67, pp. 43–78.

Pearlman, E. (2002). 'Shakespeare at Work: The Invention of the Ghost', in *Hamlet: New Critical Essays*, ed. Arthur F. Kinney, London, pp. 71–84.

Peltonen, Markku (2003). *The Duel in Early Modern England: Civility, Politeness and Honour*, Cambridge.

——(2013). *Rhetoric, Politics and Popularity in Pre-Revolutionary England*, Cambridge.

Percival, W. Keith (1983). 'Grammar and Rhetoric in the Renaissance', in *Renaissance Eloquence: Studies in the Theory and Practice of Renaissance Rhetoric*, ed. James J. Murphy, Berkeley, CA, pp. 303–30.

Peters, Julie Stone (2000). *Theatre of the Book 1480–1880: Print, Text, and Performance in Europe*, Oxford.

Pincombe, Mike (2001). *Elizabethan Humanism: Literature and Learning in the Later Sixteenth Century*, London.

Platt, Peter G. (1999). 'Shakespeare and Rhetorical Culture', in *A Companion to Shakespeare*, ed. David S. Kastan, Oxford, pp. 277–96.

—— (2009). *Shakespeare and the Culture of Paradox*, Farnham.

Plett, Heinrich F. (2004). *Rhetoric and Renaissance Culture*, New York, NY.

——(2012). *Enargeia in Classical Antiquity and the Early Modern Age*, Leiden.

Posner, Richard A. (2013). 'Law and Commerce in *The Merchant of Venice*', in *Shakespeare and the Law: A Conversation among Disciplines and Professions*, ed. Bradin Cormack, Martha C. Nussbaum, and Richard Strier, Chicago, IL, pp. 147–55.

Potter, Lois (2012). *The Life of William Shakespeare: A Critical Biography*, Oxford.

Preston, Claire (2007). 'Ekphrasis: Painting in Words', in *Renaissance Figures of Speech*, ed. Sylvia Adamson, Gavin Alexander, and Katrin Ettenhuber, Cambridge, pp. 115–29.

Price, John Edward (1979). 'Anti-Moralistic Moralism in *All's Well That Ends Well*', *Shakespeare Studies* 12, pp. 95–111.

Prosser, Eleanor (1971). *Hamlet and Revenge*, 2nd edn, Stanford, CA.

Rackley, Erika (2008). 'Judging Isabella: Justice, Care and Relationships in *Measure for Measure*', in *Shakespeare and the Law*, ed. Paul Raffield and Gary Watt, Oxford, pp. 65–79.

Raffield, Paul and Gary Watt (eds) (2008). *Shakespeare and the Law*, Oxford.

Ratcliffe, Stephen (2010). *Reading the Unseen: (Offstage) Hamlet*, Denver, CO.

Rebhorn, Wayne A. (1995). *The Emperor of Men's Minds: Literature and the Renaissance Discourse of Rhetoric*, Ithaca, NY.

Rhodes, Neil (2004). *Shakespeare and the Origins of English*, Oxford.

Roberts, Caroline (2002). 'The Politics of Persuasion: *Measure for Measure* and Cinthio's *Hecatommithi*', *Early Modern Literary Studies* 7, pp. 1–17.

Roe, John (2006). Introduction to *The Poems* (The New Cambridge Shakespeare), Cambridge, pp. 1–80.

Rose, Mary Beth (1988). *The Expense of Spirit: Love and Sexuality in English Renaissance Drama*, Ithaca, NY.

Ross, Lawrence J. (1997). *On Measure for Measure: An Essay in Criticism of Shakespeare's Drama*, Newark, NJ.

Rovine, Harvey (1987). *Silence in Shakespeare: Drama, Power, and Gender*, Ann Arbor, MI.
Ryle, S. F. (2003). 'Leonard Cox', in *British Rhetoricians and Logicians 1500–1650, Second Series*, ed. Edward A. Malone, Detroit, MI, pp. 58–67.
Salingar, Leo (1974). *Shakespeare and the Traditions of Comedy*, Cambridge.
Sanders, Norman (2003). Introduction to *Othello* (The New Cambridge Shakespeare), Cambridge, pp. 1–61.
Saunders, W. H. (1932). *A History of the Norwich Grammar School*, Norwich.
Schleiner, Winfried (1970). *The Imagery of John Donne's Sermons*, Providence, RI.
Serjeantson, Richard (2007). 'Testimony: The Artless Proof', in *Renaissance Figures of Speech*, ed. Sylvia Adamson, Gavin Alexander, and Katrin Ettenhuber, Cambridge, pp. 179–94.
Serpieri, Alessandro (2002). 'Reading the Signs: Towards a Semiotics of Shakespearean Drama', in *Alternative Shakespeares*, ed. John Drakakis, 2nd edn, London, pp. 121–46.
Shapiro, Barbara J. (1991). *'Beyond Reasonable Doubt' and 'Probable Cause': Historical Perspectives on the Anglo-American Law of Evidence*, Berkeley, CA.
——(2000). *A Culture of Fact: England, 1550–1720*, Ithaca, NY.
——(2001). 'Classical Rhetoric and the English Law of Evidence', in *Rhetoric and Law in Early Modern Europe*, ed. Victoria Kahn and Lorna Hutson, London, pp. 54–72.
Shapiro, James (2005). *1599: A Year in the Life of William Shakespeare*, London.
Sharon-Zisser, Shirley (2001). 'Richard Sherry', in *British Rhetoricians and Logicians 1500–1650, First Series*, ed. Edward A. Malone, Detroit, MI, pp. 235–47.
Shrank, Cathy (2004). *Writing the Nation in Reformation England 1530–1580*, Oxford.
Shuger, Debora K. (1988). *Sacred Rhetoric: The Christian Grand Style in the English Renaissance*, Princeton, NJ.
——(2001). *Political Theologies in Shakespeare's England: The Sacred and the State in Measure for Measure*, Basingstoke.
Simon, Joan (1966). *Education and Society in Tudor England*, Cambridge.
Skinner, Quentin (1978). *The Foundations of Modern Political Thought*, 2 vols, Cambridge.
——(1995). 'The Vocabulary of Renaissance Republicanism: A Cultural *longue-durée*?', in *Language and Images of Renaissance Italy*, ed. Alison Brown, Oxford, pp. 87–110.
——(1996). *Reason and Rhetoric in the Philosophy of Hobbes*, Cambridge.
——(2002a). *Visions of Politics*, vol. 1, *Regarding Method*, Cambridge.
——(2002b). 'Moral Ambiguity and the Renaissance Art of Eloquence', in *Visions of Politics*, vol. 2, *Renaissance Virtues*, Cambridge, pp. 264–85.
——(2002c). 'Hobbes on Rhetoric and the Construction of Morality', in *Visions of Politics*, vol. 3, *Hobbes and Civil Science*, Cambridge, pp. 87–141.
——(2007). 'Paradiastole: Redescribing the Vices as Virtues', in *Renaissance Figures of Speech*, ed. Sylvia Adamson, Gavin Alexander, and Katrin Ettenhuber, Cambridge, pp. 147–63.

参考文献

Skinner, Quentin (2009). 'Shakespeare and Humanist Culture', in *Shakespeare and Early Modern Political Thought*, ed. David Armitage, Conal Condren, and Andrew Fitzmaurice, Cambridge, pp. 271–81.
——(2013). 'A Spurious Dating for *All's Well That Ends Well*', Notes and Queries, New Series, 60, pp. 429–34.
Slater, Eliot (1977). 'Word Links with *All's Well That Ends Well*', Notes and Queries, New Series, 24, pp. 109–12.
Smith, Shawn (2001). 'Henry Peacham', in *British Rhetoricians and Logicians 1500–1650, First Series*, ed. Edward A. Malone, Detroit, MI, pp. 188–201.
Snow, Edward A. (1988). 'Sexual Anxiety and the Male Order of Things in *Othello*', in *Othello: Critical Essays*, ed. Susan Snyder, New York, NY, pp. 213–49.
Snyder, Susan (1979). *The Comic Matrix of Shakespeare's Tragedies: Romeo and Juliet, Hamlet, Othello and King Lear*, Princeton, NJ.
——(1992). 'Naming Names in *All's Well That Ends Well*', Shakespeare Quarterly 43, pp. 265–79.
——(1993). Introduction to *All's Well That Ends Well* (The Oxford Shakespeare), Oxford, pp. 1–65.
——and Deborah T. Curren-Aquino (2007). Introduction to *The Winter's Tale* (The New Cambridge Shakespeare), Cambridge, pp. 1–72.
Sokol, B. J. (2008). *Shakespeare and Tolerance*, Cambridge.
——and Mary Sokol (1999). 'Shakespeare and English Equity Jurisdiction: The Merchant of Venice and the Two Texts of King Lear', *Review of English Studies* 50, pp. 417–39.
—— (2000). *Shakespeare's Legal Language: A Dictionary*, London.
Spevack, Marvin (2004). Introduction to *Julius Caesar* (The New Cambridge Shakespeare), Cambridge, pp. 1–45.
Spurgeon, Caroline F. E. (1965). *Shakespeare's Imagery and What it Tells Us*, Cambridge.
Stallybrass, Peter, J. Franklin Mowery, and Heather Wolfe (2004). 'Hamlet's Tables and the Technologies of Writing in Renaissance England', *Shakespeare Quarterly* 55, pp. 379–419.
——and Roger Chartier (2007). 'Reading and Authorship: The Circulation of Shakespeare 1590–1619', in *A Concise Companion to Shakespeare and the Text*, ed. Andrew Murphy, Oxford, pp. 35–56.
Stamp, A. E. (1930). *The Disputed Revels Accounts (1604–5 and 1611–12)*, London.
Starnes, DeWitt T. (1954). *Renaissance Dictionaries: English–Latin and Latin–English*, Austin, TX.
Stevenson, David L. (1959). 'The Role of James I in Shakespeare's *Measure for Measure*', *ELH: A Journal of English Literary History* 26, pp. 188–208.
Struever, Nancy S. (1988). 'Shakespeare and Rhetoric', *Rhetorica* 6, pp. 137–44.
Syme, Holger S. (2012). *Theatre and Testimony in Shakespeare's England: A Culture of Mediation*, Cambridge.
Thomas, Vivian (1987). *The Moral Universe of Shakespeare's Problem Plays*, London.

Thomas, Vivian (2005). 'Shakespeare's Sources: Translations, Transformations, and Intertextuality in *Julius Caesar*', in *Julius Caesar: New Critical Essays*, ed. Horst Zander, Oxford, pp. 91–110.
Thompson, Ann and Neil Taylor (2006). Introduction to *Hamlet* (The Arden Shakespeare), London, pp. 1–137.
Thorne, Alison (2000). *Vision and Rhetoric in Shakespeare: Looking through Language*, Basingstoke.
Tiffany, Grace (2002). 'Names in *The Merchant of Venice*', in *The Merchant of Venice: New Critical Essays*, ed. John W. Mahon and Ellen Macleod Mahon, London, pp. 353–67.
Tovey, Barbara (1981). 'The Golden Casket: An Interpretation of *The Merchant of Venice*', in *Shakespeare as Political Thinker*, ed. John Alvis and Thomas G. West, Durham, NC, pp. 215–37.
Traversi, Derek (1969). *An Approach to Shakespeare*, 3rd edn, 2 vols., London.
Tribble, Evelyn B. (2005). 'Distributing Cognition in the Globe', *Shakespeare Quarterly* 56, pp. 135–55.
Trousdale, Marion (1982). *Shakespeare and the Rhetoricians*, Chapel Hill, NC.
Tucker, E. F. J. (1976). 'The Letter of the Law in "The Merchant of Venice"', *Shakespeare Survey* 29, pp. 93–101.
van Es, Bart (2013). *Shakespeare in Company*, Oxford.
Vasoli, Cesare (1968). *La dialettica e la retorica dell'Umanesimo: Invenzione e metodo nella cultura del XV e XVI secolo*, Milan.
Vaughan, Virginia Mason (2011). 'Supersubtle Venetians: Richard Knolles and the Geopolitics of Shakespeare's *Othello*', in *Visions of Venice in Shakespeare*, ed. Laura Tosi and Shaul Bassi, Farnham, pp. 19–32.
Vickers, Brian (1968). *The Artistry of Shakespeare's Prose*, London.
——(1988). *In Defence of Rhetoric*, Oxford.
——(2002). *Shakespeare, Co-Author: A Historical Study of Five Collaborative Plays*, Oxford.
Walker, Alice (1982). 'Six Notes on *All's Well That Ends Well*', *Shakespeare Quarterly* 33, pp. 339–42.
Ward, Ian (1999). *Shakespeare and the Legal Imagination*, London.
Ward, John O. (1983). 'Renaissance Commentators on Ciceronian Rhetoric', in *Renaissance Eloquence: Studies in the Theory and Practice of Renaissance Rhetoric*, ed. James J. Murphy, Berkeley, CA, pp. 126–73.
——(1999). 'Cicero and Quintilian', in *The Cambridge History of Literary Criticism*, vol. 3, *The Renaissance*, ed. Glyn P. Norton, Cambridge, pp. 77–87.
Watson, Curtis B. (1960). *Shakespeare and the Renaissance Concept of Honor*, Princeton, NJ.
Watson, Robert N. (1990). 'Tragedy', in *The Cambridge Companion to English Renaissance Drama*, ed. A. R. Braunmuller and Michael Hattaway, Cambridge, pp. 301–51.
Watson, Walter (2001). 'Invention', in *Encyclopedia of Rhetoric*, ed. Thomas O. Sloane, Oxford, pp. 389–404.

参考文献

Watt, Gary (2009). *Equity Stirring: The Story of Justice Beyond Law*, Portland, OR.
Weaver, William P. (2008). '"O teach me how to make mine own excuse": Forensic Performance in *Lucrece*', *Shakespeare Quarterly* 59, pp. 421–49.
——(2012). *Untutored Lines: The Making of the English Epyllion*, Edinburgh.
Weimann, Robert and Douglas Bruster (2008). *Shakespeare and the Power of Performance: Stage and Page in the Elizabethan Theatre*, Cambridge.
Wells, Stanley and Gary Taylor, with John Jowett and William Montgomery (1987). *William Shakespeare: A Textual Companion*, Oxford.
Wels, Volkhard (2008). 'Melanchthon's Textbooks on Dialectic and Rhetoric as Complementary Parts of a Theory of Argumentation', in *Scholarly Knowledge: Textbooks in Early Modern Europe*, ed. Emidio Campi, Simone de Angelis, Anja-Silvana Goeing, and Anthony T. Grafton, Geneva, pp. 138–56.
Wheeler, Richard P. (1981). *Shakespeare's Development and the Problem Comedies: Turn and Counter-Turn*, Berkeley, CA.
Whigham, Frank (1984). *Ambition and Privilege: The Social Tropes of Elizabethan Courtesy Theory*, Berkeley, CA.
Whitaker, J. (1837). *The Statutes and Charter of Rivington School*, London.
Whitaker, Virgil (1953). *Shakespeare's Use of Learning: An Inquiry into the Growth of his Mind & Art*, San Marino, CA.
Wickham, Chris (2003). *Courts and Conflict in Twelfth-Century Tuscany*, Oxford.
Wiggins, Martin with Catherine Richardson (2013). *British Drama 1533–1642. A Catalogue*, Vol. 3: *1590–1597*, Oxford.
Wilder, Linn P. (2010). *Shakespeare's Memory Theatre: Recollection, Properties, and Character*, Cambridge.
Willcock, Gladys and Alice Walker (1970). Introduction to George Puttenham, *The Arte of English Poesie*, Cambridge, pp. ix–cii.
Williams, Grant (2001). 'Richard Rainolde', in *British Rhetoricians and Logicians 1500–1650, First Series*, ed. Edward A. Malone, Detroit, MI, pp. 223–34.
Wills, Garry (2011). *Rome and Rhetoric: Shakespeare's Julius Caesar*, New Haven, CT.
Wilson, John Dover (1934a). *The Manuscript of Shakespeare's Hamlet and the Problems of its Transmission: An Essay in Critical Bibliography*, 2 vols, Cambridge.
—— (1934b). *What Happens in Hamlet*, Cambridge.
Wilson, Luke (2000). *Theaters of Intention: Drama and the Law in Early Modern England*, Stanford, CA.
Wilson, Rawdon (1995). *Shakespearean Narrative*, Newark, NJ.
Wisse, Jacob (2002). '*De oratore*: Rhetoric, Philosophy, and the Making of the Ideal Orator', in *Brill's Companion to Cicero: Oratory and Rhetoric*, ed. James M. May, Leiden, pp. 375–400.
Yates, Frances (1966). *The Art of Memory*, London.
Yeo, Richard (2008). 'Notebooks as Memory Aids: Precepts and Practices in Early Modern England', *Memory Studies* 1, pp. 115–36.
Zurcher, Andrew (2010). *Shakespeare and Law*, London.

索 引

(条目后的页码为原书页码,见本书边码,数字后的n指该页脚注)

Ackroyd, Peter 阿克罗伊德,彼得 3n

Ad C. Herennium de ratione dicendi, see Rhetorica ad Herennium《罗马修辞手册》

Adamson, Jane 亚当森,简 185n, 251n, 261n

Adelman, Janet 阿德尔曼,珍妮特 101n

Adlington, William 阿德林顿,威廉 229n

Agricola, Rudolph 阿格里科拉,鲁道夫 35, 36, 293n

Ajax, death of 埃杰克斯之死 226—227

Alcibiades (Timon of Athens) 艾西巴第斯(《雅典的泰门》) 63, 155, 156 及注释, 157—160

Alexander, Catherine 亚历山大,凯瑟琳 315 及注释

Alexander, Gavin 亚历山大,加文 169n, 218n

Altman, Joel 奥尔特曼,乔尔 5 及注释, 16n, 40n, 44n, 46n, 138n, 200n, 267n, 285n, 292n, 294n, 318n

ambiguitas, figure of speech 歧义法, 辞格 247 及注释

anaphora, figure of speech 首语重复法, 辞格 88 及注释, 112, 114, 117, 122, 132, 189

Angelo (Measure for Measure) 安哲鲁(《量罪记》) 9n, 130, 160, 243n, 318n; and the duke of Vienna 与维也纳公爵 89—90, 161, 192; and Isabella 与伊莎贝拉 61—62, 90—92, 95—96, 132—135, 156, 174n, 177, 319

anger (ira) 愤怒 6, 137, 141, 158, 168, 184, 295 及注释

索 引

Anthonio（*The Merchant of Venice*）安东尼奥（《威尼斯商人》）142—143,144n,147,210—216,220—221,307

antithesis,figure of speech 对偶法,辞格 108 及注释,111

Anthony（*Julius Caesar*）安东尼（《裘利斯·凯撒》）109,174n；and Brutus 与勃鲁托斯 54—55,109,111,113—114,116,183—184,217—219；and the plebeians 与众平民 112—113,114—115,117,183,185,219,306

Aphthonius 安索尼乌斯 35 及注释

aposiopesis,figure of speech 顿绝法,辞格 138 及注释,141,260

apostrophe,figure of speech 呼语法,辞格 116,151

Arber,Edward 阿伯,爱德华 31n,32n,54n,55n

arguing on both sides（argumentum in utramque partem）双方皆可的论证 7,19—20,25 及注释,44 及注释,49—50,56—57,195,211,217n

Aristotle 亚里士多德 17n,20n,27,194,202n,237n

Art or crafte of Rhetoryke,The（Leonard Cox）《修辞技艺》,（莱纳德·考克斯）：
　　on circumstances of action 论行动的条件 201,203
　　confirmation 提证 227,239—240

date of 日期 34 及注释
Invention 选材 35
narrative 陈述 162
prohoemium 引言 68,72 及注释,76,78,99,105

Arte of Rhetorique, The（Thomas Wilson）《修辞技艺》（托马斯·威尔逊）：
　　on causes 论动因；foul 罪恶的 105,124,130—131；honest 正直的 71n,105
　　circumstances of action 行动的条件 201,203,239—240,242,271
　　confirmation 提证 43
　　contrary laws 对立法 198
　　disposition 布局 40,42—43
　　elocution 雄辩 42
　　hostile judge 充满敌意的法官 105,119—120,122
　　invention 选材 40,41—42
　　issues 争议 44—45（conjectural 格物型 45,204,227,235；juridical 司法型 45,126,198—199；legal 释法型,45,198）
　　logic and rhetoric 逻辑与修辞 40,41—42
　　matter 问题 55,204
　　memory 记忆 42,295
　　mercy,appeal for 恳求宽恕 127—128
　　narrative 陈述 43,162—167,169,175,201

perfect orator 完美的演说者 45,46 及注释,251,280

peroration 结论 43,293,295

printing of 印刷版 31n,39

prohoemium（entrance）引言 43, 67,93;aims of 其目标 68,75—77,78—79,99,105—106;open 直截了当的 72—73;insinuative 迂回诡秘的 73,104—105,107, 112—113,115,122,131

Arte of Rhetorique, The （Thomas Wilson）(cont.)《修辞技艺》（托马斯·威尔逊）（内容）

questions, definite and indefinite 有限与无限的问题 44

refutation 辩护 43,269

Shakespeare and 莎士比亚与 3,46, 47 及注释

verisimilitude 逼真 41—42

voice and gesture 发表 42,79

see also Wilson, Thomas 也见威尔逊

Attar, Karina 阿塔,卡琳娜 137n

Aubery, John 奥布里,约翰 10 及注释

audience, see theatre audience 观众,见剧场观众

Augustine of Hippo, Saint 圣奥古斯丁 51

Austin, J. L. 奥斯汀,J. L. 154n

Baldwin, T. W. 鲍德温,T. W. 3n, 27n,30n,46n,53n,54n,106n,121n, 150n,271n,282n,297n

Baldwin, William 鲍德温,威廉 297 及注释,298n,309

Balthazer（Romeo and Juliet）巴尔萨泽,（《罗密欧与朱丽叶》）106,183, 270,273—274

Balthazer, Dr.（Portia in disguise）(The Merchant of Venice) 巴尔萨泽博士（鲍西娅假扮）（《威尼斯商人》）54,143,210,307

Barker, William 巴克,威廉 37n

Barnardo（Hamlet）勃纳多（《哈姆莱特》）56n,57

Bassakos, Pantelis 巴萨科斯,潘泰利斯 314n

Bassanio（The Merchant of Venice）巴萨尼奥（《威尼斯商人》）90—91, 143,144n,148,224

Bate, Jonathan 贝特,乔纳森 3n,315 及注释

Bates, Catherine 贝茨,凯瑟琳 230n

Baumlin, Tita 鲍姆林,蒂塔 40n

Bawcutt, N. W. 鲍卡特,N. W. 61n

Baxter, J. 巴克斯特,J. 235 及注释

Bayley, Peter 贝利,彼得 313n

Bednarz, James 贝德纳茨,詹姆斯 56n,58n

Beehler, Sharon 比勒,沙仑 242n

Belton, Ellen 贝尔顿,埃连 100n

Benabu, Joel 贝那伯,乔尔 67n

Bennett, Robert 贝内特,罗伯特 61n

Benston, Alice 本斯顿,艾丽斯 222n

Berry, Edward 贝里, 爱德华 230n
Berry, Philippa 贝里, 菲莉帕 125n
Bertram, count of Rossillion (*All's Well That Ends Well*) 贝特兰, 罗西昂伯爵(《终成眷属》), and Diana 与狄安娜 62—63, 97—98, 101—103, 176—178, 286—287, 288—290; and Hellen 与海伦 98, 100—101, 246—250, 281—282, 288—290, 304, 310; and king of France 与法王 102—103, 176—178, 282—286; and Parrolles 与帕洛 287—288
Bevington, David 贝文顿, 大卫 12n, 202n, 281n
Bianca (*Othello*) 比安卡(《奥瑟罗》) 260, 261—262, 263—264
Billelo, Thomas C. 比勒罗, 托马斯·C. 7n, 214n, 216n, 222n
Binns, J. W. 宾斯, J. W. 70n
Blague, Thomas 布莱格, 托马斯 297, 307, 308n, 309, 312n
Blackmore Evans, G. 布莱克莫尔·埃文斯, G. 52n, 315n
Boas, Frederick 博厄斯, 弗雷德里克 6, 7
Boccaccio, Giovanni 薄伽丘 100, 282
Bodenham, John 波登汉姆, 约翰 298 及注释, 304, 305, 309n, 312n
Boswell, E. 博斯韦尔, E. 32n
Brabantio (*Othello*) 勃拉班修(《奥瑟罗》)与苔丝狄蒙娜 278—279; and duke of Venice 与威尼斯公爵 118—120, 123—124, 309—310; and Othello 与奥瑟罗 61, 118—119, 121, 123, 185—187, 275—279
Bradley, A. C. 布拉德利, A. C. 82n
Bradshaw, Graham 布拉德肖, 格雷厄姆 85n
Brennan, Anthony 布伦南, 安东尼 91n, 220n
Briggs, Julia 布里格斯, 朱莉娅 90n
Brinsley, John 布林斯利, 约翰 33 及注释
Brook, G. L. 布鲁克, G. L. 4n
Brooke, Arther 布鲁克, 亚瑟 52—53 及注释, 106, 179—182, 271 及注释, 317
Brown, John Russell 布朗, 约翰·拉塞尔 222n
Brown, Keith 布朗, 基思 85n
Bruster, Douglas 布鲁斯特, 道格拉斯 8n, 12n, 174n
Brutus (*Julius Caesar*) 勃鲁托斯(《裘利斯·凯撒》) 48, 54, 108 及注释, 109, 110 及注释, 111—117, 118n, 150, 174n, 183—184, 217—220, 306
Brutus, Junius 勃鲁托斯, 朱尼厄斯 148 及注释
Buckingham, duke of (*2 Henry VI*) 白金汉公爵(《亨利六世》中篇) 49
Bullingbrooke, Harry, duke of Hereford (*Richard II*) 波令勃洛克, 亨利, 海

福德公爵(《理查二世》) 49—50
Bullough, Geoffrey 布洛,杰弗里 54n, 60n, 100n, 101n, 110n, 137n, 205n, 236n, 256n, 258n, 261n, 282n, 315n, 317n
Bulman, James C. 布尔曼,詹姆斯·C. 8n
Burrow, Colin 伯罗,科林 3n, 8n, 51n, 110n, 125n, 126n, 302n
Bushnell, Rebecca 布谢尔,丽贝卡 27n
Butler, Charles 巴特勒,查尔斯 38 及注释,111n, 153n
Bynneman, Henry 拜尼曼,亨利 30 及注释

Caius, John 凯乌斯,约翰 229n
Calderwood, James 考尔德伍德,詹姆斯 261n
Cambridge, University of 剑桥大学 27, 35, 37, 40, 85n
Campion, Thomas 坎皮恩,托马斯 33 及注释
Caplan, Harry 卡普兰,哈里 11n
Carbone, Harry 卡蓬,哈里 11n
Carroll, William 卡罗尔,威廉 155n
Cassio (*Othello*) 凯西奥(《奥瑟罗》) 61, 136, 138—141, 250—256, 319; and handkerchief 与手帕 256—257, 259, 264, 267; and 'living reason' 与"活生生的理由" 257—258; and 'ocular proof' 与"眼见证据" 261—264

Castiglione, Baldassare 卡斯蒂寥内 33, 158n
causes, types of judicial, *see* foul cause, honest cause, strange cause 司法动因类型,见罪恶动因、正直动因与怪异动因
Cavell, Stanley 卡维尔,斯坦利 244n
Cawdray, Robert 考德威,罗伯特 297n
Chambers, E. K. 钱伯斯,E. K. 315, 318 及注释
Chapman, George 查普曼,乔治 33 及注释
Chappuys, Gabriel 查普伊,加布里埃尔 137 及注释
Charlton, Kenneth 查尔顿,肯尼斯 27n
Chartier, Roger 夏提埃,罗杰 298n
Cheney, Patrick 切尼,帕特里克 8n
Chief Watchman (*Romeo and Juliet*) 巡丁甲(《罗密欧与朱丽叶》) 9, 53, 106 及注释,183, 270—275
Churchyard, Thomas 彻奇亚德,托马斯 46n
Cicero 西塞罗 11, 12 及注释,15 及注释,21, 25n, 26, 32, 39, 42, 111n, 153, 167, 200, 204
  Brutus《布鲁图斯》31
  De officiis《论义务》27
  De oratore《论演说家》12, 13 及注释,14 及注释,16, 19 及注释,20, 23, 31, 43, 68, 194n
  De partitione oratoria《论演说术的分类》14 及注释,17, 24, 25, 28

索引

Orator《论演说家》13 及注释,23

Topica《论题》24,40,194n,201 及注释,292 及注释

see also De inventione 也见《论开题》

Cineas,orator 齐纳斯,演说家 46,280

Cinthio,Giraldi 辛提欧,吉拉尔第 137,256,258,261

circumstances of action, see conjectural issue 行动的条件,见格物争议

Clark,Ira 克拉克,艾拉 4n,6n,7n,247n

Clark,Stuart 克拉克,斯图尔特 276n

Claudio(*Measure for Measure*)克劳迪奥(《量罪记》)61,63,89,93,130,133—135,156,190—191

Claudius(*Hamlet*)克劳狄斯(《哈姆莱特》)9n,48,59,86,89,121,209,228—229,235,249,301—302,311—312;and Ghost 与鬼魂 75,80—82,85—86,170—174;and play scene 与戏剧场景 237,239—243,244—246,303—304;and Polonius 与波洛涅斯 148—149,152—153,162,187—190,230—234

Cloud,Random 克劳德,兰登 305n

Cockaine,Thomas 科凯恩,托马斯 229 及注释

Cogan,Thomas 科根,托马斯 297 及注释,308,309 及注释

Colclough,David 科尔克拉夫,大卫 115n

Cole,Howard 科尔,霍华德 100n

Collatine(*Lucrece*)柯拉丁纳斯(《露克丽丝遭强暴记》)124 及注释,126,127,129,208

commonplace books 常言手册 296—298;Erasmus on 伊拉斯谟论 295—296,299—300;Hamlet and 哈姆莱特与 300—302,311—312

commonplaces(loci communes)常言 4n,18,243,267n,291,292n,294;criticism of 对其的批判 302,311—314;examples of 例子 304—305,307—308,309—310;and 'places' of argument 与论证的"地点"36,99,201,292—293,294—296;and meaning of 'common' 与"通常共有"的含义 293—294

see also commonplace books,peroration 也见常言手册,结论

conduplicatio,figure of speech 关键词重复法(辞格)168 及注释,173 及注释

confirmation 提证 6 及注释,17—18,43,62,64,226—227,281—282

by artificial proofs in form of analysis of texts 通过对文本的分析所提供的人工证据 197—198,220—225

in form of appeals to law and right 通过援引法律与正当 198,210—217,218—220

in form of examination of

445

circumstances 通过对条件的调查（by Brabantio 勃拉班修做出，p.277；Chief Watchman 巡丁甲 270—273；countess of Rossillion 罗西里昂伯爵夫人 247—250；Emilia 艾米利亚 266—267；Hamlet 哈姆莱特 236—240；241—243, 245—246；king of France 法王 285—286；Polonius 波洛涅斯 228—234）

 by non-artificial proofs in form of documentary evidence 通过文档证据这种非人工证据 194, 196, 256—257, 259

 in form of witnesses 通过证人 195—196, 254—255, 262—264

 by sense impressions 通过感官印象 195—196, 276—277

 see also refutation 也见辩护

conjectural issue (constitutio coniecturalis) 格物争议 5—6, 23—24, 45, 53, 55, 88, 199, 226—228

 and circumstances of action 与行动的条件 170—172, 186, 199—204, 228, 231—232, 239—240, 241—242, 255—256, 271—272, 239—240, 242, 271

conjectural issue (*cont.*) 格物争议（内容）与 and the probable 可能的条件 199, 200 及注释, 277

and signs of guilt 与有罪标志 200, 201 及注释, 202—204, 229, 231, 235, 242—243, 245, 247—250, 256, 261—262, 270, 272, 286

Connolly, Joy 康诺利,乔伊 21n, 22n

constitutio coniecturalis, *see* conjectural issue 格物争议, 见 conjectural issue

constitutio iuridicalis, *see* juridical issue 司法型争议, 见 juridical issue

constitutio legalis, *see* legal issue 释法型争议, 见 legal issue

contrary law (lex contraria) 对立法 197 及注释, 198, 222, 223 及注释, 224

Cook, Victor 库克,维克托 38n

Cooper, Thomas 库珀,托马斯 9n, 21n, 70 及注释, 80 及注释, 81 及注释, 82 及注释, 121, 128, 143, 144, 202 及注释, 227, 316

Corbeil, Anthony 科贝伊,安东尼 11n, 12n, 20n, 22n

Cormack, Bradin 科马克,布拉丹 7n, 25n

Cornwallis, William 康沃利斯,威廉 238 及注释

Cosin, Richard 科辛,理查德 255 及注释

Cox, Lee 考克斯,李 87n, 97n, 244n

Cox, Leonard 考克斯,莱纳德 34, 35 及注释

 see also Art or crafte of Rhetoryke 也见《修辞技艺》

Crane, Mary 克兰,玛丽 27n, 40n, 292n, 295n, 296n

索 引

Crider, Scott F. 克莱德,斯科特·F. 4n, 93n, 108n, 133n, 251n, 256n, 280n
Crompton, Richard 克朗普顿,理查德 203 及注释,204n
Cross, Claire 克罗斯,克莱尔 29n
Cunningham, Karen 坎宁安,卡伦 7n
Curtis, Cathy 柯蒂斯,凯西 27n

Dalton, Michael 多尔顿,迈克尔 204 及注释
Daniell, David 丹尼尔,大卫 54n
Dawson, Anthony 道森,安东尼 239n
Day, Angel 戴,安吉尔 39 及注释; on anaphora 论首语重复法 88n; antithesis 对偶法 108n; aposeopesis 顿绝法 141 及注释; 138n; epanodos 回环法 111n, 153n; paradiastole 叠转法 158—159 及注释; percontatio 反问法 113n; prosopopoeia 拟声法 168n
De Grazia, Margreta 格拉齐娅,玛格丽特 82n, 172n, 240n, 241n, 300n
De inventione(Cicero)《论开题》(西塞罗)
    date of 创作时间 11 及注释
    on causes 论动因 25, 69, 71—72, 107, 143—144
    circumstances of action 行动的条件 170—172, 186, 201
    commonplaces 常言 292, 293—294
    confirmation 提证 269, 294

    disposition 布局 4, 16—17
    elocution 雄辩 4, 13
    excuses 诸辩护理由 52, 128—129
    invention 选材 4, 11, 13—14, 20, 40
    issues 诸争议 22—23
    judges 法官 105, 122
    laws 法律 197, 221—222
    memory 记忆 4, 12—13
    narrative 陈述 163—167, 170, 179—180, 186
    peroration 总结 291
    printing of 印刷版 29—32, 52
    prohoemium 引言 17, 67—69(迂回诡 insinuative 秘的, 104—105, 107, 112, 115, 121, 131—133, 144, 157—158; open 直截了当的 76, 78—79, 101—102, 144—145, 150—151)
    question for adjudication 有待裁决的问题 22, 24, 226
    reason and speech 理性与雄辩 19, 45, 87, 279—280
    refutation 辩护 269—270
    voice and gesture 发声与姿态 4 及注释, 12 及注释
decorum(in comportment and speech)得体(举止和演说中)15, 39, 80, 93
Delamothe, G. 德拉莫斯, G. 309n
deliberative rhetoric(genus deliberativum)审议型雄辩术 10, 20—21, 43, 48—49, 125, 174n
demonstrative rhetoric(genus

447

demonstrativum）展示型雄辩术 10,20,43,48—49
Dent, R. W. 登特, R. W. 101n, 263n,304n,309n,310n
deprecatio, see mercy, appeal for 贬损法,见恳求宽恕
Desdemona（Othello）苔丝狄蒙娜（《奥瑟罗》），and Brabantio 与勃拉班修 61,118,275—280,309—310; and Iago's accusations 与伊阿古的指控 16,136,138—141,250—264, 319; and Othello 与奥瑟罗 121, 137,185—187,265—267,278—280
Desens, Marliss 德赛斯,马里斯 90n, 101n,281n
Desmet, Christy 德斯梅特,克里斯蒂 247n
Dewar, Mary 德瓦尔,玛丽 45n
Diana（All's Well That Ends Well）狄安娜（《终成眷属》） 62,97—98, 100—103, 176—178, 281—282, 286—290,311,319
disposition（dispositio）布局,修辞的要素 element in art of rhetoric 4—5,12,16—17,20,36—37,39—40, 42—43
　　see also elocution, invention, memory, voice and gesture 也见雄辩、选材、记忆、发生与姿态
documentary evidence, see confirmation 文档证据,见提证
Donaldson, Ian 唐纳森,伊恩 50n,57n, 101n,119n,311n
Donawerth, Jane 唐纳沃斯,简 223n
Donker, Marjorie 唐科,玛乔里 4n, 295n,312n
Donne, John 多恩,约翰 313—314 及注释
Doran, Madeleine 多兰,马德琳 139n, 256n,278n
Dove, John 达夫,约翰 313
Dowling, Maria 道林,玛丽亚 34n
Drakakis, John 德拉卡其斯,约翰 54n
dubitatio, figure of speech 佯疑,辞格 121—122 及注释,138
Dubrow, Heather 杜布罗,希瑟 126n
Dumaine, the Lords（All's Well That Ends Well）众侍臣（《终成眷属》） 281—282
Duncan-Jones, Katherine 邓肯-琼斯,凯瑟琳 32n,52n,61n

Eden, Kathy 伊登,凯西 35n,237n
Edwards, Philip 爱德华兹,菲利普 55n,56n,152n,188n
Egan, Gabriel 伊根,加布里埃尔 205 及注释
Egeon（Comedie of Errors）伊勤（《错误的喜剧》）205
Elam, Keir 伊拉姆,基尔 147n
elocution（elocutio）, element in art of rhetoric 雄辩,修辞的要素 4,6,12—14,19,28,36—39,42,139n
　　see also disposition; invention;

memory; voice and gesture 也见布局; 选材; 记忆; 发表
eloquence, coercive power of 雄辩的强力 46, 251, 279—281
Elyot, Thomas 艾略特, 托马斯 20n, 26—27, 36, 39, 240n
Emilia (*Othello*) 艾米利亚 (《奥瑟罗》) 136, 256, 265—267
emotions, arousing of 唤起情感 18—19, 66, 68, 177, 218, 237—239, 291, 302, 310
  Quintilian on 昆体良论 131, 133, 160, 167—169, 172, 184, 236n, 237—238, 262
Empson, William 恩普森, 威廉 136n
enargeia, see representation 生动, 见再现
Enders, Jody 恩德斯, 乔迪 4n, 6n, 12n, 184n
Enterline, Lynn 恩特林, 林恩 12n
epanodos, figure of speech 回环法, 辞格 111 及注释, 150—151, 152, 153 及注释, 154, 250
Ephesus, duke of (*Comedie of Errors*) 以弗所公爵 (《错误的喜剧》) 205
equity and equitable jurisdiction 公正平等的裁决 7, 198, 214, 251 及注释
Erasmus, Desiderius 伊拉斯谟 174n, 294 及注释, 295, 298, 312n; on commmplace books 论常言手册 292 及注释, 295—296, 299 及注释, 200; *De copia*《论词语的丰富》30—31,

34 及注释, 47n, 168n, 194n, 233 及注释
Erne, Lukas 埃尔恩, 卢卡斯 8n, 33n
Escalus (*Measure for Measure*) 艾斯卡鲁斯 (《量罪记》) 130, 318 及注释
ethos, establishing of 确立人格 18, 66, 111 及注释, 114
Ettenhuber, Katrin 艾滕胡伯, 凯特琳 314n
Evans, Robert 埃文斯, 罗伯特 4n
exclamatio, figure of speech 呼喊法 (辞格) 76 及注释, 95, 108—109, 114
excuse (purgatio) 理由 (洗罪) 24, 52—53, 61, 128—129, 130, 156, 204—209
exordium, see prohoemium 引言, 见 prohoemium
expostulatio, figure of speech 谏言法, 辞格 151

Felperin, Howard 费尔普琳, 霍华德 8n, 241n
Fenner, Dudley 芬纳, 杜德利 37 及注释, 38, 76n, 111 及注释, 138, 150—151, 153n, 201
Field, Richard, printer 菲尔德, 理查德, 出版商 31—33 及注释, 52 及注释
figures of speech 辞格 4 及注释, 6, 13, 19, 28, 37, 38—39, 111n, 153—154, 168, 173, 258; *see also* ambiguitas; anaphora; antithesis; aposeopesis; apostrophe; conduplicatio; dubitatio;

epanodos; exclamatio; expostulatio; illustris explanatio; mimesis; paradiastole; paralepsis; prosographia; prosopopoeia; repraesentatio; sermocinatio; tapinosis 也见歧义法、首语重复法、对偶法、顿绝法、呼语法、关键词重复法、佯疑法、回环法、呼喊法、谏言法、解释性例证法、模仿法、叠转法、假省法、描摹法、拟声法、再现法、言谈化、明夸暗损法

Fiorentino, Giovanni 菲奥提诺, 乔瓦尼 223n

Fitch, John 菲奇, 约翰 63n, 318 及注释

Fitzmaurice, Andrew 菲茨莫里斯, 安德鲁 149n

Fletcher, John 弗莱彻, 约翰 64

Florio, John 弗洛里奥, 约翰 313, 316

Foakes, R. A. 福克斯, R. A. 204n

Forker, Charles 福克, 查尔斯 3n, 49n

Fortinbrasse, young (*Hamlet*) 小福丁布拉斯《哈姆莱特》57—58, 59, 86—88

foul cause (causa turpis) 罪恶动因 49, 69—73, 104—106, 124, 136

 and Alcibiades 与阿奇比亚德斯 155—160

 Antony 安东尼 110, 115—116

 Friar Lawrence 劳伦斯神父 106—108

 Iago 伊阿古 136—137

 Isabella 伊莎贝拉 90, 129—130, 132—135

Lucrece 露克丽丝 124—126, 127—129

Othello 奥瑟罗 119—121, 123, 278

Fowler, Alastair 福勒, 阿拉斯泰尔 9n, 165n, 260n

France, king of (*All's Well That Ends Well*) 法王(《终成眷属》)62—63, 98, 100—103, 135, 176—178, 282—290, 310—311, 319

Fraser, Russell 弗雷泽, 罗塞尔 176n

Fraunce, Abraham 弗朗斯, 亚拉伯罕 37—38, 76n, 111n, 138n, 151, 153n, 196

Friar Lawrence (*Romeo and Juliet*) 劳伦斯神父(《罗密欧与朱丽叶》)9, 53 及注释, 63, 106—108, 111, 161—162, 178—183, 270, 272—275, 307

Friar Lodowick (duke of Vienna in disguise) (*Measure for Measure*) 洛德维克神父(维也纳公爵假扮)(《量罪记》)89, 130, 318 及注释

Frye, Northrop 弗莱, 诺思罗普 290n

Gascoigne, George 盖斯科因, 乔治 53n, 230 及注释, 244

Gaunt, D. M. 冈特, D. M. 236n

Germbergius, Hermann 热尔贝格乌斯, 赫尔曼 297, 304—305, 309

Gertrard, Queen (*Hamlet*) 葛特露王后(《哈姆莱特》), and Claudius 与克劳狄斯 148, 150, 153, 172, 187, 240—241, 242—243, 244, 303—304; and

索 引

Ghost 与鬼魂 74,80,82—83,84, 172; and Polonius 与波洛涅斯 148, 150,153,187—189,231,244

Ghost (*Hamlet*) 鬼魂(《哈姆莱特》), on Claudius 论克劳狄斯 80—83, and Hamlet 与哈姆莱特 58—59,70,73, 75—77, 84—85, 172—174, 234—235,239,245—246,300—301; on his murder 论自己的谋杀 16,55,75, 77—78,169—174; and purgatory 与炼狱 74—75,83;and revenge 与复仇 58,73—74,77

Gibbons, Brian 吉本斯,布赖恩 52n, 61n,95n

Gillespie, Stuart 吉莱斯皮,斯图尔特 3n

Gless,Darryl 格莱斯,达里尔 134n

Gloster, Duchess of (*2 Henry VI*) 葛罗斯特公爵夫人(《亨利六世》中篇) 49

Goldberg, Jonathan 戈德伯格, 乔纳森 61n,89n

Goodrich,Peter 古德里奇,彼得 203n

Gowland,Angus 高兰,安格斯 150n

Goyet,Francis 戈耶,弗朗西斯 299n

Graham, Kenneth 格雷厄姆, 肯尼斯 160n

Grammar schools, cirriculum of 文法学校课程 10 及注释,27—29,30,34—35,39

Green,Ian 格林,伊恩 27n,70n,296n

Green, Lawrence, and Murphy, James J.

格林,劳伦斯,与墨菲,詹姆斯·J. 29n,30n,31n,34n,36n,39n

Greenblatt, Stephen 格林布拉特,史蒂芬 73n,75n,174n,192n,315n

Greene,Robert 格林,罗伯特 82n,188n

Greg, W. W. 格雷格, W. W. 32n, 244n

Grendler,Paul 格伦德勒,保罗 29n

Gryphius, Antoine 格里菲斯, 安东尼 29,30,31 及注释

Guazzo, Stefano 瓜佐,斯特凡诺 83n

Guicciardini, Francesco 圭恰迪尼,弗朗切斯科 33n

Gurr, Andrew 格尔, 安德鲁 5n, 49n, 57n

Guy,John 盖伊,约翰 214n

Guyldensterne (*Hamlet*) 吉尔登斯吞(《哈姆莱特》)149,228,304

Haley, David 黑利, 大卫 101n, 283n, 315n

Halio,Jay 哈利奥,杰伊 255n

Halliwell, Stephen 哈利韦尔,史蒂芬 262n

Hamilton, Charles 汉密尔顿,查尔斯 61n

Hamlet (*Hamlet*) 哈姆莱特(《哈姆莱特》), and Claudius 与克劳狄斯 48, 233—236, 239—240, 242—243, 244—246; and Ghost 与鬼魂 16, 58—59, 70, 73, 75—77, 84—85, 172—174,234—235,239,245—246,

451

300—301; and Horatio 与霍拉旭 60，70，75，86—89，148—149，234—235，239，242，245—246，304; and the players 与众演员 56—57，236—237，238，241—242; and Polonius 与波洛涅斯 55，149—150，230—233; on commonplaces 论常言 300—302，303—304，311—312

Hampton, Timothy 汉普顿，蒂莫西 89n
Hanson, Elizabeth 汉森，伊丽莎白 100n
Hardy, Barbara 哈迪，芭芭拉 161n
Harington, John 哈林顿，约翰 32n, 33
Harmon, A. G. 哈蒙，A. G. 6n
Hatfield, Andrew 哈特菲尔德，安德鲁 217n
Hattaway, Michael 哈特威，迈克尔 49n
Hawkins, Harriett 霍金斯，哈丽雅特 190n
Healey, John 希利，约翰 51
Heath, Malcolm 希思，马尔科姆 68n
Hecuba 赫库巴 59, 236, 237
Hellen (*All's Well That Ends Well*) 海伦（《终成眷属》）, and Bertram 与贝特兰 98，100—101，176，281—290; and countess of Rossillion 与罗西里昂伯爵夫人 246—250; and Rynaldo 与管家 97—99, 174—176
Henderson, Judith 亨德森，朱迪斯 39n
Hercules, as orator 作为演说家的赫克勒斯 46 及注释，251 及注释
Hermione (*The Winters Tale*) 赫美温妮（《冬天的故事》）64—65

Hesk, Jon 赫斯克，乔恩 20n
Heywood, John 海伍德，约翰 263 及注释，297, 310n
Hibbard, G. R. 希巴德，G. R. 55n, 56n, 233n
Hillman, Richard 希尔曼，理查德 6n, 97n, 133n, 247n
Hobbes, Thomas 霍布斯，托马斯 252，314 及注释
Holderness, Graham 霍尔德内斯，格雷厄姆 117n, 223n
Holmer, Joan 霍尔默，琼 145n
honest cause（causa honesta）正直动因 69 及注释，70—73, 105—106, 143
   and Brutus 与勃鲁托斯 108—110
   Diana 狄安娜 101—102, 176, 290, 311
   Ghost 鬼魂 73, 75—85, 169, 234—235
   Horatio 霍拉旭 87—89
   Rynaldo 管家 98—99
honesty, honourableness（honestum）正直诚实 2 及注释，9n, 59n, 70—71, 115, 121, 124, 136 及注释，140—141, 189, 251, 253, 257—258, 265, 279—280, 290
Honigmann, E. A. J. 霍尼希曼，E. A. J. 60n, 61n, 188n
Hood Phillips, Owen 胡德·菲尔普斯，欧文 224n
Horace 贺拉斯 41, 292n
Horatio (*Hamlet*) 霍拉旭（《哈姆莱

特》）57,70,93,148；Hamlet and 哈姆莱特与 60,75,86—89,233,234—235,239,242,245—246,265—266,304

Horvei,Harald 霍维,哈拉尔德 153n,250n

hostile judge 充满敌意的法官 105,119—120,122；faced by Antony 安东尼所面对的 108—117；by Friar Lawrence 劳伦斯神父所面对的 63,106—108；by Hermione 赫美温妮所面对的 64—65；by Iago 伊阿古所面对的 137—141；by Isabella 伊莎贝拉所面对的 131—134；by Othello 奥瑟罗所面对的 63,110—124；by Shylocke 夏洛克所面对的 142—147

Howell,Wilbur 豪厄尔,威尔布 5 及注释,27n,34n,35n,36n,37n,38n,39n,40n

Hulme,Hilda 休姆,希尔达 304n

hunt,the,and hunting for clues 搜捕,寻找线索 229—230 及注释,234—236,240,244,271—272,292—293

Hunter,G. K. 亨特,G. K. 176n,315n,319n

Hutson,Lorna 赫特森,洛娜 4n,5,6n,7n,8 及注释,9n,42n,75n,149n,161n,162n,196n,201n,203n,204n,205n,214n,226n,251n,260n,295n

Iago（Othello）伊阿古（《奥瑟罗》）16,61,117—118,136 及注释,187,279,302,319；begins plot 启动阴谋 137—141；fabricates confirmation 捏造的证据 250—256；（'living reason'"活生生的理由"257—258；'ocular proof'"亲眼看见的证据"261—264）persuades Othello 说服奥瑟罗 259,264—265；unmasked 揭开真相 267—268

illustris explanatio,figure of speech 解释性例证法,辞格 237 及注释,257

Ingram,Michael 英格拉姆,迈克尔 255n

insinuation（insinuatio） 迂回诡秘 10,72—73,104—106,119—120,144—145；and Antony 与安东尼 114—117；Emilia 艾米利亚 266—267；Friar Lawrence 劳伦斯神父 107—108；Iago 伊阿古 137—141；Othello 奥瑟罗 120—123

Institutio oratoria（Quintilian）《雄辩术原理》

on causes 论动因 69—71,121,130,142,144

confirmation 提证 194—197,199,219,221,267,269,276

commonplaces 常言 292 及注释,293 及注释,294,295

disposition 布局 4n,12,16

elocution 雄辩 4 及注释,12 及注释,14

emotions,arousal of 唤起情感 131,133,160,167—169,172,184,

236n, 237—238, 262
false expositions 虚假证词 15, 252—253, 267
grand style 宏大体裁 19, 108 及注释, 289
humanist curriculum 人文主义课程 26
issues 争议 22—23, 45
invention 选材 12, 14, 15—16, 18
memory 记忆 13
mercy, appeal for 恳请宽恕 128 及注释, 131, 133—134
narrative 陈述 15—16, 161n, 162—163, 164—167, 211
peroration 总结 291—292
printing of 印刷版 29
prohoemium 引言 67—68, 76, 79, 144—146
questions, definite and indefinite 有限与无限的问题 24—25
refutation 辩护 18, 269—270
voice and gesture 发表 4 及注释, 13, 168—169
invention (inventio), element in art of rhetoric 选材, 修辞术要素 4—6, 11, 13—16, 18, 20, 25, 34—37, 40—42
see also disposition; elocution; memory; voice and gesture 也见布局、雄辩、记忆、发表
ira, see anger 愤怒, 见 anger
Irace, Kathleen 艾拉斯, 凯瑟琳 55n, 56n

Isabella (*Measure for Measure*) 伊莎贝拉 (《量罪记》) 9n, 61—62, 63, 100, 155—156, 161—162, 177, 319; and Angelo 与安哲鲁 89, 91, 95—97, 129—135; and the duke of Vienna 与维也纳公爵 89—90, 94—95, 97, 190—193
Isocrates 伊索克拉底 162—163
issue (constitutio) see conjectural issue; juridical issue; legal issue 争议 见格物争议、司法型争议、释法型争议

Jackson, MacDonald 杰克逊, 麦克唐纳 62, 63n, 315, 316, 317
James, Susan 詹姆斯, 苏珊 279n, 295
Jardine, Lisa 贾丁, 莉萨 5n
Javitch, Daniel 贾维奇, 丹尼尔 158n
Jenkins, Harold 詹金斯, 哈罗德 55n, 56n, 245n
Jenson, Nicholas 詹森, 尼古拉斯 29
Johnson, D. 约翰逊, D. 298n
Jones, Emrys 琼斯, 埃姆里斯 3n, 46n, 217n, 260n
Jonson, Ben 琼森, 本 56n, 119n, 314n, 316
Jordan, Constance 乔丹, 康斯坦丝 7n
Jordan, William 乔丹, 威廉 215n
Joseph, Miriam 约瑟夫, 米里亚姆 4n, 111n, 134n, 195n
Jowett, John 乔伊特, 约翰 63n, 156n
judicial rhetoric (*genus iudiciale*) 法庭

索 引

雄辩术 1—3,5—6,8,25,44,46,49—50,52,54—55,60—63
Juliet（*Measure for Measure*）朱丽叶特（《量罪记》）130
Juliet（*Romeo and Juliet*）朱丽叶（《罗密欧与朱丽叶》）106,179—180,182,270,273—274,309
juridical issue（constitutio iuridicalis）司法型争议 23,45,61,198,217,220,318
   absolute（absoluta）绝对的 62,198,210—211,213,217,219,319
   assumptive（adsumptiva）假定的 61—62,63,126,129—130,198,204—208,213—215,217—218,319

Kahn,Victoria 卡恩,维多利亚 203n
Kahneman,Daniel 卡恩曼,丹尼尔 105n
Kamaralli,Anna 卡马拉里,安娜 132n
Kapust,Daniel 卡普斯特,丹尼尔 15n
Katherine,Queen（*Henry VIII*）凯瑟琳王后（《亨利八世》）63—64
Kay,Margaret 凯,玛格丽塔 29n
Keeton,George 基顿,乔治 49n,64n,210n,214n,222n
Keller,Stefan 凯勒,斯特凡 4n,136n,140n,153n,189n
Kempe,William 肯普,威廉 27
Kennedy,Geroge 肯尼迪,乔治 11n,12n,13n,17n
Kennedy,Milton B. 肯尼迪,米尔顿·B. 3n,10n,49n,53n,120n,292n
Kennedy,William J. 肯尼迪,威廉·J. 4n
Kermode,Frank 科尔默德,弗朗克 260n
Kerrigan,John 克里根,约翰 19n,75n,80n,86n,89n,97n,124n,174n,244n,245n,246n
Kiernan,Pauline 基尔南,保利娜 9n
King,Ros 金,罗斯 204n
Kingston,John 金斯顿,约翰 30,31及注释,34
Kinney,Arthur 金尼,阿瑟 281n
Kirkwood,A. E. M. 柯克伍德,A. E. M. 31n
Klein,Karl 克莱恩,卡尔 63n,156n
Kliman,Bernice 克利曼,伯尼斯 132n
Knight,Edward 奈特,爱德华 300
Knight,Nicholas 奈特,尼古拉斯 215n
Knolles,Richard 诺尔斯,理查德 60n,317
Knowles,Ronald 诺尔斯,罗纳德 49n

Laertes（*Hamlet*）雷尔提（《哈姆莱特》）60,86,246
Lafew,Lord（*All's Well That Ends Well*）拉弗大人（《终成眷属》）98,177,282—283
Lambarde,William 兰巴德,威廉 196,203及注释,204及注释
Langer,Ullrich 兰格,乌尔里克 13n

Lavatch（*All's Well That Ends Well*）拉瓦契（《终成眷属》）99, 174 及注释

Lechner, Joan 莱切纳, 琼 292n

LeFanu, W. R. 勒法努, W. R. 31n, 32n

legal issue（constitutio legalis）释法争议 23 及注释, 45, 54, 197—198, 212—213

and Shylocke 与夏洛克 213, 220—225

Leggatt, Alexander 莱格特, 亚历山大 89n

Leimberg, Inge 莱姆伯格, 英厄尔 223n

Leontes（*The Winters Tale*）列昂特斯（《冬天的故事》）64—65

Levenson, Jill L. 利文森, 吉尔·L. 4n

Lever, J. W. 利弗, J. W. 61n

Lewis, Cynthia 刘易斯, 辛西娅 311n

Lewis, Rhodri 刘易斯, 罗德里 12n, 174n

lex contraria, *see* contrary law 对立法, 见 contrary law

Ling, Nicholas 林, 尼古拉斯 101n, 298 及注释, 302, 305, 307—310

Lipsius, Justus 利普修斯 33

Livy 李维 26, 50 51 及注释, 148, 208, 317

Lobban, Michael 洛班, 迈克尔 214n

loci communes, *see* commonplaces 常言, 见 commonplaces

Longavill（*Loves Labors Lost*）朗加韦尔（《爱的徒劳》）155

Longinus 朗吉努斯 13 及注释

Lucio（*Measure for Measure*）卢西奥（《量罪记》）130, 133—134, 162, 190—191

Lucking, David 勒金, 大卫 86n

Lucrece, and excuses 露克丽丝, 与诸理由 126—129, 205—208; raped 被奸污 124—125; and revenge 与复仇 74, 208; suicide 自杀 209

Lucrece, narrative poem《露克丽丝遭强暴记》, 叙事诗 1, 33 及注释, 50—54, 124—125

Lyne, Raphael 莱恩, 拉斐尔 4n

Mack, Peter 麦克, 彼得 5 及注释, 16n, 25n, 29n, 30n, 34n, 36n, 37n, 38n, 39n, 40n, 42n, 161n, 294n, 295n

Maguire, Laurie 马圭尔, 劳里 98n, 315

Mahood, M. M. 马胡德, M. M. 54n, 214n

Mancinelli, Antonio 曼奇内利, 安东尼奥 38

Mann, Jenny 曼, 珍妮 34n, 314n

Manuzio, Paolo 马努奇奥, 保罗 30 及注释

Maquerlot, Jean-Pierre 马圭洛, 让-皮埃尔 6n

Marbeck, John 马贝克, 约翰 297, 312n

Marcellus（*Hamlet*）马赛鲁斯（《哈姆莱特》）148

Margeson, John 马杰森, 约翰 64n

Margolies, David 马戈利斯, 大卫 6n,

7n,9n,225n,260n,290n

Mariana（*All's Well That Ends Well*）玛丽安娜（《终成眷属》）318 及注释

Mariana（*Measure for Measure*）玛丽安娜（《量罪记》）89—90 及注释，192,318 及注释

Marino, James 马里诺,詹姆斯 174n

Markham, Gervase 马卡姆,热瓦西 30

Marsh, Nicholas 马什,尼古拉斯 7n

Martindale, Charles 马丁代尔,查尔斯 3n

matter（res）,subject of judicial dispute 争议点,司法争端的问题 21—23,25,40—44,55—56,67—69,72—73,105,124,146,204

 in *All's Well* 在《终成眷属》中 98—99,175,286

 Hamlet《哈姆莱特》58—59,153,174,231—232,234—235

 Julius Caesar《裘利斯·凯撒》115

 Merchant of Venice《威尼斯商人》210—211

Maus, Katherine 莫斯,凯瑟琳 89n,255n,257n

McCandless, David 麦坎德利斯,大卫 6n,100n

McDonald, Russ 麦克唐纳,拉斯 4n,65n,108n

McGuire, Philip 麦圭尔,菲利普 2n,268n

McKerrow, R. B. 麦克罗,R. B. 31n,32n

McMullan, Gordon 麦克马伦,戈登 64n,318n

McNeely, Trevor 麦克尼利,特雷弗 4n,132n,256n,276n

Medine, Peter 梅迪因,彼得 40n

Meek, Richard 米克,理查德 161n

Meerhoff, Kees 米尔霍夫,凯斯 4n,34n

Melanchthon, Philipp 梅兰希通,菲利普 34 及注释,35,217n,294 及注释,297,299 及注释,300—301

Melchiori, Giorgio 梅尔基奥尼,乔治 56n,139n,146n,261n,315n

memory（memoria）,element in art of rhetoric 记忆,修辞术要素 4,6,12 及注释,13,36—37,39,42,295 及注释,300—301

 see also disposition, elocution, invention, voice and gesture 也见布局、雄辩、选材、发表

Menon, Madhavi 梅农,马大维 4n,261n

Menzer, Paul 门泽,保罗 56n

Mercer, Peter 默瑟,彼得 73n,80n,234n

Mercutio（*Romeo and Juliet*）迈丘西奥（《罗密欧与朱丽叶》）179

mercy, appeal for（deprecatio）恳请宽恕 24,61—62,127—128,131,133—136; and Alcibiades 与阿奇比亚德斯 156—159; Antony 安东尼 217—218; Isabella 伊莎贝拉 133—136; Portia 鲍西娅 213—216

Meres, Francis 米尔斯,弗朗西斯 54n,

298 及注释,304—305,310
Middleton,Thomas 米德尔顿,托马斯 63 及注释,155n,315—316,317
mimesis,figure of speech 模仿法,辞格 6n,140 及注释
Minton,Gretchen 明顿,格蕾琴 63n, 155n,156n
Miola,Robert S. 米奥拉,罗伯特·S. 3n,73n,110n,120n
Mirabellius,Nanus 米拉贝里乌斯,那努斯 296 及注释
Mirandula,Octavianus 米兰多拉,屋大维努斯 296—297 及注释,312n
miseratio,see pity 怜悯,见 pity
Molinier,Etienne 莫里奈,艾蒂安 313 及注释
Montaigne,Michel de 蒙田,米歇尔·德 313
Moschovakis,Nicholas 莫斯乔瓦基斯,尼古拉斯 120n
Moss,Ann 莫斯,安 292n,294n,295n, 296n,297n,300n
Moss,Jean 莫斯,琼 34n
Mountjoy,family of 蒙特乔伊家族 280—281
Mowbray,Thomas,duke of Norfolk (Richard II) 毛勃雷,托马斯,诺福克公爵(《理查二世》) 49—50
Mukherji,Subha 穆赫吉,苏巴 281n
Munro,Lucy 芒罗,露西 57n,135n, 174n
Murphy,James J., see Green,Lawrence

穆菲,詹姆斯 J.,见格林,劳伦斯

narrative in judicial speech 法庭演说中的陈述 14—16,19,35,41—42,86, 124—125,161 及注释,162 及注释, 163,200—202,211,258,260n
  failed narratives 失败的陈述(Egeon 伊勤 205 及注释;Isabella 伊莎贝拉 190—193;Polonius 波洛涅斯 187—190)
  requirements of success 成功的条件 163—169
  successful narratives of accusation 成功的指控陈述(Diana 狄安娜 176—178;Ghost 鬼魂 169—174; Rynaldo 管家 174—176)
  successful narratives of justification 成功的辩护陈述(Antony 安东尼 183—185;Friar Lawrence 劳伦斯神父 178—183,273—274;Lucrece 露克丽丝 205—207,208—209; Othello 奥瑟罗 185—187)
Nashe,Thomas 纳什,托马斯 238,239
Nauert,Charles 诺尔特,查尔斯 294n
Neill,Michael 尼尔,迈克尔 12n,60n, 256n
Newman,Karen 纽曼,卡伦 61n
Nicholl,Charles 尼科尔,查尔斯 3n, 31n,32n,280n,281n
Nicholson,Catherine 尼科尔森,凯瑟琳 4n,257n,312n
Noble,Richard 诺布尔,理查德 215n,

216n

North, George 诺思, 乔治 74

North, Thomas 诺思, 托马斯 32, 33, 110n, 236—237

Nurse (*Romeo and Juliet*) 乳母(《罗密欧与朱丽叶》) 178—179

Nussbaum, Martha 纳斯鲍姆, 玛莎 7n

Nuttall, A. D. 纳托尔, A. D. 8n

Ong, Walter 奥格, 沃尔特 36n

Ophelia (*Hamlet*) 奥菲利娅(《哈姆莱特》) 59, 149—150, 187—189, 228—229, 231—232, 233—234, 236, 240—243

orator, ideal of 演说者的理念 18—19, 21—22, 45, 46 及注释, 251—252, 280; limitations of 的限制 19—20, 24—25, 154—155; skills of 的技巧 13—16, 26—27, 42—45, 55—56, 69—70, 197—204

Orgel, Stephen 奥格尔, 斯蒂芬 5n, 64n

Othello (*Othello*) 奥瑟罗(《奥瑟罗》), and Brabantio 与勃拉班修 61, 110—119, 120, 123, 185—186, 275—277; and Cassio 与凯西奥 61, 136, 138, 139—140, 253, 257, 260, 261—264, 267; and Desdemona 与苔丝狄蒙娜 121, 136, 186—187, 266—267, 278—279; and duke of Venice 与威尼斯公爵 118, 119—120, 123—124, 160, 185, 187, 279; and Iago 与伊阿古 61, 117, 136, 137—141, 250—251, 253—264

Ovid 奥维德 32 及注释, 50—51 及注释, 208n

Oxford, University of 牛津大学 27—28, 38, 85n

Pafford, J. H. P. 帕福德, J. H. P. 64n

Painter, William 佩因特, 威廉 50—51, 98n, 100 及注释, 101, 282, 317

Palonen, Kari 帕洛内, 卡瑞 44n

paradiastole, figure of speech 叠转法, 辞格 117n, 158 及注释, 159, 243

paralepsis, figure of speech 假省法, 辞格 117n, 158 及注释, 159, 243

Paris (*Romeo and Juliet*) 巴里斯(《罗密欧与朱丽叶》) 53n, 106, 180—182, 270—272, 274

Parker, Patricia 帕克, 帕特里亚 98n, 101n, 141n, 247n, 256n

Parrolles (*All's Well That Ends Well*) 帕洛(《终成眷属》) 47n, 174n, 287—288, 316—317

passions, arousing of, *see* emotions 唤起激情, 见 emotions

pathos 诉诸情感 167, 169

Paul, Joanne 保罗, 乔安妮 242n

Peacham, Henry 皮查姆, 亨利 4n, 38—39 及注释

on ambiguitas 论歧义法 247n

anaphora 首语重复法 88n; anthithesis 108n; descriptio 描述法 257 及注释, 258 及注释; dubitatio 佯疑法

122n; epanodos 回环法 111n, 150—151 及注释,152 及注释,153 及注释; exclamatio 呼喊法 76n; paradiastole 叠转法 158 及注释; paralepsis 假省法 115—116 及注释, 139 及注释, 257 及注释; percontatio 反问法 113n; prosopopoeia 拟声法 168n; sermocinatio 言谈化 206n; tapinosis 明夸暗损法 146n

Pearlman, E. 珀尔曼,E. 80n

Pelopidas 佩洛皮达斯 236—237

Peltonen, Markku 佩尔通内,马库 25n, 35n,46n,74n,79n,292n

Perceval, Richard 珀西瓦尔,理查德 316n

Percival, Keith 珀西瓦尔,基思 27n

percontatio, see question 反问法,见问题

peroration 总结 17—18,66,168—169, 209,234,246,267,275,279,290

    and commonplaces 与常言 291—292

    in *All's Well* 在《终成眷属》中 304—305,310—311

    Hamlet《哈姆莱特》303—304

    Othello《奥瑟罗》309—310

    Romeo and Juliet《罗密欧与朱丽叶》307—309

    Shakespeare's doubts about 莎士比亚的质疑 302—303,306—307

Peters, Julie 皮特斯,朱莉 8n

Philibert de Vienne 利贝尔·德·维耶纳 74 及注释

Pincombe, Mike 平科比,迈克 19n,80n

Piot, Lazarus 皮奥特,那撒路 54n, 145—146 及注释,317

pity (miseratio) arousal of 激发怜悯 6,111,128n,167—169

    in *All's Well* 在《终成眷属》中 101—103

    Hamlet《哈姆莱特》172—174

    Julius Caesar《裘利斯·凯撒》184—185,218—219

    Merchant of Venice《威尼斯商人》214—215

    Timon of Athens《雅典的泰门》156,160

Plato 柏拉图 26 及注释,27,251

Platt, Peter 普拉特,彼得 3n,7n,117n,214n

plebeians as judges (*Julius Caesar*) 作为法官的平民(《裘利斯·凯撒》) 54—55, 109—110, 113, 115—117, 185,217—220,306

Plett, Heinrich 普勒特,海因里希 120n, 137n,139n,140n,237n,292n

Pliny 普林尼 292n

Plutarch 普鲁塔克 32—33,110 及注释,148,155,184,219n,236 及注释,237,292n

Polixenes (*The Winters Tale*) 波利克塞尼斯(《冬天的故事》) 64

Polonius (*Hamlet*) 波洛涅斯(《哈姆莱特》) 55,154,162,170,227,235; and

索 引

Hamlet 与哈姆莱特 231, 232—234, 236; and Gertrard and Claudius 与葛特露和克劳狄斯 150—154, 187—190, 228, 230, 243—244; and Ophelia 与奥菲利娅 148—150, 231—232, 243

Portia (*The Merchant of Venice*) 鲍西娅(《威尼斯商人》) 54, 143, 306—307

    on contrary laws 论对立法 222—225

    on mercy 论怜悯 213—216; 与夏洛克 and Shylocke 210—217, 220—225

Posner, Richard 波斯纳, 理查德 215n

Potter, Lois 波特, 洛伊丝 3n, 52n, 54n, 55n, 64n, 188n, 315n, 317n

Preston, Claire 普雷斯顿, 克莱尔 237n

Price, John 普赖斯, 约翰 305n

probability as likelihood 作为可能性的可行性 14, 15 及注释, 19—20 及注释, 25, 29, 41—42, 75n, 90—91, 166, 173, 203, 246, 266

    as susceptibility to proof 作为证据的疑点 14, 196, 199—200 及注释, 276—277

problem plays 问题剧 6—7

prohoemium (beginning of judicial speech) 引言(司法演说辞的开场白) 18, 66, 161, 174n

    aims of 其目标 18, 50, 67, 68—69, 75—85

    insinuative beginning (insinuatio) 迂回诡秘的开场白 71—73, 104—106, 112—113, 115—116, 121—124 (and Alcibiades 与艾西巴第斯 155—160; Antony 安东尼 108, 111—117; Friar Lawrence 劳伦斯神父 106—108, 178, 273; Iago 伊阿古 137—141; Isabella 伊莎贝拉 131—135; Lucrece 露克丽丝 126—129; Othello 奥瑟罗 120—124, 185)

    open beginning (principium) 直白型开场 72—73 (and Brutus 与勃鲁托斯 108—109, 110—111, 217; Diana 狄安娜 101—103, 176—177; Ghost 鬼魂 73, 75—85, 169, 173; Horatio 霍拉旭 86—89; Isabella 伊莎贝拉 89, 91—97, 190; Polonius 波洛涅斯 150—154, 187; Rynaldo 罗纳尔多 97—99, 174; Shylocke 夏洛克 144—148, 210, 217)

pronuntiatio, see voice and gesture 发表, 见声音与姿势

prosographia, figure of speech 描摹法, 辞格 258 及注释

prosopopoeia, figure of speech 拟声法, 辞格 168 及注释

Prosser, Eleanor 普罗瑟, 埃莉诺 73n, 74n

purgatio, see excuse 开脱, 见辩护理由

Puttenham, George 帕特纳姆, 乔治 4n, 33, 39

461

on anaphora 论首语重复法 88n; aposeopesis 顿绝法 138; circumstances of action 行动的条件 201; epanodos 回环法 111n; exclamatio 呼喊法 76, 94; foul causes 罪恶动因 70n; paradiastole 叠转法 158n; paralepsis 假省法 115—116 及注释; percontatio 反问法 113n; prosopopoeia 拟声法 168n; tapinosis 明夸暗损 146

question (quaestio) 问题 21, 24—25, 29, 41, 44, 190
    definite and indefinite 有限的与无限的 24—25, 44
    for adjudication (quaestio iudicii) 待裁决的 22—23, 53, 55, 87, 143—144, 211, 226, 235, 271, 275, 277, 284, 288
    in controversy (quaestio in controversia) 有争议的 24—25, 56—58, 87, 210, 225
    rhetorical question (percontatio) 反问 113—114, 219
Quintilian 昆体良 26, 28, 42, 106—107, 110—111, 114, 120, 158; see also Institutio oratoria 也见《雄辩术原理》

Rackley, Erika 拉克利,埃丽卡 89n
Raffield, Paul 拉菲尔德,保罗 7n
Rainolde, Richard 雷纳德,理查德 31n,

35 及注释, 55n, 56n, 96, 141, 162, 163n, 165, 195—196, 293—294
Ramism, reception of in England 拉米斯主义在英国的反响 6, 37—39, 90, 111n, 151
Ramus, Petrus 拉米斯,佩特乌斯 36, 37 及注释
Rasmussen, Eric 拉斯穆森,埃里克 315 及注释
Ratcliffe, Stephen 拉特克利夫,斯蒂芬 75n, 86n
reason and speech (ratio et oratio) 理性与雄辩 19—20, 45—46, 87, 93, 115, 279—280
Rebhorn, Wayne 雷布霍恩,韦恩 46n, 251n, 280n
refutation 辩护 17—18, 43
    by documentary evidence 通过文档证据 274, 286—287
    by witness 通过证人 174, 278—279, 287—288, 288—289
Regius, Raphael 瑞吉乌斯,拉斐尔 30 及注释
repraesentatio, figure of speech 再现法（辞格）237—239, 242, 257, 275 及注释
res, see matter 事务,见问题
rhetoric, art of (ars rhetorica) 修辞技艺:
    and causes, see foul cause; honest cause; strange cause 与动因,见罪恶动因、正直动因

索 引

and elements of, see disposition; elocution; invention; memory; voice and gesture 诸要素,见布局、雄辩、选材、记忆、发表

and forms of, see deliberative rhetoric; demonstrative rhetoric; judicial rhetoric 诸形式,见议事体、颂扬体、诉讼体

and issues, see conjectural issue; juridical issue; legal issue 诸争议,见格物争议、司法型争议、释法型争议

and parts of judicial speech see confirmation; narrative; peroration; prohoemium; refutation 司法演说诸部分,见提证、陈述、总结、引言与辩护,见提证;陈述;总结;引言;反驳

Rhetorica ad Herennium《罗马修辞手册》:

    as school textbook 作为文法学校课本及注释 28,29 及注释,31 及注释,33,39,42

    authorship of 其作者身份 30 及注释

    on causes 论动因 67n,68—69,71—72

    circumstances of action 行动的条件 199—204,271—272

    commonplaces 常言 292—293 及注释

Rhetorica ad Herennium:(*cont.*)《罗马修辞手册》(内容):

confirmation 提证 17—18, 194, 197—204,256,271—272,277

disposition 布局 4 及注释,12,16

elocution 雄辩 4 及注释,12—13

excuses 诸辩护理由 52

hostile judge 充满敌意的法官 119—120

invention 选材 4 及注释,12—13,14 及注释,15,16 及注释,25

issues 诸争议 10n,23—24 及注释,45, 54n, 197—199, 205—208, 209n,214—215

(conjectural issue 格物争议 226—227,235,242,245)

judicial rhetoric, primacy of 法庭雄辩术的首要地位 20—21,48

matter 事务,问题 21 及注释

memory 记忆 4 及注释,12

narrative 陈述 9n,12,17—18,163—166,168,170,173,179,181,187n, 188n,189n

peroration 总结 17—18

printing of 印刷版 29—30,31,52

prohoemium 引言 17—18, 69 (insinuative 迂回诡秘的 71—72, 104—105, 106, 112—113, 115—116, 121—123, 124—129, 131—132,138—140,157—158; open 直截了当 76—85, 93, 95—96, 102,108,144,150)

question for adjudication 待裁决的问题 22—23

463

refutation 辩护 17—18, 269—270, 287—288
Shakespeare and 莎士比亚与 3,46—47,52,53—54,242
verisimilitude 逼真 14—15 及注释, 41,170,192n,200
voice and gesture 发表 4 及注释,12, 93
Rhodes,Neil 罗兹,尼尔 7n,147n,293n
Rich,Barnabe 里奇,巴纳比 119 及注释
Richardson,Catherine 理查森,凯瑟琳 49n,52n,54n,154n,205n
Roberts,Caroline 罗伯茨,卡罗琳 61n
Roberts,James, printer 罗伯茨,詹姆斯,印刷商 54n,55n
Roderigo (*Othello*) 罗德利哥(《奥瑟罗》) 121n,136,261
Roe,John 罗伊,约翰 4n,124n,126n
Romeo (*Romeo and Juliet*) 罗密欧 (《罗密欧与朱丽叶》) 106,179—182,270,272—274,309,317
Rose,Mary Beth 罗斯,玛丽·贝丝 254n
Rosencrans (*Hamlet*) 罗森克兰茨 (《哈姆莱特》) 56—57,149,228
Ross,Lawrence 罗斯,劳伦斯 94n,132n
Rossillion,countess of (*All's Well That Ends Well*) 罗西里昂伯爵夫人(《终成眷属》), and Bertram 与贝特兰 283—284, 286, 288; Hellen 海伦 246—250,305 及注释;Rynaldo 管家 62,97—99,174—176,304
Rovine,Harvey 罗文,哈维 225n
Ryle, S. F. 莱尔, S. F. 34n
Rynaldo (*All's Well That Ends Well*) 管家(《终成眷属》) 62,97,98 及注释, 101, 174—176, 246—247, 249—250,304,319

Saint German,Christopher 圣日耳曼,克里斯托弗 214 及注释
Salingar,Leo 塞林杰,利奥 62n,92n
Sallust 萨卢斯特 26,308 及注释
Sanders,Norman 桑德斯,诺曼 60n, 260n
Saunders,W. H. 桑德斯,W. H. 28n
Schleiner,Winfried 施莱勒,温弗里德 296n
Seneca 塞涅卡 73n,292n
Serjeantson,Richard 瑟让森,理查德 194n
sermocinatio,figure of speech 言谈化, 辞格 206,258
Serpieri,Alessandro 赛尔佩利,亚历山德罗 108n,109n,139n
Shakespeare,William 莎士比亚,威廉 10 及注释,31—33,46—47,280—281
All Is True (*Henry VIII*)《亨利八世》64n
All's Well That Ends Well《终成眷属》1, 4n, 6, 47n, 49n, 60, 62, 64, 97—103, 135—136, 174—178,

246—250，281—290，304，306n，310—311，315—319

Comedie of Errors《错误的喜剧》204 及注释，205 及注释

First Part of the Contention,（2 *Henry VI*）《亨利六世》（中篇）49 及注释

Hamlet《哈姆莱特》1，6，9n，16，48，49n，55—60，61n，70，73—89，90，95 及注释，121，135n，148—154，162，169—174，181，187—190，209，227—246，247—249，262n，265—266，298，300—302，303—304，311—312

Julius Caesar《裘利斯·凯撒》1，4n，48，49n，54—55，108—117，183—185，217—220，306

King Lear《李尔王》156n

Life of Henry the Fift《亨利五世》5 及注释，48，220n

Loves Labors Lost《爱的徒劳》154，155 及注释

Lucrece《露克丽丝遭强暴记》1，33，50—54，63，74，124—129，130，154，204—209

Measure for Measure《量罪记》1，4n，6，7n，9n，60，61 及注释，62—63，89—97，100，101 及注释，129—135，155 及注释，156n，161，190—193，243n，318 及注释，319

Merchant of Venice《威尼斯商人》1，7，54 及注释，62，90—91，117，142—148，210—217，220—225，306—307，317

Othello《奥瑟罗》1，4n，5，7，9n，16，60，61 及 注 释，63，117—124，136—141，161—162，174n，185—187，250—268，275—281，309—313，317—319

Richard II《理查二世》49 及注释，50

Romeo and Juliet《罗密欧与朱丽叶》1，4n，9，52 及注释，53，55，63，106—108，161—162，178—183，229，270—275，307—310，317

Sonnets《十四行诗》5 及注释，252

Timon of Athens《雅典的泰门》63 及注释，155—160，318

Troilus and Cressida《特洛伊罗斯与克瑞西达》6 及注释，48，318

Venus and Adonis《爱神与金童》5，33 及注释，52

Winters Tale《冬天的故事》64 及注释，65

Shapiro, Barbara 夏皮罗，芭芭拉 7n，8，195n，196n，205n

Shapiro, James 夏皮罗，詹姆斯 54n，56n

Sharon-Zisser, Shirley 沙伦-蔡斯，雪莉 38n

Sherry, Richard 谢里，理查德 4n，38 及注释，39；on ambiguitas 论歧义法 247n；anaphora 首语重复法 88；antithesis 对偶法 108；circumstances of action 行动的条件 201, 203 及注释；commonplaces 常言 293；dubitatio 佯疑 123n；exclamatio 呼喊法 76n；mimesis 模仿法 140；percontatio 反问法 114n；rhetorical proofs 修辞证据 38n, 196；tapinosis 明夸暗损法 146n

shows（deceptive appearances）障眼法 90—91, 97, 241n, 251

Shrank, Cathy 史兰克，凯西 40n, 43n

Shuger, Debora 舒格，德沃拉 19n, 190n

Shylocke（*Merchant of Venice*）夏洛克（《威尼斯商人》）54, 142—148, 210—217, 220—225, 306—307

Sidney, Philip 锡德尼，菲利普 33, 45—46, 76, 236n, 237n

signs, *see* conjectural issue 诸标志，见格物争议

silence 缄默 2 及注释, 85, 153, 225, 241, 244, 268, 273, 279

Silvayn, Alexander 希尔维，亚历山大 54n, 145, 146 及注释, 212, 317

Simon, Joan 西蒙，琼 26n, 28n

Slater, Eliot 斯莱特，艾略特 318

Smith, Emma 史密斯，艾玛 315, 318n

Smith, Thomas 史密斯，托马斯 44, 45 及注释, 203

Snow, Edward 斯诺，爱德华 278n

Snyder, Susan 斯奈德，苏珊 64n, 98n, 100n, 176n, 279n, 315n

Sokol, B. J. 索科尔，B. J. 215n, 275n

Sokol, Mary 索科尔，玛丽 215n

Solon 索伦 148

Spenser, Edmund 斯宾塞，埃德蒙 33 及注释

Spevack, Marvin 斯皮瓦克，马尔温 54n

Spurgeon, Caroline 斯珀金，卡罗琳 230n

Spurio, Captain（*All's Well That Ends Well*）斯普瑞奥（《终成眷属》）316, 317

Stallybras, Peter 斯塔利布拉斯，彼得 298n, 300n

Starnes, DeWitt 斯塔恩斯，德维特 70n

Stevenson, David 史蒂文森，大卫 61n

strange cause（*causa admirabilis*）怪异动因 69, 71, 104—105, 142—143

and Shylocke 与夏洛克 143—144, 146, 213

Strier, Richard 斯特里尔，理查德 7n

Struever, Nancy 施特吕弗，南希 3n

studia humanitatis 人文研究, 26—29, 32, 40

Sturm, Johannes 斯特姆，约翰内斯 28

Suarez, Cypriano 苏亚雷斯，塞普里亚诺 34

Susenbrotus, Johann 苏森布罗图斯，约翰 38, 158n, 243n

Syme, Holger S. 塞姆，奥尔赫·S. 7n, 8n, 64n, 261n, 275n

Talon, Omer 塔隆，奥墨 34, 36, 37 及注释, 38—39

tapinosis, figure of speech 明夸暗损法,

索 引

辞格 146 及注释

Tarquin(*Lucrece*)塔昆(《露克丽丝遭强暴记》) 50—51, 74, 124—126, 205—209

Taylor, Gary 泰勒, 格雷 4n, 49n, 52n, 54n, 55n, 56n, 60n, 62n, 63n, 64n, 204n, 315, 318

Taylor, Neil 泰勒, 尼尔 233n

theatre audience, and *All's Well That Ends Well* 剧场观众, 与《终成眷属》135—136

 Hamlet《哈姆莱特》74—75, 85—86, 148, 233, 243

 Merchant of Venice《威尼斯商人》144—145

 Othello《奥瑟罗》255, 279—280

 Romeo and Juliet《罗密欧与朱丽叶》106

Thomas, Thomas 托马斯, 托马斯 9n, 70 及注释, 71 及注释, 80, 81 及注释, 83n, 84n, 97n, 200n, 202n, 233n

Thomas, Vivian 托马斯, 维维安 6n, 7n, 110n, 247n

Thompson, Ann 汤普森, 安 233n

Thorne, Alison 索恩, 艾莉森 4n, 241n, 246n

Tiffany, Grace 蒂法尼, 格雷斯 220n

Timon 泰门 155

Torti, Battista, printer 托尔蒂, 巴蒂斯塔, 出版商 29 及注释

Tovey, Barbara 托维, 芭芭拉 221n

Traversi, Derek 特拉弗斯, 德里克 6n, 8n

Tribble, Evelyn B. 特里布尔, 伊夫林·B. 12n

tropes of speech 演说辞中的转义 4 及注释, 6, 13, 28, 37 及注释, 38—39, 109n, 153—154, 168, 243n, 244

Trousdale, Marion 特鲁斯戴尔, 马里昂 294n

Tucker, E. F. J. 塔克, E. F. J. 212n

Turberville, George 特贝维尔, 乔治 176n

Tybalt(*Romeo and Juliet*)蒂博尔特(《罗密欧与朱丽叶》) 180

Valla, Lorenzo 瓦拉, 洛伦佐 5n, 35—36

van Es, Bart 范埃斯, 巴特 8n, 174n

Vasoli, Cesare 瓦索利, 切萨雷 36n

Vaughan, Virginia 沃恩, 弗吉尼亚 60n

Vautrollier, Jacqueline, printer 杰奎琳·瓦托尔, 出版商 32 及注释

Vautrollier, Thomas, printer 托马斯·瓦托尔, 出版商 31 及注释, 32, 33

Venice, duke of(*Merchant of Venice*)威尼斯公爵(《威尼斯商人》) 142—144, 147, 210—212, 307

Venice, duke of(*Othello*)威尼斯公爵(《奥瑟罗》) 118—121, 123—124, 136, 161, 185, 186—187, 275—279, 310, 312—313

Venice, republic of 威尼斯共和国 29—30, 117 及注释, 118, 137, 211—213,

467

221—224,296

verisimilitude, achievement of 实现逼真 14—15,41—42,170,192n,200

Veron, John 弗农,约翰 70 及注释,71n,80,81 及注释,82 及注释,83n,84n,85n,97n,200,227,233n

Verona, prince of (*Romeo and Juliet*) 维洛那亲王(《罗密欧与朱丽叶》) 53,106,107—108,161,178,180,182—183,229,270—275,307—309,310

Vickers, Brian 维克斯,布莱恩 5 及注释,17n,19n,21n,63n,64n,108n,111n,155n,169n,184n,279n,299n,314n,315—316 及注释

Vienna, duke of (*Measure for Measure*) 维也纳公爵(《量罪记》) 62,89—90,91—97,130,161,162,190—193

Vives, Juan Luis 比韦斯,胡安·路易斯 27—28,30,294,299 及注释

voice and gesture (pronuntiatio), element in art of rhetoric 声音与姿势,发表,修辞术之要素 4 及注释,6,12 及注释,13,36—38,42,79,91,93,168—169,183—184,218,241;*see also* disposition; elocution; invention; memory 也见布局、雄辩、选材、记忆

Walker, Alice 沃克,艾丽斯 39n,318n
Wallace, William 华莱士,威廉 34n
Ward, Ian 沃德,伊恩 7n

Ward, John O. 沃德,约翰·O. 25n,30n

Watson, Curtis 沃森,柯蒂斯 74n
Watson, Robert 沃森,罗伯特 279n
Watson, Walter 沃森,沃尔特 13n
Watt, Gary 瓦特,格雷 7n,214n,215n,216n

Weaver, William 韦弗,威廉 35n,126n,201n,205n,206n,208n

Weimann, Robert 韦曼,罗伯特 8n,12n,174n

Wells, Stanley 韦尔斯,斯坦利 4n,49n,52n,54n,55n,56n,60n,62n,63n,204n,315,318

Wels, Volkhard 韦尔斯,福尔克哈特 4n,293n

Wheeler, Richard P. 惠勒,理查德·P. 6n,190n,247n

Whetstone, George 惠斯通,乔治 92—93,131n,192

Whigham, Frank 惠格姆,弗朗克 158n
Whitaker, J. 惠特克,J. 29n
Wickham, Chris 威克姆,克里斯 196n
Wiggins, Martin 威金斯,马丁 49n,52n,54n,154n,205n

Wilder, Linn 怀尔德,林 12n,301n
Willcock, Linn 威尔科克,林 12n,301n
William, Grant 威廉,格兰特 35n
Wills, Garry 威尔斯,加里 4n,108n,109n,116n,183n

Wilson, John Dover 威尔逊,约翰·多弗 56n,244 及注释

索 引

Wilson, Luke 威尔逊, 卢克 7n, 236n

Wilson, Rawdon 威尔逊, 罗顿 56n, 87, 88n, 185n

Wilson, Thomas, *The rule of Reason* 威尔逊, 托马斯《理性规则》40—42, 203, 292—293; see also Arte of Rhetorique 也见《修辞术》

Wisse, Jacob 魏斯, 雅各布 19n, 68n

witnesses, *see* confirmation 证人, 见提证

Wittenberg, University of 威登堡大学 300, 301—302

Wriothesley, Henry, Earl of Southampton 南安普顿伯爵 33

Yates, Frances 耶茨, 弗朗西斯 12n

Yeo, Richard 伊奥, 理查德 295n

Zurcher, Andrew 泽克, 安德鲁 7n, 56n, 83n, 214n, 231n, 240n, 245n, 246n

代译后记
莎士比亚为何如此？
——斯金纳的思想史研究与《法庭上的莎士比亚》

昆廷·斯金纳这个名字，对关注人文历史的国内读者来说并不陌生。早在1989年，斯金纳的经典著作《现代政治思想的基础》(*The Foundations of Modern Political Thought*)就被翻译出版(2009年由商务印书馆出版，书名译作《近代政治思想的基础》，2011年由译林出版社出版)。斯金纳的马基雅维里研究导论《马基雅维里》于1992年由中国社会科学出版社出版，后被收入"牛津通识读本"书系中，并于2011年由译林出版社出版。可以说，自21世纪初《现代政治思想的基础》重译开始，得益于国内许多知名学者的译介，斯金纳和以他为主要代表的"剑桥学派"政治思想史在国内也掀起了一阵不小的思想史研究潮流。虽不及通常英语学界所称的"斯金纳革命"影响广泛，但依旧获得了广泛的阅读与关注，启发了许多人的思考与研究。其中，斯金纳的专著《自由主义之前的自由》、《霍布斯哲学思想中的理性和修辞》、《霍布斯与共和主义自由》等书既成为许多研究者和读者了解相

代译后记

关议题的必读书目,也成为很多作者的写作灵感来源。

在斯金纳作品获得译介的同时,"剑桥学派"成员的其他作品和大量研究成果也获得了关注,彼得·拉斯莱特(Peter Laslett)、约翰·邓恩、J. G. A. 波考克(J. G. A. Pocock)、菲利普·佩蒂特、毛里奇奥·维罗里(Maurizio Viroli)等重要历史学家、政治思想史家和政治哲学研究者的作品都逐渐进入大众的视野,成为许多读者阅读清单里的必读书目。此外,以观念史、思想史和共和主义研究为主题的,由斯金纳及其各位同仁所合作编写的各种思想史研究也被大量引入(当然,就英语世界本来数量庞大、可谓汗牛充栋的书目来说,依旧有很大的空间),主要有复旦大学李宏图教授等主持的"剑桥学派思想史译丛"以及"剑桥学派概念史译丛"等(商务印书馆主持翻译的"剑桥政治思想史丛书"中也有许多与斯金纳有关联的作品,斯金纳本人也参与了写作,但不止包括专门的语境论思想史研究)。这些研究中既有斯金纳等思想史研究者围绕思想史研究方法和人文学科研究进路所展开的理论思考,也有大量按照其方法和理论进行历史和思想史研究的实际操作。阅读这些作品,不仅可以了解以斯金纳为代表的"剑桥学派"语境论思想史研究的哲学背景、理论预设和方法论准则,更可以极大地丰富对许多思想家和哲学家作品与文本的了解,无论从开阔视野、丰富智识还是提升人文素养上说,都是一桩乐事。不仅如此,仅就斯金纳本人而言,他并不喜欢以晦涩难懂的隐喻或复杂难解的叙述来表达观点、展开论证,其作品大多行文流畅、逻辑清楚,读起来并不费力。因此,对于许多想要了解相关议题、对思想史研究有兴趣的读者来说,即使作为基本读物,这些作品也不存在巨大的阅读障碍或知识壁垒。

斯金纳既重要,也不难读。然而,在21世纪初的一阵"剑桥学派"

浪潮后,我们已经很久没有读到斯金纳的新书了。其实,稍微追溯一下斯金纳的写作就会发现,他本人是保持着几乎"五年一部新作"的创作节奏的。就此而言,英语世界和中文世界作品的时间差在一定程度上影响了读者对斯金纳研究进展的持续了解,也多多少少影响了国内学者对思想史研究的关注热情。《法庭上的莎士比亚》英文原版于2014年出版,本是斯金纳应牛津大学之邀为克拉伦登系列讲座所作。2018年,斯金纳又出版了《从人文主义到霍布斯》[1],书中包含了两章与《法庭上的莎士比亚》一书研究主题相关的文章。到本文写作时,斯金纳依旧在继续创作新的作品。就此而言,中文阅读界对于斯金纳研究的了解,或许面临着某些断裂。而恰如前文简单的创作时间线所暗示的,《法庭上的莎士比亚》在斯金纳的思想史研究中扮演着某种桥梁的作用,承接起他晚近十年的研究工作。译者当然也希望,《法庭上的莎士比亚》中文译本的出版,也能在某种意义上将中文世界对斯金纳及其思想史研究的了解接续起来。

一、斯金纳是谁?[2]

1940年11月26日,昆廷·斯金纳在曼彻斯特的郊区小镇查德顿(Chadderton)出生。他是亚历山大·斯金纳(Alexander Skinner)和温妮弗雷德·罗斯·玛格丽特·达西(Winifred Rose Margaret Duthie)

---

[1] Quentin Skinner, *From Humanism to Hobbes: Studies in Rhetoric and Politics*, Oxford: Oxford University Press, 2018.

[2] 本文对斯金纳生平的介绍主要参考了艾伦·麦克法兰(Alan Macfarlane)于2008年1月10日对斯金纳进行的采访与伦敦玛丽女王大学网站提供的斯金纳学术简历,以及译者本人与斯金纳的交流回忆,并借鉴了管可秾为《霍布斯与共和主义自由》所作的译后记,旨在向读者呈现斯金纳本人更丰富立体的形象,帮助有兴趣的读者进一步了解斯金纳。

的第二个孩子,是个射手座的男孩,按中国生肖属龙。斯金纳的父母都是苏格兰人,两家都是阿伯丁的富裕商人家庭,接受了良好的教育。父亲曾经在英格兰军校就读并接受了海军训练,母亲毕业于阿伯丁大学英语文学专业(母亲的三位兄弟和两位姊妹则在阿伯丁大学学习医学专业)。根据斯金纳自己的回忆,他的父亲从军校毕业后加入皇家海军,并很快被派赴第一次世界大战前线。由于对行伍生活的厌恶,亚历山大退伍之后参加了文官考试,并成为英帝国非洲殖民地官方机构的官员,还因为自己的服务而获得大英帝国三等勋位(Commander of the Order of the British Empire,CBE)。他的母亲温妮弗雷德大学毕业后,成了学校教师。或许是通过她的大学同学、亚历山大的妹妹的介绍,两人结识,后来又结成夫妻。夫妇二人算得上晚婚晚育,斯金纳出生时,母亲已经39岁。

斯金纳的父母常年工作生活在尼日利亚,在斯金纳出生后不久便又返回殖民地继续工作。年幼的昆廷(同许多同时代有相同背景的孩子一样)被留在英国本土(鉴于非洲的卫生环境和气候条件可能对婴儿和儿童带来危险),仅在假日期间可以与父母相聚。或许是历史学家的职业特性,也或许由于斯金纳本身性格温和,当后来采访者们问及他自己对童年这段缺失父母的成长历程的看法时,他总是强调其时代性和普遍性,坦言对当时的孩子来说,这种生活就是常态。当然,斯金纳也是十分幸运的。一来,他的父母将他留给斯金纳的姨妈照顾,这位温柔又充满智慧的女性在曼彻斯特从事医师职业,终身未婚,热爱中国文化,并且以母亲般的关怀照顾小斯金纳成长。在姨妈家见到的中国工艺品和各种藏品,也成为斯金纳对中国文化好奇和热爱的开端。二来,斯金纳的父亲在尼日利亚的殖民机构担任要职,父母的家世与职业不仅保证了斯金纳的日常生活与教育,同时这份工作还丰富了家族对非洲工艺品的收藏。

对于成长于20世纪中叶的英国儿童(尤其是男孩)而言,寄宿学校是许多孩子受教育和生活经历中无法逃避的环节。父母远在海外的小斯金纳也是如此。7岁时,斯金纳被送入贝德福德学校(Bedford School,一所创建于1552年的私立男校)的小学预科,成为一名寄宿的小学生。正如许多后来影视作品中所描绘的,寄宿学校的生活往往伴随着各种不悦的记忆,严厉的管教、被迫的独立与年幼儿童尚缺乏社会化训练的互动,对每个成长在这种制度下的学生来说,都算不上舒适愉悦。虽然斯金纳坦言,当时的孩子们大多如此,但也不止一次地补充说,即使在那时候,他依然对这种生活感到难以接受。不过,寄宿生活开始一段时间后,小斯金纳患上了肺结核,母亲从尼日利亚回到英国照顾他。两年后,亚历山大也从尼日利亚退休,一家人从此定居贝德福德。退休后的亚历山大继续保持着沉默的性格,但是母亲的陪伴给斯金纳带来了巨大的影响。一方面,母亲继续保持着对英国文学的热情;另一方面,作为曾经的外交官,母亲常常在家用法语同他交谈,这也为斯金纳后来的语言能力打下了基础。

虽然贝德福德的经历伴随着可怕的回忆,但是这所学校也给斯金纳提供了极其优良的基础教育和通识教育,为他后来一生的研究打下了基础。贝德福德的许多老师都十分优秀,斯金纳尤其醉心于历史、英国文学和古典文献。当时担任英国文学和历史学课程的授课教师约翰·艾尔(John Eyre)对斯金纳产生了十分重要的影响。在艾尔的引导下,斯金纳对戏剧和文学产生了浓厚的兴趣(甚至还在艾尔的号召下竞选了学校的莎士比亚戏剧演员)。作为一位优秀的教师,艾尔在教导学生获得牛剑诸校奖学金方面也颇有心德。他不仅介绍斯金纳参加了剑桥大学的奖学金面试,而且为了让斯金纳等学生准备充分,还引导他们开始阅读克罗齐、罗素和柯林伍德等重要历史学家和哲学家,这对斯金纳后来的学术选择产生了极其重要的影响。

不仅如此,贝德福德的教育制度和斯金纳在家庭中受到的父母的影响,使他的兴趣爱好得到了很大的扩展。他在学校里成了体操队和剑术队队长,掌握了小提琴演奏技术并成为校管弦乐团和合唱队的成员。他对古典音乐有着强烈的热情,贝多芬、海顿和亨德尔都曾经是他的最爱,而近年来他最喜爱的则是巴赫。20世纪的俄罗斯古典音乐也使他十分着迷,从柴可夫斯基、斯特拉文斯基一直到肖斯塔科维奇的作品都是他的常听曲目。有意思的是,斯金纳应该是一个一心不能二用的人。他热爱音乐,但当他进行严肃的学术思考和写作时,需要保持绝对的安静,而无法在欣赏音乐的同时认真工作。

1959年,即将从贝德福德毕业的斯金纳参加了剑桥大学的面试,获得了面试官伊恩·麦克法兰(Ian MacFarlane)的青睐,成为冈维尔-凯厄斯学院(Gonville and Caius College)的学生。这一年也是斯金纳教师人生开始的一年。根据他的回忆,在从贝德福德毕业和前往剑桥大学开始大学生活之间,他获得了几个月的空闲,于是便应聘到肯特郡梅德斯通的一所中学担任代课老师。几个月的教书生活既让他坚定了自己要从事教师工作的决心,也让他认识到了这份工作的艰辛,这也是他进入剑桥大学后坚持教职生涯的起点和初心。

许多人或许都有这样的体会,在某个阶段,自己的人生仿佛加速了,以至于后来的生活都可以说取决于某些时刻。在斯金纳学术生涯的早期,就有这样的几个决定性时刻。第一个"时刻"是1962年,这一年,斯金纳还未满22岁,他在冈维尔-凯厄斯这个有着浓厚历史学氛围的学院已经接受了大量的历史学和其他人文科学的教育。斯金纳在学习中展现了惊人的能力,在当时剑桥实行的考核制度中,他在前两个学段都位列第一,第三学段(终端考试)的成绩也十分优秀。与此同时,出于偶然,学院空缺了一位院士(fellowship),斯金纳便因自己的优异成绩获得了这个资格。此时,他已经结识了约翰·邓恩,同时还上过古代史大家摩西·芬利爵士(Sir Moses Finley)和中世纪思想史大家沃尔特·乌尔曼(Walter Ullmann)的课程。此外,令他印象深刻的老师还包括讲授苏格兰启蒙运动和休谟思想的邓肯·福布斯(Duncan Forbes),以及主要研究政治哲学和思想史的约翰·伯罗(John Burrow)。也是在这个阶段,斯金纳接触到了彼得·拉斯莱特的研究(不过,在本科阶段,斯金纳并未与拉斯莱特结识),拉斯莱特的《洛克〈政府论〉导论》极大地激发了斯金纳对思想史研究的兴趣。因此,尽管他对拉斯莱特的研究结论持批判态度,但是拉斯莱特的方法论主张确实具有开创性,拉斯莱特所编辑的洛克作品,是他如今依然会推荐学生们使用的基础性文本之一。

更偶然的事同样发生在 1962 年。当年夏天,英国政府开始在大学中推行改革。由于学生数量的增加和新大学的设立,许多新学校缺少教职工,而这种空缺又只能依靠在原有的大学中调剂来解决。于是,在牛津大学、剑桥大学这样的老牌大学中出现了非常明显的人才流失,学校同样需要新的力量来应付日常的教学和工作。恰是在这样的背景下,缺少一位历史教师的剑桥大学基督学院将目光锁定在了表现优异的斯金纳身上,聘请他担任这一职务。出于自己从事教学工作的初心和年轻气盛的勇气,斯金纳接受了这份工作,由此开始了科研-教学"双肩挑"的繁忙生活。他不仅要为准备讲课而认真阅读大量文献并构思课程提纲,要配合学院完成各种行政工作,还要继续完成自己的学习任务,通过奖学金考试,并且推进自己感兴趣的思想史研究,尤其是关于霍布斯思想及其义务论语境的分析。当然,他凭借出色的

代译后记

能力完成了各项任务,同时也开始在方法论和思想史研究领域崭露头角。在这一阶段,他所授课的学生中,也有许多优秀的年轻人,后来成为十分著名的历史学家,西蒙·沙玛(Simon Schama)就是其中之一。

自1962年成为教师后,斯金纳在剑桥大学又继续度过了近十年辛苦又忙碌的生活。1965年,他获得了硕士学位,正式成为基督学院的院士。1974年,斯金纳接受在普林斯顿大学教授历史学的约翰·艾略特的邀请,成为该校高等研究中心的访问学者。本来他只准备在美国停留一年,但普林斯顿大学很快又向他提出了一份五年制的工作邀请,甚至想要聘请他为终身教师。斯金纳接受了这份五年合同,继续留在美国研究和写作。在离开英国之前,斯金纳结束了自己的第一段婚姻。他后来接受采访时说,结婚时他和女方都很年轻,虽然已经交往几年,但婚姻对于他们来说似乎并不是正确的选择,于是两人很快结束了这段短暂的婚姻关系。在来到普林斯顿一段时间后,斯金纳结识了苏珊·詹姆斯,一位同样来自剑桥大学的女性哲学学者。他们在异国他乡互生好感,相互陪伴,有时还会在普林斯顿学校内的草坪放风筝。苏珊·詹姆斯给了斯金纳很大的支持和鼓励,两人自此以后相伴同行,到如今已经度过了四十多年幸福的婚姻时光。"回想起来,这仿佛就是一整个人生。"斯金纳每每谈到妻子时,总是极尽赞美,充满了快乐。

苏珊·詹姆斯是一位十分优秀的女哲学家,研究领域主要是近代早期欧洲哲学,尤其是斯宾诺莎哲学思想、性别哲学以及社会政治哲学等。从剑桥获得硕士和博士学位后,苏珊先后在剑桥大学的戈登学院以及康内提克大学担任过研究员讲师。2000年,任伦敦大学伯克贝克学院的哲学教授,并在伯克贝克建立了斯宾诺莎研究小组。2022年,苏珊成为英国国家学术院院士(Fellow of the British Academy)。

斯金纳和苏珊这对学术伉俪相互扶持，互相成就，在斯金纳的每本书中，都会衷心地感谢苏珊这位最敏锐的"第一读者"。夫妇俩至今还保持着每年旅游度假的习惯，意大利和南法都是他们喜欢的目的地，这些地区的古迹和各种书店则是他们最享受的地方。20 世纪末，两人还应学术邀请来中国讲学。他们十分喜欢中国的传统文化与艺术，后来甚至开始规律地学习太极来锻炼身体，每天最爱的饮料也是中国茶。最后，关于斯金纳的家庭生活，还有一个有趣的巧合，那就是斯金纳和苏珊的女儿和儿子分别出生于 1980 年和 1982 年，而这两年也分别是斯金纳的父亲和母亲离世的年份。

普林斯顿的五年时光不仅带给了斯金纳美好的伴侣和幸福的婚姻生活，也给了他极大的学术激励，正是在这段时间里，斯金纳完成了他的成名作《现代政治思想的基础》。这部杰作的完成，一方面是斯金纳在剑桥大学期间备课和研究的积累，另一方面，也得益于普林斯顿给他提供的大量自由的写作时间。当时作为访学学者的斯金纳，并不承担强制性的教学任务，而在参与了几次学校的学术研讨后，他迅速地意识到自己所感兴趣的问题与其他学者的巨大差异，从无意义的争辩风险中抽身，投入写作之中。虽然当时普林斯顿的历史学研究并未得到斯金纳的认可，他在这里却收获了方法论和更宽广的学术视野，尤其是与托马斯·库恩（Thomas Kuhn）、阿尔伯特·赫希曼（Albert Hirshman）和克利福德·格尔兹（Clifford Geertz）这几位社会理论巨匠的交往，使他受益匪浅。库恩的"范式"理论，赫希曼关于欧洲近代早期经济和政治社会变迁的反思以及格尔兹的文化理论给了斯金纳很大的启发。这些学者在研究中对"永恒问题"的拒斥、对维特根斯坦语言哲学的认可等，都使斯金纳颇有志同道合之感，他对这几位学者总是赞不绝口。

代译后记

关于斯金纳早期学术生涯的开始,最后需要提及的"熟人"应该就是同他和约翰·邓恩一起被并称为"剑桥学派三剑客"的波考克。波考克1924年3月7日生于伦敦(是个双鱼座),比斯金纳大十六岁。1942—1946年,波考克在新西兰的坎特伯雷大学学院获得学士和硕士学位,1948年回到英国,并于1952年在剑桥大学获得博士学位,随后又回到新西兰任教。1974年,波考克成为约翰·霍普金斯大学历史系的教师,1994年荣休。斯金纳和波考克之间的友谊始于波考克将自己的《马基雅维里时刻》(*The Machiavellian Moment*)草稿寄给斯金纳。这部作品展现了波考克深厚的历史学功底和严谨的写作风格,波考克同斯金纳一样,不满当时主流的思想史研究路径,认可库恩在《科学革命的结构》中所阐述的理论变革模式,并试图将库恩和维特根斯坦等哲学家的方法论运用到思想史研究中。他对斯金纳关于语义和语言行动的方法论分析以及当时已经发表的霍布斯政治义务论研究十分感兴趣,遂真诚地将自己的这部作品寄给斯金纳。对于波考克,斯金纳同样既感激又欣赏。虽然年长他许多,但波考克从未以前辈的身份对待他,两人的交流探讨总是在平等的氛围中展开。当然,斯金纳对波考克关于文艺复兴时期意大利政治思想史的判断持批判态度,但这并未影响后来的学者将二人与约翰·邓恩"打包处理"的做法。

部分因为家庭原因,斯金纳和苏珊于1979年返回英国,斯金纳开始在剑桥大学政治学系任教。1996年至2008年期间,他被任命为剑桥大学近代史钦定讲座教授,此外,还担任了剑桥大学的一些行政职位。从剑桥退休后,他一直在伦敦玛丽女王大学任教,到2022年,他已经从事教师行业整整六十年。斯金纳不仅积极参与(实际上是以他为核心和榜样)玛丽女王大学政治思想史研究中心的建设和各种学术活动,参加青年学者的学术研讨会,还给学生开设了包括近代政治思想中的国家理论等课程,继续影响和教育着来自许多国家、对思想史研究感兴趣和有热情的青年人。斯金纳的课程深入浅出,尤其强调文本阅读与历史知识的结合,学生往往都会被他丰富的通识知识、深刻的哲学洞见和惊人的记忆力所折服。而他面对这些思想史的菜鸟,总是十分温和友善,从不吝啬时间给学生解答哪怕是最简单的问题,也非常乐于为学生提供各种智识帮助①。作为一位杰出的学术领袖,他也十分重视为后来者和青年学者提供学术资源,帮助他们获得更多的学术舞台,顺利地融入思想史研究的"共同体"。在英国大学的各种学术活动中,照例都会有茶歇或者会后的聚餐聚饮,而只要斯金纳出席,他就不仅会友善地同各位参会者交流,更会鼓励学生们相互了解,表达自己的看法,结交更多的友谊。在他的影响下(虽然他总是十分谦虚),以伦敦大学尤其是玛丽女王大学政治思想史研究中心为基础的思想史研究小圈子,有着十分轻松和和谐的氛围。

在过去六十多年中,斯金纳出版了诸多重要作品,也获得了许多重要的嘉奖。在这些作品中,他集中于20世纪所发表的十余篇方法论文章可以被视为斯金纳方法论基础的总和,后来经过编辑修改和扩充,成为2002年《政治的视野·第一卷:方法论》②的主体内容。《现代政治思想的基础》自出版以来,在历史学界和政治学界都产生了巨大影响,1979年获沃尔夫森历史学奖,并被《泰晤士报文学副刊》列为"五十年内最具影响力的一百本书之一"。此外,他几乎收获了西方世界人文历史学界所有重要的荣誉和奖项。除已经提

---

① 译者最早阅读阿尔伯特·赫希曼的大作就是得益于斯金纳教授的推荐,而彼时我与斯金纳还从未谋面,只是通过电子邮件向他请教关于自己一项研究计划的看法。
② Quentin Skinner, *Vision of Politics*, vol. I: *Regarding Methods*, Cambridge: Cambridge University Press, 2002.

代译后记

到的沃尔夫森历史学奖外，还有 2001 年的本杰明·利平科特奖（Benjamin Lippincott Award）、2006 年的巴尔赞奖（Balzan Prize）、2006 年的以赛亚·伯林爵士奖（Sir Isaiah Berlin Award）、2007 年的大卫·伊斯顿奖（David Easton Award）、2008 年的比勒菲尔德学术奖（Bielefelder Wissenschaftspreis）等。自己获奖的同时，斯金纳也秉持着一贯的慷慨和谦虚，将自己所获的奖金用在鼓励后辈上。他在剑桥设立了"昆廷·斯金纳讲师奖学金"（The Quentin Skinner Lectureship），为从事近代政治思想史研究的青年学者提供在剑桥大学进行短期研修的机会。不仅如此，斯金纳还是许多世界著名学术机构的成员，他是英国国家学术院院士、欧洲学术院院士（Academia Europaea）、美国人文科学院院士（American Academy of Arts and Sciences）、意大利林琴国家科学院院士（Accademia Nazionale dei Lincei），当然，还是伦敦玛丽女王大学"巴博·博蒙特人文学科教授"（Barber Beaumont Professor of the Humanities）。最后，虽然斯金纳并未获得博士学位，但是数年来卓越的学术成就使他获得了世界多所大学的荣誉博士学位，其中就包括了牛津大学、哈佛大学、雅典大学、芝加哥大学、赫尔辛基大学等，也算弥补了一项缺失。

部分由于童年时期姨妈的影响，部分由于历史学家的天性，斯金纳对中国一直保持着善意和好奇。2017 年，斯金纳教授应北京大学人文高等研究院之邀再次来到中国，其间在北京和南京讲学游历，在北大讲学的讲座内容以《国家与自由：斯金纳访华讲演录》[①]为名于 2018

[①] ［英］昆廷·斯金纳著，李强、张新刚主编：《国家与自由：斯金纳访华讲演录》，北京大学出版社 2018 年版。

年出版,在南京大学的讲座讲稿则收录在《新学衡·第二辑》中。① 当时已经 77 岁的斯金纳,凭借敏锐的思考和深厚的学识使国内学者和学生折服,几场讲座均座无虚席。在讲座和讲学工作之外,他更是抓住机会体验中国的风土人情,热情与学人交流。如今离他当年与译者在访谈中提及《法庭上的莎士比亚》一书已过去六年,②这本当时在他口中"最满意的书"终于可以与中国读者见面,于作者和译者而言,都是一件激动人心之事。

二、说明而非解释:斯金纳的目标与方法③

斯金纳研究的重要性和巨大影响,很大程度上建立在其方法论较于传统思想史研究的革新之上,他在写作时也有着高度的方法论自觉,因此,有必要对其研究方法做一些介绍。

在 2002 年出版的论文集《政治的视野·第一卷:方法论》中,斯金纳使用了一个口号式的标题——Seeing things their way,这也是斯金纳每每澄清自己的方法论关怀时会使用的表述。我们大致可以将其翻译为"如其所是地看",而反过来看,这句话也是在说,某些研究并没有如此行事。那么,在斯金纳看来,历史学家在研究思想史时会出现的问题是什么呢?

---

① [英]昆廷·斯金纳:《西方关于"自由"的论辩》,载于朱庆葆、孙江主编:《新学衡·第二辑》,南京大学出版社 2017 年版,第 51—65 页。
② 这篇访谈最初是应东方历史评论之邀所作,后来又被收录在《欧美史研究(第四辑)》中[高国荣、张炜主编:《欧美史研究(第四辑)》,社会科学文献出版社 2021 年版],再次感谢东方历史评论和陶小路编辑对访谈的支持。
③ 本节的叙述内容部分修改自译者本人为《从人文主义到霍布斯》写作的书评,原文刊于《中国图书评论》2019 年第 4 期,第 83—92 页。

代译后记

对于这个问题,可以从斯金纳在 2003 年回应《现代政治思想的基础》批评者时的表述中找到简单的回答。

第一个问题是并未如其所是地看待思想和文本的历史研究,被他称为"融贯性的神话"(mythology of coherence)。这种神话坚称,"对任何政治作家的作品进行分析的最佳方式,就是从他们的全部作品中提取那些能够构成连贯系统思想体系的内容"。[1] 因此,对文本的阅读不仅要从整体出发,而且最好要从中归纳出一整套前后一致的论述。以对马基雅维里的解读为例,斯金纳反对包括克罗齐在内的许多学者的观点,认为在《君主论》和《李维史论》之间,不存在明显的断裂。相反,受到柯林伍德的影响,他认为真相绝非某种单一的主张,甚至也不是作为整体的一系列主张,而是存在于由问题和回应所构成的复合体之中。[2] 用这种"问题-回应"的解读方式来分析马基雅维里,在每部作品本身之中寻找连贯性,成为斯金纳研究马基雅维里的基础。[3]

另一种斯金纳要挑战的观念是对经典文本和"永恒问题"(perennial issues)的迷信。它认为,文本蕴含着"恒久的智慧"(dateless wisdom),其展现形式则是"普世观念"(universal ideas)。[4] 由此出发可以推论,这些教诲对当下我们所面临的问题同样具有指导

---

[1] Quentin Skinner, *Surveying the Foundations: A Retrospect and Reassessment*, in Annabel Brett, James Tully, Holly Hamilton-Bleakley eds., *Rethinking the Foundations of Modern Political Thought*, Cambridge: Cambridge University Press, 2006, p. 240.

[2] R. G. Collingwood, *An Autobiography*, Oxford: Oxford University Press, 1939, p. 37.

[3] Quentin Skinner, *Surveying the Foundations*, p. 241.

[4] Quentin Skinner, *Meaning and Understanding in the History of Ideas*, in James Tully ed., *Meaning and Context: Quentin Skinner and His Critics*, Princeton: Princeton University Press, 1988, p. 29.

性，因此，我们可以根据自己的需求来阅读，仿佛这些作品是出自同时代人之手。斯金纳一直反对这种经典至上的诠释学路径，他发表于1969年的方法论文章《观念史中的意涵与理解》的原定标题就是《政治思想史中经典文本的无足轻重》(*The Unimportance of the Great Text in the History of Political Thought*)。① 当然，斯金纳之所以如此表述，旨在反对正典论（canonist），指出在思想史的研究中，经典文本绝非唯一。

为什么经典没那么重要？

一方面，在斯金纳看来，历史学家必须时刻谨记避免时空错置（anachronistic）的失误。过去某个历史阶段所发生的事件，所流行的观念，所使用的术语，与研究者们自己所生活的时代必然存在着差异，罔顾这一点，将自己视作尺子去裁剪历史，实际上背叛了历史研究的宗旨，既不符合理性，也充满了自大情绪。这种立场也意味着，许多人津津乐道的所谓"永恒问题"，很有可能仅仅是当下研究者所假设的某些判定而已。另一方面，由于每一位作家都是在特定的社会环境和话语体系之中进行写作的，我们在阅读时，需要将其视为文本"之一"，而非"绝对"文本。斯金纳曾经专门澄清过他与施特劳斯（Leo Strauss）的一个主要区别，施特劳斯对文本的阐释是"道德式的"，而他的解释则是"历史性的"。就此而言，斯金纳主张采用一对一的文本分析方式，考量作者在写作时的意图与目的，将其视为对特定问题的回应。

其实，到回应批评者对《现代政治思想的基础》的意见时，斯金纳对自己的方法论已经做了精简，以便有针对性地回答质疑。斯金纳思

---

① Petri Koikkalainen, Sami Syrjämäki, *On Encountering the Past: An Interview with Quentin Skinner*, Finnish Yearbook of Political Thought, 2002, p.35.

想史研究在方法论上的基本关照和出发点,在《观念史中的意涵与理解》一文中有最全面的概括。在这篇方法论"檄文"中,斯金纳直陈当时思想史研究界的三大神话迷思(myth),坦言研究者需要重新思考思想史的目的、限度与路径。简单概括,这三种迷思包括了"学说迷思"、"融贯迷思"和"预期迷思"。

所谓学说迷思,指的是历史学家经常陷入的一种分析方式,亦即坚信每一位重要的著作家,必定会在某些主题所包含的所有论题上都提出自己的学说。因此,当我们研习这些思想家和作家的作品时,一定可以从他们的论述中找出相应的内容。① 首先,我们很容易将这些著作家的只言片语当成他们对于某些论题的论述,并因此或是将我们预期的论述强加给历史上的著作家,或是牵强地一定要在某些重要作品中找到预期的论述。这两种时代错置(anachronism)常常出现在现时代各种讨论分析思想史的作品之中,例如,研究者因为帕多瓦的马西利乌斯(Marsilius of Padua)根据亚里士多德的论述,在《和平的保卫者》(*Defensor Pacis*)中曾经将统治者执行角色和人民的立法角色分离开来进行讨论,便推断马西利乌斯关于立法和行政分立的主张与政治自由的观念传统相关;抑或是因为理查德·胡克(Richard Hooker)在《教会组织法》(*Of Laws of Ecclesiastical Polity*)第一卷中曾经讨论过自然的社会性(亚里士多德意义上的),就认为他对教会组织神圣起源与公民组织世俗起源的区分是社会契约论思想传统的组成部分。

不仅如此,持有这种主张的研究者,还可能将各种思想观念实体化。也就是说,认为各种观念学说在历史发展的进程中是一直存在

---

① Quentin Skinner, *Vision of Politics*, vol. I, p. 59.

的,而这就是洛夫乔伊"观念史"研究的立场。学说迷思的以上表现形式,或许在某些政治哲学和思想实验中,有助于论辩者理清思路。但是,从历史学的角度出发,这种处理方式完全违背研究的目的,而且会造成更加严重的后果。研究者不仅会不公允地对待每位著作家的成就与历史意义,甚至可能会根据自己的偏好来评价这些著作家并不具备的某些特质:"马基雅维里之所以值得关注,是因为他为马克思奠定了基础……孟德斯鸠的远见卓识在于他预见到充分就业和福利国家观念……而莎士比亚这位杰出的政治著作家对不同种族、不同信仰的人组成社会的可能性表示怀疑,因此他的作品可以被视为道德和政治教育文本。"[1]

前文已经提到斯金纳对施特劳斯研究的不满,在《观念史中的意涵与理解》中,斯金纳更是直接指出,施特劳斯对思想家和著作家的研究,同样是这种学说迷思的表现,而且比以上做法更危险,是一种鬼神论(demonlogoical)的处理方式。施特劳斯坚信人类历史存在某些永恒问题和真正价值,由此出发,对过去的各种思想家进行谴责、批判,以道德论的口吻来阐述这些著作家的写作。也有一些研究者或许比施特劳斯一派更加温和一些,但他们依旧或是将并不属于著作家本身的观点或学说强加到研究对象身上,或是从预设的学说系统出发,批判著作家并未充分讨论或者并未提及这一套学说中的某些内容,并将其视为这些著作家的不足之处。更有甚者,研究者还会根据预设的学说来假定,著作家的作品就是为实现该学说的目标而作,因此,他/她的意图必定在此。于是,即使他/她的言论缺乏各种证据,也一定存在某种隐微的写作或高明的修辞,使著作家可以在"永恒真理"的链条上

---

[1] Quentin Skinner, *Vision of Politics*, vol. I, p. 63.

进行传承。

第二种迷思被斯金纳归纳为融贯迷思,这也是回应对《现代政治思想的基础》的批评时,他明确提及的一种。在斯金纳看来,这种错误在当代政治和道德哲学史的论著中俯拾即是。研究者为了赋予学说逻辑上的融贯,常常根据自己的预设来"调整"著作家的学说主张,并且认为著作家总是会持有或捍卫某些融贯的系统,以及认为他们如此智慧,怎么可能前后矛盾,又怎么可能在未经完整规划而进行写作呢?然而,事实显然往往并非如此。斯金纳指出,这种迷思会进一步导致我们在处理著作家的作品时,因为其缺乏融贯性而进行批判,或是傲慢地忽略掉著作家可能存在的思想发展,或是简单粗暴地忽略掉著作家作品可能出现的前后不一致的主张。(当然,对这种不一致的精妙简化,同样出自施特劳斯之手。例如他关于马基雅维里在《君主论》和《李维史论》中不同立场的诠释,将其归于施特劳斯口中"迫害与写作"这一著作家所要面临的"永恒处境"。)

如果说前两种迷思发生在研究者对著作家文本的"扩大化"解读中,可以通过严格地将关注限制在文本本身之内而得到避免,那么第三种迷思则更加难以预防,这便是预期迷思。[①] 对此,斯金纳给出的解释是,研究者们往往会以回溯的眼光,根据自己的后视之明来评判历史人物和著作家的行为与作品。一个最直观的例子就是,在如今关于文艺复兴历史的叙述中,人们常常带着修辞的说法将彼特拉克登上旺图山视为这个时代的开端。然而对彼特拉克来说,他当时具备这种历史责任感的可能性太小了,甚至不及他仅仅只是登上山的解释站得住脚。类似的处理方式也发生在其他思想家和著作家身上。例如,人们

[①] Quentin Skinner, *Vision of Politics*, vol. I, p. 74.

将柏拉图追溯为某种极权主义主张的起源,认为卢梭不仅促成了雅各宾派的血腥统治,也要对如今的极权主义承担责任,更不用说人们将马基雅维里的学说视为政治现代性的开端了。

这样看来,历史学家在研究历史上著作家和思想家的学说观念时,其实能做的十分有限,要如其所是地了解认识这些学说观念,似乎无法满足许多人内心深处对意义、价值、永恒真理的迷恋。因此,斯金纳在批判了各种迷思后,就需要告诉大家,思想史的研究究竟有什么可取之处和值得肯定的地方?显然,如其所是地看待思想家,不仅是研究者平视对方、尊重过去的基本职业素养,它也可以避免我们做出以上在知识论层面错误的判断。用斯金纳自己的话来说,试图通过在经典文本中寻找"永恒问题"来为自己的哲学论证背书,会将思想史研究变成一种十分幼稚的工作。因为当我们真诚地考察历史就会发现,"任何的言论都必定体现在特定情境之下的特定意图"。换句话说,人们信奉的经典文本所关心的是著作家和思想家自己所处时代的问题,而不一定是(甚至可以说不可能是)我们时代所面临的问题。这也就是柯林伍德所说的,在哲学中并不存在永恒问题,存在的只有对特定问题的特定回答。这种结论的有限性在斯金纳看来并不意味着对思想史研究价值的否定,相反,一旦我们认识到,不同时空的社会存在着不同的观念系统和价值体系,社会一直处在变迁之中,人们的思想也是如此,我们反而可以获得更大的解放——意识到我们身处的时代和社会所具有的偶然性,并从这种反思追问中获得自知之明。①

那么,身处不同时空的我们,如何能够确认彼时作者的意图呢?在《从人文主义到霍布斯》一书中,斯金纳曾经指出理解作者和文本时

---

① Quentin Skinner, *Vision of Politics*, vol. I, pp. 89—90.

最基础和核心的工作:"要探寻古人的观点与意涵,必然十分困难,除了阅读其著述别无他法。"不仅如此,"若非有足够的历史知识去发现这些背景,并以极大的审慎之心进行考察",就不可能真正地理解这些文本。①

这就需要引入语言哲学对文本与语境之间的讨论。

在这个问题上,斯金纳的方法论资源主要来自维特根斯坦、奥斯汀(J. L. Austin)和赛尔(John R. Searle)。维特根斯坦将语言视为复合工具(multiplicity of tools),表明词语与句子可以以多种方式被使用,指出词语的意义存在于其用法之中,其"语言游戏"(language games)和"家族相似性"(family resemblance)等概念为斯金纳提供了文本分析的基本指针,对文本主义(textualism)和正典论进行批判。在维特根斯坦的影响之下,斯金纳认为,由于语言必然出现在特定时间所施行的特定语言游戏之中,因此,要理解词语和句子的含义,就不能仅就文本来读文本,而是要理解整个语言游戏的惯例(conventions),要理解语言的各种用法。

奥斯汀的启发则在于语言用法的考察上,奥斯汀界定了"施事话语"(performative utterance),当话语在被说出时,它不仅是"说了某事",同时也"施行了一种行动"。② 奥斯汀区分三种话语类型:以言表意行为(locutionary act)、以言施事行为(illocutionary act)和以言取效行为(perlocutionary act)。其中,还原言说者发言时的所思所想,是一种心理学层面上的任务,以言取效行为则要将言说对象的接受与反应

---

① Quentin Skinner, *From Humanism to Hobbes: Studies in Rhetoric and Politics*, Oxford: Oxford University Press, 2018, p. 1.

② J. L. Austin, *How To Do Things with Words*, Oxford: Oxford University Press, 1962, p. 132.

纳入考察之中。第一种行为从思想史的角度来说不可能,第三种则并非思想史研究的首要目标。"以言施事的力量指的是某种语言资源,以言施事的行为指的是言说者在沟通中运用这种语言资源的能力。与其他所有自愿行为一样,以言施事行为是凭借我们的意图而被辨识出来,但是,我们的话语所承载的以言施事的力量,则主要是由这些话语的意涵和语境决定。"①

斯金纳的文本分析在以言施事行为这一层面展开,它包含在文本之中,但又与作者所假设的意图(难以复原)有所区别。"当施行以言施事行为时,能动者必然要采用一种特定的力或意义来表达特定的言说,并且想要他的听众根据自己表达时的意图来理解这些言说,这就是能动者在写作和他所写作品意义之间'可能存在的最接近的关联'。"②对此,斯金纳本人正是如此总结自己的立场的:

> 我一直试图证明的是,文本便是行动,恰如是,理解过程要求我们在处理所有以言施事的行为时,复原在实施这些行为时所包含的意图。但是,这并非旧解释学或许会引导我们去相信的那种神秘的移情过程。这是因为,行动反过来也成了文本:它们包含了我们有希望读出的主体交互性意涵。③

由于这种以言施事的行为必然要考虑话语产生所处的特定规范性表述、惯例和意识形态等,以保证言说能够被听众(起码部分地)所

---

① Quentin Skinner, *Vision of Politics*, vol. I, p. 110.
② Quentin Skinner, *Motives, Intentions and Interpretation*, in James Tully ed., *Meaning and Context*, p. 75.
③ Quentin Skinner, *Vision of Politics*, vol. I, p. 121.

代译后记

接受,因此产生效果。因此在对这种意图进行恢复时,着重考虑的就是对这些规范性表述进行追溯和考察,也就是所谓的语境还原。当然,语境可以包含多种维度:特定的政治情势、社会或文化环境,诸如法庭这样的制度性背景等,这些维度之间并不存在必然的界限,与言说者和文本产生复杂的互动。[1] 在斯金纳的分析中,书面文本与其他类型的语汇呈现同样重要:图像、音乐和建筑等也是一种修辞方式和特定语言。斯金纳不止一次在访谈和讲座中强调了这一点,他自己的研究也同样采取了这种视角。例如,对洛伦采蒂的湿壁画《好政府》(Lorenzetti, *Bono Government*)的研究就是极好的示范,[2] 而例如《霍布斯哲学思想中的理性和修辞》一书对于人文主义传统和霍布斯早期思想与写作活动的关联,尤其是人文主义者主张的图像呈现与霍布斯作品之间关联的分析同样如此。

其实,在很多访谈和作品中,斯金纳也反复阐述了他的这种方法论主张,简单地说,要如其所是地理解文本的内容与作者的意涵,其实可以分"三步走"。

首先,正如前文已经提到的,斯金纳十分赞同柯林伍德的"问题-回答"判断,强调著作家和思想家写作的时代背景与即时性。换句话说,文本都是作者想要针对具体的、特定的问题表明自己的立场和观点所作,是作者本人对特定问题或议题的回答,在政治社会议题中尤其如此。因此,我们在研究文本时,第一步就是要发现作者本人想要回应的问题是什么,这个答案或许存在于作者所生活时代的迫切的政

---

[1] Annabel Brett, *What is Intellectual History Now?* In David Cannadine ed., *What is History Now?* London: Palgrave, 2002, p. 116.
[2] Quentin Skinner, *Vision of Politics*, vol. II, *Renaissance Virtues*, Cambridge: Cambridge University Press, 2002, pp. 39—117.

治社会危机中,或许出现在作者日常生活和交往的经验中,总之,是可以通过具体的历史资料和文本分析来找到的。第二步当然就是找出作者思考认识这些问题时,可以借用的思想文化传统和资源,这就需要研究者详细梳理作者的教育背景和阅读书目,了解作者的社交网络和生活状态。毕竟,我们通过语言所能理解和表达的,都是我们所已经掌握的,这也是为什么我们在斯金纳的许多思想史研究中,都能读到大量对著作家和思想家的教育背景和阅读书目进行考据的内容。最后,在斯金纳看来,在大致同一时代和同一区域,由于面临的政治社会危机与议题大致相同,诸多著作家和思想家对其的回答,必定可以放在一个光谱(spectrum)中来总体性地被观察。而倘若要了解文本的意涵,就要思考文本在整个光谱中位于何种位置,是如何干预和介入(intervention)光谱,并且为该政治论辩做出了何种贡献的。

根据这种三步走的方法论指南,我们便进入本书与斯金纳整体研究方法的两重相关性。一方面,在任何时代,教育背景和知识资源都在绝对意义上决定了一个人的思想模式以及话语表达方式,在传统时代尤其如此。对于接受了人文主义教育,在文法学校经历了完整训练的莎士比亚来说,应当重视他所能使用的知识资源,去解释他所取得的各种成就。而就莎士比亚的戏剧而言,法庭剧的安排和设计尤其印证了他所受到的人文主义修辞术教育。也只有详细了解人文主义教育中修辞术的具体课程安排以及教材内容,才能解释莎士比亚的诸多法庭剧情节和台词的选择。修辞学家尤为关注的是如何在法庭论辩中取胜,根据西塞罗、昆体良等罗马修辞学家的教诲,这需要言说者最大限度地激发听众的情感。为此,各种修辞技巧被反复运用,成为言说者"以言行事"时将会采用的最合理和便捷的参考路径。

另一方面,由于莎士比亚接受了标准的人文主义教育,对其作品的解释,可以直接从其教育背景和经历之中寻找线索、还原语境。这也就反过来证明了斯金纳的方法论主张,以及通过回到语境之中来理解著作家、理解文本,"如其所是地"知晓莎士比亚为何如此写作法庭剧。斯金纳在本书中从莎士比亚生活时期英国的人文主义教育谈起,着重分析了当时英国文法学校修辞学教育的课程安排与课本书目,列举了莎士比亚应当掌握的修辞术技巧,以及经典作家是如何解释和示范法庭修辞术的步骤与策略的。知识资源与剧本内容的对应,也从方法论角度为斯金纳的主张做了最完美的证明。

三、检视莎士比亚:人文主义教育传统与莎士比亚的法庭剧创作

"即使是最具有原创性的作家,也绝不是他们所言说的语言的发明者,而通常是既有文化的产物,他们不可避免地在这些文化中参与对话。"① 人文主义作家如此,莎士比亚这位天才当然也是如此。斯金纳思想史研究一直以来的目标之一,都是解释这些作家的作品为何以特定的方式呈现出来,以及他们对某些概念的理解,为何表现为特定的样式。② 因此,虽然许多读者看到本书的标题时或许会认为,这与大家印象中的政治思想史研究、剑桥学派概念史抑或是斯金纳等思想史家津津乐道的共和主义思想等标签大相径庭,但实际上,《法庭上的莎士比亚》这本看似"离题"的作品,恰恰是斯金纳思想史研究中不应当被忽略的成果。在本书的引言开篇,斯金纳就直截了当地表明了本书

---

① Annabel Brett, *What is Intellectual History Now?*, p.118.
② 参见本书第 2 页。

法庭上的莎士比亚

的意义与价值：

  本书是我为了理解修辞技艺在文艺复兴文化史中的地位而进行持续研究所出版的第三部作品。本系列研究的起点始于考察罗马修辞观念在文艺复兴时期意大利城市共和国中的再次出现，以及它们对公共生活理论和行为的影响。尔后，我将研究焦点转移到17世纪的历史进程中，此时修辞术教育开始受到质疑和抨击。本项研究则回到了修辞术教育在文法学校中独占鳌头的伊丽莎白和詹姆斯一世时期的英国，试图考察这种教育体制与同一时期无与伦比的戏剧成就之间所存在的复杂关联。[①]

  这里提到的其他两部作品，第一部就是斯金纳出版于1978年的《现代政治思想的基础》，第二部指的则是《霍布斯哲学思想中的理性和修辞》。回看《现代政治思想的基础》的第一卷"文艺复兴"就会发现，此时斯金纳已经具有高度的方法论自觉。他在这一卷中，主要通过分析文艺复兴时期罗马修辞术的传播与运用，来解释文艺复兴时期社会政治理论与行为方式的特征与变化。修辞学被视为文艺复兴的知识资源，人文主义者恰好是在他们所接受的罗马修辞术教育之中承袭罗马法传统关于自由观念的理解，并发展出了一整套相对应的学说。《霍布斯哲学思想中的理性和修辞》则着重考察霍布斯早年人文主义教育对他写作以回答当时英国面临的迫切政治问题——如何理解政治义务——产生了何种影响。该书综合运用了文字和图像等各种资料，生动地展现了霍布斯早期思想的人文主义特征，也展现和解

[①] 参见本书第1页。

494

代译后记

释了霍布斯后来思想发展变化的原因。

《法庭上的莎士比亚》一书，也就是沿着这样的脉络被创作出来的。本书除引言外，共有十个章节。第一章"古典修辞术在莎士比亚时期的英国"旨在对16世纪英国文法学校所实行的文法教育中与修辞术相关的内容进行全面梳理。本章首先从罗马修辞术传统入手，分析包括西塞罗、昆体良以及作者匿名的《罗马修辞手册》等作家对修辞术的定义、分类与论述，详细探讨了在各种修辞术类型中，罗马修辞学家们为司法修辞术和法庭演说归纳的模板。随后，斯金纳又梳理了16世纪罗马修辞术知识与文本资源在英国本土的传播与运用状况，尤其是文法学校中所使用的修辞术教材的书目、作者与版本，以及英国本土修辞学家在传统资源基础上所创作的各种修辞书手册的主要内容。莎士比亚恰恰生活在这种浓厚的修辞学知识氛围之中。第二章"莎士比亚的法庭剧"则分阶段地展现了莎士比亚在诸剧目中对法庭演说和司法修辞所表现的兴趣。按照斯金纳的考察，莎士比亚一生都对修辞术有着浓厚的兴趣，不时将修辞术知识运用到自己的戏剧写作中。不过，他对法庭演说和司法修辞术的运用则是循序渐进，经过了不断的试验和调整的。在《亨利六世》《理查二世》中，都体现了莎士比亚对西塞罗修辞学和《罗马修辞手册》的掌握。而到了《罗密欧与朱丽叶》、《露克丽丝遭强暴记》、《威尼斯商人》、《裘利斯·凯撒》、《哈姆莱特》等剧目中，莎士比亚在这方面的写作技巧逐渐成熟。到詹姆斯一世时期，他创作的《奥瑟罗》、《量罪记》和《终成眷属》则淋漓尽致地展现了莎士比亚对法庭演讲和司法修辞术的纯熟运用。

在整体上为莎士比亚的法庭剧修辞行动提供了语境背景解释后，斯金纳在接下来的八章中，根据罗马修辞术中对法庭演说术的具体规定，对照莎士比亚剧作的写作细节，展开了翔实的论证，并表明在斯金纳所列举的莎士比亚戏剧中,有许多演说词和几场完整的情节,基本上都是按照司法争议中开题和布局的古典规则来写作的。其中第三章和第四章讨论了在法庭演说术中,演说者如何根据自己的动因特征和诉求,选择相应的开场白类型,并运用特定的修辞术技巧来实现自己的目的。这两种开场白分别是"直接型开场白"和"迂回诡秘型引言",前者在演说者认为自己的动因诚实合法,平铺直叙便能说服听众时适用,后者则出现在直截了当表明立场并不能打动听众的情况之下。第五章则专门分析当修辞术运用不当时,发表开场白可能失败的风险。在提出动因、做出指控之后,第六章讲述的便是如何展开陈述,铺陈案情,尽可能地使法官和听众对自己的叙述感到信服以至于被打动。第七章和第八章介绍提证过程中应当留意的修辞术要求以及可能出现的失败状况,第九章讨论如何通过修辞术技巧来反驳指控,最后一章则介绍了总结案情时的修辞术要求。在以上每一章的叙述中,斯金纳都将罗马修辞术的知识资源和具体步骤与莎士比亚剧目中人物的行为与台词结合起来并展开论证,并成功地完成了他自己在本书引言中所表明的写作要求,亦即解释莎士比亚为何在特定的法庭剧剧目中以特定的方式安排人物、情节与台词。而最直接也最合理的解释是,并非莎士比亚作为一位富有世界主义/人文主义精神的文学家,要通过这些剧情转折反映出他对族群认同/家族世仇/女性困境抑或君主制缺陷诸如此类"永恒问题"的反思,而首先是因为,他被教育如此构思和写作这种类型的戏剧作品。

最后,请允许译者对本书标题的译法做一些说明。或许读者看到标题会十分奇怪,毕竟莎士比亚是剧作家,他很少被牵扯到司法纠纷中(他与法庭经验的交集,斯金纳在本书附录中也做了介绍)。显然,本书不是写莎士比亚所接受的司法试验。不过,作为一本以莎士比亚

代译后记

所创作的法庭剧剧目为观察对象,旨在破解莎士比亚创作之谜,指证莎士比亚创作的动因与手段的作品,我们也可以认为,斯金纳将莎士比亚放在读者的注视之下,而他则是那个引入直接开场白,进行案情陈述,提出证据,反驳辩护,并最终总结陈词的法庭演说家。就此而言,莎士比亚的法庭剧作品,就是莎士比亚被当作研究对象的理由。我们这些读者,则可以凭借罗马修辞术传统的知识资源和16世纪英国人文主义教育的历史,来理解莎士比亚的行为,观察莎士比亚在想象的司法场景中的言语与行为。

* * * * *

《法庭上的莎士比亚》是昆廷·斯金纳以受邀于2011年春季学期在牛津大学克拉伦登讲座上所发表的系列演讲为底本,2012年春季学期,在剑桥大学三一学院克拉克讲座中,斯金纳又继续修订了之前的观点和内容,构成了本书的基本框架。2014年,牛津大学出版社出版了《法庭上的莎士比亚》一书,引发了英语世界文学批评和思想史界的广泛关注和热烈讨论。2016年,我在伦敦大学玛丽女王学院思想史研究中心访学。秋季学期开始不久,导师斯金纳就主讲了一次关于昆体良修辞术的讲座,其基本内容也出自本书的研究。讲座内容丰富、逻辑清楚、论证有力,配合上斯金纳高超的演讲技巧,在抑扬顿挫的演讲中,许多青年人都被"打动",继而被"说服",正如昆体良等古典修辞学家所描述的那般。

在伦敦生活期间以及回国以后,我与斯金纳教授多次聊起《法庭上的莎士比亚》一书,斯金纳称这是他最满意的一部作品(不过,彼时《从人文主义到霍布斯》尚未出版,如今斯金纳如何自我评价,我并未询问过),我则是被这本书精妙的结构、丰富的史实和出色的论证所折服,更感叹思想史研究超越惯常政治著作家之后可以获得的巨大空间与有趣实践,也将这本书列为心中最佳。回国后不久,译林出版社计划出版中文译本,我十分幸运地承担起了搭建《法庭上的莎士比亚》一书与中文读者之间桥梁的任务。这架桥梁其实也想进一步联通中文读者与英语世界思想史研究,毕竟我们对斯金纳以及"剑桥学派"政治思想史的了解,在21世纪的第二个十年,尚有许多空白,中文世界也有很多年没有读到斯金纳的新作了。

如今本书即将付梓,我既惶恐又期待,更有一份终于对导师有了交代的释然和安心。自从我告知斯金纳教授我承担了本书的翻译工作以后,他时常询问我工作进展,告知我书籍版本的更新情况,并一如既往热情友善地回答我在翻译中遇到的各种问题,上月还盛赞了本书的封面设计。对他的支持和帮助,我一直十分感激。感谢南京大学孙江教授指出了书中几个术语的翻译问题,使得本书的论点表达更加准确无歧义。去英国学习思想史,联系斯金纳教授做导师,最初是恩师张凤阳教授提出的,倘若不是张老师的建议,毫无人生规划的我恐怕不会费事申请,也就没有这份翻译计划。在翻译过程中,师友伟华、俊儒给了我很多知识和方法上的支持,俊儒通读了全书,帮我避免了很多技术和表达的错误。此外,还要感谢译林出版社的张诚、张露编辑。张露编辑尽职尽责,不厌其烦地与我沟通和联系,她的职业素养和学术功底确保了本书的质量和进度。最后我还要感谢我的家人,以及自我决定改名为"爱小花"的想想小朋友,你们的理解支持和鼓励使我可以放心地从事学术工作。

莎士比亚说世界是舞台,对如今生活在一个难以理解的后现代大舞台中的我们来说,思想史或许尚有其意义。恰如斯金纳反复澄清

代译后记

的，理解过去完全不同时代的人如何思考和如何表达，不仅是历史学本身的要求，它也向我们证明了，存在着完全不同但同样鲜活的生活方式，我们看待世界的态度或许也可以更加包容。《法庭上的莎士比亚》一书的立意也在于此，希望这本不同于文学批评和政治思想史研究的《法庭上的莎士比亚》，可以给读者们带来收获和启发。

罗宇维

2023 年 5 月于国家体育场北路 1 号院